Robert Jordan
Die Weiße Burg

SERIE PIPER

Zu diesem Buch

Seit Jahrhunderten wird das Schicksal der Welt des Rades aus der Weißen Burg gelenkt, der mächtigen Festung der Aes Sedai. Doch nun droht dem als uneinnehmbar geltenden Bauwerk Gefahr: Schattenfreunde, die sich dem Dunklen König verschrieben haben, haben mit finsteren Intrigen Zwiespalt gesät. Und die Rebellen sind mit ihrem Heer bereits bis zu den Toren der Burg vorgerückt. Egwene, Anführerin der Aufständischen, setzt alles daran, die Aes Sedai, Träger der Einen Macht, für die Seite des Wiedergeborenen Drachen zu gewinnen. Doch der Preis für dieses Unterfangen ist hoch, Egwenes Spiel gefährlich. Wird die wichtigste Bastion der Aes Sedai fallen?

Robert Jordan, geboren 1948 in South Carolina, begeisterte sich schon in seiner Jugend für phantastische Literatur von Jules Verne und H. G. Wells. Als ihm der Lesestoff ausging, begann er selbst zu schreiben. 1990 erschien der Auftakt zu seinem Zyklus »Das Rad der Zeit«, einem einzigartigen epischen Werk, das Millionen Fans in der ganzen Welt gefunden hat. Bei Piper liegen inzwischen 31 Bände der Saga vor. Robert Jordan starb im September 2007 an einer seltenen Blutkrankheit. Weiteres zum Autor: www.tor.com/jordan und www.radderzeit.de

Robert Jordan

Die Weiße Burg

DAS RAD DER ZEIT 28

Aus dem Amerikanischen von
Andreas Decker

Piper München Zürich

Mehr über unsere Autoren und Bücher:
www.piper.de

Zu den lieferbaren Büchern von Robert Jordan bei Piper
siehe Seite 510.

FSC
Mix
Produktgruppe aus vorbildlich bewirtschafteten
Wäldern und anderen kontrollierten Herkünften
www.fsc.org Zert.-Nr. GFA-COC-1223
© 1996 Forest Stewardship Council

Deutsche Erstausgabe
1. Auflage Februar 2005
2. Auflage März 2008
Erstmals erschienen:
Ullstein Heyne List GmbH & Co. KG, München 2003

Titel der amerikanischen Originalausgabe:
»Crossroads of Twilight 2«, Orbit, Time Warner Books UK,
London 2003

Umschlagkonzept: Büro Hamburg
Umschlaggestaltung: Nele Schütz Design, München
Umschlagabbildung: Larry Elmore, USA
Karte: Erhard Ringer
Autorenfoto: Jack Alterman
Satz: Schaber Satz- und Datentechnik, Wels
Papier: Munken Print von Arctic Paper Munkedals AB, Schweden
Druck und Bindung: Clausen und Bosse, Leck
Printed in Germany ISBN 978-3-492-28578-0

INHALT

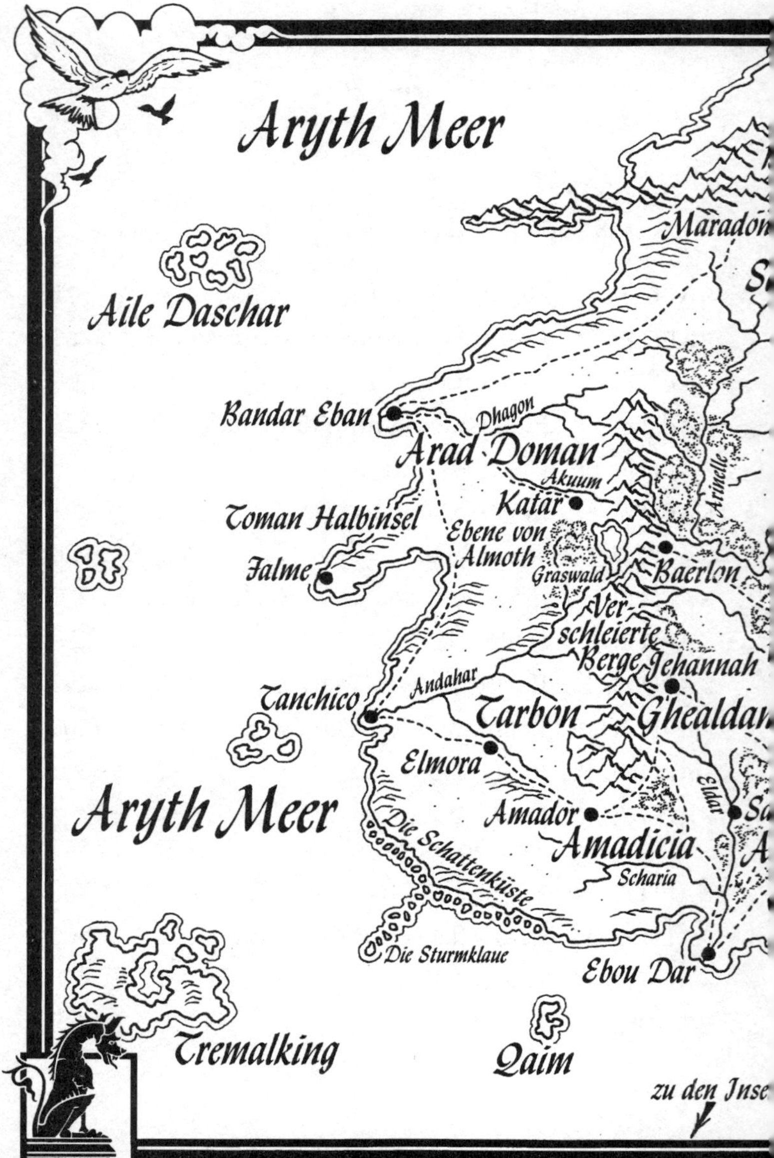

Aryth Meer
Aile Daschar
Maradon
Bandar Eban
Dhagon
Arad Doman
Akuum
Katar
Toman Halbinsel
Ebene von Almoth
Falme
Graswald
Baerlon
Arinelle
Verschleierte Berge
Jehannah
Andahar
Tanchico
Tarbon
Ghealdan
Elmora
Eldar
Aryth Meer
Amador
Amadicia
Die Schattenküste
Scharia
Die Sturmklaue
Ebou Dar
Tremalking
Qaim
zu den Inse

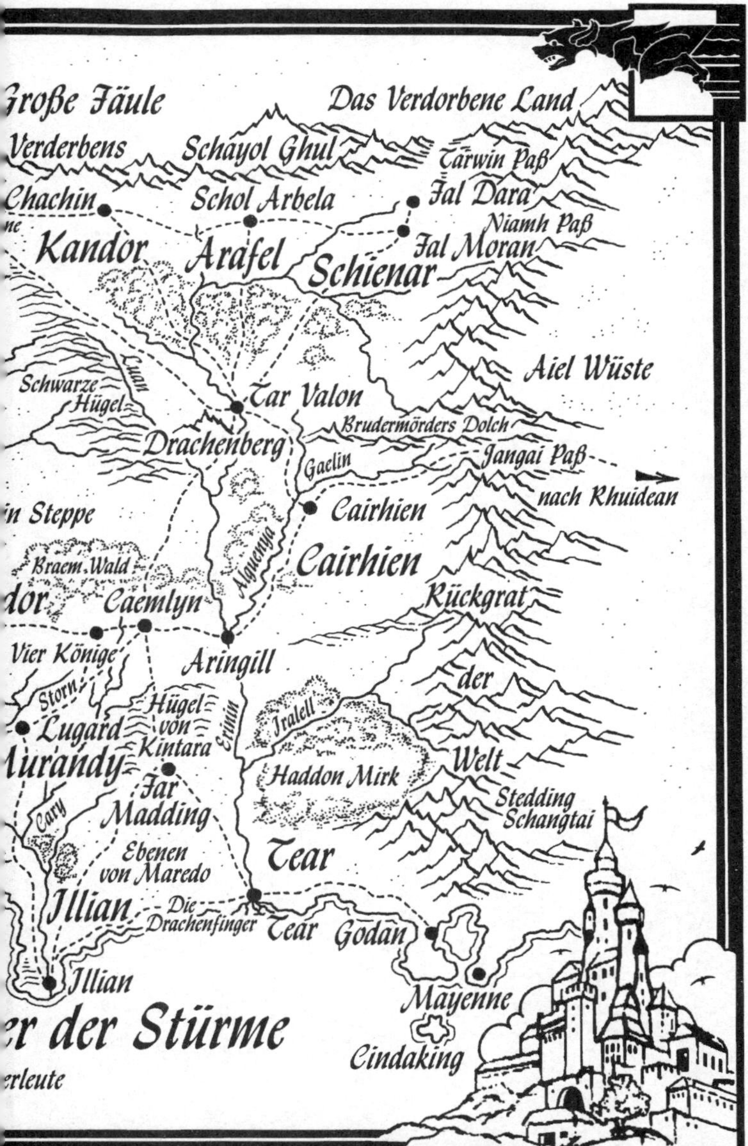

Große Fäule
Das Verdorbene Land
Verderbens
Schayol Ghul
Tarwin Paß
Chachin
Schol Arbela
Fal Dara
Niamh Paß
Kandor
Arafel
Fal Moran
Schienar
Aiel Wüste
Schwarze Hügel
Luan
Tar Valon
Brudermörders Dolch
Drachenberg
Gaelin
Jangai Paß
nach Rhuidean
Cairhien
Alguenya
Braem Wald
Cairhien
Caemlyn
Rückgrat
Vier Könige
Aringill
der
Storn
Hügel von Kintara
Erinin
Iralell
Lugard
Murandy
Haddon Mirk
Welt
Far Madding
Stedding Schangtai
Cary
Ebenen von Maredo
Tear
Illian
Die Drachenfinger
Tear
Godan
Illian
Mayenne
der Stürme
Cindaking

UND DAS RAD DREHT SICH …

Das Rad der Zeit dreht sich, Zeitalter kommen und vergehen und lassen Erinnerungen zurück, die zu Legenden werden. Legenden verblassen zu Mythen, und sogar der Mythos ist lange vergessen, wenn das Zeitalter ihres Ursprungs wiederkehrt.

Mit diesen Worten beginnt jede Chronik aus der Welt des Rades, eines Universums, in dem das Rad der Zeit und das Große Muster, das es webt, das oberste Prinzip sind.

Am Anfang steht eine Prophezeiung, die Prophezeiung des Drachen. Sie verkündet die Befreiung des Dunklen Königs, des Bösen schlechthin, und die Wiedergeburt Lews Therin Telamons, des Drachen, der einst vor Jahrtausenden sein Gefängnis versiegelte und dafür den höchsten Preis bezahlen musste. Sie berichtet von einem Mann, der sowohl der Vernichter als auch der Erlöser der Welt sein soll. Er kann die *Eine Macht* lenken, und er ist der Wiedergeborene Drache, der *Tarmon Gai'don* schlagen soll, die Letzte Schlacht gegen den Dunklen König.

Rand al'Thor ist der Wiedergeborene Drache.

Man schreibt das Dritte Zeitalter seit der Zerstörung der Welt. Wieder strecken der Dunkle König und seine Vertrauten, die Verlorenen, die ihm schon in tiefer Vergangenheit zur Seite standen, die Hand nach der Welt aus. Horden nichtmenschlicher Trollocs und Myrddraals überziehen das Land mit Verwüstung, gelenkt von den Verlorenen, die nahezu unerkannt unter den Menschen wandeln, wo sie Unruhe schüren und Kriege auslösen.

Allein Rand al'Thor ist laut den Prophezeiungen dazu bestimmt, die Letzte Schlacht zu schlagen. Er beherrscht die *Eine Macht,* kann die Welt nach seinen Wünschen formen, und die Welt fürchtet ihn. Er hat treue Freunde um sich geschart, Nationen besiegt und Throne gestürzt. Er hat mächtige Feinde und zweifelhafte Verbündete, aber die größte Bedrohung ist die *Eine Macht.* Denn wie alle Männer, die sich der Macht bedienen, kämpft er gegen den Makel des Wahnsinns an, der die mystische Energie beschmutzt.

Wie die Eingeweihten wissen, besteht sowohl die *Eine Macht* als auch die Wahre Quelle, der sie entspringt, aus zwei widerstreitenden und sich dennoch ergänzenden Teilen: *Saidin,* der männlichen Hälfte, und *Saidar,* der weiblichen Hälfte. Die Energie versetzt einige wenige Menschen in die Lage, die Elemente Erde, Wind, Feuer, Wasser und Geist nach ihrem Willen zu beeinflussen und Heldentaten zu vollbringen. Im untergegangenen Zeitalter der Legenden nannte man diese Männer und Frauen Aes Sedai, was in der Alten Sprache ›Diener aller‹ bedeutet.

Als der Dunkle König, der im Augenblick der Schöpfung vom Schöpfer des Universums außerhalb von Zeit und Schöpfung gefangen gesetzt wurde, aus seinem Gefängnis auszubrechen drohte und von Lews Therin Telamon, dem stärksten Aes Sedai seiner Zeit, besiegt wurde, geriet der triumphale Sieg zugleich zur verheerenden Niederlage. Bei der Versiegelung wurde *Saidin,* die männliche Quelle der *Einen Macht,* mit einem Makel versehen. Jeder Mann, der nach der Macht griff – was für ihn so natürlich war wie das Atemholen –, wurde wahnsinnig. Das hat sich erst kürzlich geändert.

Bei den meisten vollzog sich das als schleichender Prozess. Bei Lews Therin Telamon, dem Drachen, war dies anders. Blindwütig in seinem Wahn, wandten er und seine Helfer sich mit der Macht gegen alle und jeden und schließlich gegen die Welt selbst. Erdbeben erschütterten das Land, Stürme fegten darüber hinweg, Vulkane brachen aus, der Ozean überschwemmte das Land. Reiche gingen unter, und ganze Völker starben.

Nach dem Neubeginn hat sich das Antlitz der Welt verändert. Nun benutzen nur noch die weiblichen Aes Sedai die *Eine Macht*. Sie haben die Weiße Burg gegründet, und seit jenen dunklen Tagen wachen sie unerbittlich darüber, dass sich kein Mann der *Einen Macht* bedient. Sie spüren sie auf und ›dämpfen‹ sie, schneiden sie vom Zugang zur Wahren Quelle ab, um Unheil zu verhindern.

Rand al'Thor hatte schon seit jeher ein zwiespältiges Verhältnis zu den Aes Sedai, die von vielen als die wahren Herrscher der Welt gefürchtet und gehasst werden. Aber er ist der Wiedergeborene Drache, der wie kein Zweiter über die *Eine Macht* gebietet; er ist der *Car'a'carn* der Aiel, der Wüstennomaden, deren Clans ihm fast alle bis in den Tod ergeben sind; er ist der Begründer der Schwarzen Burg und der *Asha'man*, der Männer, die ungeachtet aller gegenteiligen Bemühungen gelernt haben, mit der *Einen Macht* umzugehen. Und er hat treue Verbündete, die in seinem Namen handeln, und Feinde, die ihn vernichten wollen.

Mit Hilfe seiner Freunde hat Rand al'Thor eine schier unglaubliche Tat vollbracht – er hat *Saidin*, die männliche Hälfte der *Einen Macht*, vom Makel des Dunklen Königs befreit. Nun müssen die Männer, die die Macht lenken können, nicht länger befürchten, irgendwann dem Wahnsinn zu verfallen. Welche Auswirkungen das für die von Rand geschaffene Schwarze Burg der Asha'man haben wird, ist noch nicht abzusehen. Die Reinigung war ein flammendes Fanal, das jeder Machtlenker auf der ganzen Welt fühlen konnte, doch keiner von ihnen weiß, was in der vom Schatten verfluchten Stadt Shadar Logoth tatsächlich geschah. Das gilt vor allem für die Aes Sedai, die es noch immer für ihre Aufgabe halten, Männer, die Zugang zur Wahren Quelle haben, aufzuspüren und sie dieser Fähigkeit zu berauben. Dabei haben die Schwestern aus Tar Valon ganz andere Probleme.

Die Weiße Burg ist mehr als nur das prächtigste Bauwerk der Welt und die Festung der Aes Sedai; sie ist ein Symbol für die Macht dieser Frauen. Noch nie ist Tar Valon erobert worden, nicht einmal vom Hochkönig Artur Falkenflügel, der die Aes Sedai vernichten wollte. Und das ist über neunhundert Jahre her.

Jetzt wird die Weiße Burg erneut belagert – von Aes Sedai. Nach langer Zeit ist es zur Spaltung gekommen. Elaida a'Roihan hat die auf Lebenszeit gewählte Siuan Sanche gestürzt und sich selbst zum Amyrlin-Sitz und damit zur Herrscherin der Burg gemacht. Sie will die Burg zu einer Waffe gegen den Dunklen König schmieden und Rand al'Thor zu einer Marionette in ihren Händen machen. Der erste Entführungsversuch schlug fehl, aber sie hat ihr Ziel noch lange nicht aufgegeben.

Doch die entstandene Unruhe hat das komplizierte politische Gleichgewicht der Burg durcheinander gebracht. Die Schwestern sind in sieben Ajahs organisiert, von denen jede einer besonderen Philosophie über den Gebrauch der Einen Macht und dem Zweck der Aes Sedai folgt und die man an ihren Farben erkennt. So verfolgen die Roten Ajah alle Männer, die die Eine Macht lenken können, während sich die Gelben Ajah aus Frauen zusammensetzen, die besondere Fertigkeiten im Heilen von Krankheiten mit Hilfe der Macht haben. Jeweils drei Repräsentanten einer jeden Ajah, die Sitzende genannt werden, treffen sich im Saal der Burg und bestimmen zusammen mit dem Amyrlin-Sitz die Politik. Ein heikles und meistens sehr mühsames Unterfangen, kämpfen doch alle Parteien erbittert um Einfluss.

Und dann gibt es noch die Schwarze Ajah. Das sind Schwestern, die dem Dunklen König und den Auserwählten – wie sie die Verlorenen nennen – folgen und nicht an die Regeln der Aes Sedai gebunden sind. In ihrem Starrsinn haben sich die Schwestern geweigert, die Existenz des Bösen in ihrer Mitte wahrzunehmen, aber das ändert sich jetzt. Als Erste hat Siuan Sanche Nachforschungen über Schwarze Schwestern anstellen lassen, doch nach ihrem Sturz und ihrer Flucht haben andere diese Aufgabe aus eigenem Antrieb weitergeführt.

Seit der Spaltung gibt es zwei Säle. Der Saal der Rebellen hat Egwene al'Vere zu seiner Amyrlin gemacht. Die junge Frau ist zusammen mit dem Wiedergeborenen Drachen aufgewachsen; sie hat es geschafft, von einer Marionette der Sitzenden zu einer starken Anführerin zu werden. Mit der wieder entdeckten Fähigkeit des Schnellen Reisens, bei dem Wegetore Meilen auf einen Schritt reduzieren, hat sie mitten im Winter das Rebellenheer vor die Tore von Tar Valon gebracht. Ihre Position ist indessen nicht unangreifbar. Und sie ist von Verrätern und Schattenfreunden umgeben. So befindet sich der Verlorene Aran'gar, der vom Dunklen König als Frau ins Leben zurückgeholt wurde, in ihrer unmittelbaren Nähe. In Gestalt der schönen Halima geht er in ihrem Zelt ein und aus.

Egwene steht vor einer schweren, fast unlösbaren Aufgabe. Sie muss die Einheit der Weißen Burg wiederherstellen – ohne sie endgültig zu zerstören. Denn sie weiß genau, dass Blutvergießen unter den Aes Sedai nur dem Dunklen König nutzen und die Letzte Schlacht wieder einen Schritt näher heranbringen würde. Doch ihr fehlt die Unterstützung der Freunde, denn die anderen Gefährten des Drachen haben ihre eigenen Sorgen.

Perrin t'Aybara kümmern die Probleme der Welt im Augenblick nicht das Mindeste. Er hat endlich seine entführte Frau Faile und die anderen Verschleppten gefunden. Sie ist unerreichbar, umgeben von Tausenden von Shaido-Aiel, den unbarmherzigen Wüstenkämpfern, die sich gegen den Wiedergeborenen Drachen gestellt haben. Man hat Faile und die anderen Gefangenen zu *Gai'schain* gemacht, Sklaven in Weiß. Perrin führt ein Heer mit sich, aber es ist ein zusammengewürfelter Haufen aus Zweckverbündeten. Da sind die Lanzenreiter aus Ghealdan unter der Führung von Gerard Arganda, der seine Königin befreien will und Perrin letztlich für ihre Entführung verantwortlich macht. Da ist Berelain, die schöne Königin, die Erste von Mayene, die sich Perrins Sache verschrieben und ihn bei seinen Leuten doch so kompromittiert hat. Und da sind die Männer des selbst ernannten Propheten Masema, eine Horde verrückter Fanatiker, die im Namen des Wiedergeborenen Drachen plündern und morden. Nicht gerade die Art von Verbündeten, denen man den Rücken zuwenden kann. Jeder Angriff auf die kampferprobten Shaido wäre Selbstmord, das weiß auch der ehemalige Schmied. Dennoch ist er fest entschlossen, seine Frau zu befreien, koste es, was es wolle.

Mat Cauthon hat mit ganz anderen Schwierigkeiten zu kämpfen. Der Spieler und Abenteurer hat die befreiten Aes Sedai aus der von den Seanchanern eroberten Hafenstadt Ebou Dar geschmuggelt. Sie reisen mit Valan Lucas Großem Wanderzirkus und Prächtiger Zurschaustellung von Mysterien und Wundern. Aber der ursprünglich so narrensichere Plan hat unerwartete Wendungen genommen. So war nicht vorgesehen, auf der Flucht auch noch die Hochlady Tuon zu entführen, die Erbin des Kaiserthrons von Seanchan, die man auch die Tochter der Neun Monde nennt. Eine von drei Prophezeiungen besagt, dass Mat einst die Tochter der Neun Monde heiraten wird – und die anderen beiden haben sich erfüllt. Tuon ist eine mustergültige Geisel.

Sie war aus Seanchan angereist, um den Wiedergeborenen Drachen zu finden und vor den Kristallthron zu bringen. Aber das ist ihr Geheimnis. Und sie weiß auch nicht, dass Mat ein Jugendfreund von Rand al'Thor ist. Oder doch? Mat hat jedenfalls keine Ahnung von ihrer Mission. Trotzdem kommt er sich vor wie ein Mann, dem man bereits die Schlinge um den Hals gelegt hat, und ein Ausweg scheint nicht in Sicht.

Das gilt auch für Elayne Trakand. Die Tochter-Erbin beansprucht die Königskrone von Andor. Ihre Aussichten stehen nicht schlecht, obwohl die Hauptstadt Caemlyn belagert wird. Eine seltsame Allianz aus andoranischen Adligen hat sich zusammengefunden, es sind die Häuser Arawn, Sarand und Caeren, die die Krone für Arymilla Marne erringen wollen. Wölfe, die einem Schoßhund die Treue geschworen haben. Elayne ist diese Allianz unbegreiflich, aber sie hat einige Trümpfe in der Hand. Nicht zuletzt die Windsucherinnen vom Volk der Meerleute, die mit Hilfe der Einen Macht Wegetore schaffen und die belagerte Stadt mit Lebensmitteln versorgen. Aber wenn die Öffentlichkeit erfährt, dass sie die Kinder Rands unter dem Herzen trägt, könnte sie das die Krone und das Leben kosten, denn die Welt fürchtet und hasst den Wiedergeborenen Drachen.

Das Rad dreht sich, und die Letzte Schlacht rückt immer näher. Die Heere sammeln sich, und der Wiedergeborene Drache muss kämpfen, wenn die Welt kein zweites Mal untergehen soll.

Andreas Decker

KAPITEL 1

Heraufziehende Dunkelheit

Die Abendsonne hing wie eine blutrote Kugel über den Baumwipfeln und warf ihr fahles Licht auf das Lager, die weit verstreute Masse aus Pferdehalteseilen, Planwagen und hochrädrigen Karren und Zelten jeder Art und Größe. Der Schnee am Boden war zu Matsch zertrampelt. Weder die Tageszeit noch der Ort, an dem Elenia Sarand auf einem Pferderücken sein wollte. Der Geruch von siedendem Rindfleisch, der aus den schwarzen Kesseln emporwallte, reichte aus, um ihr den Magen umzudrehen. Die kalte Luft verwandelte ihren Atem in Nebel und versprach eine bittere Nacht, und der Wind schnitt durch ihren besten roten Umhang, ohne sich an der dicken Schicht aus weißem Pelz zu stören. Angeblich sollte Schneefuchs wärmer als andere Pelze sein, aber das hatte sie noch nie feststellen können.

Sie hielt den Umhang mit einer behandschuhten Hand geschlossen, ritt langsam und gab sich – wenn auch nicht besonders erfolgreich – alle Mühe, nicht zu zittern. In Anbetracht der Stunde schien es mehr als nur wahrscheinlich, dass sie die Nacht hier verbringen würde, aber bis jetzt hatte sie noch keine Ahnung, wo sie schlafen sollte. Zweifellos im Zelt irgendeines niedrigen Adligen, den man irgendwo anders hin verfrachtet hatte und der sich alle Mühe gab, gute Miene zum bösen Spiel zu machen, aber Arymilla ließ sie gern bis zum letzten Augenblick zappeln – was ihr Nachtlager und auch alles andere anging. Eine Unsicherheit wurde erst dann ausgeräumt, sobald eine andere sie ersetzen konnte. Offensichtlich war die Frau der Meinung, dass ständige Unsicherheit sie gefügig machen würde, sie vielleicht sogar zu Beflissenheit antrieb. Das war bei weitem nicht Arymillas einzige Fehleinschätzung, das fing schon mit dem Glauben an, dass man Elenia Sarand die Krallen gestutzt hatte.

Sie hatte nur vier Männer mit den beiden Goldenen Ebern auf den Umhängen als Eskorte – und ihre Zofe Janny natürlich, die sich so in ihrem Umhang zusammenkauerte, dass sie auf dem Sattel wie ein grünes Wollbündel erschien –, und sie hatte in dem Lager nicht einen einzigen Burschen gesehen, von dem sie sicher sein konnte, dass er auch nur einen Funken Loyalität für Haus Sarand in sich hatte. Hier und da trugen die Männer, die sich mit ihren Wäscherinnen und Näherinnen um die Feuer drängten, den Roten Fuchs von Haus Anshar, und ihr war eine Zweierreihe Reiter mit Baryns Geflügeltem Hammer im Schritttempo entgegengekommen, harte Männer mit harten Gesichtern hinter den Visierstangen. Aber im Grunde zählten sie nicht viel. Karind und Lir hatten sich böse verbrannt, weil sie bei Morgases Griff nach dem Thron zu langsam gewesen waren. Diesmal würden sie Haus Anshar und Haus Baryn in dem Moment, in dem sie deutlich sehen konnten, wo der Vorteil lag, auf die betreffende Seite bringen und Arymilla mit dem gleichen Eifer im Stich lassen, mit dem sie sich auf ihre Seite geschlagen hatten. Wenn die Zeit gekommen war.

Die meisten der Männer, die durch den schlammigen Matsch wateten oder hoffnungsfroh in die widerwärtigen Kessel spähten, waren Bauern und Städter, die man dienstverpflichtet hatte, als ihr Herr oder ihre Herrin in den Krieg gezogen waren, und nur wenige trugen das Abzeichen ihres Hauses auf den schäbigen Mänteln und geflickten Umhängen. Es war sogar so gut wie unmöglich, vermeintliche Soldaten von Hufschmieden und Pfeilmachern und dergleichen zu unterscheiden, da fast alle irgendein Schwert oder eine Axt trugen. Beim Licht, eine große Anzahl der *Frauen* trugen Messer, die groß genug waren, um als Kurzschwert durchzugehen, aber es war unmöglich, eine eingezogene Bauersfrau von einem Kutscher zu unterscheiden. Sie trugen alle das gleiche dicke Tuch und hatten die gleichen rauen Hände und müden Gesichter. Aber eigentlich spielte das auch keine Rolle. Diese Winterbelagerung war ein furchtbarer Fehler – die Waffenmänner würden lange vor den Eingeschlossenen hungern –, aber sie verschaffte Elenia eine Chance, und wenn sich einem eine Gelegenheit bot, dann schlug man zu. Sie hatte die Kapuze so weit nach hinten geschoben, dass man ihre Züge trotz des schneidenden Windes erkennen konnte, und nickte jedem ungewaschenen Kerl, der auch nur in ihre Richtung glotzte, erhaben zu und ignorierte die Verblüffung, die einige über ihre Leutseligkeit zeigten.

Die meisten würden sich an ihre Freundlichkeit erinnern und an die Goldenen Eber, die ihre Eskorte trugen, und sie würden wissen, dass Elenia Sarand sie bemerkt hatte. Auf einem solchen Fundament baute man Macht auf. Eine Hohe Herrin stand genau wie eine Königin auf einem aus Menschen errichteten Turm. Keine Frage, die ganz unten waren Ziegel aus dem einfachsten Lehm, aber wenn diese schlichten Ziegel zerbröckelten und ihre Unterstützung fehlte, stürzte der Turm um. Das hatte Arymilla anscheinend vergessen, wenn es ihr jemals bewusst gewesen war. Elenia bezweifelte, dass Arymilla überhaupt mit jemandem sprach, der im Rang unter einem Leibdiener stand. Wäre es … angebracht … gewesen, hätte sie selbst an jedem Lagerfeuer ein paar Worte gewechselt, vielleicht gelegentlich eine schmierige Hand ergriffen und sich an Leute erinnert, die ihr schon einmal begegnet waren, oder wenigstens so getan, als würde sie es tun. Arymilla fehlte einfach der Verstand, um Königin zu sein.

Das Lager nahm mehr Raum ein als die meisten Städte, es ähnelte mehr hundert Lagern verschiedener Größe als einem, darum konnte Elenia umherschweifen, ohne sich allzu viel Sorgen darum machen zu müssen, an die Grenzen der anderen zu stoßen, aber sie gab trotzdem Obacht. Die diensthabenden Wachen würden höflich sein, sofern sie nicht völlig verblödet waren, aber ohne jeden Zweifel hatten sie ihre Befehle. Im Prinzip hieß sie es gut, wenn Leute das taten, was man ihnen befahl, aber es würde besser sein, peinliche Zwischenfälle zu vermeiden. Vor allem in Anbetracht der wahrscheinlichen Konsequenzen, falls Arymilla auf die Idee kam, dass sie tatsächlich hatte gehen wollen. Eine kalte Nacht im schmutzigen Zelt eines Soldaten hatte sie bereits gezwungenermaßen hinter sich, ein Unterschlupf, der kaum seinem Namen gerecht wurde, einschließlich Ungeziefer und schlecht geflickten Löchern, ganz zu schweigen von der fehlenden Janny, die ihr weder beim Ausziehen helfen noch für etwas zusätzliche Wärme unter der zerschlissenen Decke sorgen konnte, und das alles bloß wegen einer angeblichen Beleidigung. Nun ja, es *war* eine Beleidigung gewesen, aber sie hatte Arymilla nicht für klug genug gehalten, sie zu verstehen. Beim Licht, allein schon der Gedanke, dass sie in Gegenwart dieser … Närrin mit einem Erbsenhirn auf jedes Wort aufpassen musste! Sie zog den Umhang enger und versuchte so zu tun, als wäre das Schaudern nur eine Reaktion auf den Wind. Es gab Wichtigeres, worüber es sich nachzudenken lohnte. Wichtigere Dinge. Sie nickte einem jungen Mann mit weit aufgerissenen Augen und einem dunklen, um den Kopf gewickelten Schal zu, und er zuckte zurück, als hätte sie ihn finster angestarrt. Dämlicher Bauer!

Der Gedanke, dass dieses junge Ding Elayne nur wenige Meilen entfernt gemütlich und warm im Komfort des Königlichen Palasts saß und von Dutzenden gut ausgebildeten Dienern versorgt wurde und vermutlich über nichts Schwerwiegenderes nachgrübelte, als was sie abends beim Bankett tragen sollte, setzte ihr schwer zu. Gerüchten zufolge war das Mädchen schwanger, vermutlich von irgendeinem Gardisten. Das konnte schon sein. Elayne verfügte über genauso wenig Anstand wie ihre Mutter. Dyelin war der Verstand, der dahintersteckte, ein scharfer und gefährlicher Verstand, auch wenn man ihren erbärmlichen Mangel an Ambition in Betracht zog; vielleicht sogar von einer Aes Sedai beraten. Es musste mindestens eine richtige Aes Sedai hinter all diesen absurden Gerüchten stecken.

Es drangen so viele Lügengeschichten aus der Stadt, dass es schwer wurde, die Realität vom Unsinn zu trennen – Leute vom Meervolk, die Löcher in der *Luft* erschufen? Völliger Blödsinn! –, dennoch hatte die Weiße Burg offensichtlich ein Interesse daran, eine der ihren auf den Thron zu setzen. Und wieso auch nicht? Aber Tar Valon schien pragmatisch zu sein, wenn es um solche Dinge ging. Die Geschichte zeigte eindeutig, dass diejenige, die den Löwenthron gewann, bald herausfand, dass sie zugleich auch diejenige war, welche die Burg die ganze Zeit favorisiert hatte. Die Aes Sedai würden ihre Verbindung zu Andor nicht durch Untätigkeit verlieren, vor allem nicht, wenn die Burg selbst gespalten war. Das wusste Elenia so sicher wie ihren Namen. Wenn auch nur die Hälfte von dem, was man über die Zustände in der Burg hörte, der Wahrheit entsprach, würde sich die nächste Königin von Andor möglicherweise in einer Position wieder finden, in der sie alles verlangen konnte, nur damit diese Verbindung aufrechterhalten wurde. Auf jeden Fall würde niemand vor dem Sommer mit der Rosenkrone gekrönt werden, und bis dahin konnte sich noch vieles ändern. Sehr vieles.

Sie machte ihre zweite Runde durch das Lager, als der Anblick einer weiteren kleinen berittenen Gruppe voraus, die sich im letzten Tageslicht langsam einen Weg vorbei an den Lagerfeuern suchte, sie die Stirn runzeln und ihr Pferd scharf zügeln ließ. Die Frauen trugen Umhänge und tiefe Kapuzen, die eine trug dicke blaue Seide, die mit schwarzem Pelz verbrämt war, die andere einfaches graues Tuch, aber der silberne dreibärtige Schlüssel auf den Umhängen der vier Waffenmänner verkündete ihre Namen deutlich. Sie konnte mühelos eine Menge Leute benennen, denen sie lieber begegnet wäre als Naean Arawn. Zwar hatte Arymilla ihnen nicht ausdrücklich verboten, sich ohne sie zu treffen – Elenia spürte nicht nur, wie ihre Zähne knirschten, sie konnte es sogar hören, und sie zwang ihre Züge zu einer ausdruckslosen Miene –, aber im Augenblick erschien es klüger, die Dinge nicht zu forcieren. Vor allem, wenn ein solches Treffen keinerlei Vorteile bringen würde.

Zu ihrem Leidwesen sah Naean sie, bevor sie sich abwenden konnte. Die Frau sprach hastig mit ihrer Eskorte, und noch während sich die Waffenmänner und die Dienerin in ihren Sätteln verbeugten, trieb sie ihr Pferd auf Elenia zu, und zwar in einem Tempo, dass die Hufe ihres schwarzen Wallachs Schneeklumpen in die Höhe schleuderten. Das Licht sollte diese Närrin verbrennen! Andererseits, was auch immer Naean zu einer solchen Unbesonnenheit veranlasste, war möglicherweise interessant und zu wissen wert, ob es nun gefährlich war oder nicht. Möglicherweise, aber es herauszufinden barg seine eigenen Gefahren.

»Bleibt hier und vergesst nicht, dass ihr nichts seht«, fauchte Elenia ihr Gefolge an und stieß Morgenwind die Absätze in die Flanken, ohne auf eine Erwiderung zu warten. Sie brauchte nicht bei jeder Gelegenheit Verbeugungen und Hofknickse, jedenfalls nicht über das übliche Maß des Anstands hinaus, und ihre Leute wussten es besser, etwas anderes als befohlen zu tun. Um alle anderen musste sie sich Sorgen machen, sollten sie doch alle zu Asche verbrennen! Als die langbeinige Stute einen Satz nach vorn machte, entglitt ihr der Saum ihres Umhangs, und er flatterte hinter ihr her wie das blutrote Banner von Sarand. Sie verzichtete darauf, den Umhang wieder unter Kontrolle zu bringen, sich vor Bauern und das Licht allein wusste wem noch zu verrenken, also schnitt der Wind durch ihr Reitgewand, ein weiterer Grund für schlechte Laune.

Naean hatte wenigstens den Verstand, das Tempo zu drosseln und sie auf halbem Weg zu treffen, neben zwei schwer beladenen Karren, deren abgeschirrte Deichseln im Dreck lagen. Das nächste Feuer war mindestens zwanzig Schritte entfernt, die nächsten Zelte noch weiter, und ihre Eingänge waren fest gegen die Kälte verschnürt. Die Männer am Feuer richteten ihre Aufmerksamkeit auf den großen Eisenkessel, der über dem Feuer dampfte, und der entströmende Gestank reichte aus, dass sich Elenia am liebsten übergeben hätte, aber wenigstens würde der Wind, der den Geruch heranwehte, keine Wortfetzen bis zu ihnen tragen. Aber es sollten besser wichtige Worte sein.

Man hätte Naean als Schönheit bezeichnen können. Der schwarze Pelz rahmte ein Gesicht so hell wie Elfenbein ein, und es störte nicht einmal der strenge Zug um ihren Mund oder die Augen, die so kalt wie blaues Eis erschienen. Hoch aufgerichtet und nach außen hin ganz ruhig, wirkte sie von allem unberührt. Ihr Atem, der sich in weißen Nebel verwandelte, kam gleichmäßig und beherrscht. »Wisst Ihr schon, wo Ihr diese Nacht schlafen werdet, Elenia?«, fragte sie.

Elenia gab sich nicht die geringste Mühe, ihren wütenden Blick zu verbergen. »Das wollt Ihr wissen?« Arymillas Zorn für eine hirnlose Frage zu riskieren! Der Gedanke daran, Arymillas Zorn heraufzubeschwören, allein die Vorstellung, dass Arymillas Zorn etwas war, dem sie aus dem Weg gehen musste, ließ sie fauchen. »Da wisst Ihr so viel wie ich, Naean.« Sie zog an den Zügeln und wollte gerade ihr Pferd herumreißen, als Naean erneut das Wort ergriff, diesmal mit einer Spur Leidenschaft.

»Spielt mir nicht die Dumme vor, Elenia. Und erzählt mir nicht, dass Ihr nicht genauso wie ich bereit seid, Euch den eigenen Fuß abzubeißen, um aus dieser Falle herauszukommen. Können wir jetzt wenigstens so tun, als wären wir höflich zueinander?«

Elenia hielt Morgenwind halb von der anderen Frau abgewandt und sah sie von der Seite an, vorbei an dem pelzverbrämten Saum ihrer Kapuze. So konnte sie auch die Männer im Auge behalten, die sich ums Feuer drängten. Hier waren keine Haus-Abzeichen zu sehen. Sie konnten zu jedem gehören. Gelegentlich warf einer der Burschen, die ihre Hände unter die Achseln geschoben hatten, den beiden Ladys im Sattel einen Blick zu, aber ihr wahres Interesse galt dem Feuer und wie lange es dauern würde, bis das Rindfleisch zu so etwas wie Brei zerkochte. Solche Männer schienen alles essen zu können.

»Glaubt Ihr, Ihr *könnt* entkommen?«, fragte sie leise. Höflichkeit war schön und gut, aber nicht, wenn es bedeutete, sich hier länger als nötig allen Blicken preiszugeben. Aber wenn Naean einen Ausweg sah … »Wie? Das Treuegelöbnis, das Ihr unterzeichnet habt, um Marne zu unterstützen, ist mittlerweile in halb Andor verteilt worden. Davon abgesehen glaubt Ihr ja wohl kaum, dass Arymilla Euch so ohne weiteres abreisen lassen wird.« Naean zuckte zusammen, und Elenia konnte ein schmales Lächeln nicht unterdrücken. Die Frau war nicht so unbeteiligt, wie sie zu sein vorgab. Aber sie schaffte es immerhin, ihre Stimme ganz ruhig klingen zu lassen.

»Ich habe gestern Jarid gesehen, Elenia, und selbst aus einiger Entfernung sah er aus wie eine Gewitterwolke – er galoppierte daher, als wollte er dem Pferd und sich selbst den Hals brechen. Wie ich Euren Mann kenne, plant er bereits etwas, um Euch aus dieser Sache herauszuholen. Für Euch würde er dem Dunklen König ins Auge spucken.« Das stimmte; das würde er. »Ich bin sicher, Euch ist klar, dass es viel besser wäre, wenn ich Teil dieser Pläne wäre.«

»Mein Mann hat dasselbe Gelöbnis unterzeichnet wie Ihr, Naean, und er ist ein ehrenhafter Mann.« Tatsächlich war er ehrenhafter, als gut für ihn war, aber Elenias Wünsche waren schon vor ihrem Austausch des Ehegelübdes sein Antrieb gewesen. Jared hatte das Dokument unterschrieben, weil sie es ihm gesagt hatte – nicht dass sie unter diesen Umständen eine andere Wahl gehabt hätte, und sollte sie verrückt genug sein, ihn darum zu bitten, würde er sich wieder davon distanzieren, wenn auch zögernd. Natürlich bestand im Augenblick die Schwierigkeit darin, ihm ihre Wünsche mitzuteilen. Arymilla sorgte dafür, dass sie nicht einmal auf eine Meile in seine Nähe kam. Sie hatte alles in der Hand – soweit das unter diesen Umständen möglich war –, aber sie musste Jarid Bescheid geben, und wenn auch nur, um ihn davon abzuhalten, ihr »einen Weg freizukämpfen«. Dem Dunklen König ins Auge spucken? Er konnte sie beide ins Verderben führen in dem Glauben, ihr zu helfen, und möglicherweise tat er es sogar in dem Wissen, dass es ihren Untergang bedeutete.

Es erforderte eine beträchtliche Anstrengung, sich die ganze Frustration und Wut, die plötzlich in ihr aufwallte, nicht anmerken zu lassen, aber sie überspielte die Mühe mit einem Lächeln. Sie war sehr stolz darauf, das für jede Situation passende Lächeln aufsetzen zu können. Das hier zeigte eine Spur von Überraschung. Und einen Hauch Geringschätzung. »Ich plane gar nichts, Naean, und Jarid auch nicht, da bin ich mir sicher. Aber selbst wenn ich es täte, warum sollte ich Euch mit einschließen?«

»Wenn ich nicht an diesen Plänen beteiligt werde, könnte Arymilla davon erfahren«, sagte Naean ganz direkt. »Sie mag ja eine blinde Närrin sein, aber sie sieht, sobald man ihr gesagt hat, wo sie hinsehen muss. Und Ihr könntet Euch jeden Abend im Zelt Eures ›Verlobten‹ wieder finden, ganz zu schweigen davon, von seinen Waffenmännern *beschützt* zu werden.«

Elenias Lächeln schmolz dahin, ihre Stimme verwandelte sich in Eis, das zu der Kälte passte, die plötzlich ihren Leib füllte. »Ihr solltet vorsichtig sein mit dem, was Ihr sagt, andernfalls könnte Arymilla ihren Taraboner bitten, noch einmal mit Euch Katzenkrippe zu spielen. Das garantiere ich Euch.«

Es erschien unmöglich, dass Naeans Gesicht noch blasser wurde, aber das tat es. Sie schwankte tatsächlich im Sattel und griff nach Elenias Arm, als wollte sie einen Sturz vermeiden. Ein Windstoß blähte ihren Umhang auf, und sie ließ ihn los. Die eben noch kalten Augen waren jetzt weit aufgerissen. Die Frau unternahm keine Anstrengung, ihre Furcht zu verbergen. Vielleicht war sie bereits zu weit getrieben worden, um sie noch verbergen zu können. Ihre Stimme klang panisch. »Ich weiß, dass Jarid und Ihr etwas geplant habt, Elenia. Ich weiß es! Nehmt mich mit, und ... und Arawn wird Euch sofort die Treue schwören, sobald ich von Arymilla frei bin.« Oh, sie musste erschüttert sein, um so ein Angebot zu machen.

»Wollt Ihr noch mehr Aufmerksamkeit erregen, als Ihr es ohnehin schon getan habt?«, fauchte Elenia und riss sich aus dem Griff der anderen Frau los. Morgenwind und der schwarze Wallach tänzelten nervös, weil jeder die Stimmung seiner Reiterin spürte, und Elenia zügelte ihr Pferd hart, um es zur Ruhe zu bringen. Die Männer am Feuer senkten eilig die Köpfe. Sie glaubten, zwei in der Abenddämmerung streitende Adlige zu sehen, und hatten kein Interesse, einen Teil des Zorns auf sich heraufzubeschwören. Ja, mehr steckte bestimmt nicht dahinter. Sie würden vielleicht Geschichten verbreiten, aber sie wussten es besser, als sich in eine Auseinandersetzung Höhergestellter einzumischen.

»Ich habe keine … Fluchtpläne, nicht im Mindesten«, sagte Elenia mit ruhigerer Stimme. Sie zog den Umhang enger um den Körper und drehte gelassen den Kopf, um die Karren und Zelte zu inspizieren. Wenn Naean verängstigt genug war … Wenn sich ein Ausweg auftat … Niemand war nahe genug, um sie zu belauschen, aber sie senkte ihre Stimme trotzdem. »Natürlich können sich Dinge ändern. Wer weiß das schon? Falls sie es tun, gebe ich Euch das folgende Versprechen: Unter dem Licht und bei meiner Hoffnung auf Wiedergeburt werde ich nicht ohne Euch gehen.« Überraschte Hoffnung zeichnete sich auf Naeans Gesicht ab. Jetzt war der Zeitpunkt gekommen, den Haken einzuschlagen. »Falls ich einen Brief von Euch in der Hand halte, von Euch persönlich geschrieben, unterschrieben und versiegelt, in dem Ihr Euren Beistand für Marne ausdrücklich zurücknehmt, aus freiem Willen, und mir die Unterstützung von Haus Arawn schwört, für meine Thronbesteigung. Unter dem Licht und bei Eurer Hoffnung auf Wiedergeburt. Weniger kommt nicht in Frage.«

Naean riss den Kopf zurück, sie fuhr mit der Zungenspitze über die Lippen. Ihre Augen huschten umher, als würde sie einen Ausweg suchen … oder Hilfe.

Der schwarze Wallach tänzelte und schnaubte weiter, aber sie zügelte ihn kaum fest genug, um ihn zu bändigen, und selbst das tat sie unbewusst. Ja, sie hatte Angst. Aber sie war nicht zu verängstigt, um zu wissen, was Elenia da verlangte. In der Geschichte von Andor gab es zu viele Beispiele, um es nicht zu wissen. Solange es nichts Schriftliches gab, blieben tausend Möglichkeiten bestehen, aber die bloße Existenz eines solchen Briefes würde Naean den Mund stopfen und Elenia freie Hand geben. Eine Veröffentlichung bedeutete Naeans Vernichtung, es sei denn, Elenia wäre so töricht und würde zugeben, sie dazu gezwungen zu haben. Naean konnte nach dieser Enthüllung weiterhin versuchen, die Macht in den Händen zu halten, doch selbst ein Haus mit weniger Streit zwischen seinen Angehörigen als Arawn, mit bedeutend weniger Cousins und Tanten und Onkeln, die alle bereit waren, einander auf der Stelle zu hintergehen, würde daran zerbrechen. Die bedeutungsloseren Häuser, die seit Generationen an Arawn gebunden waren, würden anderswo Schutz suchen. In nur wenigen Jahren würde Naean die Hohe Herrin eines unbedeutenden und in Misskredit gebrachten Hauses sein. O ja, es war schon zuvor passiert.

»Wir waren lange genug zusammen.« Elenia nahm die Zügel. »Ich will keinen Klatsch auslösen. Vielleicht bietet sich uns ja noch eine andere Gelegenheit für ein Gespräch unter vier Augen, bevor Arymilla den Thron besteigt.« Welch widerwärtiger Gedanke! »Vielleicht.«

Die andere Frau atmete aus, als würde sämtliche Luft aus ihr herausströmen, aber Elenia lenkte ihr Pferd weiter herum, nicht zu langsam und auch nicht zu schnell, und hörte nicht auf, bis Naean drängend sagte: »Wartet!«

Sie sah über die Schulter und wartete, ohne ein Wort zu verlieren. Was gesagt werden musste, war gesagt worden. Jetzt blieb nur noch abzuwarten, ob die Frau verzweifelt genug war, sich in Elenias Hände zu begeben. Eigentlich musste sie es sein. *Sie* hatte keinen Jarid, der für sie arbeitete. Tatsächlich würde jeder in Arawn, der die Meinung vertrat, Naean müsste gerettet werden, sich im Kerker wieder finden, weil er gegen ihren ausdrücklichen Willen handelte. Ohne Elenia würde sie in der Gefangenschaft alt und grau werden. Aber mit dem Brief würde es eine andere Art von Gefangenschaft sein. Mit dem Brief würde Elenia in der Lage sein, sie wie eine völlig unabhängige Frau erscheinen zu lassen. Offenbar war sie schlau genug, um das zu begreifen. Oder vielleicht hatte sie auch einfach nur genug Angst vor dem Taraboner.

»Ich lasse ihn Euch zukommen, so schnell es geht«, sagte sie schließlich resigniert.

»Das ist gut«, murmelte Elenia und gab sich keine große Mühe, ihre Zufriedenheit zu verbergen. *Aber wartet nicht zu lange,* fügte sie beinahe hinzu und konnte sich gerade noch rechtzeitig im Zaum halten. Naean mochte geschlagen sein, aber auch ein geschlagener Gegner konnte einem ein Messer in den Rücken jagen, wenn man ihn zu sehr verhöhnte. Davon abgesehen fürchtete sie Naeans Drohung so sehr, wie Naean die ihre fürchtete. Vielleicht noch mehr. Aber so lange Naean das nicht wusste, fehlte ihrem Dolch die Spitze.

Als Elenia zu ihren Waffenmännern zurückritt, war sie fröhlicherer Stimmung als seit … Mit Sicherheit bevor sich ihre »Retter« als Arymillas Männer entpuppt hatten. Vielleicht sogar bevor Dyelin sie in Aringill eingesperrt hatte, obwohl sie dort nie die Hoffnung verloren hatte. Ihr Gefängnis war das Haus des Statthalters gewesen, recht bequem, selbst wenn sie sich ihr Gemach mit Naean hatte teilen müssen. Mit Jared in Verbindung zu treten war nicht schwer gewesen, und sie war der festen Überzeugung, ein paar Kontakte zu den Königlichen Gardisten in Aringill geknüpft zu haben.

So viele von ihnen waren eben erst aus Cairhien gekommen, dass sie … unsicher … waren, wem sie die Treue halten sollten.

Diese wunderbar zufällige Begegnung mit Naean verbesserte ihre Laune so sehr, dass sie Janny anlächelte und ihr einen Schrank voller neuer Kleider versprach, sobald sie in Caemlyn waren. Was der Frau mit den pummeligen Wangen ein dankbares Lächeln entlockte. Elenia kaufte für ihre Zofe immer neue Kleider, wenn sie sich besonders gut fühlte, und ein jedes davon war kostbar genug, um von einer wohlhabenden Kauffrau getragen zu werden. Es war eine Methode, sich Loyalität und Diskretion zu versichern, und Janny hatte zwanzig Jahre mit beidem gedient.

Die Sonne war jetzt nur noch ein roter Bogen über den Bäumen, und es war Zeit, Arymilla zu finden, damit sie erfuhr, wo sie in dieser Nacht zu schlafen hatte. Sollte das Licht gewähren, dass es ein anständiges Bett war, in einem warmen Zelt, das nicht zu verräuchert war, und vorher eine ordentliche Mahlzeit. Im Moment konnte sie nicht mehr verlangen. Aber nicht einmal das konnte ihr die Laune verderben. Sie nickte den Männern und Frauen, an denen sie vorbeiritt, nicht nur zu, sie lächelte sie sogar an. Beinahe hätte sie ihnen zugewunken. Die Dinge entwickelten sich besser als seit langem. Naean war nicht nur als Rivalin für den Thron ausgeschaltet, sie war angeleint und musste wie eine Hündin kuschen – jedenfalls so gut wie –, und das würde vermutlich – nein, bestimmt! – ausreichen, um Karind und Lir auf ihre Seite zu bringen. Und dann waren da jene, die jeden auf dem Thron akzeptieren würden, solange es keine Trakand war. Ellorien gehörte dazu. Morgase hatte sie *auspeitschen* lassen! Ellorien würde niemals eine Trakand akzeptieren. Aemlyn, Arathelle und Abelle waren ebenfalls mögliche Kandidaten, mit eigenen Schwächen, die man ausnutzen konnte. Vielleicht auch Pelivar oder Luan. Sie hatte ihre Fühler ausgestreckt. Und sie würde den Vorteil, der Caemlyn bot, nicht so verschwenden, wie es dieser Trampel Elayne tat. Die Vergangenheit hatte gezeigt, dass die Kontrolle über Caemlyn ausreichte, um mindestens die Unterstützung von vier, wenn nicht sogar fünf Häusern zu erringen.

Es kam darauf an, den richtigen Zeitpunkt zu erkennen! Das auf jeden Fall, oder Arymilla würde den Vorteil ausnützen, aber Elenia konnte sich bereits auf dem Löwenthron sehen, während die Hohen Herrinnen und Herren das Knie beugten, um ihr die Treue zu schwören. Sie hatte bereits eine Liste gemacht, wer davon ausgetauscht werden musste. Niemand, der gegen sie gekämpft hatte, würde Gelegenheit erhalten, ihr später Ärger zu machen. Dafür würde eine Reihe tragischer Unfälle sorgen. Zu bedauerlich, dass sie die Nachfolger nicht bestimmen konnte, aber Unfälle konnten mit unglaublicher Häufigkeit passieren.

Elenias Heiterkeit verflüchtigte sich, als sich ein hagerer Mann auf einem stämmigen grauen Pferd an ihre Seite setzte, dessen Augen im schwindenden Licht einen fiebrigen Glanz hatten. Aus irgendeinem Grund hatte Nasin grüne Tannenzweige in seinem dünnen weißen Haar stecken. Es ließ ihn aussehen, als wäre er einen Baum hinaufgeklettert, und sein roter Seidenmantel und der rote Umhang waren derart mit hellen Blüten bestickt, dass man sie für Teppiche aus Illian hätte halten können. Er war lächerlich. Aber er war auch der Hohe Herr des mächtigsten Hauses von Andor. Und er war wahnsinnig. »Elenia, mein lieber Schatz«, röhrte er und spuckte dabei. »Welch süßer Anblick für meine Augen. Ihr lasst Honig bitter und Rosen farblos erscheinen.«

Mechanisch zügelte sie Morgenwind und sorgte dafür, dass sich Jannys braune Stute zwischen sie schob.

»Ich bin *nicht* Eure Verlobte, Nasin«, fauchte sie und kochte innerlich vor Wut, es laut genug sagen zu müssen, sodass es jeder hören konnte. »Ich bin verheiratet, Ihr alter Narr! Wartet!«, fügte sie hinzu und riss die Hand hoch.

Der Befehl und die Geste galten den Waffenmännern, die nach den Schwertern griffen und Nasin finster anstarrten. Etwa dreißig oder vierzig Männer mit Schwert und Stern von Haus Caeren folgten dem Mann, und sie würden nicht zögern, jeden niederzumachen, den sie für eine Bedrohung ihres Hohen Herrn hielten. Einige hatten bereits die Schwerter zur Hälfte gezogen. Ihr würden sie natürlich nichts tun. Nasin hätte sie alle hängen lassen, wenn sie auch nur einen blauen Fleck aufweisen würde. Beim Licht, sie wusste nicht, ob sie darüber lachen oder weinen sollte.

»Fürchtet Ihr Euch noch immer vor diesem jungen Narren Jarid?«, wollte Nasin wissen und zügelte sein Pferd, um ihr zu folgen. »Er hat kein Recht, Euch länger zu belästigen. Der bessere Mann hat gewonnen, und er sollte es akzeptieren. Ich werde ihn herausfordern!« Mit einer Hand, die unter dem eng anliegenden roten Handschuh wohl ebenfalls knochig war, fummelte er an einem Schwert herum, das er vermutlich seit zwanzig Jahren nicht mehr gezogen hatte. »Ich werde ihn wie einen Hund abstrecken, weil er Euch Angst gemacht hat!«

Elenia trieb Morgenwind energisch an, sodass sie einen Kreis um Janny ritten, die zu Nasin Entschuldigungen murmelte und vorgab, ihr Pferd aus dem Weg zu schaffen, während sie es tatsächlich immer zwischen ihnen hielt. Im Geiste fügte Elenia ein paar Stickereien für die Kleider hinzu, die sie kaufen würde. So hohlköpfig Nasin auch war, er konnte in dem einen Augenblick süße Worte höfischer Liebe von sich geben und sie im nächsten angrabschen, als wäre sie ein billiges Tavernenflittchen. Das würde sie nicht ertragen, nicht noch einmal, und mit Sicherheit nicht in der Öffentlichkeit. Weiter kreisend zwang sie ein besorgtes Lächeln auf ihr Gesicht, obwohl das Lächeln ehrlich gesagt mehr Mühe kostete als die Sorge. Wenn dieser alte Narr Jarid zwang, ihn zu töten, würde das alles ruinieren! »Ihr wisst, dass ich es nicht ausstehen kann, wenn Männer um mich kämpfen, Nasin.« Ihre Stimme war atemlos und besorgt, aber sie versuchte nicht, gelassener zu klingen. Atemlos und besorgt passten. »Wie könnte ich einen Mann mit Blut an den Händen lieben?«

Nasin sah sie so lange mit starrem Blick an, dass sie sich fragte, ob sie zu weit gegangen war. Er war so verrückt wie ein Märzhase, aber nicht in jeder Hinsicht. Nicht immer. »Mir war nicht klar, dass Ihr so … feinfühlig seid«, sagte er schließlich, ohne in seinen Bemühungen innezuhalten, um Janny herumzureiten. Sein verhärmtes Gesicht hellte sich auf. »Aber ich hätte es wissen sollen. Von jetzt an werde ich daran denken. Jarid darf leben. Solange er Euch nicht behelligt.« Plötzlich schien er Janny das erste Mal richtig wahrzunehmen, und mit einer gereizten Grimasse hob er die Hand und ballte sie zur Faust. Die pummelige Frau stählte sich sichtlich für den Schlag, ohne zur Seite zu weichen, und Elenia biss die Zähne zusammen. Seidenstickereien. Definitiv unpassend für eine Zofe, aber Janny hatte es sich verdient.

»Lord Nasin, ich habe Euch schon *überall* gesucht«, rief da eine affektierte Frauenstimme, und das Kreisen hörte auf.

Elenia atmete erleichtert auf, als Arymilla mit ihrem Gefolge herangeritten kam, und musste erneut ihre Wut darüber unterdrücken, dass sie Erleichterung verspürte. Arymilla war eine pummelige Frau, fast schon korpulent, sie war in viel zu aufwändig verzierte grüne

Seide gekleidet, mit Spitzenbesatz unter dem Kinn und an den Ärmeln; sie hatte ein ausdrucksloses Lächeln und braune Augen, die stets weit aufgerissen Interesse vortäuschten, wenn es gar nichts Bemerkenswertes gab. Ihr fehlte der Verstand, um den Unterschied zu erkennen, sie war gerade schlau genug, um zu wissen, dass es Dinge gab, die sie interessieren sollten, und sie wollte nicht, dass jemand auf die Idee kam, sie wären ihr entgangen. Ihre einzige echte Sorge galt der eigenen Bequemlichkeit und dem dazu nötigen Einkommen, und sie wollte den Thron nur aus dem Grund, weil die Königliche Schatzkammer für mehr Luxus sorgen konnte als die Einkünfte einer Hohen Herrin. Ihr Gefolge war größer als Nasins, aber nur die Hälfte bestand aus Waffenmännern, die die Vier Monde ihres Hauses trugen. Der Rest bestand größtenteils aus Speichelleckern, unwichtigen Lords und Ladys bedeutungsloser Häuser und anderen, die bereit waren, Arymilla für eine Stellung bei Hofe das Handgelenk zu lecken. Sie liebte es, wenn die Leute um sie herumscharwenzelten. Naean war auch da, am Rand der Gruppe mit ihren Waffenmännern und der Dienerin, allem Anschein nach hatte sie sich wieder völlig unter Kontrolle. Aber sie hielt Abstand zu Jaq Lounalt, einem schlanken Mann mit einem albernen tarabonischen Schleier, der seinen gewaltigen Schnurrbart bedeckte, und einer konisch geformten Kappe, die seine Kapuze zu lächerlichen Höhen ausbeulte. Auch dieser Bursche lächelte zu viel. Er sah kaum wie ein Mann aus, der einen nur mit ein paar Stricken zum Betteln und Flehen bringen konnte.

»Arymilla«, sagte Nasin verwirrt, dann starrte er seine Faust an, als würde es ihn überraschen, sie erhoben vorzufinden. Er senkte die Hand zum Sattelknauf und strahlte die alberne Frau an. »Arymilla, meine Liebe«, sagte er warmherzig. Nicht mit der Art von

Wärme, die Elenia vorbehalten war. Es hatte den Anschein, als hätte er sich irgendwie zur Hälfte davon überzeugt, dass Arymilla seine Tochter war, und zwar seine Lieblingstochter, was das anging. Elenia war einmal Zeugin gewesen, wie er mit ihr lang und breit in Erinnerungen an ihre »Mutter« geschwelgt hatte, seine letzte Frau, die mittlerweile über dreißig Jahre tot war. Arymilla war es gelungen, ihren Teil dieser Unterhaltung zu bestreiten, obwohl sie Miedelle Caeren nie begegnet war, soweit Elenia wusste.

Trotz seiner väterlichen Miene für Arymilla musterte er die Horde hinter ihr, und sein Ausdruck entspannte sich, als er Sylvase entdeckte, seine Enkelin und Erbin, eine kräftige, gelassene junge Frau, die seinen Blick ohne zu lächeln erwiderte und dann ihre pelzverbrämte Kapuze nach vorn zog. Elenia hatte sie noch nie lächeln oder die Stirn runzeln oder sonst eine Gefühlsregung bei ihr gesehen, sie behielt immer den gleichen kuhähnlichen Ausdruck bei. Offensichtlich hatte sie auch den Verstand einer Kuh. Arymilla hielt Sylvase näher bei sich als Elenia oder Naean, und so lange sie das tat, gab es nicht die geringste Chance, dass man Nasin zum Rücktritt zwingen konnte. Er war verrückt, keine Frage, aber durchtrieben. »Ich hoffe, Ihr gebt gut auf meine kleine Sylvase Acht, Arymilla«, murmelte er. »Überall sind Glücksjäger, und ich will, dass mein kleiner Schatz sicher ist.«

»Aber natürlich«, erwiderte Arymilla und lenkte ihre überfütterte Stute an Elenia vorbei, ohne sie eines Blickes zu würdigen. Ihr Tonfall war honigsüß und widerwärtig kindisch. »Ihr wisst, dass ich auf sie aufpasse wie auf mich selbst.« Hohlköpfig lächelnd fing sie an, Nasins Umhang auf seinen Schultern zu richten und glättete ihn mit dem Benehmen von jemandem, der einem geliebten Invaliden einen Schal umband. »Es ist viel zu kalt für Euch. Ich weiß, was Ihr braucht. Ein warmes Zelt und heißen gewürzten Wein. Ich lasse ihn für Euch von meiner Zofe zubereiten, keine Widerrede. Arlene, begleite Lord Nasin zu seinem Zelt und mache ihm einen schönen gewürzten Wein.«

Eine schlanke Frau aus ihrem Gefolge zuckte erschrocken zusammen und ritt dann zögernd vor, schob die Kapuze ihres Umhangs zurück und enthüllte ein hübsches Gesicht und ein zittriges Lächeln. Plötzlich waren alle Speichellecker und Krötenfresser damit beschäftigt, ihre Umhänge zu richten oder die Handschuhe fester zu ziehen; sie sahen überall hin, nur nicht zu Arymillas Zofe. Vor allem die Frauen nicht. Jede von ihnen hätte auserwählt werden können, und das wussten sie. Seltsamerweise schaute Sylvase nicht weg. Es war unmöglich, ihr Gesicht im Schatten der Kapuze zu erkennen, aber die Öffnung bewegte sich und folgte der schlanken Frau.

Nasins Grinsen entblößte seine Zähne, was ihn noch mehr als gewöhnlich wie einen Ziegenbock aussehen ließ. »Ja. Ja, gewürzter Wein wäre gut. Arlene, richtig? Kommt, Arlene, seid ein braves Mädchen. Euch ist doch nicht kalt, oder?« Das Mädchen stieß einen spitzen Schrei aus, als er ihr seinen Umhang über die Schultern schwang und sie so eng an sich zog, dass sie sich auf ihrem Sattel vorbeugen musste. »In meinem Zelt wird Euch warm sein, das verspreche ich.« Ohne auch nur einen Blick zurückzuwerfen, ritt er im Schritttempo los, kicherte vor sich hin und flüsterte der jungen Frau im Arm etwas zu. Seine Waffenmänner folgten ihm mit quietschendem Leder und dem langsamen, feuchten Schlag von Hufen im Schlamm. Einer von ihnen lachte, als hätte ein anderer einen Witz gemacht.

Elenia schüttelte angewidert den Kopf. Eine hübsche Frau in Nasins Richtung zu stoßen, um ihn abzulenken, war eine Sache – sie musste nicht mal besonders hübsch sein; jede Frau, die der alte Narr in eine Ecke treiben konnte, war in Gefahr –, aber die eigene Zofe zu nehmen war widerwärtig. Wenn auch nicht so widerwärtig wie Nasin selbst. »Ihr habt versprochen, ihn mir vom Hals zu halten, Arymilla«, sagte sie mit leiser, angespannter Stimme. Der geile alte Verrückte mochte sie ja für den Augenblick vergessen haben, aber er würde sich sofort an sie erinnern, wenn er sie das nächste Mal sah. »Ihr habt es mir versprochen.«

Arymillas Miene nahm einen mürrischen Zug an, und sie zupfte verdrossen an ihren Reithandschuhen herum. Sie hatte nicht das bekommen, was sie gewollt hatte. Für sie war das eine große Sünde. »Wenn Ihr vor Verehrern sicher sein wollt, solltet Ihr in meiner Nähe bleiben, statt herumzuwandern. Ist es meine Schuld, wenn Ihr die Männer anzieht? Und ich habe Euch gerettet. Dafür habe ich keinen Dank gehört.«

Elenia biss die Zähne so fest zusammen, dass ihr Kiefer schmerzte. So tun zu müssen, als würde sie diese Frau aus eigenem Willen unterstützen, entfachte in ihr den Wunsch, etwas zu beißen. Man hatte ihr ihre Möglichkeiten überaus deutlich erklärt. Entweder einen Brief an Jared oder eine längere Hochzeitsreise zusammen mit ihrem »Verlobten«. Beim Licht, sie hätte es darauf ankommen lassen, wäre nicht klar gewesen, dass Nasin sie in irgendeinem abgelegenen Herrenhaus einsperren und – nachdem sie seine Fummeleien über sich hatte ergehen lassen müssen – schließlich vergessen würde. Aber Arymilla bestand auf dieser Scharade. Sie bestand auf vielen Dingen, und einige davon waren völlig unerträglich. Und doch musste man sie ertragen. Für den Augenblick. Vielleicht konnte ja Meister Lounalt ein paar Tage lang seine Kunst Arymilla widmen, sobald die Dinge geregelt waren.

Irgendwoher nahm sie ein entschuldigendes Lächeln und überwand sich, den Kopf zu senken wie einer der stiefelleckenden Blutsauger, die sie neugierig beobachteten. Denn wenn *sie* vor Arymilla kroch, dann bewies das nur, dass sie auch das Richtige taten. Das Gefühl ihrer Blicke auf dem Körper ließ sie sich nach einem Bad sehnen. Dies vor Naean tun zu müssen wollte sie schreien lassen. »Ich biete Euch alle Dankbarkeit, die in mir ist, Arymilla.« Nun, das war keine Lüge. Alle Dankbarkeit in ihr zusammengenommen entsprach dem Wunsch, die Frau zu erwürgen. Ganz langsam. Aber sie musste tief Luft holen, bevor sie die nächsten Worte herausbekam. »Ihr müsst mir verzeihen, dass ich so langsam bin, bitte.« Ein *sehr* bitteres Wort. »Nasin hat mich durcheinander gebracht. Ihr wisst, wie Jarid reagieren würde, wenn er von Nasins Benehmen erfährt.« Bei den letzten Worten nahm ihr Tonfall an Schärfe zu, aber die närrische Frau kicherte. Sie kicherte!

»Aber natürlich verzeihe ich Euch, Elenia«, lachte sie, und ihre Miene hellte sich auf. »Ihr braucht doch bloß zu fragen. Jarid ist ein Hitzkopf, nicht wahr? Ihr müsst ihm schreiben und ihm berichten, wie zufrieden Ihr seid. Ihr seid doch zufrieden, oder? Ihr könnt meinem Sekretär diktieren. Ich hasse es, mir die Finger mit Tinte schmutzig zu machen, Ihr nicht auch?«

»Aber sicher bin ich zufrieden, Arymilla. Wie könnte ich es nicht sein?« Diesmal erforderte das Lächeln keine Mühe. Die Frau glaubte doch allen Ernstes, sie sei clever. Wenn Arymillas Sekretär den Brief schrieb, bestand keine Möglichkeit, Geheimtinte zu nehmen, aber sie konnte Jarid ganz offen befehlen, absolut nichts ohne ihren vorherigen Rat zu unternehmen, und die hirnlose dumme Kuh würde glauben, dass sie brav gehorchte.

Arymilla nickte selbstzufrieden und nahm die Zügel, und ihr Gefolge tat es ihr gleich. Hätte sie sich einen Topf auf den Kopf gesetzt und ihn Hut genannt, hätten auch sie alle Töpfe getragen. »Es wird spät«, sagte sie, »und ich will morgen früh raus. Aedelle Baryns Koch hat ein ausgezeichnetes Mahl für uns vorbereitet. Ihr und Naean müsst mit mir reiten, Elenia.« Sie ließ es klingen, als würde sie ihnen damit eine Ehre erweisen, und sie hatten keine andere Wahl, als sich so zu verhalten, als wäre das der Fall. Sie ritten neben sie. »Und Sylvase natürlich. Sylvase, kommt mit.«

Nasins Enkelin brachte ihre Stute näher heran, jedoch nicht an Arymillas Seite. Sie blieb ein Stück zurück, während Arymillas Speichellecker sich an ihre Fersen hefteten, da sie nicht eingeladen worden waren, mit ihrer Herrin zu reiten. Trotz des böigen, eiskalten Windes, der an ihren Umhängen zerrte, bemühten sich mehrere der Frauen und zwei oder drei der Männer vergeblich, das Mädchen in eine Unterhaltung zu verwickeln. Sie sprach kaum zwei zusammenhängende Worte. Aber da keine Hohe Herrin in der Nähe war, die man mit Schmeicheleien beeindrucken konnte, würde es die Erbin eines Hohen Herren auch tun, und vielleicht hoffte ja einer der Burschen, eine gute Partie zu machen. Vermutlich waren ein paar von ihnen Leibwächter oder zumindest Spione, die dafür sorgten, dass sie nicht mit einem Mitglied ihres Hauses in Verbindung trat. Dieser Haufen würde das aufregend finden, ein Kontakt mit den Ausläufern der Macht. Elenia hatte ihre eigenen Pläne für Sylvana.

Arymilla gehörte ebenfalls zu den Leuten, denen es nicht schwer fiel, ohne Unterbrechung zu plappern, wo sich jeder mit einem Funken Verstand die Kapuze ins Gesicht zog, und während sie durch das sterbende Licht ritten, erstreckte sich ihre Unterhaltung von der Frage, was Lir wohl zum Abendessen servierte, bis hin zu den Plänen für ihre Krönung. Elenia hörte bloß aufmerksam genug zu, um an den scheinbar angebrachten Stellen etwas zu murmeln. Wenn die Närrin allen, die sich gegen sie gestellt hatten, eine Amnestie gewähren wollte, würde Elenia Sarand ihr bestimmt nicht sagen, dass sie dumm war. Es war qualvoll genug, dieser Frau mit … Freundlichkeit begegnen zu müssen, da musste man nicht auch noch zuhören. Dann traf sie einer von Arymillas Sätzen wie der Stich einer Nadel.

»Es wird Euch und Naean doch nicht stören, Euch ein Bett zu teilen, oder? Es hat den Anschein, als hätten wir nicht genügend anständige Zelte.«

Sie plapperte weiter, aber einen Augenblick lang konnte Elenia kein Wort verstehen. Sie fühlte sich, als hätte man ihr Schnee unter die Haut geschoben. Kaum merklich drehte sie den Kopf und begegnete Naeans schockiertem Blick. Es war unmöglich, dass Arymilla von ihrem zufälligen Treffen erfahren haben konnte, nicht so schnell, und selbst wenn doch, warum sollte sie ihnen die Gelegenheit geben, einen Plan zu schmieden? Eine Falle? Spione, die jedes Wort belauschten? Naeans Dienerin, oder … Oder Janny? Die Welt schien sich zu drehen. Vor Elenias Augen tanzten schwarze und silbrige Funken. Sie glaubte in Ohnmacht fallen zu müssen.

Plötzlich wurde ihr bewusst, dass Arymilla sie direkt angesprochen hatte und mit einem zusehends ungeduldiger werdenden Stirnrunzeln auf eine Antwort wartete. Ihre Gedanken rasten. Ja, das war es gewesen. »Eine vergoldete Kutsche, Arymilla?« Welch lächerliche Idee. Da konnte man genauso gut im Wagen eines Kesselflickers fahren! »Oh, wunderbar! Ihr habt so großartige Einfälle!«

Arymillas erfreutes Lächeln ließ Elenia etwas ruhiger atmen. Die Frau *war* eine hirnlose Närrin. Vielleicht gab es ja zu wenig Zelte. Aber wahrscheinlicher war, dass sie sie für gezähmt hielt. Elenia machte aus ihren gebleckten Zähnen ein Lächeln. Aber sie verwarf die Idee, den Taraboner die Frau »unterhalten« zu lassen, nicht mal eine Stunde lang. Mit Jarids Unterschrift auf dem Dokument gab es nur einen Weg, wie sie auf den Thron gelangen konnte. Alles stand bereit. Die einzige offene Frage bestand nur noch darin, ob Arymilla oder Naean zuerst sterben sollte.

Die Nacht legte sich bedrückend auf Caemlyn, eiskalt, von scharfen Winden getrieben. Hier und da kündete Lichtschein in Fenstern in oberen Stockwerken von noch wachen Menschen, aber die meisten Schlagläden waren verschlossen, und die Mondsichel tief am Himmel schien die Dunkelheit noch zu betonen. Selbst der Schnee, der die Dächer bedeckte und den man dort, wo er den Aktivitäten des Tages entkommen war, vor den Gebäuden aufgehäuft hatte, erschien von schattenhaftem Grau. Der einsame Mann, der von einem dunklen Umhang verhüllt wurde und durch den gefrorenen Matsch auf dem Pflaster schritt, hörte genauso auf Daved Hanlon wie auf Doilan Mellar; ein Name war nichts anderes als ein Mantel, und ein Mann wechselte den Mantel, wann immer es nötig war. Im Verlauf der Jahre hatte er viele getragen. Wäre es nach seinen Wünschen gegangen, hätte er im Königlichen Palast die Füße vor einem prasselnden Kaminfeuer hochgelegt, einen Krug in der Hand, ein Glas Branntwein neben ihm und ein williges Mädchen auf den Knien, aber er musste die Wünsche anderer erfüllen. Wenigstens waren hier in der Neustadt die Straßen sicherer. Nicht ungefährlich, mit diesem gefrorenen Matsch unter den Sohlen, der ein Ausrutschen in einen Sturz verwandeln konnte, aber hier war es zumindest unwahrscheinlicher als in der Innenstadt, dass einem die Stiefel unter dem Körper fortgerissen wurden. Außerdem passte die nächtliche Dunkelheit zu seiner Stimmung.

Es waren nur wenige Leute in den Straßen unterwegs gewesen, als er aufgebrochen war, und die Zahl hatte sich verringert, als die Dunkelheit immer tiefer geworden war. Kluge Leute blieben nach Einbruch der Nacht im Haus. Gelegentlich bewegten sich undeutliche Umrisse in den tieferen Schatten, aber nach einem kurzen Blick auf Hanlon schossen sie vor ihm um die nächste Ecke, zogen sich in Gassen zurück und versuchten ihre Flüche zu dämpfen, während sie in Schnee traten, der aller Wahrscheinlichkeit nach nicht von der Sonne berührt worden war. Er war nicht massig und nur wenig größer als die meisten Männer, Schwert und Brustpanzer wurden vom Umhang verborgen, aber Straßenräuber hielten nach Schwächen und Zögern Ausschau, und er bewegte sich mit Entschlossenheit und deutlicher Furchtlosigkeit. Ein Verhalten, das noch von dem langen Dolch verstärkt wurde, den er verborgen in der von einem Panzerhandschuh verhüllten rechten Hand hielt.

Er hielt unterwegs Ausschau nach Patrouillen der Garde, aber er rechnete nicht damit, welchen zu begegnen. Die Straßenräuber und Beutelschneider hätten sich andere Jagdgründe gesucht, wären Gardisten in der Nähe gewesen. Natürlich konnte er neugierige Gardisten mit einem Wort fortschicken, aber er wollte weder Beobachter noch Fragen, was er so weit vom Palast entfernt tat. Sein Schritt geriet ins Stocken, als auf einer vorausliegenden Kreuzung zwei in dicke Umhänge gehüllte Frauen erschienen, aber sie gingen weiter, ohne auch nur einen Blick in seine Richtung zu werfen, und er atmete erleichtert auf. Zu dieser Nachtzeit wagten sich nur sehr wenige Frauen ohne einen Mann mit einem Schwert oder einer Keule auf die Straße, und selbst ohne ihre Gesichter gesehen zu haben, hätte er eine Hand voll Gold gegen einen Pferdeapfel gewettet, dass es sich bei den beiden um Aes Sedai handelte. Oder um andere der seltsamen Frauen, die die meisten Betten im Palast in Beschlag nahmen.

Der Gedanke an den Haufen ließ ihn die Stirn runzeln und ein Jucken zwischen seinen Schulterblättern entstehen, das wie ein Nesselbusch war. Was auch immer da im Palast vor sich ging, es verursachte ihm Magendrücken. Die Frauen vom Meervolk waren schon schlimm genug, und nicht nur, weil sie auf diese verführerische Weise durch die Gänge wiegten und dann einen Mann mit dem Messer bedrohten. Er hatte nicht einmal daran gedacht, einer einen Klaps auf den Hintern zu geben, nachdem ihm klar geworden war, dass sie und die Aes Sedai sich anstarrten wie zwei Katzen, die man in einen Kasten gesetzt hatte. Und offensichtlich – so unmöglich das auch erschien – waren die Frauen vom Meervolk die größeren Katzen. Aber auf gewisse Weise waren die anderen schlimmer. Ganz egal, was man sich auch erzählte, er wusste, wie Aes Sedai aussahen, und sie hatten keine Falten. Trotzdem konnten ein paar von ihnen die Macht lenken, und er hatte den beunruhigenden Eindruck, dass sie es alle konnten. Was aber keinen Sinn ergab. Vielleicht hatte das Meervolk eine besondere Gabe, aber was die Kusinen anging, wie Falion sie nannte, wusste er eines mit Sicherheit: Sollten sich drei Frauen, die die Macht lenken konnten und keine Aes Sedai waren, an denselben Tisch setzen, würden Aes Sedai auftauchen, bevor sie ein Glas Wein trinken konnten, und ihnen den Befehl geben, sofort weiterzuziehen und nie wieder miteinander zu sprechen. Und sie würden dafür sorgen, dass es auch so geschah. Das war eine Tatsache. Aber hier hockten diese Frauen im Palast, über hundert von ihnen, hielten ihre privaten Zusammenkünfte ab und gingen an Aes Sedai vorbei, ohne dass auch nur jemand eine Miene verzog. Zumindest war es bis zum heutigen Tag so gewesen, und was es auch immer gewesen war, was sie wie verängstigte Glucken zusammengetrieben hatte, die Aes Sedai waren genauso besorgt gewesen. Das waren zu viele Merkwürdigkeiten, um ihm zu schmecken. Wenn sich Aes Sedai ungewöhnlich verhielten, dann war für einen Mann die Zeit gekommen, sich um seine eigene Haut zu kümmern.

Mit einem Fluch riss er sich aus seinen Gedanken. In der Nacht musste jeder Mann auf seine Haut aufpassen, und seine Gedanken schweifen zu lassen war nicht die richtige Methode. Wenigstens war er nicht stehen geblieben oder langsamer geworden. Nach ein paar weiteren Schritten lächelte er schmal und fuhr mit dem Daumen über die Dolchklinge. Der Wind flüsterte die Straße entlang und verstummte, er pfiff über die Dächer und verstummte, und in den kurzen stillen Pausen dazwischen konnte er das leise Knirschen von Stiefeln hören, die ihm schon seit kurz nach dem Aufbruch vom Palast folgten.

Bei der nächsten Straßenkreuzung wandte er sich mit dem gleichen gemächlichen Schritt nach rechts und drückte sich dann plötzlich mit dem Rücken gegen die Vorderseite eines Stalls, der direkt an der Ecke stand. Die breiten Stalltore waren geschlossen und vermutlich von innen verriegelt, aber der Geruch von Pferden und Pferdedung hing in der eiskalten Luft. Das Gasthaus auf der gegenüberliegenden Straße war ebenfalls verriegelt und verrammelt, die Fenster mit den Schlagläden verschlossen und dunkel, der einzige Laut außer dem Wind war das Quietschen seines Schildes, das Hanlon in der Nacht nicht entziffern konnte. Niemand war da, um zu sehen, was ihn nichts anging.

Er hörte das Geräusch von Stiefeln, die in dem Bemühen, ihn nicht aus den Augen zu verlieren, schneller ausschritten, und dann schob sich vorsichtig ein von einer Kapuze verhüllter Kopf um die Ecke. Natürlich nicht vorsichtig genug. Hanlons linke Hand zuckte in die Kapuze, um eine Kehle zu umschließen, während zur gleichen Zeit seine rechte einen geübten Stoß mit dem Dolch ausführte. Im Grunde rechnete er mit einem Brustpanzer oder einem Kettenhemd unter dem Mantel des Mannes, aber ein paar Fingerbreit Stahl drangen mühelos unter dem Brustbein des Mannes ein. Er wusste nicht, warum das die Lungen eines Mannes zu lähmen schien, sodass er nicht aufschreien konnte, bis er an seinem eigenen Blut erstickt war, aber er wusste, dass es so war. Doch heute Nacht hatte er keine Zeit. Zwar waren keine Gardisten in Sichtweite, aber das bedeutete nicht, dass es auch so blieb. Mit einem schnellen Ruck schlug er den Kopf des Mannes hart genug gegen die Steinmauer des Stalls, um ihm den Schädel zu spalten, dann trieb er den Dolch bis zum Heft in den Körper und fühlte, wie die Klinge knirschte, als sie die Wirbelsäule des Burschen durchtrennte.

Seine Atmung blieb gleichmäßig – Töten war bloß etwas, das gelegentlich erforderlich war, nichts, weswegen man sich aufregen musste –, aber er setzte die Leiche schnell im Schnee an der Wand ab, ging daneben in die Hocke und wischte die Klinge an dem dunklen Mantel des Mannes ab, während er sich seine andere Hand unter die Achselhöhle klemmte, um den Panzerhandschuh auszuziehen. Er schaute sich schnell nach beiden Seiten um, während er in der Dunkelheit das Gesicht des Mannes abtastete. Bartstoppeln verrieten ihm, dass es ein Mann war, aber mehr auch nicht. Mann, Frau oder Kind, das machte für ihn keinen Unterschied – nur Narren taten so, als hätten Kinder keine Augen im Kopf oder Zungen, die erzählen konnten, was sie gesehen hatten –, aber er wünschte sich, es hätte einen Schnurrbart oder eine dicke Nase gegeben, irgendetwas, um eine Erinnerung in ihm aufblitzen zu lassen und ihm zu verraten, wer der Bursche war. Seine Hand glitt über den Ärmel des Toten und fand dicke Wolle, weder besonders fein noch besonders grob, und einen sehnigen Arm, der einem Schreiber oder Kutscher oder Fußsoldaten gehören mochte. Mit anderen Worten, also jedem Mann, genau wie der Mantel. Hanlon durchwühlte die Taschen des Toten, er fand einen Holzkamm und ein Fadenknäuel, das er zur Seite warf. Am Gürtel des Mannes verharrte er. Dort hing eine leere Lederscheide. Kein Mann auf der Welt hätte mit Hanlons Stahl in der Lunge noch seinen Dolch ziehen können. Natürlich gab es gute Gründe, das Messer gezogen zu tragen, wenn man nachts unterwegs war, aber der Grund, der ihm sofort einfiel, bestand darin, jemanden in den Rücken zu stechen oder eine Kehle durchzuschneiden.

Aber das ließ ihn nur kurz verharren. Er verschwendete keine weitere Zeit mit Spekulationen, sondern schlitzte den Geldbeutel des Burschen auf. Das Gewicht der Münzen, die ihm in die Hand fielen und die er hastig in den eigenen Beutel stopfte, verriet ihm, dass es kein Gold war, vermutlich war nicht mal ein Silberstück dabei. Aber ein aufgeschlitzter Beutel und fehlendes Geld würden denjenigen, der die Leiche fand, auf einen Raubmord schließen lassen. Er erhob sich, zog den Panzerhandschuh an und schritt nur Augenblicke, nachdem er zugestochen hatte, wieder über den mit Schneematsch bedeckten Bürgersteig, den Dolch unter dem Umhang eng an die Seite gehalten und mit misstrauischem Blick. Er entspannte sich erst, als er eine Straße von dem Toten entfernt war, und selbst dann entspannte er sich nicht sehr.

Die meisten Leute, die von dem Verbrechen hörten, würden die Geschichte mit dem Raubmord, die er präsentiert hatte, glauben, aber nicht derjenige, der den Kerl geschickt hatte. Da er ihm vom Palast aus gefolgt war, bedeutete das, dass ihn jemand geschickt hatte, aber wer? Wenn eine vom Meervolk ihm ein Messer in den Leib stoßen wollte, hätte sie es selbst getan. So sehr Hanlon die Kusinen allein schon durch ihre Existenz beunruhigten, schienen sie sich still und unauffällig zu verhalten. Gewiss, Leute, die bewusst keine Aufmerksamkeit erregten, kamen am ehesten dafür in Frage, einen Meuchelmörder in der Nacht zu dingen, aber er hatte mit keiner von ihnen je mehr als drei Worte gewechselt, und mit Sicherheit hatte er nie versucht, eine von ihnen zu betatschen. Die Aes Sedai kamen dafür noch eher in Frage, aber er war ziemlich sicher, nichts getan zu haben, was ihren Argwohn geweckt hätte. Andererseits konnte jede von ihnen ihre eigenen Gründe haben, ihn tot sehen zu wollen. Bei Aes Sedai konnte man nie wissen. Birgitte Trahelion war eine dumme Kuh, die sich allen Ernstes für eine Gestalt aus einer Geschichte zu halten schien, vielleicht war sie sogar die echte Birgitte, falls es je eine Birgitte gegeben hatte, aber es war durchaus möglich, dass sie ihn als Bedrohung für ihre Position betrachtete. Sie mochte ja ein Flittchen sein, so wie sie in ihren Hosen durch die Korridore tänzelte, aber sie hatte einen kalten Blick. Sie hätte ohne zu blinzeln den Befehl geben können, jemandem die Kehle durchzuschneiden. Aber die letzte Möglichkeit war jene, die ihn am meisten besorgte. Seine eigenen Herren gehörten nicht zu den vertrauensseligsten aller Menschen und waren auch nicht besonders vertrauenswürdig. Und Lady Shiaine Avarhin, die ihm im Augenblick die Befehle gab, war diejenige gewesen, die ihn in dieser Nacht zu sich gerufen hatte. Wo zufällig ein Kerl mit einem Messer in der Hand auf ihn wartete. Er glaubte nicht an Zufälle, ganz egal, was die Leute über diesen al'Thor sagten.

Der Gedanke, zum Palast zurückzukehren, kam und verging wieder blitzartig. Er hatte Gold versteckt; er konnte einen Weg durch das Tor genauso leicht bezahlen wie jeder andere auch, oder einfach den Befehl geben, eines lange genug zu öffnen, damit er hinausreiten konnte. Aber das würde bedeuten, den Rest seines Lebens über die Schulter blicken zu müssen, und jeder, der auf Armlänge an ihn herankam, konnte derjenige sein, der ausgesandt worden war, ihn zu töten. Kein großer Unterschied zu seiner jetzigen Lebensweise. Abgesehen von der Sicherheit, dass ihm jemand früher oder später Gift in die Suppe streuen oder ein Messer zwischen die Rippen jagen würde. Aber die Hexe Birgitte war die Hauptverdächtige. Oder eine Aes Sedai. Oder vielleicht hatte er diese Kusinen ja doch irgendwie beleidigt. Es zahlte sich immer aus, auf der Hut zu sein. Seine Finger spannten sich um den Dolchgriff. Im Augenblick war das Leben gut, mit ordentlichen Annehmlichkeiten und vielen Frauen, die von einem Hauptmann der Garde beeindruckt waren oder sich von ihm einschüchtern ließen, andererseits war ein Leben auf der Flucht dem Tod an Ort und Stelle deutlich vorzuziehen.

Es war nicht einfach, die richtige Straße und erst recht das richtige Haus zu finden – in der Dunkelheit sah eine Seitengasse so aus wie die andere –, aber er gab sich Mühe und pochte schließlich an die Tür eines hohen, im Schatten liegenden Gebäudes, das einem wohlhabenden, aber diskreten Kaufmann hätte gehören können. Er wusste jedoch, dass dem nicht so war. Avarhin war ein kleines Adelshaus, einige hielten es sogar für ausgestorben, aber es gab noch eine Tochter, und Shiaine hatte Geld.

Einer der Türflügel schwang auf, und er riss die Hand hoch, um sich vor dem plötzlichen Lichtglanz zu schützen. Die linke Hand; den Dolch in der rechten hielt er verborgen und bereit. Er blinzelte durch die gespreizten Finger und erkannte die Frau in der einfachen dunklen Dienerinnentracht an der Tür. Nicht, dass ihn das auch nur eine Spur beruhigte.

»Gebt mir einen Kuss, Falion«, sagte er, als er eintrat. Mit einem anzüglichen Grinsen griff er nach ihr. Natürlich mit der Linken.

Die Frau mit dem schmalen Gesicht stieß seine Hand zur Seite und schloss die Tür fest hinter ihm. »Shiaine ist mit einem Gast oben im Wohnzimmer«, sagte sie ruhig, »und die Köchin ist in ihrer Kammer. Sonst ist niemand im Haus. Hängt Euren Umhang an die Garderobe. Ich lasse sie wissen, dass Ihr da seid, aber vielleicht müsst Ihr warten.«

Hanlon ließ das Grinsen verschwinden und die Hand sinken. Trotz ihres alterslosen Gesichts konnte man Falion bestenfalls als ansehnlich beschreiben, und selbst das strapazierte die Wahrheit, wenn man ihren eisigen Blick und die kalte Art in Betracht zog. Sie war kaum die Art von Frau, an der er mit Begeisterung herumgefummelt hätte, aber anscheinend wurde sie von einem der Auserwählten bestraft, und er war ein Teil der Strafe, was die Sachlage veränderte. Bis zu einem gewissen Grade. Mit einer Frau ins Bett zu gehen, die keine andere Wahl hatte, hatte ihn nie gestört, und Falion hatte nun wirklich keine. Ihre Dienerinnentracht entsprach der Wahrheit; sie tat die Arbeit von fünf Frauen, als Leibdienerin, Küchenmagd und Mädchen für die Nachttöpfe, sie schlief, wenn sie die Zeit dafür fand, und zuckte zusammen, wenn Shiaine auch nur die Stirn runzelte. Ihre Hände waren rau und rot vom Wäschewaschen und Bödenschrubben. Aber sie würde ihre Bestrafung vermutlich überleben, und das Letzte, was er wollte, war eine Aes Sedai mit einem persönlichen Groll auf Daved Hanlon. Nicht, wenn sich die Umstände ändern konnten, bevor er Gelegenheit hatte, ihr ein Messer ins Herz zu stoßen. Mit ihr eine Übereinkunft zu treffen war aber einfach gewesen. Sie schien alles praktisch zu sehen. Wenn die anderen dabei waren, tatschte er jedes Mal, wenn sie in Reichweite kam, an ihr herum, und wenn genug Zeit war, schleppte er sie in die winzige Dienstbotenkammer oben unter dem Dach. Dort zerwühlten sie dann die Laken, setzten sich in der Kälte auf das schmale Bett und tauschten Informationen aus. Obwohl er ihr auf ihr

Drängen hin ein paar blaue Flecke verpasste, nur für den Fall, dass Shiaine nachsah. Er hoffte, dass sie sich daran erinnern würde, dass sie ihn dazu gedrängt hatte.

»Wo sind die anderen?«, sagte er, nahm schwungvoll den Umhang ab und hängte ihn auf die mit Leopardenschnitzereien verzierte Garderobe. Das Hallen seiner Stiefel auf den Bodenfliesen wurde von der hohen Decke der Eingangshalle zurückgeworfen. Es war eine hübsche Halle, mit bemalten Stucksimsen und mehreren aufwändig gestalteten Wandteppichen, die auf mit Schnitzwerk versehenen Wandpaneelen hingen. Das Holz war auf Hochglanz poliert und wurde von Spiegelkandelabern beleuchtet, die ausreichend vergoldet waren, um in den Königlichen Palast zu passen. Aber er sollte zu Asche verbrennen, wenn es hier drinnen viel wärmer als draußen war. Falion betrachtete den Dolch in seiner Hand mit hochgezogener Braue, und er schob ihn mit einem schmalen Lächeln in die Scheide. Er konnte ihn wieder schneller in der Hand halten, als es jemand für möglich gehalten hätte, und sein Schwert fast genauso schnell. »In der Nacht sind die Straßen voller Diebe.« Trotz der frostigen Luft zog er die Panzerhandschuhe aus und steckte sie hinter den Schwertgürtel. Alles andere hätte möglicherweise den Anschein erweckt, dass er sich in Gefahr glaubte. Und falls es zum Schlimmsten kam, sollte der Brustharnisch eigentlich reichen.

»Ich weiß nicht, wo Marillin ist«, sagte sie über die Schulter, da sie sich bereits abgewandt und die Röcke für die Treppe geschürzt hatte. »Sie ist vor Einbruch der Nacht gegangen. Murellin ist mit seiner Pfeife im Stall. Wir können reden, nachdem ich Shiaine von Eurer Ankunft unterrichtet habe.«

Er sah ihr hinterher und grunzte. Murellin, ein hünenhafter Bursche, den Hanlon nicht im Rücken haben wollte, war in den Stall hinter dem Haus verbannt worden, wenn er seine Pfeife rauchen wollte, weil Shiaine den Geruch seines groben Tabaks nicht ausstehen konnte, und da er für gewöhnlich einen Krug Ale mitnahm oder auch gleich eine ganze Kanne, sollte er nicht so schnell wieder da sein. Marillin machte Hanlon mehr Sorgen. Auch sie war eine Aes Sedai und stand anscheinend genauso unter Shiaines Befehl wie Falion oder er selbst, aber mit ihr hatte er keine Abmachung. Auch keinen Streit, aber er misstraute Aes Sedai aus Prinzip, ob sie nun Schwarze Ajah waren oder nicht. Wo war sie hingegangen? Um was zu tun? Was ein Mann nicht wusste, konnte ihn umbringen, und Marillin Gemalphin verbrachte viel zu viel Zeit damit, Dinge zu tun, über die er nicht Bescheid wusste. Er kam zu dem Schluss, dass es in Caemlyn überhaupt zu viele Dinge gab, über die er nicht Bescheid wusste. Höchste Zeit, dass er sie in Erfahrung brachte, wenn er überleben wollte.

Da Falion gegangen war, begab er sich von der eisigen Vorhalle direkt in die Küche im rückwärtigen Teil des Hauses. Der Raum mit den Ziegelwänden war natürlich leer – die Köchin wusste Besseres, als ihre Nase aus ihrem Zimmer im Keller zu stecken, sobald man sie für die Nacht entlassen hatte –, und der schwarze Eisenofen und die Herde waren kalt, aber ein kleines Feuer in dem langen Steinkamin machte die Küche zu einem der wenigen Räume, die in diesem Haus warm sein würden. Jedenfalls verglichen mit dem Rest. Shiaine war eine geizige Frau, solange es nicht um ihre eigene Bequemlichkeit ging. Das Feuer brannte hier bloß für den Fall, dass sie mitten in der Nacht heißen Wein haben wollte oder heiß gemachte Eiermilch.

Seit seinem Eintreffen in Caemlyn war er etwa ein halbes Dutzend Mal in diesem Haus gewesen und wusste, in welchen Schränken die Gewürze aufbewahrt wurden und in welchem Nebenraum der Küche immer ein Fass Wein stand. Und immer guter Wein. Hier sparte Shiaine nicht. Jedenfalls nicht bei dem, was sie selbst trinken wollte. Als Falion zurückkehrte, hatte er den Honigtopf und eine Schale mit Ingwer und Gewürznelken neben eine Kanne mit Wein auf den großen Küchentisch gestellt und einen Schürhaken ins Feuer geschoben. Shiaine konnte »Kommt jetzt« sagen und auch »jetzt« meinen, aber wenn sie einen warten lassen wollte, konnte es fast schon wieder Tag sein, bevor sie einen empfing. Diese Besuche kosteten ihn immer Schlaf, sollte die Frau doch zu Asche verbrennen!

»Wer ist der Besucher?«, fragte er.

»Er hat sich mir nicht mit Namen vorgestellt«, erwiderte Falion und hielt die Tür zum Korridor mit einem Stuhl geöffnet. Das ließ etwas von der kargen Wärme hinaus, aber sie würde hören, falls Shiaine sie rief. Vielleicht wollte sie auch nur sichergehen, dass die andere Frau sie nicht belauschen konnte. »Ein schlanker Mann, groß und hart, sieht wie ein Soldat aus. Seinem Benehmen nach zu urteilen ein Offizier, vielleicht ein Adliger, der Akzent ist andoranisch. Er scheint intelligent und vorsichtig zu sein. Seine Kleidung ist unauffällig, wenn auch teuer, und er trägt keine Ringe oder Nadeln.« Sie musterte den Tisch mit einem Stirnrunzeln, ging zu einem der Schränke neben der Tür zum Korridor und stellte einen zweiten Zinnpokal neben den, den er sich geholt hatte. Es war ihm nie in den Sinn gekommen, zwei Pokale dort hinzustellen. Schlimm genug, dass er sich den Wein selbst machen musste. Aes Sedai oder nicht, sie war hier die Dienerin. Aber sie nahm einen Stuhl am Tisch und schob die Schale mit den Gewürzen von sich, als würde sie erwarten, dass er sie bediente.

»Shiaine hatte gestern zwei Besucher, die allerdings weniger vorsichtig waren als dieser Bursche«, fuhr sie fort. »Der Besucher am Morgen hatte die Goldenen Eber von Sarand auf den Stulpen seiner Handschuhe. Vermutlich hat er gedacht, niemand würde diese kleinen Stickereien bemerken, wenn er überhaupt nachgedacht hat. Ein dicker, blonder Mann in den mittleren Jahren, der auf alles herabsah; er hat ein Kompliment über den Wein gemacht, als wäre er überrascht, in diesem Haus einen vernünftigen Jahrgang vorzufinden, und er wollte, dass Shiaine mich prügelt, weil ich es am nötigen Respekt mangeln ließ.« Selbst das sagte sie mit kalter, beherrschter Stimme. Nur wenn Shiaine sie mit dem Riemen schlug, ließ sie eine Gefühlsregung erkennen. Er hatte sie brüllen gehört. »Ein Mann vom Land, der nur selten in Caemlyn war, aber glaubt, dass er weiß, wie sich die Höhergestellten benehmen, würde ich sagen. Ihr könnt ihn an einer Warze an seinem Kinn und einer kleinen halbmondförmigen Narbe neben dem linken Auge erkennen. Der Bursche am Nachmittag war klein und dunkel, mit einer spitzen Nase und misstrauischen Blicken, keine Narben oder Male, soweit ich sehen konnte, obwohl er einen Ring mit einem rechteckigen Granaten an der linken Hand trug. Er war sparsam mit seinen Worten und sehr darauf bedacht, nichts preiszugeben bei dem Wenigen, was ich mithören konnte, aber er trug einen Dolch, auf dessen Knauf die Vier Monde von Haus Marne waren.«

Hanlon verschränkte die Arme, lehnte sich an den Kamin und hielt das Gesicht reglos, obwohl er die Stirn runzeln wollte. Er war davon überzeugt gewesen, dass der Plan vorsah, Elayne auf den Thron zu helfen, auch wenn das, was danach kam, ein Rätsel geblieben war. Sie war ihm als Königin versprochen worden. Ob sie nun eine Krone trug oder nicht, wenn er sie nahm, war es ihm völlig egal, auch wenn es eine gewisse Würze in die Sache gebracht hätte – dieses langbeinige Miststück sattelgerecht zuzureiten würde das reine Vergnügen sein, selbst wenn sie eine Bauerstochter gewesen wäre, vor allem, nachdem diese Schlampe ihn heute vor all den anderen Frauen heruntergemacht hatte! –, aber Besprechungen mit Sarand und Marne hatten vielleicht zu bedeuten, dass Elayne doch ungekrönt sterben sollte. Vielleicht war er trotz all der Versprechungen, es mit einer Königin treiben zu können, nur auf seinen Posten gelangt, um sie in einem bestimmten Augenblick zu töten, wenn ihr Tod ein bestimmtes Ergebnis zur Folge hatte, auf das Shiaine aus war. Beziehungsweise der Auserwählte, der ihr ihre Befehle gegeben hatte. Moridin hieß der Kerl, ein Name, den Hanlon nie zuvor gehört hatte. Das störte ihn nicht. Wenn ein Mann den Mut hatte, sich als Auserwählter zu bezeichnen, war Hanlon nicht so dumm, ihn in Frage zu stellen. Die Wahrscheinlichkeit, dass er bei diesem ganzen Unternehmen nicht mehr als ein Dolch war, gab ihm zu denken. Solange der Dolch seine Arbeit machte, welche Rolle spielte es dann, wenn er dabei zerbrach? Es war viel besser, die Faust am Griff zu sein als die Klinge.

»Habt Ihr gesehen, ob Gold den Besitzer gewechselt hat?«, fragte er. »Habt Ihr etwas gehört?«

»Das hätte ich gesagt«, erwiderte sie schmallippig. »Und unserer Übereinkunft zufolge bin ich jetzt mit einer Frage dran.«

Es gelang ihm, seine Gereiztheit hinter einer erwartungsvollen Miene zu verbergen. Die dumme Gans erkundigte sich immer nach den Aes Sedai im Palast oder nach jenen, die sie Kusinen nannte, oder nach den Meervolk-Frauen. Alberne Fragen. Wer mit wem freundschaftlich umging und wer nicht. Wer sich zu privaten Gesprächen traf und wer sich aus dem Weg ging. Was er aufgeschnappt hatte. Als hätte er nichts anderes zu tun, als in den Korridoren herumzulungern und ihnen nachzuspionieren. Er log sie nie an – das Risiko, dass sie die Wahrheit erfuhr, war zu groß; selbst wenn sie in diesem Haus als Dienerin arbeiten musste, war sie schließlich eine Aes Sedai! –, aber es fiel immer schwerer, Dinge zu finden, die er ihr noch nicht erzählt hatte, und sie bestand darauf, dass er ihr Informationen gab, wenn er welche zu bekommen gedachte. Aber heute hatte er nur ein paar unbedeutende Sachen anzubieten: Vom Meervolk reisten ein paar Frauen ab, und sie alle waren den ganzen Tag herumgelaufen, als hätte ihnen jemand Eiszapfen in die Kragen gesteckt. Damit würde sie sich zufrieden geben müssen. Was er wissen musste, war wichtig, das war kein verdammter Klatsch.

Aber bevor sie ihre Frage stellen konnte, wurde die Hoftür geöffnet. Murellin war groß genug, um fast den Türrahmen zu füllen, aber eisige Kälte schoss herein, ein Windstoß, der das kleine Feuer tanzen ließ und Funken den Schornstein hinaufschickte, bis der große Mann die Tür zustieß. Er schien die Kälte nicht zu bemerken, andererseits sah sein brauner Mantel so dick wie zwei Umhänge aus. Darüber hinaus hatte der Mann nicht nur die Größe eines Ochsen, sondern auch dessen Verstand. Er knallte einen großen Holzbecher auf den Tisch, schob beide Daumen hinter den breiten Gürtel und musterte Hanlon aufgebracht. »Ihr macht mit meiner Frau rum?«, knurrte er.

Hanlon zuckte zusammen. Nicht, weil er vor Murellin Angst hatte, nicht, wenn der Dummkopf auf der anderen Seite des Tisches stand. Was ihn überraschte, war die Aes Sedai, die vom Stuhl aufsprang und die Weinkanne vom Tisch riss. Sie warf Gewürznelken und Ingwer hinein, fügte einen Löffel Honig hinzu und ließ die Kanne umherwirbeln, so als würde das alles vermischen, dann holte sie mit einem Zipfel ihres Rocks den Schürhaken aus dem Feuer und hielt ihn in die Kanne, ohne sich vorher zu vergewissern, ob er überhaupt schon heiß genug war. Dabei sah sie nicht einmal in Murellins Richtung.

»Eure Frau?«, sagte Hanlon vorsichtig. Das entlockte seinem Gegenüber ein hämisches Grinsen.

»So gut wie. Die Lady meint, ich könnte genauso gut das benutzen, was Ihr nicht wollt. Fally und ich halten einander nachts warm.« Murellin ging noch immer grinsend um den Tisch herum, aber jetzt in Richtung der Frau. Ein Ruf hallte durch den Korridor, und er blieb seufzend stehen. Das Grinsen verschwand.

»Falion!«, erklang Shiaines Stimme aus der Ferne. »Bring Hanlon rauf, und zwar schnell!« Falion stellte die Kanne hart genug auf dem Tisch ab, dass der Wein über den Rand schwappte, und eilte schon zur Tür, bevor Shiaines Ruf verhallt war. Wenn die andere Frau die Stimme erhob, dann sprang Falion.

Auch Hanlon sprang, allerdings aus anderen Gründen. Er holte sie ein und packte ihren Arm, als sie die erste Stufe erreichte. Ein schneller Blick zurück verriet ihm, dass sich die Küchentür schloss. Vielleicht spürte Murellin die Kälte ja doch. Trotzdem hielt er seine Stimme leise. »Was hat das zu bedeuten?«

»Das geht Euch nichts an«, sagte sie kurz angebunden. »Könnt Ihr mir etwas besorgen, das ihn schlafen lässt? Etwas, das ich ihm ins Ale oder in den Wein tun kann? Er trinkt alles, egal, wie es schmeckt.«

»Wenn Shiaine der Meinung ist, dass ich Befehlen nicht gehorche, dann geht mich das sehr wohl etwas an, und Ihr solltet das auch so sehen, wenn Ihr einen Funken Verstand habt.«

Sie legte den Kopf schräg und starrte ihn die lange Nase entlang an, so kalt wie ein Fisch. »Das hat nichts mit Euch zu tun. Soweit es Shiaine betrifft, *gehöre* ich noch immer Euch, wenn Ihr hier seid. Ihr müsst wissen, dass sich gewisse Dinge geändert haben.« Plötzlich schnappte etwas Unsichtbares sein Handgelenk und zog seine Hand von ihrem Ärmel. Etwas anderes umklammerte seine Kehle und drückte zu, bis er keine

Luft mehr bekam. Vergeblich tastete er mit der linken Hand nach dem Dolch. Ihr Tonfall blieb kühl. »Ich war der Meinung, dass sich gewisse andere Dinge auch dementsprechend ändern sollten, aber Shiaine sieht die Dinge nicht logisch. Sie sagt, wenn der Große Meister Moridin will, dass meine Strafe erleichtert wird, dann wird er das sagen. Moridin hat mich ihr übergeben. Murellin ist ihre Weise, dafür zu sorgen, dass ich das begriffen habe. Ihre Weise, dafür zu sorgen, dass ich genau weiß, dass ich ihre *Hündin* bin, bis sie es anders befiehlt.« Sie holte tief Luft, und der Druck von seinem Handgelenk und seiner Kehle verschwand. Noch nie zuvor hatte ein Atemzug so süß geschmeckt. »Könnt Ihr besorgen, worum ich gebeten habe?«, fragte sie so ruhig, als sei sie nicht gerade versucht gewesen, ihn mit der verdammten Macht zu töten. Allein der Gedanke, dass er damit berührt worden war, ließ seine Haut jucken.

»Ich kann …«, begann er heiser und verstummte, um zu schlucken und sich den Hals zu reiben. Es fühlte sich an, als hätte er in einer Henkerschlinge gesteckt. »Ich kann Euch etwas besorgen, das ihn in einen Schlaf versetzt, aus dem er nie wieder aufwachen wird.« Sobald es sicher war, würde er sie abstechen wie eine Gans.

Sie schnaubte verächtlich. »Ich wäre die Erste, die Shiaine verdächtigt, und ich könnte mir gleich die Handgelenke selbst aufschlitzen, wenn ich gegen eine ihrer Entscheidungen Einwände erhebe. Es wird reichen, wenn er die Nächte durchschläft. Überlasst das Denken mir, das ist für uns beide besser.« Sie legte eine Hand auf das geschnitzte Geländer und schaute die Treppe hoch. »Kommt. Wenn sie jetzt sagt, dann meint sie auch jetzt.« Bedauerlich, dass er sie nicht wie eine Gans aufhängen konnte, damit sie so auf das Messer warten konnte.

Er folgte ihr, und die schweren Schritte seiner Stiefel hallten durch die Vorhalle, und ihm wurde bewusst, dass er nicht gehört hatte, wie der Besucher gegangen war. Falls das Haus keinen geheimen Zugang hatte, von dem er nichts wusste, gab es nur die Haustür, die Tür in der Küche und noch eine zweite Tür hinten heraus, die aber nur durch die Küche zu erreichen war. Also sollte er wohl diesen Soldaten kennen lernen. Vielleicht sollte es eine Überraschung sein. Verstohlen lockerte er den Dolch in seiner Scheide.

Wie erwartet brannte in dem breiten Kamin aus blau geädertem Marmor im vorderen Wohnzimmer ein prächtiges Feuer. Es war ein Raum, der es wert gewesen wäre, geplündert zu werden – auf vergoldeten Tischchen standen Porzellanvasen vom Meervolk, und die Wandbehänge und Teppiche hätten einen ordentlichen Preis erzielt. Allerdings war einer der Teppiche jetzt vermutlich wertlos. In der Mitte des Zimmers lag ein mit einer Decke verhüllter niedriger Hügel, und wenn der Bursche, der ihn bildete, den Teppich nicht mit seinem Blut beschmutzt hatte, würde Hanlon die Stiefel essen, die darunter herausschauten.

Shiaine saß auf einem Lehnstuhl, eine hübsche Frau in goldbestickter blauer Seide mit einem kunstvollen Gürtel aus geflochtenem Golddraht und einer schweren Goldkette um den schlanken Hals. Das glänzende braune Haar, das ihr bis über die Schultern fiel, wurde von einem Netz aus hauchdünner Spitze gehalten. Auf den ersten Blick wirkte sie zerbrechlich, aber ihr Gesicht hatte etwas Fuchsartiges, und ihr Lächeln reichte nie bis zu den großen braunen Augen. Sie säuberte einen kleinen Dolch mit einem Feuertropfen im Knauf mit einem spitzenbesetzten Taschentuch. »Sag Murellin, dass ich ein … Bündel … habe, das er später wegbringen soll, Falion«, erklärte sie ruhig.

Falions Gesicht blieb so reglos wie polierter Marmor, aber sie machte einen Knicks, der viel Ähnlichkeit mit einem Zurückzucken hatte, bevor sie aus dem Zimmer lief.

Hanlon behielt die Frau und den Dolch im Augenwinkel, während er zu dem verhüllten Hügel ging und sich bückte, um eine Ecke der Decke zu lüften. Blicklose blaue Augen starrten aus einem Gesicht, das lebendig vielleicht hart gewesen wäre. Die Toten sahen immer weicher aus. Anscheinend war er weder so vorsichtig noch so intelligent gewesen, wie Falion ihn eingeschätzt hatte. Hanlon ließ die Decke fallen und richtete sich auf. »Hat er etwas gesagt, das Euch nicht behagte, meine Lady?«, fragte er sanft. »Wer war er?«

»Er hat mehrere Dinge gesagt, gegen die ich Einwände hatte.« Sie hielt den Dolch in die Höhe, musterte die kleine Klinge, um sich zu vergewissern, dass sie auch sauber war, und schob sie in die mit Gold verzierte Scheide an ihrer Taille. »Sagt, ist Elaynes Kind von Euch?«

»Ich weiß nicht, wer die Welpe gezeugt hat«, entgegnete er säuerlich. »Warum, meine Lady? Glaubt Ihr, ich wäre weich geworden? Die letzte Schlampe, die behauptet hat, ein Kind von mir zu erwarten, habe ich in einen Brunnen gesteckt, damit sie wieder einen klaren Kopf bekam, und ich habe dafür gesorgt, dass sie da bleibt.« Auf einem Tablett auf einem der Seitentische standen ein silberner Weinkrug und zwei Silberpokale. »Sind die in Ordnung?«, fragte er. Beide Pokale enthielten noch etwas Wein, aber eine kleine Beimischung hätte den Toten zu einem leichten Opfer gemacht.

»Catrelle Mosenain, die Tochter eines Schmieds aus Maerone«, sagte die Frau so glatt, als wäre das allgemein bekannt, und er wäre beinahe überrascht zusammengezuckt. »Ihr habt ihr den Schädel mit einem Stein eingeschlagen, bevor Ihr sie hineingeworfen habt, zweifellos, um ihr das Ertrinken zu ersparen.« Woher wusste sie den Namen des Mädchens, ganz zu schweigen von dem Stein? Er hatte den Namen nicht mal mehr selbst gewusst. »Nein, ich glaube nicht, dass Ihr weich geworden seid, aber es würde mir gar nicht gefallen, wenn ich zu dem Schluss kommen müsste, dass Ihr Lady Elayne küsst, ohne es mich vorher wissen zu lassen. Das würde ich sogar hassen.«

Plötzlich bedachte sie das blutige Taschentuch in ihrer Hand mit einem Stirnrunzeln und erhob sich anmutig, um zum Kamin zu rauschen und es in die Flammen zu werfen. Sie blieb dort stehen, um sich zu wärmen, und würdigte ihn keines Blickes. »Könnt Ihr dafür sorgen, dass ein paar der seanchanischen Frauen entkommen? Es wäre am besten, wenn es sowohl die wären, die man *Sul'dam* nennt, wie auch jene, die man *Damane* nennt.« Die unvertrauten Worte ließen sie jeweils kurz zögern. »Aber wenn das nicht geht, ein paar der *Sul'dam* würden reichen. Sie werden ein paar der anderen befreien.«

»Vielleicht.« Blut und verdammte Asche, sie wirbelte von einem Thema zum nächsten, noch schlimmer als Falion es getan hatte. »Es wird nicht einfach sein, meine Lady. Sie werden streng bewacht.«

»Ich habe nicht gefragt, ob es einfach ist«, sagte sie und starrte in die Flammen. »Könnt Ihr die Wachen von den Getreidespeichern abziehen? Es würde mich erfreuen, wenn ein paar davon tatsächlich brennen würden. Ich bin die gescheiterten Versuche leid.«

»Das kann ich nicht machen«, murmelte er. »Es sei denn, Ihr wollt, dass ich danach untertauche. Sie führen Unterlagen über die Befehle, dass es einem Cairhiener zu viel würde. Und das würde sowieso nichts nutzen, denn durch diese verdammten Tore treffen jeden verdammten Tag neue Wagen ein.« In Wahrheit bedauerte er das nicht. Die Methode bereitete ihm Unbehagen, ja, aber es tat ihm nicht Leid. Der Palast würde sowieso der letzte Ort in Caemlyn sein, der Hunger litt, aber er hatte auf beiden Seiten der Linien Belagerungen miterlebt, und er hatte nicht vor, noch einmal aus seinen Stiefeln eine Suppe kochen zu müssen. Aber Shiaine wollte Brände.

»Noch eine Antwort, die ich nicht verlangt habe.« Sie schüttelte den Kopf und starrte unverwandt in die Flammen. »Aber vielleicht kann etwas dort getan werden. Wie nahe seid Ihr denn daran, Elaynes … Zuneigung zu genießen?«, schloss sie prüde.

»Näher als an dem Tag, an dem ich im Palast eintraf«, knurrte er und starrte ihren Rücken finster an. Er bemühte sich, diejenigen, die die Auserwählten über ihn gestellt hatten, niemals zu beleidigen, aber diese Schlampe stellte seine Geduld auf eine harte Probe. Er hätte diesen zarten Hals wie einen Zweig zerbrechen können! Um die Hände nicht um ihre Kehle zu legen, füllte er einen Pokal und hielt ihn in der Hand, ohne die Absicht zu haben, daraus zu trinken. Natürlich in der linken Hand. Nur weil bereits ein Toter im Zimmer lag, musste das noch lange nicht bedeuten, dass sie nicht plante, noch einen Mord zu begehen. »Aber ich muss es langsam angehen lassen. Es ist ja nicht so, als könnte ich sie in eine Ecke drängen und sie aus ihrem Unterhemd kitzeln.«

»Ich schätze nicht«, sagte Shiaine gedämpft. »Sie ist kaum die Art von Frau, an die Ihr gewöhnt seid.« *Lachte* sie etwa? *Amüsierte* sie sich über ihn? Es kostete ihn seine ganze Selbstbeherrschung, den Weinpokal nicht zu Boden zu schleudern und das fuchsgesichtige Miststück zu erdrosseln.

Plötzlich drehte sie sich um, und er blinzelte, als sie den Dolch gleichgültig in die Scheide steckte. Er hatte überhaupt nicht bemerkt, dass sie das verdammte Ding gezogen hatte! Er nahm einen Schluck Wein, ohne nachzudenken, und verschluckte sich beinahe, als ihm klar wurde, was er da tat.

»Wie würde es Euch gefallen, Caemlyn geplündert zu sehen?«, fragte sie.

»Gut, wenn ich eine Kompanie und einen freien Pfad zu den Toren habe.« Der Wein musste in Ordnung sein. Der zweite Pokal bedeutete, dass auch sie getrunken hatte, und wenn er den Pokal des Toten genommen hatte, konnte nicht mehr genug Gift darin sein, um eine Maus zu vergiften. »Wollt Ihr das? Ich befolge Befehle genauso gut wie jeder andere.« Wenn er davon ausgehen konnte, sie zu überleben, oder wenn sie von den Auserwählten kamen. Man konnte genauso gut als Narr sterben, als den Auserwählten nicht zu gehorchen. »Aber manchmal ist es hilfreich, mehr zu wissen als ›geht dorthin und tut dies‹. Wenn Ihr mir verratet, was Ihr eigentlich in Caemlyn vorhabt, könnte ich Euch helfen, es schneller zu erreichen.«

»Natürlich.« Sie lächelte breit, während ihre Augen so reglos wie braune Steine blieben. »Aber zuerst verratet mir, warum an Eurem Handschuh frisches Blut klebt.«

Er lächelte zurück. »Ein Straßenräuber, der Pech hatte, meine Lady.« Vielleicht hatte sie den Mann geschickt, vielleicht auch nicht, aber er fügte ihren Hals zu der Liste derjenigen hinzu, die er durchschneiden wollte. Und er konnte Marillin Gemalphin gleich hinzufügen. Schließlich war eine einsame Überlebende die Einzige, die erzählen konnte, was geschehen war.

KAPITEL 2

Das Thema von Verhandlungen

Die Morgensonne am Horizont ließ die eine Seite von Tar Valon noch immer von Schatten verhüllt, aber der Schnee, der alles bedeckte, funkelte grell. Die Stadt selbst schien hinter ihren langen weißen Mauern zu leuchten, ihre Türme waren alle tapfer beflaggt, aber für Egwene, die am Flussufer oberhalb der Stadt auf ihrem braunen Wallach saß, schien sie noch weiter weg zu sein, als sie es in Wirklichkeit war. Der Erinin nahm hier eine Breite von fast zwei Meilen an, und der Alindrelle Erinin und der Osendrelle Erinin, die um die Insel flossen, waren jeweils fast halb so breit, sodass sich Tar Valon in der Mitte eines großen Sees zu erheben schien, unerreichbar trotz der massiven Brücken, die hoch über dem Wasser aufragten, damit die Schiffe mühelos unter ihnen hindurchsegeln konnten. Die Weiße Burg mit ihrem knochenweißen Hauptturm, der aus dem Herzen der Stadt zu einer Höhe von fünfhundert Fuß emporwuchs, erfüllte Egwene mit einer Sehnsucht nach der Heimat. Nicht nach den Zwei Flüssen, sondern nach der Burg. Das war jetzt ihre Heimat. Rauch erregte ihre Aufmerksamkeit, ein dunstiger schwarzer Strich, der vom anderen Ufer jenseits der Stadt emporstieg, und sie verzog das Gesicht. Daishar stampfte im Schnee mit den Hufen, aber ein Klaps auf den Hals reichte aus, den Braunen zu beruhigen. Um seine Reiterin zu beruhigen, würde es mehr brauchen. Heimweh war das kleinste aller Probleme. Winzig, verglichen mit dem Rest.

Mit einem Seufzen legte sie die Zügel auf dem hohen Knauf ihres Sattels ab und hob das lange Messingfernrohr. Ihr Umhang fiel zurück und rutschte von einer Schulter, aber sie ignorierte die Kälte, die ihren Atem in Nebel verwandelte, und beschattete die Linse mit einer behandschuhten Hand vor dem grellen Sonnenlicht. Die Stadtmauern sprangen förmlich in ihrem Sichtfeld heran. Sie konzentrierte sich auf die hohen, ringförmigen Mauern des Nordhafens, der flussaufwärts in die Strömungen hineinragte. Auf den Wehrgängen, die den Hafen umrundeten, bewegten sich Menschen zielstrebig, aber aus dieser Entfernung konnte sie kaum die Männer von den Frauen unterscheiden. Trotzdem war sie froh, dass sie nicht ihre Stola, mit den sieben Farbstreifen trug und dass ihr Gesicht tief im Schatten der Kapuze lag, nur für den Fall, dass dort unten jemand ein besseres Fernrohr als sie hatte. Die breite Öffnung des von Menschenhand errichteten Hafens wurde von einer massiven Eisenkette blockiert, die mehrere Fuß über dem Wasser gespannt war. Winzige Punkte auf dem Wasser, Vögel, die vor dem Hafen nach Beutefischen tauchten, verliehen der Kette einen Maßstab. Ein schrittlanges Glied hätte zwei Männer benötigt, um hochgehoben werden zu können. Ein Ruderboot hätte vielleicht unter der Barriere hindurchschlüpfen können, aber kein Schiff von welcher Größe auch immer würde dort einlaufen, es sei denn, die Weiße Burg erlaubte es. Natürlich war die Kette nur dazu gedacht, die Feinde fern zu halten.

»Da sind sie, Mutter«, murmelte Lord Gareth, und sie senkte das Fernrohr. Ihr General war ein stämmiger Mann mit einem einfachen Brustharnisch über einem schmucklosen braunen Mantel; es gab weder eine Spur von Gold noch irgendwelche Verzierungen. Das Gesicht hinter den Stangen des Helmvisiers war offen und von den Elementen gezeichnet, und die Jahre hatten ihm eine seltsame Art von vertraueneinflößender Ruhe verliehen. Sollte sich die Grube des Verderbens vor ihm auftun, würde er seine Angst verdrängen und alles Nötige tun. Und andere Männer würden ihm folgen. Er hatte auf einem Schlachtfeld nach dem anderen bewiesen, dass sein Weg der Weg zum Sieg war. Ein guter Mann, der ihr da folgte. Ihr Blick folgte der Hand mit dem Panzerhandschuh, die flussaufwärts zeigte.

Gerade bogen fünf, sechs – nein, sieben – Flussschiffe um eine Landspitze und schnitten Bahnen in den Erinin. Sie waren groß, was die Schiffe anging, die diesen Fluss befuhren; Dreimaster, deren Dreieckssegel sich wölbten, und ihre langen Ruder schnitten hart in das blaugrüne Wasser, um noch für etwas zusätzliche Fahrt zu sorgen. Alles an diesem Dreimaster kündete von dem Verlangen nach Schnelligkeit, dem Verlangen, Tar Valon *jetzt* zu erreichen! Der Fluss war hier tief genug, dass die Schiffe an einigen Stellen auf Rufweite an den Ufern vorbeifahren konnten, aber diese hier segelten fast in einer Reihe in der Mitte des Erinin, so gut das den Steuermännern gelang. Matrosen, die sich oben an den Masten festklammerten, beobachteten die Ufer, und sie hielten nicht nach Untiefen Ausschau.

Tatsächlich hatten sie nichts zu befürchten, solange sie außer Bogenschussweite blieben. Gewiss, von ihrem Standpunkt hätte Egwene jedes Einzelne dieser Schiffe in Brand stecken oder einfach Löcher in ihre Rümpfe schneiden und sie versenken können. Eine Arbeit von wenigen Augenblicken. Aber das würde unweigerlich bedeuten, dass alle an Bord ertrinken würden. Die Strömungen waren stark, das Wasser eiskalt, und die Strecke zum Ufer lang – jedenfalls für jene, die schwimmen konnten. Selbst nur ein Tod würde die Macht für sie zu einer Waffe werden lassen. Sie versuchte so zu leben, als wäre sie bereits durch die Drei Eide gebunden, und die Eide beschützten jene auf den Schiffen vor ihr und anderen Schwestern. Eine Schwester, die auf den Eidstab geschworen hatte, würde nicht dazu *imstande* sein, diese Gewebe zu benutzen, sie möglicherweise nicht einmal erschaffen können. Falls sie sich nicht selbst davon überzeugen konnte, dass diese Schiffe eine unmittelbare Gefahr für sie darstellten. Aber offensichtlich glaubten weder die Kapitäne noch die Mannschaften daran.

Als die Flussschiffe näher kamen, hallten aus der Ferne dünne Rufe über das Wasser. Die Ausgucke auf den Masten zeigten auf sie und Gareth, und es wurde schnell ersichtlich, dass man sie für eine Aes Sedai mit ihrem Behüter hielt. Oder die Kapitäne waren zumindest nicht bereit, das Risiko einzugehen, dass sie etwas anderes war. Einen Augenblick später vergrößerte sich die Zahl der Ruderschläge. Nur um einen Bruchteil, aber die Ruderer strengten sich an, diesen Bruchteil zu erreichen. Eine Frau auf dem Quarterdeck des Führungsschiffs – vermutlich der Kapitän – winkte mit den Armen, als würde sie eine noch größere Anstrengung erwarten, und mehrere Männer liefen an Deck auf und ab, zogen hier ein Tau fester oder lösten es, um den Winkel der Segel zu verändern. Allerdings konnte Egwene nicht erkennen, ob sie damit überhaupt etwas erreichten. An Deck waren noch andere Männer als die Matrosen, und die meisten von ihnen drängten sich an der Reling. Einige hatten ein Fernrohr und schienen die Distanz zu schätzen, die sie noch überbrücken mussten, bevor sie den sicheren Hafen erreicht hatten.

Egwene dachte darüber nach, eine Stichflamme zu weben, eine Lichtexplosion, vielleicht etwas mit einem lauten Knall, direkt über den Schiffen. Das würde jeden mit wenigstens einem Funken Verstand im Kopf erkennen lassen, dass ihnen hier weder Distanz noch Schnelligkeit Sicherheit brachte, sondern nur aus den Drei Eiden heraus entstandene Nachsicht. Sie *sollten* wissen, dass sie sicher waren, *weil* es eine Aes Sedai so wollte. Sie atmete schwer aus, schüttelte den Kopf und schalt sich in Gedanken. Dieses einfache Gewebe würde auch in der Stadt Aufmerksamkeit erregen, und mit Sicherheit mehr als das Auftauchen einer einzelnen Schwester. Schwestern kamen oft zum Flussufer, um Tar Valon und die Burg zu betrachten. Selbst wenn die einzige Reaktion auf ihr Feuerwerk eine Gegendemonstration sein sollte, sobald diese Art von Wettbewerb einmal angefangen hatte, konnte er unter Umständen nur sehr schwer wieder zu beenden sein. Einmal angefangen konnten die Dinge außer Kontrolle geraten. Und dafür gab es mehr als genug Gelegenheiten, vor allem in diesen letzten fünf Tagen.

»Der Hafenmeister hat seit unserer Ankunft nicht mehr als acht oder neun Schiffe auf einmal eingelassen«, sagte Gareth, als das erste Schiff die Führung übernahm, »aber die Kapitäne scheinen einen Zeitplan ausgearbeitet zu haben. Bald werden die nächsten Schiffe kommen und die Stadt zu genau dem Zeitpunkt erreichen, ab dem die Burgwächter sich sicher sind, dass die Kerle auch gekommen sind, um in das Heer einzutreten. Jimar Chubain weiß genug, um zu verhindern, dass ich Männer auf die Schiffe schmuggle. Er hat mehr Wächter im Hafen postiert als an jedem anderen Ort, mit Ausnahme der Brückentürme, und soweit ich es in Erfahrung bringen kann, gibt es anderswo nicht viele. Aber das wird sich ändern. Der Strom an Schiffen beginnt im ersten Licht und hört erst bei Anbruch der Nacht wieder auf, hier und auch im Südhafen. Die Schiffe da unten scheinen nicht so viele Soldaten zu transportieren wie die meisten. Jeder Plan ist brillant, bis der Tag gekommen ist, Mutter, aber dann muss man sich den Umständen anpassen, oder man wird niedergeritten.«

Egwene gab einen verdrossenen Laut von sich. Auf diesen sieben Schiffen mussten zweihundert oder mehr

Passagiere sein. Ein paar mochten Kaufleute oder andere unschuldige Reisende sein, aber die niedrig stehende Sonne funkelte auf Helmen und Harnischen und auf Lederwämsern aufgenähten Stahlscheiben. Wie viele Schiffe trafen jeden Tag ein? Wie auch immer die genaue Zahl war, ein regelmäßiger Strom kam in die Stadt, um sich unter dem Hochkapitän Chubain zu verdingen. »Warum haben es Männer immer so eilig, zu töten oder getötet zu werden?«, murmelte sie gereizt.

Lord Gareth sah sie ruhig an. Er saß wie eine Statue auf seinem Pferd, einem großen Hengst mit einem weißen Streifen auf der Nase. Manchmal glaubte sie einen kleinen Teil dessen erahnen zu können, was Siuan für diesen Mann empfand. Manchmal glaubte sie, jede Mühe wäre gerechtfertigt gewesen, die es kosten würde, ihn aus der Ruhe zu bringen, nur um zu sehen, wie er seine Beherrschung verlor.

Unglücklicherweise kannte sie die Antwort auf ihre Frage genauso gut wie er. Sie traf zumindest auf Männer zu, die zu Soldaten wurden. O ja, es gab Männer, die loseilten, um eine Sache zu unterstützen oder das zu verteidigen, was ihnen am Herzen lag, und manche suchten Abenteuer, was auch immer sie dafür hielten, aber es war schlichtweg eine Tatsache, dass ein Mann für das Tragen eines Speers am Tag das Doppelte von dem verdiente, was er hinter dem Pflug eines anderen Mannes bekam, und er bekam noch einmal die Hälfte mehr, wenn er gut genug reiten konnte, um sich der Kavallerie anzuschließen. Ein Mann, der für einen anderen arbeitete, konnte davon träumen, eines Tages seinen eigenen Hof oder Laden zu besitzen, oder einen Anfang zu haben, auf dem seine Söhne aufbauen konnten, aber er hatte auch sicherlich die Tausende von Geschichten gehört, in denen Männer, die sich fünf oder zehn Jahre als Soldaten verdungen hatten, mit genügend Gold nach Hause kamen, um ein bequemes Leben zu führen, Geschichten von ganz gewöhnlichen Männern, die zu Generälen oder Lords aufstiegen. Für einen armen Mann, hatte Gareth schlicht gesagt, der eine Pike entlangstarrte, konnte es eine bessere Aussicht sein als das Hinterteil des Zugpferds, das einem anderen Mann gehörte. Selbst wenn es wahrscheinlicher war, dass er durch eine Pike starb, statt Ruhm und Reichtum zu ernten. Eine bittere Betrachtungsweise, aber sie vermutete, dass die meisten der Männer auf den Schiffen es genauso sahen. Und genauso hatte sie ihr Heer zusammenbekommen. Für jeden Mann, der die Usurpatorin vom Amyrlin-Sitz gezerrt sehen wollte, für jeden Mann, der überhaupt wusste, wer Elaida war, hatten zehn wenn nicht sogar hundert des Soldes wegen angeheuert. Einige der Männer auf dem Schiff hoben die Hände, um den Wächtern auf den Hafenwällen zu zeigen, dass sie keine Waffen hielten.

»Nein«, sagte sie, und Lord Gareth seufzte. Seine Stimme blieb ruhig, aber seine Worte waren kaum tröstlich, als er sprach.

»Mutter, so lange die Häfen offen bleiben, wird Tar Valon besser versorgt sein, als wir es sind, und statt vom Hunger geschwächt zu werden, wird die Burgwache größer und stärker. Ich bezweifle sehr, dass Elaida Chubain einen Ausfall auf unsere Truppen erlauben wird, so sehr ich mir das auch wünschen würde. Jeder Tag, den Ihr abwartet, wird die Schlachterrechnung, die früher oder später bezahlt werden muss, nur noch erhöhen. Ich habe von Anfang an gesagt, dass es am Ende zu einem Sturmangriff kommen wird, und das hat sich auch nicht geändert, aber alles andere schon. Lasst die Schwestern mich und meine Männer im Inneren der Stadtmauern absetzen, und ich kann Tar Valon erobern. Es wird nicht sauber sein. Das ist es nie. Aber ich kann die Stadt für Euch nehmen. Und es werden weniger sterben, als wenn Ihr es hinauszögert.«

Ihr Magen zog sich so fest zusammen, dass sie kaum Luft bekam. Schritt für Schritt führte sie die Novizinnenübungen durch, um den Knoten zu lösen. Das Ufer hält den Fluss, führt ihn, ohne ihn zu kontrollieren. In ihr breitete sich Ruhe aus.

Zu viele Leute waren Zeuge von der Benutzung von Wegetoren geworden, und in gewisser Weise repräsentierte Gareth die schlimmsten von ihnen. Sein Geschäft war der Krieg, und darin war er sehr gut. Sobald ihm klar geworden war, dass mehr als nur eine kleine Gruppe ein Wegetor passieren konnte, hatte er die Konsequenzen erkannt. Selbst die großen Mauern von Tar Valon, die jenseits der Reichweite eines jeden Belagerungskatapults lagen, das nicht auf einer Barke schwamm, und die mit der Macht verstärkt werden konnten, bis nicht einmal das größte Katapult ihnen etwas anhaben konnte, hätten genauso gut aus Papier bestehen können, wenn sie gegen ein Heer antraten, das das Schnelle Reisen beherrschte. Aber ob nun Gareth Bryne es begriffen hatte oder nicht, andere Männer würden die Idee aufgreifen. Die Asha'man hatten es anscheinend bereits getan. Der Krieg war schon immer hässlich gewesen, jetzt würde er noch hässlicher werden.

»Nein«, beharrte sie. »Ich weiß, dass Menschen sterben werden, bevor das hier vorbei ist.« Das Licht sollte ihr beistehen, sie brauchte nur die Augen zu schließen, um sie sterben zu sehen. Aber noch mehr Menschen würden sterben, wenn sie die falschen Entscheidungen traf, und nicht nur hier an diesem Ort. »Aber ich muss die Burg am Leben erhalten – für Tarmon Gai'don, um zwischen der Welt und den Asha'man zu stehen, und die Burg wird sterben, wenn es so weit kommt, dass sich Schwestern in den Straßen von Tar Valon gegenseitig umbringen.« Das war schon einmal geschehen. Es durfte kein zweites Mal passieren. »Wenn die Weiße

Burg stirbt, stirbt die Hoffnung. Ich sollte Euch das nicht noch einmal erklären müssen.«

Daishar warf schnaubend den Kopf hoch und machte einen Satz, als hätte er ihre Gereiztheit gespürt, aber sie zügelte ihn energisch und schob das Fernrohr in das Lederfutteral, das am Sattel hing. Die Vögel flogen davon, als die dicke Kette, die den Nordhafen blockierte, sich senkte. Sie würde weiter unter der Oberfläche versunken sein, bevor das erste Schiff die Hafenmündung erreichte. Wie lange war es her, dass sie Tar Valon auf der gleichen Route erreicht hatte? Es schien jenseits ihres Erinnerungsvermögens zu liegen. In einem anderen, längst vergangenen Zeitalter. Es war eine andere Frau gewesen, die an Land gegangen und von der Oberin der Novizinnen empfangen worden war.

Gareth schüttelte missbilligend den Kopf. Aber er gab niemals auf, oder? »Ihr müsst die Weiße Burg am Leben erhalten, Mutter, aber es ist meine Aufgabe, sie Euch zu übergeben. Falls sich die Dinge nicht geändert haben und ich nicht darüber informiert sein sollte. Ich sehe doch, wie die Schwestern flüstern und über die Schulter blicken, selbst wenn ich dafür den Grund nicht kenne. Wenn Ihr die Burg haben wollt, wird es zu einem Sturmangriff kommen, und zwar besser früher als später.«

Plötzlich erschien der Morgen dunkler, als wären Wolken vor die Sonne gezogen. Wie auch immer sie sich entschied, Tote würden sich wie Brennholz aufschichten, aber sie musste die Weiße Burg am Leben erhalten. Sie musste es. Wenn es keine guten Möglichkeiten gab, musste man die wählen, die am wenigsten falsch erschienen.

»Ich habe hier genug gesehen«, sagte sie leise. Mit einem letzten Blick auf den schmalen Rauchstreifen jenseits der Stadt lenkte sie Daishar in Richtung der

Bäume, die hundert Schritte vom Ufer entfernt standen; dort wartete ihre Eskorte unter den winterkahlen Buchen und Birken und dem immergrünen Farnen.

Zweihundert Mann leichte Kavallerie in Brustpanzern aus Leder oder mit Eisenscheiben bestickten Mänteln hätten am Ufer mit Sicherheit Aufmerksamkeit erregt, aber Gareth hatte sie von der Notwendigkeit dieser Männer mit ihren schlanken Lanzen und kurzen Reiterbogen überzeugt. Zweifellos stieg der Rauch am anderen Ufer von brennenden Proviantwagen auf. Nadelstiche, aber diese Nadelstiche kamen jede Nacht, manchmal nur einmal, manchmal auch zwei- oder dreimal, und mittlerweile hielt jeder nach dem Aufstehen sofort nach aufsteigendem Rauch Ausschau. Bislang hatte es sich als unmöglich erwiesen, die Angreifer zu stellen. Plötzliche Schneestürme prasselten auf die Verfolger nieder, oder unvermittelt auftretende Eiswinde verwischten die Spuren, und der Schnee jenseits der letzten Hufabdrücke war so unberührt wie frisch gefallen. Die Rückstände von Geweben machten deutlich, dass sie Hilfe von Aes Sedai hatten, und es wäre dumm gewesen, das Risiko einzugehen, dass Elaida Männer und vielleicht auch Schwestern auf dieser Seite des Flusses hatte. Nur wenige Dinge hätten Elaida mehr Freude gemacht, als Egwene al'Vere in die Hände zu kriegen.

Natürlich war das nicht ihre ganze Eskorte. Außer Sheriam, ihrer Behüterin der Chroniken, hatten sie an diesem Morgen sechs Aes Sedai begleitet, die ihre Behüter mitgenommen hatten. Hinter den Schwestern warteten acht Männer in farbverändernden Umhängen, die auf Übelkeit erregende Weise wogten, wenn der Wind sie erfasste, und ansonsten Teile der Reiter und Pferde scheinbar mit den Baumstämmen verschmelzen ließen. Sich der Gefahren bewusst – zumindest von den Stoßtrupps – und sich darüber im Klaren, dass ihre Aes

Sedai bis zum Zerbersten angespannt waren, beobachteten sie das sie umgebende Wäldchen, als wären die Kavalleristen nicht da. Ihre Hauptsorge galt der Sicherheit ihrer Aes Sedai, und die vertrauten sie niemand anderem an. Sarin, ein kleiner Mann mit schwarzem Bart, der weniger klein als vielmehr sehr breit war, hielt sich so nahe an Nisao, dass er die winzige Gelbe zu überragen schien, und Jori schaffte es, Morvrin zu überragen, obwohl er kleiner als sie war. Er war so breit wie Sarin, für einen Cairhiener aber sehr klein. Myrelles drei Behüter – die drei, zu denen sie sich öffentlich zu bekennen wagte – drängten sich um sie, sodass sie ihr Pferd nicht hätte in Bewegung setzen können, ohne vorher eines der ihren aus dem Weg zu drängen. Setagana, der Behüter von Anaiya, schlank, dunkel und so attraktiv, wie sie unscheinbar war, schaffte es beinahe, sie allein zu umgeben, und Tervail mit seiner eindrucksvollen Nase und dem vernarbten Gesicht tat das Gleiche mit Beonin. Carlinya hatte keinen Behüter, für eine Weiße nicht ungewöhnlich, aber sie musterte die Männer aus den Tiefen ihrer pelzverbrämten Kapuze, als würde sie darüber nachdenken, sich einen zuzulegen.

Vor gar nicht so langer Zeit hätte Egwene gezögert, mit diesen sechs Frauen gesehen zu werden. Genau wie Sheriam hatten sie ihr die Treue geschworen, aus unterschiedlichen Gründen, und weder sie noch Egwene wollten, dass dies bekannt wurde oder man es überhaupt vermutete. Sie waren ihre Möglichkeit gewesen, die Ereignisse zu beeinflussen, so weit ihr das möglich war, als alle sie für nicht mehr als ein Aushängeschild betrachtet hatten, ein Mädchen als Amyrlin, das der Saal der Burg nach Lust und Laune benutzen konnte und auf das niemand hörte. Diese Illusion hatte der Saal verloren, als Egwene die Sitzenden dazu gebracht hatte, Elaida den Krieg zu erklären, als sie endlich zugegeben hatten, was seit dem Tag ihrer Flucht aus der Burg ihr eigentliches Ziel gewesen war. Aber seitdem sorgten sich der Saal und die Ajahs, was Egwene als Nächstes tun würde, und sannen auf Mittel und Wege, ihre Zustimmung zu erlangen. Die Sitzenden waren sehr überrascht gewesen, als sie ihren Vorschlag eines Rates akzeptiert hatte, eine Schwester jeder Ajah, um sie mit ihrer Weisheit und Erfahrung zu beraten. Vielleicht glaubten sie ja, dass ihr der Erfolg mit der Kriegserklärung zu Kopf gestiegen war. Natürlich hatte sie Morvrin und Anaiya und den anderen gesagt, dass sie dafür sorgen sollten, zu den auserwählten Schwestern zu gehören, und sie hatten über genügend Ansehen in ihren Ajahs verfügt, um das zu bewerkstelligen, aber es war haarscharf gewesen. Zu diesem Zeitpunkt hatte sie sich ihre Ratschläge wochenlang angehört, auch wenn sie sie nicht immer befolgt hatte, aber jetzt bestand keine Notwendigkeit mehr, verstohlene Treffen zu arrangieren und Geheimbotschaften zu versenden.

Es hatte den Anschein, als wäre in der Zeit, in der Egwene die Burg betrachtet hatte, jemand zu der Gruppe gestoßen.

Sheriam trug die schmale blaue Stola ihres Amtes über dem Umhang; sie brachte im Sattel eine ausgesprochen formelle Verbeugung zustande. Die Frau mit den flammenroten Haaren konnte manchmal unglaublich formell sein. »Mutter, die Sitzende Delana wünscht Euch zu sprechen«, sagte sie, als könnte Egwene die pummelige Graue Schwester nicht sehen, die auf einer Stute saß, die fast so dunkel wie Sheriams schwarzfüßiges Pferd war. »In einer wichtigen Angelegenheit, wie sie sagt.« Und der leichte Anflug von Schroffheit bedeutete, dass Delana ihr nicht gesagt hatte, worum es ging. Das hatte Sheriam gewiss nicht gefallen. Sie konnte sehr eifersüchtig auf ihre Position sein.

»Unter vier Augen, wenn das möglich ist, Mutter«, sagte Delana, schob die dunkle Kapuze zurück und enthüllte Haar, das beinahe die Farbe von Silber hatte. Ihre Stimme war tief für eine Frau, aber sie wies kaum den drängenden Tonfall von jemandem auf, der etwas Wichtiges zu sagen hatte.

Ihre Anwesenheit war eine kleine Überraschung. Delana unterstützte Egwene oft im Saal der Burg, wenn sich die Sitzenden darüber stritten, ob eine bestimmte Entscheidung tatsächlich etwas mit dem Krieg gegen Elaida zu tun hatte. Das bedeutete, dass der Saal Egwenes Befehle mit größerer Entschlossenheit unterstützen musste, als es tatsächlich der Fall war. Und selbst den Sitzenden, die für den Krieg gewesen waren, gefiel dies nicht im Mindesten, was für endlose Diskussionen sorgte. Sie wollten Elaida stürzen, aber sich selbst überlassen hätte der Saal nur geredet.

Um die Wahrheit zu sagen, war Delanas Unterstützung nicht immer willkommen. Am einen Tag konnte sie das Musterbild einer Verhandlungsführerin der Grauen sein, die eine Einigung erzielen wollte, und am nächsten war sie so unnachgiebig, dass jede Sitzende in Hörweite sich sträubte. Von ihr war bekannt, dass sie auch bei anderen Gelegenheiten die Katze in den Taubenschlag gelassen hatte. Mittlerweile hatte sie nicht weniger als dreimal verlangt, der Saal solle offiziell verkünden, dass Elaida eine Schwarze Ajah war, was unweigerlich zu peinlichem Schweigen führte, bis jemand dazu aufrief, die Sitzung zu vertagen. Nur wenige waren bereit, öffentlich über die Schwarzen Ajah zu sprechen. Delana würde über alles diskutieren, von dem Problem, wie sie für neunhundertundsiebenundachtzig Novizinnen die angemessene Kleidung finden sollten, bis zu der Frage, ob Elaida unter den Schwestern insgeheim Anhänger hatte, noch ein Thema, das bei den meisten Schluckbeschwerden auslöste. Was alles zu der Frage führte, warum sie so früh angeritten kam, und dann noch allein. Sie war noch nie zuvor ohne mindestens die Begleitung einer Sitzenden vor Egwene getreten. Delanas blassblaue Augen verrieten genauso wenig wie ihr glattes Aes Sedai-Gesicht.

»Während wir reiten«, sagte Egwene. »Wir wollen unter uns bleiben«, fügte sie hinzu, als Sheriam den Mund aufmachte. »Bleibt bitte mit den anderen zurück.« Die Behüterin der Chroniken kniff die Augen mit einem beinahe wütenden Ausdruck zusammen. Sie war eine eifrige und effiziente Behüterin der Chroniken, die ihre ganze Hoffnung auf Egwene gesetzt hatte und kaum einen Hehl daraus machte, dass es ihr nicht gefiel, von einer Besprechung ausgeschlossen zu werden, egal, worum es dabei ging. Ob nun aufgebracht oder nicht, nach einem kaum merklichen Zögern nickte sie zustimmend. Sheriam hatte nicht immer gewusst, wer von ihnen beiden hier die Befehle gab, aber das hatte sich geändert.

Das Land stieg vom Fluss Erinin an, aber nicht in Form von Hügeln, sondern in einer kontinuierlichen Steigung zu dem monströsen Gipfel hin, der sich im Westen auftürmte und so gewaltig war, dass er die Bezeichnung Berg zu verspotten schien. Der Drachenberg hätte selbst am Rückgrat der Welt alles überragt; in dem eher flachen Gelände in der Umgebung von Tar Valon schien sein weißgekrönter Gipfel in den Himmel zu reichen, vor allem, wenn so wie jetzt eine dünne Rauchsäule aus seiner zerklüfteten Spitze strömte. Eine dünne Rauchsäule, die aus der Nähe auch etwas ganz anderes hätte sein können. Auf halbem Weg den Drachenberg hinauf gab es keine Bäume mehr, und es war noch niemandem gelungen, den Gipfel zu erreichen oder ihm auch nur nahe zu kommen, obwohl man sich erzählte, dass seine Abhänge von den Knochen derjenigen übersät waren, die es versucht hatten. Warum überhaupt jemand es versuchen sollte, dafür gab es keine einleuchtende Erklärung. Manchmal erstreckte sich der lange Abendschatten des Berges den ganzen Weg bis zur Stadt. Die Menschen der Gegend waren daran gewöhnt, dass der Drachenberg den Himmel beherrschte, so wie sie daran gewöhnt waren, dass der Turm der Weißen Burg die Stadtmauern überragte und auf Meilen hin sichtbar war. Beides waren unveränderliche Fixpunkte, die immer da gewesen waren und es auch immer sein würden, aber das Leben der Menschen drehte sich um die Felder und das Handwerk, nicht die Berge oder die Aes Sedai.

In winzigen Weilern aus zehn oder einem Dutzend Häusern mit Stroh- oder Schieferdächern und dem gelegentlichen Dorf aus hundert Gehöften blieben die Kinder, die im Schnee spielten oder Wasser aus den Brunnen holten, stehen und starrten den Soldaten nach, die über die unbefestigten Pfade ritten, die als Straßen dienten, wenn sie nicht vom Schnee bedeckt waren. Sie trugen keine Banner, aber ein paar der Soldaten hatten die Flamme von Tar Valon auf dem Umhang oder den Mantelärmeln, und die seltsamen Umhänge der Behüter kennzeichneten zumindest einige der Frauen als Aes Sedai. Selbst in dieser Nähe zur Stadt waren Schwestern bis vor kurzem ein seltener Anblick gewesen, und sie stellten noch immer etwas dar, was Kinderaugen glänzen ließ. Aber auch die Soldaten selbst schafften es vermutlich auf die Liste der Wunder. Die Bauernhöfe, die Tar Valon ernährten, nahmen den größten Teil des Landes in Beschlag, mit Steinmauern abgegrenzte Felder, die Häuser und hohe Scheunen aus Stein oder Ziegel umgaben, dazwischen Wälder unterschiedlichster Größe, und oft liefen Gruppen von Bauernkindern ein Stück mit den Reitern und sprangen wie Hasen durch den Schnee. Winterarbeiten hielten die meisten älteren Leute im Inneren der Häuser, aber jene, die schwer vermummt wegen der Kälte nach draußen gingen, hatten kaum Zeit für einen Blick auf Soldaten, Behüter oder Aes Sedai. Bald kamen der Frühling und das Pflügen und Aussäen, und was die Aes Sedai taten, hatte darauf keine Auswirkungen. Falls das Licht es erlaubte, würde es das nicht tun.

Es war sinnlos, Wächter zu postieren, es sei denn, sie wären geritten, als würden sie einen Angriff erwarten, und Lord Gareth hatte für eine starke Vorhut und Reihen von flankierenden Soldaten gesorgt, während eine Nachhut den Abschluss bildete. Er führte die Masse der Soldaten direkt hinter den Behütern, die sich dicht an Sheriam und den »Rat« hielten. Sie alle bildeten einen großen, unsymmetrischen Kreis um Egwene, und solange sie sich nicht zu genau umsah, konnte sie sich fast vorstellen, mit Delana allein durch die Gegend zu reiten. Statt die Sitzende der Grauen zu drängen – es war ein langer Ritt zum Lager, und es war niemandem erlaubt, ein Wegetor zu weben, wenn man dabei beobachtet werden konnte; es war also genug Zeit, um sich anzuhören, was Delana zu sagen hatte –, verglich Egwene die vorbeiziehenden Höfe mit denen an den Zwei Flüssen.

Vielleicht war es die Erkenntnis, dass die Zwei Flüsse nicht länger ihr Zuhause waren, die sie die Höfe betrachten ließ. Sich die Wahrheit einzugestehen konnte niemals ein Verrat sein, aber sie musste sich an die Zwei Flüsse erinnern. Wenn man vergaß, wo man herkam, konnte man auch vergessen, wer man war, und manchmal erschien ihr die Wirtstochter aus Emondsfelde wie eine Fremde. In der Nähe von Emondsfelde hätte jeder dieser Höfe seltsam gewirkt, auch wenn sie den Grund nicht benennen konnte. Eine andere Form der Häuser, ein anderer Winkel der Dächer. Und viel öfter waren die Dächer mit Schiefer gedeckt statt mit Stroh, sofern man es unter dem Schnee, der sie bedeckte, ausmachen konnte. Natürlich gab es auch bei den Zwei Flüssen weniger Stroh und mehr Stein und Ziegelwerk als früher. Das hatte sie gesehen, in *Tel'aran'rhiod*. Veränderungen geschahen entweder so langsam, dass man nie wahrnahm, wie sie sich an einen anschlichen, oder überfielen einen so schnell, dass es Unbehagen bereitete, aber sie kamen. Nichts blieb so, wie es war, selbst wenn man das glaubte. Oder es hoffte.

»Einige glauben, Ihr wollt ihn als Behüter an Euch binden«, sagte Delana unvermittelt. Sie hätte genauso gut an einer nichts sagenden Unterhaltung teilnehmen können. Ihre ganze Aufmerksamkeit schien darauf gerichtet zu sein, mit den grün behandschuhten Händen die Kapuze ihres Umhangs zu richten. Sie ritt gut und verschmolz so mühelos mit den Bewegungen ihres Pferdes, dass sie das Tier überhaupt nicht zu bemerken schien. »Einige glauben, dass Ihr das vielleicht bereits getan habt. Ich habe schon einige Zeit keinen mehr gehabt, aber allein das Wissen, dass Euer Behüter da ist, kann schon ein Trost sein. Wenn man den richtigen auswählt.«

Egwene hob eine Braue – sie war stolz, dass sie die Frau nicht anstarrte; das war so ungefähr das *letzte* Thema, mit dem sie gerechnet hätte –, und Delana fügte hinzu: »Lord Gareth verbringt viel Zeit mit Euch. Er ist älter als üblich, aber Grüne wählen oft einen erfahreneren Mann als ihren Ersten aus. Ich weiß, dass Ihr nie einer Ajah angehört habt, aber ich halte Euch oft für eine Grüne. Wird Siuan erleichtert sein, wenn Ihr mit ihm einen Bund eingeht, oder aufgebracht? Manchmal glaube ich das eine, manchmal das andere. Ihre Beziehung, wenn man sie so nennen will, ist sehr seltsam, aber es scheint ihr nicht im Mindesten peinlich zu sein.«

»Da müsst Ihr Siuan schon selbst fragen.« Egwenes Lächeln hatte Biss. So wie ihr Tonfall, was das anging.

Sie verstand selbst nicht genau, warum Gareth Bryne ihr seine Loyalität angeboten hatte, aber der Saal der Burg hatte Besseres mit seiner Zeit anzufangen, als wie Dorfweiber zu klatschen. »Ihr könnt wem auch immer Ihr wollt sagen, dass ich mit keinem den Bund eingegangen bin, Delana. Lord Gareth verbringt Zeit mit mir, wie Ihr es ausgedrückt habt, weil ich die Amyrlin bin und er mein General ist. Daran könnt Ihr übrigens alle erinnern.« Also betrachtete Delana sie als Grüne. Das war die Ajah, die sie gewählt hätte, obwohl sie sich in Wahrheit nur einen Behüter wünschte. Aber Gawyn war entweder in Tar Valon oder auf dem Weg nach Caemlyn, und was auch zutreffen mochte, sie würde ihn in absehbarer Zeit nicht zu sehen bekommen. Sie tätschelte Daishars Hals unnötigerweise und bemühte sich, dass ihr Lächeln nicht zu einer finsteren Grimasse wurde. Es war angenehm gewesen, eine Zeit lang nicht an den Saal und an anderes denken zu müssen. Der Saal ließ sie verstehen, warum Siuan oft wie eine Bärin mit Zahnschmerzen ausgesehen hatte, als sie noch die Amyrlin gewesen war.

»Ich würde nicht sagen, dass es zu einem allgemeinen Thema geworden ist«, murmelte Delana. »Bis jetzt. Aber es besteht ein gewisses Interesse daran, ob Ihr mit einem Behüter einen Bund eingeht oder nicht, und wer es sein wird. Ich bezweifle, dass man Gareth Bryne für eine kluge Wahl halten würde.« Sie drehte sich im Sattel um und schaute über die Schulter. Vermutlich in Richtung von Lord Gareth, aber als sich die Sitzende wieder nach vorn wandte, sagte sie sehr leise: »Sheriam war natürlich nie Eure Wahl als Behüterin der Chroniken, aber Ihr müsst wissen, dass die Ajahs den Rest von dem Haufen dazu veranlasst haben, Euch ebenfalls im Auge zu behalten.« Ihre graue Stute war kleiner als Daishar, daher musste sie zu Egwene aufsehen, was sie versuchte, nicht so aussehen zu lassen. Die blassen blauen Augen blickten plötzlich sehr scharf. »Manche glaubten, Siuan würde Euch … zu gut beraten, so wie Ihr die Kriegserklärung gegen Elaida zustande gebracht habt. Aber sie ist noch immer verärgert wegen ihrer veränderten Lebensumstände, nicht wahr? Jetzt betrachtet man Sheriam als die Schuldige. Wie dem auch sei, die Ajahs wollen eine kleine Warnung, bevor Ihr mit der nächsten Überraschung kommt.«

»Ich danke Euch für den Hinweis«, sagte Egwene höflich. Schuldige? Sie hatte dem Saal bewiesen, dass sie nicht seine Marionette sein würde, und doch beharrten die meisten weiterhin darauf, dass sie die eines anderen sein musste. Wenigstens ahnte niemand die Wahrheit über ihren Rat. Jedenfalls konnte man das nur hoffen.

»Es gibt einen weiteren Grund, warum Ihr misstrauisch sein solltet«, fuhr Delana fort, und die Intensität in ihrem Blick strafte die Teilnahmslosigkeit in ihrer Stimme Lügen. Das hier war ihr wichtiger, als sie Egwene wissen lassen wollte. »Ihr seid Euch vielleicht sicher, dass jeder Rat, den eine von ihnen gibt, direkt von der Führung ihrer Ajah kommt, und wie Ihr wisst, sind die Führung einer Ajah und ihre Sitzenden nicht immer einer Meinung. Zu sehr darauf zu hören könnte Euch Probleme mit dem Saal bescheren. Nicht jede Entscheidung betrifft den Krieg, das dürft Ihr nicht vergessen, aber Ihr wollt doch sicherlich, dass einige davon Eurem Willen entsprechen.«

»Eine Amyrlin sollte jede Seite anhören, bevor sie eine Entscheidung trifft«, erwiderte Egwene, »aber ich werde an Eure Warnung denken, wenn sie mich beraten, Tochter.« Hielt Delana sie für eine Närrin? Vielleicht versuchte die Frau auch nur, sie wütend zu machen. Wut führte zu hastigen Entscheidungen und groben Worten, die man manchmal nur schwer wieder zurücknehmen konnte. Sie hatte keine Ahnung, worauf Delana eigentlich hinauswollte, aber wenn die Sitzenden sie nicht auf eine Weise gefügig machen konnten, versuchten sie es auf eine andere. Seit man sie zur Amyrlin erhoben hatte, hatte sie viel Übung darin, solchen Bestrebungen aus dem Weg zu gehen. Sie nahm tiefe, regelmäßige Atemzüge und fand das Gleichgewicht der Ruhe. Auch darin hatte sie in letzter Zeit zu viel Übung.

Die Graue schaute sie am Rand ihrer Kapuze vorbei an; ihr Gesicht war völlig ausdruckslos. Aber ihre blauen Augen blickten jetzt bohrend scharf. »Ihr könntet sie fragen, was sie davon halten, mit Elaida Verhandlungen aufzunehmen, Mutter.«

Beinahe hätte Egwene gelächelt. Die Pause war sehr künstlich gewesen. Anscheinend missfiel es Delana, von einer Frau Tochter genannt zu werden, die jünger als die meisten Novizinnen war. Jünger als die meisten, die aus der Burg stammten. Andererseits war Delana selbst zu jung, um eine Sitzende zu sein. Und sie konnte ihr Temperament nicht so gut zügeln wie eine Wirtstochter. »Und warum sollte ich sie das fragen?«

»Weil das Thema in den letzten Tagen im Saal aufgekommen ist. Nicht als Vorschlag, aber es ist erwähnt worden, sehr verstohlen, und zwar von Varilin und Takima, und auch von Magla. Und Faiselle und Saroiya schienen daran interessiert zu sein, was sie zu sagen hatten.«

Ruhe oder nicht, plötzlich wand sich Zorn wie ein Wurm in Egwenes Innerem, und es war keine leichte Aufgabe, ihn zu zerquetschen. Diese fünf waren vor der Spaltung der Burg Sitzende gewesen, aber was noch wichtiger war, sie gehörten den beiden Hauptfraktionen an, die um die Vorherrschaft des Saals kämpften. Tatsächlich teilten sie sich zwischen Romanda und Lelaine auf, aber die beiden würden einander auch dann noch bekämpfen, wenn es bedeutete, dass sie beide ertranken. Und sie hatten ihre Anhängerinnen eisern im Griff.

Egwene hätte sich vielleicht vorstellen können, dass die anderen von den Ereignissen in Panik versetzt worden waren, aber nicht Romanda oder Lelaine. Seit mehreren Tagen waren die Debatten über Elaida oder die Zurückeroberung der Burg beinahe vollständig von besorgten Unterhaltungen über diese unglaublich mächtige, unmöglich lange Eruption der Einen Macht überschattet worden. Fast jeder wollte wissen, was sie verursacht hatte, und fast jeder hatte Angst vor der Antwort. Erst gestern hatte Egwene den Saal davon überzeugen können, dass es für eine kleine Gruppe möglich sein musste, gefahrlos an den Ort zu Reisen, an dem diese Eruption stattgefunden hatte – sogar die Erinnerung war für jeden stark genug, um die Stelle genau zu lokalisieren –, und die meisten Schwestern schienen kollektiv den Atem anzuhalten, bis Akarrin und die anderen zurückkehrten. Jede Ajah hatte eine Repräsentantin dabei haben wollen, aber Akarrin war die einzige Aes Sedai gewesen, die den Vorstoß wagte.

Doch weder Lelaine noch Romanda wirkten besorgt. So gewalttätig und lange anhaltend das Schauspiel auch gewesen war, es hatte sich auch in weiter Ferne abgespielt, und soweit sie sehen konnten, war kein Schaden entstanden; wenn es das Werk der Verlorenen war, was als sehr wahrscheinlich erschien, dann war die Chance, etwas zu erfahren, verschwindend gering, und die Möglichkeit, etwas dagegen auszurichten, sogar noch kleiner. Zeit und Mühe für Unmöglichkeiten zu verschwenden war sinnlos, wenn eine wichtige Aufgabe direkt vor ihnen lag. Das sagten sie und knirschten mit den Zähnen, weil sie derselben Ansicht waren. Aber sie stimmten auch darin überein, dass man Elaida Stola und Stab abnehmen musste, Romanda mit fast der gleichen Leidenschaft wie Lelaine, und wenn es Lelaines Zorn erregt hatte, dass Elaida eine ehemalige Blaue vom Posten der Amyrlin gestürzt hatte, dann hatte Elaidas Edikt, mit dem sie die Blaue Ajah auflöste, sie beinahe tollwütig gemacht. Wenn sie Gespräche über Verhandlungen zuließen … Es ergab keinen Sinn.

Das Letzte, was Egwene wollte, war, dass Delana oder andere auf die Idee kamen, Sheriam und die anderen wären mehr als ein paar Wachhunde, die auf sie aufpassen sollten, aber sie rief sie mit einem scharfen Ruf herbei. Sie waren verschlagen genug, die Geheimnisse zu bewahren, die bewahrt werden mussten, denn ihre eigenen Ajahs würden ihnen die Haut abziehen, wenn auch nur die Hälfte herauskam, und sie würden sich Zeit dabei lassen. Sie ritten heran und drängten sich in einer engen Gruppe um sie, ihre Gesichter waren Masken der Gelassenheit und Geduld. Dann bat Egwene Delana, das zu wiederholen, was sie ihr gesagt hatte. Trotz ihrer ursprünglichen Bitte um ein Gespräch unter vier Augen zögerte die Graue nicht lange, bevor sie dies tat. Und das war dann das Ende der Ruhe und Gelassenheit.

»Das ist Wahnsinn«, verkündete Sheriam, bevor eine andere den Mund aufmachen konnte. Sie klang ärgerlich und vielleicht auch etwas ängstlich. Was verständlich war. Ihr Name stand auf einer Liste von Frauen, die gedämpft werden sollten. »Keine von ihnen kann ernsthaft annehmen, dass Verhandlungen möglich sind.«

»Das glaube ich auch nicht«, bemerkte Anaiya trocken. Ihr Gesicht hätte eher zu einer Bäuerin als zu einer Blauen Schwester gepasst, und zumindest in der Öffentlichkeit kleidete sie sich sehr einfach in gutes Tuch, aber sie führte ihren braunen Wallach genauso mühelos wie Delana ihre Stute. Anaiya konnte nur wenig aus der Ruhe bringen. Natürlich hatte sich unter den Schwestern, die von Verhandlungen gesprochen hatten, keine Blaue befunden. Anaiya sah nicht kämpferisch aus, aber für die Blauen war es ein Krieg bis aufs Messer, ohne Gnade. »Elaida hat die Situation eindeutig dargestellt.«

»Elaida ist unberechenbar«, sagte Carlinya und warf den Kopf in den Nacken, was ihre Kapuze zurückfallen ließ und ihre kurzen dunklen Locken enthüllte. Gereizt zog sie die Kapuze wieder zurück. Carlinya zeigte nur selten Gefühle, aber ihre blassen Wangen waren fast so gerötet wie Sheriams, und ihre Stimme klang entschieden. »Sie kann unmöglich glauben, dass wir jetzt alle zu ihr zurückkriechen. Wie kann Saroiya auf die Idee kommen, dass sie sich mit weniger zufrieden geben würde?«

»Kriechen, genau das hat Elaida verlangt«, murmelte Morvrin giftig. Ihr für gewöhnlich gelassenes rundes Gesicht trug ebenfalls einen säuerlichen Ausdruck, ihre pummeligen Hände verkrampften sich um die Zügel. Sie starrte einen Schwarm Elstern, die durch die vorbeireitenden Pferde von ein paar Birken aufgescheucht wurden, so finster an, dass sie eigentlich tot vom Himmel hätten fallen müssen. »Takima hört sich manchmal gern reden. Sie muss es gesagt haben, um sich selbst reden zu hören.«

»Und Faiselle auch«, fügte Myrelle düster hinzu und starrte Delana an, als wäre sie die Schuldige. Die Frau mit der dunklen Haut war für ihr Temperament bekannt, sogar unter den Grünen. »Ich hätte nie erwartet, so etwas aus ihrem Mund zu hören. Sie ist noch nie eine Närrin gewesen.«

»Ich kann nicht glauben, dass Magla das ernst meint«, beharrte Nisao und sah die anderen der Reihe nach an. »Das ist unmöglich. So ungern ich das auch sage, Romanda hat Magla so sehr unter dem Daumen, dass sie jedes Mal quiekt, wenn Romanda niest. Und für Romanda stellt sich nur die Frage, ob man Elaida auspeitschen soll, bevor man sie ins Exil schickt.«

Delana verzog keine Miene; sie musste einfach ein selbstgefälliges Lächeln unterdrücken. Das war offensichtlich genau die Reaktion, die sie sich erhofft hatte. »Romanda hat Saroiya und Varilin genauso fest im Griff, und Takima und Faiselle setzen kaum einen Fuß vor den anderen, ohne vorher Lelaines Erlaubnis eingeholt zu haben, aber sie haben es nun einmal gesagt. Doch ich glaube, Eure Beraterinnen denken eher so wie die meisten Schwestern, Mutter.« Sie glättete ihre Handschuhe und warf Egwene einen Seitenblick zu. »Wenn Ihr energisch handelt, könnt Ihr das im Keim ersticken. Anscheinend werdet Ihr die nötige Unterstützung der Ajahs haben. Und meine natürlich im Saal. Meine und genügend andere, um dem ein sofortiges Ende zu bereiten.« Als würde Egwene Unterstützung brauchen, um das zu erreichen. Vielleicht versuchte sie ja, sich bei ihr einzuschmeicheln. Oder den Anschein zu erwecken, dass ihre einzige Sorge in der Unterstützung von Egwene bestand.

Beonin war schweigend geritten. Sie hielt den Umhang fest und starrte auf eine Stelle zwischen den Ohren ihrer braunen Stute, aber plötzlich schüttelte sie den Kopf. Für gewöhnlich ließen ihre großen blaugrauen Augen sie aussehen, als sei sie von etwas überrascht, aber als sie jetzt aus dem Schatten ihrer Kapuze eine ihrer Gefährtinnen nach der anderen ansah, Egwene eingeschlossen, funkelte in ihnen blanker Zorn. »Warum sollten Verhandlungen nicht in Frage kommen?« Sheriam sah sie überrascht an, und Morvrin öffnete stirnrunzelnd den Mund, aber Beonin fuhr fort und richtete ihre Wut direkt auf Delana, wobei ihr tarabonischer Akzent stärker als gewöhnlich durchkam. »Ihr und ich, wir sind Graue. Wir verhandeln, wir vermitteln. Elaida hat unmögliche Bedingungen genannt, aber das ist bei Verhandlungsbeginn oft der Fall. Wir können die Weiße Burg wiedervereinen und jedermann Sicherheit garantieren, wenn wir nur miteinander reden.«

»Wir richten aber auch«, fauchte Delana, »und über Elaida ist gerichtet worden.« Genau genommen stimmte das so nicht, aber sie schien von Beonins Ausbruch überraschter als alle anderen zu sein. Ihr Tonfall troff förmlich vor Gift. »Vielleicht seid Ihr ja dazu bereit, so lange zu verhandeln, bis man Euch am Ende die Prügelstrafe verabreicht. Ich bin es nicht, und ich glaube nicht, dass Ihr viele finden werdet, die es sind.«

»Die Situation hat sich verändert«, beharrte Beonin auf ihrem Standpunkt. Fast flehentlich streckte sie eine Hand nach Egwene aus. »Elaida hätte die Proklamation über den Wiedergeborenen Drachen nicht verkündet, hätte sie ihn auf irgendeine Weise in der Hand. Dieser Ausbruch von *Saidar* war eine Warnung. Die Verlorenen müssen aktiv geworden sein, und die Weiße Burg muss …«

»Genug«, unterbrach Egwene sie. »Seid Ihr bereit, Verhandlungen mit Elaida aufzunehmen? Mit den Sitzenden, die noch in der Burg sind?«, ergänzte sie. Elaida würde niemals reden wollen.

»Ja«, sagte Beonin inbrünstig. »Die Dinge können zu jedermanns Zufriedenheit geregelt werden. Ich weiß, dass dies möglich ist.«

»Dann habt Ihr meine Erlaubnis.«

Sofort begannen alle hektisch auf Beonin einzureden, versuchten, sie davon abzubringen, sagten ihr, dies sei Wahnsinn. Anaiya schrie so laut wie Sheriam und gestikulierte wild, und Delana schienen vor Entsetzen beinahe die Augen hervorzuquellen. Einige der Reiter fingen an, die Schwestern fast genauso interessiert zu betrachten wie die Bauernhöfe, an denen sie vorbeikamen, und unter den Behütern, die in diesem Augenblick den Bund nicht brauchten, um zu wissen, dass ihre Aes Sedai aufgebracht waren, zeigte sich Unruhe, aber sie hielten sich zurück. Kluge Männer mischten sich nicht ein, wenn Aes Sedai die Stimmen erhoben.

Egwene ignorierte das Geschrei. Sie hatte über jede Möglichkeit nachgedacht, die ihr eingefallen war, um diesen Kampf so zu beenden, dass die Weiße Burg am Ende unbeschadet und vereint daraus hervorging. Sie hatte stundenlang mit Siuan gesprochen, die mehr Grund als alle anderen hatte, Elaida abgesetzt zu sehen. Wenn es die Burg gerettet hätte, hätte sie sich Elaida ergeben, ob die Frau nun auf rechtmäßige Weise auf den Amyrlin-Sitz gekommen war oder nicht. Siuan hatte bei diesem Vorschlag beinahe der Schlag getroffen, aber sie hatte widerstrebend zugestimmt, dass die Erhaltung der Burg alles andere unwichtig machte. Beonin zeigte ein so schönes Lächeln, dass es wie ein Verbrechen erschien, es zu zerstören.

Egwene hob die Stimme gerade genug, um gehört zu werden. »Ihr werdet Euch an Varilin und die anderen wenden, die Delana genannt hat, und arrangieren, in die Weiße Burg gelassen zu werden. Das sind die Bedingungen, die ich akzeptieren werde: Elaida muss abdanken und ins Exil gehen.« Denn Elaida würde niemals die Schwestern wieder aufnehmen, die gegen sie rebelliert hatten. Eine Amyrlin konnte nicht bestimmen, wie sich eine Ajah selbst verwaltete, aber Elaida hatte verkündet, dass Schwestern, die aus der Burg flohen, nicht länger einer Ajah angehörten. Demzufolge mussten sie eine Wiederaufnahme in ihre Ajah erbitten, nachdem sie ihre Strafe abgeleistet hatten. Elaida würde die Burg nicht wieder einen, sondern sie noch schlimmer zerschlagen, als es ohnehin schon geschehen war. »Das sind die einzigen Bedingungen, die ich akzeptieren werde, Beonin. Die *Einzigen.* Habt Ihr mich verstanden?«

Beonin verdrehte die Augen, und sie wäre vom Pferd gefallen, hätte Morvrin sie nicht gestützt. Sie murmelte etwas Unhörbares, während die Graue sie aufrecht hielt und ihr auf die Wangen schlug, und zwar nicht gerade sanft. Alle anderen starrten Egwene an, als hätten sie sie noch nie zuvor gesehen. Das tat selbst Delana, die vom ersten ihrer Worte an geplant haben musste, dass etwas Ähnliches geschah. Beonins Ohnmachtsanfall hatte sie anhalten lassen, und der Kreis aus Soldaten zog sich nach einem gebrüllten Befehl von Lord Gareth um sie zusammen. Einige starrten die Aes Sedai an, und obwohl ihre Gesichter hinter den Visieren verborgen lagen, war ihre Besorgnis unverkennbar.

»Es ist Zeit, ins Lager zurückzukehren«, sagte Egwene mit ruhiger Stimme. Was getan werden musste, musste getan werden. Vielleicht hätte eine Kapitulation die Burg wieder geeint, aber sie konnte das nicht glauben. Und jetzt kam es vielleicht dazu, dass auf den Straßen von Tar Valon Aes Sedai gegeneinander antraten – falls ihr Plan fehlschlug. »Wir haben zu tun«, sagte sie und nahm die Zügel. »Und wir haben nicht mehr viel Zeit.« Sie betete, dass sie noch reichte.

KAPITEL 3

Geheimnisse

Sobald Delana zu der Überzeugung gelangte, dass ihre giftige Saat aufgegangen war, murmelte sie etwas davon, dass es besser war, wenn man sie nicht zusammen im Lager ankommen sah, und setzte sich ab; sie trieb ihre Stute zu einem schnellen Trab durch den Schnee an und ließ den Rest von ihnen in unbehaglichem Schweigen zurück, das nur von den Hufen ihrer Pferde durchbrochen wurde. Die Behüter behielten ihren Abstand bei, und die eskortierenden Soldaten musterten wieder die Bauernhöfe und das Unterholz, ohne den Aes Sedai auch nur noch einen Blick zu widmen; jedenfalls soweit Egwene sehen konnte. Aber Männer wussten nie, wann sie den Mund halten mussten. Wenn man einem Mann befahl, kein Wort zu sagen, ließ ihn das nur noch mehr klatschen, natürlich nur mit engen Freunden, denen er vertrauen konnte, als würden die es nicht wiederum jedem weitererzählen, der zuhören mochte. Bei den Behütern war das vermutlich anders – die Aes Sedai, die Behüter hatten, beharrten stets darauf, dass es so war –, aber zweifellos würden die Soldaten von den sich streitenden Schwestern erzählen, und genauso zweifellos würden sie behaupten, dass Delana mit einem Floh im Ohr fortgeschickt worden war. Die Frau hatte das alles sorgfältig geplant. Wenn man dieser Saat erlaubte zu wachsen, würde sie schlimmer als Feuerkraut oder Würgepflanzen wuchern, aber die Sitzende der Grauen hatte sich sehr geschickt von jeder Schuld distanziert. Am Ende kam fast immer die Wahrheit ans Licht, aber am Ende war die Wahrheit oft so von Gerüchten und Spekulationen und glatten Lügen umgeben, dass die meisten Leute sie nicht länger glaubten.

»Ich muss wohl nicht fragen, ob eine von euch schon zuvor davon gehört hatte«, sagte Egwene beiläufig und schien dabei die Landschaft zu studieren, aber sie war erfreut, als jede dies sofort mit beträchtlicher Empörung zurückwies, Beonin eingeschlossen, die ihren Kiefer bewegte und Morvrin böse anschaute. Egwene vertraute ihnen, soweit sie es wagen konnte – sie hätten ihr nicht die Treue schwören können ohne den festen Willen, sich buchstäblich daran zu halten; es sei denn, sie wären Schwarze Ajah gewesen, eine unwahrscheinliche Möglichkeit, die aber den größten Teil ihrer Vorsicht begründete –, doch selbst Treueide ließen den ergebensten Menschen genügend Spielraum, die schlimmsten Dinge zu tun, und zwar im festen Glauben, nur im besten Interesse zu handeln. Und Leute, die man gegen ihren Willen zu ihren Eiden gebracht hatte, konnten großes Geschick darin entwickeln, Lücken und Auswege zu entdecken.

»Die eigentliche Frage ist, worauf ist Delana aus?«, fuhr sie fort. Sie musste das nicht erklären, nicht diesen Frauen, von denen jede im Spiel der Häuser erfahren war. Wenn Delana nur jegliche Verhandlungen mit Elaida hatte unterbinden und gleichzeitig ihren Namen heraushalten wollte, hätte sie zu jeder Zeit allein mit Egwene darüber sprechen können. Sitzende brauchten keinen Vorwand, um das Studierzimmer der Amyrlin zu betreten. Oder sie hätte Halima benutzen können, die in den meisten Nächten in Egwenes Zelt auf einem Feldbett schlief, obwohl sie Delanas Sekretärin war. Egwene wurde von Kopfschmerzen heimgesucht, und in manchen Nächten konnten nur Halimas Massagen sie lindern, damit sie einschlafen konnte. Und im Grunde hätte eine anonyme Nachricht ausgereicht, damit sie dem Saal ein Edikt verkündete, das Verhandlungen strikt verbot. Die größten Nörglerinnen hätten zugeben müssen, dass Verhandlungen, um den Krieg zu beenden, mit Sicherheit Auswirkungen auf den Krieg selbst haben würden. Aber offensichtlich hatte Delana gewollt, dass auch Sheriam und die anderen Bescheid wussten. Ihre Enthüllung war ein Pfeil, der auf ein anderes Ziel gerichtet war.

»Streit zwischen den Anführerinnen der Ajahs und den Sitzenden«, sagte Carlinya so kühl wie Schnee. »Vielleicht Streit zwischen den Ajahs.« Sie richtete lässig ihren Umhang, der mit aufwändigen weißen Stickereien auf weißem Stoff versehen, aber mit dichtem schwarzem Pelz gefüttert war, und hätte genauso gut über den Preis einer Rolle Garn sprechen können. »Ich weiß nicht, warum sie dies wollen könnte, aber das wird das Ergebnis sein, falls wir nicht sehr vorsichtig sind, und sie konnte nicht wissen, ob wir vorsichtig sind oder Gründe dafür haben, also muss logischerweise eines oder beides ihr Ziel sein.«

»Die erste Antwort, die einem einfällt, ist nicht immer die richtige, Carlinya«, sagte Morvrin. »Es ist nicht gesagt, dass Delana ihre Handlungen so sorgfältig abwägt wie Ihr oder dass sie in die gleiche Richtung gedacht hat.« Die stämmige Braune glaubte mehr an gesunden Menschenverstand als an Logik oder behauptete das zumindest, aber in Wahrheit schien sie beides zu vermischen, eine Kombination, die sie sehr stur allen schnellen oder einfachen Antworten gegenüber machte. Was nicht unbedingt das Schlechteste war. »Delana versucht vielleicht, einige Sitzende bei einem Thema, das ihr am Herzen liegt, auf ihre Seite zu bringen. Vielleicht hofft sie, dass man Elaida doch noch zur Schwarzen Ajah erklärt. Wie dem auch sei, vielleicht beabsichtigt sie etwas, woran wir nicht einmal denken. Sitzende können genauso kleinlich wie alle anderen auch sein. Möglicherweise hegt sie einen Groll gegen eine der von ihr Genannten aus ihrer Novizinnenzeit, als sie von ihnen unterrichtet wurde. Bis wir mehr wissen, ist es besser, sich über die Konsequenzen Gedanken zu machen, statt sich über ihre Beweggründe zu sorgen.« Ihr Tonfall war so ruhig wie ihr breites Gesicht, aber Carlinyas kühle Miene geriet einen Augenblick lang in Bewegung und zeigte kühle Verachtung. Ihre Rationalität ließ nur wenig Raum für menschliche Schwächen. Oder für Leute, die ihr nicht zustimmten.

Anaiya lachte, ein Laut beinahe mütterlicher Heiterkeit, der ihren Braunen ein paar Schritte tänzeln ließ, bevor sie ihn wieder in den Schritt zwang. Eine mütterliche Bäuerin, die sich über die Possen der Dorfnachbarn amüsierte. Selbst andere Schwestern waren dumm genug, sie von vornherein nicht ernst zu nehmen. »Hört auf zu schmollen, Carlinya. Ihr habt vermutlich Recht. Nein, Morvrin, das hat sie. Aber was auch dahinterstecken mag, wir könnten ihre Hoffnungen auf Streit im Keim ersticken.« Das klang überhaupt nicht amüsiert. Keine Blaue fand etwas erheiternd, das möglicherweise Elaidas Sturz behinderte.

Myrelle nickte heftig und blinzelte überrascht, als Nisao sagte: »Könnt Ihr Euch dem entgegenstellen, Mutter?« Die kleine Gelbe meldete sich nicht oft zu Wort. »Ich meine nicht das, was auch immer Delana vorhat. Wenn wir uns einigen können, was es ist«, fügte sie schnell hinzu und machte eine Geste in Morvrins Richtung, die schon wieder den Mund aufmachte. Neben den anderen Frauen wirkte Nisao wie ein Kind, aber es war eine entschiedene Geste. Schließlich war sie eine Gelbe mit dem entsprechenden Selbstbewusstsein und unter den meisten Umständen nicht bereit, auch nur für irgendjemanden einen Schritt zurückzuweichen.

»Ich spreche von dem Gerede, mit den Sitzenden in der Burg einen Dialog zu beginnen.«

Einen Augenblick lang starrten alle sie an, selbst Beonin.

»Und warum sollten wir das erlauben?«, fragte Anaiya schließlich in gefährlichem Tonfall. »Wir haben nicht diesen weiten Weg hinter uns gebracht, um mit Elaida zu *reden*.« Sie war jetzt eine Bäuerin, die ein Schlachterbeil hinter dem Rücken verborgen hielt und es auch benutzen wollte.

Nisao schaute zu ihr hoch und schnaubte. »Ich habe nicht gesagt, dass wir das wollen. Ich habe gefragt, ob wir wagen können, es aufzuhalten.«

»Ich sehe da keinen Unterschied.« Sheriams Stimme war eiskalt, ihr Gesicht blass. Vor Wut, wie Egwene fand, aber es hätte auch Furcht sein können.

»Dann denkt eine Weile darüber nach, vielleicht seht Ihr es dann«, sagte Nisao trocken und so schneidend wie eine Messerklinge. »Im Augenblick ist das Gerede über Verhandlungen auf fünf Sitzende beschränkt, und es ist verhalten. Aber wird das so bleiben? Sobald sich herumspricht, dass Verhandlungen vorgeschlagen und abgelehnt wurden, wie lange wird es dauern, bevor Verzweiflung Einzug hält? Nein, lasst mich ausreden! Wir alle sind mit rechtschaffener Wut und dem Verlangen nach Gerechtigkeit aufgebrochen. Aber nun sind wir hier und starren die Mauern von Tar Valon an, während Elaida in der Burg sitzt. Wir sind fast zwei Wochen hier, und so weit ersichtlich ist, können wir zwei Jahre hier bleiben, oder auch zwanzig. Je länger wir hier sitzen und nichts passiert, desto mehr Schwester werden Entschuldigungen für Elaidas Verbrechen finden. Und noch mehr, wenn sie auf die Idee kommen, dass wir die Burg wieder vereinigen müssen, was es auch kosten mag. Wollt ihr warten, bis eine Schwester nach der anderen auf Elaidas Seite überwechselt? Ich stelle es mir nicht erstrebenswert vor, nur mit Euch und der Blauen Ajah am Ufer zu stehen und der Frau entgegenzutreten. Verhandlungen werden zumindest jedermann zeigen, dass *etwas* geschieht.«

»Niemand wird zu Elaida zurückkehren«, protestierte Anaiya und richtete sich im Sattel auf, aber sie zeigte ein besorgtes Stirnrunzeln, und sie klang, als könnte sie sich sehr wohl vorstellen, dass genau das geschah. Die Burg lockte jede Aes Sedai. Sehr wahrscheinlich sehnten sich sogar die Schwarzen Schwestern danach, dass die Burg wieder geeint war. Und dort stand sie, nur wenige Meilen entfernt, und doch anscheinend außer Reichweite.

»Gespräche könnten Zeit erkaufen, Mutter«, sagte Morvrin zögernd, und niemand konnte ein so großes Zögern in seine Stimme legen wie sie. Ihre Miene war nachdenklich und nicht im Mindesten erfreut. »Noch ein paar Wochen, und Lord Gareth könnte die Schiffe auftreiben, die er braucht, um die Häfen zu blockieren. Das wird alles zu unseren Gunsten ändern. Ohne die Möglichkeit, Lebensmittel in die Stadt oder die Hungernden hinaus zu schaffen, wird die Entbehrung sie innerhalb eines Monats besiegen.«

Egwene behielt mühsam eine unbewegte Miene bei. Es bestand keine echte Hoffnung, Schiffe für eine Hafenblockade aufzutreiben, doch das wusste keine von ihnen. Aber Gareth hatte ihr das begreiflich gemacht, lange bevor sie Murandy verlassen hatten. Ursprünglich hatte er gehofft, auf dem Marsch nach Norden entlang des Erinin Schiffe kaufen zu können, sie für den Nachschub zu verwenden, bis sie Tar Valon erreicht hatten, und dann in den Hafeneinfahrten zu versenken. Die Benutzung von Wegetoren hatte das in mehrerer Hinsicht vereitelt. Die Nachricht von der Belagerung hatte die Stadt mit den ersten Schiffen verlassen, die nach der Ankunft des Heeres aufgebrochen waren, und jetzt erledigten Schiffskapitäne ihre Geschäfte, indem sie Ruderboote ans Ufer schickten, von Ankerplätzen aus, die vom Flussufer entfernt waren. Kein Kapitän war bereit, das Risiko einzugehen, dass man sein Schiff beschlagnahmte. Gareth hatte allein sie davon unterrichtet, und seine Offiziere nur ihn, aber jede Schwester hätte das wissen können, dazu hätte sie bloß mit ein paar Soldaten sprechen müssen.

Glücklicherweise sprachen nicht einmal Schwestern, die nach Behütern suchten, oft mit Soldaten. Man betrachtete sie als einen diebischen, ungebildeten Haufen, der nur aus Zufall badete, wenn er mal durch einen Fluss waten musste. Nicht die Art von Mann, mit der eine Schwester Zeit verbrachte, wenn es nicht sein musste. Das machte es einfacher, Geheimnisse zu bewahren, und manche Geheimnisse waren von grundlegender Bedeutung. Und manchmal auch Geheimnisse, die man vor denen hatte, die anscheinend auf derselben Seite waren. Egwene konnte sich an eine Zeit erinnern, wo sie nicht so gedacht hatte, aber das war ein Teil der Vergangenheit, die sie hatte zurücklassen müssen. Das hier war eine andere Welt, mit ganz anderen Regeln als in Emondsfelde. Dort bedeutete ein Fehltritt, sich vor dem Frauenkreis rechtfertigen zu müssen. Hier bedeutete ein Fehltritt den Tod oder Schlimmeres, und nicht nur für sie allein.

»Die Sitzenden im Turm sollten zu Gesprächen bereit sein«, meinte Carlinya seufzend. »Ihnen muss klar sein, dass bei anhaltender Belagerung Lord Gareths Chancen steigen, seine Schiffe zu finden. Aber ich weiß nicht, wie lange sie gesprächsbereit sein werden, wenn ihnen klar wird, dass wir uns nicht ergeben werden.«

»Darauf wird Elaida bestehen«, murmelte Myrelle, aber sie meinte es nicht als Widerspruch, sondern sagte es zu sich selbst, und Sheriam erschauderte und zog den Umhang enger, als hätte sie zugelassen, dass die Kälte sie berührt.

Nur Beonin sah glücklich aus, sie saß eifrig und aufrecht in ihrem Sattel, und das honigblonde Haar umrahmte ein breit lächelndes Gesicht in der Kapuze. Aber sie zwang niemandem ihre Meinung auf. Sie war gut bei Verhandlungen, das sagte jeder, und sie wusste, wann sie warten musste.

»Ich habe doch gesagt, dass Ihr anfangen könnt«, sagte Egwene. Nicht, dass sie es anders denn als Zurechtweisung gemeint hatte, aber wenn man nach den Drei Eiden leben wollte, dann musste man zu dem stehen, was man sagte. Sie konnte es nicht erwarten, den Eidstab zu berühren. Danach wäre alles viel einfacher. »Achtet nur darauf, dass Ihr jedes Wort sorgfältig überlegt. Wenn sie nicht alle glauben, dass wir uns Flügel haben wachsen lassen, um herzufliegen, dann müssen sie Verdacht schöpfen, dass wir das Schnelle Reisen wieder entdeckt haben, aber sie können nicht sicher sein, bevor es jemand bestätigt. Es ist besser für uns, wenn sie keine Gewissheit haben. Das muss ein Geheimnis sein, das Ihr so sicher bewahrt wie das Geheimnis unserer Spione in der Burg.«

Das ließ Myrelle und Anaiya zusammenzucken, und Carlinya sah sich furchtsam um, obwohl weder ein Behüter noch ein Soldat nahe genug war, um sie zu verstehen, solange sie nicht schrien. Morvrin blickte nur noch mürrischer drein. Sogar Nisao sah fast so aus, als hätte sie nichts mit der Entscheidung zu tun, heimlich Schwestern in die Burg zurückzuschicken, die angeblich Elaidas Rückrufbefehl folgten. Der Saal hätte vielleicht mit Freude erfahren, dass es in der Burg zehn Schwestern gab, die Elaidas Autorität nach Kräften untergruben, selbst wenn diese Bemühungen bis jetzt kein Ergebnis erbracht hatten, aber die Sitzenden würden definitiv nicht erfreut sein, wenn ihnen klar wurde, dass man es geheim gehalten hatte, weil diese Frauen fürchteten, einige der Sitzenden könnten tatsächlich

Schwarze Ajah sein. Da hätten Sheriam und die anderen genauso gut ihre Treueide für Egwene enthüllen können. Das Ergebnis wäre vermutlich nicht anders ausgefallen. Bis jetzt hatte der Saal noch nicht befohlen, dass jemand eine Prügelstrafe mit Ruten erhielt, aber so wie sich die meisten Sitzenden darüber ärgerten, dass Egwene den Verlauf des Krieges maßgeblich bestimmte, wäre es keine große Überraschung gewesen, wenn sie sich auf die Gelegenheit gestürzt hätten, allen zu zeigen, dass sie noch immer über Autorität verfügten, während sie ihrem Missfallen gleichzeitig gewaltsam Ausdruck verliehen.

Beonin war anscheinend als Einzige gegen diese Entscheidung gewesen – zumindest bis offensichtlich wurde, dass die anderen es trotzdem machen würden –, aber auch sie holte tief Luft. In ihrem Fall mochte die plötzliche Reaktion eine Rolle spielen, dass ihr gerade aufgegangen war, worauf sie sich da eigentlich einließ. Überhaupt jemanden in der Burg zu finden, der zu einem Gespräch bereit war, das war möglicherweise schon eine entmutigende Aufgabe. Augen-und-Ohren in Tar Valon konnten nur Gerüchte über die Ereignisse in der Burg liefern; Neuigkeiten aus der Burg selbst kamen nur tröpfchenweise von Schwestern, die sich ins *Tel'aran'rhiod* begaben, um flüchtige Spiegelungen der wachen Welt zu finden, aber jeder dieser Eindrücke bestätigte, dass Elaida mit Erlassen und Launen regierte, und nicht einmal der Saal wagte, sich gegen sie zu stellen. Beonins Gesicht nahm einen grauen Schimmer an, bis sie noch kränklicher als Nisao aussah. Anaiya und die anderen sahen so freudlos wie der Tod aus.

In Egwene stieg eine Welle der Düsternis auf. Das hier waren die Stärksten, die gegen Elaida angetreten waren, selbst die zögerliche Beonin, die immer lieber reden statt handeln wollte. Nun, die Grauen waren für ihre Überzeugung bekannt, dass man mit Reden alles lösen konnte. Das hätten sie lieber bei einem Trolloc ausprobieren sollen oder einem Straßenräuber, nur um zu sehen, wie weit sie das brachte! Ohne Sheriam und den Rest wäre der Widerstand gegen Elaida zu Ende gewesen, bevor er überhaupt die Chance gehabt hätte, sich zu formieren. Das war sowieso beinahe geschehen. Aber Elaidas Stellung in der Burg war immer noch so unangefochten wie je zuvor, und nach allem, was sie durchgemacht hatten, nach allem, was sie getan hatten, hatte es nun den Anschein, als würde selbst Anaiya alles in einer Katastrophe enden sehen.

Nein! Egwene holte tief Luft, straffte die Schultern und setzte sich aufrecht hin. *Sie* war die rechtmäßige Amyrlin, ganz egal, was der Saal gedacht hatte, als man sie erhoben hatte, und wenn es überhaupt noch eine Hoffnung geben sollte, die Burg wieder zu vereinen, dann musste sie die Rebellion gegen Elaida aufrechterhalten. Wenn das vorgetäuschte Verhandlungen bedeutete, es würde nicht das erste Mal sein, dass Aes Sedai vorgaben, auf ein Ziel hinzuarbeiten, während sie ein anderes im Sinn hatten. Was auch immer erforderlich sein würde, um die Rebellion durchzuführen und Elaida zu stürzen, sie würde es tun. Was auch immer dazu nötig war.

»Zieht die Gespräche so lange hin, wie Ihr es vermögt«, sagte sie zu Beonin. »Ihr könnt über alles sprechen, solange Ihr die Geheimnisse bewahrt, die bewahrt werden müssen, aber willigt in nichts ein und lasst sie reden.« Die Graue schwankte im Sattel und sah eindeutig kränker als Anaiya aus. Sie schien kurz davor, sich zu übergeben.

Als das Lager in Sicht kam, hatte die Sonne den halben Weg zum Zenit zurückgelegt; die Eskorte aus leichter Kavallerie schwenkte zurück in Richtung Fluss und ließ Egwene und die Schwestern die letzte Meile nur von den Behütern begleitet durch den Schnee reiten.

Lord Gareth verharrte, als wollte er noch einmal mit ihr sprechen, aber dann drehte er seinen Braunen nach Osten der Kavallerie zu und holte sie ein, als sie jenseits einer lang gezogenen Baumgruppe verschwanden. Er würde ihre Diskussionen und unterschiedlichen Ansichten nicht vor anderen zur Sprache bringen, und er war der Meinung, dass Beonin und die Schwestern genau das waren, wofür alle sie hielten, die Wachhunde der Ajahs. Egwene verspürte eine gewisse Traurigkeit, dass sie vor ihm Dinge zurückhalten musste, aber je weniger das Geheimnis kannten, desto eher würde es auch geheim bleiben.

Das Lager war eine weitläufige Ansammlung aus Zelten in jeder Form, Größe, Farbe und Zustand, die auf dem halben Weg zwischen dem Drachenberg und Tar Valon eine breite, von Bäumen umringte Weide einnahm. Es wurde umgeben von einem Kreis aus Pferdeleinen und Reihen aus unterschiedlichsten Wagen und Karren. An mehreren Stellen jenseits der Baumreihe stieg Rauch aus Schornsteinen empor, ein paar Meilen entfernt, aber die ansässigen Bauern hielten sich fern, es sei denn, sie wollten Eier, Milch und Butter verkaufen oder brauchten jemanden zum Heilen, falls es einen Unfall gegeben hatte. Von dem Heer, das Egwene mitgebracht hatte, war bis jetzt noch keine Spur zu entdecken. Gareth hatte seine Streitkräfte am Fluss konzentriert, ein Teil besetzte an beiden Ufern die Brückendörfer, und der Rest lagerte in Reservelagern, wie er es nannte, aus denen Männer schnell herbeigeführt werden konnten, um dabei zu helfen, mögliche Ausfälle aus der Stadt abzuwehren – nur für den Fall, dass er Hochkapitän Chubain doch falsch eingeschätzt haben sollte. Immer die Möglichkeit mit einschließen, dass deine Annahmen falsch sind, hatte er einmal zu Egwene gesagt. Natürlich stellte niemand seine Aufstellung in Frage, jedenfalls nicht grundsätzlich. Es gab immer Schwestern, die bereit waren, über die Einzelheiten zu klagen, aber schließlich war die Besetzung der Brückendörfer die einzige Möglichkeit, Tar Valon zu belagern. Jedenfalls, was die Landseite anging. Und viele der Aes Sedai waren froh, die Soldaten wenigstens nicht sehen zu müssen, wenn sie sie schon nicht aus den Gedanken verbannen konnten.

Drei Behüter in farbverändernden Umhängen kamen aus dem Lager geritten, als sich Egwene und die anderen näherten; einer von ihnen war sehr groß und einer recht kurz geraten, sodass sie wie Treppenstufen aussahen. Sie verbeugten sich vor Egwene und den Schwestern und nickten den Behütern hinter ihnen zu; sie hatten alle das gefährliche Aussehen von Männern, die so selbstbewusst waren, dass sie es nicht nötig hatten, andere von ihrer Gefährlichkeit überzeugen zu müssen. Ein Behüter, der entspannt ist, und ein Löwe, der auf einem Hügel ruht, lautete ein altes Sprichwort unter den Aes Sedai. Der Rest war in der Vergangenheit verloren gegangen, aber es war auch nicht nötig, mehr zu sagen. Die Schwestern waren unter diesen Umständen mit der Sicherheit eines ganzen Lagers voller Aes Sedai nicht ganz zufrieden. Behüter patrouillierten meilenweit in allen Richtungen, Löwen auf dem Streifzug.

Anaiya und die anderen – mit Ausnahme von Sheriam – verteilten sich, sobald sie die ersten Zeltreihen jenseits der Wagen erreicht hatten. Jede würde die Anführerin ihrer Ajah aufsuchen, um über Egwenes Ritt mit Lord Gareth zum Fluss Bericht zu erstatten, und, was wichtiger war, um dafür zu sorgen, dass die Anführerinnen der Ajahs erfuhren, dass einige der Sitzenden von Verhandlungen mit Elaida sprachen, und dass Egwene unnachgiebig blieb. Es wäre einfacher gewesen, hätte sie gewusst, wer diese Frauen waren, aber nicht einmal Treueide reichten aus, um das zu enthüllen. Myrelle hatte fast ihre Zunge verschluckt, als Egwene es vorgeschlagen hatte. Unvorbereitet vor die Aufgabe gestellt zu werden, stellte kaum die beste Methode dar, sie zu lernen, und Egwene wusste, dass sie noch ganze Ozeane von Wissen aufzunehmen hatte, was die Tätigkeit einer Amyrlin anging. Ozeane von Wissen, und gleichzeitig eine Aufgabe zu erledigen.

»Verzeiht mir, Mutter«, sagte Sheriam, als Beonin als Letzte in Begleitung ihres narbengesichtigen Behüters zwischen den Zelten verschwand, »aber auf mich wartet ein Schreibtisch mit Stapeln von Papieren.« Der Mangel an Enthusiasmus in ihrer Stimme war verständlich. Die Stola der Behüterin brachte unablässig wachsende Stapel von Berichten, die sortiert, und Dokumenten, die geprüft werden mussten, mit sich. Trotz ihres Eifers für den Rest ihrer Aufgaben – was in diesem Fall bedeutete, das Lager zu organisieren – hatte man Sheriam bei der Konfrontation mit noch einem Aktenstapel den innigen Wunsch murmeln hören, noch immer Oberin der Novizinnen zu sein.

Sobald Egwene ihre Erlaubnis gab, trieb sie ihren schwarzfüßigen Schecken an und ließ eine Gruppe Arbeiter in groben Mänteln und um den Kopf gewickelten Schals auseinander spritzen, die auf den Rücken große Körbe trugen. Einer fiel auf dem halb gefrorenen Matsch mitten aufs Gesicht. Sheriams Arinvar, ein schlanker Cairhiener mit ergrauenden Schläfen, verharrte lange genug, um sich zu vergewissern, dass der Bursche wieder auf die Füße kam, dann galoppierte er auf seinem dunklen Hengst hinter ihr her und überließ den Arbeiter seinen Flüchen, von denen die meisten dem Gelächter seiner Gefährten zu gelten schienen. Wenn eine Aes Sedai irgendwohin wollte, ging man besser aus dem Weg.

Egwenes Blick fiel auf das, was aus dem Korb des Burschen auf die Straße gefallen war, und sie erschauderte; ein großer Haufen grobes Maismehl, in dem so viele Kornkäfer krabbelten, dass es den Anschein hatte, dort würde es genauso viele schwarze Punkte geben wie Mehl. Die Männer mussten verdorbenes Mehl zu den Müllgruben bringen. Es wäre eine vergebliche Mühe, alles von Ungeziefer befallene Mehl durchzusieben – nur Verhungernde würden so etwas essen –, aber jeden Tag mussten zu viele Körbe mit Maismehl und Getreide weggeworfen werden. Was das anging, stanken die Hälfte der zum Gebrauch geöffneten Fässer mit gesalzenem Schweinefleisch und Rindfleisch so schrecklich, dass man sie nur begraben konnte. Für die Diener und Arbeiter – zumindest jene, die Erfahrungen im Lagerleben hatten – war das nichts Neues. Vielleicht ein bisschen schlimmer als gewöhnlich, aber nicht neu. Kornkäfer konnten zu jeder Zeit auftauchen, und Kaufleute, die ihre Profite erhöhen wollten, verkauften immer etwas fauliges Fleisch zusammen mit dem einwandfreien. Aber für die Aes Sedai war das ein Grund zu ernster Sorge. Jedes Fass Fleisch und jeder Sack Getreide war sofort nach dem Kauf mit einem Haltbarkeitsgewebe versehen worden, und was mit einem Haltbarkeitsgewebe versehen war, konnte sich nicht verändern, bis dieses wieder entfernt wurde. Und trotzdem verfaulte das Fleisch und vermehrten sich die Schädlinge. Es war, als würde *Saidar* selbst versagen. Eher konnte man eine Schwester dazu verleiten, Witze über die Schwarze Ajah zu reißen, als sie dazu zu bringen, über dieses Problem zu sprechen.

Einer der lachenden Männer bemerkte, dass Egwene sie ansah, und er stieß den schlammverschmierten Burschen an, der seine Sprache etwas mäßigte, aber nicht viel. Er schaute sie sogar finster an, als würde er sie für seinen Sturz verantwortlich machen. Da ihr Gesicht zur Hälfte von der Kapuze verborgen wurde und die Amyrlin-Stola zusammengefaltet in ihrer Gürteltasche steckte, schienen sie sie für eine Aufgenommene zu halten, von denen nicht alle die richtige Kleidung hatten, oder vielleicht für eine Besucherin. Frauen schlüpften oft ins Lager und hielten die Gesichter verborgen, ob sie nun feine Seide oder zerschlissene Wolle trugen, und eine Fremde oder eine Aufgenommene mürrisch anzusehen, war auf jeden Fall ungefährlicher, als einer Aes Sedai einen bösen Blick zuzuwerfen. Es kam ihr seltsam vor, dass nicht jeder in Sichtweite sich verbeugte.

Sie war schon vor dem ersten Tageslicht im Sattel gewesen, und wenn ein Bad nicht in Frage kam – man musste das Wasser aus den Brunnen herbeitragen, die man eine halbe Meile westlich vom Lager gegraben hatte, was alle bis auf die äußerst verwöhnten oder weltfremden Schwestern sich einschränken ließ –, wenn also ein langes, heißes Bad nicht möglich war, hätte sie wenigstens gern die Füße auf den Boden gestellt. Oder – noch besser – sie hochgelegt. Darüber hinaus war es nicht dasselbe, die Kälte nicht an sich heranzulassen, als die Hände über einem Kohlenbecken zu wärmen. Auch auf ihrem Schreibtisch würden sich die Papiere stapeln. Am vergangenen Abend hatte sie Sheriam gebeten, ihr die Berichte über den Zustand der Wagen und das Futter für die Pferde zu geben. Sie würden trocken und langweilig sein, aber sie überprüfte jeden Tag andere Bereiche, und so konnte sie zumindest sagen, ob das, was die Leute ihr berichteten, auf Fakten oder Wünschen beruhte. Und da waren immer die Berichte der Augen-und-Ohren. Verglichen mit dem, was Siuan und Leane ihr von ihren Agenten zukommen ließen, war das, was die Ajahs an den Amyrlin-Sitz weiterleiteten, faszinierender Lesestoff. Man konnte nicht unbedingt behaupten, dass sie sich widersprachen, aber was die Ajahs für sich behalten wollten, gab manchmal interessante Bilder ab. Bequemlichkeit und Pflicht zogen sie zu ihrem Studierzimmer – natürlich war auch das nur ein Zelt, obwohl es jeder das Studierzimmer der Amyrlin nannte –, aber hier bot sich die Gelegenheit, sich einmal umzusehen, ohne dass alle vor ihrer Ankunft die Dinge hastig beschönigten. Sie zog die Kapuze ein Stück weiter nach vorn, um ihr Gesicht besser zu verbergen, und stieß Daishar die Absätze leicht in die Flanken.

Es waren nur wenige Leute mit dem Pferd unterwegs, hauptsächlich Behüter, auch wenn gelegentlich Pferdeknechte zu dem Verkehr beitrugen, die die Tiere an den Leinen so schnell durch den knöcheltiefen Matsch führten, wie das möglich war. Niemand schien sie zu erkennen. Im Gegensatz zu den fast leeren Straßen bogen sich die hölzernen Gehsteige, die kaum mehr als grobe, auf zurechtgelegten Scheiten abgelegte Planken waren, unter dem Gewicht der Leute durch. Die Hand voll Männer, die aus dem Strom der Frauen wie die Rosinen auf einem billigen Kuchen herausragten, gingen doppelt so rasch wie alle anderen. Mit Ausnahme der Behüter brachten Männer ihre Geschäfte unter Aes Sedai so schnell wie möglich hinter sich. Fast alle Frauen trugen die Gesichter verhüllt, ihr Atem verwandelte sich in den Kapuzenöffnungen zu Nebel, doch es fiel leicht, die Aes Sedai von den Besuchern zu unterscheiden, ganz egal, ob ihre Umhänge schlicht oder verziert und mit Pelz gefüttert waren. Die Menge teilte sich vor einer Schwester. Alle anderen mussten sich ihren Weg hindurchbahnen. Nicht, dass an diesem kalten Vormittag viele Schwestern unterwegs gewesen wären. Die meisten würden gemütlich in ihren Zelten sitzen. Allein oder zu zweit und dritt würden sie lesen, Briefe schreiben oder ihre Besucherinnen nach Neuigkeiten ausfragen. Die dann mit dem Rest der Ajah der Schwester geteilt wurden oder auch nicht, und mit sonst niemandem.

Die Welt betrachtete die Aes Sedai als Monolithen, der sich massiv emportürmte – oder hatte es zumindest, bevor die Spaltung der Burg allgemein bekannt geworden war –, aber es war eine Tatsache, dass sie in allen Dingen unterschiedliche Positionen vertraten und der Saal der einzige wahre Treffpunkt darstellte, und die Schwestern selbst waren kaum mehr als eine Versammlung von Einsiedlern, die über das absolut erforderliche Minimum hinaus nicht mehr als drei Worte sagten – und das auch nur zu ihren Freundinnen. Oder zu einer anderen Schwester, die sich ihnen aus irgendeinem Grund angeschlossen hatte. Was auch immer sich an der Burg veränderte, Egwene war fest davon überzeugt, dass dies niemals anders werden würde. Es war sinnlos, so zu tun, als wären Aes Sedai jemals etwas anderes als Aes Sedai gewesen oder würden es jemals sein, ein breiter Fluss, der vorwärts strömte und dessen mächtige Strömungen in der Tiefe verborgen lagen, der seine Bahn mit unmerklicher Langsamkeit veränderte. Sie hatte an diesem Fluss ein paar Dämme gebaut, für ihre eigenen Zwecke hier und dort einen Strom abgezweigt, aber sie wusste, dass es nur zeitweilige Strukturen waren. Früher oder später würden diese tiefen Strömungen ihre Dämme unterspülen. Sie konnte nur beten, dass sie lange genug hielten. Beten und sie so gut abstützen, wie sie nur konnte.

Gelegentlich tauchte eine Aufgenommene mit den sieben Farbstreifen auf der Kapuze ihres Umhangs in der Menge auf, aber bei den meisten Frauen handelte es sich um Novizinnen in schmuckloser weißer Wolle. Nur eine Hand voll der einundzwanzig Aufgenommenen im Lager besaßen gestreifte Umhänge, und sie bewahrten ihre wenigen mit Streifen versehenen Kleider für den Unterricht oder den Rapport bei Schwestern auf, aber man hatte große Anstrengungen unternommen, damit jede Novizin zu dieser Zeit in Weiß gekleidet war, und selbst wenn sie nur ein Kleid zum Wechseln hatte. Die Aufgenommenen versuchten sich unweigerlich mit dem schwanengleichen Dahingleiten der Aes Sedai zu bewegen, und einer oder zweien gelang das trotz der sich durchbiegenden Planken unter ihren Füßen auch, aber die Novizinnen schossen beinahe genauso schnell daher wie die Männer, erledigten Botengänge oder eilten in kleinen Gruppen zum Unterricht.

Die Aes Sedai hatten schon seit langer Zeit nicht mehr so viele Novizinnen zu unterrichten gehabt, nicht seit den Trolloc-Kriegen, als es auch noch viel mehr Aes Sedai gegeben hatte, und plötzlich mit fast tausend Schülerinnen konfrontiert zu werden, hatte für ein heilloses Durcheinander gesorgt, bis man sie in »Familien« organisiert hatte. Diese Bezeichnung war noch nicht offiziell, aber er wurde selbst von den Schwestern benutzt, denen es noch immer nicht gefiel, jede Frau aufzunehmen, die darum bat. Jetzt wusste jede Novizin, wo sie wann zu sein hatte, und jede Schwester konnte es zumindest herausfinden. Ganz zu schweigen davon, dass die Zahl der Ausreißerinnen drastisch zurückgegangen war. Das war immer ein Problem gewesen, und vermutlich würden mehrere Hundert dieser Frauen sogar die Stola erringen. Keine Schwester wollte eine dieser Frauen verlieren, und von den anderen auch nicht, zumindest nicht, bevor die Entscheidung getroffen worden war, eine Frau fortzuschicken. Gelegentlich verdrückten sich noch immer Frauen, denen klar wurde, dass die Ausbildung härter als erwartet und der Weg zur Stola der Aes Sedai länger als gedacht war, aber die Familiengruppen erleichterten nicht nur die Übersicht; eine Frau, die sich auf fünf oder sechs Nichten, wie man sie nannte, stützen konnte, war weniger dazu geneigt, einfach zu verschwinden.

Ein gutes Stück vor dem großen, rechteckigen Pavillon, der als Saal der Burg diente, lenkte sie Daishar in eine Seitenstraße. Der Gehweg vor dem hellbraunen Segeltuchpavillon war leer – niemand näherte sich dem Saal, der dort nichts zu suchen hatte –, aber die oft geflickte Eingangsplane war heruntergelassen, also konnte man unmöglich wissen, wer plötzlich herauskommen konnte. Jede Sitzende würde Daishar sofort erkennen, und einigen von ihnen wollte Egwene noch mehr aus dem Weg gehen als anderen. Lelaine und Romanda zum Beispiel, die sich ihrer Autorität so instinktiv widersetzten, wie sie gegeneinander kämpften. Oder jedem, der angefangen hatte, von Verhandlungen zu reden. Es fiel schwer zu glauben, dass sie damit die Moral hatten stärken wollen, denn in diesem Fall hätten sie sich nicht auf Geflüster beschränkt. Aber der Anschein der Höflichkeit musste gewahrt werden, ganz egal, wie oft sie sich schon gewünscht hatte, jemandem eine Ohrfeige zu verpassen; wenn Egwene niemanden sah, konnte sich diejenige auch nicht zurückgesetzt fühlen.

Hinter einer hohen Segeltuchwand, die eine der beiden Reisestellen des Lagers umgab, blitzte ein schwaches silbriges Licht auf, und einen Augenblick später schoben zwei Schwestern die Eingangsplane zur Seite. Weder Phaedrine noch Shemari waren stark genug, allein ein Wegetor zu weben, aber gemeinsam schafften sie es gerade eben, eines zustande zu bringen, das groß genug war, um hindurchgehen zu können. Die Köpfe zusammengesteckt und in eine Unterhaltung vertieft, legten sie sich seltsamerweise gerade die Umhänge um. Egwene hielt das Gesicht abgewandt, als sie vorbeiritt. Die beiden Braunen hatten ihr als Novizin Unterricht gegeben, und Phaedrine schien noch immer überrascht zu sein, dass Egwene die Amyrlin war. Schlank wie ein Reiher war sie durchaus imstande, durch den Schneematsch auf sie zuzustapfen und zu fragen, ob sie Hilfe brauchte. Shemari, eine tatkräftige Frau mit kantigem Gesicht, die eher wie eine Grüne als wie eine Bibliothekarin aussah, war in ihrem Benehmen stets korrekt. Eigentlich schon überkorrekt. Ihren tiefen Knicksen, die zu einer Novizin gepasst hätten, haftete immer der Hauch von Spott an, wie reglos ihre Miene auch sein mochte, nicht zuletzt deshalb, weil sie auch schon einen Knicks gemacht hatte, wenn sie Egwene aus einer Entfernung von hundert Schritten kommen sah.

Sie fragte sich, wo die beiden gewesen waren. Vermutlich irgendwo in einem Gebäude, oder zumindest an einem Ort, an dem es wärmer als im Lager gewesen war. Natürlich führte niemand Buch über das Kommen und Gehen der Schwestern, nicht einmal die Ajahs. Die Verhaltensregeln waren tief verwurzelt, und sie hielten jeden eindringlich davon ab, direkte Fragen darüber zu stellen, was eine Schwester tat oder wo sie hinging. Vermutlich hatten sich Phaedrine und Shemari mit einigen ihrer Augen-und-Ohren getroffen. Oder sich in irgendeiner Bibliothek ein Buch angesehen. Sie *waren* Braune. Aber Egwene konnte Nisaos Bemerkung nicht vergessen, dass sich Schwestern zu Elaida verdrückten. Es war durchaus möglich, sich von einem Fährmann zur Stadt übersetzen zu lassen, wo Dutzende winziger Wassertore jedem, der es wollte, Zugang gewährten, aber mit einem Wegetor riskierte man kein Aufsehen, indem man zum Fluss ritt und nach Booten fragte. Nur *eine* Schwester, die mit dem Wissen über dieses Gewebe in die Burg zurückkehrte, würde ihren größten Vorteil zunichte machen. Und man konnte das nicht verhindern. Man konnte nur die Opposition zu Elaida mit Leidenschaft erfüllen. Man konnte nur die Schwestern glauben lassen, dass ein schnelles Ende möglich war. Doch hätte es nur einen Weg zu einem schnellen Ende gegeben.

Nicht weit von der Reisestelle entfernt zügelte Egwene ihr Pferd und blickte stirnrunzelnd auf eine lange Zeltwand, die noch häufiger geflickt war als der Saal. Eine Aes Sedai rauschte den Gehsteig entlang – sie trug einen schlichten blauen Umhang und hatte ihr Gesicht unter der Kapuze verborgen, aber Novizinnen und andere eilten ihr aus dem Weg, wie sie es für eine Kauffrau niemals getan hätten –, blieb kurz vor dem Eingang stehen und betrachtete ihn einen langen Augenblick, bevor sie die Plane zur Seite schob. Ihr Widerwille war so offensichtlich, als hätte sie ihn hinausgeschrien. Egwene war noch nie in dem Zelt gewesen. Sie konnte fühlen, wie dort drinnen *Saidar* gelenkt wurde, wenn auch nur schwach. Die nötige Menge war überraschend klein. Ein kurzer Besuch von der Amyrlin würde nicht allzu viel Aufmerksamkeit erregen. Sie wollte gern sehen, was sie in Bewegung gesetzt hatte.

Als sie vom Pferd stieg, wurde ihr eine ärgerliche Schwierigkeit bewusst. Es gab nichts, wo sie Daishar hätte festbinden können. Die Amyrlin hatte immer jemanden, der angestürzt kam, um ihr den Steigbügel zu halten und das Pferd wegzuführen, aber hier stand sie nun mit den Zügeln des Wallachs in der Hand, und eine Gruppe Novizinnen eilte mit nicht mehr als einem flüchtigen Blick vorbei und hielt sie für eine Besucherin. Mittlerweile erkannte jede Novizin eine Aufgenommene sofort, aber nur wenige hatten die Amyrlin je zu Gesicht bekommen. Sie hatte nicht einmal das alterslose Gesicht, das ihnen verraten hätte, dass sie Aes Sedai war. Mit einem traurigen Lachen schob sie eine behandschuhte Hand in die Gürteltasche. Die Stola würde ihnen sagen, wer sie war, und dann konnte sie einer von ihnen befehlen, für eine Weile ihr Pferd zu halten. Es sei denn, sie hätten es für einen geschmacklosen Witz gehalten. Ein paar Novizinnen aus Emondsfelde hatten einmal versucht, ihr die Stola vom Hals zu ziehen, damit sie keine Schwierigkeiten bekam. Nein, das war Vergangenheit und erledigt.

Unversehens wurde die Eingangsplane zur Seite geschoben, und Leane trat hervor; sie schloss ihren dunkelgrünen Umhang mit einer silbernen Spange in Form eines Fisches. Der Umhang war aus Seide und reich mit Silber und Gold verziert, genau wie das Oberteil ihres Reitkleids. Auch ihre roten Handschuhe wiesen auf den Handrücken Stickereien auf. Seit Leane der Grünen Ajah beigetreten war, achtete sie peinlich genau auf ihre Kleidung. Beim Anblick Egwenes weiteten sich ihre Augen, aber ihr Gesicht glättete sich sofort. Mit einem Blick erfasste sie die Situation und hielt eine Novizin an, die allein unterwegs zu sein schien. Novizinnen gingen im Familienverbund zum Unterricht. »Wie heißt du, Kind?« Vieles an Leane hatte sich verändert, ihr scharfer Tonfall gehörte nicht dazu. Es sei denn, sie wollte es anders. Die meisten Männer verwandelten sich zu Wachs in ihren Händen, wenn ihre Stimme schmachtend wurde, aber diese Gabe verschwendete sie nie an Frauen. »Erledigst du etwas für eine Schwester?«

Die Novizin, eine Frau, die sich den mittleren Jahren näherte und eine reine Haut hatte, die nie einen Tag Feldarbeit gesehen hatte, starrte sie offen an, bevor sie sich genug zusammenriss, um einen Knicks zu machen, ein geübtes Lüpfen der weißen Röcke mit den in Fäustlingen steckenden Händen. Leane war so hoch gewachsen wie die meisten Männer, dabei aber schlank und anmutig und wunderschön; auch ihr fehlte das alterslose Aussehen, aber ihr Gesicht gehörte zu den beiden bekanntesten im ganzen Lager. Novizinnen zeigten ehrfurchtsvoll auf sie – eine Schwester, die einst Behüterin der Chroniken gewesen war, die man gedämpft hatte und die Geheilt worden war, sodass sie erneut die Macht lenken konnte, wenn auch nicht so stark wie zuvor. Und dann hatte sie die Ajah gewechselt! Eine Frau hatte das Weiß noch nicht richtig angezogen, da wusste sie schon, dass so etwas niemals passierte. Unglücklicherweise wurde Leane zu so etwas wie einem Mythos. Es fiel schwerer, einer Novizin Zurückhaltung aufzuerlegen, wenn man sie nicht darauf hinweisen konnte, dass sie riskierte, die Stola nie zu erringen, wenn sie sich ausbrannte und die Eine Macht für immer verlor.

»Letice Murow, Aes Sedai«, antwortete die Frau respektvoll mit einem trällernden murandianischen Akzent. Es hatte den Anschein, als wollte sie noch mehr sagen, vielleicht einen Titel nennen, aber eine der ersten Lektionen beim Eintritt in die Burg bestand darin, dass man alles zurückließ, was man gewesen war. Für einige war das eine harte Lektion, vor allem für jene, die Titel gehabt hatten. »Ich will meine Schwester besuchen. Ich habe sie seit unserem Aufbruch aus Murandy nicht länger als eine Minute gesehen.« Verwandte wurden immer auf verschiedene Novizinnenfamilien aufgeteilt, genau wie Frauen, die einander gekannt hatten, bevor sie ins Novizinnenbuch aufgenommen worden waren. Es ermunterte sie, neue Freundschaften zu schließen und verminderte die unweigerlichen Spannungen, wenn eine schneller lernte als die andere oder über ein höheres Potenzial verfügte. »Sie hat auch unterrichtsfrei, bis heute Nachmittag, und …«

»Deine Schwester wird noch etwas warten müssen, Kind«, unterbrach Leane sie. »Halte das Pferd der Amyrlin.«

Letice zuckte zusammen und starrte Egwene an, die endlich ihre Stola aus der Tasche gefummelt hatte. Sie reichte der Frau Daishars Zügel, schlug die Kapuze zurück und legte sich den schmalen Stoffstreifen auf die Schultern. Leicht wie eine Feder in der Gürteltasche, lag die Stola schwer um ihren Hals. Siuan behauptete, dass man manchmal jede Frau, die je die Stola getragen hatte, an ihren Enden hängen fühlen konnte, eine ständige Ermahnung an Verantwortung und Pflicht, und Egwene glaubte jedes Wort davon. Die Murandianerin starrte sie noch mehr an als Leane und brauchte länger, bis ihr einfiel, den Knicks zu machen. Zweifellos hatte sie gehört, dass die Amyrlin jung war, aber vermutlich hatte sie nie darüber nachgedacht, wie jung.

»Danke, Kind«, sagte Egwene glatt. Es hatte eine Zeit gegeben, in der es ihr unpassend vorgekommen war, eine zehn Jahre ältere Frau Kind zu nennen. Im Laufe der Zeit veränderte sich alles. »Es wird nicht lange dauern. Leane, würdet Ihr jemanden bitten, einen Pferdeknecht für Daishar zu schicken? Jetzt, da ich aus dem Sattel bin, möchte ich nicht wieder aufsitzen, und Letice sollte ihre Schwester besuchen dürfen.«

»Ich werde mich selbst darum kümmern, Mutter.«

Leane machte einen anmutigen Knicks und ging, ohne sich auch nur im Mindesten anmerken zu lassen, dass es mehr zwischen ihnen gab als diese zufällige Begegnung. Egwene vertraute ihr weit mehr als Anaiya oder sogar Sheriam. Vor Leane hatte sie keine Geheimnisse, genauso wenig wie vor Siuan. Aber ihre Freundschaft war ein weiteres Geheimnis, das gehütet werden musste. Zum einen hatte Leane Augen-und-Ohren in Tar Valon, wenn nicht sogar in der Burg selbst, und ihre Berichte waren allein für Egwene bestimmt. Andererseits wurde Leane ziemlich verhätschelt, weil sie sich so gut an ihren geringeren Status gewöhnt hatte, und jede Schwester hieß sie willkommen, und wenn auch nur aus dem Grund, dass sie den lebendigen Beweis darstellte, dass das Dämpfen, die tiefe Furcht jeder Aes Sedai, rückgängig gemacht werden konnte. Sie hießen sie mit offenen Armen willkommen, und weil sie jetzt *weniger* als zuvor war, weil sie unter der Hälfte der Schwestern im Lager stand, sprachen sie in ihrer Anwesenheit oft über Dinge, von denen sie niemals gewollt hätten, dass die Amyrlin sie erfuhr. Egwene warf ihr keinen Blick nach, als sie ging. Stattdessen schenkte sie Letice ein Lächeln – die Frau errötete und machte noch einen Knicks –, dann betrat sie das Zelt, zog die Handschuhe aus und steckte sie hinter den Gürtel.

An den Wänden standen acht Spiegelkandelaber zwischen niedrigen Holztruhen. Bei einer blätterte die Vergoldung ab, die anderen waren aus bemaltem Eisen; keine zwei Kandelaber hatten die gleiche Anzahl von Armen, aber sie sorgten für eine gute Beleuchtung, auch wenn es nicht so hell wie draußen war. Mehrere Tische, die aus sieben verschiedenen Bauernküchen zu stammen schienen, bildeten in der Mitte des mit Segeltuch ausgelegten Bodens eine Reihe; auf den am weitesten entfernten Bänken saßen ein halbes Dutzend Novizinnen, deren Umhänge zusammengefaltet neben ihnen lagen. Jede der Frauen war vom Glühen der Macht umgeben. Tiana, die Oberin der Novizinnen, musterte sie besorgt und ging zwischen den Tischen auf und ab, genau wie überraschenderweise Sharina Melloy, eine der Novizinnen aus Murandy.

Nun ja, vielleicht hätte es keine Überraschung sein sollen, Sharina hier zu finden. Sie war eine ehrwürdige, grauhaarige Großmutter mit einem straffen Haarknoten im Nacken, die mit strenger Hand eine sehr große Familie gelenkt hatte, und sie schien sämtliche Novizinnen als Enkel oder Großnichten adoptiert zu haben. Sie war diejenige gewesen, die sie in diese winzigen Familien eingeteilt hatte, allein auf sich gestellt und anscheinend aus Empörung, mit ansehen zu müssen, wie jedermann kopflos umherschwirrte. Die meisten Aes Sedai kniffen die Lippen mehr als nur etwas zusammen, wenn sie daran erinnert wurden, obwohl sie diese Idee schnell genug akzeptiert hatten, sobald ihnen klar geworden war, wie sehr es die Organisation der Klassen vereinfachte und es ihnen erleichterte, die Frauen im Auge zu behalten. Tiana kontrollierte die Arbeit der Novizinnen so aufmerksam, dass es offensichtlich war, dass sie Sharinas Anwesenheit zu ignorieren versuchte.

Klein und schlank, mit großen braunen Augen und einem Grübchen am Kinn sah Tiana trotz ihres alterslosen Gesichts irgendwie jung aus, vor allem im Vergleich mit den breiten Hüften und faltigen Wangen der größeren Novizin.

Die beiden Aes Sedai, die an dem Tisch direkt am Eingang die Macht lenkten, Kairen und Ashmanaille, hatten ebenfalls Zuschauer. Janya Frende, eine Sitzende der Braunen, und Salita Toranes, eine Sitzende der Gelben. Aes Sedai und Novizinnen gingen alle derselben Aufgabe nach. Vor jeder Frau umgab ein enges, aus Erde, Feuer und Luft gewobenes Netz einen kleinen Gebrauchsgegenstand, der von den Lagerschmieden hergestellt worden war. Es hatte sie sehr verblüfft, dass die Schwestern solche Gegenstände aus Eisen haben wollten, ganz zu schweigen davon, dass sie so fein gearbeitet sein sollten wie aus Silber. Ein zweites, aus Erde und Feuer gestaltetes Gewebe durchdrang jedes Netz, um den Gegenstand zu berühren, der langsam eine weiße Färbung annahm. Und zwar ganz langsam.

Das Geschick mit den Geweben verbesserte sich durch Übung, aber von den Fünf Mächten war Erde der Schlüssel, und außer Egwene beherrschten nur neun Schwestern im Lager – sowie zwei Aufgenommene und beinahe zwei Dutzend Novizinnen – dies ausreichend, um funktionsfähige Gewebe zu erschaffen. Allerdings gab es unter den Schwestern auch nur wenige, die sich überhaupt dafür interessierten. Ashmanaille, die schlank genug war, um größer zu erschienen, als sie in Wirklichkeit war, und die zu beiden Seiten der einfachen Eisenschüssel mit den Fingern auf die Tischplatte trommelte, verfolgte ungeduldig, wie der weiße Rand bis zur Mitte in die Höhe kroch. Kairens blaue Augen schauten kalt genug, dass allein ihr Blick hätte ausreichen müssen, um den hohen Becher, an dem sie arbeitete, zerspringen zu lassen. Er wies nur einen kleinen weißen Rand am unteren Ende auf. Es musste Kairen gewesen sein, die Egwene hatte eintreten sehen.

Aber nicht jede war lustlos. Janya, dünn und in hellbronzene Seide gekleidet, die Stola mit den braunen Fransen in beiden Ellenbeugen, studierte das, was Kairen und Ashmanaille dort taten, mit dem Eifer von jemandem, der sich sehnlichst wünschte, das auch tun zu können. Janya wollte alles wissen, sie wollte wissen, wie alles funktionierte und warum es das tat. Sie war sehr enttäuscht gewesen, als es ihr verwehrt geblieben war, zu lernen, wie man ein *Ter'angreal* herstellte – außer Elayne war das bislang nur drei Schwestern gelungen, und das auch nur mit sehr unterschiedlichem Erfolg –, und sie hatte große Anstrengungen unternommen, diese Fertigkeit zu erlernen, selbst nachdem der Test gezeigt hatte, dass ihr die nötige Stärke in der Erde fehlte.

Salita war die Erste, die Egwene bemerkte. Sie hatte ein rundes Gesicht, und ihre Haut war fast so schwarz wie Holzkohle, und die gelben Fransen ihrer Stola schwankten leicht, als sie einen präzisen, haargenau abgemessenen Knicks machte und Egwene dabei ruhig ansah. Aufgewachsen in Salidar, gehörte Salita einer beunruhigenden Entwicklung an: zu viele Sitzende waren zu jung für diese Position. Salita war erst seit fünfunddreißig Jahren Aes Sedai, und normalerweise hätte eine Frau die Stola mindestens hundert Jahre länger tragen müssen, bevor sie einen Stuhl zugewiesen bekam. Siuan sah ein Muster darin und fand es beunruhigend, obwohl sie nicht sagen konnte, warum das so war. Muster, die sie nicht verstand, beunruhigten Siuan immer. Wenigstens stand Salita für den Krieg gegen Elaida ein und unterstützte Egwene oft im Saal. Aber nicht immer, und hierbei ganz bestimmt nicht. »Mutter«, sagte sie kühl.

Janya riss den Kopf hoch und fing an zu strahlen. Sie war immer für den Krieg gewesen, die einzige Frau außer Lelaine und Lyrelle, die vor der Spaltung der Burg eine Sitzende gewesen war, und auch wenn ihre Unterstützung für Egwene nicht immer bedingungslos war: was das hier anging, galt sie uneingeschränkt. Wie gewöhnlich sprudelten die Worte förmlich aus ihr heraus. »Darüber komme ich einfach nicht hinweg, Mutter. Es ist wirklich erstaunlich. Ich weiß, wir sollten nicht länger überrascht sein, wenn Euch etwas einfällt, das niemand anderem eingefallen ist – manchmal glaube ich, wir sind in unseren Wegen zu eingefahren, zu sicher, was möglich ist und was nicht –, aber zu enträtseln, wie man *Cuendillar* macht …« Sie musste Luft holen, und Salita nutzte elegant die Gelegenheit. Und kühl.

»Ich behaupte noch immer, dass es falsch ist«, sagte sie fest. »Ich gebe zu, die Entdeckung war eine brillante Tat Eurerseits, Mutter, aber Aes Sedai sollten nichts herstellen, um es dann zu … verkaufen.« Salita legte in das Wort alle Verachtung, zu der eine Frau fähig war, die von den Erträgen ihrer Güter in Tear gelebt hatte, ohne jemals darüber nachzudenken, wie sie zustande kamen. Diese Einstellung war nicht selten, auch wenn die meisten Schwestern von der großzügigen jährlichen Vergütung der Burg lebten. Oder es bis zu der Spaltung getan hatten. »Darüber hinaus sind fast die Hälfte der Schwestern, die dazu gezwungen werden, Gelbe«, fuhr sie fort. »Ich bekomme jeden Tag Beschwerden. Zumindest wir haben Wichtigeres mit unserer Zeit zu tun als … Spielereien herzustellen.« Das brachte ihr einen harten Blick von Ashmanaille ein, einer Grauen, und ein kaltes Funkeln von Kairen, die eine Blaue war, aber Salita ignorierte sie. Sie gehörte zu den Gelben, die der Ansicht waren, dass die anderen Ajahs bloß ein Anhängsel der ihren waren, die von allen natürlich als Einzige wirklich von Nutzen war.

»Und Novizinnen sollten überhaupt keine so komplizierten Gewebe machen«, fügte Tiana hinzu und gesellte sich zu ihnen. Die Oberin der Novizinnen war nie zurückhaltend, wenn es darum ging, den Sitzenden oder der Amyrlin die Meinung zu sagen, und sie trug einen verärgerten Gesichtsausdruck. Sie schien nicht zu bemerken, dass das ihr Grübchen betonte und sie aussehen ließ, als würde sie schmollen. »Es *ist* eine erstaunliche Entdeckung, und ich für meinen Teil habe keine Einwände gegen Geschäfte, aber einige dieser Mädchen können kaum einem Feuerball eine andere Farbe geben. Wenn wir sie solche Gewebe bewerkstelligen lassen, wird es nur noch schwieriger, sie davon abzuhalten, sich an Dingen zu versuchen, mit denen sie nicht umgehen können, und das Licht weiß, dass das schon schwer genug ist. Sie könnten sich sogar etwas antun.«

»Unsinn, Unsinn«, rief Janya aus und schlenkerte die Hand, als wollte sie die Vorstellung wegwischen. »Jedes aufgenommene Mädchen kann bereits drei Feuerbälle auf einmal machen, und das hier erfordert kaum mehr an Macht. Das ist völlig ungefährlich, solange sie von einer Schwester überwacht werden, und das werden sie immer. Ich habe den Dienstplan gesehen. Davon abgesehen wird das, was wir an einem Tag herstellen, genug einbringen, um das Heer eine Woche lang zu bezahlen, aber allein können die Schwestern nicht mal annähernd genug produzieren.« Sie kniff leicht die Augen zusammen und schien plötzlich durch Tiana hindurchzusehen. Der Wortschwall hörte nicht auf, allerdings schien sie dabei zumindest zur Hälfte mit sich selbst zu sprechen. »Wir müssen bei dem Verkauf sehr vorsichtig sein. Das Meervolk hat einen gewaltigen Appetit auf *Cuendillar,* und allen Berichten zufolge sind noch viele ihre Schiffe vor Illian und Tear – auch die dortigen Adligen sind ganz versessen darauf, aber selbst ihr Verlangen hat seine Grenzen. Ich kann mich noch immer nicht dazu durchringen, dort mit sämtlichen Waren zu erscheinen. Früher oder später wird selbst der Preis für *Cuendillar* fallen.« Sie blinzelte und sah zuerst Tiana und dann Salita mit schief gelegtem Kopf an. »Ihr versteht meinen Standpunkt, oder?«

Salita starrte sie finster an und zog die Stola nach oben. Tiana warf entnervt die Hände in die Luft. Egwene schwieg. Dieses eine Mal war es ihr nicht peinlich, für eine ihrer angeblichen Entdeckungen gelobt zu werden. Im Gegensatz zu fast allem anderen mit Ausnahme des Schnellen Reisens war das ihre Sache, auch wenn Moghedien sie vor ihrer Flucht in die richtige Richtung gelenkt hatte. Die Frau hatte keine Ahnung, wie man etwas tatsächlich erschaffen konnte – zumindest hatte sie kein derartiges Wissen enthüllt, ganz egal, wie sehr Egwene sie auch unter Druck gesetzt hatte, und sie hatte sie *sehr* unter Druck gesetzt. Aber Moghedien verfügte über eine ordentliche Portion Habgier, und selbst im Zeitalter der Legenden war *Cuendillar* ein begehrtes Luxusgut gewesen. Sie hatte genug über die Herstellung gewusst, dass Egwene den Rest enträtseln konnte. Aber davon abgesehen, der Bedarf an Geld gewährleistete, dass die Produktion von *Cuendillar* weitergehen würde. Und soweit es sie betraf, je länger es dauerte, bevor etwas verkauft wurde, desto besser.

Sharinas lautes Händeklatschen in den Tiefen des Zeltes ließ alle die Köpfe herumreißen. Auch Kairen und Ashmanaille drehten sich um, die Blaue ließ sogar ihr Gewebe los, sodass ihr Becher klirrend auf die Tischplatte fiel. Das war ein Zeichen von Langeweile. Der Prozess konnte erneut begonnen werden, aber es war schwierig, den präzisen Punkt wieder zu finden, und manche Schwestern nutzten jede sich bietende Gelegenheit, um in der Stunde, die sie jeden Tag im Zelt zu verbringen hatten, etwas anderes zu tun. Eine Stunde oder bis sie einen Gegenstand vollendet hatten, was immer zuerst eintraf. Das sollte sie antreiben, die

Vervollkommnung ihrer Fertigkeiten intensiver zu betreiben, aber nur wenige machten große Fortschritte.

»Bodewhin, Nicola, ihr müsst zum Unterricht«, verkündete Sharina. Sie sprach nicht laut, aber ihre Stimme verfügte über eine Kraft, die jedes Stimmengewirr durchschnitten hätte, ganz zu schweigen von der Stille des Zeltes. »Ihr habt noch Zeit, euch die Hände und die Gesichter zu waschen. Schnell, beeilt euch. Ihr wollt doch keine schlechten Einträge bekommen.«

Bode – Bodewhin – bewegte sich effizient und eifrig, sie ließ *Saidar* los und legte ihren zur Hälfte fertig gestellten *Cuendillar*-Armreifen in eine der Truhen an den Wänden, damit jemand anders ihn vollenden konnte, dann holte sie ihren Umhang. Hübsch und rotwangig trug sie ihr Haar in einem langen Zopf, obwohl Egwene nicht davon überzeugt war, dass sie dazu die Erlaubnis vom Frauenkreis hatte. Aber diese Welt lag hinter ihr. Sie zog die Fäustlinge über, als sie aus dem Zelt eilte, und hielt den Blick gesenkt und schaute nicht einmal in Egwenes Richtung. Sie verstand offensichtlich noch immer nicht, warum eine Novizin nicht auf einen Plausch beim Amyrlin-Sitz vorbeikommen konnte, wenn ihr der Sinn danach stand, und das, obwohl sie doch zusammen aufgewachsen waren.

Egwene hätte sich gern mit Bode und einigen der anderen unterhalten, aber auch eine Amyrlin musste ein paar Lektionen lernen. Eine Amyrlin hatte viele Pflichten, wenig Freunde und keine Favoriten. Davon abgesehen hätte bereits der Anschein von Bevorzugung die Mädchen von den Zwei Flüssen hervorgehoben und ihr Leben mit den anderen Novizinnen zur Hölle gemacht. *Und im Saal würde das auch nicht gut aufgenommen werden,* dachte sie trocken. Sie wünschte sich bloß, die Mädchen von den Zwei Flüssen hätten das verstanden.

Die andere Novizin, die Sharina aufgerufen hatte, blieb sitzen und hörte auch nicht auf, die Macht zu lenken. Nicolas schwarze Augen funkelten Sharina wütend an. »Ich könnte die Beste sein, wenn man mir einmal erlauben würde, in Ruhe zu üben«, murmelte sie mürrisch. »Ich werde besser, ich weiß es. Ich kann Vorhersehen, wie du weißt.« Als hätte das eine etwas mit dem anderen zu tun. »Tiana Sedai, sagt ihr, dass ich länger bleiben darf. Ich kann diese Schüssel vor meiner nächsten Unterrichtsstunde vollenden, und ich bin sicher, Adine Sedai hätte nichts dagegen, wenn ich mich etwas verspäte.« Wenn ihr Unterricht bald anfing, würde sie sich mehr als nur etwas verspäten, falls sie die Schüssel zu Ende bearbeitete; ihre einstündigen Bemühungen hatten sie nur zur Hälfte verwandelt.

Tiana öffnete den Mund, aber bevor sie ein Wort sagen konnte, hob Sharina einen Finger und einen Moment später einen zweiten. Damit musste es eine besondere Bewandtnis auf sich haben, denn Nicola erblasste und ließ ihr Gewebe augenblicklich los, dann sprang sie so schnell auf, dass sie die Bank anstieß, was ihr böse Blicke von den anderen beiden Novizinnen einbrachte, die sie mit ihr teilten. Aber sie beugten sich wieder schnell über ihre Arbeit, und Nicola rannte fast, um die halb fertige Schüssel in eine Truhe zu legen, bevor sie ihren Umhang an sich riss. Zu Egwenes Überraschung sprang eine Frau in einem kurzen braunen Mantel und weiten Hosen, die ihr zuvor nicht aufgefallen war, von dem Platz im hinteren Teil des Zeltes auf, wo sie auf dem Boden gesessen hatte. Areina starrte alle Anwesenden finster an und rannte hinter Nicola aus dem Zelt, und beide Frauen waren wie ein Spiegelbild aus Unmut und Unzufriedenheit. Die beiden zusammen zu sehen bereitete Egwene Unbehagen.

»Ich wusste nicht, dass es Freunden erlaubt ist, hier zuzusehen«, sagte sie. »Macht Nicola noch immer Schwierigkeiten?« Nicola und Areina hatten versucht, sie und Myrelle und Nisao zu erpressen, aber das meinte sie nicht. Das war noch immer ein weiteres Geheimnis.

»Besser, das Mädchen ist mit Areina befreundet, als dass sie zu einem der Pferdeknechte freundlich ist«, sagte Tiana schnaubend. »Ihr müsst wissen, zwei bekommen ein Kind, und bei zehn weiteren ist das noch nicht abzusehen. Aber das Mädchen braucht mehr Freunde. Freunde werden ihr gut tun.«

Sie verstummte, als zwei weitere in Weiß gekleidete Novizinnen ins Zelt stürzten und quiekend und rutschend zum Stehen kamen, als sie sich Aes Sedai gegenüberfanden. Sie machten hastig ihre Knickse und eilten nach einem Wink von Tiana ins Zeltinnere und legten ihre Umhänge gefaltet auf eine Bank, bevor sie sich aus einer der Truhen einen teilweise weißen Pokal und eine fast vollständig weiße Schale holten.

Sharina wartete, bis sie an der Arbeit saßen, dann holte sie ihren Umhang und legte ihn sich über die Schultern, bevor sie zum Ausgang kam. »Wenn Ihr mich entschuldigen wollt, Tiana Sedai«, sagte sie und machte einen Knicks, der nur um Haaresbreite einer Verabschiedung von Gleichgestellten nahe kam, »man hat mir aufgetragen, heute beim Mittagessen zu helfen, und ich möchte die Köche nicht verärgern.« Ihre dunklen Augen richteten sich kurz auf Egwene, und sie nickte an sich selbst gerichtet.

»Dann geh«, erwiderte Tiana scharf. »Ich würde nur ungern hören, dass man dich fürs Zuspätkommen geschlagen hat.«

Sharina knickste ungerührt ein weiteres Mal vor Tiana, weder zu schnell noch zu lange, dann vor den Sitzenden und Egwene – mit einem Blick, der zwar durchbohrend, aber zu kurz war, um als Beleidigung aufgefasst werden zu können –, und als die Zeltplane hinter ihr zurückfiel, stieß Tiana verzweifelt die Luft aus.

»Nicola macht weniger Ärger als andere«, sagte sie finster, und Janya schüttelte den Kopf.

»Sharina macht keine Probleme, Tiana.« Sie sprach so schnell wie immer, aber leise, damit ihre Stimme nicht bis ins Zelt hineintrug. Meinungsverschiedenheiten zwischen Schwestern wurden niemals vor Novizinnen ausgetragen. Vor allem dann nicht, wenn es dabei um eine Novizin ging. »Sie kennt die Regeln bereits besser als jede Aufgenommene, und schiebt niemals auch nur einen Zeh über die Grenze. Sie drückt sich nicht vor den schmutzigsten Arbeiten, und sie ist die Erste, die einer anderen Novizin hilft, wenn es nötig ist. Sharina ist einfach so, wie sie ist. Beim Licht, Ihr könnt doch keiner *Novizin* erlauben, Euch einzuschüchtern.«

Tiana versteifte sich und wollte widersprechen, aber sobald Janya sich einmal an einem Thema festgebissen hatte, war es nicht einfach, einen Einwand anzubringen. »Nicola hingegen macht alle möglichen Probleme, Mutter«, fuhr die Braune hastig fort. »Seit wir herausgefunden haben, dass sie Vorhersehen kann, macht sie es zwei- bis dreimal täglich, wie sie erzählt. Oder vielmehr wie Areina erzählt. Nicola ist schlau genug zu wissen, dass sie sich nicht an das erinnern kann, was sie sagt, wenn sie Vorhersieht, aber Areina scheint immer da zu sein und sich an alles zu erinnern, und sie hilft ihr bei der Interpretation. Manches gehört zu den Dingen, die sich jeder im Lager mit einem Funken Verstand und einer leichtgläubigen Natur einfallen lassen könnte – Schlachten mit den Seanchanern oder den Asha'man, eine gefangene Amyrlin, der Wiedergeborene Drache, der neun unmögliche Taten vollbringt, Visionen, die Tarmon Gai'don oder ein verdorbener Magen sein könnten –, und der Rest ist zufälligerweise stets ein Hinweis darauf, dass man Nicola schneller lernen lassen sollte. Sie übertreibt es immer mit ihrer Gier.

Ich glaube, die meisten anderen Novizinnen haben aufgehört, ihr zu glauben.«

»Sie steckt auch überall ihre Nase hinein«, sagte Salita, als Janya Luft holen musste. »Sie und die Pferdefrau.« Ihr Gesicht blieb kühl und unbewegt, und sie zupfte die Stola zurecht, als wäre sie vollauf damit beschäftigt, aber sie sprach etwas zu hastig, vielleicht aus Furcht, die Braune würde das Gespräch wieder an sich reißen. »Sie haben beide eine Prügelstrafe bekommen, weil sie Schwestern belauscht haben, und ich selbst habe Nicola dabei erwischt, wie sie einen Blick in eine der Reisestellen werfen wollte. Sie behauptete, nur sehen zu wollen, wie sich ein Wegetor öffnete, aber ich glaube, sie wollte das Gewebe lernen. Ungeduld kann ich verstehen, aber Täuschungen können nicht geduldet werden. Ich glaube nicht länger, dass sich Nicola die Stola verdienen wird, und ehrlich gesagt frage ich mich mittlerweile, ob man sie nicht besser früher als später fortschicken sollte. Das Novizinnenbuch mag jedermann offen stehen«, kam sie mit einem ausdruckslosen Blick auf Egwene zum Ende, »aber wir müssen unsere Ansprüche nicht völlig herabsetzen.«

Tiana schürzte stirnrunzelnd die Lippen, was das Grübchen wieder hervorhob. Man hätte fast vergessen können, dass sie seit über dreißig Jahren die Stola trug, und sie für eine Novizin halten können. »Solange ich die Oberin der Novizinnen bin, habe ich die Entscheidung zu treffen, ob ein Mädchen weggeschickt wird«, sagte sie hitzig, »und ich habe nicht vor, ein Mädchen mit Nicolas Potenzial zu verlieren.« Eines Tages würde Nicola in der Einen Macht sehr stark sein. »Oder Sharinas«, fügte sie mit einer Grimasse hinzu und glättete gereizt die Röcke. Sharinas Potenzial war wirklich erstaunlich, es ging weit über jeden in der Erinnerung hinaus, ausgenommen vielleicht Nynaeve, und übertraf selbst Egwenes. Einige glaubten, sie könnte so stark werden, wie es nur möglich war, allerdings waren das nur Spekulationen. »Wenn Nicola Euch gestört hat, Mutter, werde ich mich darum kümmern.«

»Ich war nur neugierig«, sagte Egwene bedächtig und schluckte die Bemerkung herunter, dass man die junge Frau und ihre Freundin streng beobachten sollte. Sie wollte nicht über Nicola sprechen. Es konnte zu schnell passieren, dass sie vor die Wahl gestellt wurde, entweder lügen oder Dinge enthüllen zu müssen, die sie nicht zu enthüllen wagte. Zu dumm, dass sie Siuan nicht erlaubt hatte, für zwei unauffällige Todesfälle zu sorgen.

Der Gedanke ließ sie entsetzt den Kopf hochreißen. Hatte sie sich so weit von Emondsfelde entfernt? Ihr war klar, dass sie früher oder später Männern befehlen musste, in die Schlacht zu ziehen und zu sterben, und sie glaubte auch, dazu fähig zu sein, in großer Not einen Tod anzuordnen. Wenn ein Tod den Tod von Tausenden oder sogar Hunderttausenden verhindern konnte, war es dann nicht richtig, ihn zu befehlen? Aber die von Nicola und Areina ausgehende Gefahr bestand lediglich darin, dass sie Geheimnisse ausplaudern konnten, die Egwene al'Vere Unannehmlichkeiten bereitet hätten. Oh, Myrelle und die anderen hätten Glück gehabt, mit der Prügelstrafe davonzukommen, und sie würden das mit Sicherheit für mehr als nur unangenehm halten, aber Schmerzen, gleichgültig, wie heftig sie auch sein würden, boten keinen ausreichenden Grund, um deswegen zu töten.

Unvermittelt wurde Egwene sich bewusst, dass sie die Stirn runzelte und Tiana und die beiden Sitzenden sie beobachteten. Janya machte sich nicht einmal die Mühe, ihre Neugier hinter einer Maske aus Gelassenheit zu verbergen. Um ihre Verlegenheit zu überspielen, richtete Egwene ihr Stirnrunzeln auf den Tisch, an dem Kairen und Ashmanaille wieder an der Arbeit saßen. Das Weiß an Ashmanailles Becher war ein Stück emporgeklettert, aber in dieser kurzen Zeit hatte Kairen aufgeholt. Sogar mehr als aufgeholt, da ihr Pokal mehr als doppelt so groß wie der Becher war.

»Eure Fertigkeiten werden besser, Kairen«, sagte Egwene anerkennend.

Die Blaue schaute zu ihr hoch und holte tief Luft. Ihr ovales Gesicht wurde zu einem Abbild kühler Gelassenheit, in dessen Mitte diese so kalt blickenden blauen Augen saßen. »Dafür braucht man keine große Fertigkeiten, Mutter. Man muss nur das Gewebe weben und warten.« Das letzte Wort wies einen Unterton von Schärfe auf, und was das anging, hatte es vor dem »Mutter« ein leichtes Zögern gegeben. Kairen war in Salidar auf eine sehr wichtige Mission geschickt worden, nur um miterleben zu müssen, wie alles auseinander brach – auch wenn das nicht ihre Schuld war –, und als sie in Murandy wieder zu ihnen gestoßen war, war alles, was sie zurückgelassen hatte, auf den Kopf gestellt gewesen und ein Mädchen, an das sie sich als Novizin erinnern konnte, trug die Stola der Amyrlin. In der letzten Zeit hatte Kairen viel Zeit mit Lelaine verbracht.

»Sie wird besser – in einigen Dingen«, sagte Janya mit einem bezeichnenden Blick für die Blaue Schwester. Janya war vermutlich genau wie die anderen Sitzenden davon überzeugt gewesen, dass der Saal eine Marionette erhielt, wenn er Egwene zur Amyrlin erhob, aber sie schien akzeptiert zu haben, dass sie nun die Stola trug und von jedem den nötigen Respekt verdiente. »Natürlich bezweifle ich, dass sie Leane einholt, falls sie sich nicht große Mühe gibt, und Euch sicher auch nicht, Mutter. Tatsächlich könnte die junge Bodewhin sie einholen. Ich selbst möchte mich nicht von einer Novizin überflügeln lassen, aber vermutlich denkt da jeder anders.« Rote Flecken kamen auf Kairens Wangen zum Vorschein, ihr Blick fiel auf den Pokal.

Tiana schnaubte. »Bodewhin ist ein braves Mädchen, aber sie albert ständig mit den anderen Novizinnen herum, wenn Shar …« Sie holte tief Luft. »Wenn man sie nicht im Auge behält. Gestern haben sie und Altyhn Conly versucht, zwei Gegenstände gleichzeitig zu bearbeiten, nur um zu sehen, was passiert, und die Dinge verschmolzen zu einem soliden Klumpen. Natürlich völlig unverkäuflich, es sei denn, man fände jemanden, der zwei zur Hälfte aus Eisen und *Cuendillar* bestehende Becher, die aneinander kleben, haben will. Und das Licht weiß, was den Mädchen hätte zustoßen können. Anscheinend ist es noch einmal gut gegangen, aber wer weiß, was beim nächsten Mal geschieht?«

»Sorgt dafür, dass es kein nächstes Mal gibt«, sagte Egwene gedankenverloren, die Aufmerksamkeit auf Kairens Pokal gerichtet. Der weiße Rand kroch gleichmäßig in die Höhe. Wenn Leane dieses Gewebe ausführte, verwandelte sich das schwarze Eisen in weißes *Cuendillar*, als würde das Eisen schnell in Milch versinken. Bei Egwene selbst geschah die Verwandlung schneller als ein Augenblinzeln, blitzartig wurde aus Schwarz Weiß. Es würden Kairen oder Leane sein müssen, aber selbst Leane war kaum schnell genug. Kairen brauchte Zeit, um besser zu werden. Tage? Wochen? Was auch immer nötig war, denn alles andere hätte eine Katastrophe bedeutet – für die Frauen, die daran beteiligt waren, und die Männer, die bei den Kämpfen in den Straßen von Tar Valon sterben würden, und vielleicht für die Burg selbst. Plötzlich war Egwene froh, dass sie Beonins Vorschlag akzeptiert hatte. Kairen zu verraten, warum sie sich mehr anstrengen musste, hätte vielleicht das Gegenteil bewirkt, aber das war ein weiteres Geheimnis, das gehütet werden musste, bis die Zeit gekommen war, es der Welt zu enthüllen.

KAPITEL 4

Eine Unterhaltung mit Siuan

Als Egwene das Zelt verließ, war Daishar schon lange weggebracht worden, aber die Stola mit den sieben Streifen, die aus ihrer Kapuze hing, erfüllten ihren Zweck besser als das Gesicht einer Aes Sedai, um ihr einen Weg durch die Menge zu bahnen. Sie ging durch ein Meer aus Knicksen, zu denen gelegentlich die Verbeugung eines Behüters oder eines Handwerkers kam, der bei den Zelten der Schwestern eine Arbeit zu erledigen hatte. Einige Novizinnen erschraken, wenn sie die Amyrlin-Stola erblickten, und manche Familien traten hastig vom Gehweg herunter und machten ihre tiefen Knickse im Schlamm der Straße. Seit Egwene gezwungen gewesen war, für einige der Frauen von den Zwei Flüssen Bestrafungen anzuordnen, hatte sich unter den Novizinnen verbreitet, die Amyrlin sei so hart wie Sereille Bagand, und es sei besser, ihren Zorn nicht zu erregen, der wie ein Steppenbrand sein konnte. Nicht, dass auch nur die wenigsten von ihnen sich gut genug in der Geschichte der Burg auskannten, um eine halbwegs vernünftige Vorstellung davon zu haben, wer Sereille wirklich gewesen war, aber seit über hundert Jahren war ihr Name gleichbedeutend mit eisenharter Strenge, und die Aufgenommenen sorgten dafür, dass Novizinnen so etwas verinnerlichten. Es war gut, dass die Kapuze Egwenes Gesicht verbarg. Als die zehnte Novizinnen-Familie wie ein verschrecktes Hasenrudel aus dem Weg sprang, biss sie die Zähne so fest zusammen, dass ihr Gesicht ihren Ruf, Eisen zu kauen und Nägel zu spucken, endgültig zementiert hätte. Sie hatte die schreckliche Ahnung, dass Aufgenommene in ein paar hundert Jahren ihren Namen dazu benutzen würden, den Novizinnen Angst einzujagen, so wie sie es jetzt mit Sereille machten. Natürlich gab es da vorher noch die geringfügige Aufgabe, die Weiße Burg wieder zu vereinen. Kleine Ärgernisse mussten da warten. Vermutlich hätte sie auch ohne Eisen Nägel spucken können.

In der Nähe des Amyrlin-Studierzimmers, das trotz des Namens nichts weiter als ein Spitzzelt mit geflickten braunen Wänden war, verschwanden die Menschenmengen. Wie der Saal war das ein Ort, den man mied, solange man dort nichts zu erledigen hatte oder einbestellt wurde. Niemand wurde einfach in den Saal der Burg oder ins Studierzimmer der Amyrlin gebeten. Die harmloseste Einladung *war* ein Befehl, eine Tatsache, die dieses einfache Zelt in einen Zufluchtsort verwandelte. Egwene eilte durch den Eingang und nahm mit einem Gefühl der Erleichterung den Umhang ab. Zwei Kohlenpfannen erfüllten das Zelt mit einer köstlichen Wärme, und sie gaben nur wenig Rauch ab. Von den getrockneten Kräutern, die man auf die glühenden Kohlen gestreut hatte, entströmte ein süßer Duft.

»So wie sich diese dummen Mädchen benehmen, sollte man glauben, dass ich …«, knurrte sie und verstummte dann abrupt.

Sie war nicht überrascht, Siuan in schlichter blauer, wenn auch hervorragend geschneiderter Wolle neben dem Schreibtisch vorzufinden, eine breite Ledermappe vor die Brust haltend. Die meisten Schwestern – so wie Delana – schienen zu glauben, dass sie noch immer nicht mehr tat, als Egwene im Protokoll zu unterweisen und Botengänge zu erledigen, und zwar beides widerstrebend, aber sie war immer früh am Morgen da, was bis jetzt niemandem so richtig aufgefallen zu sein schien. Siuan war eine Amyrlin gewesen, die Eisen gekaut hatte, obwohl das keiner glauben würde, der es nicht besser wusste. Novizinnen sprachen genauso oft von ihr wie von Leane, aber voller Zweifel, ob sie wirklich das war, was die Schwestern von ihr behaupteten. Siuan war hübsch, aber nicht wirklich schön, hatte einen zierlichen Mund und dunkles, schimmerndes Haar, das ihr bis zu den Schultern reichte; sie sah noch jünger als Leane aus und nur wenige Jahre älter als Egwene. Ohne die mit blauen Fransen versehene Stola über den Armen hätte man sie für eine Aufgenommene halten können. Darum trug sie auch stets die Stola, um peinliche Missverständnisse zu vermeiden. Ihre Augen hatten sich genauso wenig verändert wie ihr Temperament, und sie blickten wie eisblaue Nadeln auf die Frau, deren Anwesenheit eine Überraschung war.

Halima war sicherlich willkommen, aber Egwene hatte nicht damit gerechnet, sie auf den hellen bunten Kissen ausgestreckt vorzufinden, die an der einen Zeltseite aufgeschichtet lagen, den Kopf auf eine Hand gestützt. Gewiss, Siuan war hübsch, wie jene jungen Frauen, denen jeder zulächelte, aber Halima war atemberaubend, mit großen grünen Augen in einem perfekten Gesicht und einem vollen, festen Busen von der Sorte, die Männer schlucken und andere Frauen die Stirn runzeln ließ. Nicht, dass Egwene die Stirn gerunzelt oder die Geschichten geglaubt hätte, die von Frauen verbreitet wurden, die eifersüchtig auf die Art und Weise waren, wie Halima Männer anzog, nur weil sie einfach da war. Aber selbst wenn ihre Position als Delanas Sekretärin offensichtlich ein Almosen der Grauen Schwester war – Halima war eine Frau vom Land mit unzureichender Schulbildung, die ihre Buchstaben mit der Unbeholfenheit eines Kindes malte –, hielt Delana sie doch den ganzen Tag irgendwie beschäftigt. Sie kam nur selten vor der Schlafenszeit, und dann auch meistens nur, weil sie gehört hatte, dass Egwene wieder ihre Kopfschmerzen hatte. Nisao konnte nichts dagegen ausrichten, nicht einmal mit dem neuen Heilen, aber Halimas Massagen wirkten Wunder, selbst wenn die Schmerzen Egwene wimmern ließen.

»Ich habe ihr gesagt, dass Ihr heute Morgen keine Zeit haben werdet, Mutter«, sagte Siuan scharf und schaute die Frau auf den Kissen noch immer böse an, als sie Egwenes Umhang mit der freien Hand entgegennahm, »aber ich hätte genauso gut mit mir selbst sprechen können.« Sie hängte den Umhang auf einen rustikalen Kleiderständer und schnaubte verächtlich. »Vielleicht hätte sie zugehört, würde ich Hosen tragen und einen Schnurrbart haben.« Siuan schien jedes der Gerüchte über Halimas angebliche Raubzüge unter den ansehnlicheren Handwerkern und Soldaten zu glauben.

Seltsamerweise schien sich Halima über ihren Ruf zu amüsieren. Möglicherweise genoss sie ihn sogar. Sie lachte leise und kehlig und streckte sich auf den Kissen wie eine Katze. Sie hatte eine unglückliche Vorliebe für tief ausgeschnittene Oberteile, was bei diesem Wetter unmöglich war, und platzte beinahe aus der blaugeschlitzten grünen Seide heraus. Seide war kaum die angemessene Bekleidung für eine Sekretärin, aber Delanas Mildtätigkeit kannte keine Grenzen – oder die Schuld, in der sie Halima gegenüber stand.

»Ihr scheint heute Morgen bekümmert zu sein, Mutter«, murmelte die Frau mit den grünen Augen, »und Ihr seid so früh zu Eurem Ausritt herausgeschlüpft und habt versucht, mich nicht zu wecken. Ich dachte, Ihr würdet vielleicht gern reden. Ihr würdet nicht so oft Kopfschmerzen bekommen, wenn Ihr mehr über Eure Sorgen sprechen würdet. Ihr wisst ja, dass Ihr mit mir sprechen könnt.« Halima betrachtete Siuan, die den

Blick verächtlich erwiderte, dann lachte sie erneut kehlig. »Und Ihr wisst, dass ich keine Hintergedanken habe, im Gegensatz zu anderen.« Siuan schnaubte erneut und beschäftigte sich damit, die Mappe auf den Schreibtisch zu legen, genau zwischen dem steinernen Tintenfässchen und dem Sandstreuer. Sie fummelte sogar an dem Federhalter herum.

Es kostete Egwene Mühe, nicht zu seufzen. Große Mühe. Halima bat um nichts als einen Schlafplatz in Egwenes Zelt, sodass sie da sein konnte, wenn Egwene Kopfschmerzen bekam, doch ihre Anwesenheit musste mit ihren Pflichten für Delana kollidieren. Davon abgesehen mochte Egwene ihre offene Art. Es fiel leicht, sich mit Halima zu unterhalten und eine Weile zu vergessen, dass sie der Amyrlin-Sitz war, eine Entspannung, die ihr nicht einmal Siuan bieten konnte. Sie hatte zu hart dafür gekämpft, um als Aes Sedai und Amyrlin anerkannt zu werden, doch ihre Position war bestenfalls unsicher. Jeder Fehler, die Amyrlin zu *sein*, würde den nächsten und den übernächsten Fehler einfacher machen, bis man sie wieder als ein Kind ansehen würde, das ein Spiel spielte. Das machte Halima zu einem Luxus, den man schätzen musste, ganz davon abgesehen, was ihre Finger bei Egwenes Kopfschmerzen auszurichten vermochten. Zu ihrem Unmut schien aber jede andere Frau im Lager Siuans Ansicht zu teilen, ausgenommen vielleicht Delana. Die Graue war zu prüde, um ein leichtes Mädchen zu beschäftigen, ganz egal, zu welchen Almosen sie sich auch immer verpflichtet glaubte. Aber ob die Frau nun Jagd auf Männer machte oder sie bloß straucheln ließ, stand jetzt nicht zur Debatte.

»Ich fürchte, ich muss arbeiten, Halima«, sagte sie und zog die Handschuhe aus. An den meisten Tagen war es ein Berg von Arbeit. Von Sheriams Berichten war natürlich noch keine Spur zu sehen, aber sie würde sie bald schicken, zusammen mit ein paar Petitionen, von denen sie glaubte, dass sie Egwenes Aufmerksamkeit wert waren. Nur ein paar, zehn oder zwölf Appelle für die erneute Überprüfung von Beschwerden, und es wurde von Egwene erwartet, über jede als Amyrlin zu urteilen. Das konnte man nicht ohne genaues Studium der Fakten tun, nicht, wenn man eine gerechte Entscheidung treffen wollte. »Vielleicht könnt Ihr ja mit mir essen.« Falls sie rechtzeitig fertig war, um nicht hier an ihrem Schreibtisch im Studierzimmer essen zu müssen. Es ging bereits auf den Mittag zu. »Dann können wir uns unterhalten.«

Halima setzte sich abrupt auf, mit blitzenden Augen und zusammengepressten Lippen, doch ihre finstere Miene verschwand so schnell, wie sie gekommen war. Aber in ihrem Blick verblieb ein Lodern. Wäre sie eine Katze gewesen, hätte sie den Rücken gekrümmt und den Schwanz wie eine Flaschenbürste gesträubt. Sie erhob sich anmutig und glättete das Kleid über den Hüften. »Nun gut. Wenn Ihr sicher seid, dass ich nicht bleiben soll.«

Erstaunlicherweise setzte in diesem Moment hinter Egwenes Augen ein dumpfes Pochen ein, der viel zu vertraute Vorbote schrecklicher Kopfschmerzen, aber sie schüttelte trotzdem den Kopf und wiederholte, dass sie zu arbeiten hatte. Halima zögerte noch einen Augenblick, ihre vollen Lippen verzogen sich erneut zu einem schmalen Strich, ihre Hände verkrallten sich in ihre Röcke, dann riss sie ihren pelzgefütterten Seidenumhang vom Kleiderständer und stolzierte aus dem Zelt, ohne ihn sich über die Schultern zu legen. Sie hätte krank werden können, wenn sie so in die Kälte hinausging.

»Früher oder später wird sie dieses Fischweib-Temperament in die Bredouille bringen«, murmelte Siuan, bevor die Eingangsplanen aufhörten, hin und her zu schwingen. Sie sah Halima finster hinterher und rückte die Stola auf ihren Schultern zurecht. »In Eurer Anwesenheit hält sich die Frau zurück, aber mir gegenüber nimmt sie kein Blatt vor den Mund. Und das gilt auch für andere. Man munkelt, dass sie Delana angeschrien hat. Wer hätte je von einer Sekretärin gehört, die ihre Arbeitgeberin anbrüllt, und dann auch noch eine Schwester? Eine Sitzende! Ich verstehe nicht, warum sich Delana mit ihr abgibt.«

»Das ist Delanas Sache.« Die Handlungen einer anderen Schwester in Frage zu stellen war genauso verboten, wie sich darin einzumischen. Zwar nur vom Brauchtum her und nicht durch das Gesetz, aber manche Verhaltensregeln waren so stark wie das Gesetz. Sicherlich musste sie *Siuan* daran nicht erinnern.

Egwene rieb sich die Schläfen und setzte sich vorsichtig auf den Stuhl hinter dem Schreibtisch, aber der Stuhl wackelte trotzdem. Dafür gemacht, zusammengeklappt auf einem Wagen transportiert werden zu können, hatten die Beine die Neigung, immer dann zusammenzuklappen, wenn sie es nicht sollten, und keinem der Handwerker war es trotz mehrmaliger Bemühungen gelungen, sie zu reparieren. Der Tisch ließ sich auch zusammenklappen, war aber stabiler. Sie wünschte sich, sie hätte in Murandy die Gelegenheit genutzt, einen neuen Stuhl zu besorgen, aber es hatten so viele Dinge gekauft werden müssen, und das Geld war so knapp gewesen, und schließlich hatte sie ja einen Stuhl. Immerhin hatte sie zwei Stehlampen und eine Tischlampe bekommen, alle drei aus einfachem rotlackiertem Eisen, aber mit guten Spiegeln, die frei von Blasen waren. Gutes Licht schien ihren Kopfschmerzen nicht zu helfen, aber es war besser, als bei ein paar Talgkerzen und einer Laterne lesen zu müssen.

Falls Siuan die Zurechtweisung gehört hatte, ging sie darüber hinweg. »Es ist mehr als nur ihr Temperament.

Ich glaube, ein- oder zweimal stand sie kurz davor, mich zu schlagen. Vermutlich hat sie genug Verstand, um sich zu mäßigen, aber nicht jeder ist Aes Sedai. Ich glaube, sie hat einem Wagner den Arm gebrochen. Er hat gesagt, er sei gestürzt, aber meines Erachtens war das eine Lüge, so wie er meinem Blick auswich. Aber er würde auch nicht zugeben wollen, dass eine Frau ihm den Ellbogen nach hinten biegen kann, oder?«

»Lasst es gut sein, Siuan«, sagte Egwene müde. »Der Mann hat vermutlich versucht, sich ein paar Freiheiten herauszunehmen.« Das musste es gewesen sein. Sie konnte sich nicht vorstellen, wie Halima einem Mann den Arm brechen sollte. Wie auch immer man die Frau beschrieb, das Wort muskulös spielte dabei keine Rolle.

Statt die Ledermappe zu öffnen, die Siuan auf den Tisch gelegt hatte, presste sie die Hände zu beiden Seiten auf die Tischplatte. Sie hielt sie von ihren Schläfen fern. Vielleicht würden die Schmerzen dieses Mal verschwinden, wenn sie sie ignorierte. Außerdem hatte ausnahmsweise einmal sie Informationen, die sie mit Siuan teilen konnte. »Es hat den Anschein, als würden es ein paar Sitzende gutheißen, mit Elaida Verhandlungen aufzunehmen«, begann sie.

Siuan setzte sich ausdruckslos auf einen der dreibeinigen Hocker vor dem Tisch und hörte aufmerksam zu, bis Egwene geendet hatte; allein ihre Finger bewegten sich und strichen leicht über ihre Röcke. Dann ballte sie sie zu Fäusten und stieß eine Reihe von Flüchen aus, die selbst für sie erstaunlich waren, sie fing mit dem Wunsch an, dass der ganze Haufen an wochenalten Fischgräten erstickte, und dann wurde sie ordinär. Dies aus dem Munde dieser jungen hübschen Frau zu hören machte es nur noch schlimmer.

»Ich schätze, es war richtig von Euch, der Sache ihren Lauf zu lassen«, murmelte sie, nachdem ihr Ausbruch sein Ende gefunden hatte. »Es wird sich herumsprechen, da es einmal angefangen hat, und so habt Ihr einen Vorsprung. Vermutlich sollte mich die Sache mit Beonin nicht überraschen. Beonin ist ehrgeizig, aber ich war immer der Ansicht, dass sie zu Elaida zurückgewinselt wäre, hätten Sheriam und die anderen ihr nicht den Rücken gestärkt.« Siuan richtete den Blick auf Egwene, als sie schneller sprach, so als wollte sie ihnen mehr Gewicht verleihen. »Ich wünschte, Varilin und dieser Haufen würden mich überraschen, Mutter. Die Blauen nicht mitgezählt, sind nach Elaidas Staatsstreich …« – ihr Mund verzog sich leicht bei dem letzten Wort – »… sechs Sitzende aus fünf Ajahs aus der Burg geflogen, und hier haben wir eine aus jeder der fünf. Ich war vergangene Nacht im *Tel'aran'rhiod,* in der Burg …«

»Ich hoffe, Ihr wart vorsichtig«, sagte Egwene scharf. Manchmal schien Siuan die Bedeutung des Wortes Vorsicht nicht zu kennen. Für die wenigen Traum-*Ter'angreale* in ihrem Besitz standen die Schwestern Schlange, um sie benutzen zu dürfen, hauptsächlich, um die Burg zu besuchen, und auch wenn man Siuan die Benutzung nicht ausdrücklich untersagt hatte, viel hatte nicht daran gefehlt. Davon abgesehen, dass einige Schwestern Siuan für die Spaltung der Burg verantwortlich machten – sie war deshalb nicht wieder so herzlich aufgenommen worden wie Leane und wurde von niemandem verhätschelt –, erinnerten sich zu viele an ihren strengen Unterricht, als sie eine der wenigen gewesen war, die sich in der Benutzung der Traum-*Ter'angreale* ausgekannt hatten. Siuan hatte keine Geduld für Leute, die sich dumm anstellten, und bei den ersten Besuchen im *Tel'aran'rhiod* stellte sich jeder dumm an, darum musste sie, wenn sie die Welt der Träume besuchen wollte, Leane um ihre Zeit bitten, und falls eine andere Schwester sie dort sehen sollte, würde man ein Verbot aussprechen. Oder schlimmer noch, eine Suche nach derjenigen starten, die ihr ein *Ter'angreal* geliehen hatte, die dann damit endete, dass man Leane ertappte.

»Im *Tel'aran'rhiod* bin ich an jeder Weggabelung eine andere Frau in einem anderen Kleid«, sagte Siuan und winkte ab. Das war gut zu hören, allerdings erschien es wahrscheinlich, dass das genauso viel mit mangelnder Kontrolle zu tun hatte wie mit Absicht. Siuans Glaube an ihre Fähigkeiten war manchmal größer als gerechtfertigt. »Entscheidend war, dass ich eine Liste von Sitzenden gesehen habe und das meiste lesen konnte, bevor sie sich in eine Weinranke verwandelte.« Das war im *Tel'aran'rhiod* ein ganz normaler Vorfall, wo nichts so blieb, wie es war, falls es nicht die Widerspiegelung eines festen Bestandteils der wachen Welt war. »Andaya Forae wurde für die Grauen erhoben, Rina Hafden für die Grünen und Juilaine Madome für die Braunen. Keine von ihnen trägt die Stola länger als höchstens siebzig Jahre. Elaida hat das gleiche Problem wie wir, Mutter.«

»Ich verstehe«, sagte Egwene langsam. Sie ertappte sich dabei, dass sie sich die Schläfe massierte. Hinter ihren Augen pochte es weiter. Es würde schlimmer werden. Das wurde es immer. Gegen Abend würde sie es bereuen, Halima weggeschickt zu haben. Sie nahm entschlossen die Hand herunter, schob die Ledermappe vor ihr ein wenig nach links und dann wieder zurück. »Was ist mit dem Rest? Sie mussten sechs Sitzende ersetzen.«

»Ferane Neheran wurde für die Weißen erhoben«, gab Siuan zu, »und Susana Dragand für die Gelben. Beide waren bereits Mitglieder des Saals. Es war eine unvollständige Liste, und ich konnte nicht alles lesen.« Sie reckte stur das Kinn vor. »Eine oder zwei, die vor ihrer Zeit erhoben werden, das wäre schon ungewöhnlich genug – so etwas kommt vor, wenn auch nicht oft –, aber hier sind es elf, vielleicht sogar zwölf, aber elf auf jeden Fall, wenn man uns und die Burg mitrechnet. An so große Zufälle glaube ich nicht. Wenn die Fischhändler alle zum selben Preis verkaufen, dann kann man darauf wetten, dass sie alle am Vorabend in derselben Kneipe getrunken haben.«

»Ihr müsst mich nicht davon überzeugen, Siuan.« Egwene lehnte sich seufzend zurück und griff mechanisch nach dem Stuhlbein, das immer zusammenklappen wollte, wenn sie das tat. Offensichtlich geschahen hier seltsame Dinge, aber was hatte das zu bedeuten? Und wer konnte die Wahl der Sitzenden in *jeder* Ajah beeinflussen? Jeder Ajah außer der Blauen; sie hatten eine neue Sitzende erwählt, aber Moria war schon über hundert Jahre Aes Sedai. Und vielleicht waren die Roten auch nicht davon betroffen; niemand wusste, welche Veränderungen es bei der Roten Ajah gegeben hatte, wenn überhaupt. Möglicherweise steckten die Schwarzen dahinter, aber was konnten sie gewinnen, falls diese jungen Sitzenden nicht *alle* Schwarze waren? Das erschien unmöglich: hätten die Schwarzen Ajah über so viel Einfluss verfügt, wäre der Saal schon vor langer Zeit nur mit Schattenfreunden besetzt gewesen. Aber wenn es da ein Muster gab und es kein Zufall war, dann musste jemand dahinterstecken. Allein der Gedanke an die Möglichkeiten und die Unmöglichkeiten ließ den dumpfen Schmerz hinter ihren Augen stechender werden.

»Falls sich das doch als Zufall herausstellt, Siuan, dann werdet Ihr es bedauern, jemals geglaubt zu haben, hier ein Rätsel zu haben.« Sie zwang sich bei den Worten zu einem Lächeln, um ihnen die Spitze zu nehmen. Eine Amyrlin musste ihre Worte vorsichtig wählen. »Jetzt, da Ihr mich überzeugt habt, dass da ein Rätsel ist, will ich, dass Ihr es löst. Wer ist verantwortlich, und was wollen sie? Bis wir das nicht wissen, wissen wir gar nichts.«

»Mehr wollt Ihr nicht?«, fragte Siuan trocken. »Vor dem Mittagessen, oder reicht es auch danach?«

»Danach wird wohl reichen«, fauchte Egwene und holte tief Luft, als sie den verlegenen Gesichtsausdruck der anderen Frau sah. Es war sinnlos, ihre Kopfschmerzen an Siuan auszulassen. Die Worte einer Amyrlin hatten Macht und manchmal auch Konsequenzen; das durfte sie nicht vergessen. »Es wäre schön, wenn Ihr Euch so bald wie möglich darum kümmern könntet«, sagte sie in sanfterem Tonfall. »Ich weiß, dass Ihr so schnell machen werdet, wie Ihr könnt.«

Zerknirscht oder nicht, Siuan schien zu verstehen, dass an Egwenes Ausbruch nicht nur ihr Sarkasmus schuld war. Trotz ihres jugendlichen Erscheinungsbildes hatte sie jahrelange Übung darin, in Gesichtern zu lesen. »Soll ich Halima holen?«, fragte sie und machte Anstalten aufzustehen. Die fehlende Schärfe in Verbindung mit dem Namen der Frau war ein Zeichen ihrer Sorge. »Es würde keine Minute dauern.«

»Wenn ich jedem Schmerz nachgebe, komme ich nie voran«, sagte Egwene und öffnete die Mappe. »Nun, was habt Ihr heute für mich?« Sie ließ die Hände aber auf den Papieren liegen, um sich nicht die Stirn zu reiben.

Eine von Siuans morgendlichen Aufgaben bestand darin, das zu sammeln, was die Ajahs von ihren Netzwerken aus Augen-und-Ohren zu teilen bereit waren, zusammen mit dem, was einzelne Schwestern ihrer Ajah mitgeteilt hatten und was die Ajahs an Egwene weitergaben. Es war ein seltsamer Aussiebprozess, aber wenn man Siuans Informationen noch dazu nahm, ergab es ein recht stimmiges Bild der Welt. Es war ihr gelungen, die Agenten zu behalten, die sie als Amyrlin gehabt hatte, indem sie sich trotz sämtlicher Bemühungen des Saals einfach geweigert hatte, ihre Namen preiszugeben, und letztlich konnte keiner bestreiten, dass diese Augen-und-Ohren der Amyrlin gehörten und sie von Rechts wegen Egwene Bericht erstatten mussten. Oh, das Murren hatte kein Ende gefunden, bis heute nicht, aber keiner konnte die Fakten bestreiten.

Wie gewöhnlich kam der erste Bericht weder von den Ajahs oder Siuan, sondern von Leane, in schwungvoller, eleganter Handschrift auf dünne Blätter Papier geschrieben. Egwene vermochte den Grund dafür nicht zu benennen, aber keiner konnte bezweifeln, dass das, was Leane schrieb, von jemand anderem als einer Frau geschrieben worden war. Die gelesenen Seiten hielt Egwene sofort an die Flamme der Schreibtischlampe und ließ das Papier bis fast zu ihren Fingern brennen, dann zerrieb sie die Asche. Es wäre sinnlos gewesen, in der Öffentlichkeit so zu tun, als wären Leane und sie fast Fremde, und dann einen ihrer Berichte in die falschen Hände geraten zu lassen.

Nur wenige Schwestern wussten, dass Leane in Tar Valon eigene Augen-und-Ohren hatte. Möglicherweise war sie die einzige Aes Sedai, die dort Spione hatte. Es war ein menschlicher Fehler, die Geschehnisse am Ende der Straße aufmerksam zu beobachten und gleichzeitig das zu ignorieren, was vor den eigenen Füßen passierte, und das Licht wusste, dass Aes Sedai genauso viele Fehler hatten wie jeder andere Mensch auch. Unglücklicherweise hatte Leane wenig Neues zu berichten.

Ihre Leute in der Stadt beschwerten sich über schmutzige Straßen, die nach Einbruch der Dunkelheit immer gefährlicher wurden und tagsüber auch nicht viel sicherer waren. Einst hatte man in Tar Valon keine Verbrechen gekannt, aber jetzt kümmerten sich die Burgwächter nicht länger um die Straßen und patrouillierten am Hafen und an den Brückentürmen. Abgesehen vom Eintreiben der Zölle und dem Kauf von Vorräten schien sich die Weiße Burg völlig von der Stadt abgeschottet zu haben. Die großen Burgtore blieben verriegelt, und seit Beginn der Belagerung war keine Schwester mehr außerhalb der Burg gesehen worden, wenn nicht sogar schon früher. Alles Bestätigungen von Leanes früheren Berichten. Allerdings ließ die letzte Seite Egwene dann doch die Brauen heben. Gerüchte auf der Straße besagten, dass Gareth Bryne einen geheimen Weg in die Stadt hinein gefunden hatte und jeden Tag mit seinem ganzen Heer innerhalb der Mauern erscheinen würde.

»Leane hätte gesagt, wenn jemand auch nur ein Wort geflüstert hätte, das so ähnlich wie Wegetor klingt«, sagte Siuan schnell, als sie Egwenes Ausdruck sah. Sie hatte die Berichte natürlich gelesen und wusste anhand der Seite, die Egwene hielt, worum es gerade ging. Siuan rutschte auf dem wackeligen Hocker herum und wäre beinahe auf den Teppich gefallen, so wenig achtete sie auf ihre Umgebung. Aber das bremste sie nicht. »Und Ihr könnt sicher sein, dass Gareth keine Andeutung gemacht hat«, fuhr sie fort, während sie sich wieder aufsetzte. »Nicht, dass seine Soldaten zu diesem Zeitpunkt so dumm wären, in die Stadt überzulaufen, aber er weiß, wann er den Mund halten muss. Er hat nun einmal den Ruf, dann anzugreifen, wenn das eigentlich unmöglich ist. Er hat das Unmögliche oft genug vollbracht, dass es die Leute von ihm erwarten. Das ist alles.«

Egwene verbarg ein Lächeln, hielt das Papier, auf dem Lord Gareth erwähnt wurde, an die Flamme und sah zu, wie es sich zusammenrollte und schwarz wurde. Noch vor wenigen Monaten hätte Siuan eine giftige Bemerkung für den Mann übrig gehabt statt ein Lob. Er wäre der »verfluchte Gareth Bryne« gewesen, nicht Gareth. Sie konnte es unmöglich vermissen, seine Wäsche zu richten und ihm die Stiefel zu polieren, aber bei den seltenen Gelegenheiten, an denen er ins Lager kam, hatte Egwene gesehen, wie sie ihn anschaute. Ihn anstarrte und dann weglief, wenn er auch nur in ihre Richtung sah. Siuan! Die weglief! Siuan war mehr als zwanzig Jahre lang Aes Sedai gewesen und Amyrlin für zehn, aber sie konnte genauso wenig mit dem Gefühl des Verliebtseins umgehen, wie eine Ente ein Schaf scheren konnte.

Egwene zerrieb die Asche und staubte sich die Hände ab, dabei verblasste ihr Lächeln. Sie hatte kein Recht, über Siuan zu urteilen. Auch sie war verliebt, aber sie wusste weder, wo Gawyn war, noch was sie hätte tun sollen, falls sie es erfuhr. Er hatte seine Pflichten Andor gegenüber, und sie der Burg. Und der einzige Weg, diesen Abgrund zu überbrücken, sich mit ihm zu verbinden, konnte zu seinem Tod führen. Besser, ihn gehen zu lassen, ihn gänzlich zu vergessen. Das war so leicht, wie ihren Namen zu vergessen. Und sie *würde* mit ihm den Behüterbund eingehen. Das wusste sie. Natürlich konnte sie sich nicht mit dem Mann verbinden, ohne zu wissen, wo er war, ohne ihn in den Händen zu halten, also schloss sich der Kreis. Männer waren … eine *Plage*!

Sie hielt inne, um die Finger gegen die Schläfen zu drücken – das minderte den Schmerz nicht einmal annähernd –, und verbannte Gawyn aus ihren Gedanken. Soweit das möglich war. Vielleicht war das ein Vorgeschmack darauf, wie es sein würde, einen Behüter zu haben; es war immer etwas von Gawyn in ihrem Hinterkopf. Und es drängte sich immer zu den unpassendsten Zeiten in ihr Bewusstsein. Sie konzentrierte sich auf ihre Arbeit und nahm das nächste Blatt.

Soweit es Augen-und-Ohren anging, war ein großer Teil der Welt verschwunden. Aus den von den Seanchanern besetzten Ländern kamen wenig Neuigkeiten, und die bestanden entweder aus blumigen Beschreibungen der seanchanischen Tiere, die als Beweise dienen sollten, dass sie sich Schattengezücht hielten oder aus furchtbaren Geschichten von Frauen, die getestet wurden, ob sie als *Damane* an die Leine gelegt werden sollten, und deprimierenden Geschichten über … Akzeptanz. Wie es den Anschein hatte, waren die Seanchaner keine schlimmeren Herrscher als andere und besser als manche – solange man keine Frau war, die die Macht lenken konnte –, und zu viele Menschen schienen jeden Gedanken an Widerstand aufgegeben zu haben, sobald sich herausgestellt hatte, dass die Seanchaner sie ihr gewohntes Leben führen lassen würden. Arad Doman war fast genauso schlimm und produzierte nichts als Gerüchte, was die Schwestern, die die Berichte verfassten, auch zugaben, aber sie schickten sie trotzdem, um zu zeigen, in welchem Zustand sich das Land befand. König Alsalam war tot. Nein, er hatte angefangen, die Macht zu lenken und war wahnsinnig geworden. Rodel Ituralde, der Große Hauptmann, war auch tot, oder er hatte den Thron usurpiert oder führte ein Invasionsheer nach Saldaea. Sämtliche Mitglieder des Rats der Kaufleute waren ebenfalls tot oder aus dem Land geflohen oder hatten einen Bürgerkrieg um den Thronfolger angefangen. Davon konnte alles stimmen. Oder auch nichts. Die Ajahs waren daran gewöhnt, alles zu sehen, aber jetzt war ein Drittel der Welt in dichten Nebel gehüllt, in dem sich nur winzige Lücken zeigten. Und falls es klarere Einblicke gab, hatte sich keine Ajah dazu herabgelassen, diese Informationen weiterzugeben.

Ein weiteres Problem bestand darin, dass jede Ajah andere Dinge für wichtig hielt und so gut wie alles andere ignorierte. Beispielsweise waren die Grünen besonders über die Geschichten von Heeren der Grenzländer in der Nähe von Neu-Braem besorgt, Hunderte von Meilen von der Großen Fäulnis entfernt, die sie eigentlich bewachen sollten. Ihr Bericht drehte sich nur um die Grenzländer, so als müsste man etwas unternehmen und zwar sofort. Nicht, dass sie Vorschläge unterbreitet oder auch nur angedeutet hätten, aber die hastige, enge Schrift, die sich spinnenhaft und drängend über die Seiten zog, verriet Ungeduld.

Egwene kannte die Wahrheit über Elaynes Situation, aber seit Siuan enthüllt hatte, warum sie nicht loseilten, um die Dinge zu regeln, war sie damit zufrieden, die Grünen im Moment ohnmächtig mit den Zähnen knirschen zu lassen. Laut ihrem Agenten in Neu-Braem wurden die Grenzländer von fünfzig oder hundert Schwestern begleitet, vielleicht waren es sogar zweihundert. Die Zahl der Aes Sedai mochte unsicher sein, und natürlich war sie weit übertrieben, aber ihre Anwesenheit war eine Tatsache, die den Grünen bekannt sein musste, auch wenn sie sie in den Berichten an Egwene nie erwähnten. Keine Ajah hatte diese Schwestern in ihren Berichten erwähnt. Am Ende machte es aber kaum einen Unterschied, ob es zweihundert Schwestern oder zwei waren. Niemand konnte mit Gewissheit sagen, um wen es sich bei diesen Schwestern handelte oder warum sie dort waren, aber jedes Nachhaken wäre mit Sicherheit als Einmischung aufgefasst worden. Es erschien merkwürdig, dass sie möglicherweise einen Krieg zwischen den Aes Sedai ausfechten würden und trotzdem von den Verhaltensregeln abgehalten wurden, sich in die Angelegenheiten anderer Schwestern einzumischen, aber glücklicherweise war es so.

»Immerhin schlagen sie nicht vor, jemanden nach Caemlyn zu schicken.« Egwene blinzelte; die winzige Schrift hatte die Schmerzen hinter ihren Augen stechender gemacht.

Siuan schnaubte verächtlich. »Warum sollten sie auch? Soweit sie wissen, lässt sich Elayne von Merilille und Vandene führen, also sind sie davon überzeugt, ihre

Aes Sedai-Königin zu bekommen, und außerdem noch eine Grüne. Und solange sich die Asha'man aus Caemlyn heraushalten, will niemand das Risiko eingehen, sie aufzuscheuchen. So wie die Dinge stehen, könnten wir genauso gut versuchen, Wespenquallen mit bloßen Händen aus dem Wasser zu ziehen, und das wissen sogar die Grünen. Aber das wird manche Schwestern, egal von welcher Ajah, nicht davon abhalten, nach Caemlyn zu reisen. Nur ein verstohlener Besuch, um nach den eigenen Augen-und-Ohren zu sehen. Oder um sich ein Kleid schneidern zu lassen oder einen Sattel zu kaufen oder was auch immer.«

»*Sogar* die Grünen?«, fragte Egwene scharf. Jedermann war der Meinung, dass die Braunen so waren und auch die Weißen, selbst wenn das sichtlich falsch war, aber manchmal regte es sie auf, wenn sie hörte, wie die Grünen alle in einen Topf geworfen wurden, als würde es sich um ein und dieselbe Frau handeln. Vielleicht sah sie sich als Grüne oder zumindest als ehemalige, was albern war. Die Amyrlin entstammte allen Ajahs und keiner – sie richtete die Stola auf ihren Schultern und rief sich diese Tatsache ins Bewusstsein, die die sieben Streifen symbolisierten –, und sie hatte nie einer Ajah angehört. Aber sie fühlte eine gewisse … nicht Sympathie, das war ein zu starkes Wort, eine Art von *Übereinstimmung* zwischen ihr und den Grünen Schwestern. »Von wie vielen Schwestern kennen wir den Aufenthaltsort nicht, Siuan? Als Zirkel verbunden, können selbst die Schwächsten an jeden Ort Reisen, an den sie wollen, und ich wünschte, ich wüsste, wo sie sind.«

Einen Augenblick lang dachte Siuan angestrengt nach. »Ich glaube, es müssten etwa zwanzig sein«, sagte sie schließlich. »Vielleicht ein paar weniger. Die Zahl verändert sich von Tag zu Tag. Eigentlich führt niemand Buch. Das würde sich keine Schwester gefallen lassen.« Sie beugte sich vor und achtete diesmal auf ihr Gleichgewicht, als der Hocker schwankte. »Bis jetzt habt Ihr die Dinge wunderbar jongliert, Mutter, aber das kann nicht immer so weitergehen. Irgendwann wird der Saal alles herausfinden, was in Caemlyn vor sich geht. Sie könnten vielleicht akzeptieren, dass man die seanchanischen Gefangenen geheim hält – das wird man als Vandenes oder Merililles Angelegenheit betrachten –, aber sie wissen bereits, dass das Meervolk in Caemlyn ist, und früher oder später werden sie von dem Handel mit ihm erfahren. Und von den Kusinen, wenn nicht sogar von Euren Plänen für sie.« Siuan schnaubte wieder, diesmal aber leiser. Sie hatte sich noch nicht entschieden, was sie von der Idee halten sollte, dass sich Aes Sedai bei den Kusinen zur Ruhe setzten, ganz zu schweigen davon, wie die anderen Schwestern den Vorschlag aufnehmen würden. »Meine Augen-und-Ohren haben noch nichts davon gehört, aber jemand wird es, das ist ganz sicher. Ihr könnt nicht mehr lange warten, andernfalls waten wir in einer Schule von Silberhechten.«

»Eines Tages muss ich mir diese Silberhechte mal ansehen, von denen Ihr immer sprecht«, murmelte Egwene. Sie hielt eine Hand hoch, als Siuan den Mund öffnete. »Eines Tages. Der Vertrag mit dem Meervolk wird für Streitigkeiten sorgen«, gab sie zu, »aber wenn die Ajahs Hinweise zu hören bekommen, werden sie nicht sofort verstehen, worum es da eigentlich geht. Schwestern, die Meervolk-Frauen in Caemlyn unterrichten? Das hat es noch nie gegeben, aber wer wird Fragen stellen oder etwas dagegen tun, gegen alle Regeln? Ich bin überzeugt, es wird Gemurre geben, vielleicht ein paar Fragen im Saal, aber bevor herauskommt, dass es ein Handel ist, werde ich meinen Plan für die Kusinen vorgestellt haben.«

»Und Ihr glaubt, dass sie das nicht die Messer wetzen lässt?« Siuan rückte die Stola zurecht und gab sich keine besondere Mühe, ihren Unglauben zu verbergen. Tatsächlich verzog sie das Gesicht.

»Es wird Debatten geben«, gestand Egwene ihr wohl überlegt zu. Eine beträchtliche Untertreibung. Es würde einen Aufschrei auslösen, sobald alles bekannt wurde. Auch wenn es noch nie einen Aufruhr unter den Aes Sedai gegeben hatte, das hier würde ihm sehr nahe kommen. Aber die Burg verlor jetzt seit über tausend Jahren an Macht, wenn nicht sogar schon länger, und Egwene wollte dem ein Ende setzen. »Aber ich werde es langsam angehen lassen. Aes Sedai mögen ungern über das Alter sprechen, Siuan, aber sie werden bald herausfinden, dass der Schwur mit dem Eidstab unser Leben um mindestens die Hälfte verkürzt. Niemand will vor seiner Zeit sterben.«

»Falls sie sich überzeugen lassen, dass es wirklich eine Kusine gibt, die sechshundert Jahre alt ist«, sagte Siuan widerwillig, und Egwene seufzte verdrossen. Das war noch etwas, woran die andere nicht so richtig glaubte, die angebliche Langlebigkeit der Kusinen. Sie schätzte Siuans Rat und dass sie nicht nur das sagte, was Egwene hören wollte, aber manchmal schien sie ihre Absätze genauso störrisch in den Boden zu stemmen wie Romanda oder Lelaine.

»Wenn es sein muss, Siuan«, sagte sie gereizt, »lasse ich die Schwestern mit ein paar Frauen sprechen, die hundert oder mehr Jahre älter als sie sind. Möglicherweise werden sie sie als Wilde oder Lügnerinnen abtun wollen, aber Reanne Corly kann beweisen, dass sie in der Burg war und wann. Und andere können das auch. Mit etwas Glück kann ich die Schwestern davon überzeugen, sich von den Drei Eiden befreien zu lassen, sodass sie bei den Kusinen in den Ruhestand gehen, und zwar, bevor sie erfahren, dass es eine Abmachung mit den Atha'an Miere gibt. Und sobald sie akzeptieren, dass man überhaupt eine Schwester von den Eiden befreit, wird es auch nicht mehr so schwer sein, sie davon zu überzeugen, die Schwestern vom Meervolk gehen zu lassen. Daneben ist der Rest des Vertrags lächerlich. Wie Ihr immer sagt, um etwas im Saal erreichen zu wollen, sind Geschick und eine flinke Hand nötig, aber Glück ist eine Grundvoraussetzung. Nun, ich werde so geschickt und flink sein, wie ich kann, und was das Glück angeht, scheint der Vorteil diesmal auf meiner Seite zu liegen.«

Siuan verzog das Gesicht, aber am Ende musste sie zustimmen. Sie räumte sogar ein, dass Egwene es schaffen konnte, mit Glück und zur richtigen Zeit. Nicht, dass sie von den Kusinen oder dem Handel mit den Atha'an Miere überzeugt gewesen wäre, aber was Egwene da vorschlug, war noch nie da gewesen, und es hatte den Anschein, als würde der größte Teil den Saal passieren können, bevor sie überhaupt begriffen, was da auf sie zukam. Egwene war bereit, sich damit zufrieden zu geben. Was auch immer dem Saal vorgetragen wurde, so gut wie immer waren genug Sitzende dagegen, um einen Konsens zu einem Stück harter Arbeit zu machen, und im Saal geschah nichts ohne den kleinsten gemeinsamen Konsens und für gewöhnlich auch mit dem großen. Manchmal kam es ihr so vor, als würden ihre meisten Auseinandersetzungen mit dem Saal darin bestehen, sie zu überzeugen, das zu tun, was sie nicht tun wollten. Es gab keinen Grund, warum das hier anders sein sollte.

Wo sich die Grünen auf die Grenzländer konzentrierten, nahmen die Grauen den Süden ins Visier. Jede Ajah war von den Berichten aus Illian und Tear über die große Anzahl von Wilden unter dem Meervolk fasziniert, wenn es denn stimmte, auch wenn starke Zweifel zu bestehen schienen, dass es wahr sein konnte, denn schließlich hätten die Schwestern schon zuvor darüber Bescheid wissen müssen. Wie wollte man so etwas schließlich verbergen? Niemand wies darauf hin, dass sie einfach das akzeptiert hatten, was sie an der Oberfläche gesehen hatten, ohne jemals tiefer zu schauen. Aber die Grauen waren von der Bedrohung Illians durch die Seanchaner fasziniert sowie von der kürzlich begonnenen Belagerung des Steins von Tear. Kriege und Kriegsdrohungen schlugen Graue immer in ihren Bann, da sie ihr Leben der Beendigung von Auseinandersetzungen widmeten. Und natürlich der Ausweitung ihres Einflusses; jedes Mal, wenn die Grauen einen Krieg durch einen Vertrag beendeten, erhöhten sie den Einfluss aller Aes Sedai, aber hauptsächlich den der Grauen. Doch die Seanchaner schienen sich jeder Art von Verhandlung zu entziehen, jedenfalls durch Aes Sedai, und die Empörung der Grauen, dass man ihnen einen Strich durch die Rechnung gemacht hatte, schlug sich in den knappen Worten über seanchanische Vorstöße über die Grenze und die ständig wachsende Zahl der Streitkräfte nieder, die von Lord Gregorin versammelt wurden, dem Verwalter des Wiedergeborenen Drachen in Illian, ein Titel, der selbst Gründe zur Sorge bot. Tear hatte seinen eigenen Verwalter für den Wiedergeborenen Drachen, den Hochlord Darlin Sisnera, und er wurde im Stein von Adligen belagert, die sich weigerten, Rand anzuerkennen. Es war eine sehr seltsame Belagerung. Der Stein hatte seine eigenen Docks, und Darlins Feinde konnten den Nachschub selbst dann nicht abschneiden, wenn sie den Rest der Stadt hielten, was sie auch taten, und sie schienen sich damit zufrieden zu geben, dort sitzen zu bleiben und abzuwarten. Vielleicht wussten sie auch einfach nur nicht, was sie als Nächstes tun sollten. Allein die Aiel hatten den Stein im Sturm erobern können, und noch nie hatte ihn jemand ausgehungert. Die Grauen hatten Grund zur Hoffnung in Tear.

Egwene hob den Kopf, als sie den unteren Rand der Seite las, und sie legte sie eilig beiseite und nahm die nächste. Die Grauen hatten Grund zur Hoffnung gehabt. Anscheinend war eine Graue Schwester erkannt worden, als sie aus dem Stein gekommen war, und man war ihr zu einem Treffen mit Hochlord Tedosian und der Hochlady Estanda gefolgt, zwei der prominentesten Mitglieder der Belagerer. »Merana«, hauchte sie. »Sie sagen, es war Merana Ambrey, Siuan.« Unbewusst massierte sie sich die Schläfe. Die Schmerzen hinter den Augen waren stärker geworden.

»Sie könnte Gutes bewirken.« Siuan stand auf und ging über die Teppiche zu einem kleinen Tisch an der Zeltwand, auf dem mehrere nicht zueinander passende Pokale und zwei Kannen auf einem Tablett standen. Die Silberkanne enthielt gewürzten Wein, die blaue Tonkanne Tee; beide waren beim ersten Tageslicht für die Ankunft der Amyrlin dort hingestellt worden und schon lange kalt. Niemand hatte damit gerechnet, dass Egwene zum Fluss ritt. »Solange Tedosian und die anderen nicht mitbekommen, für wen sie wirklich arbeitet.« Siuans Stola rutschte von einer Schulter, als sie die Kanne betastete, und kurz flammte das Licht *Saidars* um sie herum auf, als sie Feuer lenkte und den Inhalt erwärmte. »Sie werden ihr nicht glauben, dass sie in gutem Glauben verhandelt, wenn sie herausfinden, dass sie die Kreatur des Wiedergeborenen Drachen ist.« Sie füllte einen polierten Zinnbecher mit Tee, tat großzügig Honig hinein, rührte um und brachte Egwene den Becher. »Das könnte Euch helfen. Es ist ein Kräutertrank, den Chesa gefunden hat, aber der Honig verbessert den Geschmack.«

Egwene probierte vorsichtig und stellte den Becher mit einem Schaudern wieder ab. Wenn es mit Honig so scharf schmeckte, wollte sie sich nicht vorstellen, wie es wohl ungesüßt war. Da waren ja vielleicht sogar die Kopfschmerzen besser. »Wie könnt Ihr das so ruhig aufnehmen, Siuan? Dass Merana in Tear auftaucht, ist der erste echte Beweis, den wir haben. Da glaube ich ja noch eher, dass Eure Sitzenden zufällig zusammengekommen sind.«

Am Anfang war es nicht mehr als ein Raunen hinter vorgehaltener Hand gewesen, von den Ajahs oder von Siuans Augen-und-Ohren. In Cairhien gab es Aes Sedai, und sie schienen sich frei im Sonnenpalast bewegen zu können, während sich der Wiedergeborene Drache dort aufhielt. Dann wurde das Raunen heiser und unbehaglich, zögerlich. Die Augen-und-Ohren in Cairhien wollten es nicht sagen. Niemand wollte wiederholen, was die Agenten berichtet hatten. Da waren Aes Sedai in Cairhien, und sie schienen die Befehle des Wiedergeborenen Drachen zu befolgen. Noch schlimmer waren die Namen, die durchsickerten. Ein paar der Frauen waren in Salidar dabei gewesen, sie hatten zu den Ersten gehört, die sich Elaida widersetzt hatten, während andere von ihnen Frauen waren, von denen man wusste, dass sie loyal zu Elaida standen. Soweit Egwene wusste, hatte niemand das Wort Zwang laut ausgesprochen, aber alle hatten daran gedacht.

»Es ist sinnlos, sich das Haar zu raufen, wenn der Wind nicht in die gewünschte Richtung bläst«, erwiderte Siuan und setzte sich wieder auf den Hocker. Sie wollte die Beine übereinander schlagen, stellte aber hastig beide Füße auf den Teppich zurück, als der Hocker kippte. Sie murmelte etwas Unhörbares und richtete die Stola mit einem Schulterzucken. Und war gezwungen, den nächsten Ruck auszubalancieren. »Man muss die Segel so ausrichten, dass man aus der Richtung einen Vorteil zieht, aus der der Wind kommt. Denkt man kühl, dann wird man es zurück ans Ufer schaffen. Ist man halsstarrig, wird man ertrinken.« Manchmal klang Siuan so, als würde sie noch immer auf einem Fischerboot arbeiten. »Ich glaube, Ihr benötigt mehr als einen Schluck, wenn es helfen soll, Mutter.«

Mit einer Grimasse schob Egwene den Becher noch ein Stück weiter weg. Der Geschmack auf ihrer Zunge war fast genauso schlimm wie die Kopfschmerzen. »Siuan, wenn Ihr eine Möglichkeit seht, wie wir einen Nutzen daraus ziehen können, dann wünschte ich, Ihr würdet es mir sagen. Ich will nicht einmal darüber nachdenken, dass Rand Schwestern mit einem Zwang belegt haben könnte.« Weder über die Möglichkeit, dass er ein so abstoßendes Gewebe kannte, noch darüber, dass er jeden damit belegen konnte. Sie kannte es – ein weiteres kleines Geschenk von Moghedien –, und sie wünschte, sie könnte vergessen, wie man es herstellte.

»In diesem Fall geht es weniger darum, es zu benutzen, als vielmehr die Konsequenzen zu bedenken. Irgendwann wird man sich um ihn kümmern müssen, ihm vielleicht eine Lektion erteilen müssen, aber Ihr könnt nicht wollen, dass sich die Schwestern jetzt auf ihn stürzen, und diese Geschichten aus Cairhien machen alle vorsichtig.« Siuans Stimme war ganz ruhig, aber sie rutschte auf dem Hocker umher, was deutlich ihre innere Anspannung verriet. Das war kein Thema, über das eine Aes Sedai *zu* ruhig sprechen konnte. »Andererseits, sobald das alle zu Ende gedacht haben, werden sie erkennen, dass es die Geschichten, er wolle sich Elaida unterwerfen, zu barem Unsinn macht. Durchaus möglich, dass sie Schwestern ausgeschickt hat, um ihn zu überwachen, aber die würden keine Rebellen akzeptieren, die Elaida stürzen wollen. Diese Erkenntnis wird jenen, die mittlerweile der Ansicht sind, Elaida könnte ihn an der Leine haben, etwas mehr Mut machen. Es ist ein Grund weniger, warum jemand darüber nachdenken sollte, sich ihr zu ergeben.«

»Was ist mit Cadsuane?«, fragte Egwene. Von all den Namen, die aus Cairhien kamen, hatte dieser den Schwestern den größten Schrecken versetzt. Cadsuane

Melaidhrin war eine Legende, und es gab genauso viele ablehnende Versionen dieser Legende wie zustimmende. Einige Schwestern waren davon überzeugt, dass es sich um einen Irrtum handeln musste; Cadsuane musste schon lange tot sein. Andere schienen sich bloß zu wünschen, dass sie tot wäre. »Seid Ihr sicher, dass sie nach Rands Verschwinden in Cairhien geblieben ist?«

»Nachdem ihr Name gefallen war, habe ich dafür gesorgt, dass meine Leute nach ihr Ausschau halten«, erwiderte Siuan und klang jetzt alles andere als ruhig. »Ich weiß nicht, ob sie eine Schattenfreundin ist, ich habe nur den Verdacht, aber ich versichere Euch, dass sie eine Woche nach seinem Verschwinden im Sonnenpalast war.«

Egwene kniff die Augen zu und drückte die Handkanten gegen die Lider. Das schien keinerlei Wirkung auf die pulsierende Nadel in ihrem Kopf zu haben. Vielleicht war Rand in Begleitung einer Schwarzen Schwester oder war es zumindest gewesen. Vielleicht hatte er Aes Sedai mit dem Zwang belegt. Schlimm genug bei gewöhnlichen Menschen, aber bei Aes Sedai war es irgendwie schlimmer, bedeutungsvoller. Was man gegen eine Aes Sedai einzusetzen wagte, würde man erst recht zehnfach oder hundertfach gegen jene einsetzen, die sich nicht wehren konnten. Irgendwie würden sie sich zu gegebener Zeit um ihn kümmern müssen. Sie war mit Rand aufgewachsen, aber sie konnte nicht zulassen, dass sie das beeinflusste. Er war jetzt der Wiedergeborene Drache, die Hoffnung der Welt und zugleich vielleicht die größte einzelne Bedrohung, die ihr gegenüberstand. Vielleicht? Die Seanchaner konnten nicht so viel Schaden anrichten wie der Wiedergeborene Drache. Und sie *würde* sich den Umstand zunutze machen, dass er möglicherweise Schwestern mit einem Zwang belegt hatte. Die Amyrlin war eine andere Frau als die Wirtstochter.

Sie schaute den Becher mit dem angeblichen Tee böse an, dann ergriff sie ihn und zwang sich, das ekelhafte Zeug zu trinken, dabei würgte sie die ganze Zeit. Vielleicht würde sie wenigstens der Geschmack von den Kopfschmerzen ablenken.

Als sie den Becher mit dem scharfen Hallen von Metall auf Holz absetzte, betrat Anaiya mit finsterer Miene das Zelt.

»Akarrin und die anderen sind zurück, Mutter«, sagte sie. »Moria hat mich gebeten, Euch darüber in Kenntnis zu setzen, dass sie den Saal zusammengerufen hat, um ihren Bericht zu hören.«

»Escaralde und Malind auch«, verkündete Morvrin, die in Begleitung von Myrelle hinter Anaiya eintrat. Die Grüne schien die Verkörperung ungetrübten Zorns zu sein, falls es so etwas gab, ihr dunkles Gesicht war reglos und ihre Augen wie erloschene Kohlen, aber Morvrin zog eine Miene, die Anaiya erfreut aussehen ließ. »Sie schicken Novizinnen und Aufgenommene los, um alle Sitzenden aufzuspüren«, sagte die Braune. »Wir haben nicht einmal den Hauch einer Andeutung erfahren, was Akarrin herausgefunden hat, aber ich glaube, Escaralde und die anderen wollen es benutzen, um den Saal in eine bestimmte Richtung zu drängen.«

Egwene schaute auf den dunklen Bodensatz in den letzten Tropfen auf dem Bechergrund und seufzte. Sie würde auch dabei sein müssen, und jetzt würde sie den Sitzenden mit Kopfschmerzen *und* diesem schrecklichen Geschmack im Mund gegenübertreten müssen. Vielleicht sollte sie es als Buße dafür betrachten, was sie dem Saal antun würde.

KAPITEL 5

Überraschungen

Nach altem Brauch wurde die Amyrlin von einer Sitzung des Saals informiert, aber nichts besagte, dass man auf sie warten musste, bevor man anfing, was bedeutete, dass möglicherweise nur wenig Zeit blieb. Egwene wollte auf die Füße springen und geradewegs zu dem großen Pavillon marschieren, bevor Moria und die anderen beiden die Überraschungen präsentieren konnten, die sie auch immer hatten. Überraschungen im Saal waren selten gut. Überraschungen, von denen man zu spät erfuhr, waren noch schlimmer. Aber bevor die Amyrlin den Saal betreten konnte, mussten Gesetze eingehalten werden, keine Verhaltensregeln, also blieb sie, wo sie war, und schickte Siuan los, um Sheriam zu holen, damit die Behüterin der Chroniken sie so ankündigen konnte, wie es vorgeschrieben war. Siuan hatte ihr erzählt, dass es eigentlich nur darum ging, die Sitzenden vor ihrer Ankunft zu warnen – es gab immer Angelegenheiten, die sie diskutieren wollten, ohne dass die Amyrlin davon erfuhr –, und sie hatte sich dabei nicht unbedingt angehört, als würde sie es als Scherz meinen.

Aber wie es sich damit auch in Wirklichkeit verhielt, es war sinnlos, zum Saal zu gehen, wenn sie nicht eintreten konnte. Sie bezähmte ihre Ungeduld, stützte den Kopf auf die Hände und massierte die Schläfen, während sie versuchte, noch einige Berichte der Ajah zu lesen. Trotz des ekelhaften Tees oder vielleicht sogar deswegen ließen ihre Kopfschmerzen die Worte auf der Seite jedes Mal verschwimmen, wenn sie blinzelte, und Anaiya und die beiden anderen waren nicht hilfreich.

Siuan war gerade gegangen, als Anaiya den Umhang zurückschlug und sich auf den gleichen Hocker setzte – unter ihr schien er nicht zu wackeln, ob seine Beine nun unterschiedlich lang waren oder nicht –, und fing an, darüber zu spekulieren, was Moria und die anderen im Schilde führten. Sie war keine phantasievolle Frau, also fielen ihre Spekulationen unter diesen Umständen ziemlich zurückhaltend aus. Zurückhaltend, aber keineswegs weniger beunruhigend.

»Leute mit Angst tun törichte Dinge, Mutter, selbst Aes Sedai«, murmelte sie und legte die Hände auf die Knie, »aber wenigstens könnt Ihr sicher sein, dass Moria bei Elaida fest bleibt, zumindest auf lange Sicht gesehen. Sie macht Elaida für jede Schwester verantwortlich, die gestorben ist, nachdem Siuan gestürzt wurde. Moria will, dass Elaida für jede Tote die Prügelstrafe erhält, bevor man sie dem Henker übergibt. Eine harte Frau, in gewisser Hinsicht härter als Lelaine. Sie schreckt nicht vor Dingen zurück, bei denen Lelaine sich vielleicht weigern würde. Ich befürchte, sie wird darauf drängen, dass die Stadt angegriffen wird, und zwar so bald wie möglich. Wenn die Verlorenen so offen handeln, in so großem Maßstab, dann besser eine angeschlagene Burg als eine gespaltene Burg. Zumindest fürchte ich, dass Moria die Dinge so sieht. So sehr wir auch vermeiden wollen, dass Schwestern einander töten, wäre es nicht das erste Mal. Die Burg hat eine lange Zeit überdauert und ist von vielen Verletzungen genesen. Sie wird auch diesmal genesen.«

Anaiyas Stimme passte zu ihrem Gesicht, es war warm und geduldig und beruhigend, aber diese Bemerkung war wie Fingernägel, die über eine Schiefertafel kratzten. Beim Licht, bei all dem, was Anaiya da von

Moria befürchtete, schien sie doch bei vielem derselben Meinung zu sein. Sie war bedächtig und ging nie sorglos mit Worten um. Wenn sie einen Sturmangriff befürwortete, wie viele von den anderen taten es dann auch?

Myrelle war wie gewöhnlich alles andere als beherrscht. Temperamentvoll und wild, das beschrieb sie am besten. Sie wusste nicht, was Geduld war, und wenn sie davon in die Nase gebissen worden wäre. Sie ging auf und ab, soweit das in dem Zelt möglich war, und trat ihre dunkelgrünen Röcke und manchmal eines der hellen Kissen, die an der Wand aufgestapelt waren, bevor sie umdrehte, um die nächste Runde in Angriff zu nehmen. »Wenn Moria solche Angst hat, dass sie auf einen Sturmangriff drängt, dann hat sie vor Angst den Verstand verloren. Eine Burg, die zu geschädigt ist, um allein zu stehen, wird weder den Verlorenen noch allen anderen standhalten können. Malind ist diejenige, die Euch Sorgen machen sollte. Sie weist ständig darauf hin, dass Tarmon Gai'don jeden Tag eintreten könnte. Ich habe sie sagen hören, dass das, was wir gefühlt haben, die ersten Schläge der Letzten Schlacht sein könnten. Und dass es als Nächstes hier geschehen könnte. Welch besseres Ziel gibt es denn für den Schatten als Tar Valon? Malind hat sich noch nie davor gefürchtet, schwere Entscheidungen zu treffen oder den Rückzug anzutreten, falls sie es für nötig hielt. Sie würde Tar Valon und die Burg auf der Stelle im Stich lassen, wenn sie der Überzeugung wäre, dass dadurch wenigstens einige von uns für Tarmon Gai'don überleben. *Sie* wird vorschlagen, die Belagerung abzubrechen und irgendwohin zu fliehen, wo uns die Verlorenen nicht finden werden, bis wir zum Gegenschlag bereit sind. Wenn sie den Saal auf die richtige Weise damit konfrontiert, erhält sie möglicherweise sogar allgemeine Unterstützung.« Allein der Gedanke verschlug Egwene den Atem.

Morvrin, deren rundes Gesicht unbeugsam war, stemmte die Fäuste in die ausladenden Hüften und begegnete jeder Meinung mit einer knappen Antwort. »Wir wissen noch nicht genug, um sicher zu sein, dass es die Verlorenen waren« und »Das könnt Ihr nicht wissen, bevor sie es gesagt hat« und »Vielleicht war es das, vielleicht auch nicht« und »Vermutungen sind keine Beweise«. Es hieß, sie würde nicht glauben, dass es Morgen war, bevor sie die Sonne selbst gesehen hatte. Ihre energische Stimme ließ keinen Unsinn zu, vor allem keine voreiligen Schlüsse. Und sie war auch nichts für einen schmerzenden Kopf. Dabei widersprach sie den Meinungen nicht, sondern blieb offen für alles. Ein Verstand, der für alles offen blieb, konnte sich in jede Richtung bewegen, wenn es zur Entscheidung kam.

Egwene schlug die Ledermappe mit den Berichten mit einem lauten Knall zu. Mit dem widerlichen Geschmack auf ihrer Zunge und dem stechenden Pochen in ihrem Kopf – ganz zu schweigen von den unaufhörlich plappernden Stimmen! – konnte sie sich sowieso nicht mehr auf die Worte konzentrieren. Die drei Schwestern sahen sie überrascht an. Sie hatte allen vor langer Zeit deutlich gemacht, dass sie hier das Sagen hatte, aber sie versuchte nie, Temperament zu zeigen. Treueide oder nicht, eine junge Frau, die ihr Temperament zeigte, konnte zu schnell als launisch abgetan werden. Was sie noch wütender machte, was wiederum ihren Kopf noch mehr schmerzen ließ, was …

»Ich habe lange genug gewartet«, sagte sie und gab sich Mühe, ausgeglichen zu klingen. Ihr schmerzender Kopf verlieh ihrer Stimme ohnehin eine leichte Schärfe. Vielleicht glaubte Sheriam, dass sie sie am Saal treffen sollte.

Sie nahm ihren Umhang und ging hinaus in die Kälte, noch während sie ihn sich über die Schultern schwang, und Morvrin und die anderen beiden zögerten nur einen Augenblick, bevor sie ihr folgten. Wenn sie sie zum Saal begleiteten, mochte der Eindruck entstehen, sie seien ihr Gefolge, aber sie sollten sie ja im Auge behalten, und Egwene vermutete, dass selbst Morvrin begierig darauf war, Akarrins Bericht zu hören und was Moria und der Rest daraus machen wollte.

Egwene hoffte, dass es nicht zu schwierig sein würde, damit umzugehen, dass es nichts von dem war, was Anaiya und Myrelle glaubten. Gegebenenfalls konnte sie versuchen, das Kriegsrecht anzuwenden, aber selbst wenn das funktionierte, hatte es doch seine Nachteile, nur mit Verordnungen zu herrschen. Wenn Leute einem in einer Sache gehorchen mussten, fanden sie immer Möglichkeiten, sich aus anderen herauszuwinden, und je stärker sie zum Gehorsam gezwungen waren, desto mehr Möglichkeiten fanden sie, um sich herauszuwinden. Es war ein natürliches Gleichgewicht, dem man nicht entkommen konnte. Und schlimmer noch, sie hatte gelernt, wie sehr man sich daran gewöhnte, wenn die Leute auf ein Wort hin sprangen. Irgendwann hielt man es für die natürliche Ordnung der Dinge, und wenn sie dann nicht sprangen, erwischten sie einen auf dem falschen Fuß. Davon abgesehen war sie mit ihren pochenden Kopfschmerzen – jetzt war es ein Pochen! – ohnehin bereit, jeden anzufauchen, der sie auch nur schief ansah, und selbst wenn Leute etwas schlucken mussten, was sie nicht wollten, war so etwas doch niemals gut.

Die Sonne stand genau über ihnen am Himmel, eine goldene Kugel an einem blauen Himmel mit vereinzelten weißen Wolken, aber sie verbreitete keine Wärme, sondern bloß fahle Schatten, und ließ den Schnee glitzern, der nicht zertrampelt war. Die Luft fühlte sich genauso kalt an wie am Fluss. Egwene ignorierte die Kälte, weigerte sich, sich von ihr berühren zu lassen, aber nur die Toten hätten sie nicht bemerken können, wo doch vor jedermanns Gesicht der Atem zu weißem Nebel wurde. Es war Zeit zum Mittagessen, aber es war unmöglich, so viele Novizinnen gleichzeitig essen zu lassen, darum gingen Egwene und ihre Begleiterinnen durch einen Strom weiß gekleideter Frauen, die ihnen aus dem Weg sprangen und auf der Straße ihre Knickse machten. Sie schlug ein derartiges Tempo an, dass sie gewöhnlich längst weiter waren, bevor die Gruppen von Novizinnen mehr tun konnten, als die Röcke anzuheben.

Es war kein langer Weg, es gab nur vier Stellen, an denen sie schlammige Straßen überqueren mussten. Es war davon die Rede gewesen, Holzbrücken zu errichten, die hoch genug waren, um darunter hindurchreiten zu können, aber Brücken hätten dem Lager eine Dauerhaftigkeit verliehen, die niemand wollte. Selbst die Schwestern, die davon gesprochen hatten, drängten nie darauf, sie errichten zu lassen. Also musste man langsam durch den Schlamm waten und darauf achten, Röcke und Umhang hoch genug zu halten, wenn man nicht bis zu den Knien verdreckt eintreffen wollte. Wenigstens verschwanden die Menschenmengen, als sie sich dem Saal näherten. Er stand immer allein da – oder zumindest so gut wie allein.

Nisao und Carlinya warteten bereits vor dem großen Segeltuchpavillon mit seinen geflickten Wänden, die winzige Gelbe nagte auf ihrer Unterlippe herum und betrachtete Egwene nervös. Carlinya war die personifizierte Ruhe, mit in Hüfthöhe gefalteten Händen. Aber sie hatte ihren Umhang vergessen, der bestickte Saum ihres hellen Rocks war schlammverschmiert, und ihre dunklen Locken brauchten dringend eine Bürste. Sie machten ihre Ehrenbezeugungen und gesellten sich ein Stück hinter Egwene zu Anaiya und den anderen beiden. Sie unterhielten sich leise, und die Bruchstücke, die Egwene aufschnappte, klangen harmlos, es ging um das Wetter oder wie lange sie wohl warten mussten. Hier war nicht der richtige Ort, an dem sie in zu großer Vertrautheit mit ihr gesehen werden wollten.

Beonin kam den Gehweg entlanggelaufen, ihr keuchender Atem produzierte weiße Wolken; sie kam rutschend zum Halt und starrte Egwene an, bevor sie sich zu den anderen gesellte. Die Anspannung um ihre blaugrauen Augen war noch deutlicher zu sehen als zuvor. Vielleicht befürchtete sie, dies würde einen Einfluss auf ihre Verhandlungen haben. Aber sie *wusste* doch, dass die Gespräche nur eine Täuschung sein würden, nur ein Vorwand, um Zeit zu gewinnen. Egwene kontrollierte ihren Atem und machte Novizinnenübungen. Aber nichts davon vertrieb ihre Kopfschmerzen. Das tat es nie.

Sheriam war nirgendwo zwischen den Zelten zu entdecken, aber Egwene befand sich gerade allein auf dem Gehweg vor dem Pavillon. An der einen Seite des Eingangs warteten Akarrin und die fünf Schwestern, die sie begleitet hatten – eine aus jeder Ajah – in einer dicht zusammenstehenden Gruppe. Die meisten begrüßten Egwene mit einem Knicks, hielten aber Distanz. Vielleicht hatte man sie gewarnt, zu niemandem ein Wort zu sagen, bevor sie vor dem Saal sprachen. Natürlich hätte Egwene verlangen können, dass sie auf der Stelle Bericht erstatteten. Sie hätten es auch getan; sie war die Amyrlin. Vermutlich hätten sie es getan. Andererseits war die Beziehung der Amyrlin zu den Ajahs immer heikel, oftmals schloss das auch die Ajah ein, aus der sie erhoben worden war. Fast so heikel wie die Beziehungen zum Saal. Egwene zwang sich zu einem Lächeln und neigte anmutig den Kopf. Wenn sie hinter diesem Lächeln mit den Zähnen knirschte, nun, das half dabei, den Mund geschlossen zu halten.

Nicht alle Schwestern schienen sich ihrer Anwesenheit bewusst zu sein. Akarrin, eine schlanke Frau in einfacher brauner Wolle und einem Umhang mit überraschend aufwändigen grünen Stickereien, starrte ins Leere und nickte gelegentlich in Gedanken. Anscheinend übte sie, was sie drinnen sagen würde. Akarrin war nicht stark in der Macht, kaum besser als Siuan, wenn überhaupt, aber nur eine andere der Sechs, Therva, eine dünne Frau in einem mit gelben Schlitzen versehenen Reitgewand und einem mit Gelb abgesetzten Umhang, konnte mit einem vergleichbaren Rang aufwarten. Das war ein beunruhigendes Anzeichen, wie sehr dieses seltsame Fanal aus *Saidar* die Schwestern in Angst und Schrecken versetzt hatte. Die stärkste unter ihnen hätte vortreten und die Aufgabe erledigen sollen, die man diesen Frauen übertragen hatte, aber mit Ausnahme von Akarrin hatte es deutlich an Eifer gefehlt. Ihre Gefährtinnen erschienen noch immer nicht besonders enthusiastisch. Shana bewahrte trotz Augen, die sie ständig überrascht aussehen ließen, immer eine ausgeprägte Zurückhaltung, aber jetzt schien sie vor Sorge nicht zu wissen, was sie machen sollte. Sie betrachtete den Eingang zum Saal, der von schweren Planen verschlossen wurde, und ihre Hände fummelten unablässig an ihrem Umhang herum, als könnte sie sie nicht stillhalten. Reiko, eine stämmige Blaue aus Arafel, hielt den Blick gesenkt, aber die silbernen Glöckchen in ihrem langen schwarzen Haar klirrten leise, als würde sie unter der Kapuze den Kopf schütteln. Allein Thervas Gesicht mit der langen Nase trug einen Ausdruck absoluter Erhabenheit, unerschütterlich und völlig gelassen, aber auch das war für sich genommen ein schlechtes Zeichen. Die Gelbe Schwester war von Natur aus schnell erregbar. Was hatten sie gesehen? Was hatten Moria und die beiden anderen Sitzenden vor?

Egwene zügelte ihre Ungeduld; offensichtlich war der Saal noch nicht zur Sitzung zusammengetreten.

Mehrere Sitzende gingen an ihr vorbei und betraten den Pavillon, und keine hatte es eilig. Salita zögerte, als wollte sie etwas sagen, aber dann machte sie nur einen Knicks und rauschte hinein. Kwamesa sah Egwene hochnäsig an, während sie ihren Knicks machte, und musterte kurz Anaiya und die anderen von oben herab, aber die schlanke Graue schaute jeden von oben herab an. Sie war nicht groß, versuchte aber den Anschein zu erwecken. Berana, deren Gesicht eine Maske der Hochmut und deren große braune Augen so kalt wie der Schnee waren, blieb stehen, um Egwene eine kühle Ehrenbezeugung zu entrichten und Akarrin stirnrunzelnd anzusehen. Nach einem langen Augenblick, in dem sie vielleicht erkannte, dass Akarrin sie nicht einmal wahrnahm, glättete sie die mit silbernen Stickereien versehenen weißen Röcke, was völlig unnötig war, richtete die Stola auf ihren Armen, sodass die weißen Fransen richtig hingen, und glitt durch die Eingangsplane, als wäre sie niemals stehen geblieben. Alle drei gehörten zu den Sitzenden, die Siuan als zu jung bezeichnet hatte. So wie Malind und Escaralde auch. Aber Moria war seit hundertdreißig Jahren Aes Sedai. Beim Licht, Siuan ließ sie schon hinter allem eine Verschwörung wittern!

Gerade als Egwene glaubte, ihr Kopf würde gleich vor Frustration oder aufgrund ihrer Kopfschmerzen platzen, erschien plötzlich Sheriam; sie rannte beinahe mit gerafften Röcken und Umhang durch den Straßenmatsch. »Es tut mir schrecklich Leid, Mutter«, sagte sie atemlos und griff hastig nach der Macht, um die Schlammspritzer zu beseitigen, die sie sich eingefangen hatte. »Ich … ich habe gehört, dass der Saal eine Sitzung hat, und ich wusste, dass Ihr nach mir suchen lassen werdet, also kam ich so schnell, wie ich konnte. Es tut mir sehr Leid.« Also suchte Siuan noch immer nach ihr.

»Jetzt seid Ihr ja hier«, sagte Egwene fest. Die Frau musste wirklich aufgeregt sein, um sich vor den anderen zu entschuldigen, was mehr für Akarrin und ihre Gefährtinnen galt als für Anaiya und den Rest. Selbst wenn es die Leute besser wussten, neigten sie dazu, einen so zu nehmen, wie man zu sein schien, und man sollte die Behüterin nicht sehen, wie sie sich entschuldigte und die Hände rang. Sicherlich wusste sie das. »Geht und kündigt mich an.«

Sheriam holte tief Luft, schlug die Kapuze zurück, richtete die schmale blaue Stola und trat durch die Eingangsplanen. Ihre Stimme erscholl laut und deutlich, als sie die rituellen Worte sprach. »Sie kommt, sie kommt …«

Egwene wartete kaum ab, dass sie mit »… die Flamme von Tar Valon, der Amyrlin-Sitz« endete, bevor sie durch den Kreis aus Kohlenpfannen und Kandelabern schritt, der die Pavillonwände umgab. Die Kandelaber verbreiteten helles Licht, und die Kohlenpfannen, die Lavendelgeruch verbreiteten, wärmten den ganzen Raum. Niemand wollte die Kälte ignorieren müssen, wenn man richtige Wärme fühlen konnte.

Die Einrichtung des Pavillons folgte uralten Regeln, die nur leicht modifiziert waren, um der Tatsache zu genügen, dass sie nicht in der Weißen Burg zusammentrafen, in dem großen runden Gemach, das der Saal der Burg genannt wurde. Am anderen Ende stand eine einfache, wenn auch auf Hochglanz polierte Bank auf einer kastenähnlichen, mit einem in den sieben Farben der Ajahs gestreiften Tuch bedeckten Plattform. Zusammen mit der Stola um Egwenes Hals waren das sicherlich die einzigen Stellen im Lager, wo die Rote Ajah repräsentiert war. Einige Blaue hatten verlangt, die Farbe zu entfernen, da Elaida anscheinend den Thron, den man den Amyrlin-Sitz nannte, hatte neu lackieren und eine Stola ohne das Blau weben lassen, aber Egwene

hatte sich dagegen verwahrt. Wenn sie alle Ajahs repräsentierte und keine, dann würde sie auch von *allen* Ajahs sein. Auf den hellen Teppichen am Boden führten zwei Reihen von Bänken in Gruppen von jeweils drei schräg vom Eingang fort; sie standen auf Kästen, die mit Tüchern in den Farben der Ajahs verhüllt waren. Nun ja, von sechs Ajahs. Der Tradition nach konnten die beiden ältesten Sitzenden für ihre Ajahs die Plätze beanspruchen, die dem Amyrlin-Sitz am nächsten waren, also nahmen hier Gelb und Blau diese Plätze ein. Danach kam es nur darauf an, wer zuerst kam und wo sitzen wollte, die Ersten wählten immer die Plätze ihrer Ajahs aus.
Es waren nur neun Sitzende anwesend, zu wenig, damit der Saal sich zusammensetzen konnte, zumindest formell gesehen, aber Egwene fiel sofort eine Merkwürdigkeit an der Sitzordnung auf. Romanda war bereits da, was nicht überraschte, zwischen ihr und Salita waren noch Plätze frei, und Lelaine und Moria besetzten die äußersten Plätze auf der Bank der Blauen. Romanda trug ihr Haar in einem festen grauen Knoten im Nacken; sie war die älteste Sitzende und fast immer die Erste, die Platz nahm, wenn sich der Saal zusammensetzte. Lelaine, die trotz ihres glänzenden schwarzen Haars fast genauso alt war, schien unfähig zu sein, der anderen Frau selbst in einer so nebensächlichen Sache einen Vorsprung zu lassen. Die Männer, die die Kästen aufgebaut hatten – sie standen an den Wänden, bis der Saal zur Sitzung gerufen wurde – mussten gerade hinausgegangen sein, denn Kwamesa saß bereits; sie war die einzige Graue Sitzende, und Berana, die soeben zu ihrer Bank hochstieg, die einzige Weiße. Doch Malind, eine Kandori mit Adleraugen und einem runden Gesicht und die einzige Grüne, war offensichtlich vor ihnen eingetreten, aber seltsamerweise hatte sie sich entschieden, die Grünen neben den Eingang des Pavillons

zu setzen. Eigentlich lautete das Motto, je näher am Amyrlin-Sitz, umso besser. Und ihr direkt gegenüber stand Escaralde vor den mit Braun verkleideten Kästen und debattierte leise mit Takima. Diese war fast genauso klein wie Nisao, eine stille Frau, die an einen Vogel erinnerte, aber sie konnte energisch sein, wenn sie es wollte, und mit den in die Hüften gestemmten Fäusten sah sie wie ein wütender Spatz aus, dessen gesträubte Federn sie größer erscheinen ließen. Der Art und Weise nach zu urteilen, wie sie Berana immer wieder scharfe Blicke zuwarf, regte sie sich über die Sitzordnung auf. Natürlich war es zu spät, etwas daran zu ändern, aber Escaralde überragte Takima, als erwartete sie, für ihre Wahl kämpfen zu müssen. Es erstaunte Egwene, dass Escaralde das tun konnte. Sie zu überragen. Sie war sogar noch kleiner als Nisao. Es musste reine Willenskraft sein. Escaralde gab niemals nach, wenn sie glaubte, im Recht zu sein. Und sie glaubte immer, im Recht zu sein. Wenn Moria wirklich den sofortigen Angriff auf Tar Valon und Malind den Rückzug wollte, was wollte dann Escaralde?

Trotz Siuans Gerede, dass die Sitzenden vorgewarnt werden wollten, machte Egwenes Eintritt keinen großen Eindruck. Aus welchen Gründen Malind und die anderen auch immer den Saal zusammengerufen hatten, um Akarrins Bericht zu hören, sie hielten die Angelegenheit keineswegs für so brisant, dass sie allein für die Ohren der Sitzenden bestimmt sein sollte; hinter den Bänken der Sitzenden ihrer Ajah standen kleine Gruppen von Aes Sedai, und sie machten ihre Knickse, als Egwene über die Teppiche auf ihren Sitz zuging. Die Sitzenden selbst sahen sie bloß an oder neigten kurz den Kopf. Lelaine schaute sie kühl an und richtete die Aufmerksamkeit dann stirnrunzelnd auf Moria, eine ziemlich gewöhnlich aussehende Frau in einem blauen Wollgewand. Sie sah sogar so gewöhnlich aus, dass man die Alterslosigkeit ihres Gesichts auf den ersten Blick fast übersehen konnte. Sie starrte geradeaus, in die eigenen Gedanken versunken. Romanda gehörte zu denjenigen, die den Kopf ein wenig neigten. Im Saal war der Amyrlin-Sitz noch immer der Amyrlin-Sitz, aber etwas weniger als außerhalb. Nun, vielleicht etwas mehr als das, aber nicht viel. Siuan hatte gesagt, dass genauso viele Amyrlin gescheitert waren, die glaubten, die Sitzenden wären ihnen gleichgestellt, wie jene, die den Unterschied für größer hielten, als er tatsächlich war. Es war, als würde man auf einer schmalen Mauer laufen, während zu beiden Seiten wilde Hunde lauerten. Man behielt vorsichtig sein Gleichgewicht bei und versuchte, den Blick mehr auf die Füße als auf die Hunde gerichtet zu halten. Aber man war sich der Hunde immer bewusst.

Egwene nahm den Umhang ab, als sie auf den gestreiften Kasten stieg, faltete ihn zusammen und legte ihn auf den Sitz, bevor sie Platz nahm. Die Bänke waren hart, und einige Sitzende brachten Kissen mit, wenn sie eine lange Sitzung erwarteten. Egwene zog es vor, das nicht zu tun. Die eingeschränkte Sprechzeit hielt mindestens ein oder zwei Frauen nie davon ab, ihre Kommentare in die Länge zu ziehen, und ein harter Sitz konnte helfen, dass man während des Schlimmsten wach blieb. Sheriam nahm die Position der Behüterin zu Egwenes Linken ein, und nun konnten sie nichts anderes tun als zu warten. Vielleicht *hätte* sie doch ein Kissen mitbringen sollen.

Die anderen Bänke füllten sich, aber sie taten es langsam. Aledrin und Saroiya hatten sich zu Berana gesellt; Aledrin war dick genug, um die anderen beiden schlank erscheinen zu lassen. Natürlich hatten die lotrechten Streifen aus weißen Schnörkeln auf Saroiyas Röcken ohnehin diese Wirkung, während Aledrins weite weiße Ärmel und der schneeweiße Streifen auf der Vorderseite ihres Kleids genau den gegenteiligen Effekt hatten. Der Art und Weise nach zu urteilen, wie sie die Köpfe einander zuwandten und den Blauen, Braunen und Grünen Blicke zuwarfen, versuchte jede von ihnen offensichtlich herauszufinden, ob die andere wusste, worum es hier ging. Varilin, eine rothaarige Frau, die wie ein Storchenweibchen aussah und größer als die meisten Männer war, hatte sich neben Kwamesa gesetzt. Sie richtete unablässig ihre Stola und ließ die Blicke von Moria zu Escaralde zu Malind und wieder zurück huschen. Magla, die ihre mit gelben Fransen versehene Stola fest um die breiten Schultern gewickelt hatte, und Faiselle, eine Domani mit kantigem Gesicht, die mit grüner Stickerei übersäte Seide trug, betraten gerade den Pavillon und ignorierten einander selbst dann, wenn sich ihre Röcke berührten. Magla stand fest in Romandas Lager und Faiselle in Lelaines, und die beiden Gruppen redeten nicht miteinander. Andere Schwestern kamen nacheinander oder grüppchenweise herein, Nisao und Myrelle gehörten zu dem halben Dutzend, die hinter Magla und Faiselle hereinschlüpften. Morvrin war bereits unter den Braunen hinter Takima und Escaralde, und Beonin stand am Rand der Grauen hinter Varilin und Kwamesa. Wenn es so weiterging, würde sich bald die Hälfte der im Lager befindlichen Aes Sedai in dem Pavillon drängen.

Während Magla noch zu den Sitzen der Gelben ging, erhob sich Romanda. »Wir sind jetzt mehr als elf, also können wir anfangen.« Ihre Stimme war überraschend hoch. Man hätte sich vorstellen können, dass sie eine wunderschöne Singstimme hatte, wenn man sich Romanda singend hätte vorstellen können. Ihr Gesicht schien jederzeit zu einem finsteren Ausdruck bereit, zumindest war es immer leicht missbilligend. »Ich glaube nicht, dass dies eine formelle Sitzung werden muss«, fügte sie hinzu, als Kwamesa aufstand. »Ich weiß eigentlich nicht, warum das überhaupt eine Sitzung sein muss, aber wenn es denn so sein soll, lasst es uns hinter uns bringen. Einige von uns haben wichtigere Dinge zu erledigen. So wie Ihr sicher auch, Mutter.«

Letzteres sagte sie mit einem tiefen Neigen des Kopfes, mit einem Tonfall, der vielleicht eine Spur *zu* respektvoll war. Natürlich nicht zu weit über der Grenze, um sarkastisch zu klingen. Sie war zu klug, um sich in Schwierigkeiten zu bringen; dumme Leute erlangten nur selten den Stuhl einer Sitzenden oder behielten ihn lange, und Romanda hatte fast achtzig Jahre lang einen Sitz im Saal innegehabt. Das war ihre zweite Amtszeit als Sitzende. Egwene neigte den Kopf leicht und blickte kühl. Eine Bestätigung, dass sie angesprochen worden war und den Tonfall bemerkt hatte. Ein sehr sorgfältiges Gleichgewicht.

Kwamesa stand da und sah sich mit offenem Mund um, unsicher, ob sie die zeremoniellen Formeln sagen sollte, die immer von der jüngsten anwesenden Sitzenden aufgesagt wurden und eine formelle Sitzung des Saals eröffneten. Romandas Stellung verschaffte ihr gehörigen Einfluss und eine gewisse Autorität, aber andere konnten sie darin überstimmen. Eine gewisse Anzahl von Sitzenden runzelten die Stirn oder rutschten auf ihren Bänken herum, aber keine sprach.

Lyrelle glitt in den Pavillon und auf die Bänke der Blauen zu. Groß für eine Cairhienerin, was sie fast an allen anderen Orten zu einer Frau von durchschnittlicher Größe machte, bot sie in ihrer blaugeschlitzten Seide und dem mit roten und goldenen Stickereien verzierten Oberteil einen eleganten Anblick; ihre Bewegungen waren anmutig. Manche behaupteten, sie sei Tänzerin gewesen, bevor sie als Novizin in der Burg aufgenommen worden war. Im Vergleich zu ihr schien Samalin, die fuchsgesichtige Grüne, die ihr auf den Fersen folgte, wie ein Mann auszuschreiten, dabei war an der Murandianerin nichts Unbeholfenes. Beide schienen sie überrascht zu sein, Kwamesa stehend vorzufinden, und eilten zu ihren Bänken. Varilin fing an, an Kwamesas Ärmel zu zupfen, bis die Frau aus Arafel sich schließlich wieder setzte. Kwamesas Gesicht war eine Maske kühler Ruhe, aber sie schaffte es, Missfallen auszustrahlen. Sie legte großen Wert aufs Zeremoniell.

»Vielleicht gibt es ja doch einen Grund für eine formelle Sitzung.« Nach Romanda erschien Lelaines Stimme leise. Sie richtete ihre Stola, als hätte sie alle Zeit der Welt, erhob sich anmutig und sah absichtlich nicht in Egwenes Richtung. Lelaine war als wunderschöne Frau die personifizierte Erhabenheit. »Angeblich sind Gespräche mit Elaida genehmigt worden«, sagte sie kühl. »Mir ist klar, dass wir unter dem Kriegsrecht nicht konsultiert werden müssen, aber ich finde auch, dass wir es in der Sitzung besprechen sollten, vor allem, da viele von uns der Möglichkeit entgegensehen, gedämpft zu werden, wenn Elaida an der Macht bleibt.«

Das Wort »Dämpfung« verbreitete nicht länger Furcht, wie es üblich gewesen war, bevor Siuan und Leane davon Geheilt worden waren, aber ein Murmeln ging durch die Aes Sedai, die sich hinter die Bänke drängten. Anscheinend hatte sich die Nachricht von den Verhandlungen doch nicht so schnell verbreitet, wie Egwene erwartet hatte. Sie vermochte nicht zu sagen, ob die Schwestern aufgeregt oder entsetzt waren, aber offensichtlich waren sie überrascht. Und das galt auch für einige der Sitzenden. Janya, die eingetreten war, während Lelaine sprach, blieb wie angewurzelt stehen, sodass eine Gruppe Schwestern, die den Saal betraten, beinahe in sie hineingelaufen wären. Sie starrte die Blaue an, dann Egwene, und zwar länger und intensiver. Nach der Art und Weise zu urteilen, wie Romanda die Lippen zusammenpresste, war sie ebenfalls überrascht, und die Mienen der zu jungen Sitzenden reichten von eiskalter Ruhe bei Berana über Erstaunen bei Samalin und offenem Entsetzen bei Salita. Was das anging, schwankte Sheriam kurz. Egwene hoffte, dass sich die Frau nicht vor dem ganzen Saal übergeben würde.

Aber viel bemerkenswerter waren die Reaktionen derjenigen, die Delanas Bericht zufolge von Verhandlungen gesprochen hatten. Varilin saß ganz still da und schien ein Lächeln zu unterdrücken, während sie ihre Röcke musterte, aber Magla befeuchtete sich zögernd die Lippen und warf Romanda verstohlene Seitenblicke zu. Saroiya hatte die Augen geschlossen, und ihre Lippen bewegten sich, als würde sie ein Gebet sprechen. Faiselle und Takima blickten Egwene mit einem kaum merklichen Stirnrunzeln an. Als sie sich dessen bewusst wurden, zuckten sie zusammen und setzten schnell eine so majestätische Gelassenheit auf, dass sie einander zu verspotten schienen. Es war alles sehr seltsam. Bestimmt hatte Beonin sie mittlerweile alle darüber informiert, was Egwene gesagt hatte, aber mit Ausnahme von Varilin schienen sie aus der Fassung gebracht zu sein. Sie konnten unmöglich geglaubt haben, dass die Verhandlungen zur Kapitulation führen sollten. Jede Frau, die in diesem Saal saß, riskierte allein schon durch ihre Anwesenheit Dämpfung und Hinrichtung. Falls es jemals außer Elaidas Sturz einen Weg zurück gegeben hätte, hatte sich der schon vor Monaten erledigt, als dieser Saal erwählt wurde. Davon gab es keinen Weg zurück.

Lelaine schien mit der Wirkung ihrer Worte zufrieden – sie war sogar so selbstzufrieden wie eine Katze in der Milchkammer –, aber bevor sie wieder Platz genommen hatte, sprang Moria auf die Füße. Das zog jeden Blick auf sich und rief weiteres Gemurmel hervor. Niemand hätte Moria als besonders anmutig bezeichnet, aber die Illianerin war keine Frau, die aufsprang.

»Das muss besprochen werden«, sagte sie, »aber erst später. Dieser Saal ist von drei Sitzenden zusammengerufen worden, die dieselbe Frage gestellt haben. Diese Frage muss vor allem anderen angesprochen werden. Was haben Akarrin und ihre Gruppe herausgefunden? Ich verlange, dass man sie holt, damit sie vor dem Saal Bericht erstatten können.«

Lelaine sah ihre Mit-Blaue böse an, und das konnte sie großartig, ihre Blicke waren so scharf wie Ahlen, aber zumindest in dieser Hinsicht war das Burggesetz eindeutig und allen bekannt. Oft genug war es das nicht. Sheriam bat mit unsicherer Stimme Aledrin, nach Kwamesa die Jüngste, Akarrin und die anderen in den Saal zu bringen. Egwene entschied, sofort nach der Sitzung mit der rothaarigen Frau zu sprechen. Wenn Sheriam sich nicht änderte, würde sie als Behüterin bald nutzlos sein.

Delana schoss umgeben von anderen Schwestern in den Pavillon, die letzte Sitzende, und saß auf ihrer Bank und richtete die Stola, als die pummelige Weiße Sitzende mit den sechs Schwestern zurückkehrte und sie vor Egwene führte. Sie mussten ihre Umhänge draußen auf dem Gehweg gelassen haben, denn keine trug jetzt einen. Delana betrachtete sie, ein Stirnrunzeln zog ihre Brauen in die Tiefe. Sie schien außer Atem zu sein, als wäre sie zum Pavillon gerannt.

Anscheinend war Aledrin der Ansicht, dass es keine Rolle spielte, ob die Sitzung nun formell war oder nicht, und sie mit dem Zeremoniell weitermachen sollte. »Ihr seid vor den Saal der Burg gerufen worden, um zu berichten, was ihr gesehen habt«, sagte sie mit starkem tarabonischem Akzent. Die Kombination aus dunkelblondem Haar und braunen Augen war in Tarabon nicht ungewöhnlich, allerdings trug sie das schulterlange Haar nicht als perlengeschmückte Zöpfe, sondern in einem weißen Spitzennetz. »Ich befehle euch, von diesen Dingen Zeugnis abzulegen, ohne etwas zurückzuhalten, und alle Fragen vollständig zu beantworten und nichts zurückzuhalten. Verkündet nun, dass ihr das tun werdet, unter dem Licht und bei eurer Hoffnung auf Wiedergeburt und Errettung, oder erleidet die Konsequenzen.« Die Schwestern in der Vergangenheit, die diesen Teil des Saal-Zeremoniells erschaffen hatten, hatten genau gewusst, wie viel Raum einem die Drei Eide gaben. Eine kleine Auslassung hier, dort ein Hauch von Unbestimmtheit, und die ganze Bedeutung dessen, was man sagte, konnte auf den Kopf gestellt werden, dabei sagte man die ganze Zeit die Wahrheit.

Akarrin sagte ihren Spruch laut und etwas ungeduldig auf, die anderen fünf mit unterschiedlichen Graden an Feierlichkeit. Viele Schwestern waren in ihrem ganzen Leben kein einziges Mal dazu aufgerufen worden, vor dem Saal Zeugnis abzulegen. Aledrin wartete, bis die Letzte jedes Wort wiederholt hatte, bevor sie zu ihrer Bank zurückmarschierte.

»Sagt uns, was Ihr gesehen habt, Akarrin«, forderte Moria sie auf, sobald sich die Weiße Sitzende abgewandt hatte. Aledrin versteifte sich sichtlich, und als sie ihren Platz einnahm, war ihr Gesicht völlig ausdruckslos, aber auf ihren Wangen brannten helle Flecken. Moria hätte warten müssen. Sie musste sehr ungeduldig sein.

Nach der Tradition – es gab viel mehr Traditionen und Verhaltensregeln als Gesetze, und das Licht wusste, dass es mehr Gesetze gab, als jeder tatsächlich kannte, oftmals auch widersprüchliche Gesetze, die im Laufe der Jahrhunderte erlassen worden waren, aber Traditionen und Regeln bestimmten das Leben der Aes Sedai genauso sehr, wie es die Gesetze der Burg je getan hatten, vielleicht sogar noch mehr – nach der Tradition richtete Akarrin ihre Ansprache an den Amyrlin-Sitz.

»Was wir gesehen haben, Mutter, war ein ungefähr rundes Loch im Boden«, sagte sie und nickte bei fast jedem Wort, um es zu unterstreichen. Sie schien die Worte sorgfältig auszuwählen, als wollte sie sichergehen, dass sie auch jeder verstehen konnte. »Möglicherweise war es ursprünglich ein genauer Kreis, wie die Hälften einer Kugel geformt, aber an einigen Stellen sind die Seiten eingebrochen. Das Loch hat etwa einen Durchmesser von drei Meilen und ist vermutlich anderthalb Meilen tief.« Jemand keuchte laut auf, und Akarrin runzelte die Stirn, als hätte derjenige absichtlich versucht, sie zu unterbrechen. Sie machte jedoch ohne Pause weiter. »Wir konnten die Tiefe nicht genau bestimmen. Der Grund ist voller Wasser und Eis. Wir sind der Meinung, dass daraus ein See entstehen wird. Wie dem auch sei, wir konnten unsere Position ohne allzu große Schwierigkeiten bestimmen, und dieses Loch befindet sich an der Stelle, an der sich einst die Stadt Shadar Logoth erhob.« Sie verstummte, und einen langen Augenblick war nur das Rascheln von Röcken zu hören, als Aes Sedai unbehaglich auf ihren Plätzen hin und her rutschten.

Auch Egwene hielt es kaum auf ihrem Sitz. Beim Licht, ein Loch von dieser Größe würde die Hälfte von Tar Valon einnehmen! »Habt Ihr irgendeine … Idee, wie dieses … Loch erschaffen wurde, Akarrin?«, fragte sie schließlich. Sie war ziemlich stolz darauf, wie beherrscht ihre Stimme klang. Sheriam zitterte doch tatsächlich am ganzen Leib! Egwene hoffte, dass es sonst niemand bemerkte. Das Verhalten der Behüterin fiel immer auf die Amyrlin zurück. Wenn die Behüterin Angst zeigte, würden viele Schwestern glauben, dass Egwene Angst hatte, und diesen Eindruck wollte sie unter allen Umständen vermeiden.

»Jede von uns wurde ausgewählt, weil wir die Fähigkeiten haben, Rückstände lesen zu können, Mutter.

Und zwar besser als die meisten.« Also waren sie nicht *nur* ausgewählt worden, weil keine, die in der Macht stärker waren, interessiert waren. Darin lag eine Lektion. Was Aes Sedai taten, war selten so einfach, wie es auf den ersten Blick erschien. Egwene wünschte, sie müsste nicht immer wieder Lektionen neu erlernen, die sie bereits gemeistert geglaubt hatte. »Nisain ist von uns darin am besten«, fuhr Akarrin fort. »Mit Eurer Erlaubnis überlasse ich die Antwort ihr, Mutter.«

Nisain glättete nervös den dunklen Wollrock und räusperte sich. Die schmächtige Graue mit dem kantigen Kinn und den überraschend blauen Augen hatte einen gewissen Ruf, was Gesetzesfragen und Verträge anging, aber es bereitete ihr offensichtlich Unbehagen, vor dem Saal zu sprechen. Sie blickte geradeaus auf Egwene, als wollte sie die versammelten Sitzenden nicht sehen. »Nach der Menge an *Saidar* zu urteilen, das dort benutzt wurde, Mutter, war es keine Überraschung, dass die Rückstände beinahe so dicht wie der Schnee waren.« Da war mehr als nur ein Hauch von Murandy in ihrer Stimme. »Selbst nach so langer Zeit hätte ich fähig sein müssen, mir eine Vorstellung davon zu machen, was dort gewebt wurde, wenn es auch nur annähernd Ähnlichkeit mit etwas hatte, das mir bekannt ist, aber das konnte ich nicht. Ich konnte das Gewebe nachempfinden, Mutter, und es ergab nicht den geringsten Sinn. Überhaupt keinen. Tatsächlich erschien es so fremd, dass es möglicherweise gar nicht von …« Sie räusperte sich erneut und schluckte. Ihr Gesicht verlor jegliche Farbe. »Es ist möglicherweise nicht von einer Frau gewebt worden. Natürlich sind wir davon ausgegangen, dass es die Verlorenen waren, also habe ich es auf ihre Resonanz hin überprüft. Wir alle haben das.« Sie drehte sich ansatzweise zu ihren Gefährtinnen um, um sich dann wieder eilig nach vorn zu wenden. Sie zog es eindeutig vor, Egwene anzusehen statt die Sitzenden, die sich alle begierig vorbeugten. »Ich kann nicht sagen, was man dort getan hat, abgesehen von den drei Meilen Erde, die aus dem Boden geholt wurden, oder wie es getan wurde, aber *Saidin* war definitiv auch im Spiel. Die Resonanz war so stark, dass wir es hätten riechen müssen. Dort wurde mehr *Saidin* als *Saidar* benutzt, viel mehr, der Drachenberg im Vergleich zu einem Hügel. Und das ist alles, was ich sagen kann, Mutter.« Ein Laut wehte durch den Pavillon, der von Schwestern angehaltene Atem, der ausgestoßen wurde. Sheriam war dabei am lautesten, aber vielleicht erschien das auch nur so, weil sie am nächsten stand.

Egwene ließ ihre Miene zu Reglosigkeit erstarren. Die Verlorenen und ein Gewebe, das halb Tar Valon vernichten konnte. Wenn Malind die Flucht vorschlug, konnte sie dann die Schwestern dazu bringen, zu bleiben und sich dem entgegenzustellen? Konnte sie Tar Valon und die Burg und das Licht allein wusste wie viele Zehntausende von Leben im Stich lassen? »Hat jemand eine Frage?«, sagte sie schließlich.

»Ich habe eine«, sagte Romanda trocken. *Ihre* Ruhe hatte nicht einmal einen haarfeinen Riss bekommen. »Aber nicht an diese Schwestern. Wenn keiner mehr Fragen an sie hat, dann bin ich mir sicher, dass es ihnen angenehmer wäre, wenn der Saal sie nicht länger anstarrt.«

Einerseits stand ihr dieser Vorschlag nicht zu, andererseits konnte man dagegen auch nichts einwenden, also übersah Egwene es. Wie sich herausstellte, hatte keiner mehr Fragen an Akarrin oder ihre Gefährtinnen, und Romanda bedankte sich bei ihnen überraschend herzlich für ihre Bemühungen. Was präzise genommen wiederum nicht ihre Sache war.

»An wen richtet sich Eure Frage?«, erkundigte sich Egwene, als sich Akarrin und die anderen fünf zu der wachsenden Zahl an Schwestern gesellten, die sich zwischen die Kandelaber und Kohlenpfannen drängten. Wie Romanda gesagt hatte, hatten sie es eilig, den Blicken des Saals zu entkommen, aber sie wollten wissen, was aus ihrer Arbeit wurde. Es fiel Egwene schwer, Schärfe aus ihrer Stimme herauszuhalten. Romanda tat so, als würde sie es nicht bemerken. Vielleicht tat sie es auch wirklich nicht.

»An Moria. Wir hatten die Verlorenen von Anfang an im Verdacht. Wir wussten, dass das, was auch immer dort geschah, sehr mächtig war, und dass es in großer Entfernung geschah. Aber eigentlich haben wir nur erfahren, dass Shadar Logoth nicht mehr existiert, und dazu kann ich nur sagen, dass die Welt ohne dieses Pestloch des Schattens besser dran ist.« Sie bedachte die Blaue Schwester mit einem Blick, der viele Aes Sedai sich wie eine Novizin hatte krümmen lassen. »Meine Frage lautet wie folgt: Ist das für uns irgendwie von Bedeutung?«

»Das sollte es«, antwortete Moria und erwiderte den Blick der anderen Frau unerschrocken. Sie mochte nicht so lange Mitglied des Saals sein wie Romanda, aber Sitzende hatten zumindest theoretisch die gleiche Stellung. »Wir haben lange Zeit Vorbereitungen für den Fall getroffen, dass die Verlorenen gegen uns vorgehen. Jede Schwester weiß, wie sie einen Zirkel bilden muss oder sich ihm anschließt, wenn sie dazustößt, bis jeder Zirkel aus dreizehn Mitgliedern besteht. Jede muss aufgenommen werden, selbst die Novizinnen, sogar die neuesten.« Lelaine sah scharf zu ihr auf, aber so sehr sie Moria auch schelten wollte, gehörten sie doch zur selben Ajah. Sie mussten zumindest den äußeren Anschein einer gemeinsamen Front bieten. Aber die Anstrengung, den Mund zu halten, ließ Lelaines Lippen schmal werden.

Romanda kannte keine derartigen Beschränkungen. »Müsst Ihr erklären, was jede der hier Anwesenden bereits weiß? *Wir* sind diejenigen, die diese Vorbereitungen getroffen haben. Habt Ihr das vielleicht vergessen?« Diesmal war ihre Stimme schneidend. Offene Zurschaustellung von Wut war im Saal verboten, Sticheleien nicht.

Aber falls Moria sich angesprochen fühlte, ließ sie es sich nicht anmerken, wenn man davon absah, dass sie die Stola zurechtrückte. »Ich muss es von Anfang an erklären, weil wir nicht weit genug gedacht haben. Malind, können sich unsere Zirkel gegen das wehren, was Akarrin und Nisain beschrieben haben?«

Trotz ihres finsteren Blickes schien Malinds voller Mund stets zu einem Lachen bereit, aber sie war sehr ernst, als sie aufstand, und sie starrte jede Sitzende nacheinander an, als wollte sie ihnen ihre Worte einhämmern. »Das können sie nicht. Selbst wenn wir die Dinge neu organisieren, sodass die stärksten Schwestern immer im gleichen Zirkel sind – was bedeutet, dass sie zusammen leben, essen und schlafen müssten, wenn sie sofort einen Zirkel bilden sollen –, selbst dann wären wir Mäuse, die einer Katze gegenüberstehen. Genug Mäuse können selbst eine große hungrige Katze überwinden, aber nicht, bevor viele Mäuse tot sind. Doch wenn genug von diesen Mäusen sterben, stirbt die Weiße Burg.« Wieder wehte ein flüsterndes Seufzen einer unsteten Brise gleich durch den Pavillon.

Es gelang Egwene, das Gesicht ausdruckslos zu halten, aber sie musste ihre Fäuste zwingen, den Griff um ihre Röcke zu lockern. Was würden sie vorschlagen, Angriff oder Flucht? Beim Licht, wie sollte sie sich ihnen entgegenstellen?

Ob nun dieselbe Ajah oder nicht, Lelaine konnte sich nicht länger beherrschen. »Was schlagt Ihr vor, Moria?«, fauchte sie. »Selbst wenn wir die Burg heute noch wieder vereinigen, würde das nichts an den Tatsachen ändern.«

Moria lächelte schmal, als hätte die andere Blaue genau das gesagt, von dem sie gehofft hatte, dass es jemand zur Sprache bringen würde. »Wir müssen die Tatsachen verändern. Im Augenblick ist es eine Tatsache, dass unsere stärksten Zirkel zu schwach sind. Wir haben keine *Angreal*, noch weniger *Sa'angreal*, also können wir sie genauso gut ignorieren. Aber ich bin nicht einmal davon überzeugt, dass es in der Burg etwas gibt, das überhaupt einen Unterschied bewirken würde. Wie sollen wir nun unsere Zirkel stärker machen? Stark genug, um eine Hoffnung zu haben, dass wir uns dem entgegenstellen können, was in Shadar Logoth geschehen ist, und es aufzuhalten. Escaralde, was habt Ihr dazu zu sagen?«

Egwene beugte sich überrascht vor. Sie arbeiteten *zusammen*. Aber wozu?

Sie war nicht die Einzige, die erkannte, dass die drei Sitzenden, die den Saal zusammengerufen hatten, alle standen. Indem sie stehen geblieben waren, hatten Moria und Malind eine klare Absichtserklärung abgegeben. Escaralde stand wie eine Königin da, aber die kleine Braune schien sich der Blicke, die zwischen ihr und Malind und Moria hin und her huschten, nur allzu bewusst zu sein, den in nachdenkliche Falten gelegten Stirnen und reglosen Gesichtern. Sie zupfte zweimal an ihrer Stola herum, bevor sie sprach. Dabei klang sie, als würde sie vor einer Klasse dozieren, ihre Stimme war dünn und zugleich energisch.

»Die alte Literatur ist darin ziemlich eindeutig, auch wenn sie, wie ich fürchte, kaum gelesen wird. Sie zieht eher Staub als Leser an. Schriften, die in den frühesten Jahren der Burg gesammelt wurden, legen eindeutig dar, dass Zirkel im Zeitalter der Legenden nicht auf dreizehn beschränkt waren. Der präzise Mechanismus oder vielmehr das präzise Gleichgewicht ist unbekannt, aber es sollte keine unlösbare Aufgabe sein, das herauszufinden. Für diejenigen von Euch, die nicht die Zeit in der Burgbibliothek verbracht haben, die sie dort hätten verbringen sollen, die Methode, einen Zirkel zu vergrößern, beinhaltet …« – sie stockte zum ersten Mal und zwang sich sichtlich zum Weitersprechen – »… beinhaltet die Einbeziehung von Männern, die die Macht lenken können.«

Faiselle sprang auf die Füße. »Was schlagt Ihr da vor?«, rief sie aufgebracht und setzte sich sofort wieder, damit keiner auf den Gedanken kam, sie würde zur Unterstützung dastehen.

»Ich verlange, dass der Saal geräumt wird!«, sagte Magla und stand auf. Sie kam wie Moria aus Illian, und Erregung verstärkte ihren Akzent. »Dies ist eine Sache, die allein in einer geschlossenen Sitzung des Saals diskutiert werden sollte.« Auch sie setzte sich sofort wieder hin, als sie geendet hatte, und saß mit finsterer Miene da, krümmte die breiten Schultern und öffnete und schloss die Fäuste auf den Röcken.

»Ich fürchte, dazu ist es zu spät«, sagte Moria laut. Sie musste laut sprechen, um das Gemurmel der Schwestern, die aufgeregt hinter den Bänken sprachen, zu übertönen; es war ein Summen wie in einem Bienenkorb. »Was gesagt wurde, wurde gesagt, und es haben zu viele Schwestern gehört, als dass jetzt jemand versuchen könnte, dies ungeschehen zu machen.« Ihr Busen hob sich, als sie tief Luft holte, und sie sprach noch lauter weiter. »Ich stelle vor dem Saal den Antrag, dass wir eine Übereinkunft mit der Schwarzen Burg treffen, dass wir falls nötig Männer in unsere Zirkel einbringen können.« Wenn sie am Ende etwas erstickt klang, so war das kein Wunder. Nur wenige Aes Sedai konnten diesen Namen ohne Ekel oder puren Hass sagen. Die Worte trafen auf das Stimmengewirr – und sorgten für den Zeitraum von drei Herzschlägen für absolute Stille.

»Das ist Wahnsinn!« Sheriams schriller Ruf ließ die Stille in mehrerer Hinsicht zerbrechen. Die Behüterin der Chroniken mischte sich nicht in Diskussionen des Saals ein. Sie konnte ohne die Amyrlin den Saal nicht einmal betreten. Sheriams Wangen färbten sich knallrot, sie drückte den Rücken durch, vielleicht um sich der unweigerlich folgenden Zurechtweisung zu stellen, vielleicht auch, um sich zu verteidigen. Aber der Saal hatte andere Dinge im Sinn, als sie zu tadeln.

Sitzende sprangen von ihren Bänken auf, gerade lange genug, um zu sprechen, zu schreien, manchmal sogar einander zu übertönen.

»Wahnsinn beschreibt das nicht einmal annähernd!«, schrie Faiselle zur selben Zeit, in der Varilin rief: »Wie können wir uns mit Männern *verbünden*, die die Macht lenken können?«

»Diese so genannten Asha'man sind mit dem Makel behaftet!«, rief Saroiya und ließ jedes Anzeichen der berühmten Zurückhaltung der Weißen Ajah vermissen. Sie hatte die Stola fest umkrallt und zitterte so sehr, dass die langen weißen Fransen bebten. »Mit dem Makel des Dunklen Königs!«

»Allein dieser Vorschlag stellt alles in Frage, wofür die Weiße Burg steht«, sagte Takima grob. »Wir würden von jeder Frau verachtet, die sich Aes Sedai nennt, von Aes Sedai, die schon lange in ihren Gräbern liegen!«

Magla ging so weit, unverhohlen mit der Faust zu drohen. »So etwas kann nur eine Schattenfreundin vorschlagen! Nur eine Schattenfreundin!« Die Anschuldigung ließ Moria erblassen, dann wurde sie von Zorn ergriffen selbst knallrot im Gesicht.

Egwene wusste nicht, wie sie dazu stehen sollte. Die Schwarze Burg war Rands Schöpfung, vielleicht war sie sogar nötig, falls überhaupt Hoffnung bestehen sollte, die Letzte Schlacht zu gewinnen, aber die Asha'man *waren* Männer, die die Macht lenken konnten, eine

Sache, vor der man sich dreitausend Jahre lang gefürchtet hatte, und sie lenkten vom Schatten beschmutztes *Saidin*. Rand selbst war ein Mann, der die Macht lenken konnte, doch ohne ihn würde der Schatten bei Tarmon Gai'don siegen. Das Licht mochte ihr beistehen, dass sie es so kühl sah, aber es war eine bittere Wahrheit. Wie auch immer ihre Meinung war, in diesem Augenblick gerieten die Dinge außer Kontrolle. Escaralde und Faiselle tauschten so laut sie konnten Beleidigungen aus. Offene Beleidigungen! Im Saal! Saroiya hatte die letzten Fetzen ihrer Zurückhaltung abgestreift und schrie Malind an, die zurückschrie. Es wäre ein Wunder gewesen, hätten sie verstehen können, was die andere von sich gab, und vielleicht war es ein Segen, dass sie es nicht konnten. Überraschenderweise hatten weder Romanda noch Lelaine den Mund aufgemacht. Sie saßen nur da und starrten einander an, ohne zu blinzeln. Vermutlich versuchte jede von ihnen den Standpunkt der anderen zu erahnen, damit sie die gegenteilige Position einnehmen konnte. Magla stieg von ihrer Bank und schritt auf Moria zu, in ihrem Blick lag ein Funkeln, als sei sie auf eine Schlägerei aus. Kein Wortgefecht, eine Schlägerei. Magla hatte die Fäuste an den Seiten geballt. Ihre Stola rutschte unbemerkt zu Boden.

Egwene stand auf und umarmte die Quelle. Mit Ausnahme bestimmter festgelegter Funktionen war im Saal das Machtlenken verboten – ein weiterer Brauch, der auf die dunklen Tage in der Geschichte des Saals verwies –, aber sie machte ein einfaches Gewebe aus Luft und Feuer. »Dem Saal wurde ein Antrag vorgelegt«, sagte sie und ließ *Saidar* los. Das fiel nicht mehr so schwer wie früher. Es war nicht leicht, nicht einmal annähernd, aber es fiel nicht mehr so schwer. Eine Erinnerung an die Süße der Macht blieb, genug, um sie es bis zum nächsten Mal aushalten zu lassen.

Von dem Gewebe verstärkt, hallten ihre Worte wie Donnerhall durch den Pavillon. Aes Sedai zuckten zurück und hielten sich die Ohren zu. Die einsetzende Stille erschien unglaublich laut. Magla starrte sie erstaunt an, dann wurde ihr bewusst, dass sie auf dem halben Weg zu den Bänken der Blauen stand. Hastig eilte sie zurück zu ihrem Platz und hielt nur kurz inne, um die Stola vom Boden aufzuheben. Sheriam stand da und weinte offen. So laut war es doch nun sicherlich auch nicht gewesen.

»Dem Saal wurde ein Antrag vorgelegt«, wiederholte Egwene in die Stille hinein. Nach dem von der Macht verstärkten Ruf hallte ihr die eigene Stimme in den Ohren wider. Vielleicht war es doch lauter gewesen, als sie beabsichtigt hatte. Dieses Gewebe war nie für den Gebrauch in geschlossenen Räumen vorgesehen gewesen, selbst wenn es sich bei den Wänden um geflicktes Segeltuch handelte. »Was sagt Ihr zu einer Allianz mit der Schwarzen Burg, Moria?« Sie setzte sich wieder, sobald sie zu Ende gesprochen hatte. Was dachte *sie* darüber? Welche Schwierigkeiten würden sich für sie ergeben? Wie konnte sie das zu ihrem Vorteil nutzen? Mochte das Licht ihr helfen, in der Tat. Das waren die ersten Dinge, die ihr einfielen. Sie wünschte, Sheriam würde die Augen trocknen und ihr Rückgrat wieder entdecken. Sie war der Amyrlin-Sitz, und sie brauchte eine Behüterin, keinen Waschlappen.

Es dauerte ein paar Minuten, ehe wieder Ordnung einkehrte, die Sitzenden unnötigerweise die Röcke glätteten, die Blicke der anderen mieden und vor allem nicht zu den Schwestern sahen, die sich hinter den Bänken drängten. Manche Gesichter wurden von einem Rot gezeichnet, das nichts mit Zorn zu tun hatte. Sitzende schrien einander nicht an wie Bäuerinnen bei der Schafschur. Und vor allem erst recht nicht vor anderen Schwestern.

»Wir haben es mit zwei scheinbar unüberwindlichen Schwierigkeiten zu tun«, sagte Moria schließlich. Ihre Stimme war wieder beherrscht und kühl, aber ihre Wangen waren noch immer leicht gerötet. »Die Verlorenen haben eine Waffe entdeckt – oder ausgegraben; hätten sie sie schon vorher besessen, hätten sie sie mit Sicherheit benutzt –, eine Waffe, der wir nichts entgegenzusetzen haben. Eine Waffe, bei der wir nicht mithalten können, auch wenn das Licht weiß, warum wir das überhaupt sollten, aber was noch wichtiger ist, eine Waffe, die wir weder überleben noch aufhalten können. Zur gleichen Zeit haben sich die … Asha'man … vermehrt wie Unkraut. Verlässliche Berichte besagen, dass ihre Zahl der Anzahl fast aller lebenden Aes Sedai entspricht. Selbst wenn diese Zahl übertrieben ist, können wir uns die Annahme nicht leisten, dass sie weit übertrieben ist. Und jeden Tag kommen mehr Männer dazu. Die Augen-und-Ohren stimmen darin zu sehr überein, als dass wir etwas anderes glauben können. Wir sollten diese Männer natürlich aufspüren und dämpfen, aber wir haben sie wegen des Wiedergeborenen Drachen ignoriert. Wir haben sie zur Seite geschoben, wollten uns später darum kümmern. Die bittere Wahrheit ist, dass es dafür zu spät sein könnte. Es sind zu viele. Vielleicht war es schon zu spät, als wir das erste Mal erfuhren, was sie taten. Wenn wir diese Männer nicht dämpfen können, dann müssen wir sie irgendwie kontrollieren. Wir müssen eine Vereinbarung mit der Schwarzen Burg – Allianz ist ein zu starkes Wort – in Erwägung ziehen. Mit einer sorgfältig formulierten Vereinbarung können wir die ersten Schritte in die Richtung machen, die Welt vor ihnen zu beschützen. Wir können sie auch in unsere Zirkel bringen.«

Moria hob einen warnenden Finger und ließ den Blick über die Bänke schweifen, aber ihre Stimme blieb kühl und beherrscht. Und unnachgiebig. »Wir müssen klarstellen, dass nur eine Schwester die Ströme vereinigt – ich schlage nicht vor, einen Mann einen Zirkel kontrollieren zu lassen! –, aber mit Männern in den Zirkeln können wir sie vergrößern. Mit dem Segen des Lichts können wir die Zirkel vielleicht genug vergrößern, um dieser Waffe der Verlorenen entgegenzutreten. Wir töten zwei Hasen mit einem Stein. Aber diese Hasen sind Löwen, und wenn wir diesen Stein nicht werfen, wird einer von ihnen uns sicherlich töten. So einfach ist das.«

Stille kehrte ein. Ausgenommen bei Sheriam. Sie stand noch immer mit zuckenden Schultern ein paar Schritte von Egwene entfernt und schluchzte hemmungslos.

Dann seufzte Romanda tief. »Vielleicht können wir die Zirkel genug vergrößern, um uns gegen die Verlorenen zu wehren«, sagte sie leise. In gewisser Hinsicht verlieh das ihren Worten mehr Gewicht, als wenn sie geschrien hätte. »Vielleicht können wir die Asha'man kontrollieren. Möglicherweise ein schwaches Wort, in jeder Beziehung.«

»Wenn man ertrinkt«, erwiderte Moria genauso leise, »dann greift man nach jedem vorbeitreibenden Ast, selbst wenn man sich nicht sicher ist, ob er einen stützt, bis man Halt findet. Das Wasser ist noch nicht über unseren Köpfen zusammengeschlagen, Romanda, aber wir ertrinken.«

Wieder trat bis auf Sheriams Geschniefe Stille ein. Hatte sie denn sämtliche Selbstbeherrschung verloren? Andererseits zeigte keine Sitzende ein fröhliches Gesicht, nicht einmal Moria oder Malind oder Escaralde. Es war keine angenehme Vorstellung, die sich ihnen da bot. Delanas Gesicht hatte eindeutig einen grünlichen Farbton angenommen. Sie sah aus, als würde sie sich gleich übergeben.

Egwene erhob sich lange genug, um die erforderliche Frage zu stellen. Selbst wenn das Undenkbare vorgeschlagen wurde, musste man die Rituale befolgen. Vielleicht sogar noch mehr als sonst. »Wer spricht gegen diesen Vorschlag?«

Da gab es keinen Mangel an Sprecherinnen, allerdings hatte sich jede ausreichend beruhigt, um sich ans Protokoll zu halten. Mehrere Sitzende bewegten sich gleichzeitig, aber Magla stand als Erste auf den Füßen, und die anderen setzten sich wieder ohne jede Spur von Ungeduld. Faiselle folgte Magla, und Varilin folgte Faiselle. Dann kam Saroiya und schließlich Takima. Jede sprach lange, Varilin und Saroiya standen kurz davor, eine der verbotenen Ansprachen zu halten, und jede sprach mit der größten Eloquenz, zu der sie fähig war. Niemand errang den Sitz einer Sitzenden, ohne nicht nötigenfalls eloquent zu sein. Trotzdem wurde bald ersichtlich, dass sie sich wiederholten, wenn auch nur mit anderen Worten.

Die Verlorenen und ihre Waffe wurden nie erwähnt. Die Schwarze Burg war das Thema der Sitzenden, die Schwarze Burg und die Asha'man. Die Schwarze Burg war eine faulige Stelle auf dem Antlitz der Erde, eine Bedrohung für die Welt, so groß wie die Letzte Schlacht selbst. Allein schon der Name deutete eine Verbindung zum Schatten an, ganz zu schweigen davon, dass es eine eindeutige Ohrfeige für die Weiße Burg war. Die so genannten Asha'man – niemand benutzte die Bezeichnung, ohne »so genannt« hinzuzufügen oder es mit einem höhnischen Verziehen des Mundes zu sagen; in der Alten Sprache bedeutete das »Wächter«, und sie waren alles, nur keine Wächter –, die so genannten Asha'man waren Männer, die die Macht lenken konnten! Männer, die verdammt waren, vom Wahnsinn verschlungen zu werden, falls die männliche Hälfte der Macht sie nicht vorher tötete! Wahnsinnige, die die Eine Macht lenkten. Von Magla bis Takima stattete jede von ihnen sie mit jeder erdenklichen Schreckensgeschichte aus. Dreitausend Jahre Schrecken der Welt, und die Zerstörung der Welt davor. *Solche* Männer hatten die Welt zerstört, hatten das Zeitalter der Legenden zerstört und das Antlitz der Welt in eine Wüste verwandelt. Das waren die Leute, mit denen sie sich *verbünden* sollten. Wenn sie das taten, würde man sie in jeder Nation verfluchen, und das zu Recht. Jede Aes Sedai würde sie verabscheuen, und das zu Recht. Das konnten sie nicht tun. Sie *konnten* es nicht.

Als Takima schließlich Platz nahm und die Stola sorgfältig auf den Armen drapierte, zeigte sie ein kleines, aber ziemlich zufriedenes Lächeln. Gemeinsam war es ihnen gelungen, die Asha'man noch furchterregender, noch gefährlicher erscheinen zu lassen als die Verlorenen und die Letzte Schlacht zusammen. Vielleicht sogar als der Dunkle König selbst.

Da Egwene die rituellen Fragen begonnen hatte, musste sie sie auch beenden, und sie stand lange genug auf, um zu sagen: »Wer tritt für eine Vereinbarung mit der Schwarzen Burg ein?« Sie hatte nur geglaubt, dass Stille im Pavillon geherrscht hatte. Sheriam hatte sich endlich beruhigt, auch wenn auf ihren Wangen noch immer Tränen funkelten, aber in der Stille, die dieser Frage folgte, klang ihr Schlucken wie ein Schrei.

Takimas Lächeln gefror, als Janya aufstand, sobald Egwene die Frage beendet hatte. »Selbst ein schmaler Ast ist besser als gar kein Ast, wenn man ertrinkt«, sagte Janya. »Ich würde es eher versuchen, als mich allein auf die Hoffnung zu verlassen, bevor ich untergehe.« Sie hatte die Angewohnheit zu sprechen, wenn sie es nicht sollte.

Samalin erhob sich, um neben Malind zu stehen, und plötzlich kam es zu einem Ansturm, Salita und Berana und Aledrin zusammen, Kwamesa tat es ihnen nur einen Augenblick später gleich. Neun Sitzende auf den Füßen, und so blieb es, während sich die Momente ausdehnten. Egwene wurde sich bewusst, dass sie sich auf die Lippe biss, und hörte schnell damit auf, in der Hoffnung, dass es niemand bemerkt hatte. Sie hoffte, dass sie sie nicht blutig gebissen hatte. Nicht, dass jemand sie ansah. Jeder schien den Atem anzuhalten.

Romanda schaute stirnrunzelnd zu Salita hoch, die mit grauem Gesicht und bebenden Lippen starr geradeaus starrte. Die Schwester aus Tear mochte nicht in der Lage sein, ihre Furcht zu verbergen, aber sie würde den eingeschlagenen Weg weitergehen. Romanda nickte langsam und stand schockierenderweise auf. Auch sie entschied sich, die Regeln zu verletzen. »Manchmal«, sagte sie und schaute Lelaine direkt an, »müssen wir Dinge tun, die wir lieber nicht tun würden.«

Lelaine erwiderte den Blick der grauhaarigen Gelben, ohne zu blinzeln. Ihr Gesicht hätte aus Porzellan sein können. Ihr Kinn hob sich kaum merklich. Und plötzlich stand sie auf und sah Lyrelle ungeduldig an, die sie kurz anstarrte, bevor auch sie sich erhob.

Alle starrten sie an. Niemand machte einen Laut. Es war geschehen.

Jedenfalls fast. Egwene räusperte sich und versuchte Sheriams Aufmerksamkeit zu erregen. Der nächste Teil war Aufgabe der Behüterin, aber Sheriam stand da, rieb sich mit den Fingern Tränen von den Wangen und ließ den Blick über die Bänke schweifen, als würde sie zählen, wie viele Sitzende standen, und hoffen, dass sie sich verzählt hatte. Egwene räusperte sich lauter, und die Frau zuckte zusammen und starrte sie an. Und selbst dann schien es eine Ewigkeit zu dauern, bevor sie sich wieder auf ihre Pflicht besann.

»Da die einfache Mehrheit steht«, verkündete sie mit unsicherer Stimme, »wird der Versuch in die Wege geleitet, zu einer Vereinbarung mit der … Schwarzen Burg zu kommen.« Sie holte tief Luft, richtete sich zu ihrer vollen Größe auf, und ihre Stimme gewann an

Kraft. Sie war wieder auf vertrautem Boden. »Im Interesse der Einheit bitte ich darum, dass die große Mehrheit aufsteht.«

Das war ein mächtiger Aufruf. Selbst bei Angelegenheiten, die von der einfachen Mehrheit entschieden werden konnten, wurde Einigkeit immer bevorzugt, und man arbeitete darauf hin. Es konnten stundenlange Diskussionen, sogar tagelange erforderlich sein, um das zu erreichen, aber die Bemühungen würden nicht aufhören, bis jede Sitzende zustimmte oder es so klar wie Quellwasser war, dass es zu keiner Einigung kommen konnte. Ein mächtiger Aufruf, einer, der jede Schwester ansprach. Delana erhob sich wie eine Marionette, die man gegen ihren Willen in die Höhe zog, und sah sich fragend um.

»Ich kann dafür nicht eintreten«, sagte Takima gegen jede Ordnung. »Ganz egal, was jemand sagt, ganz egal, wie lange wir sitzen, ich kann es nicht tun, und ich werde es auch nicht tun! Ich – werde – es – nicht – tun!«

Auch sonst stand niemand auf. O ja, Faiselle rutschte auf ihrer Bank herum, machte Anstalten aufzustehen, rückte ihre Stola zurecht, zuckte erneut, als wollte sie aufstehen. Das war so nahe dran, wie jede herankam. Saroiya biss sich mit entsetztem Gesichtsausdruck in den Handrücken, und Varilin sah aus wie eine Frau, der man einen Hammer zwischen die Augen geschlagen hatte. Magla ergriff die Enden ihrer Bank, hielt sich fest und starrte trübsinnig auf den Teppich vor ihr. Offensichtlich war sie sich des finsteren Blicks bewusst, den Romanda auf ihren Nacken richtete, aber ihre einzige Erwiderung bestand darin, die Schultern zu krümmen.

Takima hätte die Letzte sein sollen. Es war sinnlos, die große Mehrheit zu suchen, wenn jemand deutlich gemacht hatte, dass er dafür nie eintreten würde. Aber Egwene entschied sich zu ihrem eigenen Bruch mit der

Ordnung und den Regeln. »Gibt es eine, die der Meinung ist, wegen dieser Sache ihren Sitz verlassen zu müssen?«, fragte sie mit lauter und klarer Stimme.

Vielfaches Keuchen erfüllte den Pavillon, aber sie hielt den Atem an. Das konnte sie vernichten, aber es war besser, es jetzt in aller Öffentlichkeit auszutragen, wenn es das sein sollte, was daraus entstand. Saroiya starrte sie wild an, aber niemand regte sich.

»Dann werden wir es tun«, verkündete sie. »Vorsichtig. Es wird Zeit brauchen, um festzulegen, welche Schwestern zur Schwarzen Burg gehen sollen und was sie sagen sollen.« Zeit, in der sie ein paar Sicherungen einbauen konnte. Hoffentlich. Beim Licht, sie würde sich zerreißen müssen, um das zu bewältigen. »Als Erstes, gibt es Vorschläge für unsere … Gesandtschaft?«

KAPITEL 6

In der Nacht

Lange vor dem Ende der Sitzung war Egwenes Hintern trotz des unter ihr zusammengefalteten Umhangs von dem harten Sitz ganz taub. Nachdem sie der endlosen Debatte zugehört hatte, wünschte sie sich, für ihre Ohren würde das Gleiche gelten. Sheriam, die gezwungen war, zu stehen, hatte angefangen mit den Füßen zu scharren, als würde sie sich ebenfalls einen Stuhl wünschen. Oder sich auf den Teppich setzen zu können. Egwene hätte gehen und sich und Sheriam aus dieser misslichen Lage befreien können. Die Amyrlin musste nicht bleiben, bestenfalls hörte man ihren Ansichten höflich zu. Danach galoppierte der Saal in seine eigene Richtung. Das hatte nichts mit dem Krieg zu tun, und da sie die Trense zwischen den Zähnen hatte, würde der Saal nicht zulassen, dass sie die Zügel in die Hand bekam. Sie hätte jederzeit gehen können – mit einer kurzen Unterbrechung in den Diskussionen für das erforderliche Zeremoniell – aber wenn sie das tat, befürchtete sie, dass man ihr am nächsten Morgen einen voll ausgereiften Plan übergab, einen, den die Sitzenden bereits ausführten, und sie würde nicht die geringste Ahnung von dem haben, was da auf sie zukam, bis sie es las. Zumindest war das anfangs ihre Befürchtung.

Es war keine Überraschung, wer am längsten sprach, das konnte man wirklich nicht behaupten. Magla und Saroiya, Takima und Faiselle und Varilin, jede von ihnen ärgerte sich sichtlich, wenn eine andere Sitzende das Wort hatte. Oh, sie akzeptierten die Entscheidung des Saals, zumindest gaben sie sich den Anschein. Ihnen blieb nichts anderes übrig, es sei denn, sie wären von ihren Sitzen zurückgetreten; aber so sehr der Saal auch willens war, nötigenfalls um den Konsens zu streiten, sobald man sich für eine Vorgehensweise entschieden hatte, egal, mit welcher Mehrheit, dann wurde von jeder erwartet, sich daran zu halten oder sie zumindest nicht zu behindern. Das war der Schwachpunkt. Was genau stellte eine Behinderung dar? Natürlich stellte sich keine der fünf gegen eine Sitzende der eigenen Ajah, aber die anderen vier sprangen auf, wenn eine Sitzende wieder ihren Platz einnahm, und alle fünf, wenn die Sitzende zu den Blauen gehörte. Und wer auch immer das Wort hatte, erklärte mit großer Überredungskunst, warum die Vorschläge der Vorgängerin völlig falsch waren und in die Katastrophe führten. Nicht dass es irgendwelche Anzeichen für heimliche Absprachen gab, soweit es Egwene beurteilen konnte. Sie betrachteten einander genauso misstrauisch wie alle anderen auch, wenn nicht sogar noch misstrauischer; offensichtlich hatten sie nicht das geringste Vertrauen, dass eine der anderen ihre Argumente ordentlich vorbrachte.

Nur wenig von dem, was vorgeschlagen wurde, kam auch nur in die Nähe allgemeiner Zustimmung. Die Sitzenden konnten sich nicht einigen, wie viele Schwestern man zur Schwarzen Burg schicken sollte und wie viele von jeder Ajah, wann man diese Schwestern schicken sollte, wobei sie verlangen sollten, was sie zustimmen durften und was sie strikt ablehnen mussten. In einer so heiklen Angelegenheit konnte jeder Fehler in einer Katastrophe münden. Darüber hinaus betrachtete sich mit Ausnahme der Gelben jede Ajah als geradezu einzigartig dazu qualifiziert, die Führung der Mission zu übernehmen, von Kwamesas beharrlicher Meinung, dass das Ziel darin bestand, eine Art Vertrag auszuhandeln, bis zu Escaraldes Behauptung, dass historisches Wissen eine unerlässliche Voraussetzung für ein so unerhörtes, noch nie zuvor da gewesenes Unterfangen war. Berana wies sogar darauf hin, dass eine Vereinbarung dieser Natur nur auf rationale Weise zustande kommen durfte; der Umgang mit den Asha'man musste Leidenschaften entflammen, und alles außer kalter Logik würde auf der Stelle zu einer Katastrophe führen. Tatsächlich wurde sie sehr emotional, was das anging. Romanda wollte, dass die Gruppe von einer Gelben angeführt wurde, aber da es kaum den Anschein hatte, dass eine große Notwendigkeit für irgendwelches Heilen bestehen würde, konnte sie schließlich nur noch stur darauf beharren, dass jedermann vom speziellen Interesse seiner Ajah beeinflusst werden und darüber vergessen konnte, was er tat.

Sitzende derselben Ajah unterstützten einander nur so weit, dass sie einander nicht offen widersprachen, und keine zwei Ajahs waren über den Punkt hinaus, dass sie zugestimmt hatten, eine Gesandtschaft zur Schwarzen Burg zu schicken und bereit waren, miteinander zusammenzuarbeiten. Ob man es Gesandtschaft nennen sollte, blieb ungeklärt, selbst bei jenen, die am Anfang dafür gewesen waren. Moria selbst schien von der Vorstellung entsetzt zu sein.

Egwene war nicht die Einzige, die das ständige Hin und Her ermüdend fand, dass alles so kleingehackt wurde, bis nichts mehr übrig blieb und alles von vorn begonnen werden musste. Hinter den Bänken gingen die ersten Schwestern. Andere ersetzten sie und verschwanden dann wieder, um ein paar Stunden später zurückzukehren. Als Sheriam das rituelle »Geht nun ins Licht« aufsagte, war die Nacht hereingebrochen und außer Egwene und den Sitzenden – von denen einige so zusammengesunken waren, als hätte man sie wie feuchte Laken durch die Mangel gedreht – nur noch ein paar Dutzend Schwestern anwesend. Und es war nichts entschieden worden, außer dass weitere Beratungen nötig waren, bevor etwas entschieden werden konnte.

Draußen hing ein blasser Halbmond am samtschwarzen, sternengesprenkelten Firmament, und es war bitterkalt. Egwenes Atem verwandelte sich in der Dunkelheit in weißen Nebel, als sie lächelnd den Saal verließ und hörte, wie hinter ihr die Sitzenden auseinander gingen und einige noch immer diskutierten. Romanda und Lelaine gingen zusammen, aber die klare hohe Stimme der Gelben näherte sich gefährlich dem Schreien, und die Blaue war auch nicht weit davon entfernt. Sie stritten für gewöhnlich, wenn sie gezwungen waren, sich in der Gesellschaft der anderen aufzuhalten, aber es war das erste Mal, dass Egwene erlebt hatte, dass sie sich dazu entschieden, obwohl sie es nicht mussten. Sheriam bot halbherzig an, die Berichte über die Wagenreparaturen und das Futter zu holen, um die sie am Morgen gebeten hatte, aber die Frau machte sich nicht die Mühe, ihre Erleichterung zu verbergen, als Egwene sie ins Bett schickte. Mit einem hastigen Knicks zog sie den Umhang enger und eilte in die Nacht. Die meisten Zelte waren dunkel, Schatten im Mondlicht. Nur wenige Schwestern blieben nach Einbruch der Dunkelheit noch auf. Es gab nie genug Lampenöl und Kerzen.

Für den Augenblick kam Egwene die Verzögerung sehr gelegen, aber das war nicht der einzige Grund für ihr Lächeln. Irgendwann in dem ganzen Streit waren ihre Kopfschmerzen verschwunden. Sie würde nicht die geringsten Schwierigkeiten haben, diese Nacht einzuschlafen. Halima sorgte stets für Linderung, aber nach ihren Massagen waren Egwenes Träume immer beunruhigend. Nun ja, wenige ihrer Träume waren unbeschwert, aber diese waren finsterer als andere, und seltsamerweise konnte sie sich nie an mehr erinnern, als dass sie finster und beunruhigend waren. Zweifellos kam beides von den verbliebenen Schmerzen, die Halimas Finger nicht erreichen konnten, aber das Letztere war für sich genommen sehr beunruhigend. Sie hatte gelernt, sich an jeden Traum zu erinnern. Sie musste sich an jeden Traum erinnern. Doch ohne Kopfschmerzen würde sie heute Nacht keine Probleme haben, und Träumen war das Letzte, was sie zu tun hatte.

Wie der Saal und ihr Studierzimmer stand auch ihr Zelt auf einer kleinen Lichtung und verfügte über sein eigenes Stück hölzernen Gehweg; die nächsten Zelte standen ein Dutzend Spannen weit entfernt, um der Amyrlin etwas Abgeschiedenheit zu gewähren. Zumindest war das die Erklärung für den Abstand. Möglicherweise war das mittlerweile sogar die Wahrheit. Egwene al'Vere war mit Sicherheit nicht länger zu vernachlässigen. Das Zelt war nicht groß, nicht ganz vier Schritte die Seite, und es war ziemlich voll gestellt; an der einen Wand standen vier mit Messingreifen versehene Truhen voller Kleidung, dann gab es zwei Pritschen und einen winzigen runden Tisch, ein bronzenes Kohlebecken, ein Waschstand, einen Standspiegel und einen der wenigen richtigen Stühle, die es im Lager gab. Als einfaches Möbelstück mit ein paar einfachen Schnitzereien nahm es viel zu viel Platz ein, aber er war bequem und ein großer Luxus, wenn sie die Füße unterschlagen und lesen wollte. Wenn sie die Zeit hatte, etwas zum Vergnügen zu lesen. Die zweite Pritsche gehörte Halima, und sie war überrascht, dass die Frau nicht bereits auf sie wartete. Aber das Zelt war nicht leer.

»Ihr habt nur etwas Brot zum Frühstück gegessen, Mutter«, sagte Chesa in leicht vorwurfsvollem Tonfall, als sich Egwene durch die Eingangsplane duckte. Egwenes Leibdienerin, die in ihrem einfachen grauen Kleid fast schon dick wirkte, saß auf dem Hocker des Zelts und stopfte beim Licht einer Öllampe Strümpfe. Sie war eine hübsche Frau, mit einer Spur Grau im Haar, und manchmal hatte es den Anschein, als wäre Chesa schon immer in ihrem Gefolge gewesen statt erst seit Salidar. Auf jeden Fall nahm sie sich alle Freiheiten einer alten Dienerin heraus, einschließlich dem Recht, sie zu schelten. »Soweit ich in Erfahrung bringen konnte, habt Ihr heute Mittag nichts gegessen«, fuhr sie fort und hielt einen schneeweißen Seidenstrumpf hoch, um den Flicken zu überprüfen, den sie an der Ferse machte, »und Euer Abendessen ist vor mindestens einer Stunde auf dem Tisch kalt geworden. Mich hat ja niemand gefragt, aber wenn es jemand täte, würde ich sagen, dass Eure Kopfschmerzen davon kommen, dass Ihr nichts esst. Ihr seid viel zu dürr.«

Und damit legte sie den Strumpf in ihr Nähkörbchen und stand auf, um Egwenes Umhang zu nehmen. Und auszurufen, dass Egwene so kalt wie Eis war. Ihrer Meinung nach ein weiterer Grund für die Kopfschmerzen. Aes Sedai ignorierten eisige Kälte oder dampfende Hitze, aber der Körper spürte sie dennoch. Folglich war es am besten, sich warm anzuziehen. Und rote Unterhemden zu tragen. Jeder wusste, dass Rot am wärmsten war. Essen half auch. Ein leerer Magen führte immer dazu, dass man fror. Man hatte noch nie beobachten können, dass sie fror. Oder?

»Danke, Mutter«, sagte Egwene leichthin, was ein leises, geschnaubtes Lachen auslöste. Und einen schockierten Blick. Trotz aller Freiheiten, die sich Chesa herausnahm, war sie eine Pedantin, die Aledrin locker erscheinen ließ. Jedenfalls im Geiste, und oft auch in der Tat. »Dank Eurem Tee habe ich heute keine Kopfschmerzen.« Vielleicht war es der Tee gewesen. So widerwärtig er auch schmeckte, war er auch nicht schlimmer, als eine Sitzung des Saals zu ertragen, die länger als einen halben Tag dauerte. »Und ich bin wirklich nicht besonders hungrig.«

Natürlich ging das nicht so einfach. Die Beziehung zwischen Herrin und Dienerin war niemals einfach. Man lebte im Ärmel des anderen, und sie erlebte einen in den schlimmsten Augenblicken, kannte alle Fehler und Schwächen. So etwas wie Ungestörtheit vor seiner Leibdienerin gab es nicht. Chesa murrte die ganze Zeit kaum hörbar vor sich hin, während sie Egwene beim Ausziehen half. Als Egwene dann am Ende in einen Morgenmantel gehüllt war – natürlich aus roter Seide, die an den Rändern mit murandianischer Spitze abgesetzt und mit Sommerblumen bestickt war; ein Geschenk von Anaiya –, ließ sie zu, dass die Dienerin das Leinentuch wegzog, das das Tablett auf dem kleinen runden Tisch bedeckte.

Der Linseneintopf in der Schale war eine erstarrte Masse, aber etwas Machtlenken änderte das, und mit dem ersten Löffel entdeckte Egwene, dass sie doch Appetit hatte. Sie aß alles auf, auch das Stück blaugeäderten Käse, die etwas verschrumpelten Oliven und die beiden knusprigen braunen Brötchen, obwohl sie aus beiden Kornkäfer pulen musste. Da sie nicht sofort einschlafen wollte, trank sie nur einen Becher von dem gewürzten Wein, der ebenfalls aufgewärmt werden musste und darum etwas bitter war, aber Chesa strahlte zustimmend, als hätte sie das Tablett geleert. Ein Blick auf das Geschirr, das bis auf die Olivenkerne und ein paar Krümel geleert war, machte ihr bewusst, dass sie es tatsächlich getan hatte.

Sobald sie auf ihrer schmalen Pritsche lag, zwei weiche Wolldecken und ein Federbett bis ans Kinn gezogen, nahm Chesa das Tablett, blieb aber am Zelteingang stehen. »Soll ich zurückkommen, Mutter? Falls Ihr wieder Kopfschmerzen bekommt … Nun, diese Frau hat Gesellschaft gefunden, sonst wäre sie längst hier.« In den Worten »diese Frau« lag offene Verachtung. »Ich könnte Euch noch eine Kanne Tee kochen. Ich habe ihn von einem Marketender, der behauptete, er wäre bei Kopfschmerzen unschlagbar. Und auch bei Magenschmerzen und Gelenkschmerzen.«

»Haltet Ihr sie wirklich für ein leichtes Mädchen, Chesa?«, murmelte Egwene. Unter den Decken war es schon warm, und sie fühlte sich schläfrig. Aber sie wollte noch nicht schlafen. Kopf und Glieder und Magen? Nynaeve hätte sich krankgelacht, hätte sie das gehört. Vielleicht waren es doch all diese unaufhörlich redenden Schwestern gewesen, die ihre Kopfschmerzen vertrieben hatten. »Halima flirtet, aber ich glaube nicht, dass sie jemals weitergegangen ist.«

Einen Augenblick lang schwieg Chesa und schürzte die Lippen. Schließlich sagte sie: »Sie flößt mir … Unbehagen ein, Mutter. Da ist etwas an Halima, das nicht stimmt. Ich fühle es jedes Mal in ihrer Gegenwart. Es ist so, als würde sich jemand hinter mir anschleichen, oder ich würde bemerken, dass mir ein Mann beim Baden zusieht, oder …« Sie lachte, aber es war ein unbehaglicher Laut. »Ich weiß nicht, wie ich es beschreiben soll. Es stimmt eben etwas nicht.«

Egwene seufzte und schmiegte sich tiefer unter die Decken. »Gute Nacht, Chesa.« Sie griff kurz nach der Macht und löschte die Lampe. »Ihr schlaft heute in Eurem eigenen Zelt.« Halima würde sich vielleicht aufregen, wenn sie kam und jemand anderen auf ihrer Pritsche vorfinden würde. Hatte die Frau *wirklich* einem Mann den Arm gebrochen? Der Mann *musste* sie irgendwie provoziert haben.

Sie wollte Träume in dieser Nacht, unbeschwerte Träume – zumindest Träume, an die sie sich erinnern konnte; nur wenige ihrer Träume hätte man als unbeschwert bezeichnen können –, aber zuerst musste sie eine andere Art von Traum betreten, und was das anging, war es einige Zeit her, dass sie dafür hatte schlafen müssen. Sie brauchte auch keines der *Ter'angreale*, die der Saal so beschützte. In eine leichte Trance hinüberzugleiten fiel nicht schwerer, als sich dazu zu entscheiden, vor allem so müde, wie sie war, und …

… körperlos schwebte sie in endloser Finsternis, die von einem endlosen Lichtermeer umgeben war, einem gewaltigen Strudel winziger Lichtpunkte, die heller strahlten als die Sterne in der klarsten Nacht und die zahlreicher als alle Sterne waren. Das waren die Träume aller Menschen auf der Welt, der Menschen aller Welten, die es gab oder geben konnte, Welten, die so seltsam waren, dass sie sie nicht einmal annähernd verstehen konnte, und sie alle waren hier in der winzigen Lücke zwischen dem *Tel'aran'rhiod* und der wachen Welt zu sehen, dem unendlichen Raum zwischen der Wirklichkeit und den Träumen. Einige dieser Träume erkannte sie auf den ersten Blick. Sie sahen alle gleich aus, dennoch kannte sie sie so genau wie die Gesichter ihrer Schwestern. Manche mied sie. Rands Träume waren immer abgeschirmt, und sie befürchtete, er würde es wissen, wenn sie einen Blick darauf zu werfen versuchte. Der Schild würde sowieso verhindern, dass sie etwas sah. Schade, dass sie anhand der Träume nicht feststellen konnte, wo sich die Person gerade befand; hier konnten zwei Lichtpunkte direkt nebeneinander liegen, dabei waren die Träumer tausend Meilen voneinander entfernt. Gawyns Träume zogen an ihr, und sie floh. Seine Träume bargen eigene Gefahren, nicht zuletzt deshalb, weil ein Teil von ihr darin versinken wollte. Nynaeves Träume ließen sie innehalten und weckten in ihr den Wunsch, dieser närrischen Frau die Furcht vor dem Licht einzubläuen, aber bis jetzt war es Nynaeve gelungen, sie zu ignorieren, und Egwene würde nicht so weit sinken, sie gegen ihren Willen im *Tel'aran'rhiod* hinzuziehen. So etwas taten nur die Verlorenen. Aber es war eine Versuchung.

Sie bewegte sich, ohne sich zu bewegen, und suchte nach bestimmten Träumern. Zumindest einen von zweien; beide würden es tun. Die Lichter schienen um sie herumzuwirbeln, sie rasten so schnell an ihr vorbei, dass sie zu Streifen verschwammen, während sie reglos im Sternenmeer schwebte. Sie hoffte, dass zumindest einer von denen, die sie suchte, bereits schlief. Das Licht wusste, dass es für jeden spät genug war. Sich vage ihres eigenen Körpers in der wachen Welt bewusst fühlte sie, wie sie gähnte und unter den Decken die Beine anzog.

Dann entdeckte sie den Lichtpunkt, den sie suchte, und er wuchs in ihrer Sicht, als er auf sie zuraste, von einem Stern am Himmel zum Vollmond zu einer schimmernden Mauer, die ihr Blickfeld ausfüllte und wie ein lebendes Etwas pulsierte. Natürlich berührte sie sie nicht; das konnte bei diesem Träumer zu allen möglichen Komplikationen führen. Außerdem wäre es peinlich gewesen, zufällig in den Traum einer anderen Person zu geraten. Sie griff mit ihrem Willen über den haarfeinen Raum, der zwischen ihr und dem Traum bestehen blieb, und sprach vorsichtig, damit man es nicht als Schrei hören würde. Sie hatte keinen Körper, keinen Mund, und doch sprach sie.

ELAYNE, HIER SPRICHT EGWENE. TRIFF MICH AM ÜBLICHEN ORT. Sie glaubte nicht, dass jemand sie belauschen konnte, nicht, ohne dass sie es erfuhr, aber es war unnötig, sinnlose Risiken einzugehen.

Das stecknadelkopfgroße Licht erlosch. Elayne war erwacht. Aber sie würde sich erinnern und wissen, dass die Stimme nicht nur ein Teil ihres Traums gewesen war.

Egwene bewegte sich … seitlich. Oder vielleicht war es auch eher wie ein Schritt, den sie angefangen und nicht zu Ende geführt hatte. Es fühlte sich wie beides an. Sie bewegte sich und …

… stand in einem kleinen Raum, der bis auf einen zerschrammten Holztisch und drei Stühle mit hohen Lehnen leer war. Die beiden Fenster zeigten draußen tiefe Nacht, dennoch war da ein seltsames Licht, das sich vom Mondschein oder Lampenlicht oder Sonnenlicht unterschied. Es schien von nirgendwoher zu kommen; es war einfach da. Es reichte mehr als nur aus, um den schäbigen kleinen Raum deutlich zu sehen. Die staubige Wandtäfelung war von Käfern durchlöchert, zerbrochene Scheiben in den Fenstern hatten dem Schnee erlaubt, sich auf Zweige und abgestorbene Blätter zu legen. Jedenfalls lag manchmal Schnee auf dem Boden, und manchmal Zweige und Blätter. Tisch und Stühle blieben, wo sie waren, aber wenn Egwene wegsah, konnte der Schnee verschwunden sein, wenn sie wieder hinblickte, und Zweige und Blätter lagen an anderen Orten, als hätte sie der Wind verstreut. Sie veränderten sich sogar, während sie hinsah, waren einfach hier und dann da. Das schien ihr genauso wenig seltsam vorzukommen wie das Gefühl der unsichtbaren beobachtenden Augen. Nichts davon war tatsächlich real, so waren die Dinge im *Tel'aran'rhiod* eben. Eine Widerspiegelung der Realität und ein Traum, alles durcheinander geworfen.

Alles in der Welt der Träume fühlte sich leer an, aber dieser Raum hatte die nagende Leere, die nur von einem Ort kommen konnte, der in der wachen Welt verlassen war. Vor nicht einmal so vielen Monaten war dieser kleine Raum das Studierzimmer der Amyrlin gewesen, das Gasthaus, in dem es sich befand, hatte man die »Kleine Burg« genannt, und das Dorf namens Salidar, das man dem wuchernden Wald wieder entrissen hatte, war das Herz des Widerstands gegen Elaida gewesen. Wäre sie jetzt nach draußen gegangen, hätte sie

Schösslinge gesehen, die sich mitten auf der Straße durch den Schnee schoben, Straßen, die man auf so mühsame Weise instand gesetzt hatte. Noch immer Reisten Schwestern nach Salidar, um die Taubenhöhlen zu besuchen, von der Furcht getrieben, dass eine von ihren Augen-und-Ohren geschickte Brieftaube in die falschen Hände geraten konnte, aber das galt nur für die wache Welt. Hier zu den Taubenhöhlen zu gehen würde so sinnlos sein wie der Wunsch, dass einen die Tauben wunderbarerweise fanden. Zahme Tiere schienen in der Welt der Träume keine Widerspiegelungen zu haben, und nichts, was hier geschah, konnte die wache Welt berühren. Schwestern, die Zugang zu den Traum-*Ter'angrealen* hatten, besuchten andere Orte als ein verlassenes Dorf in Altara, und mit Sicherheit hatte keine einen Grund, um in diesen Traum zu kommen. Das war einer der Orte in der Welt, an dem Egwene sicher sein konnte, von niemandem überrascht zu werden. Bei zu vielen anderen stellte sich heraus, dass es Lauscher gab. Oder sie flößten einem tiefe Traurigkeit ein. Sie hasste es, sich ansehen zu müssen, was aus den Zwei Flüssen geworden war, seit sie sie verlassen hatte.

Während sie auf Elayne wartete, versuchte sie, ihre Ungeduld zu zügeln. Elayne war keine Traumgängerin; sie musste ein *Ter'angreal* benutzen. Und sie würde zweifellos Aviendha Bescheid sagen wollen, wo sie hinging. Doch als sich die Minuten in die Länge zogen, schritt Egwene gereizt auf den groben Bodendielen auf und ab. Hier verging die Zeit anders. Eine Stunde im *Tel'aran'rhiod* konnte Minuten in der wachen Welt sein, aber auch genau umgekehrt. Elayne konnte sich wie der Wind bewegen. Egwene überprüfte ihre Kleidung, ein graues Reitgewand mit aufwändiger grüner Stickerei auf dem Oberteil und breiten Streifen auf den abgenähten Röcken – hatte sie an die Grüne Ajah gedacht? –, ein einfaches Silbernetz für die Haare. Die lange, schmale Stola der Amyrlin hing um ihren Hals. Sie ließ sie verschwinden, dann ließ sie sie einen Moment später wieder erscheinen. Sie musste sie nur zurückkommen lassen, nicht bewusst an sie denken. Die Stola war jetzt ein Teil dessen, wie sie sich selbst sah, und sie musste als Amyrlin mit Elayne sprechen.

Die Frau, die schließlich in der Kammer erschien, war aber nicht Elayne, sondern Aviendha, die überraschenderweise mit Silber bestickte blaue Seide mit weißer Spitze am Kragen und an den Ärmeln trug. Der schwere Armreif aus geschnitztem Elfenbein an ihrem Handgelenk schien genauso wenig zu diesem Kleid zu passen wie das Traum-*Ter'angreal*, das von einer Lederschnur um ihren Hals baumelte, ein seltsamer, in sich verdrehter Steinring mit farbigen Flecken.

»Wo ist Elayne?«, fragte Egwene besorgt. »Geht es ihr gut?«

Die Aiel schaute überrascht an sich herunter, dann trug sie plötzlich einen dunklen, schweren Rock und eine weiße Bluse, ein dunkles Schultertuch lag um ihre Arme, und ein dunkles, zusammengefaltetes Tuch war um ihre Schläfen gebunden und hielt das rötliche Haar, das ihr nun bis zur Taille reichte, länger als im echten Leben, wie Egwene vermutete. In der Welt der Träume war alles veränderbar. Eine silberne Kette erschien um ihren Hals, komplizierte Stränge aus kunstvoll bearbeiteten Scheibchen, die die Kandori Schneeflocken nannten, ein Geschenk von Egwene, das, wie es ihr vorkam, vor langer Zeit überreicht worden war. »Sie konnte das hier nicht zum Funktionieren bringen«, sagte Aviendha, und der Armreif rutschte auf ihrem Handgelenk, als sie den verdrehten Ring berührte, der noch immer an seinem Lederband hing, jetzt nur über der Kette. »Die Ströme entgleiten ihr. Es sind die Babys.« Plötzlich grinste sie. Ihre smaragdgrünen Augen leuchteten fast. »Manchmal hat sie ein großartiges Temperament. Sie hat den Ring zu Boden geworfen und ist darauf herumgesprungen.«

Egwene schnaubte. Babys? Also würde es mehr als nur eines geben. Seltsamerweise schien es Aviendha nicht zu stören, dass Elayne schwanger war, obwohl Egwene davon überzeugt war, dass die Frau ebenfalls in Rand verliebt war. Die Sitten der Aiel waren seltsam, um es höflich auszudrücken. Aber von Elayne hätte Egwene das nicht gedacht! Und Rand! Niemand hatte gesagt, dass er der Vater war, und sie konnte kaum eine solche Frage stellen, aber sie konnte zählen, und sie bezweifelte doch *sehr*, dass Elayne das Bett mit einem anderen Mann geteilt hätte. Sie wurde sich bewusst, dass sie dunkle, schwere Wolle trug und ein Schultertuch, das viel dicker als Aviendhas war. Tracht von den Zwei Flüssen. Die Art Kleidung, die eine Frau tragen würde, wenn sie im Frauenkreis sitzen würde. Zum Beispiel, wenn sich irgendein dummes Mädchen hatte schwängern lassen und keine Anstalten zur Heirat machte. Ein tiefer, entspannender Atemzug, und sie trug wieder ihr grün besticktes Reitgewand. Der Rest der Welt war nicht wie die Zwei Flüsse. Beim Licht, sie war weit genug herumgekommen, um das zu wissen. Es musste ihr nicht gefallen, aber sie würde damit leben müssen.

»Solange es ihr und den … Babys gut geht.« Beim Licht, wie viele denn? Mehr als eines konnte Probleme verursachen. Nein, sie würde nicht fragen. Elayne hatte sicher die beste Hebamme von ganz Caemlyn. Es war besser, schnell das Thema zu wechseln. »Habt ihr von Rand gehört? Oder Nynaeve? Ich habe mit ihr zu reden. Wie kann sie einfach so mit ihm verschwinden?«

»Wir haben von keinem von ihnen etwas gehört«, erwiderte Aviendha und richtete ihr Schultertuch so sorgfältig wie jede Aes Sedai, die dem Blick ihrer Amyrlin auswich. Klang nicht auch ihr Ton vorsichtig?

Egwene schnalzte mit der Zunge, verärgert über sich selbst. Sie fing wirklich an, überall Verschwörungen zu sehen und jeden zu verdächtigen. Rand war untergetaucht, das war alles. Nynaeve war Aes Sedai, sie konnte tun, was sie wollte. Selbst wenn die Amyrlin einen Befehl aussprach, fanden Aes Sedai oft eine Möglichkeit, dennoch genau das zu tun, was sie tun wollten. Aber die Amyrlin würde Nynaeve al'Meara trotzdem auf ihren Platz verweisen, sobald sie sie in die Finger bekam, und zwar heftig. Was Rand anging … »Ich fürchte, ihr bekommt Ärger«, sagte sie.

Eine feine silberne Teekanne erschien auf dem Tisch, auf einem Tablett aus getriebenem Silber, zusammen mit zwei zerbrechlichen grünen Porzellantassen. Aus der Tülle stieg Dampf empor. Sie hätte den Tee auch bereits in den Tassen erscheinen lassen können, aber das Einschenken schien einfach dazuzugehören, wenn man jemandem Tee anbot, selbst Tee, der nur so real wie ein Traum war. Man konnte verdursten, wenn man versuchte, das zu trinken, was man im *Tel'aran'rhiod* fand, ganz zu schweigen von dem, was man erschuf, aber dieser Tee schmeckte, als kämen die Blätter aus einem neuen Fass und sie hätte genau die richtige Menge Honig hineingetan. Sie setzte sich auf einen der Stühle, trank aus ihrer Tasse und erklärte, was heute im Saal geschehen war.

Nach den ersten Worten hielt Aviendha ihre Tasse mit den Fingerspitzen fest und betrachtete Egwene, ohne zu blinzeln. Ihre dunklen Röcke und die helle Bluse verwandelten sich in einen *Cadin'sor*, Mantel und Hosen in Grau und Braun, die mit den Schatten verschmelzen würden. Ihr langes Haar war plötzlich kurz und von einer *Shoufa* verborgen, der schwarze Schleier hing ihr auf der Brust. Unpassenderweise hing der Elfenbeinreif noch immer an ihrem Gelenk, dabei trugen die Töchter des Speers keinen Schmuck.

»Das alles wegen des Fanals, das wir gefühlt haben«, murmelte sie halb zu sich selbst, als Egwene geendet hatte. »Weil sie glauben, die Schattenbeseelten hätten eine Waffe.« Eine seltsame Weise, es auszudrücken.

»Was sollte es sonst sein?«, fragte Egwene neugierig. »Hat eine der Weisen Frauen etwas gesagt?« Es war lange her, dass sie geglaubt hatte, die Aes Sedai würden alles wissen, und manchmal enthüllten die Weisen Frauen Wissen, das selbst die gleichgültigste Schwester erschüttern konnte.

Aviendha runzelte die Stirn, ihre Kleidung verwandelte sich wieder in Rock und Bluse und Schultertuch, einen Augenblick später in die blaue Seide mit der Spitze, diesmal mit der Kandori-Kette und dem Elfenbeinreif. Der Traumring blieb natürlich an seinem Band. Auf ihren Schultern erschien ein Tuch. Der Raum war so kalt, wie es im Winter üblich war, aber es war kaum denkbar, dass der luftige Stoff aus hellblauer Seide für irgendwelche Wärme sorgen konnte. »Die Weisen Frauen sind so unsicher wie deine Aes Sedai. Obwohl ich glaube, dass sie nicht so viel Angst haben. Das Leben ist ein Traum, irgendwann wacht jeder auf. Wir tanzen die Speere mit Blattverderber …« – dieser Name für den Dunklen König war Egwene immer seltsam vorgekommen, da er doch aus einer baumlosen Wüste kam – »… aber niemand nimmt mit der Gewissheit an dem Tanz teil, dass er überleben oder siegen wird. Ich glaube nicht, dass die Weisen Frauen eine Allianz mit den Asha'man in Betracht ziehen würden. Ist das klug?«, fügte sie vorsichtig hinzu. »Aus dem, was du gesagt hast, konnte ich nicht erkennen, ob du das wünschst.«

»Ich sehe keinen anderen Ausweg«, sagte Egwene zögernd. »Das Loch ist drei *Meilen* breit. Soweit ich sehe, ist das die einzige Hoffnung, die wir haben.«

Aviendha stierte in ihren Tee. »Und wenn die Schattenbeseelten gar keine Waffe haben?«

Plötzlich wurde Egwene klar, was die andere Frau da tat. Aviendha wurde zur Weisen Frau ausgebildet, und welche Kleidung sie nun auch trug, sie *war* eine Weise Frau. Vermutlich war das der Grund für das Schultertuch. Ein Teil von Egwene wollte lächeln. Ihre Freundin veränderte sich, aus der oft heißblütigen Tochter des Speers, als die sie Aviendha kennen gelernt hatte, wurde eine andere Frau. Aber ein anderer Teil von ihr erinnerte sie daran, dass die Weisen Frauen nicht immer die gleichen Ziele wie Aes Sedai verfolgten. Was die Schwestern über alle Maße schätzten, bedeutete Weisen Frauen manchmal gar nichts. Es machte sie traurig, dass sie Aviendha als Weise Frau sehen musste statt nur als Freundin. Eine Weise Frau, die sehen würde, was gut für die Aiel war, statt dem, was gut für die Weiße Burg war. Dennoch war die Frage gut.

»Früher oder später müssen wir uns mit der Schwarzen Burg auseinander setzen, Aviendha, und Moria hatte Recht; es gibt bereits zu viele Asha'man, als dass man darüber nachdenken könnte, sie alle zu dämpfen. Und das auch nur, wenn wir vor der Letzten Schlacht überhaupt wagen könnten, darüber nachzudenken. Vielleicht wird mir ein Traum eine andere Möglichkeit aufzeigen, aber bis jetzt ist das nicht geschehen.« Bis jetzt hatte keiner ihrer Träume ihr auch nur *irgendetwas* Nützliches gezeigt. Nun, jedenfalls nicht viel. »Das verschafft uns wenigstens einen Einstieg, wie wir mit ihnen umgehen können. Es wird passieren. Falls sich die Sitzenden auf etwas einigen können außer der Tatsache, dass man versuchen muss, eine Vereinbarung zu erzielen. Also müssen wir damit leben. Auf lange Sicht gesehen ist es vielleicht sogar besser so.«

Aviendha lächelte in ihre Teetasse. Es war kein amüsiertes Lächeln; aus irgendeinem Grund erschien sie erleichtert. Aber ihre Stimme klang ernst. »Ihr Aes Sedai haltet Männer immer für Narren. Sie sind es oft aber nicht. Sogar öfters, als ihr glaubt. Sei bei diesen Asha'man auf der Hut. Mazrim Taim ist alles andere als ein Dummkopf, ich halte ihn für einen sehr gefährlichen Mann.«

»Dessen ist sich der Saal bewusst«, sagte Egwene trocken. Dass er gefährlich war, mit Sicherheit. Das andere war es wert, einmal darauf hinzuweisen. »Ich weiß gar nicht, warum wir darüber diskutieren. Die Sache liegt nicht in meiner Hand. Wichtig ist hier nur, dass die Schwestern irgendwann die Entscheidung treffen werden, dass die Schwarze Burg kein Grund mehr ist, sich von Caemlyn fern zu halten, wenn wir sowieso Verhandlungen aufnehmen werden. Nächste Woche oder morgen werden Schwestern bei euch auftauchen, bloß um Elayne zu besuchen und zu sehen, was die Belagerung macht. Wir müssen entscheiden, wie wir das, was wir geheim halten wollten, weiterhin geheim halten. Ich habe da ein paar Vorschläge, und ich hoffe, du hast noch weitere.«

Die Vorstellung, dass fremde Aes Sedai im Königlichen Palast erscheinen konnten, regte Aviendha so sehr auf, dass sie während ihres Gesprächs von der blauen Seide zum *Cadin'sor* zum Wollrock und *Algode*-Bluse und wieder zurück wechselte, ohne dass es ihr auffiel. Ihr Gesicht blieb so reglos wie bei einer Schwester. Sie hatte sicherlich nichts zu befürchten, falls die zu Besuch kommenden Aes Sedai die Kusinen entdeckten oder die gefangenen *Sul'dam* und *Damane*, oder den Vertrag mit dem Meervolk, aber vermutlich sorgte sie sich, welche Auswirkungen das für Elayne haben mochte.

Das Meervolk ließ nicht nur den *Cadin'sor* erscheinen, sondern auch einen runden Schild aus Leder, der zusammen mit drei kurzen Aiel-Speeren neben dem Stuhl auftauchte. Egwene erwog kurz, sie zu fragen, ob es Probleme mit den Windsucherinnen gab – das heißt, Probleme, die über das übliche Maß hinausgingen –, aber sie tat es nicht. Wenn Aviendha es nicht erwähnte, dann war das eine Angelegenheit, die sie und Elayne selbst regeln wollten. Sicherlich hätte sie etwas gesagt, wenn es etwas gewesen wäre, das Egwene hätte wissen sollen. Oder?

Seufzend stellte Egwene die Tasse auf dem Tisch ab, wo sie sofort verschwand, und rieb sich mit den Fingern die Augen. Misstrauen war ein Teil von ihr geworden, das war nicht zu bestreiten. Und ohne dieses Misstrauen würde sie wohl kaum lange überleben. Aber sie wollte nicht immer so handeln, wie es das Misstrauen ihr befahl, nicht bei einer Freundin.

»Du bist müde«, sagte Aviendha, wieder in der weißen Bluse und dunklem Rock und Schultertuch, eine besorgte Weise Frau mit scharfen grünen Augen. »Hast du nicht gut geschlafen?«

»Ich schlafe gut«, log Egwene und brachte ein Lächeln zustande. Aviendha und Elayne hatten ihre eigenen Sorgen, sie mussten nicht auch noch über ihre Kopfschmerzen Bescheid wissen. »Mir fällt nichts mehr ein«, sagte sie und erhob sich. »Dir etwa? Dann sind wir fertig«, fuhr sie fort, als die andere Frau den Kopf schüttelte. »Richte Elayne aus, sie soll auf sich aufpassen. Du passt auf sie auf. Und auf ihre Babys.«

»Das werde ich«, erwiderte Aviendha, jetzt in blauer Seide. »Aber du musst auch auf dich Acht geben. Ich glaube, du gönnst dir zu wenig Ruhe. Schlafe gut und wache auf«, sagte sie sanft, ein Gutenachtwunsch der Aiel, dann war sie verschwunden.

Egwene sah die Stelle, an der ihre Freundin verschwunden war, stirnrunzelnd an. Sie gönnte sich nicht zu wenig Ruhe. Sie arbeitet nur so hart, wie es nötig war. Sie schlüpfte zurück in ihren Körper und entdeckte, dass er fest am Schlafen war.

Das bedeutete nicht, dass *sie* schlief, jedenfalls nicht genau. Ihr Körper schlief, atmete langsam und tief, aber sie ließ sich nur tief genug hineinsinken, damit die Träume kommen konnten. Sie hätte auch bis zum Aufwachen warten und sich die Träume dann in Erinnerung rufen können, um sie in das kleine, mit Leder eingebundene Buch zu schreiben, das sie auf dem Grund einer ihrer Kleidertruhen aufbewahrte, unter den dünnen Leinenunterhemden, die man vor der Mitte des Frühlings nicht herausholen würde. Aber die Träume zu beobachten, wie sie kamen, sparte Zeit. Sie glaubte, dass ihr das bei ihrem Enträtseln helfen würde. Jedenfalls bei jenen Träumen, die mehr als die gewöhnlichen nächtlichen Phantasien waren.

Davon gab es eine Menge, oft stellten sie Gawyn in den Vordergrund, einen großen, attraktiven Mann, der sie in die Arme nahm und mit ihr tanzte und sie liebte. Einst war sie vor dem Gedanken zurückgeschreckt, mit ihm zu schlafen, selbst in ihren Träumen. Wenn sie nach dem Aufwachen darüber nachgedacht hatte, war sie immer knallrot geworden. Aber das erschien jetzt so albern, so kindisch. Sie *würde* eines Tages den Behüterbund mit ihm eingehen, irgendwie, und sie würde ihn heiraten und lieben, bis er um Gnade bettelte. Selbst im Schlaf ließ sie das kichern. Andere Träume waren nicht so angenehm. Durch hüfthohen Schnee zu waten, umgeben von stämmigen Bäumen, von dem Wissen erfüllt, dass sie den Waldrand erreichen musste. Aber wenn sie das Ende der Bäume sah, genügte ein Blinzeln, und es verschwand in der Ferne und ließ sie weiterlaufen. Oder sie rollte einen großen Mühlstein einen steilen Hügel hinauf, aber jedes Mal, wenn sie die Hügelkuppe fast erreicht hatte, stolperte sie und fiel und musste zusehen, wie der große Stein bis zum Fuß des Hügels zurückrollte, also musste sie wieder heruntergehen und von vorn anfangen, aber jedes Mal war der Hügel höher als zuvor. Sie wusste genug über Träume, um zu wissen, wo diese Träume herkamen und dass sie keine spezielle Bedeutung hatten. Abgesehen von der Tatsache, dass sie müde war und eine scheinbar endlose Aufgabe vor ihr lag. Aber daran war nichts zu ändern. Sie fühlte, wie ihr Körper bei den mühsamen Träumen zuckte, und versuchte, ihre Muskeln zu entspannen. Diese Art Halbschlaf war kaum besser als gar keiner, und völlig sinnlos, wenn sie sich die ganze Nacht auf ihrer Pritsche herumwälzte. Ihre Bemühungen waren erfolgreich, jedenfalls teilweise. Wenigstens zuckte sie nur selten während eines Traums, in dem sie gezwungen wurde, einen Karren voller Aes Sedai eine schlammige Straße entlangzuziehen.

Andere Träume kamen.

Mat stand auf einer Dorfwiese und spielte Kegeln. Die mit Stroh gedeckten Häuser blieben vage, wie es in Träumen üblich war – manchmal waren die Dächer aus Schiefer; manchmal schienen die Häuser aus Stein erbaut zu sein, dann wiederum aus Holz –, aber er war scharf und klar, mit einem prächtigen grünen Mantel bekleidet und diesem schwarzen Hut mit der breiten Krempe, genau wie an dem Tag, an dem er nach Salidar geritten kam. Es war kein anderes menschliches Wesen in Sicht. Er rieb die Kugel zwischen den Händen, nahm kurz Anlauf und rollte sie lässig über das niedrige Gras. Alle neun Kegel fielen, stoben auseinander, als hätte man ihnen einen Tritt verpasst. Mat drehte sich um und ergriff die nächste Kugel, und die Kegel standen wieder aufrecht. Nein, es war ein neuer Satz Kegel. Die alten lagen immer noch da, wie sie umgestürzt waren. Er warf die Kugel erneut, ein gemächlicher Unterhandwurf. Und Egwene wollte schreien. Die Kegel bestanden nicht aus Holz. Sie waren Männer, die dort standen und die Kugel auf sich zukommen sahen. Keiner bewegte sich, bis die Kugel sie in alle Richtungen schleuderte. Mat drehte sich um, um noch eine Kugel zu nehmen, und da waren mehr Kegel, neue Männer, die in ordentlicher Formation zwischen den Männern standen, die wie tot am Boden lagen. Nein, sie waren tot. Ungerührt kegelte Mat weiter.

Es war ein Wahrtraum; Egwene wusste das, lange bevor er verblich. Der kurze Blick in eine Zukunft, die möglicherweise eintraf, eine Warnung, worauf man aufpassen sollte. Wahrträume waren immer Möglichkeiten, keine Gewissheiten – das musste sie sich oft ins Gedächtnis zurückrufen; Träumen war nicht das Gleiche wie Vorhersehen –, aber das hier war eine schreckliche Möglichkeit. Jeder der menschlichen Kegel hatte für Tausende von Männern gestanden. *Das* wusste sie mit Sicherheit. Und ein Feuerwerker war ein Teil davon. Mat war einmal einem Feuerwerker begegnet, aber das war vor langer Zeit gewesen. Das hier hatte mit etwas zu tun, das kürzlich geschehen war. Die Feuerwerker waren in alle Winde verstreut, ihre Gildenhäuser gab es nicht mehr. Einige von ihnen übten ihr Handwerk bei einem Wanderzirkus aus, wie jenem, mit dem Elayne und Nynaeve einige Zeit lang gereist waren. Mat konnte überall einem Feuerwerker begegnen. Aber es war nur eine mögliche Zukunft. Düster und blutig, aber nur eine Möglichkeit von vielen. Doch sie hatte mindestens zweimal davon geträumt. Nicht genau denselben Traum, aber er hatte immer die gleiche Bedeutung gehabt. Machte es das wahrscheinlicher, dass es Realität wurde? Sie würde eine Weise Frau fragen müssen, um das herauszufinden, und sie war zunehmend zurückhaltender, was das anging. Jede Frage, die sie stellte, enthüllte ihnen etwas, und ihre Ziele waren nicht die Egwenes. Um von den Aiel zu retten, was sie konnten, würden sie die Weiße Burg zu Staub zermalmen lassen. Egwene musste an mehr als an eine Person, eine Nation denken.

Mehr Träume.

Sie kämpfte sich einen schmalen, steinigen Pfad an einer Klippe hinauf. Sie war von Wolken umgeben, die den Boden unten und den Kamm in der Höhe verbargen, aber Egwene wusste, dass beide sehr weit weg waren. Sie musste ihre Schritte sorgfältig setzen. Der Pfad war ein bröckeliger Sims, kaum breit genug, damit sie dort mit einer an die Klippe gepressten Schulter stehen konnte, ein Sims, der mit faustgroßem Geröll übersät war, das sich unter einem falschen Schritt drehen und sie über den Rand schicken konnte. Es hatte fast den Anschein, als wäre das wie die Träume, einen Mühlstein zu schieben und Karren zu ziehen, aber sie wusste, dass es sich um einen Wahrtraum handelte.

Plötzlich gab der Sims mit dem Knirschen berstenden Steins unter ihr nach, und sie griff wild nach der Klippe, ihre Finger suchten hektisch einen Halt. Ihre Fingerspitzen glitten in einen winzigen Spalt, und ihr Sturz endete mit einem Ruck, der ihr beinahe die Arme ausriss. Ihre Füße baumelten in den Wolken, und sie hörte, wie die fallenden Steine gegen die Klippe krachten, bis das Geräusch verblich, ohne dass die Brocken den Boden erreichten. Undeutlich konnte sie zu ihrer Linken die Bruchkante des Pfads sehen. Zehn Fuß entfernt hätte der Pfad genauso gut eine Meile weit weg sein können, so groß war ihre Chance, ihn zu erreichen. In der anderen Richtung verbarg der Nebel, was von dem Pfad übrig geblieben war, aber sie glaubte, dass er noch weiter entfernt sein musste. In ihren Armen war keine Kraft. Sie konnte sich nicht hochziehen, sich nur mit den Fingerspitzen festkrallen, bis sie stürzte. Der Rand der Spalte schien messerscharf zu sein.

Plötzlich tauchte eine Frau auf, kletterte aus den Wolken heraus die Klippe hinab und suchte sich ihren Weg so zielsicher, als würde sie Stufen hinunterschreiten. Ein Schwert war auf ihren Rücken geschnallt. Ihr Gesicht flimmerte, es war nie deutlich zu sehen, aber das Schwert erschien so fest wie der Felsen. Die Frau erreichte Egwenes Höhe und streckte eine Hand aus.

»Zusammen können wir den Rand der Klippe erreichen«, sagte sie in einem vertrauten, lang gezogenen Akzent.

Egwene stieß den Traum von sich, wie sie eine Viper von sich gestoßen hätte. Sie fühlte, wie sich ihr Körper wand, hörte sich selbst im Schlaf stöhnen, aber einen Moment lang konnte sie nichts tun. Sie hatte schon zuvor von der Seanchanerin geträumt, von einer seanchanischen Frau, die irgendwie mit ihr verbunden war, aber das hier war eine Seanchanerin, die sie *retten* würde! Nein! Sie hatten sie an die Leine gelegt, sie zur *Damane* gemacht. Sie würde eher sterben, als von einer Seanchanerin gerettet zu werden! Eine lange Zeit verging, bevor sie sich darum kümmern konnte, ihren schlafenden Körper zu beruhigen. Vielleicht kam es ihr auch nur lange vor. Keine Seanchanerin; niemals!

Langsam kehrten die Träume zurück.

Sie kletterte einen anderen Pfad an einer in wolkenverhangenen Klippe hinauf, aber das war ein breiter Sims, der mit Stein gepflastert war, und da war kein Geröll unter ihren Füßen. Die Klippe selbst war kalkweiß und so glatt wie poliert. Trotz der Wolken funkelte der helle Stein fast. Sie kam schnell nach oben und erkannte bald, dass der Sims in einer Spirale nach oben führte. Die Klippe war in Wahrheit ein Turm. Sie hatte diesen Gedanken noch nicht zu Ende gedacht, da stand sie auch schon oben auf einer flachen, polierten Scheibe, die von Nebel eingehüllt wurde. Aber sie war nicht ganz flach. In der Mitte des Kreises stand ein kleiner weißer Sockel mit einer Öllampe aus klarem Glas. Die Flamme auf dieser Lampe brannte hell und gleichmäßig, ohne zu flackern. Sie war ebenfalls weiß.

Plötzlich schossen zwei Vögel aus dem Nebel, zwei Raben so schwarz wie die Nacht. Sie rasten über die Turmspitze, trafen die Lampe und flogen weiter, ohne innezuhalten. Die Lampe wurde herumgerissen und tanzte auf dem Sockel umher, wobei sie Öltropfen verspritzte. Einige der Tropfen fingen mitten in der Luft Feuer und verschwanden. Andere landeten um die kleine Säule herum, und jeder nährte eine winzige, flackernde weiße Flamme. Und die Lampe kreiselte weiter, immer kurz vor dem Umkippen.

Egwene erwachte und fuhr in völliger Dunkelheit hoch. Sie wusste Bescheid. Zum ersten Mal wusste sie genau, was ein Traum bedeutete. Aber warum sollte sie davon träumen, dass eine Seanchanerin sie rettete, und dann von Seanchanern, die die Weiße Burg angriffen? Ein Angriff, der die Aes Sedai bis ins Mark erschüttern und die Burg selbst bedrohen würde. Natürlich war es nur eine Möglichkeit. Aber Ereignisse in Wahrträumen waren wahrscheinlicher als andere Möglichkeiten.

Sie dachte, sie würde ruhig nachdenken, aber dann schabte die Eingangsplane, und sie hätte beinahe die Wahre Quelle umarmt. Hastig ging sie die Novizinnenübungen durch, um sich zu beruhigen, Wasser floss über glatten Stein, Wind fuhr durch hohes Gras. Beim Licht, sie hatte Angst gehabt. Sie brauchte zwei davon, um einigermaßen Ruhe zu finden. Sie öffnete den Mund, um zu fragen, wer da war.

»Schlaft Ihr?«, murmelte Halima leise. Sie klang angespannt, beinahe aufgeregt. »Nun, ich hätte selbst nichts gegen eine ordentliche Nachtruhe einzuwenden.«

Egwene hörte zu, wie sich die Frau in der Dunkelheit auszog. Und lag reglos da. Wenn sie sie wissen ließ, dass sie wach war, hätte sie mit ihr reden müssen, und im Moment wäre das peinlich gewesen. Sie war sich ziemlich sicher, dass Halima Gesellschaft gefunden hatte, wenn auch nicht für die ganze Nacht. Halima konnte natürlich tun und lassen, was sie wollte, aber Egwene war trotzdem enttäuscht. Sie wünschte sich, sie wäre nicht erwacht, versank wieder im Schlaf und versuchte diesmal nicht, auf halbem Weg stehen zu bleiben. Sie würde sich an jeden Traum erinnern, der kam, und sie brauchte Schlaf.

Chesa kam in aller Frühe, um ihr auf einem Tablett das Frühstück zu bringen und ihr beim Ankleiden behilflich zu sein. Es war noch sehr früh. Da war nur ein Versprechen von Sonnenlicht, und Lampenlicht war nötig, um etwas zu sehen. Die Holzkohlen in der Pfanne waren während der Nacht erloschen, und die Kälte, die in der Luft hing, fühlte sich grau an. Möglicherweise würde es heute schneien. Halima wand sich in ein seidenes Unterhemd und dann in das Kleid, scherzte lachend darüber, wie gern sie eine Zofe hätte, während Chesa die Knöpfe auf Egwenes Rücken schloss. Die pummelige Frau machte ein ausdrucksloses Gesicht und ignorierte Halima. Egwene sagte nichts. Sie schwieg eisern. Halima war nicht ihre Dienerin. Sie hatte kein Recht, dieser Frau ihr Benehmen vorzuschreiben.

Chesa war gerade mit den letzten winzigen Knöpfen fertig und tätschelte Egwenes Arm, als Nisao die Zeltplane zur Seite schob und einen frischen kalten Luftschwall einließ. Der kurze Blick in der Zeit, bevor die Plane hinter ihr zufiel, verriet, dass draußen noch alles grau war. Es bestand durchaus die Möglichkeit, dass es schneien würde.

»Ich muss allein mit der Mutter sprechen«, sagte sie und hielt den Umhang um den Körper gezogen, als würde sie bereits den Schnee fühlen. Ein so energischer Ton war ungewöhnlich von der kleinen Frau.

Egwene nickte Chesa zu, die einen Knicks machte, ihr aber auf dem Weg nach draußen einschärfte, das Frühstück nicht kalt werden zu lassen.

Halima verharrte und betrachtete sowohl Egwene wie auch Nisao, bevor sie ihren Umhang von der Stelle aufhob, wo er in einem unordentlichen Haufen am Fuß ihrer Pritsche lag. »Vermutlich hat Delana Arbeit für mich«, sagte sie und klang gereizt.

Nisao sah der Frau stirnrunzelnd nach, dann umarmte sie wortlos *Saidar* und webte einen Schild um sich und Egwene, der Lauscher abwehrte, ohne vorher um Erlaubnis zu fragen. »Anaiya und ihr Behüter sind tot«, sagte sie. »Ein paar Arbeiter, die in der Nacht Kohlensäcke lieferten, hörten ein Geräusch, als würde jemand um sich schlagen, und wie durch ein Wunder liefen sie alle hin, um nachzusehen. Sie fanden Anaiya und Setagana im Schnee liegen. Tot.«

Egwene setzte sich langsam auf ihren Stuhl, der sich im Moment alles andere als bequem anfühlte. Anaiya, tot. Sie war keine Schönheit gewesen, aber wenn sie lächelte, wärmte das alles um sie herum. Eine durchschnittlich aussehende Frau, die Spitze auf ihren Gewändern geliebt hatte. Egwene wusste, dass sie auch für Setagana Trauer hätte verspüren sollen, aber er war Behüter gewesen. Wenn er Anaiya überlebt hätte, wäre es unwahrscheinlich gewesen, dass er noch lange gelebt hätte. »Wie?«, sagte sie. Nisao würde keinen Schild gewebt haben, nur um ihr zu sagen, dass Anaiya tot war.

Nisaos Miene verhärtete sich, und trotz des Schildes blickte sie über die Schulter, als befürchtete sie, jemand könnte am Eingang lauschen. »Die Arbeiter nehmen an, sie hätten verdorbene Pilze gegessen. Manche Bauern sind sorglos in dem, was sie verkaufen, und die falsche Sorte kann die Lungen lähmen oder den Hals anschwellen lassen, sodass man keine Luft mehr bekommt und stirbt.« Egwene nickte ungeduldig. Schließlich war sie in einem Dorf aufgewachsen. »Jeder schien bereit zu sein, das zu akzeptieren«, fuhr Nisao fort, aber sie beeilte sich nicht. Ihre Hände zupften am Saum ihres Umhangs herum; nur zögernd unterbreitete sie ihre Schlussfolgerungen. »Es gab keine Wunden, keine Verletzungen.

Kein Anlass zu der Annahme, es könnte etwas anderes als ein gieriger Bauer gewesen ein, der verdorbene Pilze verkaufte. Aber …« Sie seufzte, blickte erneut über die Schulter und senkte die Stimme. »Ich vermute, es war das ganze Gerede über die Schwarze Burg im Saal. Ich habe nach Rückständen geforscht. Sie wurden mit *Saidin* getötet.« Sie verzog angeekelt das Gesicht. »Ich glaube, jemand hat feste Stränge aus Luft um ihre Köpfe gewebt und sie ersticken lassen.« Schaudernd zog sie den Umhang fester um den Körper.

Auch Egwene wollte erschaudern. Sie war überrascht, dass sie es nicht tat. Anaiya, tot. Erstickt. Eine äußerst grausame Methode, jemanden zu töten, von jemandem benutzt, der gehofft hatte, keine Spuren zu hinterlassen. »Habt Ihr es schon jemandem gesagt?«

»Natürlich nicht«, erwiderte Nisao indigniert. »Ich bin geradewegs zu Euch gekommen. Das heißt, sobald ich wusste, dass Ihr aufgestanden seid.«

»Schade. Ihr werdet erklären müssen, warum Ihr gewartet habt. Wir können das nicht geheim halten.« Nun, Amyrlin hatten schon die finstersten Geheimnisse gehütet, zum Nutzen der Burg, wie sie ihn sahen. »Wenn unter uns ein Mann ist, der die Macht lenken kann, dann müssen die Schwestern auf der Hut sein.« Es erschien unwahrscheinlich, dass sich ein Mann, der die Macht lenken konnte, unter den Arbeitern oder Soldaten verbarg, aber noch unwahrscheinlicher war, dass einer eigens kam, um eine bestimmte Schwester und ihren Behüter zu töten. Was eine weitere Frage aufwarf. »Warum Anaiya? War sie nur zur falschen Zeit am falschen Ort, Nisao? Wo sind sie gestorben?«

»In der Nähe der Wagen auf der südlichen Lagerseite. Ich weiß nicht, warum sie zu dieser Nachtzeit dort waren. Es sei denn, Anaiya wollte zu den Abtritten, und Setagana fand, sie müsste selbst dort beschützt werden.«

»Dann werdet Ihr das für mich herausfinden, Nisao. Was haben Anaiya und Setagana dort draußen gemacht, als alle anderen schliefen? Warum wurden sie getötet? Und das werdet Ihr geheim halten. Bis Ihr mir die Gründe nennen könnt, werden nur wir beide wissen, dass Ihr nach welchen Ausschau haltet.«

Nisao öffnete und schloss den Mund wieder. »Wenn ich es muss, dann muss ich es«, murmelte sie kaum hörbar. Sie war nicht dazu gemacht, echte Geheimnisse zu bewahren, und das wusste sie. Das Letzte, das sie zu bewahren versucht hatte, hatte sie direkt dazu gebracht, Egwene die Treue zu schwören. »Wird das die Diskussion um eine Vereinbarung mit der Schwarzen Burg beenden?«

»Ich bezweifle es«, sagte Egwene müde. Beim Licht, wie konnte sie jetzt schon so müde sein? Die Sonne war nicht einmal aufgegangen. »Wie dem auch sei, ich glaube, das wird wieder ein sehr langer Tag.« Und das Beste, auf das sie hoffen konnte, war, dass sie ihn ohne Kopfschmerzen bis zum Abend überstand.

KAPITEL 7

Gezeichnet

Alviarin trat durch das Wegetor, ließ es hinter ihr mit einem verblassenden Strich aus grellem Blauweiß vergehen und nieste augenblicklich, weil ihre Schuhe den Staub aufwirbelten.

Sofort erschütterte sie ein weiteres Niesen, dann noch eins, das ihre Augen tränen ließen. Nur von der leuchtenden Kugel erhellt, die vor ihr schwebte, war der aus dem Felsen gehauene Lagerraum drei Etagen unter der Burgbibliothek leer – abgesehen von dem Staub, der sich in Jahrhunderten hier abgelagert hatte. Sie wäre viel lieber direkt in ihre Gemächer im Turm zurückgekehrt, aber es bestand immer die Möglichkeit, auf einen Diener zu stoßen, der gerade sauber machte, und dann würde sie die Leiche wegschaffen müssen und hoffen, dass sich keiner daran erinnerte, den Diener zuletzt auf dem Weg in ihre Gemächer gesehen zu haben. Haltet Euch verborgen und erregt nicht einmal den geringsten Verdacht, hatte Mesaana befohlen. Das erschien übertrieben, wo sich die Schwarze Ajah seit der Gründung der Burg ungestraft dort frei bewegt hatte, aber wenn einer der Auserwählten einen Befehl erteilte, dann gehorchte nur ein Narr nicht. Jedenfalls, wenn die Möglichkeit bestand, erwischt zu werden.

Gereizt bemühte Alviarin die Macht, um die Luft vom Staub zu säubern, und schlug ihn so hart nach unten, dass der Steinboden eigentlich hätte erbeben müssen. Sie hätte das nicht jedes Mal durchmachen müssen, wenn sie den Staub einmal in eine Ecke gewischt hätte, statt ihn ausgebreitet liegen zu lassen. Seit Jahren war niemand mehr so tief in die Kellergewölbe der Bibliothek gestiegen; niemand würde bemerken, wenn der Raum sauber war. Aber es gab immer einen, der das tat, was sonst niemand tat. Sie tat es oft selbst, und sie hatte nicht vor, durch einen dummen Fehler aufzufliegen. Trotzdem murmelte sie vor sich hin, als sie mit Hilfe der Macht den roten Schlamm von Schuhen, Rocksaum und Umhang beseitigte. Es war unwahrscheinlich, dass ihn jemand mit Tremalking in Zusammenhang brachte, der größten Insel des Meervolks, aber es könnte sich jemand fragen, wo sie mit so viel Schlamm in Berührung gekommen war. Das Burggelände würde außer an den Stellen, die man freigeschaufelt hatte, unter Schnee begraben liegen, und auf den freien Wegen würde der Boden hart gefroren sein. Noch immer vor sich hinmurmelnd, griff sie erneut nach der Macht, um das Kreischen der verrosteten Türangeln zu dämpfen, als sie die einfache Holztür aufstieß. Es gab eine Methode, ein Gewebe zu machen und es zu verbergen, sodass sie das Quietschen nicht jedes Mal hätte dämpfen müssen – sie war davon überzeugt, dass es sie gab –, aber Mesaana weigerte sich, es ihr beizubringen.

Mesaana war die eigentliche Ursache ihres Ärgers. Die Auserwählte lehrte, was sie wollte, und kein bisschen mehr, machte Andeutungen über Wunder und behielt sie dann für sich. Außerdem benutzte Mesaana sie wie eine Botin. Sie saß an der Spitze des Obersten Rates und kannte die Namen einer jeden Schwarzen Schwester jedes einzelnen Herzens, was Mesaana nicht tat. Die Frau zeigte nur geringes Interesse daran, wer ihre Befehle ausführte, solange sie ausgeführt wurden, und zwar buchstabengetreu. Viel zu oft wollte sie sie von Alviarin ausgeführt sehen und zwang sie dazu, sich mit Frauen und Männern abgeben zu müssen, die sich für Gleichgestellte hielten, bloß weil sie ebenfalls dem Großen Herrn dienten. Zu viele der Freunde betrachteten sich als den Aes Sedai gleichgestellt oder sogar überlegen. Widerwärtige kleine Nagetiere, von denen keiner die Macht lenken konnte, und Alviarin musste höflich zu ihnen sein, nur weil einige von ihnen möglicherweise einem anderen der Auserwählten dienten! Es war offensichtlich, dass Mesaana es nicht genau wusste. Sie war eine Auserwählte, und wegen ihrer eigenen Unsicherheit ließ sie Alviarin den Straßendreck anlächeln.

Die Kugel aus gedämpftem Licht schwebte ihr voraus und sorgte für Helligkeit. Alviarin rauschte durch den primitiven Steinkorridor und wirbelte den Staub hinter ihr mit federhaften Strichen aus Luft auf, damit er unberührt erschien, dabei ging sie im Geiste mehrere ausgesuchte Dinge durch, die sie Mesaana gern gesagt hätte. Natürlich würde sie das nicht tun, was ihre Gereiztheit nur noch verstärkte. Einen Auserwählten auch nur auf die sanfteste Weise zu kritisieren war ein kurzer Weg in den Schmerz, vielleicht sogar in den Tod. Vermutlich sogar beides. Bei den Auserwählten gab es nur einen Weg, um zu überleben, man musste kriechen und gehorchen, und das Erstere war so wichtig wie das Letztere. Der Preis der Unsterblichkeit war ein bisschen kriechen wert. Damit konnte sie alle Macht erreichen, die sie wollte, viel mehr, als je eine Amyrlin gehabt hatte. Doch zuerst musste sie überleben.

Als sie den oberen Teil der ersten Rampe erreichte, machte sie sich nicht länger die Mühe, ihre Spuren zu verbergen. Hier gab es bei weitem nicht mehr so viel Staub, und er war von den Rädern der Handkarren und mit Schuhabdrücken gezeichnet; eine weitere Reihe kaum sichtbarer Spuren würde nicht auffallen. Aber sie ging schnell. Für gewöhnlich heiterte der Gedanke, ewig zu leben, sie auf, genau wie der Gedanke, schließlich durch Mesaana Macht auszuüben, wie sie es jetzt durch Elaida tat. Nun gut, es war nur fast das Gleiche; die Vorstellung, Mesaana in das gleiche Stadium der Willfährigkeit zu bringen wie Elaida, war zu ehrgeizig, aber sie würde die Frau mit Strippen ausstatten können, die ihren eigenen Aufstieg garantierten. Heute musste sie sich darauf konzentrieren, dass sie die Burg fast einen Monat lang verlassen hatte. Mesaana hatte sich bestimmt nicht die Mühe gemacht, Elaida während ihrer Abwesenheit unter Kontrolle zu halten, obwohl die Auserwählte sicherlich Alviarin die Schuld geben würde, wenn etwas schief gelaufen war. Natürlich war Elaida nach dem letzten Mal ordentlich eingeschüchtert. Die Frau hatte förmlich darum *gebettelt*, von den privaten Bußsitzungen bei der Oberin der Novizinnen entbunden zu werden. Natürlich war sie zu eingeschüchtert, um aus der Reihe zu tanzen. Alviarin schob Elaida energisch in den Hintergrund ihrer Gedanken, aber sie verlangsamte ihre Schritte nicht.

Eine zweite Rampe brachte sie in das oberste Kellergewölbe, wo sie die glühende Kugel verlöschen ließ und *Saidar* losließ. Hier wurden die Schatten von Lichtkreisen erhellt, die fast ineinander übergingen, von Lampen in Eisenständern an den Steinwänden erzeugt, die auf dieser Ebene ordentlich verkleidet waren. Hier bewegte sich nichts außer einer Ratte, die mit kaum hörbarem Trippeln über die Bodenfliesen davonhuschte. Das ließ Alviarin beinahe lächeln. Beinahe. Die Augen des Großen Herrn durchlöcherten jetzt die Burg, obwohl niemand bemerkt zu haben schien, dass die Schutzgewebe versagt hatten. Sie glaubte nicht, dass Mesaana dafür verantwortlich war; die Gewebe funktionierten einfach nicht mehr so, wie sie sollten. Es gab … Lücken. Ihr war es völlig egal, ob das Tier sie sah oder berichtete, was es gesehen hatte, dennoch duckte sie sich schnell in den Zugang zu einer schmalen Wendeltreppe hinein. Es war möglich, dass sich auf dieser Ebene Menschen aufhielten, und Menschen konnte man nicht so vertrauen wie den Ratten.

Vielleicht würde sie Mesaana über dieses unglaubliche Fanal in der Macht ausfragen können, solange sie … behutsam vorging. Wenn sie es nie erwähnte, würde die Auserwählte glauben, dass sie etwas verbarg. Jede Frau auf der ganzen Welt, die die Macht lenken konnte, musste sich fragen, was geschehen war. Sie würde nur sorgsam darauf achten müssen, nichts zu erwähnen, das zu der Vermutung Anlass gab, dass sie dem Ort einen Besuch abgestattet hatte. Natürlich lange nachdem das Fanal erloschen war – sie war nicht so dumm, sich darin hineinzubegeben! –, aber Mesaana schien der Ansicht zu sein, dass Alviarin *ihre* Aufträge zu erledigen hatte, ohne auch nur einen Moment für sich abzuzweigen. Konnte die Frau ernsthaft glauben, dass sie keine eigenen Angelegenheiten zu erledigen hatte? Es war besser, sich so zu benehmen, als wäre dies tatsächlich so. Jedenfalls für den Augenblick.

In den Schatten am oberen Treppenabsatz blieb sie vor der kleinen, schmucklosen Tür stehen, um sich zu sammeln, während sie den Umhang über ihren Arm faltete. Mesaana war eine der Auserwählten, aber sie war immer noch ein Mensch. Mesaana machte Fehler. Und sie würde Alviarin auf der Stelle töten, sollte *sie* einen begehen. Krieche, gehorche und überlebe. Und sei immer auf der Hut. Das hatte sie schon lange gewusst, bevor sie einem der Auserwählten begegnet war. Sie holte die weiße Stola der Behüterin der Chroniken aus der Gürteltasche, legte sie sich um den Hals und öffnete die Tür vorsichtig einen Spalt breit, um zu lauschen. Stille, wie erwartet. Sie betrat das Neunte Depositorium und schloss die Tür hinter sich. Auf der Innenseite war die Tür genauso schmucklos, aber man hatte sie so lange poliert, bis sie hell glänzte.

Die Burgbibliothek war in zwölf Depositorien aufgeteilt, jedenfalls soweit der Welt bekannt war, und das Neunte war das kleinste und beherbergte Texte über verschiedene Formen der Rechenkunst. Dennoch bestand es aus einem großen ovalen Raum mit einer abgeflachten Kuppel als Decke, der mit Reihen hoher Holzregale gefüllt war, umgeben von schmalen Gängen, die sich vier Schritte über den siebenfarbigen Bodenfliesen befanden. Neben den Regalen standen hohe Leitern auf Rädern, sodass man sie leicht bewegen konnte, und zwar auf dem Boden und den Gängen; außerdem waren dort Spiegelkandelaber aus Messing, deren Sockel so schwer waren, dass man vier oder fünf Männer brauchte, um sie bewegen zu können. Feuer war eine ständige Sorge in der Bibliothek. Alle Kandelaber brannten hell, dazu bereit, jeder Schwester, die ein Buch oder ein in einem Kasten verstautes Manuskript finden wollte, den Weg zu leuchten, aber ein Handkarren mit drei großen, in Leder eingebundenen Bänden, die wieder einsortiert werden mussten, stand noch immer genau da in der Mitte eines Seitengangs, wie es Alviarin vom letzten Mal in Erinnerung hatte, als sie hier durchgegangen war. Sie verstand nicht, wozu man so viele Formen der Rechenkunst brauchte oder warum so viele Bücher darüber geschrieben worden waren, und auch wenn die Weiße Burg stolz darauf war, die größte Büchersammlung der Welt zu besitzen, die jedes vorstellbare Wissensgebiet behandelte, hatte es den Anschein, als würden die meisten Aes Sedai mit ihr übereinstimmen. Sie hatte noch nie eine andere Schwester im Neunten Depositorium gesehen, was der Grund dafür war, dass sie es als Eingang benutzte. Bei den großen, einladend offen stehenden Türflügeln blieb sie erneut stehen, um zu lauschen, bis sie sicher sein konnte, dass der dahinter liegende Korridor leer war, dann ging sie weiter. Jeder hätte es seltsam gefunden, dass sie ein Interesse für die hier befindlichen Bücher entwickelt hatte.

Als sie durch die Hauptkorridore eilte, in denen die Bodenfliesen in sich wiederholenden Reihen aus den Ajah-Farben gestaltet waren, fiel ihr auf, dass die Bibliothek stiller als gewöhnlich war, selbst wenn man in Betracht zog, wie wenig Aes Sedai sich derzeit in der Burg aufhielten. Ein oder zwei Schwestern waren immer zu sehen, und wenn es nur die Bibliothekare waren – ein paar Braune unterhielten in den oberen Ebenen sogar Gemächer zusätzlich zu ihren Räumen im Turm –, doch die gewaltigen, in die Korridorwände geschnitzten Figuren, zehn Fuß und größer, phantasievoll gekleidete Menschen und seltsame Tiere, hätten die einzigen Benutzer der Bibliothek sein können. Zugluft ließ die aufwändig geschnitzten Radleuchter, die zehn Schritte über ihrem Kopf hingen, leise an ihren Ketten klirren. Ihre Schritte schienen unnatürlich laut, verursachten leise Echos, die von der Kuppeldecke zurückgeworfen wurden.

»Kann ich Euch helfen?«, sagte eine Frauenstimme leise hinter ihr.

Überrascht wirbelte Alviarin herum und hätte beinahe ihren Umhang fallen gelassen, bevor sie sich zusammenreißen konnte. »Ich wollte nur einen Spaziergang durch die Bibliothek machen, Zemaille«, sagte sie und verspürte augenblicklich einen Anflug von Gereiztheit. Wenn sie nervös genug war, um sich einer Bibliothekarin zu erklären, dann musste sie sich wirklich unter Kontrolle bekommen, bevor sie Mesaana Bericht erstattete. Am liebsten hätte sie Zemaille erzählt, was auf Tremalking geschah, nur um zu sehen, ob die Frau zusammenzucken würde.

Der nichts sagende Ausdruck auf dem Gesicht der Braunen Schwester veränderte sich nicht, aber ein unbestimmbarer Unterton veränderte ihre Stimmlage. Hoch gewachsen und sehr schlank behielt Zemaille immer diese äußere Maske aus Reserviertheit und Abstand aufrecht, aber Alviarin vermutete, dass sie weniger schüchtern war, als sie vorgab, und auch weniger angenehm. »Das ist verständlich. Die Bibliothek ist ein friedlicher Ort, und es ist eine traurige Zeit für uns alle. Und für Euch natürlich noch viel trauriger.«

»Natürlich«, wiederholte Alviarin mechanisch. Eine traurige Zeit? Ganz besonders für sie? Sie dachte kurz darüber nach, die Frau in eine abgeschiedene Ecke zu zerren, wo man sie befragen und sich ihrer dann entledigen konnte, aber dann bemerkte sie eine weitere Braune, eine dicke Frau, die noch dunkler als Zemaille war und die sie von ihrem Standort ein Stück weit den Korridor hinauf beobachtete. Aiden und Zemaille waren schwach in der Einen Macht, aber beide gleichzeitig zu überwältigen würde schwierig wenn nicht sogar unmöglich sein. Warum waren die beiden hier im Erdgeschoss? Sie waren hier nur selten zu sehen, bewegten sich sonst nur zwischen den Räumen auf den oberen Ebenen, die sie sich mit Nyein teilten, der dritten Schwester vom Meervolk, und dem so genannten Dreizehnten Depositorium, wo die geheimen Aufzeichnungen aufbewahrt wurden. Alle drei arbeiteten da, freiwillig bis zu den Hälsen in ihre Aufgaben vertieft. Alviarin ging weiter und versuchte sich einzureden, dass sie grundlos nervös war, aber das half nicht, das Kribbeln zwischen ihren Schulterblättern zu lindern.

Die fehlenden Bibliothekarinnen, die den Vordereingang bewachten, verstärkten das Kribbeln nur. Es standen immer Bibliothekarinnen an *jedem* Eingang, um dafür zu sorgen, dass nicht ein Fitzelchen Papier die Bibliothek ohne ihr Wissen verließ. Alviarin griff nach der Macht, um einen der hohen, mit Schnitzereien verzierten Türflügel aufzustoßen, bevor sie ihn erreichte, und ließ ihn an seinen Bronzeangeln offen stehen, als sie die breite Marmortreppe hinuntereilte. Der breite, von Eichen gesäumte Steinpfad, der zu dem riesigen weißen Turm führte, war freigeschaufelt worden, aber wäre das nicht der Fall gewesen, hätte sie die Macht benutzt, um den Schnee vor ihr zu schmelzen, und sollte jeder denken, was er wollte. Mesaana hatte es kristallklar gemacht, welchen Preis man für das Risiko zahlte, dass jemand das Gewebe für das Schnelle Reisen lernte oder auch nur erfuhr, dass sie es kannte, sonst wäre Alviarin von dieser Stelle aus Gereist. Mit dem Turm in Sicht, der über den Bäumen aufragte und im blassen Morgenlicht funkelte, hätte sie mit einem Schritt da sein können. Stattdessen kämpfte sie gegen das Bedürfnis an zu rennen.

Es war keine Überraschung, die breiten, hohen Korridore des Turms verlassen vorzufinden. Ein paar Diener mit der weißen Flamme von Tar Valon auf der Brust machten ihre Knickse und Verbeugungen, als sie vorbeiging, aber sie waren so unwichtig wie die Zugluft, die die vergoldeten Kandelaber flackern ließ und die hellen Wandteppiche an den schneeweißen Wänden bewegte. In diesen Tagen blieben die Schwestern soweit möglich in den Quartieren ihrer eigenen Ajah, und es hätte ihr auch nichts genutzt, einer Aes Sedai zu begegnen, von der sie wusste, dass sie eine Schwarze Ajah war – es hätte schon ein Mitglied ihres eigenen Herzens sein müssen. Alviarin kannte sie alle, aber die anderen kannten sie nicht. Außerdem würde sie sich keinem offenbaren, wenn sie es nicht musste. Vielleicht würden einige dieser wunderbaren Instrumente aus dem Zeitalter der Legenden, von denen Mesaana immer sprach, ihr eines Tages erlauben, jede Schwester auf der Stelle zu befragen – falls die Frau sie jemals besorgte –, aber jetzt musste man noch immer verschlüsselte Befehle auf Kopfkissen oder an geheimen Stellen hinterlassen. Was ihr einst wie augenblickliche Erwiderungen vorgekommen war, kam ihr jetzt unendlich langsam vor. Ein stämmiger, kahlköpfiger Diener, der sich verbeugte, schluckte deutlich hörbar, und sie glättete ihre Züge. Sie war stolz auf ihre eiskalte Gleichgültigkeit und zeigte immer eine kühle, glatte Oberfläche. Sich mit finsterer Miene ihren Weg durch den Turm zu bahnen würde ihr nicht das Geringste bringen.

Es gab jemanden im Turm, von dem sie genau zu wissen glaubte, wo sie ihn finden würde, jemand, von dem sie Antworten verlangen konnte, ohne sich darüber Sorgen machen zu müssen, was die Frau wohl dachte. Natürlich war auch hier eine gewisse Vorsicht angebracht – sorglose Fragen enthüllten mehr, als die meisten Antworten wert waren –, aber Elaida würde ihr alles sagen. Mit einem Seufzen erklomm Alviarin die erste Stufe.

Mesaana hatte ihr von einem anderen Wunder aus dem Zeitalter der Legenden erzählt, das sie sehr gern sehen würde, ein Ding namens »Aufzug«. Die fliegenden Maschinen klangen natürlich viel großartiger, aber es war viel einfacher, sich einen mechanischen Apparat vorzustellen, der einen von einer Etage zur nächsten brachte. Sie wusste nicht, ob sie wirklich glauben sollte, dass es Gebäude gegeben hatte, die die mehrfache Höhe des Turms der Weißen Burg aufwiesen – auf der ganzen Welt kam nicht einmal der Stein von Tear an die Höhe des Turms heran –, aber allein das Wissen um diese »Aufzüge« ließ das Erklimmen der spiralförmigen Gänge und breiten Treppen mühsam erscheinen.

In der dritten Etage blieb sie vor dem Studierzimmer der Amyrlin stehen, aber wie erwartet waren beide Räume leer, die freigeräumten Schreibtische auf Hochglanz poliert. Die Räume selbst erschienen karg ohne

Wandbehänge oder Verzierungen, hier gab es nur Tische und Stühle und Stehlampen. Elaida kam nur noch selten aus ihren Gemächern in der Nähe der Turmspitze nach unten. Das war früher durchaus akzeptabel erschienen, da es die Frau noch mehr vom Rest der Burg isolierte. Nur wenige Schwestern stiegen freiwillig so hoch. Doch als Alviarin heute etwa achtzig Spannen erklommen war, dachte sie ernsthaft darüber nach, Elaida wieder dazu zu bewegen, nach unten zu ziehen.

Elaidas Vorzimmer war natürlich leer, auch wenn eine Mappe mit Papieren auf dem Schreibtisch bedeutete, dass jemand da gewesen war. Doch es konnte warten, ihren Inhalt zu sichten und zu entscheiden, ob Elaida für ihren Besitz bestraft werden musste. Alviarin warf ihren Umhang auf den Schreibtisch und stieß die neue Tür auf, die mit einer geschnitzten Flamme von Tar Valon versehen war und darauf wartete, vergoldet zu werden, und die tiefer in die Gemächer hineinführte.

Die Erleichterung, die sie verspürte, als sie Elaida hinter dem mit Schnitzwerk übersäten und vergoldeten Schreibtisch sitzen sah, die siebenfach gestreifte Stola um den Hals – nein, es waren nur noch sechs Streifen – und die Flamme von Tar Valon in Mondsteinen in die Goldarbeiten der hohen Stuhllehne eingelegt, überraschte sie. Da war die nagende Sorge gewesen, die sie bislang verdrängt hatte, dass die Frau durch einen dummen Unfall zu Tode gekommen war. Das hätte Zemailles Bemerkung erklärt. Eine neue Amyrlin zu wählen hätte Monate gekostet, selbst mit den Rebellen und allem anderen, mit dem sie sich auseinander setzen mussten, aber ihre Tage als Behüterin wären gezählt gewesen. Was sie jedoch mehr als ihre Erleichterung überraschte, war die Anwesenheit der Hälfte der Sitzenden des Saals, die mit ihren fransenbesetzten Stolen vor dem Schreibtisch standen. Elaida *wusste* es besser, als diese Art Delegation ohne ihre Anwesenheit zuzulassen. Die riesige vergoldete Standuhr an der Wand, auf vulgäre Weise übertrieben verziert, schlug zweimal zum Hoch – kleine glasierte Aes Sedai-Figuren sprangen aus den winzigen Türen an der Vorderseite –, gerade als Alviarin den Mund öffnete, um den Sitzenden zu sagen, dass sie mit der Amyrlin unter vier Augen sprechen musste. Die würden ohne allzu großen Protest gehen. Eine Behüterin hatte nicht die Autorität, sie hinauszuwerfen, aber sie wussten, dass ihre Autorität über ihre Stola hinausging, selbst wenn keine von ihnen auch nur annähernd vermutete, wie das möglich war.

»Alviarin«, sagte Elaida und klang überrascht, bevor sie ein Wort herausbekommen konnte. Elaidas hartes Gesicht entspannte sich zu etwas, das man fast als Vergnügen hätte bezeichnen können. Ihr Mund zuckte und kam einem Lächeln sehr nahe. Elaida hatte schon seit einiger Zeit keinen Grund mehr zum Lächeln. »Stellt Euch da hinten hin und seid still, bis ich Zeit habe, mich um Euch zu kümmern«, sagte sie und deutete majestätisch auf eine Ecke des Raums. Die Sitzenden scharrten mit den Füßen und richteten die Stolen. Suana, eine pummelige Frau, warf Alviarin einen verkniffenen Blick zu, und Shevan, hoch gewachsen wie ein Mann und genauso kantig, starrte sie ausdruckslos an, aber die anderen mieden ihren Blick.

Ungläubig blieb sie auf dem mit hellen Mustern versehenen Seidenteppich stehen. Elaida konnte unmöglich aufbegehren – die Frau wäre wahnsinnig gewesen! –, aber was im Namen des Großen Herrn war bloß geschehen, um ihr diese Frechheit zu verleihen? Was?

Elaidas Hand knallte laut auf den Tisch, ein Schlag, der die lackierten Kästchen hüpfen ließ. »Wenn ich Euch sage, Euch in eine Ecke zu stellen, Tochter«, sagte sie mit gefährlich leiser Stimme, »dann erwarte ich, dass Ihr gehorcht.« Ihre Augen funkelten. »Oder soll ich die Oberin der Novizinnen holen lassen, damit diese Schwestern Eure ›private‹ Buße miterleben können?«

Alviarins Wangen brannten, teils aus Demütigung, teils aus Wut. Dass jemand *hörte,* wie so etwas gesagt wurde, und ihr dann auch noch ins Gesicht! Aber in ihr rumorte auch die Furcht, ließ ihre Magensäure steigen. Nur ein paar Worte von ihr, und man würde Elaida anklagen, Schwestern ins Verderben und in die Gefangenschaft geschickt zu haben, und das nicht nur einmal, sondern zweimal. Über die Ereignisse in Cairhien kursierten bereits die ersten Gerüchte; unbestimmte Gerüchte zwar, aber sie wurden jeden Tag konkreter. Und sobald noch herauskam, dass Elaida fünfzig Schwestern losgeschickt hatte, um zu versuchen, Hunderte von Männern zu besiegen, die die Macht lenken konnten, würde nicht einmal die Existenz der Rebellen-Schwestern, die mit ihrem Heer in Murandy überwinterten, die Stola auf ihrem Hals halten – oder ihren Kopf. Sie konnte es nicht wagen, das hier zu tun. Es sei denn …

Es sei denn, sie konnte Alviarin als Schwarze Ajah in Misskredit bringen. Das würde ihr vielleicht etwas Zeit verschaffen. Sicherlich nur wenig, sobald die Fakten über die Quellen von Dumai und die Schwarze Burg allgemein bekannt wurden, aber möglicherweise war Elaida bereit, nach Strohhalmen zu greifen. Nein, das war nicht möglich, das *konnte* nicht möglich sein. Flucht war mit Sicherheit unmöglich. Zum einen hätte eine Flucht, falls Elaida zu einer Anklage bereit gewesen wäre, sie nur bestätigt. Darüber hinaus würde Mesaana sie finden und töten, falls sie floh. Das alles ging ihr blitzschnell durch den Kopf, als sie sich mit bleiernen Füßen wie eine schuldbewusste Novizin in die Ecke begab. Was auch geschehen sein mochte, es musste eine Möglichkeit geben, es wieder gutzumachen. Es gab immer eine Möglichkeit, etwas wieder gutzumachen. Möglicherweise fand sie sie, wenn sie zuhörte. Sie hätte gebetet, hätte der Dunkle König Gebete erhört.

Elaida musterte sie einen Augenblick lang, dann nickte sie zufrieden. Doch die Augen der Frau funkelten noch immer angriffslustig. Sie hob den Deckel eines der drei lackierten Kästchen, holte eine kleine, vom Alter dunkel verfärbte Schildkrötenschnitzerei hervor und strich mit den Fingern darüber. Die Schnitzereien aus dem Kästchen zu streicheln war eine Angewohnheit, die sie hatte, wenn sie ihre Nerven beruhigen wollte. »Also«, sagte sie. »Ihr wolltet mir erklären, warum ich mich auf Verhandlungen einlassen sollte.«

»Wir haben nicht um Erlaubnis gebeten, Mutter«, entgegnete Suana scharf und schob das Kinn vor. Sie hatte ein viel zu großes Kinn, ein richtiges Rechteck, und die dazu nötige Arroganz, es jedem entgegenzustrecken. »Eine derartige Entscheidung ist Sache des Saals. Bei der Gelben Ajah gibt es die starke Tendenz, dafür zu sein.« Was bedeutete, *sie* verspürte eine starke Tendenz. Sie war die Anführerin der Gelben Ajah, die Erste Weberin, etwas, das Alviarin bekannt war, weil die Schwarze Ajah sämtliche Geheimnisse der anderen Ajahs kannte, oder zumindest fast alle, und nach Suanas Dafürhalten waren ihre Ansichten die Ansichten ihrer Ajah.

Doesine, die andere anwesende Gelbe, warf Suana einen Seitenblick zu, sagte aber nichts. Blass und jungenhaft schlank sah Doesine aus, als wollte sie gar nicht hier sein, ein hübscher, schmollender Junge, den man an seinem Ohr hergezerrt hatte. Sitzende sperrten sich oft, wenn die Anführerinnen ihrer Ajah ihnen den Arm verdrehten, aber es war durchaus möglich, dass Suana eine Möglichkeit gefunden hatte.

»Auch viele Weiße befürworten Gespräche«, sagte Ferane und betrachtete stirnrunzelnd einen Tintenfleck auf einem dicken Finger. »Unter den gegebenen Umständen ist es ein logischer Schritt.« Sie war die Erste Denkerin, die Anführerin der Weißen Ajah, aber im Gegensatz zu Suana war sie bereit, ihre Ansichten nicht über die ihrer Ajah zu stellen. Jedenfalls meistens. Ferane erschien oft so unbestimmbar wie die schlimmste Braune – das lange schwarze Haar, das ihr rundes Gesicht einrahmte, hätte einen Kamm benötigt, ein paar der Fransen ihrer Stola waren anscheinend sorglos in ihren Frühstückstee getaucht worden –, aber sie konnte die geringste Lücke in der Logik einer Beweisführung erkennen. Sie hätte genauso gut allein dort stehen können, da sie einfach nicht glaubte, irgendwelche Unterstützung von den anderen Sitzenden der Weißen zu benötigen.

Elaida lehnte sich auf ihren hohen Stuhl zurück und schaute finster drein, ihre Finger strichen schneller über die Schildkröte, und Andaya meldete sich schnell zu Wort und schaute nur ungefähr in Elaidas Richtung, während sie vorgab, den Sitz ihrer mit grauen Fransen versehenen Stola auf ihren Armen zu richten.

»Worauf es ankommt, Mutter, ist Folgendes: Wir müssen einen Weg finden, diesen Konflikt friedlich zu beenden«, sagte sie, und ihr tarabonischer Akzent schlug stark in ihren Worten durch, so wie immer, wenn sie sich unbehaglich fühlte. Oftmals schüchtern in Elaidas Nähe, schaute sie Yukiri an, als hoffte sie auf Unterstützung, aber die schlanke kleine Frau wandte den Kopf leicht ab. Für eine so winzige Frau war Yukiri erstaunlich stur; im Gegensatz zu Doesine hätte sie sich zu nichts zwingen lassen. Warum also war sie hier, wenn sie es nicht sein wollte? Andaya erkannte, dass sie auf sich gestellt war, und sprach hastig weiter. »Es darf nicht zugelassen werden, dass es in den Straßen von Tar Valon oder in der Burg zu Kämpfen kommt, vor allem nicht hier; nicht noch einmal. Bis jetzt scheinen sich die Rebellen damit zufrieden zu geben, dort zu sitzen und die Stadt zu beobachten, aber das wird nicht ewig so bleiben. Sie haben das Schnelle Reisen wieder entdeckt, Mutter, und haben es benutzt, um ein Heer über Hunderte von Meilen zu transportieren. Wir müssen mit Gesprächen beginnen, bevor sie sich dazu entscheiden, dieses Heer mit einem Wegetor nach Tar Valon zu bringen, oder alles ist verloren, selbst wenn wir gewinnen.«

Alviarin krallte die Fäuste in die Röcke und schluckte. Sie hatte das Gefühl, ihr würden gleich die Augen aus dem Kopf fallen. Die Rebellen kannten das Schnelle Reisen? Sie standen bereits vor Tar Valon? Und diese Närrinnen wollten *reden*? Sie konnte sorgfältig in die Wege geleitete Pläne sich wie Nebel im Sommer auflösen sehen. Vielleicht würde der Dunkle König ja doch zuhören, wenn sie besonders innig betete.

Elaidas finstere Miene hellte sich nicht auf, aber sie stellte die Elfenbeinschildkröte sehr sorgfältig ab, und ihre Stimme klang fast normal. So normal wie früher, bevor Alviarin sie an die Kandare genommen hatte, mit Stahl unter den sanften Worten. »Sind die Braunen und Grünen auch für Gespräche?«

»Die Braunen«, begann Shevan, schürzte dann nachdenklich die Lippen und änderte offensichtlich das, was sie hatte sagen wollen. Nach außen hin schien sie völlig gelassen zu sein, aber sie rieb unbewusst mit den langen Daumen über die knochigen Zeigefinger. »Die Haltung der Braunen ist ziemlich sicher, was die historischen Präzedenzfälle angeht. Ihr habt alle die geheimen Chroniken gelesen oder hättet es tun sollen. Wann auch immer die Burg in sich gespalten war, hat die Welt eine Katastrophe erlebt. Da die Letzte Schlacht droht, und überdies in einer Welt, in der es die Schwarze Burg gibt, können wir es uns nicht länger leisten, auch nur einen Tag länger als nötig gespalten zu sein.«

Es erschien kaum möglich, dass Elaidas Gesicht noch dunkler wurde, aber die Erwähnung der Schwarzen Burg brachte es zustande. »Und die Grünen?« Ihre Stimme war noch immer beherrscht.

Alle drei Sitzenden der Grünen waren da, was auf eine starke Unterstützung ihrer Ajah hinwies, oder auf starken Druck von der Anführerin der Grünen. Als Älteste hätte Talene Elaida antworten müssen – Grüne hielten sich in allem an ihre Hierarchie –, aber aus irgendeinem Grund sah die hoch gewachsene, blonde Frau Yukiri an und dann Doesine, was genauso seltsam war; sie schaute zu Boden und zupfte an ihrem grünen Seidenrock herum. Rina legte leicht die Stirn in Falten und rümpfte verwirrt die Nase, aber sie trug die Stola nicht mal fünfzig Jahre, also blieb nur Rubinde übrig, um auf die Frage zu antworten. Rubinde machte neben Talene einen kleinen und stämmigen Eindruck, und sie erschien trotz ihrer Augen in der Farbe von Saphiren eher unscheinbar.

»Ich bin angewiesen worden, dieselben Punkte wie Shevan anzusprechen«, sagte sie und ignorierte Rinas überraschten Blick. Offensichtlich hatte es Druck von Adelorna gegeben, dem »Generalhauptmann« der Grünen, und genauso offensichtlich war Rubinde anderer Meinung, wenn sie bereit war, es öffentlich zu machen. »Tarmon Gai'don kommt, die Schwarze Burg ist eine fast genauso große Gefahr, und der Wiedergeborene Drache ist verschwunden, wenn er nicht sogar tot ist. Wir können es uns nicht länger leisten, uneins zu sein. Wenn Andaya die Rebellen dazu überreden kann, in die Burg zurückzukehren, dann müssen wir es auf den Versuch ankommen lassen.«

»Ich verstehe«, sagte Elaida ausdruckslos. Aber seltsamerweise gewann sie an Farbe, und ein Lächeln schien über ihre Lippen zu huschen. »Dann holt sie mit Reden zurück, wenn Ihr es schafft, auf jeden Fall. Aber meine Erlasse bleiben bestehen. Die Blaue Ajah existiert nicht länger, und jede Schwester, die dem Kind Egwene al'Vere folgt, muss unter meiner Anleitung Buße ableisten, bevor sie *irgendeiner* Ajah beitreten kann. Ich habe vor, die Weiße Burg zu einer Waffe zu schmieden, die bei Tarmon Gai'don eingesetzt wird.«

Ferane und Suana wollten protestieren, wie ihren Mienen deutlich abzulesen war, aber Elaida brachte sie mit einer erhobenen Hand zum Schweigen. »Ich habe gesprochen, Töchter. Geht jetzt. Und kümmert euch um eure … Gespräche.«

Es gab nichts, das die Sitzenden hätten tun können, von offener Auflehnung abgesehen. Sie hatten die Rechte des Saals auf ihrer Seite, aber der Saal wagte nur selten, in die Autorität des Amyrlin-Sitzes einzugreifen. Nicht, wenn der Saal uneins gegen die Amyrlin stand, und dieser Saal war sich alles andere als einig, gleichgültig, um welches Thema es ging. Alviarin selbst hatte dabei geholfen, dass es so weit kam. Sie gingen, Ferane und Suana steif und mit schmalen Lippen, Andaya huschte beinahe hinaus. Keine von ihnen warf auch nur einen Blick in Alviarins Richtung.

Sie wartete kaum, bis sich die Tür hinter der Letzten geschlossen hatte. »Das verändert eigentlich nichts, Elaida, das werdet Ihr doch sicherlich einsehen. Ihr müsst klar denken und nicht über einen Irrweg stolpern.« Sie wusste, dass sie plapperte, aber sie schien nicht aufhören zu können. »Das Desaster bei den Quellen von Dumai, das ziemlich sichere Desaster bei der Schwarzen Burg, das kann Euch noch immer die Stellung kosten. Ihr braucht mich, um Stab und Stola halten zu können. Ihr braucht mich, Elaida. Ihr …« Sie biss die Zähne zusammen, bevor sie alles ausplauderte. Es musste noch immer eine Möglichkeit geben.

»Ich bin überrascht, dass Ihr zurückgekehrt seid«, sagte Elaida, stand auf und glättete ihre rot geschlitzten

Röcke. Seltsamerweise lächelte sie, als sie um den Tisch herumkam. Kein angedeutetes Lächeln, sondern ein breites, erfreutes Verziehen der Lippen. »Habt Ihr Euch seit der Ankunft der Rebellen in der Stadt versteckt? Ich dachte, Ihr hättet Euch eine Schiffspassage besorgt, als Ihr von ihrem Eintreffen hörtet. Wer hätte je gedacht, dass sie das Schnelle Reisen wieder entdecken würden? Stellt Euch nur vor, was wir erreichen können, sobald auch wir über dieses Wissen verfügen.« Lächelnd glitt sie über den Teppich.

»Lasst mich nachdenken. Was habe ich von Euch zu befürchten? Die Geschichten aus Cairhien sind in der Burg das Tagesgespräch, aber selbst wenn Schwestern tatsächlich dem jungen al'Thor gehorchen sollten, was ich nun wirklich nicht glauben kann, so gibt jeder Coiren die Schuld. Es lag in ihrer Verantwortung, ihn herzubringen, und nach Ansicht ihrer Schwestern ist sie so gut wie vor Gericht gestellt und verurteilt.« Elaida blieb vor Alviarin stehen und sperrte sie in der Ecke ein. Das Lächeln erreichte nie ihre Augen. Sie lächelte, und ihre Augen funkelten. »Und in der vergangenen Woche haben wir viele gute Dinge über die Schwarze Burg gehört.« Bei der Erwähnung verzog Elaida angewidert den Mund. »Wie es aussieht, gibt es dort noch mehr Männer, als Ihr gedacht habt. Aber jeder glaubt, dass Toveine den Verstand gehabt haben muss, das vor ihrem Angriff in Erfahrung zu bringen. Darüber ist viel diskutiert worden. Falls sie besiegt zurückgeschleppt wird, wird sie die Schuld ernten. Also sind Eure Drohungen …«

Alviarin taumelte gegen die Wand und blinzelte Flecken weg, bevor ihr überhaupt bewusst wurde, dass die andere Frau sie geschlagen hatte. Ihre Wange fühlte sich bereits angeschwollen an. Das Glühen *Saidars* hatte Elaida umgeben, und der Schild senkte sich auf Alviarin, bevor sie auch nur zucken konnte, und schnitt sie von der Macht ab. Aber Elaida hatte nicht vor, die Macht zu benutzen. Sie holte mit der Faust aus. Noch immer lächelnd.

Sie holte langsam Luft und senkte die Hand wieder. Aber sie hob den Schild nicht auf. »Würdet Ihr das wirklich benutzen?«, fragte sie in fast mildem Tonfall.

Alviarins Hand zuckte vom Griff ihres Gürtelmessers zurück. Danach zu greifen war ein Reflex gewesen, aber selbst wenn Elaida nicht die Macht gehalten hätte, sie zu töten, wo so viele Sitzende wussten, dass sie hier zusammen waren, wäre es so gut wie Selbstmord gewesen. Doch ihr Gesicht brannte, als Elaida verächtlich schnaubte.

»Ich freue mich darauf, Euren Hals wegen Verrats auf dem Scharfrichterblock liegen zu sehen, Alviarin. Aber bis ich die nötigen Beweise habe, gibt es ein paar Dinge, die ich tun kann. Erinnert Ihr Euch, wie oft Ihr Silviana habt kommen lassen, um mir eine private Buße aufzuerlegen? Ich hoffe es, denn Ihr werdet für jeden Tag, den ich gelitten habe, zehn auf Euch nehmen. Und … o ja.« Grob riss sie Alviarin die Behüterinnen-Stola vom Hals. »Da Euch keiner finden konnte, als die Rebellen eintrafen, habe ich den Saal gebeten, Euch als Behüterin abzuberufen. Natürlich gab es keine große Mehrheit. Vielleicht habt Ihr dort noch immer ein bisschen Einfluss. Aber es war überraschend einfach, von denen, die an jenem Tag dort saßen, eine Mehrheit zu bekommen. Eine Behüterin sollte bei ihrer Amyrlin sein, nicht in der Gegend herumstreunen. Wenn ich so darüber nachdenke, habt Ihr vielleicht doch keinen Einfluss mehr, da sich herausstellt, dass Ihr Euch die ganze Zeit in der Stadt versteckt habt. Oder seid Ihr zurückgesegelt und habt die Katastrophe vorgefunden, und seid der Meinung gewesen, Ihr könntet etwas aus den Ruinen retten? Wie dem auch sei. Vielleicht wäre es besser für Euch gewesen, Ihr wärt auf das erste Schiff gesprungen, das Tar Valon verlässt. Aber ich muss zugeben, die Vorstellung, wie Ihr von Dorf zu Dorf flüchtet und Euch schämt, Euch anderen Schwestern zu zeigen, verblasst neben dem Vergnügen, das ich haben werde, wenn ich Euch leiden sehe. Und jetzt geht mir aus den Augen, bevor ich entscheide, dass es statt Silvianas Riemen doch die Rute sein soll.« Sie warf die weiße Stola auf den Boden, drehte ihr den Rücken zu, ließ *Saidar* los und rauschte zu ihrem Stuhl, als hätte Alviarin aufgehört zu existieren.

Alviarin ging nicht, sie floh, sie rannte und hatte dabei das Gefühl, den Atem der Schattenhunde im Nacken zu spüren. Sie hatte kaum einen klaren Gedanken fassen können, seit das Wort *Verrat* gefallen war. Dieses Wort, das in ihrem Kopf widerhallte, wollte sie aufheulen lassen. Verrat konnte nur eines bedeuten. Elaida wusste Bescheid, und sie suchte nach Beweisen. Sollte der Dunkle König sich ihrer erbarmen. Aber das tat er nie. Gnade war nur etwas für jene, die Angst hatten, sich zu irren. Sie hatte keine Angst. Sie war ein Bündel Haut, das bis zum Platzen mit schierem Entsetzen gefüllt war.

Sie floh den Turm hinab, und falls ihr in den Korridoren Diener begegneten, nahm sie sie nicht wahr. Entsetzen machte sie blind für alles, das sich nicht unmittelbar in ihrem Weg befand. Sie rannte den ganzen Weg bis zur sechsten Etage, zu ihrem eigenen Gemach. Zumindest ging sie davon aus, dass es noch ihres war. Die Räume mit dem Balkon, der auf den großen Platz vor dem Turm hinaussah, gehörten zum Amt der Behüterin der Chronik. Im Augenblick genügte es ihr, dass sie noch Räume hatte. Und eine Chance, um zu überleben.

Die Möbel waren noch immer die Domani-Stücke ihrer Vorgängerin, helles Holz mit Intarsien aus Muscheln und Bernstein. Im Schlafzimmer riss sie einen der Kleiderschränke auf, fiel auf die Knie und schob

Kleider beiseite, um hinten nach einem Kästchen zu suchen, das keine zwei Hände breit war und ihr schon viele Jahre gehörte. Die Schnitzarbeiten auf dem Kästchen waren aufwändig, aber unbeholfen, Reihen unterschiedlicher Knoten, von einem Schnitzer angefertigt, der über mehr Ehrgeiz als Geschick verfügt hatte. Alviarins Hände zitterten, als sie es zum Tisch trug, und sie setzte es ab, um sich die schweißfeuchten Hände an den Röcken abzuwischen. Der Trick, um das Kästchen zu öffnen, bestand darin, die Finger so weit zu spreizen, wie es ging, und vier Knoten gleichzeitig zu drücken. Der Deckel hob sich einen Spalt, und sie warf ihn zurück, enthüllte ihren kostbarsten Besitz, der in ein braunes Tuch eingewickelt war, damit er nicht klapperte, falls eine Dienerin das Kästchen schüttelte. Die meisten Burgdiener würden es nicht wagen, einen Diebstahl zu begehen, aber die meisten bedeutete nicht alle.

Einen Augenblick lang starrte Alviarin das Bündel nur an. Darin war ihr kostbarster Besitz, ein Gegenstand aus dem Zeitalter der Legenden, aber sie hatte noch nie zuvor gewagt, ihn zu benutzen. Nur im schlimmsten Notfall, hatte Mesaana gesagt, in der verzweifeltsten Not, aber was konnte schlimmer als das hier sein? Mesaana hatte behauptet, der Gegenstand könnte Hammerschläge aushalten, ohne zu zerbrechen, aber sie schlug das Tuch mit der gleichen Sorgfalt zur Seite, die sie bei feinem braunem Glas angewandt hätte, und enthüllte ein *Ter'angreal*, einen leuchtend roten Stab, nicht länger als ihr Zeigefinger, der bis auf ein paar feine, in einem verschlungenen Muster miteinander verbundenen Linien vollkommen glatt war. Sie umarmte die Quelle und berührte dieses Muster an zwei der Verbindungsstellen mit haarfeinen Strängen aus Feuer und Erde. Im Zeitalter der Legenden wäre das nicht nötig gewesen, aber etwas, das man »stehende

Ströme« nannte, existierte nicht mehr. Eine Welt, in der fast jedes *Ter'angreal* von Menschen benutzt werden konnte, die nicht die Macht lenken konnten, erschien jenseits jeder Vorstellungskraft. Warum hatte man das erlaubt?

Sie drückte mit dem Daumen gegen das eine Ende des Stabes – die Eine Macht allein reichte nicht –, ließ sich schwer auf den Stuhl fallen, lehnte sich gegen die niedrige Lehne und starrte den Gegenstand in ihrer Hand an. Es war vollbracht. Jetzt fühlte sie sich leer, ein großer leerer Raum, in dem Ängste durch die Finsternis flatterten wie gewaltige Fledermäuse.

Statt das *Ter'angreal* wieder einzuwickeln, schob sie es in die Gürteltasche und stand auf, um das Kästchen wieder in den Schrank zu stellen. Sie hatte nicht vor, den Stab aus ihrer Reichweite zu lassen, bevor sie wusste, dass sie in Sicherheit war. Aber jetzt konnte sie nur dasitzen und warten, mit zwischen den Knien geklemmten Händen hin und her schaukeln. Sie konnte genauso wenig mit dem Schaukeln aufhören, wie sie das leise Stöhnen unterdrücken konnte, das aus ihrem Mund drang. Seit der Gründung der Burg war keine Schwester jemals angeklagt worden, eine Schwarze Ajah zu sein. Oh, einzelne Schwestern hatten einen Verdacht gehabt, und von Zeit zu Zeit waren Aes Sedai gestorben, sodass diese Verdächtigungen nie weitergingen, aber es war nie zu einer offiziellen Anklage gekommen. Wenn Elaida bereit war, offen vom Scharfrichterblock zu sprechen, dann musste sie kurz davor stehen, Anklage zu erheben. Ganz kurz davor. Man hatte auch Schwarze Schwestern verschwinden lassen, wenn der Verdacht zu groß wurde. Die Schwarze Ajah blieb verborgen, ganz egal, was es kostete. Sie wünschte, sie hätte zu stöhnen aufhören können.

Plötzlich verblasste das Licht in dem Raum und tauchte alles in wirbelnde Schatten. Das Sonnenlicht schien unfähig zu sein, die Glasscheiben des Fensters zu durchdringen. Alviarin fiel sofort auf die Knie und schlug die Augen nieder. Das Verlangen, ihre Befürchtungen hervorzusprudeln, ließ sie zittern, aber bei den Auserwählten musste man die Form einhalten. »Ich lebe, um zu dienen, Große Herrin«, sagte sie, und nicht mehr. Sie konnte keinen Augenblick verschwenden, vor Schmerzen zu schreien, geschweige denn eine Stunde. Sie krallte die Hände zusammen, um sie am Zittern zu hindern.

»Worum handelt es sich bei deinem ernsten Notfall, Kind?« Es war eine Frauenstimme, aber eine Stimme wie ein Glockenspiel aus Kristall. Ein verärgertes Glockenspiel. Nur verärgert. Ein wütendes Glockenspiel hätte den sofortigen Tod bedeutet. »Wenn du glaubst, ich würde auch nur einen Finger krümmen, um dir deine Behüterinnenstola wiederzubeschaffen, dann unterliegst du einem traurigen Irrtum. Du kannst noch immer tun, was ich erledigt haben will, es kostet dich nur etwas mehr Mühe. Und du darfst deine Bußsitzungen bei der Oberin der Novizinnen als kleine Strafe von mir betrachten. Ich habe dich davor gewarnt, Elaida zu sehr zu bedrängen.«

Alviarin schluckte ihren Protest herunter. Elaida war keine Frau, die man ohne Druck beugen konnte. Mesaana musste das wissen. Aber bei den Auserwählten konnten Proteste gefährlich sein. Bei den Auserwählten waren viele Dinge gefährlich. Auf jeden Fall war Silvianas Riemen harmlos im Vergleich zur Axt des Scharfrichters.

»Elaida weiß Bescheid, Herrin«, hauchte sie und hob den Blick. Vor ihr stand eine Frau aus Licht und Schatten, die in Licht und Schatten gekleidet war, nur finsteres Schwarz und silbriges Weiß, das ununterbrochen von einem Zustand in den anderen wechselte. Silberne Augen blickten ungehalten aus einem Gesicht aus Rauch, silberne Lippen waren zu einem schmalen Strich verzogen. Es war nur eine Illusion, und auch nicht viel besser gemacht, als Alviarin es hätte bewerkstelligen können. Kurz blitzte ein grüner, mit aufwändigen bronzenen Streifen verzierter Seidenrock auf, als Mesaana über den Domani-Teppich glitt. Aber Alviarin konnte genauso wenig die Gewebe erkennen, welche die Illusion erschufen, wie sie jene wahrgenommen hatte, die die Frau benutzte, um herzukommen oder den Raum in Schatten zu hüllen. Soweit sie es feststellen konnte, war Mesaana gar nicht dazu in der Lage, die Macht zu lenken! Für gewöhnlich empfand sie angesichts dieser beiden Geheimnisse eine freudige Erregung, aber heute fiel es ihr kaum auf. »Sie weiß, dass ich eine Schwarze Ajah bin, Große Herrin. Wenn sie mich entlarvt hat, dann hat sie tief gegraben. Dutzende von uns könnten bedroht sein, vielleicht sogar alle.« Am besten malte man eine Bedrohung in den finstersten Farben aus, wenn man sichergehen wollte, dass etwas passierte. Möglicherweise war es sogar die Wahrheit.

Aber Mesaana winkte nur abschätzig mit einer jetzt silbernen Hand. Ihr Gesicht glühte wie ein Mond um Augen, die schwärzer als Kohle war. »Das ist lächerlich. Elaida kann sich nicht von einem auf den anderen Tag entscheiden, doch an die Existenz der Schwarzen Ajah zu glauben. Du willst dir nur Schmerzen ersparen, Kind. Vielleicht werden ein paar dir deine Fehleinschätzungen bewusst machen.« Alviarin fing an zu betteln, als Mesaana die Hand höher hob und sich ein Gewebe in der Luft formte, das sie nur zu gut kannte. Sie musste es der Frau begreiflich machen!

Plötzlich ging ein Ruck durch die Schatten im Raum. Alles schien zur Seite gedrängt zu werden, als sich die Dunkelheit zu mitternachtsschwarzen Klumpen verfestigte. Und dann war die Dunkelheit verschwunden. Überrascht fand sich Alviarin mit flehentlich ausgestreckten Händen einer Frau aus Fleisch und Blut mit blauen Augen gegenüber, die in bronzeverziertes Grün gekleidet war. Eine quälend vertraut erscheinende Frau, die kaum über ihre mittleren Jahre hinaus zu sein schien. Sie hatte gewusst, dass sich Mesaana als Schwester maskiert in der Burg aufhielt, obwohl keiner der Auserwählten, denen sie begegnet war, irgendein Anzeichen von Alterslosigkeit gezeigt hatte, aber sie konnte das Gesicht keinem Namen zuordnen. Und sie erkannte noch etwas. Diese Frau hatte Angst. Sie verbarg es zwar, aber sie hatte Angst.

»Sie ist sehr nützlich gewesen«, sagte Mesaana und klang alles anderes als ängstlich, mit einer Stimme, die sich Alviarins Erinnerung immer um ein Haar entzog, »und jetzt werde ich sie töten müssen.«

»Du warst immer ... übertrieben verschwenderisch«, erwiderte eine knirschende Stimme; sie war wie ein verfaulter Knochen, der unter einem Absatz zerbröckelte.

Beim Anblick des großen Mannes in schwarzer Rüstung – sie bestand nur aus sich überlappenden Platten, wie die Schuppen einer Schlange –, der vor einem der Fenster stand, kippte Alviarin entsetzt um. Denn es war kein Mann. Das blutleere Gesicht hatte keine Augen; dort, wo sie hätten sein müssen, war nur glatte, tote weiße Haut. Sie war im Dienst des Dunklen Königs schon zuvor Myrddraal begegnet, und hatte es sogar geschafft, ihren augenlosen Blick zu erwidern, ohne sich von dem Entsetzen überwältigen zu lassen, das dieses Starren auslöste, aber dieser hier ließ sie auf dem Boden zurückkriechen, bis ihr Rücken gegen ein Tischbein stieß. Schleicher ähnelten einander wie zwei Regentropfen, sie waren hoch gewachsen und schlank und identisch, aber dieser war einen ganzen Kopf größer, und er schien Furcht auszustrahlen, die in ihre Knochen sickerte. Ohne nachzudenken griff sie nach der Quelle. Und hätte beinahe aufgeschrien. Die Quelle war weg! Sie war nicht abgeschirmt; es war einfach nichts da, wonach sie greifen konnte! Der Myrddraal sah sie an und lächelte. Schleicher lächelten niemals. Nie. Ihr Atem kam in keuchenden Stößen.

»Sie kann nützlich sein«, knirschte der Myrddraal. »Ich möchte nicht, dass die Schwarze Ajah vernichtet wird.«

»Wer bist du, dass du es wagst, einen der Auserwählten herauszufordern?«, verlangte Mesaana verächtlich zu wissen, machte die Wirkung dann aber zunichte, indem sie sich die Lippen befeuchtete.

»Glaubst du, Hand des Schattens ist bloß ein Name?« Die Stimme des Myrdraal war nicht länger knirschend. Hohl schien sie aus unvorstellbarer Ferne aus Höhlen zu schallen. Die Kreatur wuchs, als sie sprach, bis ihr Kopf die Decke berührte, zwei Spannen hoch. »Man hat dich gerufen, und du bist nicht gekommen. Meine Hand reicht weit, Mesaana.«

Sichtlich am ganzen Körper zitternd, öffnete die Auserwählte den Mund, vielleicht um zu bitten, und sie schrie auf, als ihre Kleidung zu Staub zerfiel. Ringe aus schwarzen Flammen banden ihr die Arme an die Seiten, wickelten sich eng um ihre Beine, und eine brodelnde Kugel aus reiner Schwärze erschien in ihrem Mund und zwang ihren Kiefer weit auf. Sie wand sich, stand nackt und hilflos da, und der Ausdruck in ihren verdrehten Augen verursachte in Alviarin das Bedürfnis, sich selbst zu beschmutzen.

»Willst du wissen, warum eine der Auserwählten bestraft werden muss?« Die Stimme war wieder das knochenzerreibende Knirschen, der Myrddraal scheinbar nur ein zu großer Schleicher, aber Alviarin ließ sich nicht täuschen. »Willst du zusehen?«, fragte er.

Sie hätte sich mit dem Gesicht zu Boden werfen sollen, um ihr Leben betteln, aber sie konnte sich nicht bewegen. »Nein, Großer Herr«, schaffte sie es hervorzustoßen, obwohl ihr Mund so trocken wie Staub war. Sie wusste es. Es konnte nicht sein, aber sie wusste es. Ihr wurde bewusst, dass ihr Tränen die Wangen hinunterströmten.

Der Myrddraal lächelte wieder. »Viele sind aus großer Höhe gestürzt, weil sie zu viel wissen wollten.«

Die Kreatur schwebte auf sie zu, nein, keine Kreatur, der Große Herr, gekleidet in die Haut eines Myrddraal, schwebte auf sie zu. Er ging auf Beinen, und doch konnte man seine Bewegungen nicht anders beschreiben. Die bleiche, in Schwarz gekleidete Gestalt beugte sich zu ihr herab, und sie hätte aus vollem Hals gekreischt, als er mit einem Finger ihre Stirn berührte. Sie hätte gekreischt, hätte sie einen Ton zustande gebracht. Ihre Lungen waren luftlose Säcke. Die Berührung brannte wie ein rot glühendes Eisen. Vage fragte sie sich, warum sie nicht ihr eigenes, brennendes Fleisch roch. Der Große Herr richtete sich auf, und der bohrende Schmerz nahm ab und verschwand. Ihr Entsetzen minderte sich jedoch nicht im Geringsten.

»Du trägst jetzt mein Zeichen, dass du mir gehörst«, knirschte der Große Herr. »Mesaana wird dir jetzt nichts mehr tun. Bis ich ihr die Erlaubnis gebe. Du wirst herausfinden, wer hier meine Kreaturen bedroht und sie mir übergeben.« Er wandte sich von ihr ab, und die schwarze Rüstung fiel von seinem Körper. Alviarin zuckte zusammen, als sie mit einem stählernen Scheppern auf dem Teppich landete, statt sich einfach aufzulösen. Er war in Schwarz gekleidet, und sie hätte nicht sagen können, ob es Seide oder Leder oder etwas anderes war. Seine Dunkelheit schien das Licht aus dem Raum zu saugen. Mesaana kämpfte gegen ihre Fesseln an und wimmerte schrill wegen des Knebels in ihrem Mund. »Geh jetzt«, sagte er, »wenn du deine nächste Stunde noch erleben willst.« Der Laut, den Mesaana ausstieß, steigerte sich zu einem verzweifelten Schrei.

Alviarin vermochte nicht zu sagen, wie sie aus ihren Gemächern herauskam – sie konnte nicht begreifen, wie sie aufrecht gehen konnte, wenn sich ihre Beine doch wie Wasser anfühlten –, aber sie wurde sich bewusst, dass sie durch die Korridore lief, die Röcke bis zu den Knien gerafft und so schnell rennend, wie sie konnte. Plötzlich klaffte der obere Absatz einer breiten Treppe vor ihr auf, und sie konnte gerade noch verhindern, direkt ins Leere zu stürmen. Zitternd sackte sie gegen die Wand und starrte die gewundene Flucht aus weißen Marmorstufen hinunter. In ihrer Vorstellung sah sie sich selbst, wie sie sich jeden Knochen brach, als sie die Treppe hinunterstürzte.

Sie atmete keuchend, in heiseren, kehligen Atemzügen, und griff sich mit zitternder Hand an die Stirn. Ihre Gedanken überschlugen sich, so wie sie auf der Treppe in die Tiefe gestürzt wäre. Der Große Herr hatte sie als die Seine gezeichnet. Ihre Finger glitten über glatte, unverletzte Haut. Sie hatte Wissen immer zu schätzen gewusst – Macht erwuchs aus Wissen –, aber sie wollte nicht wissen, was jetzt in den Gemächern geschah, die sie verlassen hatte. Sie wünschte sich, sie würde nicht wissen, dass dort überhaupt etwas geschah. Aber sie tat es; Mesaana würde eine Möglichkeit finden, sie zu töten, obwohl der Große Herr sie gezeichnet hatte. Der Große Herr hatte sie gezeichnet und ihr einen Befehl gegeben. Sie durfte weiterleben, wenn sie herausfand, wer die Schwarze Ajah jagte. Mühsam richtete sie sich auf und wischte sich mit den Handkanten die Tränen von ihren Wangen. Sie konnte den Blick nicht von den Stufen vor ihr wenden, die in die Tiefe führten. Elaida verdächtigte sie mit Sicherheit, aber wenn sie sie nicht mehr in der Hand hatte, konnte Alviarin noch immer eine Hetzjagd in Gang setzen. Sie musste Elaida nur zu einer Bedrohung machen, die es auszuschalten galt, und sie in die Jagd auf jene mit einschließen, die dem Großen Herrn übergeben werden mussten. Ihr Finger tasteten erneut zittrig nach der Stirn. Die Schwarze Ajah stand unter ihrem Befehl. Glatte, makellose Haut. Talene war da gewesen, in Elaidas Räumen. Warum hatte sie Yukiri und Doesine auf diese Weise angesehen? Talene war eine Schwarze, auch wenn sie natürlich nicht wusste, dass Alviarin ebenfalls eine war. Ob man das Zeichen im Spiegel sehen konnte? War es etwas, das andere sehen konnten? Wenn sie für Elaidas angebliche Jäger einen Plan schmieden musste, würde Talene jemand sein, mit dem man anfangen konnte. Sie versuchte die Route nachzuvollziehen, die eine Botschaft von Herzen zu Herzen genommen haben würde, bevor sie Talene erreichte, aber sie konnte nicht aufhören, die Treppe hinunterzustarren und im Geist ihren Körper zu sehen, wie er immer wieder aufprallte und auf dem Weg nach unten zerbrach. Der Große Herr hatte sie gezeichnet.

KAPITEL 8

Eine Antwort

Pevara wartete leicht ungeduldig, während die schlanke Aufgenommene das Tablett auf einem Seitentisch abstellte und den Kuchen abdeckte. Pedra, eine kleine Frau mit ernstem Gesicht, war nicht langsam oder gereizt, den ganzen Morgen mit Besorgungen für eine Sitzende verbringen zu müssen, sondern nur präzise und sorgfältig. Das waren nützliche Eigenschaften, die schätzenswert waren. Doch als die Aufgenommene fragte, ob sie den Wein einschenken sollte, sagte Pevara kurz angebunden: »Das machen wir selbst, Kind. Ihr dürft im Vorzimmer warten.« Beinahe hätte sie der jungen Frau befohlen, sich wieder an ihre Studien zu begeben.

Pedra breitete die weißen Röcke mit den Streifen in einem anmutigen Knicks aus, ohne Zeichen jener Hektik zu zeigen, die Aufgenommene oftmals verrieten, wenn eine Sitzende barsch war. Allzu oft nahmen Aufgenommene Schärfe im Tonfall einer Sitzenden als Kommentar zu ihrer Befähigung für die Stola auf; als hätten Sitzende keine anderen Sorgen.

Pevara wartete, bis sich die Tür hinter Pedra geschlossen hatte und der Riegel ins Schloss gefallen war, bevor sie anerkennend nickte. »Sie wird bald zur Aes Sedai erhoben werden«, sagte sie. Es war zufriedenstellend, wenn eine Frau die Stola erlangte, aber ganz besonders, wenn die Frau am Anfang wenig viel versprechend gewesen war. Heutzutage schienen kleine Freuden die Einzigen zu sein, die es gab.

»Aber wohl keine von uns, glaube ich«, lautete die Erwiderung von ihrem Überraschungsgast, der sich von der Reihe gemalter Miniaturen von Pevaras verstorbener Familie abwandte, die auf der gewellten Marmorverkleidung des Kamins standen. »Sie ist unsicher, was Männer angeht. Ich glaube, sie machen sie nervös.«

Tarna war mit Sicherheit niemals wegen Männern oder auch irgendetwas anderem nervös gewesen, zumindest nicht, seit sie vor zwanzig Jahren die Stola errungen hatte. Pevara konnte sich an eine sehr nervöse Novizin erinnern, aber die blauen Augen der Frau mit dem hellen Haar waren nun hart. Und so warm wie ein Stein im Winter. Trotzdem hatte dieses kühle, stolze Gesicht etwas an sich, das es an diesem Morgen unbehaglich erscheinen ließ. Pevara konnte sich kaum vorstellen, was Tarna Feir nervös machen konnte.

Aber die eigentliche Frage bestand darin, warum die Frau gekommen war, um sie zu sehen. Für sie grenzte es schon an eine Ungehörigkeit, einer Sitzenden einen Privatbesuch abzustatten, insbesondere einer Roten. Tarna hatte noch immer ihre Räume im Quartier der Roten, aber so lange sie ihre neue Position innehielt, gehörte sie trotz der blutroten Stickerei auf ihrem dunkelgrauen Kleid nicht länger zur Roten Ajah. Die Verzögerung des Umzugs in ihre neuen Räume hätte von Leuten, die sie nicht kannten, als Zeichen des Takts aufgefasst werden können.

Seit Seaine sie in ihre Jagd nach der Schwarzen Ajah verstrickt hatte, machte alles Ungewöhnliche Pevara misstrauisch. Und Elaida vertraute Tarna, so wie sie Galina vertraut hatte; es war klug, bei *jedem,* dem Elaida vertraute, große Vorsicht walten zu lassen. Allein der Gedanke an Galina – das Licht sollte diese Frau für alle Ewigkeit brennen lassen! – versetzte Pevara noch immer in Wut, aber da gab es noch eine zweite

Verbindung. Auch Galina hatte sich sehr für Tarna interessiert. Gewiss, Galina hatte sich für jede Novizin oder Aufgenommene interessiert, die sich ihrer Ansicht nach vielleicht den Roten anschließen würde, aber es war ein weiterer Grund zur Vorsicht.

Nicht, dass sich Pevara davon etwas hätte anmerken lassen. Dafür war sie schon zu lange Aes Sedai. Lächelnd griff sie nach der Silberkanne, die auf dem Tablett stand und den süßen Geruch von Gewürzen verströmte. »Trinkt Ihr Wein, Tarna, als Gratulation zur Erhebung?«

Mit den Silberpokalen in den Händen setzten sie sich in die Spiralen-Lehnstühle, ein Stil, der vor fast hundert Jahren in Kandor aus der Mode gekommen war, der Pevara aber gefiel. Sie sah keinen Grund, ihre Möbel oder etwas anderes nur wegen den Launen des Augenblicks zu ändern. Die Stühle hatten ihr seit ihrer Anfertigung gedient, und mit ein paar zusätzlichen Kissen waren sie bequem. Tarna saß jedoch steif auf der Stuhlkante. Niemand hatte sie je als schwach bezeichnet, aber ihr *war* offensichtlich unbehaglich zumute.

»Ich bin mir nicht sicher, ob Gratulationen angebracht sind«, sagte sie und berührte die schmale rote Stola um ihren Hals. Der genaue Farbton war nicht vorgeschrieben, aber jeder, der ihn sah, hätte ihn als Rot beschrieben, und sie hatte ein helles Scharlachrot gewählt, das beinahe leuchtete. »Elaida hat darauf bestanden, und ich konnte nicht ablehnen. Es hat sich viel verändert, seit ich die Burg verließ, sowohl in ihr als auch außerhalb. Alviarin hat jedermann dazu gebracht, die Behüterin … mit Vorsicht zu betrachten. Ich vermute, einige werden wollen, dass sie die Prügelstrafe erhält, wenn sie endlich zurückkehrt. Und Elaida …« Sie hielt inne, um einen Schluck Wein zu trinken, aber als sie den Pokal senkte, wechselte sie das Thema. »Ich habe oft gehört, dass man Euch als unkonventionell bezeichnet. Ich habe sogar gehört, dass Ihr einmal gesagt habt, ihr hättet gern einen Behüter.«

»Man hat mich schon Schlimmeres als unkonventionell bezeichnet«, sagte Pevara trocken. Was hatte die Frau über Elaida sagen wollen? Sie hatte sich angehört, als hätte sie die Stola der Behüterin der Chroniken abgelehnt, wenn es nach ihren Wünschen gegangen wäre. Seltsam. Tarna war alles andere als schüchtern und zaghaft. Hier schien Schweigen angebracht. Vor allem über Behüter. Sie hatte zu viel geredet, wenn *das* ein allgemeines Gesprächsthema war. Außerdem, man musste nur lange genug schweigen, und die andere Frau sprach immer, und wenn auch nur aus dem Grund, um die Pausen zu füllen. Man konnte mit Schweigen viel erfahren. Pevara nippte an ihrem Wein. Für ihren Geschmack war zu viel Honig darin und nicht genug Ingwer.

Steif stand Tarna auf und ging zum Kamin, wo sie die Miniaturen auf ihren weiß lackierten Ständern betrachtete. Sie hob eine Hand, um eines der Elfenbeinporträts zu berühren, und Pevara spürte, wie sich ihre Schultern ungewollt versteiften. Georg, ihr jüngster Bruder, war erst zwölf gewesen, als er gestorben war, bei einem Aufstand von Schattenfreunden. Sie waren keine Familie gewesen, die sich Elfenbeinminiaturen leisten konnte, aber sobald sie das nötige Geld gehabt hatte, hatte sie einen Maler gefunden, der ihre Erinnerungen einfangen konnte. Georg war ein hübscher Junge gewesen, groß für sein Alter und völlig furchtlos. Viel später hatte sie erfahren, wie ihr kleiner Bruder gestorben war. Mit einem Messer in der Hand, über der Leiche ihres Vaters stehend, hatte er versucht, den Mob von ihrer Mutter fern zu halten. Das war nun so viele Jahre her. Sie wären sowieso schon alle lange tot, aber mancher Hass erlosch niemals.

»Wie ich gehört habe, ist der Wiedergeborene Drache *Ta'veren*«, sagte Tarna schließlich, sie starrte noch immer Georgs Bild an. »Glaubt Ihr, er verändert überall den Lauf der Dinge? Oder verändern wir die Zukunft selbst, ein Schritt folgt dem nächsten, bis wir uns an einem Ort wieder finden, den wir nie erwartet hätten?«

»Was meint Ihr?«, fragte Pevara etwas schärfer als beabsichtigt. Es gefiel ihr nicht, dass die andere Frau das Bildnis ihres Bruders so intensiv betrachtete, während sie von einem Mann sprach, der die Macht lenken konnte, selbst wenn er der Wiedergeborene Drache war. Sie biss sich auf die Lippe, um Tarna nicht zu bitten, sich umzudrehen und sie anzusehen. Einem Rücken konnte man nichts ablesen.

»Ich habe in Salidar mit keinen großen Schwierigkeiten gerechnet. Auch nicht mit einem großen Erfolg, aber was ich fand …« War das ein Kopfschütteln, oder hatte sie bloß den Winkel verändert, mit dem sie die Miniatur ansah? Sie sprach langsam, aber mit einem Unterton, der etwas an Dringlichkeit erinnerte. »Ich ließ eine Brieftaubenbetreuerin einen Tag vom Dorf entfernt zurück, aber ich brauchte weniger als einen halben Tag, um zu ihr zurückzukehren, und nachdem ich die Vögel mit Abschriften meines Berichts losgeschickt hatte, habe ich ein solches Tempo vorgelegt, dass ich die Frau ausbezahlen musste, weil sie nicht mehr mithalten konnte. Ich weiß nicht einmal genau, wie viele Pferde ich verbraucht habe. Manchmal waren die Tiere so erschöpft, dass ich meinen Ring vorzeigen musste, damit die Stallburschen sie überhaupt tauschten, selbst mit Silber. Und weil ich so ein schnelles Tempo vorlegte, kam ich zufällig in Murandy in ein Dorf, während ein … Rekrutierungszug … da war. Hätte mir das, was ich in Salidar gesehen habe, nicht eine solche Angst um die Burg eingejagt, wäre ich nach Ebou Dar geritten und hätte ein Schiff nach Illian und dann weiter flussaufwärts genommen, aber der Gedanke, nach Süden statt nach Norden zu gehen, der Gedanke, auf ein Schiff warten zu müssen, hat mich wie ein Pfeil nach Tar Valon geschickt. Also war ich in diesem Dorf und habe sie gesehen.«

»Wen, Tarna?«

»Asha'man.« Sie drehte sich endlich um. Ihre Augen waren noch immer wie blaues Eis, aber angespannt. Sie hielt den Pokal mit beiden Händen fest, als wollte sie die Wärme aufsaugen. »Natürlich wusste ich noch nicht, wer sie waren, aber sie rekrutierten offen Männer für den Wiedergeborenen Drachen, und es erschien klüger, erst zuzuhören, bevor ich etwas sagte. Gut für mich, dass ich so gehandelt habe. Es waren sechs von ihnen, Pevara, sechs Männer in schwarzen Mänteln. Zwei mit silbernen Schwertern an ihren Kragen horchten Männer aus, ob sie gern lernen würden, die Macht zu lenken. Oh, sie sagten das nicht offen heraus. Sie nannten es den Blitz schleudern. Schleudere den Blitz und reite den Donner. Aber mir war es klar, wenn auch nicht den Narren, mit denen sie sprachen.«

»Ja, es war gut für Euch, dass Ihr geschwiegen habt«, sagte Pevara leise. »Sechs Männer, die die Macht lenken können, wären für eine einzelne Schwester mehr als gefährlich. Unsere Augen-und-Ohren berichten alle über diese Rekrutierungstrupps – sie erscheinen überall, von Saldaea bis Tear –, aber niemand scheint eine Idee zu haben, wie man sie aufhalten könnte. Falls es dazu nicht schon zu spät ist.« Beinahe hätte sie sich wieder auf die Lippe gebissen. Das war das Problem, wenn man redete. Manchmal sagte man mehr, als man wollte.

Seltsamerweise ließ die Bemerkung Tarna etwas weniger steif erscheinen. Sie setzte sich wieder und lehnte sich zurück, auch wenn ihrer Haltung noch immer eine Spur von Misstrauen anhaftete. Sie wählte ihre Worte vorsichtig, hielt inne, um den Pokal an die Lippen zu führen, aber Pevara entging nicht, dass sie keineswegs trank. »Ich hatte auf dem Flussschiff nach Norden viel

Zeit zum Nachdenken. Sogar noch mehr, nachdem uns der Idiot von Kapitän so hart ans Ufer setzte, dass er einen Mast zerbrach und ein Leck in den Rumpf schlug. Tage, die wir mit dem Versuch verbracht haben, ein anderes Schiff herbeizurufen, nachdem wir an Land gegangen sind, und Tage, um ein Pferd zu finden. Sechs dieser Männer, die in ein Dorf geschickt wurden, haben mich schließlich überzeugt. Oh, die Umgebung auch, aber sie war nicht besonders bevölkert. Ich … ich glaube, es ist zu spät.«

»Elaida ist der Ansicht, man könnte sie alle dämpfen«, sagte Pevara unverbindlich. Sie hatte sich bereits zu weit hervorgewagt.

»Wenn sie sechs von ihnen in ein kleines Dorf schicken können und das Schnelle Reisen beherrschen? Meiner Meinung nach gibt es nur eine Antwort. Wir …« Tarna holte tief Luft und berührte die hellrote Stola erneut, aber jetzt schien es mehr aus Bedauern zu geschehen, als um Zeit zu gewinnen. »Rote Schwestern müssen sie als Behüter aufnehmen, Pevara.«

Das war eine solche Überraschung, dass Pevara blinzelte. Einen Bruchteil weniger Selbstkontrolle, und sie hätte sie angestarrt. »Ist das Euer Ernst?«

Die eiskalten blauen Augen erwiderten ihren Blick ruhig. Das Schlimmste war vorbei – das Undenkbare laut ausgesprochen –, und Tarna war wieder eine Frau aus Stein. »Das ist kaum ein Thema, um Scherze zu machen. Die einzige andere Möglichkeit besteht darin, sie unbehelligt zu lassen. Wer sonst kann es tun? Rote Schwestern haben Erfahrung damit, sich solchen Männern zu stellen, und sind bereit, die nötigen Risiken auf sich zu nehmen. Jede andere wird davor zurückschrecken. Jede Schwester wird mehr als einen nehmen müssen, aber die Grünen kommen damit auch gut zurecht. Obwohl ich glaube, dass die Grünen in Ohnmacht fallen würden, wenn man ihnen das vorschlägt. Wir …

die Roten Schwestern … müssen tun, was getan werden muss.«

»Habt Ihr das schon Elaida vorgeschlagen?«, fragte Pevara, und Tarna schüttelte ungeduldig den Kopf.

»Wie Ihr schon sagtet, Elaida glaubt …« Die blonde Frau schaute stirnrunzelnd in ihren Wein, bevor sie fortfuhr. »Elaida glaubt oft das, was sie glauben will, und sieht, was sie sehen will. Ich habe versucht, am ersten Tag nach meiner Rückkehr die Asha'man anzusprechen. Nicht der Vorschlag mit dem Behüterbund. Ich bin keine Närrin. Sie hat mir verboten, sie zu erwähnen. Aber Ihr seid … unkonventionell.«

»Und glaubt Ihr, dass sie gedämpft werden können, *nachdem* sie den Bund eingegangen sind? Ich habe keine Ahnung, welche Folgen das für die Schwester hätte, die den Bund hält, und in Wahrheit will ich es auch nicht wissen.« Pevara erkannte, dass sie hier diejenige war, die Zeit herausschinden wollte. Zu Beginn dieses Gesprächs hatte sie nicht die geringste Ahnung gehabt, wo es hinführen sollte, aber sie hätte ihren ganzen Besitz dagegengesetzt, dass es in diese Richtung führte.

»Das könnte das Ende sein, und es könnte sich auch als unmöglich erweisen«, erwiderte Tarna kühl. Die Frau *war* aus Stein. »Aber ich sehe keine Alternative, mit diesen Asha'man umzugehen. Rote Schwestern müssen mit ihnen den Behüterbund schließen. Falls es dazu eine Möglichkeit gibt, werde ich unter den Ersten sein, aber es *muss* getan werden.«

Sie saß da, trank langsam ihren Wein, und für lange Zeit konnte Pevara sie nur verblüfft anstarren. Nichts von dem, was Tarna gesagt hatte, war ein Beweis, dass sie keine Schwarze Ajah war, aber sie konnte nicht jeder Schwester misstrauen, die nicht in der Lage war, den gegenteiligen Beweis zu erbringen. Nun, sie konnte es und tat es auch, wenn es um die Angelegenheiten der Schwarzen ging, aber es gab noch andere Dinge, um die sie sich kümmern musste. Sie war eine Sitzende und kein Jagdhund. Sie musste an die Weiße Burg denken, und an Aes Sedai, die weit von der Burg entfernt waren. Und an die Zukunft.

Sie schob die Finger in ihre bestickte Gürteltasche und zog ein kleines Stück Papier heraus, das zu einer dünnen Röhre gerollt war. Eigentlich hätte es mit feurigen Buchstaben leuchten müssen. Bis jetzt war sie eine von zwei Frauen in der Burg, die wussten, was dort geschrieben stand. Selbst als sie es hervorgeholt hatte, zögerte sie, bevor sie es Tarna reichte. »Das kam von einem unserer Spione in Cairhien, aber es wurde von Toveine Gazal geschickt.«

Tarna riss bei der Erwähnung von Toveines Namen die Augen auf, dann senkte sie den Blick wieder, als sie las. Ihr steinernes Gesicht veränderte sich nicht, nachdem sie fertig war und das Papier sich wieder aufrollte. »Das verändert nichts«, sagte sie kalt. »Es macht meinen Vorschlag nur noch dringlicher.«

»Ganz im Gegenteil«, seufzte Pevara. »Es verändert alles. Es verändert die ganze Welt.«

KAPITEL 9

Schmuckstücke

Die Luft in dem Zimmer war gerade ausreichend wärmer als draußen, um die Scheiben in den roten Fensterrahmen beschlagen zu lassen, und das Glas enthielt Blasen, aber Cadsuane schaute hinaus, als könnte sie die triste Landschaft deutlich sehen. Sie konnte sie sogar mehr als nur deutlich sehen. Ein paar unselige Leute, dick vermummt – nur die formlosen Röcke und Hosen unterschieden die Männer von den Frauen –, stampften über die schlammigen Felder, die das Herrenhaus umgaben, manchmal blieben sie auch stehen, um die Erde abzutasten. Nicht mehr lange, und sie konnten mit Pflügen und der Aussaat beginnen, aber allein ihre Inspektion war ein Zeichen, dass bald der Frühling kommen würde. Der Wald jenseits der Felder bestand nur aus dunklen, kahlen Ästen, die sich vor dem dunkelgrau verwaschenen Morgenhimmel abzeichneten. Eine Schneedecke hatte den Ausblick weniger trostlos erscheinen lassen, aber hier schneite es selten und dann nur leicht, und die Spuren von einem Schneefall überdauerten nur selten bis zum nächsten. Aber ihr fielen nur wenige Orte ein, die besser für ihre Zwecke geeignet gewesen wären, hier, kaum einen harten Tagesritt östlich vom Rückgrat der Welt entfernt. Wer würde schon darauf kommen, innerhalb der Grenzen von Tear zu suchen? Aber war es leicht gewesen, den Jungen davon zu überzeugen, hier zu bleiben? Mit einem Seufzer wandte sie sich vom Fenster ab und fühlte, wie der Goldschmuck in ihrem Haar schaukelte, die kleinen Monde und Sterne, Vögel und Fische. In letzter Zeit war sie sich ihnen sehr bewusst. Bewusst? Hah! In letzter Zeit hatte sie daran gedacht, mit ihnen schlafen zu gehen.

Das Wohnzimmer war groß, aber nicht überladen, genau wie das Herrenhaus selbst, es gab Simse aus geschnitztem Holz, das rot bemalt war. Die Möbel wiesen helle Farben auf, aber es gab nicht die geringste Vergoldung; die beiden großen Kamine bestanden aus einfachem Stein, waren allerdings ordentlich gemauert, die Kaminböcke aus massivem Eisen waren auf lange Lebensdauer ausgerichtet statt auf Schönheit. Die Feuer in den Kaminen waren klein, weil sie darauf bestanden hatte, die Flammen leckten über halb verbrannte Scheite, aber es genügte, damit sie sich die Hände wärmen konnte, und mehr wollte sie nicht. Sich selbst überlassen hätte Algarin sie mit brüllender Hitze umgeben und mit Dienstboten erstickt, so wenig er auch noch beschäftigte. Als unbedeutender Landedelmann war er alles andere als wohlhabend, aber er zahlte seine Schulden auf Heller und Pfennig, wo die meisten anderen Männer die andere Seite einer Schuld gesehen hätten.

Die schmucklose Tür zum Korridor öffnete sich quietschend – die meisten von Algarins Dienern waren fast genauso alt wie er, und auch wenn sie alles staubfrei und ordentlich und die Lampen mit Öl gefüllt und die Dochte gestutzt hielten, schienen die Türangeln des Hauses regelmäßigem Nachölen zu entgehen –, die Tür öffnete sich quietschend und ließ Verin herein, die noch immer mit einem einfachen braunen Reitgewand und einem Umhang über dem Arm reisefertig gekleidet war und ihr von Grau durchzogenes Haar richtete. Das kantige Gesicht der stämmigen kleinen Schwester zeigte einen bekümmerten Ausdruck, und sie schüttelte den

Kopf. »Nun, die Leute vom Meervolk sind in Tear abgeliefert worden, Cadsuane. Ich war nicht in der Nähe des Steins, aber ich habe gehört, dass Hochlord Astoril aufgehört hat, sich über seine schmerzenden Gelenke zu beklagen und sich mit Darlin zusammengesetzt hat. Wer hätte gedacht, dass sich Astoril aufrafft, und dann auch noch auf Darlins Seite? Die Straßen sind voller Waffenmänner, die meisten betrinken sich und raufen miteinander, wenn sie nicht gegen die Atha'an Miere kämpfen. In der Stadt sind so viele Meervolkleute wie an allen anderen Orten zusammen. Harine war entsetzt. Sie eilte zu den Schiffen, sobald sie ein Boot mieten konnte; sie erwartete, zur Herrin der Schiffe ernannt zu werden und alles zu regeln. Es scheint kein Zweifel mehr zu bestehen, dass Nesta din Reas tot ist.«

Cadsuane ließ die kleine, pummelige Frau weiterplaudern. Verin war nicht halbwegs so geistesabwesend, wie sie vorgab. Einige Braune konnten wirklich über die eigenen Füße stolpern, weil sie sie vergaßen, aber Verin gehörte zu jenen, die sich in einen vorgetäuschten Mantel aus Weltfremdheit hüllten. Sie schien zu glauben, dass Cadsuane diesen Mantel für die Realität hielt, aber wenn eine Position bezogen werden musste, dann würde sie es machen. Und was sie ausließ, würde auch aufschlussreich sein. Cadsuane war sich der anderen Schwester weniger sicher, als ihr lieb war. Unsicherheit war ein Teil des Lebens, aber sie war sich zu vieler Dinge unsicher, als dass es ihr gefallen hätte.

Unglücklicherweise musste Min an der Tür gelauscht haben, und diese junge Frau hatte wenig Geduld. »Ich habe Harine gesagt, dass es so sein würde«, protestierte sie und platzte ins Zimmer. »Ich habe ihr gesagt, dass man sie für ihren Handel mit Rand bestrafen würde. Nur danach wird sie Herrin der Schiffe, und ich vermag nicht zu sagen, ob das in zehn Tagen geschieht oder in zehn Jahren.« Schlank und hübsch in ihren Stiefeln mit den roten Absätzen und den dunklen Locken, die bis zu den Schultern reichten, hatte Min eine tiefe, mädchenhafte Stimme, aber sie trug einen roten Jungenmantel und blaue Hosen. Der Mantel war auf den Aufschlägen und den Ärmeln mit bunten Blumen bestickt, und die Hosen wiesen an der Außenseite Streifen auf, aber es waren trotzdem Mantel und Hosen.

»Ihr dürft hereinkommen, Min«, sagte Cadsuane leise. Für gewöhnlich ließ dieser Tonfall die Leute die Ohren spitzen. Zumindest jene, die sie kannten. Auf Mins Wangen erschienen rote Flecken. »Ich fürchte, die Herrin der Wogen hat bereits alles erfahren, was aus Eurer Sicht zu erfahren war. Aber Eurer Eile nach zu urteilen, habt Ihr vielleicht die Aura von jemand anderem gelesen und wollt mir erzählen, was Ihr gesehen habt?« Die seltsame Fähigkeit des Mädchens hatte sich in der Vergangenheit als nützlich erwiesen und würde es zweifellos auch wieder sein. Möglicherweise. Soweit Cadsuane es sagen konnte, log sie nicht, wenn sie beschrieb, was sie in den Bildern und Auren las, die sie um Menschen herumschweben sah, aber sie erzählte es auch nicht immer frei heraus. Vor allem nicht, wenn es um die eine Person ging, über die Cadsuane gern vor allen anderen Bescheid gewusst hätte.

Ob nun rote Wangen oder nicht, Min hob stur das Kinn. Sie hatte sich seit Shadar Logoth verändert, vielleicht hatte es auch schon früher angefangen, aber wie dem auch sein mochte, es war keine Veränderung zum Besseren. »Rand will Euch sehen. Er hat gesagt, ich soll Euch bitten, aber Ihr müsst deswegen nicht schnippisch werden.«

Cadsuane sah sie bloß an und ließ die Stille sich ausdehnen. Schnippisch? Eindeutig nicht zum Besseren. »Sagt ihm, ich komme, wenn ich kann«, entgegnete sie schließlich. »Schließt die Tür hinter Euch fest ins

Schloss, Min.« Die junge Frau öffnete den Mund, als wollte sie noch mehr sagen, aber wenigstens bewies sie genug Verstand, es ungesagt zu lassen. Sie brachte sogar trotz ihrer albernen Stiefel einen passablen Knicks zustande und schloss die Tür fest hinter sich. Tatsächlich fehlte nicht viel, um es als Zuknallen zu bezeichnen.

Verin schüttelte wieder den Kopf und gab ein Lachen von sich, das nicht besonders amüsiert klang. »Sie liebt den jungen Mann, Cadsuane, und sie hat ihr Herz in seine Tasche gesteckt. Was auch immer Ihr sagt oder tut, sie würde eher ihm folgen als ihrem Verstand. Ich glaube, sie hat Angst, dass er beinahe unter ihren Händen gestorben wäre, und Ihr wisst, wie das bei einer Frau dazu führen kann, dass sie sich entschlossen an ihm festklammert.«

Cadsuane presste die Lippen zusammen. Verin wusste mehr über diese Art Beziehung zu Männern als sie – sie hatte nie etwas davon gehalten, sich mit ihren Behütern einzulassen, so wie es manche Grüne taten, und andere Männer waren nie in Frage gekommen –, aber die Braune war ohne es zu wissen einer Wahrheit sehr nahe gekommen. Zumindest glaubte Cadsuane nicht, dass die andere Schwester wusste, dass Min mit dem jungen al'Thor verbunden war. Sie selbst wusste es auch nur, weil das Mädchen in einem unbedachten Augenblick zu viel gesagt hatte. Selbst die verschlossenste Muschel musste schließlich ihr Fleisch preisgeben, sobald man die erste kleine Öffnung in die Schale gemacht hatte. Manchmal gab sie auch eine unerwartete Perle preis. Ja, Min würde den Jungen am Leben erhalten wollen, ob sie ihn nun liebte oder nicht, aber nicht mehr, als Cadsuane es wollte.

Verin legte den Umhang über eine hohe Stuhllehne, ging zum nächsten Kamin und streckte die Hände aus, um sie vor den niedrigen Flammen zu wärmen. Man konnte nicht behaupten, dass Verin dahergliitt, aber sie war anmutiger, als ihre massige Gestalt vermuten ließ. Wie viel von ihr war tatsächlich eine Täuschung? Jede Aes Sedai verbarg sich im Laufe der Zeit hinter verschiedenen Masken. Nach einer Weile wurde es zur Gewohnheit. »Ich glaube, dass die Situation in Tear doch noch friedlich geregelt werden kann«, sagte sie und schaute ins Feuer. Sie hätte genauso gut mit sich selbst sprechen können. Oder es Cadsuane glauben lassen wollen. »Hearne und Simaan verzweifeln beinahe, sie fürchten, dass die anderen Hochlords aus Illian zurückkehren und sie in der Stadt gefangen setzen. Möglicherweise sind sie bereit, Darlin zu akzeptieren, zieht man ihre anderen Möglichkeiten in Betracht. Estanda ist da aus härterem Holz geschnitzt, aber wenn man sie davon überzeugen kann, dass es für sie von Vorteil ist ...«

»Ich habe Euch gesagt, Ihr sollt nicht in ihre Nähe gehen«, unterbrach Cadsuane sie streng.

Die pummelige Frau blinzelte überrascht. »Das bin ich auch nicht. Die Straßen sind immer voller Gerüchte, und ich weiß, wie man Gerüchte durchsieben muss, um etwas Wahrheit herauszubekommen. Ich habe Alanna und Rafela gesehen, aber bevor sie mich sehen konnten, habe ich mich hinter einen Burschen geduckt, der von einem Karren Fleischpasteten verkaufte. Ich bin sicher, dass sie mich nicht gesehen haben.« Sie hielt inne und wartete offensichtlich darauf, dass Cadsuane erklärte, warum man ihr befohlen hatte, auch die anderen Schwestern zu meiden.

»Ich muss jetzt zu dem Jungen, Verin«, sagte Cadsuane stattdessen. Das war das Problem, wenn man einwilligte, jemanden zu beraten. Selbst wenn man sämtliche Bedingungen stellte, die man wollte – jedenfalls die meisten –, musste man dennoch früher oder später zu ihnen, wenn sie nach einem verlangten. Irgendwann.

Aber es gab ihr einen Grund, Verins Neugier zu entgehen. Die Antwort war simpel. Wenn man versuchte, jedes Problem selbst zu lösen, löste man am Ende gar keine. Und bei einigen Problemen spielte es auf lange Sicht gesehen wirklich keine Rolle, wie man sie löste. Aber wenn sie Verin die Antwort schuldig blieb, hatte sie etwas, worüber sie nachdenken konnte. Wenn sich Cadsuane bei jemandem nicht sicher war, dann wollte sie, dass sie sich auch bei ihr unsicher waren.

Verin nahm ihren Umhang und verließ gemeinsam mit ihr den Raum. Wollte die andere Frau sie etwa begleiten? Aber im Korridor begegneten sie Nesune, die eilig ausschritt. Sie blieb abrupt stehen. Nicht mehr als eine Hand voll Leute hatten es je geschafft, Cadsuane zu ignorieren, aber Nesune bot eine überzeugende Vorstellung; ihre fast schwarzen Augen richteten sich auf Verin.

»Dann seid Ihr also zurück?« Die besten Braunen hatten so eine Art, das Offensichtliche festzustellen. »Wenn ich mich recht entsinne, habt Ihr eine Abhandlung über die Tiere des Versunkenen Landes geschrieben.« Was bedeutete, dass Verin es getan hatte; Nesune erinnerte sich an alles, was sie je gesehen hatte – eine nützliche Fähigkeit, wäre Cadsuane sich ihrer nur sicher genug gewesen, um sie zu benutzen. »Lord Algarin hat mir die Haut einer großen Schlange gezeigt, die, wie er behauptet, aus dem Versunkenen Land stammt, aber ich glaube, es handelt sich um die gleiche, die ich gesehen habe, als ich in …« Verin warf Cadsuane einen hilflosen Blick über die Schulter zu, als die größere Frau sie am Ärmel mit sich zerrte, aber sie hatten noch keine drei Schritte zurückgelegt, als sie auch schon in eine heftige Diskussion über die verdammte Schlange vertieft war.

Es war ein bemerkenswerter Anblick, und in gewisser Weise Besorgnis erregend. Nesune stand loyal zu

Elaida oder hatte es zumindest getan, während Verin zu denen gehörte, die Elaida stürzen wollten. Oder zumindest dazu gehört hatte. Jetzt unterhielten sie sich angeregt über Schlangen. Dass beide dem Jungen die Treue geschworen hatten, dafür konnte man seinen Einfluss als *Ta'veren* verantwortlich machen und dass er unbewusst das Muster um sich herum beeinflusste, aber reichte der Eid aus, dass sie ihre gegenteilige Meinung darüber, wer auf dem Amyrlin-Sitz sitzen sollte, völlig ignorierten? Oder wurden sie davon beeinflusst, einen *Ta'veren* in unmittelbarer Nähe zu haben? Das hätte Cadsuane sehr gern gewusst. Keines ihrer Schmuckstücke beschützte sie vor einem *Ta'veren*. Zwar hatte sie keine Ahnung, was zwei der Fische und einer der Monde bewirkte, aber es erschien unwahrscheinlich, dass sie dies taten. Es hätte auch einfach an der Tatsache liegen können, dass sowohl Verin wie auch Nesune Braune waren. Braune konnten alles um sich herum vergessen, wenn sie etwas studierten. Schlangen! Hah! Die kleinen Schmuckstücke baumelten, als sie den Kopf schüttelte, bevor sie sich abwandte und die beiden Braunen hinter sich ließ. Was konnte der Junge wollen? Die Rolle einer Beraterin hatte ihr nie gefallen, ob sie nun nötig war oder nicht.

Zugluft in den Korridoren bewegte die wenigen Wandbehänge, sie alle waren altmodisch und zeigten die Abnutzung, viele Male abgenommen und wieder aufgehängt worden zu sein. Das Herrenhaus war wie ein weiträumiges Bauernhaus gewachsen, man hatte Räume hinzugefügt, wenn es das Vermögen und die Anzahl der Familienmitglieder erlaubten. Haus Pendaloan war nie reich gewesen, aber es hatte Zeiten gegeben, zu denen es viele Köpfe gezählt hatte. Die Resultate zeigten sich in mehr als in abgenutzten, altmodischen Wandbehängen. Die Simse waren hell gestrichen, rot, gelb oder blau, aber die Korridore variierten in Breite und Höhe, und die

Verbindungen waren manchmal etwas schief. Fenster, die einst auf die Felder hinausgeblickt hatten, blickten jetzt auf Höfe, die für gewöhnlich nur ein paar Bänke aufwiesen. Wenn man von einem Ort zum anderen wollte, gab es manchmal keine andere Möglichkeit, als überdachte Kolonnaden zu benutzen, die auf die Höfe hinausschauten. Die Säulen waren meistens nur aus Holz, aber selbst wenn es keine Schnitzarbeiten gab, hatte man sie immerhin mutig bemalt.

Auf einem dieser Gänge mit dicken grünen Säulen standen zwei Schwestern zusammen und beobachteten die Aktivitäten im Hof unter ihnen. Zumindest standen sie zusammen, als Cadsuane die Tür zur Kolonnade öffnete. Beldeine sah sie nach draußen treten, erstarrte und fummelte an der Stola mit den grünen Fransen herum, die sie noch keine fünf Jahre trug. Mit ihren hohen Wangenknochen und den leicht schräg stehenden braunen Augen war sie hübsch, aber sie hatte die Alterslosigkeit noch nicht erreicht und sah jünger als Min aus, vor allem, als sie Cadsuane einen frostigen Blick zuwarf und in die andere Richtung eilte.

Merise, ihre Gefährtin, lächelte amüsiert hinter ihr her und richtete ihre eigene grün befranste Stola. Merise war hoch gewachsen und trug das Haar streng zurückgekämmt; sie war für gewöhnlich sehr ernst und lächelte nur selten. »Beldeine, sie macht sich langsam Sorgen, dass sie noch keinen Behüter hat«, sagte sie mit ihrem tarabonischen Akzent, als Cadsuane neben ihr stehen blieb, obwohl sich ihre blauen Augen wieder auf den Hof richteten. »Sie scheint einen Asha'man in Betracht zu ziehen, wenn sie einen findet. Ich habe ihr gesagt, sie soll mit Daigian sprechen. Wenn ihr das nicht hilft, wird es Daigian helfen.«

Sämtliche Behüter hatten sich auf dem gepflasterten Hof versammelt, trotz der Kälte waren sie in Hemdsärmeln. Die meisten von ihnen saßen auf den gestrichenen Holzbänken und sahen zu, wie zwei von ihnen mit hölzernen Übungsschwertern trainierten. Jahar, einer von Merises drei Behütern, war ein ansehnlicher, von der Sonne gebräunter junger Mann. Die Silberglöckchen an den Enden seiner beiden langen Zöpfe bimmelten durch die Wut seines Angriffs. Er bewegte sich wie eine zubeißende Schwarzlanze. Kein Windhauch wehte, aber der achtzackige Stern schien sich wie eine Kompassrose gegen Cadsuanes Haar zu drehen. Hätte sie ihn in der Hand gehalten, hätte sie fühlen können, wie er vibrierte. Aber ihr war ja bereits bekannt, dass Jahar ein Asha'man war, und der Stern hätte ihn nicht gekennzeichnet, sondern lediglich mitgeteilt, dass ein Mann in der Nähe war, der die Macht lenken konnte. Sie hatte gelernt, dass der Stern umso härter vibrierte, je mehr Machtlenker da waren. Jahars Gegner, ein sehr großer, breitschultriger Bursche mit steinernem Gesicht und einem geflochtenen Lederband um die ergrauenden Schläfen, das schulterlanges Haar zurückhielt, war da unten nicht der zweite Asha'man, aber er war auf seine Weise tödlich. Lan schien sich wirklich nicht so schnell zu bewegen, aber er … floss. Seine Klinge aus zusammengebundenen Leisten war immer zur Stelle, um Jahars abzuwehren, brachte den jungen Mann immer eine Spur weiter aus seiner Linie.

Plötzlich traf Lans Holzklinge mit einem lauten Knall Jahars Seite, mit Stahl ein tödlicher Schlag. Während sich der jüngere Mann noch immer von der Wucht des Treffers krümmte, ging Lan zurück in die Ausgangsstellung, die lange Klinge nach oben gerichtet. Nethan, ein weiterer von Nerises Behütern, stand auf, ein schmaler Bursche mit weißem Haar an den Schläfen, der trotz seiner Größe noch immer eine Handspanne kleiner als Lan war. Jahar winkte ihn fort, hob die Übungsklinge erneut und verlangte laut nach einem weiteren Durchgang.

»Hält sich Daigian noch immer aufrecht?«, fragte Cadsuane.

»Besser, als ich erwartet hätte«, gab Merise zu. »Sie verbringt zu viel Zeit in ihrem Zimmer, aber sie hält ihre Tränen verborgen.« Ihr Blick wich von den Männern, die die Klingen tanzen ließen, zu einer grün gestrichenen Bank, auf der Verins untersetzter, grauhaariger Tomas neben einem Burschen saß, der nur noch über einen weißen Haarkranz verfügte. »Damer, er wollte sein Heilen bei ihr versuchen, aber Daigian hat abgelehnt. Sie hat zwar vermutlich nie zuvor einen Behüter gehabt, aber sie weiß, dass die Trauer über einen toten Behüter ein Teil der Erinnerung an ihn ist. Ich bin überrascht, dass Corele überhaupt in Betracht zog, es zu erlauben.«

Mit einem Kopfschütteln richtete die Schwester aus Tarabon ihre Aufmerksamkeit wieder auf Jahar. Die Behüter anderer Schwestern interessierten sie nicht, jedenfalls nicht auf die Weise, wie es ihre eigenen taten. »Asha'man trauern wie Behüter. Ich dachte, Jahar und Damer wären nur dem Beispiel der anderen gefolgt, aber er sagt, es wäre auch ihre Sitte. Natürlich habe ich sie nicht gestört, aber ich habe gesehen, wie sie in Erinnerung an Daigians jungen Eben das Glas erhoben haben. Sie erwähnten nie seinen Namen, aber sie stellten einen vollen Becher für ihn hin. Bassane und Nethan wissen, dass sie jeden Tag sterben können, und sie akzeptieren es. Jahar *erwartet* den Tod; er erwartet ihn jeden Tag. Für ihn ist jede Stunde mit Sicherheit seine letzte.«

Cadsuane konnte sich kaum davon zurückhalten, die andere Frau offen anzusehen. Es geschah nicht oft, dass Merise so lange sprach. Ihre Miene war reglos, aber etwas hatte sie aufgebracht. »Ich weiß, dass Ihr es übt, Euch mit ihm zu verknüpfen«, sagte Cadsuane taktvoll und schaute in den Hof hinunter. Mit einer anderen

Schwester über ihren Behüter zu sprechen erforderte Takt. Das war mit ein Grund, warum sie stirnrunzelnd in den Hof sah. »Habt Ihr schon herausfinden können, ob der junge al'Thor bei Shadar Logoth Erfolg gehabt hat? Ist es ihm wirklich gelungen, die männliche Hälfte der Quelle zu säubern?«

Corele übte sich ebenfalls darin, sich mit Damer zu verknüpfen, aber die Gelbe war so auf ihre erfolglosen Bemühungen konzentriert, herauszufinden, wie sie mit *Saidar* das schaffen konnte, was er mit *Saidin* machte, dass sie nicht bemerkt hätte, wenn der Schmutz des Dunklen Königs ihr den Hals hinuntergelaufen wäre. Cadsuane fand es bedauerlich, dass sie die Stola nicht fünfzig Jahre später errungen hatte, denn dann wäre sie selbst mit einem der Männer den Behüterbund eingegangen und hätte nicht fragen müssen. Aber fünfzig Jahre hätten bedeutet, dass Norla in ihrem kleinen Haus in den Schwarzen Bergen gestorben wäre, bevor Cadsuane Melaidhrin das erste Mal einen Fuß in die Weiße Burg gesetzt hatte. Das hätte einen großen Teil der Geschichte verändert. Unter anderem wäre es sehr unwahrscheinlich gewesen, dass sie auch nur in der Nähe ihrer derzeitigen Situation gewesen wäre. Also fragte sie taktvoll und wartete.

Merise blieb einen langen Moment still, dann seufzte sie. »Ich weiß es nicht, Cadsuane. *Saidar* ist ein ruhiger Ozean, der einen dahin bringt, wohin man will, solange man die Strömungen kennt und sich von ihnen tragen lässt. *Saidin* … ist eine Lawine aus brennendem Gestein. Zusammenbrechende Eisberge. Es fühlt sich sauberer an als bei meiner ersten Verknüpfung mit Jahar, aber in diesem Chaos könnte sich alles verbergen. Alles.«

Cadsuane nickte. Sie vermochte nicht zu sagen, ob sie eine andere Antwort erwartet hatte. Warum sollte sie auch Gewissheit über eine der beiden wichtigsten Fragen der Welt erhalten, wenn sie sie schon bei simpleren Dingen nicht bekam? Auf dem Hof landete Lans Klinge diesmal nicht mit einem lauten Knall, sondern kurz vor Jahars Kehle, und der größere Mann glitt zurück in die Ausgangsstellung. Nethan stand erneut auf, und wieder winkte Jahar ihn zurück, hob wütend das Schwert und nahm die Ausgangsstellung ein. Bassane, Merises dritter Behüter, ein kleiner breiter Bursche, der fast so dunkel wie Jahar war, obwohl er aus Cairhien kam, lachte und machte eine abfällige Bemerkung über zu ehrgeizige Männer, die über die eigenen Klingen stolperten. Tomas und Damer wechselten einen Blick und schüttelten den Kopf; Männer in diesem Alter hatten für gewöhnlich schon lange aufgehört zu spotten. Das harte Knallen von Holz auf Holz begann erneut.

Die anderen vier Behüter waren nicht das einzige Publikum, das Lan und Jahar auf dem Hof zusah. Das schlanke Mädchen, das ihr Haar zu einem langen Zopf geflochten trug und besorgt von der roten Bank aus zusah, war der Grund für Cadsuanes Stirnrunzeln. Das Kind würde anderen Leuten seinen Großen Schlangenring unter die Nase halten müssen, um für eine Aes Sedai gehalten zu werden, was sie immerhin war, wenn auch nur formal gesehen. Es lag nicht daran, dass Nynaeve ein Mädchengesicht hatte; Beldeine sah auch noch so jung aus. Nynaeve rutschte auf der Bank herum, immer kurz davor aufzuspringen. Gelegentlich bewegten sich ihre Lippen, als würde sie lautlos Anfeuerungsrufe schreien, und manchmal verdrehten sich ihre Hände, als wollte sie demonstrieren, wie Lan sein Schwert hätte führen müssen. Ein leichtfertiges Mädchen, voller Leidenschaften, das nur selten zeigte, dass es über einen funktionierenden Verstand verfügte. Min war nicht die Einzige, die wegen eines Mannes Herz und Kopf in den Brunnen geworfen hatte. Nach den Sitten der toten Malkier verkündete der rote Punkt, der auf Nynaeves Stirn gemalt war, ihre Ehe mit Lan, auch wenn Gelbe nur selten ihre Behüter heirateten. Was das anging, taten das nur sehr wenige Schwestern. Und natürlich war Lan nicht Nynaeves Behüter, auch wenn er und das Mädchen sich so aufführten. Zu wem er gehörte, war ein Thema, dem sie sich entzogen wie Diebe in der Nacht.

Viel interessanter – und Besorgnis erregender – war Nynaeves Schmuck, eine lange Goldkette, ein schmaler Goldgürtel und dazu passende Armreife und Ringe, deren geschmacklose rote, grüne und blaue Edelsteine sich mit ihrem gelb geschlitzten Kleid bissen. Und sie trug auch dieses seltsame Schmuckstück an der linken Hand, goldene Ringe, die mit flachen Ketten mit einem goldenen Armreif verbunden waren. Das war ein *Angreal*, das viel stärker als Cadsuanes Haarschmuck war. Die anderen ähnelten auch ihren Stücken, *Ter'angreale*, die offensichtlich zur gleichen Zeit entstanden waren, während der Zerstörung der Welt, als eine Aes Sedai vielen Feinden gegenüberstand, vor allem Männern, die Machtlenker waren. Es war eine seltsame Vorstellung, dass auch sie Aes Sedai genannt worden waren. Das war, als würde man einen Mann namens Cadsuane begegnen.

Die Frage war nur – der Morgen schien voller Fragen zu sein, und die Sonne hatte nicht einmal den halben Weg zum Zenit zurückgelegt –, die Frage war nur, trug das Mädchen den Schmuck wegen des Jungen oder den Asha'man? Oder wegen Cadsuane Melaidhrin? Nynaeve hatte ihre Loyalität zu dem jungen Mann aus ihrem Dorf gezeigt, aber sie hatte auch ihr Misstrauen ihm gegenüber verraten. Sie verfügte über einen Verstand, wenn sie sich entschied, ihn zu benutzen. Aber bis diese Frage beantwortet war, war es viel zu gefährlich, dem Mädchen zu vertrauen. Leider gab es heutzutage kaum etwas, das nicht gefährlich erschien.

»Jahar wird stärker«, sagte Merise unvermittelt.

Einen Augenblick lang sah Cadsuane die andere Grüne stirnrunzelnd an. Stärker? Das Hemd des jungen Mannes klebte feucht an seinem Rücken, während Lan nicht einmal in Schweiß ausgebrochen zu sein schien. Dann begriff sie. Merise sprach von der Macht. Aber Cadsuane hob nur fragend eine Braue. Sie konnte sich nicht erinnern, wann sie sich das letzte Mal eine Überraschung hatte sichtlich anmerken lassen. Vermutlich vor diesen vielen Jahren, in den Schwarzen Bergen, als sie anfing, sich den Schmuck zu verdienen, den sie heute trug.

»Zuerst glaubte ich, dass die Art, wie diese Asha'man ausgebildet werden, ihn bereits zu seiner vollen Kraft getrieben hätte«, sagte Merise und schaute auf die beiden Männer hinunter, die mit ihren Übungsschwertern kämpften. Nein; sie blickte nur auf Jahar. Es war nur ein leichtes Zusammenkneifen der Augen, aber sie reservierte ihr Stirnrunzeln für jene, die es sehen und ihr Missfallen erkennen konnten. »In Shadar Logoth dachte ich, ich würde es mir einbilden. Vor drei oder vier Tagen war ich halb davon überzeugt, dass ich mich geirrt hatte. Jetzt bin ich sicher, dass es so ist. Wenn Männer in Schüben an Stärke gewinnen, kann keiner sagen, wie stark er werden wird.«

Natürlich sprach sie ihre offensichtliche Sorge nicht aus: dass er stärker als sie werden würde. So etwas zu sagen wäre auf vielerlei Weise undenkbar gewesen, und auch wenn sie sich irgendwie daran gewöhnt hatte, das Undenkbare zu tun – die meisten Schwestern wären bei der Vorstellung, mit einem Mann, der die Macht lenken konnte, den Bund einzugehen, in Ohnmacht gefallen –, bereitete es ihr stets Unbehagen, es auszusprechen. Cadsuane hatte damit kein Problem, aber sie hielt ihre Stimme ausdruckslos. Beim Licht, sie hasste es, taktvoll sein zu müssen. Das heißt, sie hasste zumindest die Notwendigkeit.

»Merise, er scheint zufrieden zu sein.« Merises Behüter schienen immer zufrieden zu sein; sie hatte sie gut im Griff.

»Er ist voller Zorn …« Sie berührte die Schläfe, als wollte sie das Bündel an Emotionen betasten, das sie durch den Bund fühlte. Sie war *wirklich* aufgebracht! »Keine Wut. Frustration.« Sie griff in ihre grüne Gürteltasche aus Leder und holte eine kleine, emaillierte Anstecknadel hervor, eine gewundene Gestalt in Rot und Schwarz, die wie eine Schlange mit Beinen und einer Löwenmähne aussah. »Ich weiß nicht, wo der junge al'Thor das herhat, aber er hat es Jahar gegeben. Für einen Asha'man ist das wohl das Gleiche, als würde er die Stola erringen. Natürlich musste ich es ihm abnehmen; Jahar ist noch immer in dem Stadium, wo er lernen muss, dass er nur das annehmen kann, was ich ihm erlaube. Aber er ist wegen dieses Dings so aufgebracht … Sollte ich es ihm zurückgeben? In gewisser Weise würde es dann von meiner Hand kommen.«

Cadsuanes Brauen schoben sich nach oben, bevor sie es verhindern konnte. Merise fragte sie wegen eines ihrer *Behüter* nach Rat? Natürlich war sie es gewesen, die überhaupt erst den Vorschlag gemacht hatte, dem Mann auf den Zahn zu fühlen, aber dieser Grad von Intimität war … Undenkbar? Hah! »Ich bin sicher, was auch immer Ihr entscheidet, wird gut sein.«

Mit einem letzten Blick auf Nynaeve ließ sie die Frau zurück, wie sie mit dem Daumen über die Anstecknadel strich und finster in den Hof sah. Lan hatte Jahar erneut besiegt, aber der junge Mann nahm wieder Aufstellung und verlangte einen weiteren Kampf. Wie auch immer Merise sich entschied, sie hatte bereits eine Sache gelernt, die ihr nicht gefiel. Die Grenzen zwischen Aes Sedai und Behüter waren immer so klar wie die Verbindungen gewesen; Aes Sedai befahlen, und Behüter gehorchten. Aber wenn sich von allen Leuten ausgerechnet Merise wegen einer Anstecknadel aufregte – Merise, die ihre Behüter mit strenger Hand geführt hatte –, dann würde man neue Grenzen abstecken müssen, zumindest mit Behütern, die die Macht lenken konnten. Es erschien unwahrscheinlich, dass die Verbindung mit ihnen jetzt aufhören würde; dafür war Beldeine der Beweis. Die Menschen veränderten sich eigentlich nie, aber die Welt tat es, und zwar mit beunruhigender Regelmäßigkeit. Damit musste man einfach leben – oder es zumindest aussitzen. Dann und wann konnte man mit Glück die Richtung dieser Veränderungen beeinflussen, aber selbst wenn man eine Veränderung aufhielt, setzte man nur eine andere in Gang.

Wie erwartet fand sie die Tür zu den Gemächern des Jungen nicht unbewacht vor. Natürlich war Alivia da; sie saß auf einer Bank neben der Tür, die Hände geduldig im Schoß gefaltet. Die hellblonde Seanchanerin hatte sich selbst zu einer Art Beschützerin des Jungen ernannt. Alivia hatte es ihm zu verdanken, dass man sie vom Kragen einer *Damane* befreit hatte, aber es steckte noch mehr dahinter. Min konnte sie beispielsweise nicht ausstehen, und es handelte sich nicht um die übliche Art der Eifersucht. Alivia schien kaum zu wissen, was Männer und Frauen zusammen taten. Aber da war eine Verbindung zwischen ihr und dem Jungen, eine Verbindung, die sich in Blicken zeigte, die auf ihrer Seite Entschlossenheit und auf seiner Hoffnung verriet, so schwer das auch zu glauben war. Bis Cadsuane genau wusste, worum es da ging, wollte sie nichts unternehmen, um sie zu trennen. Alivias scharfe blaue Augen musterten Cadsuane mit respektvollem Misstrauen, aber sie sah keine Feindin. Alivia hielt sich nicht lange mit jenen auf, die sie für al'Thors Feinde hielt.

Die andere Frau ähnelte Alivia von der Größe her, aber die beiden hätten nicht unterschiedlicher sein können, und das nicht nur, weil Elzas Augen braun waren und sie das glatte, alterslose Aussehen einer Aes Sedai hatte, wo Alivia feine Fältchen um die Augen und weiße Strähnen im Haar hatte, die geschickt verborgen waren. Elza sprang auf die Füße, sobald sie Cadsuane sah, stellte sich vor die Tür und wickelte sich fest in ihre Stola ein. »Er ist nicht allein«, sagte sie in eisigem Tonfall.

»Wollt Ihr mir den Weg versperren?«, fragte Cadsuane genauso kalt. Die andoranische Grüne hätte beiseite treten müssen. Elza stand in der Macht weit genug unter ihr, dass sie nicht einmal auf einen Befehl hätte warten dürfen, aber die Frau rührte sich nicht, und ihr Blick wurde tatsächlich hitzig.

Es war eine verzwickte Lage. Fünf weitere Schwestern, die ebenfalls im Herrenhaus wohnten, hatten dem Jungen die Treue geschworen, und diejenigen unter ihnen, die unverbrüchlich zu Elaida gestanden hatten, starrten Cadsuane an, als würden sie ihren Absichten den Jungen betreffend misstrauen. Was natürlich die Frage aufwarf, warum Verin das nicht tat. Aber nur Elza versuchte, sie von ihm fern zu halten. Das Benehmen der Frau stank förmlich nach Eifersucht, was keinen Sinn ergab. Sie konnte kaum glauben, dass sie besser geeignet war, ihn zu beraten, und hätte es auch nur ein Anzeichen gegeben, dass Elza den Jungen als Mann oder auch Behüter begehrte, hätte Min die Zähne gezeigt. Was das anging, verfügte das Mädchen über fein geschliffene Instinkte. Cadsuane hätte mit den Zähnen geknirscht, wäre sie die Art von Frau gewesen, die mit den Zähnen knirschte.

Als sie den Punkt erreicht hatte, an dem sie glaubte, Elza befehlen zu müssen, zur Seite zu treten, beugte sich Alivia vor. »Er hat nach ihr geschickt, Elza«, sagte sie mit ihrem gedehnten Akzent. »Er wird aufgebracht sein, wenn wir sie nicht einlassen. Aufgebracht wegen uns, nicht wegen ihr. Lasst sie eintreten.«

Elza warf der Seanchanerin einen Seitenblick zu, ihre Lippen verzogen sich verächtlich. In der Macht stand Alivia weit über ihr – was das anging, stand sie sogar weit über Cadsuane –, aber in Elzas Augen war sie eine Wilde und eine Lügnerin. Die dunkelhaarige Frau schien kaum zu akzeptieren, dass Alivia eine *Damane* gewesen war, ganz zu schweigen vom Rest ihrer Geschichte. Aber sie warf Cadsuane einen schnellen Blick zu, dann der Tür hinter ihr, und zog an der Stola. Offensichtlich wollte sie nicht, dass der Junge wütend war. Jedenfalls nicht auf sie.

»Ich sehe nach, ob er bereit ist, Euch zu empfangen«, sagte sie beinahe schon mürrisch. »Lasst sie nicht gehen«, fügte sie in schärferem Tonfall an Alivia gemünzt hinzu, bevor sie sich umdrehte und vorsichtig an der Tür klopfte. Drinnen erscholl eine Männerstimme, und sie öffnete die Tür gerade weit genug, um hineinzuschlüpfen und sie hinter sich ins Schloss zu ziehen.

»Ihr müsst ihr verzeihen«, sagte Alivia in diesem irritierend lang gezogenen, weichen seanchanischen Akzent. »Ich glaube, es liegt nur daran, dass sie ihren Eid sehr ernst nimmt. Sie ist es nicht gewöhnt, jemandem zu dienen.«

»Aes Sedai halten ihr Wort«, erwiderte Cadsuane trocken. Die Frau entfachte in ihr das Gefühl, als wäre ihre eigene Sprechweise so schnell und abgehackt wie die einer Cairhienerin! »Wir haben keine andere Wahl.«

»Das glaube ich Euch. Aber nur damit Ihr es wisst, auch ich halte mein Wort. Ich schulde ihm alles, was er von mir will.«

Eine faszinierende Bemerkung und eine Öffnung, aber bevor Cadsuane davon Gebrauch machen konnte, kam Elza heraus. Hinter ihr kam Algarin, der den weißen Bart sauber gestutzt trug. Er verneigte sich mit einem Lächeln vor Cadsuane, das die Falten in seinem Gesicht tiefer erscheinen ließ. Sein einfacher Mantel aus dunkler Wolle, der in seinen jüngeren Tagen angefertigt worden war, hing jetzt lose an seinem Körper, und das Haar auf seinem Kopf war dünn. Es gab keine Möglichkeit herauszufinden, warum er den Jungen besucht hatte.

»Er wird Euch jetzt empfangen«, sagte Elza scharf.

Beinahe hätte Cadsuane mit den Zähnen geknirscht. Alivia würde warten müssen. Algarin auch.

Der Junge war auf den Beinen, als Cadsuane eintrat; er war fast so groß und breitschultrig wie Lan. Er trug einen schwarzen Mantel mit Gold an den Ärmeln und an dem hohen Kragen. Er ähnelte zu sehr dem Mantel eines Asha'man, den man lediglich mit Stickerei verziert hatte, um ihr zu gefallen, aber sie sagte nichts. Er verbeugte sich höflich, geleitete sie zu einem Stuhl mit quastenverzierten Kissen vor dem Kamin und fragte, ob sie Wein wollte. Der Wein in der Kanne auf dem Seitentisch mit den beiden Pokalen war kalt, aber er könnte nach frischem schicken. Sie hatte hart genug daran gearbeitet, ihn zu höflichem Benehmen zu zwingen; er konnte jeden Mantel tragen, den er wollte. Es gab wichtigere Dinge, in denen er geleitet werden musste. Oder gestoßen oder nötigenfalls auch gezogen. Sie würde weder Zeit noch Kraft auf seine Kleidung verschwenden.

Sie schüttelte höflich den Kopf und lehnte den Wein ab. Ein Pokal bot viele Möglichkeiten – man konnte einen Schluck trinken, wenn man einen Augenblick zum Nachdenken brauchte; man konnte hineinblicken, wenn man seine Augen verbergen wollte –, aber diesen jungen Mann musste man jeden Augenblick im Auge behalten. Sein Gesicht verriet fast genauso wenig wie das einer Schwester. Mit dem dunkeln, rötlichen Haar und den blaugrauen Augen hätte er für einen Aiel durchgehen können, aber nur wenige Aiel hatten so kalt blickende Augen. Sie ließen den Morgenhimmel, in den sie zuvor gestarrt hatte, warm erscheinen. Kälter, als sie vor Shadar Logoth gewesen waren. Unglücklicherweise auch härter. Und sie sahen auch … müde aus.

»Algarin hatte einen Bruder, der die Macht lenken konnte«, sagte er und drehte sich zu einem ihr gegenüber befindlichen Stuhl um. In der halben Drehung taumelte er. Er hielt sich mit einem hervorgestoßenen Lachen an der Stuhllehne fest und tat so, als wäre er über die eigenen Stiefel gestolpert, aber das war er nicht. Und er hatte nicht nach *Saidin* gegriffen – sie hatte ihn taumeln sehen, wenn er das tat –, oder ihr Schmuck hätte sie gewarnt. Corele meinte, er würde nur etwas mehr Schlaf brauchen, um sich von Shadar Logoth zu erholen. Beim Licht, sie musste den Jungen am Leben erhalten, oder alles wäre vergebens gewesen!

»Ich weiß«, sagte sie. Und da es den Anschein hatte, dass Algarin ihm alles erzählt hatte, fügte sie hinzu: »Ich war diejenige, die Emarin gefangen genommen und nach Tar Valon gebracht hat.« In mancherlei Augen war das eine seltsame Sache, für die Algarin ihr da dankbar war, aber sein jüngerer Bruder hatte die Dämpfung mehr als zehn Jahre lang überlebt, nachdem sie ihm geholfen hatte, damit fertig zu werden. Die Brüder hatten sich nahe gestanden.

Die Brauen des Jungen zuckten, als er sich setzte. Er hatte es nicht gewusst. »Algarin will getestet werden.«

Sie erwiderte seinen Blick ruhig und hielt den Mund. Algarins überlebende Kinder waren verheiratet. Vielleicht war er bereit, sein Stück Land an seine Nachkommen abzugeben. Und ein Mann mehr oder weniger, der die Macht lenken konnte, machte zu diesem Zeitpunkt kaum einen Unterschied. Abgesehen von dem Jungen, der sie anstarrte.

Nach einem Moment bewegte sich ihr Kinn, die Andeutung eines Nickens. Hatte er sie auf die Probe stellen wollen? »Ihr braucht nicht zu befürchten, dass ich Euch nicht sage, wenn Ihr Euch wie ein Narr benehmt, Junge.« Die meisten Leute erinnerten sich nach einer Begegnung mit ihr, dass sie eine scharfe Zunge hatte. Dieser junge Mann musste gelegentlich daran erinnert werden. Er grunzte. Es hätte ein Lachen sein können. Es hätte bedauernd sein können. Sie rief sich ins Gedächtnis zurück, dass er gewollt hatte, dass sie ihm etwas beibrachte, auch wenn er nicht zu wissen schien, was es war. Egal. Sie hatte eine Liste, von der sie auswählen konnte, und sie war noch ganz oben.

Sein Gesicht hätte aus Stein gemeißelt sein können, so viel Gefühlsregungen zeigte er, aber er sprang auf die Füße und begann, zwischen Kamin und Tür auf und ab zu gehen, die Fäuste hinter dem Rücken verschränkt. »Ich habe mich mit Alivia unterhalten, über die Seanchaner«, fuhr er fort. »Sie nennen ihre Armee aus gutem Grund die Immer Siegreiche Armee. Sie hat noch nie einen Krieg verloren. Schlachten ja, aber nie einen Krieg. Wenn sie eine Schlacht verlieren, setzen sie sich hin und finden heraus, welche Fehler sie begangen haben oder was der Feind richtig gemacht hat. Dann ändern sie das, was geändert werden muss, damit sie gewinnen.«

»Eine vernünftige Methode«, sagte sie, als der Wortstrom versiegte. Offenbar erwartete er einen Kommentar. »Ich kenne Männer, die das Gleiche tun. Zum Beispiel Davram Bashere. Gareth Bryne. Rodel Ituralde. Agelmar Jagad. Selbst Pedron Niall hat es getan, als er noch am Leben war. Sie alle werden als große Hauptmänner angesehen.«

»Ja«, sagte er und ging noch immer auf und ab. Er sah sie nicht an, vielleicht sah er sie auch gar nicht, aber er lauschte ihren Worten. Man konnte nur hoffen, dass er auch zuhörte. »Fünf Männer, alles große Hauptmänner. Aber die Seanchaner tun es *alle*. Und zwar seit eintausend Jahren. Sie ändern, was sie ändern müssen, aber sie geben nicht auf.«

»Zieht Ihr etwa die Möglichkeit in Betracht, dass sie nicht besiegt werden *können*?«, fragte sie ruhig. Ruhe war immer gut, bis man die Fakten kannte, und für gewöhnlich auch danach.

Der Junge wandte sich ihr abrupt zu; sein ganzer Körper war angespannt, und seine Augen waren wie Eis. »Ich kann sie am Ende besiegen«, sagte er und kämpfte darum, höflich zu bleiben. Das war gut so. Je weniger sie beweisen musste, dass sie Verstöße gegen ihre Regeln bestrafen konnte und würde, desto besser. »Aber …« Mit einem Knurren hielt er inne, als lauter Streit auf dem Korridor durch die Tür drang.

Einen Augenblick später schwang die Tür auf, und Elza kam rückwärts hinein, während sie noch immer mit lauter Stimme protestierte und mit ausgestreckten Armen versuchte, zwei andere Schwestern zurückzuhalten. Erian, deren blasses Gesicht gerötet war, stieß die andere Grüne vor sich her. Sarene, eine Frau, die so schön war, dass sie Erian fast unscheinbar aussehen ließ, trug eine kühlere Miene zur Schau, wie man es von einer Weißen auch erwarten konnte, aber sie schüttelte den Kopf aufgebracht und heftig genug, um die bunten Perlen in ihren Zöpfen aneinander schlagen zu lassen. Sarene hatte Temperament, auch wenn sie es für gewöhnlich fest unter Kontrolle hielt.

»Bartol und Rashan kommen«, verkündete Erian laut, und die Anspannung verstärkte ihren illianischen Akzent. Das waren ihre beiden Behüter, die sie in Cairhien zurückgelassen hatte. »Ich habe nicht nach ihnen geschickt, aber jemand ist mit ihnen Gereist. Vor einer Stunde spürte ich sie plötzlich näher kommen, und eben schon wieder. Sie kommen auf uns zu.«

»Mein Vitalien kommt ebenfalls näher«, sagte Sarene. »Ich vermute, er wird in ein paar Stunden hier sein.«

Elza ließ die Arme sinken, auch wenn sie der Steifheit ihres Nackens nach zu urteilen die beiden Schwestern noch immer böse anstarrte. »Mein Fearil wird auch bald hier sein«, murmelte sie. Er war ihr einziger Behüter; es wurde behauptet, dass sie verheiratet waren, und Grüne, die heirateten, nahmen nur selten zur gleichen Zeit einen zweiten Behüter. Cadsuane fragte sich, ob sie es ihnen mitgeteilt hätte, wenn die anderen nicht davon angefangen hätten.

»Ich habe nicht damit gerechnet, dass es so bald sein würde«, sagte der Junge leise, aber mit Stahl in der Stimme. »Ich hätte jedoch nicht damit rechnen dürfen, dass die Ereignisse auf mich warten, nicht wahr, Cadsuane?«

»Ereignisse warten nie auf einen«, erwiderte sie und stand auf. Erian zuckte zusammen, als hätte sie sie erst jetzt entdeckt, obwohl Cadsuane davon überzeugt war, dass ihre Züge so unbewegt wie die des Jungen waren. Vielleicht sogar genauso steinern. Was auch immer diese Behüter aus Cairhien hergebracht hatte und wer mit ihnen Gereist war, würde genug Probleme bringen, aber sie glaubte, dem Jungen eine weitere Antwort entlockt zu haben, und sie würde sehr gründlich darüber nachdenken müssen, was sie ihm raten sollte. Manchmal waren die Antworten dorniger als die Fragen.

KAPITEL 10

Ein Sturm wird stärker

Nachmittägliches Sonnenlicht hätte durch die Fenster von Rands Schlafzimmer fallen sollen, aber draußen goss es in Strömen, und alle Lampen waren entzündet, um das Zwielicht zu vertreiben. Stetiger Donner ließ die kleinen Scheiben in den Fenstern erbeben. Es war ein wilder Sturm, der schneller als ein galoppierendes Pferd aus der Drachenmauer in die Tiefe gerollt war und eine schneidende Kälte mitgebracht hatte, die fast für Schnee ausreichte. Die Regentropfen, die gegen das Haus prasselten, waren zur Hälfte gefrorener Schneeregen, und trotz der hell lodernden Scheite im Kamin war es kühl im Raum.

Rand lag auf dem Bett, einen Stiefel auf den anderen gelegt, starrte den Betthimmel an und versuchte seine Gedanken zu ordnen. Den Sturm, der draußen wütete, konnte er vergessen, aber Min, die sich in seinen Arm schmiegte, war eine andere Sache. Sie wollte ihn nicht ablenken; sie tat es einfach so. Was sollte er mit ihr machen? Mit Elayne, mit Aviendha? Bei dieser Entfernung von Caemlyn waren diese beiden nur vage Eindrücke in seinem Bewusstsein. Er nahm jedenfalls an, dass sie sich noch immer in Caemlyn aufhielten. Wenn es um die beiden ging, waren Annahmen gefährlich. Im Augenblick spürte er von ihnen nur eine allgemeine Richtung und das Wissen, dass sie am Leben waren. Aber Mins Körper schmiegte sich eng an ihn, und der Bund machte sie in seinem Bewusststein so lebendig, wie es ihr Fleisch war. War es zu spät, für Mins Sicherheit zu sorgen und auch für Elaynes und Aviendhas Sicherheit?

Wie kommst du darauf, du könntest für irgendjemandes Sicherheit sorgen?, flüsterte Lews Therin in seinem Kopf. Der tote Wahnsinnige war jetzt ein alter Freund. *Wir werden* alle *sterben. Du kannst nur hoffen, dass nicht du es bist, der sie ermordet.* Kein willkommener Freund, bloß einer, den er nicht mehr loswurde. Er hatte jetzt keine Angst mehr, Min oder Elayne oder Aviendha zu töten, genauso wenig wie er sich nicht mehr davor fürchtete, den Verstand zu verlieren. Oder zumindest noch verrückter zu werden, als er schon war, mit einem Toten im Kopf und manchmal einem verschwommenen Gesicht, das er beinahe erkannte. Konnte er es wagen, Cadsuane nach ihnen zu fragen?

Vertraue niemandem, murmelte Lews Therin und lachte dann trocken. *Einschließlich mir.*

Ohne jede Vorwarnung stieß ihn Min hart genug in die Rippen, um ihn grunzen zu lassen. »Du wirst trübsinnig, Schafhirte«, knurrte sie. »Wenn du dir wieder Sorgen um mich machst, dann schwöre ich dir, dass ich …« Sie konnte auf so viele unterschiedliche Arten knurren, und jede passte zu den unterschiedlichsten Empfindungen, die durch den Bund übertragen wurden. Jetzt war da eine leichte Gereiztheit, der diesmal ein Hauch Sorge anhaftete, und manchmal war da auch ein scharfer Unterton, als müsste sie sich davon abhalten, ihm den Kopf abzureißen. Es gab ein Knurren, das ihn durch die Heiterkeit in seinem Kopf beinahe lachen ließ oder ihn zumindest in die Nähe eines Lachens brachte; es schien lange her zu sein, dass er das letzte Mal gelacht hatte. Und ein kehliges Knurren, das sein Blut auch ohne den Bund in Wallung gebracht hätte.

»Das kommt jetzt nicht in Frage«, warnte sie, bevor er die Hand bewegen konnte, die auf ihrem Rücken ruhte, rollte sich vom Bett und zog ihren Mantel mit einem vorwurfsvollen Blick zurecht. Seit sie mit ihm den Bund eingegangen war, war sie noch besser darin, seine Gedanken zu lesen, und sie war schon davor sehr gut darin gewesen. »Was willst du wegen ihnen unternehmen, Rand? Was wird Cadsuane tun?« Blitze zuckten vor dem Fenster, beinahe hell genug, um die Lampen zu überstrahlen, Donner hallte gegen die Scheiben.

»Bis jetzt habe ich nie vorhersagen können, was sie tun wird, Min. Warum sollte es heute anders sein?«

Die dicke Federmatratze sackte unter ihm durch, als er die Beine über die Seite schwang und sich ihr gegenüber aufsetzte. Beinahe hätte er eine Hand gegen die alten Wunden an seiner Seite gedrückt, aber er bemerkte es rechtzeitig und veränderte die Bewegung, indem er den Mantel zuknöpfte. Zur Hälfte verheilt und doch niemals heilend schmerzten die beiden sich überschneidenden Wunden seit Shadar Logoth. Vielleicht war er sich auch nur stärker bewusst, wie sie pochten, wie ihre Hitze wie ein Schmiedeofen aus Fieber war, in einer Fläche gefangen kleiner als sein Handteller. Eine von ihnen würde jetzt, wo es Shadar Logoth nicht mehr gab, anfangen zu heilen – das hoffte er zumindest. Vielleicht war einfach noch nicht genug Zeit vergangen, um einen Unterschied zu fühlen. Es war nicht die Seite, gegen die ihn Min geboxt hatte – mit ihr ging sie immer sehr sanft um, wenn auch nicht immer mit dem Rest von ihm –, aber er glaubte, den Schmerz vor ihr verborgen zu haben. Es war sinnlos, ihr noch mehr zu geben, worüber sie sich sorgen konnte. Die Sorge in ihren Augen und ihrem Inneren musste von Cadsuane herrühren. Oder den anderen.

Das Herrenhaus und die Wirtschaftsgebäude waren jetzt bis unters Dach bevölkert. Es war unausweichlich erschienen, dass früher oder später jemand versuchen würde, sich die in Cairhien zurückgelassenen Behüter zunutze zu machen; ihre Aes Sedai hatten nicht lautstark verkündet, dass sie den Wiedergeborenen Drachen suchen wollten, aber sie waren nicht besonders verstohlen vorgegangen. Trotzdem hätte er nie mit denen gerechnet, die sie begleiteten. Davram Bashere mit hundert Mann seiner leichten saldaeanischen Infanterie, die im böigen, strömenden Regen abstiegen und sich über ruinierte Sättel beklagten. Über ein halbes Dutzend Asha'man in schwarzen Mänteln, die sich aus irgendeinem Grund nicht vor dem Wolkenbruch abgeschirmt hatten. Sie ritten mit Bashere, aber es war, als wären zwei Gruppen eingetroffen, die immer etwas Abstand voneinander hielten; das roch stark nach vorsichtigem Misstrauen. Und einer der Asha'man war Logain Ablar. Logain! Als Asha'man, der Schwert und Drachen am Kragen trug! Bashere und Logain wollten beide mit ihm sprechen, aber nicht vor anderen, und vor allem nicht in Gesellschaft des anderen. Unerwartet oder nicht, sie waren kaum die überraschendsten Besucher. Er hatte die acht Aes Sedai für weitere Freundinnen Cadsuanes gehalten, aber er hätte geschworen, dass sie genauso verblüfft waren wie er, sie zu sehen. Und was noch seltsamer war, bis auf eine schienen sie zu den Asha'man zu gehören! Keine Gefangenen, und sicherlich auch keine Wächterinnen, aber Logain hatte gezögert, es in Basheres Anwesenheit zu erklären, und Bashere hatte gezögert, Logain die erste Gelegenheit zu überlassen, allein mit Rand zu sprechen. Jetzt trockneten sie alle ihre Kleider und bezogen ihre Quartiere, sodass er seine Gedanken ordnen konnte. Soweit das möglich war, mit Min in der Nähe. Was würde Cadsuane tun? Nun, er hatte versucht, sie um Rat zu fragen. Aber die Ereignisse hatten sie beide überholt. Die Entscheidung war gefallen, ganz egal, was Cadsuane dachte. Wieder flackerten Blitze über die Scheiben.

Blitze schienen zu Cadsuane zu passen. Man konnte nie sicher sein, wo sie einschlugen.

Alivia würde sie erledigen, murmelte Lews Therin. *Sie wird uns beim Sterben helfen; sie würde Cadsuane für uns erledigen, wenn du es ihr befiehlst.*

Ich will sie nicht töten, dachte Rand an den Toten gerichtet. *Ich kann es mir nicht leisten, dass sie stirbt.* Lews Therin wusste das genauso gut wie er, aber er murmelte weiter vor sich hin. Seit Shadar Logoth schien er manchmal eine Spur weniger verrückt zu sein. Vielleicht war auch Rand nur eine Spur verrückter. Schließlich sprach er täglich mit einem Toten, der sich in seinem Kopf eingenistet hatte, und das war wohl kaum normal.

»Du musst etwas tun«, murmelte Min und verschränkte die Arme unter der Brust. »Logains Aura kündet noch immer von Ruhm, stärker als je zuvor. Vielleicht hält er sich noch immer für den Wiedergeborenen Drachen. Und in den Bildern, die ich um Lord Davram sah, ist etwas … Dunkles. Wenn er sich gegen dich stellt oder stirbt … Ich habe einen der Soldaten sagen hören, dass Lord Dobraine womöglich sterben könnte. Selbst nur einen von ihnen zu verlieren würde ein harter Schlag sein. Verliere alle drei, und du könntest ein Jahr brauchen, um dich davon wieder zu erholen.«

»Wenn du es gesehen hast, dann wird es passieren. Ich muss tun, was ich kann, Min, und mich nicht wegen dem sorgen, was ich nicht kann.« Sie warf ihm einen jener Blicke zu, von denen Frauen so viele auf Lager hatten, so als hätte er versucht, einen Streit anzufangen.

Ein Kratzen an der Tür ließ ihn den Kopf drehen und Min den Stand verlagern. Er vermutete, dass sie ein Wurfmesser aus dem Ärmel geholt hatte und es hinter dem Handgelenk verbarg. Die Frau trug mehr versteckte Messer als Thom Merrilin. Oder Mat. Farben wirbelten durch sein Bewusstsein, verschmolzen beinahe zu … was? Ein Mann auf einem Kutschbock? Es war aber nicht das Gesicht, das manchmal in seinen Gedanken erschien, und die Szene war sofort wieder verschwunden, aber ohne die Benommenheit, die stets das Gesicht begleitete.

»Herein«, rief er.

Elza hob die Röcke für einen anmutigen Knicks, als sie eintrat; ihr leuchtender Blick heftete sich auf sein Gesicht. Sie war eine Frau mit angenehmen Manieren und der kühlen Zufriedenheit einer Katze, und sie schien Min kaum wahrzunehmen. Von all den Schwestern, die ihm die Treue geschworen hatten, war Elza die eifrigste. Eigentlich sogar die Einzige, die eifrig war. Die anderen hatten ihre Gründe für den Treueid, ihre Erklärungen, und natürlich hatten Verin und die Schwestern, die ihn bei den Quellen von Dumai gefunden hatten, keine richtige Entscheidungsfreiheit mehr gehabt, da sie einem *Ta'veren* gegenüberstanden, aber trotz aller äußerlicher Kühle schien in Elzas Innerem das leidenschaftliche Verlangen zu brennen, dafür zu sorgen, dass er bis Tarmon Gai'don überlebte. »Ihr habt mir aufgetragen, Euch wissen lassen, wenn der Ogier kommt«, sagte sie und nahm nie den Blick von seinem Gesicht.

»Loial!«, rief Min begeistert und schob das Messer zurück in den Ärmel, als sie an Elza vorbeieilte, die bei dem Anblick der Klinge blinzelte. »Ich hätte Rand umbringen können, dass er dich auf dein Zimmer gehen ließ, bevor ich dich gesehen habe!« Der Bund verriet, dass sie es nicht so meinte. Jedenfalls nicht genauso.

»Danke«, sagte Rand zu Elza und lauschte den fröhlichen Lauten, die aus dem Wohnzimmer kamen, Mins helles Lachen und Loials grollendes Ogierlachen, so als würde die Erde selbst lachen. Donner grollte über den Himmel.

Vielleicht erstreckte sich die Leidenschaft der Aes Sedai darauf, wissen zu wollen, was er mit Loial besprach, denn ihre Lippen wurden schmal, und sie zögerte, bevor sie noch einen Knicks machte und aus dem Schlafgemach rauschte. Eine kurze Pause in den fröhlichen Lauten kündete von ihrer Passage durch das Wohnzimmer, und die Fortsetzung vom Verlassen des Zimmers. Erst dann griff er nach der Macht. Er versuchte, nie jemanden sehen zu lassen, wie er das tat.

Feuer heißer als die Sonne flutete in ihn hinein, Kälte, die den schlimmsten Wintersturm wie Frühling erscheinen ließ, drohte ihn hinwegzureißen, wenn er auch nur einen Augenblick lang nicht Acht gab. *Saidin* zu ergreifen war ein Krieg ums Überleben. Aber das Grün der Deckenverzierungen war plötzlich grüner, das Schwarz seines Mantels schwärzer, das Gold der Stickereien goldener. Er konnte die Maserung der wie Schlingpflanzen gestalteten Bettpfosten sehen, die feinen Unebenheiten, die das Schmirgeln des Handwerkers vor all den Jahren hinterlassen hatte. *Saidin* ließ ihn sich fühlen, als wäre er ohne es halb blind und halb taub. Das war ein Teil dessen, was er fühlte.

Sauber, flüsterte Lews Therin. *Wieder sauber und rein.*

Das stimmte. Die Fäulnis, die die männliche Hälfte der Macht seit der Zerstörung der Welt gezeichnet hatte, war verschwunden. Aber das verhinderte nicht, dass in Rand Übelkeit aufstieg, der unbezähmbare Drang, sich zu krümmen und seinen Mageninhalt auf den Boden zu spucken. Einen Augenblick lang schien sich der Raum um ihn zu drehen, und er musste nach dem Bettpfosten greifen, um sich zu stützen. Er wusste nicht, warum ihn noch immer diese Übelkeit überfiel, gab es die Fäulnis doch nicht mehr. Lews Therin wusste es auch nicht oder wollte es nicht verraten. Aber die

Übelkeit war der Grund, warum er niemanden Zeuge werden lassen konnte, wie er *Saidin* ergriff, wenn es sich vermeiden ließ. Elza mochte darauf brennen, ihn bis zur Letzten Schlacht durchhalten zu sehen, aber es gab zu viele andere, die ihn stürzen sehen wollten, und es waren nicht nur Schattenfreunde.

In diesem Augenblick der Schwäche griff der Tote nach *Saidin*. Rand konnte fühlen, wie er gierig danach krallte. War es schwerer als früher, ihn zurückzustoßen? In mancherlei Hinsicht schien Lews Therin seit Shadar Logoth ein soliderer Teil von ihm zu sein. Es spielte keine Rolle. Er hatte nur noch ein kleines Stück zu gehen, bevor er sterben konnte. Er musste es nur bis dahin schaffen. Tief Luft holend ignorierte er die lauernden Spuren der Übelkeit in seinem Magen und marschierte ins Wohnzimmer, angekündigt von einem Donnerschlag.

Min stand in der Zimmermitte, hielt mit beiden Händen eine von Loials Pranken und strahlte ihn an. Sie brauchte beide, um eine von seinen riesigen Händen umfassen zu können, und sie schafften es nicht einmal annähernd. Sein Scheitel verfehlte die Stuckdecke um kaum mehr als einen Fuß. Er hatte einen sauberen Mantel aus dunkelblauer Wolle angezogen, der untere Teil bauschte sich über die voluminösen Hosen bis zu den Schäften seiner kniehohen Stiefel, aber ausnahmsweise beulten sich seine Taschen nicht mit den rechteckigen Umrissen von Büchern aus. Augen in der Größe von Teetassen leuchteten beim Anblick Rands auf, und das Grinsen seines breiten Mundes spaltete sein Gesicht buchstäblich in zwei Hälften. Die Pinselohren, die sich durch sein zotteliges Haar schoben, zitterten vor Freude.

»Lord Algarin hat Ogier-Gästezimmer, Rand«, verkündete er mit einer Stimme, die wie eine tiefe Trommel klang. »Kannst du dir das vorstellen? Sechs Stück!

Natürlich sind sie schon seit einiger Zeit nicht mehr benutzt worden, aber sie werden jede Woche gelüftet, also gibt es da keine abgestandene Luft, und die Bettlaken sind aus feinstem Leinen. Ich dachte schon, ich müsste mich wieder in einem menschengroßen Bett zusammenkrümmen. Äh, wir werden nicht lange hier bleiben, oder?« Seine langen Ohren sackten ein Stück nach unten und begannen unbehaglich zu zucken. »Ich glaube nicht, dass wir es tun sollten. Ich meine, ich könnte mich an ein richtiges Bett gewöhnen, und das wäre nicht gut, wenn ich bei dir bleibe. Ich meine … Nun, du weißt, was ich meine.«

»Ich weiß«, sagte Rand leise. Er hätte über die Verwirrung lachen können. Er hätte lachen sollen. In letzter Zeit schien es ihm unmöglich zu sein, zu lachen. Er spannte ein Netz gegen Lauscher um den Raum und verknotete es, sodass er *Saidin* loslassen konnte. Die letzten Reste der Übelkeit verschwanden sofort. Für gewöhnlich konnte er sie mit einer Anstrengung kontrollieren, aber warum sollte er es tun, wenn es nicht notwendig war? »Sind deine Bücher nass geworden?« Loials Hauptsorge bei seiner Ankunft war es gewesen, seine Bücher zu überprüfen.

Plötzlich wurde ihm bewusst, dass er das, was er eben getan hatte, in seinen Gedanken als das Spinnen eines Netzes betrachtet hatte. So würde Lews Therin es nennen. So etwas geschah viel zu oft, die Redewendungen des anderen Mannes schlichen sich in seinen Kopf, die Erinnerungen des anderen vermengten sich mit den seinen. Er war Rand al'Thor, nicht Lews Therin Telamon. Er hatte einen Schutzschild gewebt und das Gewebe abgebunden und kein Netz gesponnen und es verknotet. Aber das eine fiel ihm so unbewusst ein wie das andere.

»Meine *Essays von Willim von Maneches* sind feucht geworden«, sagte Loial angewidert und rieb sich mit einem Finger von der Größe einer Wurst über die Oberlippe. Hatte er sich nachlässig rasiert, oder war das da unter der großen Nase der Anfang eines Schnurrbarts? »Die Seiten könnten fleckig werden. Ich hätte nicht so nachlässig sein dürfen, nicht mit einem Buch. Und mein Notizbuch hat auch Feuchtigkeit abbekommen. Aber die Tinte ist nicht verlaufen. Alles ist noch lesbar, aber ich muss mir wirklich einen Kasten machen, um sie zu schützen ...« Langsam stahl sich ein besorgter Ausdruck auf sein Gesicht, was die langen Enden seiner Augenbrauen auf seine Wangen baumeln ließ. »Du siehst müde aus, Rand. Er sieht müde aus, Min.«

»Er hat zu viel gearbeitet, aber jetzt ruht er sich aus«, sagte Min entschuldigend, und Rand musste lächeln. Ein wenig. Min würde ihn immer verteidigen, selbst seinen Freunden gegenüber. »Du *ruhst* dich aus, Schafhirte«, fügte sie hinzu, ließ Loials riesige Hand los und stemmte die Fäuste in die Hüften. »Setz dich und ruh dich aus. Ach, Loial, setz dich doch bitte auch. Wenn ich weiter zu dir hochstarren muss, kriege ich noch einen Krampf im Nacken.«

Loial kicherte, das Brüllen eines Bullen, das gedämpft in seinem Hals aufstieg, als er einen der hochlehnigen Stühle misstrauisch untersuchte. Verglichen mit ihm schien der Stuhl für ein Kind gemacht zu sein. »Schafhirte. Du weißt gar nicht, wie schön es klingt, wenn du ihn einen Schafhirten nennst, Min.« Er setzte sich vorsichtig. Der mit Schnitzwerk verzierte Stuhl ächzte unter seinem Gewicht, seine Knie ragten vor ihm in die Höhe. »Es tut mir Leid, Rand, aber es ist witzig, und ich hatte in den letzten Monaten nicht viel zu lachen.« Der Stuhl hielt. Mit einem schnellen Blick zur Korridortür fügte er etwas zu laut hinzu: »Karldin hat nicht viel Sinn für Humor.«

»Du kannst frei sprechen«, sagte Rand. »Wir sind sicher hinter einem ... Schutzgewebe.« Um ein Haar hätte er Schild gesagt, was nicht dasselbe war. Bloß dass er wusste, dass es das doch war.

Er war zu müde, um sich zu setzen, so wie er in den meisten Nächten zu müde war, um leicht Schlaf zu finden – seine Knochen schmerzten vor Müdigkeit –, also blieb er vor dem Kamin stehen. Winde heulten über den Schornstein, ließen die Flammen auf den Scheiten tanzen und sandten manchmal kleine Rauchwolken in den Raum, und er konnte den Regen gegen die Scheiben prasseln hören, aber Blitz und Donner schienen weitergezogen zu sein. Vielleicht hörte der Sturm auf. Er verschränkte die Hände hinter dem Rücken und wandte sich vom Feuer ab. »Was haben die Älteren gesagt, Loial?«

Anstelle einer direkten Antwort sah Loial Min an, als suchte er nach Unterstützung. Sie hockte mit untergeschlagenen Beinen auf der Kante eines blauen Lehnstuhls, lächelte den Ogier an und nickte. Er seufzte tief, ein Windstoß, der durch tiefe Höhlen fuhr.

»Karldin und ich haben jedes *Stedding* besucht, Rand. Das heißt, alle bis auf das *Stedding* Shangtai natürlich. Dort konnte ich nicht hingehen, aber ich habe überall eine Nachricht hinterlassen, und Daiting ist nicht weit von Shangtai entfernt. Jemand wird sie überbringen. Der Große Stumpf trifft sich in Shangtai, und das wird die Massen anziehen. Das ist seit tausend Jahren das erste Mal, dass ein Großer Stumpf einberufen wurde, es ist nicht mehr vorgekommen, seit ihr Menschen den Hundertjährigen Krieg geführt habt, und Shangtai war an der Reihe. Sie müssen etwas für sehr wichtig halten, aber niemand wollte mir verraten, warum man ihn einberufen hat. Sie erzählen einem nichts über einen Stumpf, bevor man einen Bart hat«, murmelte er und fingerte an den paar Stoppeln an seinem breiten Kinn herum. Offensichtlich hatte er vor, diesen Mangel zu beheben, aber Rand bezweifelte, dass er es schaffen würde. Loial war jetzt über neunzig Jahre alt, aber für einen Ogier war er noch immer ein Junge.

»Die Älteren?«, fragte Rand geduldig. Mit Loial musste man geduldig sein, so wie mit jedem Ogier. Sie nahmen Zeit nicht auf die gleiche Weise wie Menschen wahr – welcher Mensch würde schon daran denken, dass nach tausend Jahren ein anderer an der Reihe war? –, und Loial neigte dazu, langatmig zu sein, wenn man ihn ließ.

Loials Ohren zuckten, er warf Min noch einen Blick zu und erhielt im Gegenzug ein weiteres aufmunterndes Lächeln. »Nun, wie ich bereits sagte, ich habe außer Shangtai alle *Stedding* besucht. Karldin wollte sie nicht betreten. Er schlief lieber jede Nacht unter einem Busch, als auch nur eine Minute von der Quelle abgeschnitten zu sein.« Rand sagte kein Wort, aber Loial hob die Hände von den Knien und streckte die Handflächen aus. »Ich komme zu dir, Rand, ich bin an deiner Seite. Ich habe getan, was ich konnte, aber ich weiß nicht, ob es ausgereicht hat. Das *Stedding* in den Grenzländern hat mir befohlen, nach Hause zu gehen und die Sache älteren und klügeren Köpfen zu überlassen. Das haben auch Shadoon und Mardoon in den Bergen an der Schattenküste. Die anderen *Stedding* haben eingewilligt, die Wegetore zu bewachen. Ich glaube nicht, dass sie wirklich davon überzeugt sind, dass eine Gefahr droht, aber sie haben zugestimmt, also werden sie sie genau im Auge behalten. Und ich bin davon überzeugt, dass jemand Shangtai informieren wird. Den Älteren in Shangtai hat es nie gefallen, ein Wegetor direkt außerhalb ihres *Stedding* zu haben. Ich muss den Älteren Haman mindestens hundertmal sagen gehört haben, dass es gefährlich ist. Ich weiß, dass sie einwilligen werden, es zu bewachen.«

Rand nickte bedächtig. Ogier logen nie, und die wenigen, die den Versuch unternahmen, waren darin so schlecht, dass sie es nur selten ein zweites Mal versuchten. Das Wort eines Ogiers wurde so ernst genommen wie der Eidschwur eines jeden anderen. Die Wegetore würden schwer bewacht werden. Bis auf die in den Grenzländern und in den Bergen südlich von Amadicia und Tarabon. Mit den Toren konnte man vom Rückgrat der Welt zum Aryth-Meer reisen, und von den Grenzländern zum Meer der Stürme, und das alles in einer seltsamen Welt außerhalb der Gesetze der Zeit, vielleicht auch nebenher. Zwei Tage auf den Kurzen Wegen konnten einen hundert Meilen weit bringen oder auch fünfhundert, es kam auf die Pfade an, die man wählte. Und solange man bereit war, die Gefahren nicht zu scheuen. Auf den Kurzen Wegen konnte man sehr schnell sterben oder Schlimmeres. Die Wege waren schon vor langer Zeit entartet. Aber Trollocs war das egal, jedenfalls solange sie von Myrddraal angetrieben wurden. Und neun Wegetore würden unbewacht bleiben, was die Gefahr barg, dass sich jedes von ihnen öffnen und Zehntausende Trollocs ausspeien konnte. Ohne die Zusammenarbeit mit einem *Stedding* würde es vermutlich unmöglich sein, auch nur irgendeine Art von Wachtposten zu schaffen. Viele Menschen glaubten nicht an die Existenz der Ogier, und von denen, die es taten, wollten sich nur wenige einmischen. Womöglich die Asha'man, wenn Rand genug gehabt hätte, denen er vertrauen konnte.

Plötzlich wurde ihm bewusst, dass er hier nicht als Einziger müde war. Loial sah erschöpft und blass aus. Sein Mantel war zerknittert und hing an seinem Körper. Für einen Ogier war es gefährlich, zu lange von einem *Stedding* fernzubleiben, und Loial hatte sein Zuhause vor fast fünf Jahren verlassen. Vielleicht hatten die kurzen Besuche im Laufe der vergangenen Monate nicht ausgereicht. »Vielleicht solltest du jetzt nach Hause gehen, Loial. *Stedding* Shangtai ist nur wenige Tage von hier entfernt.«

Loials Stuhl knirschte alarmierend, als er sich kerzengerade aufsetzte. Auch seine Ohren schossen alarmiert in die Höhe. »Rand, dort ist meine Mutter. Sie ist eine berühmte Sprecherin. Sie würde niemals einen Großen Stumpf versäumen.«

»Sie kann unmöglich schon den ganzen Weg von den Zwei Flüssen gekommen sein«, sagte Rand. Angeblich war Loials Mutter auch eine berühmte Wanderin, aber selbst für Ogier gab es Grenzen.

»Du kennst meine Mutter nicht«, murmelte Loial, eine Trommel, die düster dröhnte. »Und sie wird noch immer Erith im Schlepptau haben. Bestimmt sogar.«

Min beugte sich dem Ogier zu, ein gefährliches Funkeln in den Augen. »So wie du über Erith sprichst, weiß ich, dass du sie heiraten willst, warum also läufst du weiter vor ihr weg?«

Rand musterte sie vom Kamin aus. Heirat. Aviendha nahm an, dass er sie heiraten würde, und nach Aiel-Sitte Elayne und Min auch. Elayne schien das ebenfalls zu glauben, so seltsam das auch erschien. Er war jedenfalls dieser Ansicht. Was dachte Min? Sie hatte es nie ausgesprochen. Er hätte niemals zulassen dürfen, dass sie mit ihm den Bund einging. Der Bund würde sie alle in Trauer ersticken lassen, wenn er starb.

Loials Ohren zitterten jetzt vor Vorsicht. Diese Ohren waren einer der Gründe, warum Ogier so schlechte Lügner abgaben. Er machte beschwichtigende Gesten, als wäre Min die größere von ihnen. »Nun, ich möchte es ja, Min. Natürlich möchte ich. Erith ist sehr schön und scharfsinnig. Habe ich dir je erzählt, wie aufmerksam sie mir zugehört hat, als ich ihr erklärt habe, wie …? Natürlich habe ich das. Ich erzähle das jedem. Ich will sie heiraten. Aber noch nicht. Das ist nicht so wie bei euch Menschen, Min. Du tust alles, was Rand sagt. Erith wird von mir erwarten, dass ich mich niederlasse und zu Hause bleibe. Ehefrauen lassen ihre Männer niemals irgendwo hingehen, wenn es bedeutet, dass sie das *Stedding* für länger als ein paar Tage verlassen müssen. Ich muss mein Buch beenden, und wie kann ich das, wenn ich nicht alles miterlebe, was Rand tut? Ich bin sicher, er hat alle möglichen Dinge getan, seit ich Cairhien verlassen habe, und ich weiß, dass ich niemals alles richtig niederschreiben werde. Erith würde das nicht verstehen. Min? Min, bist du böse auf mich?«

»Wie kommst du auf die Idee, ich könnte dir böse sein?«, fragte sie kühl.

Loial seufzte schwer und offensichtlich so erleichtert, dass Rand ihn beinahe angestarrt hätte. Beim Licht, der Ogier glaubte tatsächlich, sie sei nicht wütend! Rand wusste, dass er sich im Dunkeln seinen Weg ertastete, wenn es um Frauen ging, selbst um Min – vielleicht vor allem, wenn es um Min ging –, aber Loial sollte besser noch viel lernen, bevor er seine Erith heiratete. Sonst würde sie ihm wie einer kranken Ziege die Haut vom Leib ziehen. Besser, ihn aus dem Zimmer zu schaffen, bevor Min Eriths Arbeit tat. Rand räusperte sich.

»Schlaf eine Nacht drüber, Loial«, sagte er. »Vielleicht denkst du morgen früh anders darüber.« Insgeheim hoffte er, dass Loial es tat. Der Ogier war zu lange von zu Hause weg gewesen. Aber ein anderer Teil von ihm … Er konnte Loial gebrauchen, wenn das, was Alivia ihm über die Seanchaner erzählt hatte, die Wahrheit war. Manchmal ekelte er sich vor sich selbst. »Aber ich muss jetzt mit Bashere sprechen. Und Logain.« Sein Mund spannte sich, als er den Namen aussprach. Wieso trug Logain das Schwarz der Asha'man?

Loial stand nicht auf. Stattdessen wurde seine Miene noch sorgenvoller. »Rand, da gibt es etwas, das ich dir sagen muss – über die Aes Sedai, die uns begleitet haben.«

Draußen zuckten neue Blitze, als er fortfuhr, und der Donner krachte lauter als je zuvor. Bei einigen Stürmen bedeutete eine Atempause nur, dass das Schlimmste noch kam.

Ich habe dir gesagt, du sollst sie alle umbringen, als du noch die Chance dazu hattest, lachte Lews Therin. *Ich habe es dir gesagt.*

»Seid Ihr sicher, dass man ihnen den Bund aufgezwungen hat, Samitsu?«, fragte Cadsuane streng. Und laut genug, um trotz des Donners gehört zu werden, der sich über dem Dach des Herrenhauses entlud. Donner und Blitz passten zu ihrer Stimmung. Sie hätte gern geknurrt. Es kostete sie einiges ihrer Ausbildung und Erfahrung, ganz ruhig dazusitzen und an dem heißen Ingwertee zu nippen. Sie hatte schon seit langer Zeit nicht mehr zugelassen, dass ihre Gefühle die Oberhand gewannen, aber sie wollte etwas beißen. Oder jemanden.

Auch Samitsu hielt eine Porzellantasse, aber sie hatte noch keinen Tropfen getrunken und auch den angebotenen Stuhl ignoriert. Die schlanke Schwester wandte sich von dem linken Kamin ab, in dessen Flammen sie geschaut hatte, und die Glöckchen in ihrem Haar bimmelten, als sie den Kopf schüttelte. Sie hatte sich nicht die Mühe gemacht, ihr Haar richtig zu trocknen, und es hing ihr feucht und schwer auf den Rücken hinunter. Ihre haselnussbraunen Augen blicken unbehaglich. »Das ist kaum eine Frage, die ich einer Schwester stellen konnte, oder, Cadsuane? Und sie haben es mir bestimmt nicht erzählt. Wer würde das auch tun? Zuerst nahm ich an, sie hätten es wie Merise und Corele gemacht. Und die arme Daigian.« Ein kurzer Ausdruck von Mitleid flackerte über ihr Gesicht. Sie kannte den Schmerz genau, den Daigian wegen ihres Verlusts durchlitt. Den kannte jede Schwester, die über ihren ersten Behüter hinaus war, nur allzu gut. »Aber es ist offensichtlich, dass Toveine und Gabrelle beide zu Logain gehören. Ich glaube, Gabrelle geht mit ihm ins Bett. Wenn ein Bund geschlossen wurde, dann waren es die Männer, die ihn gemacht haben.«

»Dann haben sie den Spieß umgedreht«, murmelte Cadsuane in ihren Tee. Manche waren der Ansicht, dass so etwas nur fair war, aber sie hatte nie viel davon gehalten, fair zu kämpfen. Entweder man kämpfte oder man es ließ es sein, und es war nie ein Spiel. Fairness war etwas für Leute, die an der sicheren Seite standen und redeten, während die anderen bluteten. Unglücklicherweise konnte sie nur wenig tun, außer zu versuchen, eine Möglichkeit zu finden, die Ereignisse auszugleichen. Ausgleich war nicht das Gleiche wie Fairness. »Ich bin froh, dass Ihr mich wenigstens gewarnt habt, bevor ich Toveine und die anderen sehe, aber ich will, dass Ihr morgen nach Cairhien zurückkehrt.«

»Ich konnte nichts tun, Cadsuane«, sagte Samitsu verbittert. »Die Hälfte der Leute, denen ich einen Befehl gab, hat angefangen, ihn sich bei Sashalle bestätigen zu lassen, um zu sehen, ob er auch richtig war, und die andere Hälfte hat mir ins Gesicht gesagt, dass sie bereits etwas anderes befohlen hat. Lord Bashere hat sie überredet, die Behüter abreisen zu lassen – ich habe nicht die geringste Ahnung, wie er überhaupt von ihnen erfahren hat –, und sie hat Sorilea dazu überredet, und ich konnte nichts dagegen tun. Sorilea hat sich benommen, als wäre ich gerade von meinem Posten zurückgetreten! Sie begreift es nicht, und sie hat deutlich gemacht, dass sie mich für eine Närrin hält. Es ist völlig sinnlos, wenn ich zurückgehe, es sei denn, Ihr erwartet von mir, dass ich Sashalle die Handschuhe trage.«

»Samitsu, ich erwarte, dass Ihr sie im Auge behaltet, nichts weiter. Ich will wissen, was die Drachenverschworenen Schwestern tun, wenn weder ich noch die Weisen Frauen ihnen über die Schultern sehen und eine Rute halten. Ihr wart immer sehr aufmerksam.« Geduld war nicht immer ihre stärkste Seite, aber bei Samitsu brauchte man sie manchmal. Die Gelbe war aufmerksam und intelligent und meistens auch von einem starken Willen geprägt, ganz zu schweigen davon, dass sie am lebendigsten war, wenn es ums Heilen ging – zumindest bis Damer Flinn auf der Bildfläche erschienen war –, aber ihr Selbstvertrauen konnte auf erstaunliche Weise zusammenbrechen. Der Stock funktionierte bei Samitsu nie, aber ein Schulterklopfen schon, und es war albern, das, was funktionierte, nicht zu benutzen. Als Cadsuane sie daran erinnerte, wie klug sie war und wie geschickt im Heilen – das war bei Samitsu immer nötig; sie hätte in tiefe Depressionen verfallen können, weil es ihr nicht gelungen war, einen Toten zu heilen –, lebte die Schwester aus Arafel auf und gewann an Selbstbewusstsein.

»Ihr könnt sicher sein, dass Sashalle nicht ihre Strümpfe wechselt, ohne dass ich es weiß«, sagte sie energisch. In Wahrheit erwartete Cadsuane auch nicht weniger. »Aber wenn Ihr nichts gegen die Frage habt …« – mit neu erwachtem Selbstbewusstsein ließ Samitsu das gerade noch eben höflich klingen; sie war nicht schüchtern, es sei denn, ihr Selbstbewusstsein hatte einen Schlag erlitten – »… warum seid Ihr hier, im tiefsten Tear? Was hat der junge al'Thor vor? Oder sollte ich lieber sagen, was wollt Ihr, dass er tun soll?«

»Er hat etwas sehr Gefährliches vor«, erwiderte Cadsuane. Draußen vor den Fenstern zuckten Blitze auf, scharf umrissene silberne Zacken an einem Himmel, der fast so finster wie die Nacht war. Sie wusste genau, was er vorhatte. Sie wusste nur nicht, ob sie es verhindern sollte.

»Das muss aufhören!«, donnerte Rand, was vom Krachen am Himmel untermalt wurde. Er hatte vor dem Gespräch den Mantel ausgezogen und die Ärmel aufgerollt, um die Drachen zu entblößen, die sich scharlachrot und golden um seine Unterarme schlängelten und deren goldmähnige Köpfe auf seinen Handrücken ruhten. Er wollte den Mann vor ihm mit jedem Blick daran erinnern, dass er dem Wiedergeborenen Drachen gegenüberstand. Aber seine Hände waren zu Fäusten geballt, um ihn davon abzuhalten, Lews Therins Drängen nachzugeben und den verfluchten Logain Ablar zu erwürgen. »Ich brauche keinen Krieg mit der verfluchten Weißen Burg, und ihr verfluchten Asha'man werdet mir auf keinen Fall einen Krieg mit der Weißen Burg einbrocken! Habe ich mich verständlich ausgedrückt?«

Logain, dessen Hände locker auf dem langen Griff seines Schwerts ruhten, zuckte nicht zusammen. Er war ein großer Mann, wenn auch kleiner als Rand, mit einem ruhigen Blick, der nicht verriet, dass er zurechtgestutzt oder zur Rechenschaft gezogen worden war. Das silberne Schwert und der rotgoldene Drachen am hohen Kragen seines schwarzen Mantels glitzerte hell im Lampenlicht, und der Mantel selbst sah frisch aufgebügelt aus. »Befehlt Ihr, dass wir sie freigeben?«, fragte er ruhig. »Werden die Aes Sedai die unsrigen freigeben, die sie sich genommen haben?«

»Nein!«, sagte Rand kurz angebunden. Und mürrisch. »Was getan wurde, kann nicht ungeschehen gemacht werden.« Merise war so schockiert gewesen, als er vorgeschlagen hatte, Narishma freizulassen, dass man hätte denken können, er hätte sie gebeten, einen jungen Welpen am Straßenrand auszusetzen. Und er vermutete, dass sich Flinn genauso verbissen dagegen wehren würde, von Corele getrennt zu werden, wie sie auch; er war sich ziemlich sicher, dass zwischen ihnen mehr als nur der Bund war. Nun, wenn es einer Aes Sedai möglich war, sich mit einem Mann zu verbinden, der die Macht lenken konnte, wieso sollte sich eine hübsche Frau da nicht mit einem alten Mann abgeben?

»Ihr begreift nicht, welchen Schlamassel ihr da angerichtet habt, oder? Im Augenblick will Elaida nur einen Mann am Leben sehen, der die Macht lenken kann, und das bin ich, und das auch nur, bis die Letzte Schlacht vorbei ist. Sobald sie davon erfährt, wird sie noch begieriger darauf sein, euch alle tot zu sehen, auf welche Weise auch immer sie es schafft. Ich weiß nicht, wie der Rest des Haufens reagieren wird, aber Egwene ist stets eine harte Verhandlungspartnerin gewesen. Möglicherweise muss ich Asha'man für Aes Sedai abgeben, mit denen sie sich verbinden können, bis sie so viele von euch haben wie ihr von ihnen. Und das auch nur, solange sie nicht einfach die Entscheidung treffen, euch alle zu töten, sobald sie das arrangieren können. Was geschehen ist, ist geschehen, aber damit kann es nicht weitergehen!«

Logain versteifte sich bei jedem Wort etwas mehr, aber sein Blick ließ Rand nicht los. Es war offensichtlich, dass er alle anderen im Zimmer ignorierte. Min hatte mit diesem Treffen nichts zu tun haben wollen und sich zum Lesen zurückgezogen; Rand fand Herid Fels Bücher unverständlich, aber sie fand sie faszinierend. Aber er hatte darauf bestanden, dass Loial blieb, und der Ogier gab vor, die Flammen im Kamin zu studieren. Wenn er nicht mit zuckenden Ohren zu Boden blickte, so als würde er sich fragen, ob er im Schutz des Sturms unbemerkt verschwinden konnte. Davram Bashere erschien neben dem Ogier kleiner, als er wirklich war, ein Mann mit ergrauenden Haaren, dunklen Augen, einer Hakennase und einem dicken Schnurrbart, der seinen Mund umrahmte. Auch er trug sein Schwert, dessen Klinge kürzer als Logains war. Bashere verbrachte mehr Zeit damit, in seinen Wein zu schauen als sonst wohin, aber jedes Mal, wenn sein Blick auf Logain fiel, fuhr er unbewusst mit dem Daumen über den Schwertgriff. Rand hielt es zumindest für unbewusst.

»Taim gab den Befehl«, sagte Logain, dem es nicht behagte, sich vor Publikum rechtfertigen zu müssen. Ein plötzlicher Blitz in der Nähe des Hauses tauchte sein Gesicht einen Augenblick lang in einen bleichen Schatten, eine düstere Maske der Dunkelheit. »Ich nahm an, er käme von Euch.« Sein Blick glitt ein Stück in Basheres Richtung, sein Mund spannte sich. »Taim tut viele Dinge, von denen die Leute glauben, dass es auf Eure Anweisung hin geschieht«, fuhr er zögerlich fort, »aber er hat seine eigenen Pläne. Flinn, Narishma und Manfor stehen auf der Deserteursliste, so wie jeder Asha'man, den Ihr bei Euch behalten habt. Und er hat eine Gruppe aus zwanzig oder dreißig Mann, die er in seiner Nähe hält und unter der Hand ausbildet. Jeder Mann, der den Drachen trägt, gehört dazu, außer mir, und er hätte mir den Drachen vorenthalten, wenn er es gewagt hätte. Ganz egal, was Ihr gemacht habt, es ist Zeit, Euren Blick auf die Schwarze Burg zu richten, bevor Taim sie schlimmer spaltet, als es die Weiße Burg ist. Wenn er das tut, werdet Ihr merken, dass der größte Teil loyal zu ihm steht, nicht zu Euch. Ihn kennen sie. Euch haben die meisten nie gesehen.«

Gereizt zog Rand die Ärmel nach unten und ließ sich auf einen Stuhl fallen. Was er getan hatte, spielte für Logain keine Rolle. Der Mann wusste, dass *Saidin* sauber war, aber er konnte nicht glauben, dass Rand oder ein anderer diese Säuberung tatsächlich zustande gebracht hatte. Glaubte er ernsthaft, dass der Schöpfer nach dreitausend Jahren des Leids sich dazu entschieden hatte, eine gnädige Hand auszustrecken? Der Schöpfer hatte die Welt erschaffen und es dann der Menschheit überlassen, damit zu machen, was sie wollte, einen Himmel oder die Grube des Verderbens. Der Schöpfer hatte viele Welten erschaffen und zugesehen, wie sie erblühten oder vergingen, und damit weitergemacht, eine endlose Zahl von Welten zu erschaffen. Ein Gärtner weinte nicht um jede Blüte, die zu Boden fiel.

Einen Augenblick lang glaubte er, dass das Lews Therins Gedanken gewesen waren. Er hatte auf diese Weise nie über den Schöpfer oder alles andere nachgedacht; nicht soweit er sich erinnern konnte. Aber er fühlte, wie Lews Therin anerkennend *nickte*, ein Mann, der einem anderen zuhörte. Dennoch, es war nicht die Art Sache, über die er vor Lews Therin nachgedacht hätte. Wie viel Abstand blieb zwischen ihnen?

»Taim wird warten müssen«, sagte er müde. Wie lange konnte Taim warten? Es überraschte ihn, Lews Therin nicht wüten zu hören, er solle den Mann töten. Er wünschte sich, das hätte ihn erleichtert. »Seid Ihr nur gekommen, um dafür zu sorgen, dass Logain mich sicher erreicht, Bashere, oder um mir zu erzählen, dass jemand Dobraine niedergestochen hat? Oder habt Ihr auch eine dringende Aufgabe für mich?«

Rands Tonfall ließ Bashere eine Braue heben, und ein Blick auf Logain ließ seinen Kiefer sich anspannen, aber nach einem Moment schnaubte er so laut, dass sein dicker Schnurrbart eigentlich hätte wackeln müssen. »Zwei Männer haben mein Zelt durchwühlt«, sagte er und stellte seinen Pokal auf einem blauen Tisch an der Wand ab. »Einer legte ein Schreiben vor, von dem ich geschworen hätte, es selbst geschrieben zu haben, wenn ich es nicht besser wüsste. Den Befehl, ›gewisse Gegenstände‹ wegzuschaffen. Loial hat mir erzählt, dass der Bursche, der Dobraine niederstach, das gleiche Schreiben hatte, anscheinend in Dobraines Handschrift. Mit ein bisschen Nachdenken hätte ein Blinder sehen können, worauf sie aus waren. Dobraine und ich sind die offensichtlichsten Kandidaten, um für Euch die Siegel zu hüten. Ihr habt drei, und Ihr sagt, dass drei gebrochen sind. Vielleicht weiß der Schatten, wo das letzte ist.«

Loial hatte sich vom Kamin abgewandt, als der Saldaeaner sprach, und jetzt brach es aus ihm heraus: »Das ist ernst, Rand. Wenn jemand alle Siegel am Gefängnis des Dunklen Königs bricht oder vielleicht auch nur eins oder zwei mehr, könnte sich der Dunkle König möglicherweise befreien. Nicht einmal du kannst dem Dunklen König gegenübertreten. Ich meine, ich weiß, dass du es laut den Prophezeiungen tun wirst, aber das kann nur symbolisch gemeint sein.« Sogar Logain sah besorgt aus; er musterte Rand, als würde er ihn gegen den Dunklen König aufrechnen.

Rand lehnte sich auf seinem Stuhl zurück und achtete sorgfältig darauf, seine Müdigkeit nicht zu zeigen. Auf der einen Hand die Siegel auf dem Gefängnis des Dunklen Königs, auf der anderen Taim, der die Asha'man spaltete. War das siebte Siegel bereits gebrochen? Machte der Schatten die Eröffnungszüge der Letzten Schlacht? »Ihr habt mir mal eines gesagt, Bashere. Bietet dir dein Feind zwei Ziele an …«

»Schlage bei einem dritten zu«, beendete Bashere den Satz prompt, und Rand nickte. Er hatte sich sowieso längst entschieden. Donner ließ die Fenster erzittern, bis die Scheiben klirrten. Der Sturm nahm an Stärke zu.

»Ich kann nicht gleichzeitig gegen den Schatten und die Seanchaner kämpfen. Ich schicke euch drei los, einen Waffenstillstand mit den Seanchanern zu schließen.«

Bashere und Logain schien es die Sprache verschlagen zu haben. Bis sie anfingen zu protestieren, einer lauter als der andere. Loial hingegen sah aus, als wäre er einer Ohnmacht nahe.

Elza zappelte unruhig hin und her und hörte sich Fearils Bericht über die Ereignisse an, die sich zugetragen hatten, seit sie Cairhien verlassen hatte. Es war nicht die raue Stimme des Mannes, die sie nervös machte. Sie hasste Blitze und wünschte sich, sie könnte das grelle Licht, das in ihrem Fenster flackerte, genauso mit einem Gewebe fern halten, wie sie ihr Zimmer vor Lauschern gesichert hatte. Niemand würde ihren Wunsch nach Privatsphäre seltsam finden, da sie zwanzig Jahre damit verbracht hatte, die Welt davon zu überzeugen, dass sie mit dem blonden Mann verheiratet war. Trotz seiner Stimme sah Fearil wie die Sorte Mann aus, die eine Frau heiraten würde, groß und schlank und recht ansehnlich. Der harte Schwung seines Mundes war vorteilhaft für sein Gesicht. Natürlich konnten – wenn man einmal darüber nachdachte – es einige für merkwürdig halten, dass sie nie mehr als einen Behüter hatte. Es war schwer, einen Mann mit der nötigen Befähigung zu finden, aber vielleicht sollte sie anfangen, danach Ausschau zu halten. Wieder tauchte ein Blitz das Fenster in sein Licht.

»Ja, ja, es reicht«, unterbrach sie ihn schließlich. »Du hast das Richtige getan, Fearil. Es hätte merkwürdig ausgesehen, hättest du dich als Einziger geweigert, deine Aes Sedai zu finden.« Erleichterung strömte durch den Bund. Sie war streng, was ihre Befehle anging, und obwohl er wusste, dass sie ihn nicht töten konnte – oder es zumindest nicht tun würde –, erforderte eine Bestrafung nur, dass sie den Bund maskierte, um nicht an seinen Schmerzen teilzuhaben. Das und ein Gewebe, um seine Schreie zu ersticken. Sie konnte Schreie fast genauso wenig ausstehen wie Blitze.

»Es ist schon gut, dass du jetzt bei mir bist«, fuhr sie fort. Schade, dass die Aiel-Wilden Fera noch immer festhielten, allerdings würde sie die Weiße fragen müssen, warum sie den Eid abgelegt hatte, bevor sie ihr vertrauen konnte. Bis zu der Reise nach Cairhien hatte sie nicht gewusst, dass sie etwas mit Fera teilte. Es war sehr bedauerlich, dass kein Mitglied ihres Herzens bei ihr war, aber nur sie war nach Cairhien geschickt worden, und sie stellte ihre Befehle genauso wenig in Frage wie Faeril die seinen. »Ich glaube, bald müssen ein paar Leute sterben.« Sobald sie entschieden hatte, welche es sein sollten. Fearil neigte den Kopf, eine Welle der Begeisterung schoss durch den Bund. Er tötete gern. »In der Zwischenzeit wirst du jeden töten, der den Wiedergeborenen Drachen bedroht.« Schließlich war ihr das in der Gefangenschaft der Wilden völlig klar geworden. Der Wiedergeborene Drache musste Tarmon Gai'don erreichen, denn wie sollte der Große Herr ihn sonst dort besiegen können?

KAPITEL 11

Wann man Juwelen tragen muss

Perrin schritt ungeduldig auf den mit Blumenornamenten verzierten Teppichen auf und ab, die auf dem Boden des Zeltes lagen, und wand sich unbehaglich in dem dunkelgrünen Seidenmantel, den er nur selten getragen hatte, seit Faile ihn hatte anfertigen lassen. Sie behauptete, die aufwändigen Silberstickereien würden seine Schultern zur Geltung bringen, aber der breite Ledergürtel und die Axt daran – eines so schlicht wie das andere – zeigten nur, dass er ein Narr war, der vorgab, mehr zu sein, als er in Wirklichkeit war. Manchmal zog er seine Panzerhandschuhe enger oder starrte finster auf seinen mit Pelz gefütterten Umhang, der über einer Stuhllehne hing und darauf wartete, von ihm umgelegt zu werden. Zweimal zog er ein Stück Papier aus dem Ärmel und entfaltete es, um im Gehen die Karte von Malden zu studieren. Das war die Stadt, in der Faile gefangen gehalten wurde.

Jondyn und Get und Hu hatten die fliehenden Einwohner von Malden eingeholt, aber das einzig nützliche, was sie erhalten hatten, war diese Karte, und es war ein hartes Stück Arbeit gewesen, die Flüchtlinge zum Anhalten zu bewegen, um sie zu bekommen. Jene, die stark genug gewesen waren, um zu kämpfen, waren tot oder trugen das Weiß der *Gai'schain* für die Shaido; geflohen waren nur die Alten und die ganz Jungen, die Kranken und Gebrechlichen. Jondyn zufolge hatte der Gedanke, jemand könnte sie zur Rückkehr und zum Kampf gegen die Shaido zwingen, ihre Schritte nach Norden in Richtung Andor und der dort erhofften Sicherheit gelenkt. Die Karte war ein Rätsel mit ihrem Straßenlabyrinth und der Festung der Hohen Herrin und der großen Zisterne in der nordöstlichen Ecke. Sie quälte ihn mit ihren Möglichkeiten. Aber diese Möglichkeiten würden sich nur ergeben, wenn er die Lösung für ein größeres Rätsel fand, das nicht auf der Karte verzeichnet war, die gewaltige Masse an Shaido, die die befestigte Stadt umgab, ganz zu schweigen von den vierhundert oder fünfhundert Weisen Frauen, die die Macht lenken konnten. Also wurde die Karte zurück in den Ärmel geschoben und die Wanderung wieder aufgenommen.

Das rot gestreifte Zelt ärgerte ihn genauso sehr wie die Karte, und das galt auch für die Möbel, die vergoldeten Stühle, die man zum Transport zusammenklappen konnte, und der Tisch mit dem Mosaik, bei dem das nicht möglich war, der Standspiegel und der mit einem Spiegel versehene Waschstand und selbst die Truhen, die aufgereiht an einer Zeltwand standen. Es war draußen noch nicht richtig hell, und alle zwölf Lampen brannten, und ihre Spiegel funkelten. Die Kohlenbecken, welche die eisige Kälte der Nacht zurückgehalten hatten, enthielten noch etwas Glut. Er hatte sogar Failes beide Seidenwandbilder herausholen und an den Dachpfählen aufhängen lassen. Er hatte Lamgwin seinen Bart stutzen und Wangen und Hals sauber rasieren lassen; er hatte sich gewaschen und frische Sachen angezogen. Er hatte das Zelt aufbauen lassen, als würde Faile jeden Augenblick vom Ausritt zurückkehren. Alles, nur damit jeder, der ihn sah, einen verdammten Lord sehen und sich zuversichtlich fühlen konnte. Und jedes Detail erinnerte ihn daran, dass Faile nicht ausgeritten war. Er zog einen Handschuh aus und tastete in seiner Jackentasche über die dort verstaute

Lederschnur. Jetzt waren es zweiunddreißig Knoten. Er musste nicht daran erinnert werden, aber manchmal lag er die ganze Nacht wach in dem Bett, in dem Faile fehlte, und zählte Knoten. Irgendwie waren sie eine Verbindung zu ihr geworden. Und wach zu sein war besser, als Albträume zu haben.

»Wenn Ihr Euch nicht setzt, werdet Ihr selbst mit Nealds Hilfe zu müde für den Ritt nach So Habor sein«, sagte Berelain in leicht amüsiertem Tonfall. »Allein Euch zuzusehen macht mich müde.«

Es gelang ihm, sie nicht böse anzustarren. Die Erste von Mayene saß auf ihrem zusammengelegten, scharlachroten Umhang auf einem der Klappstühle, die Hände auf dem Schoß um die roten Reithandschuhe gefaltet; sie trug ein dunkelblaues Reitgewand, eine breite, mit Feuertropfen besetzte Goldkette und die schmale Krone von Mayene, auf der ein goldener Falke über ihren Brauen flog. Sie sah so beherrscht wie eine Aes Sedai aus, und sie roch … geduldig. Er verstand nicht, warum sie aufgehört hatte, so zu riechen, als wäre er ein fettes Lamm, das sich im Dickicht verfangen hatte und ihr als Mahlzeit dienen sollte, aber er war ihr dafür fast schon dankbar. Es war gut, jemanden zu haben, mit dem er sich über die verschwundene Faile unterhalten konnte. Sie hörte zu und roch nach Mitgefühl.

»Ich will hier sein, falls … wenn Gaul und die Töchter Gefangene bringen.« Der Versprecher ließ ihn das Gesicht verziehen, genau wie die Verzögerung. Es war, als würde er an ihnen zweifeln. Früher oder später würde man einige Shaido gefangen nehmen, aber offensichtlich war das keine einfache Sache. Gefangene zu machen war sinnlos, solange man sie nicht fortschaffen konnte, und die Shaido waren nur im Vergleich mit anderen Aiel sorglos. Aber es fiel ihm immer schwerer, geduldig zu sein. »Wo bleibt Arganda?«, knurrte er.

Als hätte die Nennung seines Namens den Ghealdaner endlich herbeibefohlen, schob sich Arganda durch den Zelteingang; sein Gesicht war versteinert, und die Augen lagen tief in ihren Höhlen. Er sah aus, als würde er genauso wenig schlafen wie Perrin. Der kleine Mann trug seinen silbernen Brustpanzer, aber keinen Helm. Er hatte sich an diesem Morgen nicht rasiert, sein Kinn war mit grauen Stoppeln übersät. Von einer behandschuhten Hand klirrte ein fetter Geldbeutel, den er neben zwei anderen auf dem Tisch ablegte. »Aus der Schatulle der Königin«, sagte er verdrossen. Er hatte in den vergangenen zehn Tagen nur wenig gesagt, was nicht verdrossen geklungen hatte. »Es reicht, um unseren Anteil abzudecken und mehr. Ich musste das Schloss aufbrechen und drei Mann zur Bewachung abstellen. Es ist eine Versuchung, selbst für die besten von ihnen, jetzt, da das Schloss kaputt ist.«

»Gut, gut«, sagte Perrin und versuchte, nicht zu ungeduldig zu klingen. Ihm war es gleichgültig, ob Arganda hundert Männer zur Bewachung der Geldtruhe seiner Königin abstellen musste. Sein Beutel war der kleinste der drei, und er hatte jede Gold- und Silbermünze zusammengekratzt, die er hatte finden können. Er warf sich den Umhang über die Schultern, nahm die Geldbeutel und eilte an dem Mann vorbei in den grauen Morgen hinaus.

Zu seinem Ärger hatte das Lager ein dauerhafteres Gepräge angenommen, obwohl es bestimmt nicht so geplant war, und es gab nichts, was er dagegen tun konnte. Viele der Männer von den Zwei Flüssen schliefen jetzt in Zelten, sie bestanden aus hellbraunem, geflicktem Segeltuch statt aus rot gestreiftem wie seinem, aber sie waren groß genug für acht oder zehn Männer, wobei ihre zusammengewürfelten Blankwaffen davor aufgeschichtet waren, und die anderen hatten ihre provisorischen Unterkünfte in stabile kleine Hütten aus geflochtenen Immergrünzweigen verwandelt. Die Zelte und Hütten boten bestenfalls schiefe Reihen, sie hatten nicht viel Ähnlichkeit mit den geraden Reihen, wie man sie bei den Ghealdanern und Mayenern sehen konnte, trotzdem hatte es eine gewisse Ähnlichkeit mit einem Dorf, mit Pfaden und Straßen, in denen der Schnee bis zur nackten, gefrorenen Erde niedergetrampelt war. Jedes Herdfeuer wurde von einem ordentlichen Steinkreis umgeben, und hier hatten sich kleine Gruppen von Männern versammelt, die gegen die Kälte vermummt auf ihr Frühstück warteten.

Es war der Inhalt der schwarzen Eisenkochtöpfe, der Perrin an diesem Morgen zum Handeln trieb. Da so viele Männer jagten, wurde das Wild knapp, und alles andere ging aus. Sie mussten nach den von Eichhörnchen angelegten Eichelvorräten suchen, die sie mahlen konnten, um das Hafermehl zu strecken, und was sie so spät im Winter fanden, war alt und bestenfalls vertrocknet. Die Mixtur füllte zwar irgendwie den Magen, aber man musste wirklich hungrig sein, um sie herunterzukriegen. Die meisten Gesichter, die Perrin erkennen konnte, beobachteten die Kochtöpfe begierig. Die letzten Karren ratterten durch eine Lücke, die man in dem Kreis aus angespitzten Pfählen um das Lager herum gemacht hatte; die cairhienischen Kutscher waren bis zu den Ohren vermummt und hockten wie dunkle Wollsäcke auf ihren Sitzen. Die ursprüngliche Ladung war in der Lagermitte aufgebaut worden. Jetzt polterten sie durch die Furchen, die die vorausfahrenden Karren hinterlassen hatten, eine einzelne Reihe, die im Wald verschwand.

Perrins Auftritt mit Berelain und Arganda verursachte Aufsehen, wenn auch nicht unter den hungrigen Männern von den Zwei Flüssen. Oh, ein paar von ihnen nickten vorsichtig in seine Richtung – ein oder zwei Narren machten sogar ungelenke Verbeugungen! –, aber die meisten versuchten noch immer, ihn nicht anzusehen, wenn Berelain in der Nähe war. Idioten. Dumme, hirnrissige Idioten! Es gab jedoch genügend andere Leute in der Nähe des rot gestreiften Zelts, die sich in den Wegen zwischen den anderen Zelten drängten. Ein mayenischer Soldat ohne Rüstung in einem grauen Mantel kam mit Berelains weißer Stute angelaufen, verbeugte sich und hielt den Steigbügel. Annoura saß bereits auf einer schlanken Stute, die fast so dunkel war wie Berelains Pferd hell. Aus der Kapuze ihres Umhangs hingen dünne, mit eingeflochtenen Perlen versehen Zöpfe; die Aes Sedai schien die Frau, die sie eigentlich beraten sollte, kaum zu bemerken. Steif im Sattel sitzend, starrte sie zu den niedrigen Zelten der Aiel, bei denen sich außer den schmalen Rauchfahnen aus den Abzugslöchern nichts regte. Aber der einäugige Gallenne mit seinem roten Helm und Brustpanzer und der Augenklappe machte die mangelnde Aufmerksamkeit der tarabonischen Schwester mehr als wieder wett. Sobald Berelain erschien, bellte er einen Befehl, der fünfzig der Geflügelten Wachen in Statuen verwandelte, die langen, mit roten Wimpeln geschmückten und mit stählernen Spitzen versehenen Lanzen aufrecht an ihren Seiten, und als sie aufsaß, brüllte er einen weiteren Befehl, der die Männer so anmutig auf ihre Pferde steigen ließ, dass sie sich wie ein Mann zu bewegen schienen.

Arganda sah stirnrunzelnd zu den Aiel-Zelten hinüber und bedachte die Mayener ebenfalls mit einem Stirnrunzeln, dann ging er zu der Stelle, an der viele ghealdanische Lanzenreiter in funkelnden Rüstungen und den konisch geformten grünen Helmen warteten, und sprach leise mit dem Burschen, der sie befehlen würde, einem schlanken Mann namens Kireyin, der dem hochmütigen Blick nach zu urteilen, der hinter dem Stangenvisier seines versilberten Helmes funkelte, bestimmt von adliger Geburt war. Arganda war klein genug, dass sich Kireyin zu ihm herunterbeugen musste, um zu verstehen, was er zu sagen hatte, und diese Notwendigkeit ließ das Gesicht des größeren Mannes noch kühler erscheinen. Einer der Männer hinter Kireyin trug statt einer grünen Lanze einen Stab mit einem roten Banner, auf dem die drei sechszackigen Silbernen Sterne von Ghealdan zu sehen waren, und einer der Geflügelten Wachen trug Mayenes Goldenen Falken auf blauem Feld.

Aram war auch da, aber an der Seite und nicht zum Aufbruch bereit. In seinen giftgrünen Umhang gehüllt teilte er seine eifersüchtigen Blicke zwischen Mayenern und Ghealdanern auf. Als er Perrin erblickte, wurde sein Ausdruck mürrisch, und er eilte los und bahnte sich seinen Weg durch die Männer von den Zwei Flüssen, die auf ihr Frühstück warteten. Er blieb nicht stehen, um sich zu entschuldigen, wenn er jemand anrempelte. Im Verlauf der Tage, an denen sie dagesessen und gewartet hatten, war Aram zunehmend gereizter geworden und hatte jeden bis auf Perrin angefaucht. Gestern hätte er sich beinahe mit zwei Ghealdanern geprügelt, und zwar wegen etwas, an das sich keiner der beiden mehr genau erinnern konnte, nachdem man sie voneinander getrennt hatte – wenn man davon absah, dass Aram gesagt hatte, die Ghealdaner hätten keinen Respekt, und sie erwidert hatten, er hätte eine große Klappe. Darum blieb der ehemalige Kesselflicker an diesem Morgen auch zurück. In So Habor würden die Dinge auch so schon heikel genug sein, ohne dass Aram Streit anfing, wenn Perrin gerade nicht hinsah.

»Behaltet Aram im Auge«, sagte er leise, als Dannil sein Pferd brachte. »Und erst recht Arganda«, fügte er hinzu, stopfte die Beutel in seine Satteltaschen und schnallte die Klappen sorgfältig zu. Das Gewicht von Berelains Beitrag entsprach etwa dem, was er und Arganda zusammengebracht hatten. Nun, sie hatte einen Grund, großzügig zu sein. Ihre Männer waren genauso hungrig wie alle anderen auch. »Arganda sieht meiner Meinung nach wie ein Mann aus, der im Begriff steht, etwas Dummes zu tun.« Steher warf den Kopf nach hinten, als Perrin die Zügel übernahm, aber der Hengst beruhigte sich schnell unter seiner festen, ruhigen Hand.

Dannil rieb mit von der Kälte geröteten Knöcheln über seinen stoßzahnähnlichen Schnurrbart und warf Arganda einen Seitenblick zu, dann atmete er schwer aus. »Ich werde ihn beobachten, Lord Perrin«, murmelte er und zog an seinem Umhang, »aber was Ihr mir auch befohlen habt, sobald Ihr außer Sicht seid, wird er nicht mehr auf mich hören.«

Leider entsprach das der Wahrheit. Perrin hätte lieber Arganda mitgenommen und Gallenne zurückgelassen, aber keiner von ihnen war bereit gewesen, das zu akzeptieren. Der Ghealdaner stimmte zu, dass Männer und Pferde bald anfangen würden zu hungern, wenn man nicht irgendwie Lebensmittel und Futter fand, aber er konnte sich nicht dazu überwinden, sich auch nur einen Schritt weiter von seiner Königin zu entfernen. In mancherlei Hinsicht schien er noch verzweifelter zu sein als Perrin oder vielleicht eher bereit, sich dem Gefühl zu ergeben. Sich selbst überlassen wäre Arganda jeden Tag ein Stück näher an die Shaido herangerückt, bis er sich direkt vor ihrer Nase befunden hätte. Perrin war bereit zu sterben, um Faile zu befreien. Arganda schien einfach nur bereit zu sein zu sterben.

»Tut, was Ihr könnt, um zu verhindern, dass er eine Dummheit begeht, Dannil.« Nach einem Moment fügte er hinzu: »Solange es nicht zu einem Kampf kommt.« Er konnte von Dannil nur bis zu einem gewissen Punkt erwarten, den Burschen zurückzuhalten. Auf jeden Mann von den Zwei Flüssen kamen drei Ghealdaner, und Faile würde nie befreit werden, wenn sie anfingen, sich gegenseitig umzubringen. Beinahe hätte Perrin den Kopf an Stehers Flanke angelehnt. Beim Licht, er war müde, und er konnte nirgendwo irgendwelche Fortschritte sehen.

Langsames Hufgestampfe verkündete die Ankunft von Masuri und Seonid; ihre drei Behüter ritten dicht hinter ihnen in Umhänge gehüllt, die jeden der Männer und die Flanken ihrer Pferde beinahe verschwinden ließen. Die Aes Sedai trugen schimmernde Seide, und unter dem Rand von Masuris dunklem Umhang blitzte eine schwere Goldkette hervor. Auf Seonids Stirn baumelte ein kleiner weißer Juwel von einem schmalen Goldkettchen, das in ihrem Haar befestigt war. Annoura entspannte sich und saß etwas lockerer in ihrem Sattel. Zwischen den Aiel-Zelten standen die Weisen Frauen in einer Reihe und sahen zu, sechs große Frauen, deren Köpfe von schwarzen Schultertüchern verhüllt wurden. Die Bürger von So Habor würden Aiel möglicherweise genauso willkommen heißen wie die Leute aus Malden, aber Perrin war sich nicht sicher gewesen, ob die Weisen Frauen auch nur eine der Schwestern gehen lassen würden. Sie waren der letzte Grund zum Warten gewesen. Die Sonne war ein rotgoldener Rand über den Baumwipfeln.

»Je früher wir da sind, desto früher sind wir zurück«, sagte Perrin und stieg in den Sattel des Braunen. Als er durch die Lücke ritt, die man für die zweiräderigen Karren gemacht hatte, fingen die Männer von den Zwei Flüssen bereits an, die fehlenden Pfähle wieder an Ort und Stelle zu platzieren. Mit Masemas Leuten in der Nähe vernachlässigte keiner seine Wachsamkeit.

Es waren hundert Schritte bis zur Baumgrenze, aber Perrin sah eine Bewegung, jemand auf einem Pferd, der sich in die tieferen Schatten unter den hoch aufragenden Bäumen zurückzog. Zweifellos einer von Masemas Beobachtern, der zurückpreschte, um dem Propheten mitzuteilen, dass Perrin und Berelain das Lager verlassen hatten. Aber wie schnell er auch ritt, er würde nicht rechtzeitig eintreffen. Wenn Masema Berelain oder Perrin tot sehen wollte, was wahrscheinlich erschien, würde er auf eine andere Gelegenheit warten müssen.

Gallenne war hingegen nicht bereit, auch nur das kleinste Risiko einzugehen. Seit dem Tag, an dem Santes und Gendar, Berelains Diebefänger, nicht mehr aus Masemas Lager zurückgekehrt waren, hatte niemand auch nur eine Nasenspitze von ihnen gesehen, und für Gallenne war das eine so sichere Botschaft, als hätte man ihre Köpfe in einem Sack zurückgeschickt. Er hatte seine Lanzenreiter in einem Kreis um Berelain ausschwärmen lassen, noch bevor sie die Bäume erreicht hatten. Und um Perrin auch, aber das war nur ein Zufall. Wäre man Gallennes Wünschen gefolgt, hätte er alle neunhundert seiner Geflügelten Wachen mitgenommen, oder, was seiner Ansicht nach noch besser gewesen wäre, es Berelain ausgeredet, sie zu begleiten. Perrin hatte das auch versucht, mit genauso wenig Erfolg. Die Frau hatte so eine Art, sich alles anzuhören und dann genau das zu tun, was sie tun wollte. Faile war genauso. Manchmal musste ein Mann eben damit leben. Eigentlich sogar meistens, da man nichts dagegen tun konnte.

Die mächtigen Bäume und Felsvorsprünge, die aus dem Schnee ragten, brachen die Formation natürlich auf, aber selbst im Dämmerlicht des Waldes boten sie einen farbigen Anblick, die roten Wimpel, die in den schräg einfallenden Sonnenstrahlen flatterten, die rotgepanzerten Reiter, die für Augenblicke hinter massiven Eichen und Farnen verschwanden. Die drei Aes Sedai ritten hinter Perrin und Berelain, gefolgt von ihren Behütern, die den Wald um sie herum beobachteten, dann kam der Mann mit Berelains Banner. Kireyin und das Banner von Ghealdan kamen ein Stück dahinter; seine Männer ritten in ordentlichen, schimmernden Reihen, oder zumindest so gut, wie sie konnten. Die Offenheit des Waldes war eine Täuschung und schlecht für geordnete Reihen und helle Banner geeignet, aber wenn man die bestickte Seide und die Edelsteine und eine Krone und die Behüter in den farbverändernden Umhängen hinzurechnete, war es schon ein äußerst beeindruckender Anblick. Perrin hätte lachen können, wenn auch ohne große Heiterkeit.

Berelain schien seine Gedanken zu spüren. »Wenn man einen Sack Mehl kauft«, sagte sie, »soll man einfache Wolle tragen, damit der Verkäufer glaubt, dass man sich nicht leisten kann, mehr zu zahlen als unbedingt nötig. Wenn man auf Wagenladungen Mehl aus ist, muss man Juwelen tragen, damit er glaubt, dass man sich leisten kann, für alles zurückzukommen, was er irgendwie herbeischaffen kann.«

Trotz allem musste Perrin lachen. Es klang wie etwas, das Meister Luhan ihm einst gesagt hatte, mit einem Rippenstoß, um zu verdeutlichen, dass es ein Scherz war, und einem Funkeln im Blick, das besagte, dass etwas mehr dahintersteckte. Kleide dich ärmlich, wenn du einen kleinen Gefallen willst, und aufwändig, wenn es ein großer sein soll. Er war sehr froh, dass Berelain nicht länger wie eine jagende Wölfin roch. Wenigstens eine Sorge weniger.

Sie holten bald den letzten der Karren ein, eine Reihe, die sich nicht länger bewegte, als sie die Reisestelle erreichten. Äxte und Schweiß hatten die von den Wegetoren abgeschnittenen Bäume entfernt und eine kleine Lichtung geschaffen, aber sie war schon dicht bevölkert, noch bevor Gallenne seinen Kreis aus Lanzenreitern um sie herum gruppierte, und zwar nach außen gerichtet. Fager Neald war bereits da, ein geckenhafter

Murandianer mit einem zu Spitzen gewachsten Schnurrbart, der auf einem gescheckten Wallach ritt. Sein Mantel hätte jedem, der noch nie zuvor einen Asha'man gesehen hatte, seinen Status gezeigt; allerdings war sein einziger Ersatzmantel ebenfalls schwarz, und immerhin hatte er keine Anstecknadeln am Kragen, die ihn aus der Menge hervorhoben. Der Schnee war nicht tief, aber die zwanzig Männer von den Zwei Flüssen, die von Will al'Seen angeführt wurden, saßen ebenfalls auf ihren Pferden, statt darauf zu warten, dass ihre Füße in ihren Stiefeln froren. Sie sahen wie ein härterer Haufen aus als jener, der zusammen mit ihm die Zwei Flüsse verlassen hatte, mit auf den Rücken geschlungenen Langbogen und vollen Köchern und allen möglichen Schwertern an den Gürteln. Perrin hoffte, dass er sie bald nach Hause schicken konnte, oder noch besser, sie nach Hause mitnehmen konnte.

Die meisten balancierten Stangenwaffen über den Sätteln, aber Tod al'Caar und Flann Barstere trugen Banner, Perrins Roten Wolfskopf und den Roten Adler von Manetheren. Tods massiger Kiefer war stur nach vorn geschoben, und Flann, ein hoch gewachsener, dürrer Bursche oben aus Wachhügel, sah mürrisch aus. Vermutlich hatte er die Aufgabe nicht übernehmen wollen. Und Tod möglicherweise auch nicht. Will schenkte Perrin einen jener offenen, unschuldigen Blicke, die so viele Mädchen in der Heimat getäuscht hatten – Will mochte übertriebene Stickereien auf seinem Mantel an Feiertagen, und er liebte es, vor diesen Bannern zu reiten, vermutlich in der Hoffnung, dass irgendwelche Frauen glaubten, es seien seine –, aber Perrin ließ es ihm durchgehen. Die anderen drei Leute auf der Lichtung hatte er jedoch genauso wenig erwartet wie die Banner.

Balwer hielt seinen Umhang fest um den Leib geschlungen, als wäre die sanfte Brise ein Sturmwind, und trieb seinen Rotschimmel ungeschickt an, um zu Perrin zu gelangen. Zwei von Failes Anhängern folgten ihm mit trotziger Miene. Medores blaue Augen wirkten seltsam in dem dunklen tairenischen Gesicht, andererseits sah ihr Mantel mit seinen aufgeplusterten grün gestreiften Ärmeln ebenfalls merkwürdig an ihrer vollbusigen Gestalt aus. Als Tochter eines Hochlords war sie jeden Zoll eine Adlige, und Männerkleidung stand ihr nicht. Latian, Cairhiener und blass in einem Mantel, der fast so dunkel wie Nealds war, wenn auch mit vier Schlitzen aus Rot und Blau quer über der Brust, war nicht viel größer als sie, und die Art und Weise, wie er erkältet schniefte und sich die spitze Nase rieb, ließ ihn noch weniger kompetent erscheinen. Sie trugen keine Schwerter, eine weitere Überraschung.

»Mein Lord, meine Lady die Erste«, sagte Balwer mit seiner trockenen Stimme und machte im Sattel eine Verbeugung, ein Spatz, der auf seinem Ast hüpfte. Sein Blick huschte zu den Aes Sedai hinter Perrin, aber das war das einzige Zeichen, dass er sich der Anwesenheit der Schwestern bewusst war. »Mein Lord, mir ist eingefallen, dass ich in So Habor einen Bekannten habe. Ein Klingenschmied, der mit seinen Waren reist, aber vielleicht ist er zu Hause, und ich habe ihn schon mehrere Jahre nicht mehr gesehen.« Das war das erste Mal, dass er je einen Freund erwähnte, und eine Stadt im Norden von Altara erschien ein seltsamer Ort dafür, aber Perrin nickte. Er vermutete, dass mehr hinter diesem Freund steckte, als Balwer verriet. In ihm wuchs der Verdacht, dass mehr an Balwer war, als der Mann offenbarte.

»Und Eure Begleiter, Meister Balwer?« Berelains Gesicht in der pelzverbrämten Kapuze regte sich nicht, aber sie roch amüsiert. Sie wusste nur zu gut, dass Faile ihre jungen Anhänger als Spione benutzte, und war davon überzeugt, dass Perrin es ebenfalls tat.

»Sie wollen einen Ausflug unternehmen, meine Lady die Erste«, erwiderte der knochige kleine Mann ausdruckslos. »Ich bürge für sie, mein Lord. Sie haben versprochen, keinen Ärger zu machen, und vielleicht lernen sie was.« Auch er roch amüsiert – da der Geruch von ihm kam, war er natürlich trocken –, wenn auch mit einem Anflug von Gereiztheit. Balwer wusste, dass sie Bescheid wusste, was ihn nicht erfreute, aber sie erwähnte es nie offen, was er wiederum tat. Es steckte definitiv mehr hinter Balwer, als er offenbarte.

Der Mann musste seine Gründe gehabt haben, sie mitzunehmen. Er hatte es geschafft, auf die eine oder andere Weise an alle von Failes jungen Anhängern heranzukommen und hatte sie unter den Ghealdanern und den Mayenern und sogar den Aiel Informationen sammeln lassen. Ihm zufolge konnte es genauso interessant sein, was Freunde sagten und taten, wie das, was Feinde planten, und das selbst, wenn man sicher war, dass es Freunde waren. Natürlich wusste Berelain, dass man ihre Leute überwachte. Und Balwer wusste, dass sie es wusste. Und sie wusste, dass er … Das war alles zu abgehoben für einen Schmied vom Lande.

»Wir verschwenden Zeit«, sagte Perrin. »Neald, öffnet das Wegetor.«

Der Asha'man grinste ihn an und strich sich über den gewachsten Schnurrbart – Neald grinste zu viel, seit die Shaidos gefunden worden waren; vielleicht war er zu begierig, mit ihnen abzurechnen –, er grinste und machte eine ausladende Geste mit der Hand. »Wie Ihr befehlt«, sagte er fröhlich, und der vertraute silbrige Lichtbalken erschien und verbreiterte sich zu einer Öffnung in der Luft.

Ohne auf jemanden anderen zu warten, ritt Perrin hindurch auf ein schneebedecktes Feld, das von einer niedrigen Steinmauer umgeben wurde; es war ein hügeliges Land, das verglichen mit dem Wald, den er gerade verlassen hatte, nahezu baumlos erschien, nur wenige Meilen von So Habor entfernt, falls Neald keinen gravierenden Fehler gemacht hatte. Falls doch, würde Perrin ihm den albernen Schnurrbart aus dem Gesicht reißen. Wie konnte der Kerl nur *fröhlich* sein?

Doch bald ritt er unter einem grauen, bewölkten Himmel auf einer verschneiten Straße nach Westen, die hochrädrigen Karren rollten in einer Reihe hinter ihm her, und die frühmorgendlichen Schatten erstreckten sich voraus. Steher riss an den Zügeln, da er laufen wollte, aber Perrin ließ ihn gehen, und zwar nicht schneller als die Zugtiere. Gallennes Mayener mussten über die Felder am Straßenrand reiten, um den Ring um Berelain und ihn aufrechterhalten zu können, und das bedeutete, sie mussten an den niedrigen Steinmauern vorbei, die die Felder voneinander abtrennten. Manche hatten Tore, die von dem Besitz eines Bauern zum nächsten führten, vermutlich damit man sich Pfluggespanne teilen konnte, und über andere sprangen sie mit flatternden Wimpeln an ihren Lanzen hinüber und riskierten die Beine ihrer Tiere und die eigenen Hälse. Ehrlich gesagt sorgte sich Perrin weniger wegen ihren Hälsen.

Will und die beiden Narren, die den Wolfskopf und den Roten Adler trugen, gesellten sich zu dem Bannermann der Mayener hinter den Aes Sedai und den Behütern, aber die anderen Männer von den Zwei Flüssen verteilten sich, um die Wagenreihe zu flankieren. Es waren viel zu viele Karren, um sie von zwanzig Mann schützen zu lassen, aber die Kutscher würden sich sicherer fühlen, wenn sie sie sahen. Nicht, dass jemand mit Straßenräubern rechnete oder Shaido, was das anging, aber niemand fühlte sich außerhalb des Lagers wohl. Auf jeden Fall würden sie hier jede Bedrohung sehen können, bevor sie sie erreichte.

Das Land mit den sanften Hügeln gestattete eigentlich keine weite Sicht, aber es war Bauernland, mit soliden, strohgedeckten Steinhäusern und auf den Feldern verstreuten Scheunen, und nirgendwo gab es so etwas wie Wildnis. Selbst die kleinsten Dickichte, die sich an die Hänge schmiegten, wurden zur Gewinnung von Brennholz genutzt. Aber plötzlich fiel Perrin auf, dass der Schnee auf der Straße vor ihm nicht frisch war, doch die einzigen Spuren von Gallennes Vorhut stammten. In den dunklen Häusern und Scheunen regte sich nichts, aus den dicken Schornsteinen stieg kein Rauch auf. Das Land schien vollkommen still und absolut verlassen zu sein. Seine Nackenhaare wollten sich aufstellen.

Ein Ausruf von einer der Aes Sedai ließ ihn über die Schulter sehen, und er folgte Masuris zeigendem Finger nach Norden zu einem Umriss, der durch die Luft flog. Auf den ersten Blick hätte man es für eine große Fledermaus halten können, die auf langen, gerippten Schwingen in östliche Richtung flog, eine seltsame Fledermaus mit langem Hals und einem langen, dünnen Schwanz. Gallenne bellte eine Verwünschung und drückte sein Fernrohr ans Auge. Perrin konnte auch ohne Hilfsmittel gut genug sehen und sogar die Gestalt eines menschlichen Wesens ausmachen, die sich auf dem Rücken der Kreatur festklammerte und auf ihr ritt wie auf einem Pferd.

»Seanchaner«, hauchte Berelain, und sowohl ihre Stimme wie auch ihr Geruch waren besorgt.

Perrin drehte sich im Sattel um, um den Flug des Ungetüms zu verfolgen, bis das grelle Licht der aufgehenden Sonne ihn dazu zwang, sich abzuwenden. »Das hat nichts mit uns zu tun«, sagte er. Wenn Neald einen Fehler gemacht hatte, würde er ihn erdrosseln.

KAPITEL 12

In So Habor

Wie sich herausstellte, hatte Neald, der zurückbleiben musste, um das Wegetor offen zu halten, bis Kireyin und die Ghealdaner hindurch waren, das Wegetor in unmittelbarer Nähe seines Ziels geöffnet. Er und Kireyin holten die Gruppe im Galopp ein, als Perrin gerade einen Hügel hinaufritt und sein Pferd zügelte, da sich So Habor vor ihm erhob; die Stadt befand sich auf der anderen Seite eines kleinen Flusses, der von zwei bogenförmigen Holzbrücken überspannt wurde. Perrin war kein Soldat, aber er erkannte auf den ersten Blick, warum Masema den Ort in Ruhe gelassen hatte. In unmittelbarer Nähe des Flusses verfügte die Stadt über zwei massive, mit Türmen versehene Steinmauern, und die innere war höher als die äußere. An einem langen Kai, der sich von einer Brücke zur nächsten entlang der Flussmauer erstreckte, waren zwei Barken vertäut, doch die breiten Stadttore, die mit Eisen beschlagen und fest verschlossen waren, schienen die einzigen Öffnungen in der langen Mauer aus grobem, grauem Stein zu sein, die die ganze Länge von Wehrgängen gekrönt wurde. Gebaut, um gierige adlige Nachbarn abzuwehren, hätte So Habor sich kaum vor der Horde des Propheten gefürchtet, selbst wenn sie zu Tausenden gekommen wären. Wer in diese Stadt hineinwollte, würde Belagerungsgerät und Geduld brauchen, und Masema terrorisierte lieber Dörfer und Städte ohne Mauern oder Verteidigungsanlagen.

»Nun, es ist schön, dass ich da Leute auf den Mauern sehen kann«, sagte Neald. »Ich dachte schon, in diesem Land wäre jeder tot und begraben.« Er klang, als würde er das nur halb im Scherz meinen, und sein Grinsen sah gezwungen aus.

»Solange sie lebendig genug sind, uns Korn zu verkaufen«, murmelte Kireyin in seiner nasalen, gelangweilten Stimme. Er schnallte seinen silbrigen, mit weißen Federn versehenen Helm ab und stülpte ihn über den hohen Sattelknauf. Sein Blick glitt an Perrin vorbei und verharrte kurz auf Berelain, bevor er sich umdrehte, um die Aes Sedai in dem gleichen gelangweilten Tonfall anzusprechen. »Bleiben wir hier stehen, oder reiten wir herunter?« Berelain sah ihn mit hochgezogener Braue an, ein gefährlicher Blick, wie jeder Mann mit einem Funken Verstand erkannt hätte. Kireyin bemerkte ihn nicht.

Perrins Nackenhaare wollten sich noch immer sträuben, noch viel drängender, seit er die Stadt gesehen hatte. Vielleicht war es nur der Teil von ihm, der ein Wolf war und Mauern verabscheute. Aber das glaubte er nicht. Die Leute auf den Mauern zeigten in ihre Richtung, und einige hielten Fernrohre. Zumindest diese würden die Banner deutlich erkennen können. Jeder würde die Soldaten sehen können, deren Lanzenwimpel in der Morgenbrise flatterten. Und die ersten Karren der Reihe, die sich außerhalb ihrer Sicht die Straße entlang erstreckten. Möglicherweise drängten sich sämtliche Bauern der Höfe in der Stadt. »Wir sind nicht hergekommen, um hier herumzusitzen«, sagte er.

Berelain und Annoura hatten einen Plan gemacht, wie man sich So Habor nähern sollte. Der örtliche Lord oder die Lady hatten sicherlich von den Verwüstungen der Shaido gehört, die sich gar nicht so viele Meilen nördlich von ihnen zugetragen hatten, und möglicherweise hatten sie auch von der Anwesenheit des Propheten in Altara gehört. Allein eines davon reichte aus, um jemanden vorsichtig zu machen; zusammen genommen würde es vielleicht ausreichen, dass Leute zuerst mit Pfeilen schossen und dann fragten, auf wen sie da eigentlich geschossen hatten. Auf jeden Fall war es höchst unwahrscheinlich, dass sie im Augenblick fremde Soldaten durch ihre Tore lassen würden. Die Lanzenreiter blieben in einer Reihe auf dem Hügel stehen, ein Zeichen, dass diese Besucher über Streitkräfte verfügten, auch wenn sie sie nicht einsetzten. Nicht, dass sich So Habor sonderlich von hundert Männern beeindrucken lassen würde, aber die polierten Rüstungen der Ghealdaner und die roten Harnische der Geflügelten Wachen verkündeten, dass die Besucher keine marodierenden Wegelagerer waren. Die Männer von den Zwei Flüssen würden niemanden beeindrucken, bis sie ihre Bögen benutzt hatten, also blieben sie bei den Karren zurück, um die Kutscher bei Laune zu halten. Es war alles ein ziemlich aufwändiger Unsinn, aber Perrin war ein Landschmied, ob man ihn nun Lord nannte oder nicht. Die Erste von Mayene und eine Aes Sedai sollten wissen, was in so einem Fall zu tun war.

Gallenne führte den Weg hinunter zum Fluss in langsamem Trab an, den hellroten Helm auf dem Sattel liegend. Perrin und Berelain ritten ein kleines Stück hinter ihm, Seonid in der Mitte und Masuri und Annoura an ihren Seiten; die Aes Sedai hatten die Kapuzen zurückgeworfen, sodass jeder auf diesen Mauern, der das Gesicht einer Aes Sedai erkennen würde, die Gelegenheit bekam, gleich drei von ihnen zu sehen. Aes Sedai waren an den meisten Orten willkommen, selbst dort, wo die meisten Leute lieber nichts mit ihnen zu tun hatten. Dahinter kamen die vier Bannermänner, die Behüter in ihren sinnverwirrenden Umhängen zwischen ihnen. Und Kireyin, der seinen funkelnden Helm auf dem Oberschenkel balancierte und missmutig die Lippen schürzte, weil er dazu verbannt worden war, mit den Behütern zu reiten. Gelegentlich warf er Balwer einen kalten Blick zu, der mit seinen beiden Begleitern den Abschluss bildete. Niemand hatte Balwer gesagt, dass er mitkommen konnte, aber es hatte ihm auch niemand verboten. Er neigte den Kopf, wenn der Adlige ihn ansah, dann richtete er seine Aufmerksamkeit wieder auf die Stadtmauern vor ihm.

Perrin konnte sein Unbehagen nicht abschütteln, als sie sich der Stadt näherten. Die Hufe der Pferde klapperten laut auf der südlichen Brücke, einer breiten Konstruktion, die sich hoch genug über den schnell strömenden Fluss erhob, um eine Barke wie jene, die am Kai vertäut lag, mühelos hindurchlassen zu können. Keines der breiten Fahrzeuge hatte Vorrichtungen, um einen Mast aufstellen zu können. Eine der Barken lag tief im Wasser und stemmte sich gegen straff gespannte Anlegetaue, und die andere sah auch irgendwie aufgegeben aus. Ein saurer Geruch in der Luft ließ sich Perrin die Nase reiben. Außer ihm schien ihn keiner zu bemerken.

Kurz nach dem Brückenende zügelte Gallenne sein Pferd. Die verschlossenen Tore, die mit fußbreiten schwarzen Eisenbändern beschlagen waren, hätten sowieso einen Halt erzwungen. »Wir haben von den Schwierigkeiten gehört, die dieses Land plagen«, brüllte er den Männern auf den Mauern zu und schaffte es trotz seiner Lautstärke, förmlich zu klingen, »aber wir sind nur auf der Durchreise, und wir kommen, um zu handeln, und nicht um Ärger zu machen, um Korn und andere nützliche Dinge zu kaufen, nicht um zu kämpfen. Ich habe die Ehre zu verkünden, dass Berelain sur Paendrag Paeron, Erste von Mayene, Gesegnete des Lichts, Verteidigerin der Wellen, Hohe Herrin von Haus Paeron, gekommen ist, um mit dem Lord oder der Lady dieses Landes zu sprechen. Ich habe die Ehre zu verkünden, dass Perrin t'Bashere Aybara …« Er fügte für Perrin noch den Lord von den Zwei Flüssen und mehrere andere Titel dazu, die ihm nicht zustanden und die er noch nie gehört hatte, dann widmete er sich den Aes Sedai, gestand jeder den vollen Ehrentitel zu und nannte auch ihre Ajah. Es war eine beeindruckende Aufzählung. Als er fertig war, herrschte … Schweigen.

Oben auf den Zinnen wechselten Männer mit schmutzigen Gesichtern freudlose Blicke und flüsterten hektisch miteinander, fuchtelten nervös mit Armbrüsten und Stangenwaffen herum. Nur wenige trugen Helme oder gar eine Rüstung. Die meisten hatten billige Mäntel, aber an einem Mann glaubte Perrin Seide unter einer Schmutzschicht zu erkennen. Bei so viel getrocknetem Dreck war das schwer zu sagen. Nicht einmal sein Gehör konnte ausmachen, was sie da sagten.

»Woher sollen wir wissen, dass ihr am Leben seid?«, rief eine heisere Stimme schließlich.

Berelain blinzelte überrascht, aber keiner lachte. Es war das Gerede von Narren, aber Perrin glaubte, dass sich das Haar in seinem Nacken nun wirklich sträubte. Hier war definitiv etwas faul. Die Aes Sedai schienen es nicht zu spüren. Andererseits konnten Aes Sedai hinter diesen glatten Masken kühler Gelassenheit alles verbergen. Die Perlen in Annouras dünnen Zöpfen klirrten leise, als sie den Kopf schüttelte. Masuri musterte die Männer auf der Mauer mit eiskaltem Blick.

»Wenn ich beweisen muss, dass ich am Leben bin, werdet ihr es bereuen«, verkündete Seonid lautstark in ihrem scharfen, cairhienischen Akzent etwas heißblütiger, als ihr Gesicht erahnen ließ. »Und wenn ihr weiterhin diese Armbrüste auf mich richtet, werdet ihr das noch mehr bereuen.« Mehrere Männer hoben hastig ihre Armbrüste und richteten sie gen Himmel. Aber nicht alle.

Erneut wurde oben auf der Mauer geflüstert, aber jemand musste die Aes Sedai erkannt haben. Schließlich schwangen die Tore auf den massiven, rostigen Angeln auf. Ein würgender Gestank wallte aus der Stadt, der Gestank, den Perrin gerochen hatte, nur noch viel stärker jetzt. Alter Unrat und alter Schweiß, verfaulender Müll und Nachttöpfe, die zu lange nicht geleert worden waren. Perrins Ohren wollten sich an seinen Kopf anlegen. Gallenne hob den roten Helm ein Stück, als wollte er ihn wieder aufsetzen, bevor er seinen Braunen durch das Tor trieb. Perrin stieß Steher die Stiefel in die Flanken, um ihm zu folgen, und lockerte die Axt in ihrer Gürtelschleife.

Im Torbogen stieß ein verdreckter Mann in einem zerrissenen Mantel einen Finger gegen Perrins Bein und schoss zurück, als Steher nach ihm schnappte. Der Bursche war mal fett gewesen, aber der Mantel hing lose an seiner Gestalt. »Wollte nur sichergehen«, murmelte er und kratzte sich abwesend die Seite. »Mein Lord«, fügte er etwas zu spät hinzu. Sein Blick schien sich zum ersten Mal auf Perrins Gesicht zu konzentrieren, und seine kratzenden Finger erstarrten. Goldgelbe Augen waren schließlich kein gewöhnlicher Anblick.

»Seht Ihr viele Tote, die reiten?«, fragte Perrin trocken und versuchte es als Witz erscheinen zu lassen, während er den Hals des Braunen tätschelte. Ein ausgebildetes Streitross wollte belohnt werden, wenn es seinen Reiter beschützte.

Der Bursche zuckte zusammen, als hätte das Pferd schon wieder die Zähne gebleckt; sein Mund verzerrte sich zu einem starren Grinsen, und er wich seitlich fort. Bis er gegen Berelains Stute stieß. Gallenne war direkt hinter ihr, erwog noch immer, den Helm aufzusetzen, und versuchte mit seinem einen Auge in sechs Richtungen gleichzeitig zu sehen.

»Wo kann ich Euren Lord oder Eure Lady finden?«, verlangte Berelain ungeduldig zu wissen. Mayene war eine kleine Nation, aber sie war nicht daran gewöhnt, ignoriert zu werden. »Sonst scheint hier jeder stumm geworden zu sein, aber Euch habe ich sprechen gehört. Also, Mann? Redet schon.«

Der Bursche starrte zu ihr hoch und leckte sich über die Lippen. »Lord Cowlin … Lord Cowlin ist … er ist nicht da, meine Lady.« Sein Blick huschte zu Perrin herüber, dann senkte er ihn wieder. »Die Kornhändler … Mit denen müsst Ihr sprechen. Sie sind immer in der *Goldenen Barke* zu finden. Hier entlang.« Er zeigte vage in Richtung Stadtmitte, dann lief er plötzlich los und schaute dabei über die Schulter, als befürchtete er, verfolgt zu werden.

»Ich glaube, wir sollten uns einen anderen Ort suchen«, sagte Perrin. Dieser Kerl hatte vor mehr als gelben Augen Angst gehabt. Dieser Ort fühlte sich … aus dem Gleichgewicht gebracht an.

»Jetzt sind wir hier, und es gibt keine andere Stadt«, erwiderte Berelain in einem ausgesprochen nüchternen Tonfall. Bei dem vorherrschenden Gestank konnte er ihren Geruch nicht wahrnehmen; er würde sich nach dem richten müssen, was er sah und hörte, und ihr Gesicht war reglos genug für eine Aes Sedai. »Ich bin schon in Städten gewesen, die schlimmer rochen, Perrin. Davon bin ich überzeugt. Und wenn dieser Lord Cowlin fort ist, wird es nicht das erste Mal sein, dass ich es mit Kaufleuten zu tun habe. Ihr glaubt doch nicht ernsthaft, dass sie wandelnde Tote sehen, oder?« Was sollte ein Mann dazu schon sagen, ohne wie ein völliger Wollkopf zu klingen?

Die anderen drängten sich bereits durch das Tor, wenn auch nicht länger in geordneterer Formation. Wynter und Alharra rahmten Seonid wie nicht zueinander passende Wachhunde ein, der eine hell, der andere dunkel, und beide bereit, aufgrund eines Blinzelns Kehlen auszureißen. Sie spürten jedenfalls genau, was mit So Habor war. Kirklin, der neben Masuri ritt, schien nicht bereit zu sein, das Blinzeln abzuwarten; seine Hand ruhte auf dem Schwertgriff. Kireyin hielt sich die Nase, und ein Funkeln in seinen Augen sagte, dass jemand dafür bezahlen würde, dass er das riechen musste. Auch Medore und Latian sahen aus, als sei ihnen übel, aber Balwer sah sich lediglich um und zog die beiden dann in eine schmale Gasse hinein, die nach Norden führte. Wie Berelain gesagt hatte, nun waren sie schon hier.

Die farbenprächtigen Banner sahen entschieden fehl am Platz aus, als Perrin durch die engen, gewundenen Straßen der Stadt ritt. Tatsächlich waren einige Straßen sogar recht breit für die Größe von So Habor, aber sie machten einen engen Eindruck, so als würden die steinernen Gebäude zu beiden Seiten irgendwie höher aufragen als ihre zwei oder drei Stockwerke und gleich über ihm zusammenbrechen. Die Vorstellungskraft ließ die Straßen auch düster erscheinen. Der Himmel war nicht so grau. Die schmutzigen Straßen waren voller Menschen, aber es waren nicht genug, wenn man bedachte, dass alle Höfe der Umgebung verlassen dalagen, und jeder eilte mit gesenktem Kopf daher. Sie eilten nicht mit einem Ziel im Sinn daher; sie eilten nur fort. Niemand sah den anderen an. Obwohl der Fluss vor ihrer Schwelle lag, hatten auch sie vergessen, wie man sich wusch. Perrin konnte nicht ein Gesicht entdecken, das keine dicke Dreckschicht bedeckte, oder ein Kleidungsstück, das nicht so aussah, als wäre es nicht schon seit Wochen getragen. Je tiefer sie in die Stadt vorstießen, desto schlimmer wurde der Gestank. Vermutlich konnte man sich mit der Zeit wirklich an alles gewöhnen. Aber das Schlimmste war die Stille. Dörfer waren manchmal still, wenn auch nicht so still wie Wälder, aber in einer Stadt gab es immer irgendwelchen Lärm, die Laute von feilschenden Geschäftsleuten und Menschen, die ihr Leben lebten. So Habor flüsterte nicht einmal. Es schien kaum zu atmen.

Bessere Wegbeschreibungen zu bekommen erwies sich als schwierig, da die meisten Leute wegliefen, wenn man sie ansprach, aber schließlich stiegen sie vor einem geschäftig aussehenden Gasthaus aus den Sätteln, drei Stockwerke aus grauem Stein mit einem Schieferdach, dessen Schild eine Goldene Barke zeigte. Die Schrift auf dem Schild war sogar vergoldet, und der Kornberg auf der Barke war unbedeckt, so als wäre er nicht zum Verkauf bestimmt. Auf dem Stallhof neben dem Gasthaus ließen sich keine Stallknechte blicken, also mussten die Bannermänner als Zügelhalter dienen, eine Aufgabe, die sie nicht glücklich machte. Tod wandte dem vorbeieilenden Strom verdreckter Gestalten so viel Aufmerksamkeit zu und tätschelte dabei den Griff seines Kurzschwerts, dass Steher beinahe ein paar seiner Finger erwischte, als er die Zügel des Hengstes nahm. Der Mayener und der Ghealdaner schienen sich zu wünschen, Lanzen statt der Banner zu haben. Flann sah einfach nur aufgeregt aus. Trotz der Morgensonne schien das Licht … voller Schatten zu sein. Das Betreten des Hauses machte die Dinge nicht besser.

Auf den ersten Blick bezeugte der Gemeinschaftsraum die Geschäftigkeit des Gasthauses; unter einer hohen, mit soliden Balken versehenen Decke standen polierte runde Tische und vernünftige Stühle statt Bänke. Die Wände waren mit Feldern voller Gerste, Hirse und Hafer bemalt, die unter einer strahlenden Sonne reiften, und auf dem mit Schnitzereien verzierten Sims eines großen Kamins aus weißem Stein stand eine bunt lackierte Uhr. Aber der Kamin war kalt, die Luft war fast so eisig wie draußen. Die Uhr stand. Überall lag eine Staubschicht. Die einzigen Leute im Raum waren sechs Männer und fünf Frauen, die sich an einem ovalen Tisch, der in der Mitte des Raums stand, über ihre Getränke beugten.

Als Perrin und die anderen eintraten, sprang einer der Männer mit einem Fluch auf; das Gesicht unter dem Schmutz erbleichte. Eine dicke Frau mit langen fettigen Haaren hob ihren Zinnbecher an den Mund und versuchte so schnell zu schlucken, dass Wein über ihr Kinn floss. Vielleicht waren es seine Augen. Vielleicht.

»Was geschieht in dieser Stadt?«, wollte Annoura mit fester Stimme wissen und warf den Umhang zurück, als würde im Kamin ein Feuer lodern. Der ruhige Blick, mit dem sie die Leute am Tisch musterte, ließ jeden von ihnen erstarren. Plötzlich wurde sich Perrin bewusst, dass weder Masuri noch Seonid ihm hinein gefolgt waren. Er bezweifelte, dass sie auf der Straße bei den Pferden warteten. Was sie und ihre Behüter taten, das konnte man nur erahnen.

Der Mann, der aufgesprungen war, zerrte mit einem Finger an seinem Mantelkragen. Der Mantel war aus feinstem blauem Tuch, mit einer Reihe vergoldeter Knöpfe bis zum Kragen, aber sein Träger schien ihn schon seit einiger Zeit mit Essen zu bekleckern. Vielleicht sogar mehr, als er in den Mund bekommen hatte. Auch er sah abgemagert aus. »Was hier geschieht, Aes Sedai?«, stammelte er.

»Seid still, Mycal!«, zischte eine hagere Frau. Ihr dunkles Kleid wies auf dem hohen Kragen und an den Ärmeln Stickereien auf, aber der Schmutz ließ die Farben nur schwer erkennen. Ihre Augen lagen tief in ihren Höhlen. »Warum glaubt Ihr, dass hier etwas geschehen ist, Aes Sedai?«

Annoura wollte fortfahren, aber Berelain machte einen Schritt nach vorn, als die Aes Sedai erneut den Mund öffnete. »Wir suchen nach den Getreidehändlern.« Annouras Miene veränderte sich nicht, aber ihr Mund schloss sich mit einem deutlich hörbaren Schnappen.

Die Leute am Tisch warfen sich lange Blicke zu. Die hagere Frau musterte Annoura unverhohlen, richtete ihre Aufmerksamkeit dann auf Berelain und wurde sich dann offensichtlich der Seide und der Feuertropfen bewusst. Und des Diadems. Sie hob die Röcke zu einem Knicks an. »Wir sind die Kaufmannsgilde von So Habor, meine Lady. Was davon übrig geblieben …« Sie unterbrach sich und holte tief und schaudernd Luft. »Ich bin Rahema Arnon, meine Lady. Wie können wir Euch dienen?«

Die Stimmung der Kaufleute schien sich etwas aufzuhellen, als sie erfuhren, dass ihre Besucher Korn und andere Dinge, die sie anbieten konnten, erwerben wollten, Öl für Lampen und zum Kochen, Bohnen und Nadeln und Hufeisennägel, Tuch und Kerzen und ein Dutzend weiterer Dinge, die das Lager brauchte. Endlich ließ ihre Angst etwas nach. Jeder normale Kaufmann, der Berelains Liste gehört hätte, hätte nur mühsam ein gieriges Grinsen unterdrücken können, aber dieser Haufen hier …

Frau Arnon brüllte der Wirtin zu, Wein zu bringen – »den besten Wein, schnell, schnell« –, aber als eine Frau mit langer Nase zögernd den Kopf in den Gastraum steckte, musste sie zu ihr eilen und sich ihren verdreckten Ärmel schnappen, um zu verhindern, dass sie wieder verschwand. Der Bursche in dem Mantel mit den Essensresten rief nach jemandem namens Speral, der Probekrüge bringen sollte, aber nachdem er ihn dreimal vergebens gerufen hatte, lachte er nervös und eilte in ein Hinterzimmer, um einen Augenblick später zurückzukommen, im Arm drei große, zylindrische Holzbehälter, die er noch immer nervös lachend auf dem Tisch absetzte. Die anderen zeigten ein unsicheres Lächeln, als sie sich verbeugten und Knickse machten und

Berelain dabei an den Kopf des ovalen Tisches baten; dabei kratzten sich die heruntergekommenen Männer und Frauen, ohne sich dessen bewusst zu sein. Perrin steckte die Panzerhandschuhe hinter den Gürtel, lehnte sich an eine der bemalten Wände und sah zu.

Sie waren übereingekommen, Berelain die Verhandlungen zu überlassen. Sie hatte zögernd eingestanden, dass er zwar mehr über Pferde wusste als sie, dafür hatte sie aber Verhandlungen über den Verkauf von Jahreserträgen von Ölfisch geleitet. Annoura hatte bei der Vorstellung, ein Emporkömmling vom Land könnte dabei behilflich sein, nur schmal gelächelt. Zwar nannte sie ihn nicht so – sie konnte »mein Lord« so glatt über die Lippen bringen wie Masuri oder Leonid –, aber es war offensichtlich, dass sie mancherlei Dinge für weit über seinem Horizont hielt. Jetzt lächelte sie nicht, als sie hinter Berelain trat und die Kaufleute musterte, als wollte sie sich ihre Gesichter fest einprägen.

Die Wirtin brachte Wein in Zinnbechern, die einen Lappen das letzte Mal vor Wochen wenn nicht vor Monaten gesehen hatten, aber Perrin schaute in seinen nur hinein und ließ ihn dann in seinem Becher kreisen. Frau Vadere, die Wirtin, hatte Dreck unter den Fingernägeln und so tief in ihren Knöcheln eingegraben, dass es den Anschein hatte, als wäre er mit ihrer Haut verschmolzen. Er bemerkte, dass Gallenne, der mit dem Rücken an der gegenüberliegenden Wand lehnte und eine Hand auf den Schwertgriff gelegt hatte, seinen Becher auch nur hielt, und Berelain rührte den ihren nicht einmal an. Kireyin schnupperte an seinem Becher, nahm einen tiefen Schluck und befahl Frau Vadere, ihm eine Kanne zu bringen.

»Dünnes Zeug, wenn das Euer Bester sein soll«, sagte er von oben herab zu der Frau, »aber vielleicht spült er den Gestank weg.« Sie starrte ihn ausdruckslos an, dann brachte sie ihm wortlos eine große Zinnkanne. Anscheinend hielt Kireyin ihr Schweigen für Respekt.

Meister Crossin, der Bursche in dem Mantel mit den Essensflecken, schraubte die Holzbehälter auf und schüttete ungeschälte Proben des von ihnen angebotenen Getreides in Häufchen auf den Tisch, gelbe Hirse und brauner Hafer, und die Gerste war nur unwesentlich brauner. Vor der Ernte hatte es wohl nicht geregnet. »Die beste Qualität, wie Ihr sehen könnt«, sagte er.

»Ja, die beste.« Das Lächeln verschwand von Frau Arnons Gesicht, und sie ließ es ruckartig wieder aufflackern. »Wir verkaufen nur beste Ware.«

Für Leute, die ihre Waren als die besten anpriesen, schienen sie nicht besonders hart zu verhandeln. Perrin hatte in der Heimat Männer und Frauen dabei beobachtet, wie sie den Kaufleuten aus Baerlon Wolle und Tabak verkauften, und sie hatten die Angebote der Käufer immer verächtlich behandelt, hatten sich sogar beschwert, die Kaufleute wollten sie zu Bettlern machen, wenn der Preis das doppelte von dem des Vorjahres war, oder hatten sogar vorgeschlagen, mit dem Verkauf gar bis zum nächsten Jahr zu warten. Es war ein Tanz, der mindestens so kompliziert war wie alle anderen an Festtagen.

»Ich schätze, für eine so große Menge könnten wir den Preis noch etwas senken«, sagte ein allmählich kahl werdender Mann zu Berelain und kratzte sich an seinem mit grauen Strähnen durchzogenen Bart. Er war gestutzt und fettig genug, um an seinem Kinn zu kleben. Perrin verspürte das Bedürfnis, sich an seinem eigenen Bart zu kratzen, wenn er den Kerl nur ansah.

»Es ist ein harter Winter gewesen«, murmelte eine Frau mit rundem Gesicht. Nur zwei der anderen Kaufleute machten sich die Mühe, ihr finstere Blicke zuzuwerfen.

Perrin stellte seinen Weinbecher auf einem Tisch in der Nähe ab und ging zu der Versammlung in der Mitte des Raums. Annoura warf ihm einen scharfen, warnenden Blick zu, aber einige der Kaufleute sahen ihn neugierig an. Und vorsichtig. Gallenne hatte die Gruppe erneut vorgestellt, aber diese Leute hatten nur eine ungefähre Ahnung davon, wo Mayene lag oder wie mächtig es war, und die Zwei Flüsse bedeutete für sie bloß guter Tabak. Tabak von den Zwei Flüssen war überall bekannt. Wäre keine Aes Sedai anwesend gewesen, hätten seine Augen sie vermutlich zur Flucht getrieben. Alle verstummten, als Perrin eine Hand voll Hirse nahm, die kleinen Körner lagen glatt und hellgelb auf seiner Handfläche. Dieses Getreide war die erste saubere Sache, die er in dieser Stadt gesehen hatte. Er ließ die Hirse zurück auf den Tisch rieseln und nahm den Deckel eines der Behälter. Die in das Holz geschnittenen Rillen waren scharf und unbenutzt. Der Deckel würde fest abschließen. Frau Arnon wich seinem Blick aus, und sie befeuchtete sich die Lippen.

»Ich will das Getreide in den Lagerhäusern sehen«, sagte er. Die Hälfte der Leute am Tisch zuckte zusammen.

Frau Arnon richtete sich empört zu ihrer vollen Größe auf. »Wir verkaufen nichts, was wir nicht haben. Ihr könnt ja unseren Arbeitern dabei zusehen, wie sie jeden Sack auf Eure Karren laden, wenn Ihr Stunden in der Kälte verbringen wollt.«

»Ich wollte gerade einen Besuch der Lagerhäuser vorschlagen«, warf Berelain ein. Sie stand auf, zog die roten Handschuhe hinter dem Gürtel hervor und fing an, sie anzuziehen. »Ich würde niemals Getreide kaufen, ohne mir das Lagerhaus anzusehen.«

Frau Arnon sackte zusammen. Der Kahlköpfige ließ den Kopf auf den Tisch sinken. Aber keiner sagte ein Wort.

Die niedergeschlagenen Kaufleute machten sich nicht die Mühe, ihre Umhänge zu holen, bevor sie ihre Besucher auf die Straße führten. Die Brise war zu einem Wind aufgefrischt, der so kalt war, wie nur ein später Winterwind sein konnte, wenn alle bereits an den Frühling dachten, aber sie schienen ihn nicht wahrzunehmen. Ihre zusammengekrümmten Schultern hatten nichts mit der Kälte zu tun.

»Können wir jetzt gehen, Lord Perrin?«, fragte Flann begierig, als Perrin und die anderen auftauchten. »Dieser Ort erzeugt in mir das Bedürfnis zu baden.« Annoura warf ihm im Vorbeigehen einen Blick zu, der ihn wie die Kaufleute zusammenzucken ließ. Flann versuchte, ihr ein beschwichtigendes Lächeln zu schenken, aber es war eine schwache Leistung und kam ohnehin zu spät, da sie ihm nur noch den Rücken zuwandte.

»Sobald ich es einrichten kann«, sagte Perrin. Die Kaufleute hasteten bereits mit gesenkten Köpfen die Straße entlang, ohne jemanden anzusehen. Berelain und Annoura schafften es, ihnen zu folgen, ohne es eilig aussehen zu lassen; sie rauschten daher, die eine so beherrscht wie die andere, zwei bedeutsame Ladys, die einen Spaziergang machten, und weder der Unrat auf dem Boden noch der Gestank in der Luft spielten eine Rolle, genauso wenig wie die verdreckten Leute, die bei ihrem Anblick zusammenzuckten und manchmal so schnell davonliefen, wie sie nur konnten. Gallenne hatte endlich seinen Helm aufgesetzt und hielt den Schwertgriff mit beiden Händen umklammert. Kireyin trug seinen Helm in die Hüfte gestemmt, in der anderen Hand hielt er den Weinbecher. Er musterte die vorbeieilenden Bürger verächtlich und schnupperte an dem Wein, als wäre es ein Parfümfläschchen, das dazu diente, den Gestank der Stadt abzuwehren.

Die Lagerhäuser befanden sich zwischen den beiden Stadtmauern an einer gepflasterten Straße, die kaum

Wagenbreite hatte. So nahe am Fluss war die Luft besser, aber die von Windböen heimgesuchte Straße war bis auf Perrin und die anderen leer. Es war nicht einmal ein herumstreunender Hund zu sehen. Hunde verschwanden, wenn in einer Stadt der Hunger um sich griff, aber warum sollte eine Stadt, die genug Getreide hatte, um es verkaufen zu können, Hunger leiden? Perrin zeigte auf ein zweistöckiges Lagerhaus, das er zufällig auswählte und das sich nicht von den anderen unterschied, ein fensterloses Steingebäude mit einem breiten, zweiflügeligen Holztor, das von einem Balken verschlossen war, der in der *Goldenen Barke* auch als Deckenbalken hätte dienen können.

Den Kaufleuten fiel urplötzlich ein, dass sie vergessen hatten, Männer mitzubringen, um den Balken zu heben. Sie boten an, zurückzugehen und sie zu holen. Die Lady Berelain und Annoura Sedai konnten sich vor dem Kamin in der *Goldenen Barke* ausruhen, während man Arbeiter herbeiholte. Sie waren davon überzeugt, dass Frau Vadere ein Feuer entzünden würde. Sie waren noch immer am Plappern, als Perrin die Hände unter den dicken Balken legte und ihn aus den Holzriegeln schob. Der Balken war schwer, aber er ging damit weit genug rückwärts, um sich drehen und ihn auf die Straße werfen zu können, wo er mit einem lauten Krachen landete. Die Kaufleute starrten ihn an. Möglicherweise war es das erste Mal gewesen, dass sie einen Mann in einem Seidenmantel etwas hatten tun sehen, das man als Arbeit bezeichnen konnte. Kireyin verdrehte die Augen und roch wieder an dem Wein.

»Laternen«, sagte Frau Arnon schwach. »Wir brauchen Laternen oder Fackeln. Wenn …«

Eine Lichtkugel flammte über Annouras Hand auf und verbreitete an dem grauen Morgen genug Licht, um jedermann helle Schatten auf die Straße und Steinwände werfen zu lassen. Ein paar der Kaufleute hoben die Hände, um ihre Augen zu beschatten. Nach einem weiteren Augenblick zog Meister Crossin einen Türflügel an einem Eisenring auf.

Der Geruch war der vertraute Duft von Gerste, der fast stark genug war, um den Gestank der Stadt zu überwinden. Kleine, undeutliche Umrisse wichen vor Annouras Licht in die Schatten zurück. Perrin hätte ohne dieses Licht besser sehen können, oder zumindest tiefer in die Dunkelheit hinein. Die glühende Kugel warf einen großen Lichtkreis und machte alles darüber hinaus unkenntlich. Er roch Katzen, die verwildert waren. Und Ratten. Ein plötzliches Quieken in den dunklen Tiefen des Lagerhauses, das wie abgeschnitten abbrach, kündete von einer Katze, die auf eine Ratte traf. In Getreidescheunen gab es immer Ratten, so wie auch Katzen, die Jagd auf sie machten. Das war beruhigend und durchaus üblich. Es reichte beinahe aus, um sein Unbehagen zu besänftigen. Beinahe. Er roch noch etwas anderes, einen Geruch, den er hätte kennen sollen. Ein wildes Fauchen verwandelte sich in immer lauter werdende Schmerzenslaute, die abrupt erstarben. Anscheinend wehrten sich die Ratten von So Habor manchmal. Perrins Nackenhaare stellten sich wieder auf, aber hier gab es bestimmt nichts Interessantes für den Dunklen König. Die meisten Ratten waren bloß Ratten.

Es war nicht nötig, weit hineinzugehen. Grobe Säcke füllten die Dunkelheit, sie lagen in schrägen Stapeln auf niedrigen Holzplattformen, damit sie nicht auf dem Steinboden lagerten. Eine Reihe nach der anderen stapelte sich beinahe bis zur Decke, und vermutlich galt für die darüber befindliche Etage das Gleiche. Und selbst wenn nicht, dieses Gebäude enthielt trotzdem genug Getreide, um seine Leute wochenlang zu ernähren. Er ging zum nächsten Stapel, trieb sein Gürtelmesser in einen Sack und durchschnitt die robusten Jutefasern. Eine Flut Gerstenkorn strömte heraus. Und – wie deutlich im Schein von Annouras hellem Licht zu sehen war – sich windende schwarze Flecken. Kornkäfer, und zwar fast so viele, wie es Gerstenkörner gab. Perrin wünschte sich, sein Nackenhaar würde aufhören, sich sträuben zu wollen. Die Kälte hätte mehr als ausreichen müssen, die Kornkäfer zu töten.

Dieser eine Sack war ein Beweis, und seine Nase kannte jetzt den Geruch der Kornkäfer, aber er ging zu einem anderen Stapel, und dann noch einem und noch einem, und jedes Mal schlitzte er einen Sack auf. Jeder entließ einen Strom aus hellbraunem Gerstenkorn und schwarzen Kornkäfern.

Die Kaufleute standen dicht zusammengedrängt im Eingang, das Tageslicht im Rücken, aber Annouras Licht beleuchtete ihre Gesichter. Besorgte Gesichter. Verzweifelte Gesichter.

»Wir würden gern jeden Sack durchsieben, den wir verkaufen«, stammelte Frau Arnon. »Für einen Aufpreis …«

»Für die Hälfte des letzten Preises, den ich anbot«, unterbrach Berelain sie scharf. Sie rümpfte angewidert die Nase und hob die Röcke, um den Kornkäfern aus dem Weg zu gehen, die auf dem Boden herumkrabbelten. »Ihr werdet nie alle erwischen.«

»Und keine Hirse«, sagte Perrin grimmig. Seine Männer brauchten Essen, und die Soldaten auch, aber die Hirsekörner waren kaum größer als die Kornkäfer. Egal, wie lange sie auch sieben würden, er würde trotzdem zu gleichen Teilen Kornkäfer und Hirse mitbringen. »Wir nehmen stattdessen mehr Bohnen. Aber die werden auch gesiebt.«

Plötzlich kreischte auf der Straße jemand auf. Keine Katze und auch keine Ratte, sondern ein Mann voller Entsetzen. Perrin war sich nicht einmal bewusst, die Axt gezogen zu haben, bis er den Stiel in seiner Hand spürte, als er sich an den Kaufleuten im Eingang vorbeidrängte. Sie standen dicht beisammen, befeuchteten sich die Lippen und wollten nicht einmal nachsehen, wer da geschrien hatte.

Kireyin stand an der Wand eines gegenüberliegenden Lagerhauses, der funkelnde Helm mit den weißen Federn lag neben seinem Weinbecher auf dem Straßenpflaster. Der Mann hatte das Schwert zur Hälfte aus der Scheide gezogen, aber er schien wie gelähmt und starrte mit hervorquellenden Augen auf die Mauer des Gebäudes, aus dem Perrin gerade herausgekommen war. Perrin berührte ihn am Arm, und er zuckte zusammen.

»Da war ein Mann«, sagte der Ghealdaner stockend. »Er war einfach da. Er hat mich angesehen und ...« Kireyin rieb sich mit der Hand über das Gesicht. Trotz der Kälte glitzerte Schweiß auf seiner Stirn. »Er ging durch diese Mauer. Das hat er getan. Ihr müsst mir glauben.« Jemand stöhnte; vermutlich einer der Kaufleute.

»Ich habe den Mann auch gesehen«, sagte Seonid hinter Perrin, und jetzt war er an der Reihe zusammenzuzucken. An diesem Ort war seine Nase sinnlos!

Die Aes Sedai warf der Mauer, auf die Kireyin gezeigt hatte, einen letzten Blick zu und trat dann mit deutlich spürbarem Widerwillen von ihr weg. Ihre Behüter waren große Männer und überragten sie, aber sie blieben nur weit genug von ihr weg, um genügend Platz zum Ziehen der Schwerter zu haben. Obwohl sich Perrin nicht vorstellen konnte, was die grimmig dreinblickenden Behüter eigentlich bekämpfen wollten, falls es Seonid ernst war.

»Lügen fällt mir sehr schwer«, sagte Seonid trocken, als er seinen Zweifel zum Ausdruck brachte, aber ihr Ton wurde schnell so ernst wie ihre Miene, und ihre Augen blickten so intensiv, dass sie allein Perrin nervös machten. »In So Habor gehen die Toten um. Lord Cowlin floh aus Furcht vor dem Geist seiner Frau aus der Stadt. Anscheinend gab es Zweifel über die Art, wie sie gestorben ist. Kaum ein Mann oder eine Frau in dieser Stadt hat keinen Toten gesehen, und viele haben mehr als einen gesehen. Manche behaupten, Menschen seien durch die Berührung eines Toten gestorben. Ich kann das nicht bestätigen, aber Leute sind aus Angst gestorben. Niemand geht in So Habor nachts auf die Straße oder betritt unangekündigt ein Zimmer. Leute schlagen mit allem, was gerade zur Hand ist, auf Schatten ein, und manchmal haben sie einen Ehemann, eine Ehefrau oder Nachbarn tot zu ihren Füßen gefunden. Das ist keine Hysterie oder eine Geschichte, um Kinder zu erschrecken, Lord Perrin. Ich habe noch nie etwas dergleichen gehört, aber es ist real. Ihr müsst eine von uns hier lassen, damit wir tun können, was in unserer Macht steht.«

Perrin schüttelte langsam den Kopf. Er konnte es sich nicht leisten, auch nur auf eine Aes Sedai zu verzichten, wenn er Faile befreien wollte. Frau Arnon fing an zu schluchzen, noch bevor er sagte: »So Habor wird seinen Toten allein gegenübertreten müssen.«

Aber die Furcht vor den Toten erklärte nicht alles. Vielleicht hatten Leute ja zu viel Angst, um daran zu denken, sich zu waschen, aber es erschien unwahrscheinlich, dass jeder auf die gleiche Weise davon betroffen war. Es schien ihnen einfach alles gleichgültig geworden zu sein. Und Kornkäfer im Winter, bei klirrender Kälte? In So Habor ging etwas Schlimmeres vor als umhergehende Geister, und jeder Instinkt befahl ihm, sofort von hier zu verschwinden, ohne sich umzublicken. Er wünschte, er hätte es tun können.

KAPITEL 13

Dinge, die getan werden müssen

Das Aussieben fand am verschneiten östlichen Flussufer statt, wo nichts den schneidenden Nordwind abhalten konnte. Männer und Frauen aus der Stadt brachten die Säcke über die Brücken, mit Vierergespannen, von Pferden gezogenen Karren und sogar mit Schubkarren. Normalerweise brachten Käufer ihre eigenen Wagen zu den Lagerhäusern, schlimmstenfalls mussten das Getreide und die getrockneten Bohnen nur bis zum Kai geschleppt werden, aber Perrin hatte nicht vor, seine Kutscher nach So Habor hineinzuschicken. Oder jemand anderen, was das anging. Was auch immer in dieser Stadt nicht stimmte, konnte ansteckend sein. Die Kutscher waren auch so schon unruhig genug, sie sahen die zerlumpten Städter misstrauisch an, Leute, die kein Wort sagten, aber nervös lachten, wenn sie zufällig jemandes Blick erwiderten. Die Kaufleute mit den schmutzigen Gesichtern, die alles überwachten, waren kein Deut besser. In Cairhien, der Heimat der Kutscher, waren Kaufleute saubere, respektable Leute, jedenfalls zumindest nach außen hin, die nur selten zusammenzuckten, weil sich jemand am Rand ihres Blickfelds bewegte. Zwischen Kaufleuten mit der Neigung, jeden misstrauisch anzustarren, den sie nicht kannten, und Städtern, die langsam über die Brücken schlichen und offensichtlich zögerten, wieder hinter ihre eigenen Mauern zu gehen, war den Kutschern ziemlich unbehaglich zumute. Sie versammelten sich in kleinen Gruppen, blasse, dunkel gekleidete Männer und Frauen, die die Griffe ihrer Gürtelmesser gepackt hielten und die höher gewachsenen Menschen aus der Stadt wie mörderische Wahnsinnige betrachteten.

Perrin ritt langsam zwischen ihnen her, beobachtete das Sieben und kontrollierte die Reihe der Karren, die sich über den Hügel hinweg erstreckten und auf das Beladen warteten, oder die Wagen und Karren und Schubkarren aus der Stadt, die über die Brücken rollten. Er sorgte dafür, dass er zu sehen war. Er war sich nicht sicher, warum sein Anblick andere beruhigen sollte, aber es schien zu funktionieren. Jedenfalls genug, dass keiner die Flucht ergriff, obwohl sie die Bürger So Habors auch weiterhin schief ansahen. Und sie hielten sich von ihnen fern, was auch gut so war. Sollte sich in den Köpfen der Cairhiener die Idee festsetzen, dass einige dieser Leute möglicherweise gar nicht lebten, würde die Hälfte von ihnen ihren Karrenpferden die Peitsche geben und auf der Stelle die Flucht ergreifen. Und der Rest würde nicht lange bis nach Einbruch der Dunkelheit warten. Solche Geschichten konnten jeden verrückt machen, wenn die Nacht hereingebrochen war. Die blasse Sonne, die fast völlig von grauen Wolken verhangen war, hatte kaum den halben Weg zu ihrem höchsten Stand zurückgelegt, aber es wurde immer deutlicher, dass sie die Nacht über hier sein würden. Vielleicht sogar mehr als eine. Seine Kiefermuskeln verspannten sich von der Anstrengung, nicht mit den Zähnen zu knirschen, und selbst Neald fing an, seinen finsteren Blicken aus dem Weg zu gehen. Er fauchte niemanden an. Er wollte es nur.

Das Sieben war eine mühselige Arbeit. Jeder Sack musste geöffnet und in große, flache Weidenkörbe geschüttet werden, mit denen dann zwei Leute das Getreide oder die Bohnen in die Höhe schleuderten. Der kalte Wind trug Kornkäfer in Wolken aus schwarzen

Flecken fort, und Männer und Frauen mit geflochtenen Fächern, die man mit beiden Händen halten musste, verstärkten den Wind noch. Eine schnelle Strömung trug alles mit sich, das in den Fluss geweht wurde, aber bald war der Schnee am Ufer zertrampelt und der graue Matsch mit toten oder an der Kälte sterbenden Insekten bedeckt. Eine ordentliche Schicht aus Hirse und Gerste war mit roten Bohnen gespickt. Es gab immer eine neue Schicht, um das zu ersetzen, was Füße in den Schnee getreten hatten. Was danach in den Körben lag, erschien sauberer, wenn es auch nicht völlig sauber war, sobald man es in die Jutesäcke zurückschüttete, die umgestülpt worden waren und auf die Kinder wild mit Stöcken eingedroschen hatten, um das Ungeziefer herauszubekommen. Die wieder gefüllten Säcke kamen auf die Karren der Cairhiener, sobald sie verschnürt waren, aber die Stapel an leeren Säcken wuchsen erstaunlich schnell.

Perrin stützte sich auf den Sattelknauf und versuchte auszurechnen, ob man zwei ganze Wagenladungen aus den Lagerhäusern benötigte, um einen seiner Karren mit Getreide zu füllen, als Berelain ihre Stute neben ihm anhielt; sie hielt mit einer rotbehandschuhten Hand den scharlachroten Umhang fest. Annoura zügelte ihr Pferd ein paar Schritte weit entfernt, das alterslose Gesicht glatt und unleserlich. Die Aes Sedai schien ihnen ihre Privatsphäre zu lassen, aber sie war nahe genug, um auch ohne Tricks mit der Macht alles hören zu können, was über ein Flüstern hinausging. Glattes Gesicht oder nicht, heute ließ ihre Hakennase sie wie einen Raubvogel aussehen.

»Ihr könnt nicht jeden retten«, sagte Berelain ruhig. Vom Gestank der Stadt entfernt war ihr Geruch drängend und rasiermesserscharf vor Wut. »Manchmal müsst Ihr eine Entscheidung treffen. So Habor ist Lord Cowlins Pflicht. Er hatte kein Recht, seine

Leute im Stich zu lassen.« Also war sie nicht auf ihn wütend.

Perrin runzelte die Stirn. Glaubte sie, er würde sich schuldig fühlen? Aufgewogen gegen Failes Leben, konnten die Nöte von So Habor die Waagschalen um kein Haar verschieben. Aber er drehte seinen Braunen, sodass er die grauen Stadtmauern auf der anderen Seite des Flusses sehen konnte und nicht die hohläugigen Kinder, die leere Säcke aufschichteten. Ein Mann tat, was er konnte. Was er tun musste. »Hat Annoura eine Meinung über das, was hier geschieht?«, knurrte er leise, aber irgendwie hatte er keinen Zweifel, dass die Aes Sedai es mitbekommen hatte.

»Ich weiß nicht, was Annoura denkt«, erwiderte Berelain und machte sich keine Mühe, die Stimme zu senken. Ihr war es nicht nur egal, wer zuhören konnte, sie wollte gehört werden. »Sie ist nicht mehr so zuvorkommend wie früher. Es ist ihre Sache, das zu flicken, was sie zerrissen hat.« Ohne die Aes Sedai anzusehen, wandte sie sich ab und ritt fort.

Annoura blieb dort, den Blick auf Perrins Gesicht gerichtet. »Ihr seid *Ta'veren*, ja, aber Ihr seid trotzdem bloß ein Faden im Muster, so wie ich auch. Am Ende ist selbst der Wiedergeborene Drache nur ein Faden, der ins Muster gewebt werden muss. Nicht mal ein *Ta'veren*-Faden bestimmt, wie er verwebt wird.«

»Diese Fäden sind Menschen«, sagte Perrin müde. »Manchmal vielleicht Menschen, die nicht ohne ihre Zustimmung ins Muster gewebt werden wollen.«

»Und Ihr glaubt, das macht einen Unterschied?« Ohne auf eine Antwort zu warten, hob sie die Zügel, stieß ihrer braunen Stute mit den schlanken Fesseln die Stiefel in die Flanken und ritt in einem Galopp hinter Berelain her, der ihren Umhang hinter ihr herflattern ließ.

Sie war nicht die einzige Aes Sedai, die mit Perrin sprechen wollte.

»Nein«, sagte er fest zu Seonid, nachdem er ihr zugehört hatte, und tätschelte Stehers Hals. Dabei war es der Reiter, der beruhigt werden wollte. Er wollte von So Habor weg. »Ich habe Nein gesagt, und ich meine es auch so.«

Sie saß steif in ihrem Sattel, eine blasse kleine Frau, die kalt wie Eis wirkte. Nur dass ihre Augen wie brennende Kohlen waren, und sie stank nach beleidigter Wut, die kaum unter Kontrolle zu halten war. Bei den Weisen Frauen war Seonid so harmlos wie Milchwasser, aber er war keine Weise Frau. Hinter ihr war Alharras dunkles Gesicht wie aus Stein gemeißelt, sein lockiges graues Haar wurde von Grau durchzogen. Wynters Gesicht über dem gebogenen Schnurrbart war rot. Was zwischen ihren Aes Sedai und den Weisen Frauen geschah, hatten sie zu akzeptieren, aber Perrin war keine … Der Wind hob ihre Behüter-Umhänge und ließ ihre Hände frei für die Schwerter, falls sie sie benötigten. Im Wind flatternd veränderten die Umhänge ihre Farbe, wurden grau und braun, blau und weiß. Das bereitete einem im Magen weniger Übelkeit, als sehen zu müssen, wie sie Teile eines Mannes verschwinden ließen. Jedenfalls etwas weniger.

»Wenn Ihr mich dazu zwingt, werde ich Eldarra schicken, um Euch zurückzuholen«, warnte er sie.

Ihr Gesicht blieb kalt, ihre Augen heiß, und doch durchfuhr sie ein Schauder, der den kleinen weißen Edelstein auf ihrer Stirn baumeln ließ. Nicht aus Angst, was die Weisen Frauen mit ihr machen würden, wenn man sie zurückholen musste, sondern wegen der gleichen Beleidigung, die ihren Geruch bereits zu einem mit Widerhaken versehenen Dorn gemacht hatte. Perrin gewöhnte sich daran, Aes Sedai zu beleidigen. Keine Angewohnheit, die sich ein kluger Mann leisten sollte, aber es ließ sich nicht vermeiden.

»Was ist mit Euch?«, fragte er Masuri. »Wollt Ihr auch in So Habor bleiben?«

Die schlanke Frau war dafür bekannt, keine Umschweife zu machen, dafür, dass sie eine Braune war, kam sie so direkt zur Sache wie eine Grüne. Aber sie sagte nur ruhig: »Würdet Ihr mir nicht auch Edarra hinterherhetzen? Es gibt viele Möglichkeiten, um zu dienen, und wir können sie uns nicht immer aussuchen.« Was, wenn man darüber nachdachte, auf gewisse Weise eine direkte Antwort war. Er hatte noch immer nicht die geringste Idee, warum sie Masema heimlich besuchte. Hatte sie einen Verdacht, dass er es wusste? Masuris Gesicht war eine ausdruckslose Maske. Kirklin sah gelangweilt aus, jetzt, da sie So Habor verlassen hatten. Er schien in sich zusammengesunken zu sein, obwohl er aufrecht im Sattel saß, ohne eine Sorge in der Welt oder einen Gedanken im Kopf. Ein Mann, der Kirklin das abnahm, würde am nächsten Tag zurückkommen, um auch noch die zweite Krone von Artur Falkenflügel zu kaufen.

Die Städter arbeiteten mechanisch, während die Sonne höher stieg, wie Menschen, die sich in ihrer Arbeit verlieren wollten und die Rückkehr der Erinnerungen fürchteten, sobald sie aufhörten. Perrin kam zu dem Schluss, dass So Habor ihn zu nachdenklich machte. Trotzdem glaubte er, Recht zu haben. Die Luft hinter den Mauern sah noch immer zu dunkel aus, als würde eine Wolke über der Stadt hängen.

Mittags schaufelten die Kutscher auf der Anhöhe einige Stellen vom Schnee frei, um kleine Feuer zu machen und schwachen Tee zu aufzubrühen, wobei die Blätter mittlerweile den dritten oder vierten Aufguss darstellten. In der Stadt hatte es keinen Tee gegeben. Einige Kutscher betrachteten die Brücken, als würden sie darüber nachdenken, So Habor zu betreten, um zu sehen, ob sie etwas zu Essen finden konnten. Ein Blick auf die schmutzstarrenden Leute, die an Sieben arbeiteten, reichte aus, damit sie ihren kleinen Beutel mit Hafermehl und gemahlenen Eicheln herausholten. Zumindest wussten sie, dass die Mischung sauber war. Ein paar betrachteten auch die bereits verladenen Säcke, aber die Bohnen mussten eingeweicht werden und das Getreide mit großen Handmühlen gemahlen werden, die sie im Lager zurückgelassen hatten, und das, nachdem die Köche so viele Kornkäfer herausgepickt hatten, wie sie glaubten, dass die Männer sie nicht ertragen konnten.

Perrin hatte keinen Appetit, nicht einmal auf das sauberste Brot, aber er trank das, was als Tee dienen sollte, aus einem zerbeulten Zinnbecher, als Latian ihn fand. Der Cairhiener trat nicht direkt auf ihn zu. Stattdessen ritt der kleine Mann in dem gestreiften dunklen Mantel langsam an dem Feuer vorbei, an dem Perrin stand, und zügelte dann ein Stück hangaufwärts mit einem Stirnrunzeln sein Pferd. Latian stieg ab, hob den Vorderhuf seines Wallachs und musterte ihn. Natürlich schaute er dabei zweimal auf, um zu sehen, ob Perrin auch näher kam.

Seufzend gab Perrin der stämmigen, kleinen Frau den Becher zurück, von der er ihn geliehen hatte, einer ergrauenden Kutscherin, die ihre dunklen Röcke zu einem Knicks lüpfte. Und grinste und Latian mit einem Kopfschütteln bedachte. Mit Sicherheit konnte sie sich zehnmal so gut anschleichen wie er. Neald, der vor dem Feuer hockte und in beiden Händen einen Zinnbecher hielt, musste so sehr lachen, dass ihm Tränen über die Wangen liefen. Vielleicht verlor er ja langsam den Verstand. Beim Licht, dieser Ort brachte einen wirklich auf fröhliche Gedanken.

Latian richtete sich lange genug auf, um für Perrin den Kopf zu neigen und »Mein Lord« zu sagen, bevor er den Vorderhuf erneut wie ein Narr anhob. So hielt man kein Pferdebein, es sei denn, man wollte getreten werden. Andererseits rechnete Perrin auch nicht mit etwas anderem als Unfug. Zuerst spielte Latian einen Aiel, mit seinem schulterlangen Haar, das in seinem Nacken in einer schwachen Nachahmung eines Aiel-Haarschnitts zu einem Pferdeschwanz zusammengebunden war, und jetzt spielte der Mann Spion. Perrin legte dem Wallach die Hand auf den Hals, um das Tier nach all dem Herumgefummel an seinem Bein zu beruhigen, und setzte dann eine interessierte Miene auf, während er einen Huf betrachtete, mit dem alles in Ordnung war. Abgesehen von der Delle, wo das Hufeisen in ein paar Tagen brechen konnte, wenn es nicht ersetzt wurde. Seine Hände sehnten sich nach Schmiedewerkzeug. Es kam ihm vor, als wäre es Jahre her, dass er ein Hufeisen ersetzt oder am Schmiedeofen gestanden hatte.

»Meister Balwer übersendet eine Botschaft, mein Lord«, sagte Latian leise mit gesenktem Kopf. »Sein Freund ist unterwegs, um seine Waren zu verkaufen, aber er wird morgen oder übermorgen zurückerwartet. Er hat gesagt, ich soll fragen, ob es in Ordnung ist, wenn wir Euch dann einholen.« Er sah unter dem Pferdebauch zu den Getreidesiebern am Fluss hinüber und fügte hinzu: »Obwohl es kaum so aussieht, als könntet Ihr früher hier wegkommen.«

Perrin widmete den Leuten mit den Sieben einen finsteren Blick, dann der Reihe der Karren, die darauf warteten, beladen zu werden; bei einem halben Dutzend waren die Planen bereits fest geschnürt worden. Auf einem von ihnen war das Leder verstaut, mit dem Stiefel geflickt werden sollten, sowie Kerzen und dergleichen. Aber kein Öl. Das Lampenöl von So Habor roch so ranzig wie das Speiseöl. Was, wenn Gaul und die Töchter Informationen über Faile gebracht hatten? Sie vielleicht sogar entdeckt hatten? Er würde alles dafür geben, mit jemandem sprechen zu können, der sie gesehen hatte, der ihm versichern konnte, dass sie unbeschadet war. Was, wenn die Shaido plötzlich weiterzogen? »Sagt Balwer, er soll nicht zu lange warten«, knurrte er. »Was mich angeht, ich bin in einer Stunde hier weg.«

Er stand zu seinem Wort. Die meisten der Karren mit ihren Kutschern mussten zurückgelassen werden, um die eintägige Rückfahrt zum Lager allein zu machen, und Kireyin und seine Soldaten würden sie bewachen; sie hatten den Befehl, niemand über die Brücke zu lassen. Der Ghealdaner schien sich völlig von seinem Zusammenbruch erholt zu haben und versicherte ihm mit kaltem Blick, dass er ausgeruht und bereit war. Vermutlich würde er trotz des Befehls So Habor erneut betreten, nur um sich selbst davon zu überzeugen, dass er keine Angst hatte. Perrin verschwendete keine Zeit mit dem Versuch, ihm das auszureden. Zum einen musste er Seonid finden. Sie versteckte sich zwar nicht, aber sie hatte von seiner Abreise erfahren; sie ließ ihr Pferd von ihren Behütern halten und ging zu Fuß zwischen den Karren her, in dem Versuch, sie zwischen sich und ihn zu halten. Aber die blasse Aes Sedai konnte nicht ihren Geruch verbergen, oder falls sie das doch konnte, wusste sie nicht, dass es nötig war. Sie war überrascht, als er sie sehr schnell fand, und verstimmt, als er sie vor Steher zu ihrem Pferd marschieren ließ. Dennoch war keine ganze Stunde vergangen, bevor er von So Habor fortritt, die Geflügelten Wachen bildeten ihren Ring aus roten Rüstungen um Berelain, die Männer von den Zwei Flüssen umgaben die acht beladenen Karren, die hinter den drei Bannern herrumpelten, und Neald grinste, so breit er nur konnte. Ganz zu schweigen davon, dass er versuchte, mit den Aes Sedai zu flirten. Perrin wusste nicht, was er machen sollte, falls der Kerl den Verstand verlor. Sobald der Hügel So Habor hinter ihnen verbarg, fühlte er, wie sich zwischen seinen Schulterblättern ein Knoten löste, von dem er gar nicht gewusst hatte, dass er da gewesen war. Danach blieben nur zehn weitere übrig, und der Knoten aus Ungeduld in seiner Magengrube. Berelains offensichtliches Mitgefühl konnte sie nicht lockern.

Nealds Wegetor brachte sie von dem schneebedeckten Feld zu der kleinen Lichtung des Reiseplatzes unter den hoch aufragenden Bäumen, sechzehn Meilen in einem Schritt, aber Perrin wartete nicht auf die Hand voll Karren. Er glaubte zu hören, wie Berelain einen verärgerten Laut von sich gab, als er Steher zu einem schnellen Trab antrieb. Vielleicht war es auch eine der Aes Sedai. Das war wahrscheinlicher.

Als er zwischen den Zelten und Hütten der Männer von den Zwei Flüssen vorbeiritt, empfing ihn eine gewisse Stille. Die Sonne hatte ihren Zenit am grauen Himmel noch nicht weit hinter sich gelassen, aber es hingen keine Kessel über den Feuern, und nur wenige Männer hatten sich darum versammelt, hielten ihre Umhänge um sich gezogen und starrten in die Flammen. Eine Hand voll saß auf den einfachen Hockern, die Ban Crawe herzustellen wusste; der Rest stand oder hockte auf den Fersen. Keiner sah auch nur auf. Und es kam auch keiner angelaufen, um sein Pferd zu nehmen. Da erkannte er, dass es gar keine Stille war. Es war Anspannung. Der Geruch erinnerte ihn irgendwie an einen Bogen, der bis zum Zerbersten gespannt war. Er vermochte förmlich das Ächzen des Holzes zu hören.

Als er vor dem rot gestreiften Zelt abstieg, kam Dannil mit schnellen Schritten aus der Richtung der niedrigen Aiel-Zelte. Sulin und Edarra, eine der Weisen Frauen, folgten ihm, und sie hielten mühelos Schritt, ohne dabei eilig zu erscheinen. Sulins Gesicht war eine von der Sonne verbrannte Ledermaske. Edarras Gesicht, sofern es nicht von dem Tuch verhüllt wurde, das sie sich um den Kopf gewickelt hatte, war ein Bild der Ruhe. Trotz ihrer weiten Röcke machte sie genauso wenig Lärm wie die weißhaarige Tochter, es gab nicht einmal ein leises Klirren von ihren goldenen und elfenbeinernen Armreifen und Halsketten. Dannil kaute auf dem Ende einer dicken Schnurrbarthälfte herum, zog gedankenverloren das Schwert eine Handbreit aus seiner einfachen Lederscheide und schob es wieder hart zurück. Er holte tief Luft, bevor er das Wort ergriff.

»Lord Perrin, die Töchter haben fünf Shaido gebracht. Arganda hat sie zu den Zelten der Ghealdaner gebracht, um sie der Befragung zu unterziehen. Masema ist bei ihnen.«

Perrin ging über Masemas Anwesenheit im Lager hinweg. »Warum habt ihr sie Arganda überlassen?«, fragte er Edarra. Dannil hätte das nicht verhindern können, aber die Weisen Frauen hatten eine andere Position.

Edarra war nicht viel älter als Perrin, dennoch schienen ihre kühlen blauen Augen weit mehr gesehen zu haben, als er je sehen würde. Sie verschränkte mit klappernden Armreifen die Arme unter der Brust. Und mit einer Spur Ungeduld. »Selbst Shaido wissen, wie man den Schmerz zu umarmen hat, Perrin Aybara. Es wird Tage brauchen, sie zum Reden zu bringen, und es schien keinen Grund zu geben, um damit zu warten.«

War Edarras Blick kalt, erschienen Sulins Augen wie blaues Eis. »Meine Speerschwestern und ich hätten es etwas schneller schaffen können, aber Dannil Lewin sagte, Ihr wolltet keinen Kampf. Gerard Arganda ist ein ungeduldiger Mann, und er misstraut uns.« Sie klang, als hätte sie am liebsten ausgespuckt, wäre sie keine Aiel gewesen. »Vermutlich werdet Ihr sowieso nicht viel erfahren. Es sind Steinhunde. Sie werden nur langsam nachgeben und so wenig wie möglich preisgeben. Da ist es immer nötig, ein wenig von dem einen mit ein wenig von dem nächsten zusammenzusetzen, um ein Bild zu erhalten.«

Den Schmerz umarmen. Wenn man einen Mann der Befragung unterzog, musste es Schmerzen geben. Daran hatte er zuvor noch gar nicht gedacht. Aber um Faile zurückzubekommen …

»Lasst Steher von jemandem abreiben«, sagte er grob und warf Dannil die Zügel zu.

Der ghealdanische Teil des Lagers hätte sich kaum mehr von den primitiven Unterständen und den wahllos aufgestellten Zelten der Männer von den Zwei Flüssen unterscheiden können. Hier standen die spitzen Segeltuchzelte in präzisen Reihen, bei den meisten ragten neben den Eingangsplanen die mit Stahlspitzen versehenen Lanzen in die Höhe, und daneben waren gesattelte Pferde angebunden, bereit zum Aufsitzen. Die zuckenden Pferdschwänze und die von der kalten Brise emporgehobenen langen Wimpel der Lanzen waren die einzigen unordentlichen Dinge in Sicht. Die Pfade zwischen den Zelten hatten alle die gleiche Breite, und man hätte eine gerade Linie durch die Reihe der Herdfeuer ziehen können. Sogar die Falten im Segeltuch, die vor dem ersten Schnee durch die Verladung auf Karren entstanden waren, bildeten gerade Linien. Alles hübsch ordentlich.

In der Luft hing der Geruch von Haferschleim und gekochten Eicheln, und ein paar Männer in grünen Mänteln kratzten den Rest ihres Mittagsmahls mit den Fingern von ihren Zinntellern. Andere waren bereits dabei, die Kochtöpfe zu säubern. Keiner zeigte irgendwelche Anzeichen von Anspannung. Sie aßen bloß und gingen ihrer Arbeit nach, beides mit dem gleichen Vergnügen. Es war etwas, das eben getan werden musste.

In der Nähe der angespitzten Pfähle, die die äußere Grenze des Lagers markierten, stand eine große Gruppe von Männern beisammen. Nicht mehr als die Hälfte trug die grünen Mäntel und polierten Harnische der ghealdanischen Lanzenreiter. Einige der anderen hielten Lanzen oder hatten Schwerter über die zerknitterten Mäntel geschnallt, bei denen alle möglichen Qualitätsstufen vertreten waren, von feiner Seide und guter Wolle bis hin zu besseren Fetzen; man hätte keinen der Männer als sauber bezeichnen können, höchstens im Vergleich zu So Habor. Man konnte Masemas Männer immer erkennen, selbst von hinten.

Ein anderer Geruch drang an Perrin heran, als er sich dem Kreis näherte. Der Geruch von brutzelndem Fleisch. Und es gab erstickte Laute, die er nicht hören wollte. Als er anfing, sich einen Weg nach vorn zu bahnen, drehten sich die Soldaten zu ihm um und machten ihm widerstrebend den Weg frei. Masemas Männer wichen zurück und murmelten etwas über gelbe Augen und Schattengezücht. Auf jeden Fall kam er durch.

Vier große Männer, rothaarig oder blond, in grauen und braunen *Cadin'sor*, lagen mit an den Fußgelenken gefesselten Handgelenken auf dem Rücken; zusätzlich hatte man hinter ihren Knien und Ellbogen stabile Äste gebunden. Ihre Gesichter waren verfärbt und geschwollen, man hatte ihnen Lumpen zwischen die Zähne gestopft und mit einem Stoffstreifen festgebunden. Der fünfte Mann war nackt und lag zwischen vier stabilen, in den Boden getriebenen Pflöcken, die so weit voneinander entfernt waren, dass seine angespannten Sehnen hervortraten. Aber er wand sich, so weit seine Fesselung es erlaubte, und schrie in die Lumpen, die seinen Mund füllten; ein gedämpfter Schmerzensschrei. Glühende Kohlen lagen in einem kleinen Haufen auf seinem Bauch, dünne Rauchfäden stiegen in die Luft. Das war der Geruch von blasenschlagender Haut, den Perrins Nase wahrgenommen hatte. Die Kohlen hafteten auf der Haut des ausgestreckten Mannes, und jedes Mal, wenn er es schaffte, eine von ihnen abzuwerfen, legte ein grinsender Bursche in einem schmierigen grünen Seidenmantel, der neben ihm hockte, eine neue auf. Er holte sie mit einer Zange aus einem Kessel, der in einer Grube im Boden stand. Perrin kannte ihn. Sein Name war Hari, und er sammelte gern Ohren an einer Lederschnur. Männerohren, Frauenohren, Kinderohren; Hari war da nicht wählerisch.

Ohne nachzudenken marschierte Perrin los und trat den kleinen Kohlenstapel von dem Gefesselten. Einige davon trafen Hari, der mit einem überraschten Quieken zurücksprang, das zu einem Kreischen wurde, als seine Hand in dem Topf landete. Er überschlug sich, hielt sich die verbrannte Hand und starrte Perrin an, ein Wiesel in menschlicher Gestalt.

»Der Wilde spielt uns was vor, Aybara«, sagte Masema. Perrin hatte ihn gar nicht wahrgenommen; das Gesicht unter dem rasierten Schädel war wie ein finster dreinblickender Stein. In seinen dunklen, fiebrigen Augen lag ein gewisses Maß an Verachtung. Der Geruch des Wahnsinns wand sich durch den Gestank von verbranntem Fleisch. »Ich kenne sie. Sie geben vor, Schmerz zu fühlen, aber sie tun es nicht; nicht so wie andere Männer. Man muss bereit und fähig sein, einen Stein zu verletzen, um sie zum Sprechen zu bringen.«

Arganda, der stocksteif neben Masema stand, umklammerte den Schwertgriff so fest, dass seine Hand zitterte. »Vielleicht seid Ihr bereit, Eure Frau zu verlieren«, knirschte er, »aber ich werde meine Königin nicht verlieren!«

»Es muss getan werden«, sagte Aram fast schon flehentlich. Er stand auf Masemas anderer Seite und hatte die Finger in den Saum seines grünen Umhangs gekrallt, als wollte er die Hände von dem Schwert auf seinem Rücken fern halten. Sein Blick war fast so hitzig wie der Masemas. »Ihr habt mir beigebracht, dass ein Mann das tut, was er tun muss.«

Perrin zwang sich, die Fäuste zu entspannen. Was getan werden musste. Für Faile.

Berelain und die Aes Sedai bahnten sich einen Weg durch die Menge, und Berelain rümpfte beim Anblick des ausgestreckt zwischen den Pflöcken liegenden Mannes leicht die Nase. Die drei Aes Sedai hätten genauso gut ein Stück Holz ansehen können, wenn man nach dem Ausdruck auf ihren Gesichtern urteilen wollte. Edarra und Sulin waren bei ihnen, und auch sie zeigten keine Regung. Einige der ghealdanischen Soldaten sahen die beiden Aielfrauen finster an und murmelten etwas Unhörbares. Masemas verdreckte Männer starrten Aiel und Aes Sedai an, aber die meisten wichen vor den drei Behütern zurück, und jene, die es nicht taten, wurden von ihren Gefährten zurückgezogen. Einige Narren kannten die Grenzen der Dummheit. Masema starrte Berelain mit brennenden Augen an, bevor er sich entschied, so zu tun, als würde sie nicht existieren. Manche Narren kannten keine Grenzen.

Perrin bückte sich, band das Tuch um den Mund des gefesselten Mannes los und zog den Lumpen zwischen seinen Zähnen hervor. Es gelang ihm gerade noch, die Hand vor einem Biss zurückzureißen, der genauso hinterhältig war wie einer, den Steher hätte austeilen können.

Sofort warf der Aielmann den Kopf zurück und fing an, mit tiefer, klarer Stimme zu singen:

»Wascht die Speere; während die Sonne steigt.
Wascht die Speere; während die Sonne sinkt.
Wascht die Speere; wer hat Angst zu sterben?
Wascht die Speere; ich kenne keinen!«

Mitten im Lied fing Masema an zu lachen. Perrins Nackenhaare sträubten sich. Er hatte Masema noch nie zuvor lachen gehört. Es war kein angenehmer Laut.

Er wollte keinen Finger verlieren, also zog er die Axt aus ihrer Gürtelschlaufe und drückte die Axtspitze vorsichtig gegen das Kinn des Mannes, um seinen Mund zuzudrücken. Augen in der Farbe des Himmels blickten ihm furchtlos aus einem von der Sonne verbrannten Gesicht entgegen. Der Mann lächelte.

»Ich verlange von Euch nicht, Euer Volk zu verraten«, sagte Perrin. Seine Kehle schmerzte von der Anstrengung, die Stimme ruhig zu halten. »Ihr Shaido habt ein paar Frauen geraubt. Alles, was ich wissen will, ist, wie wir sie zurückbekommen. Eine heißt Faile. Sie ist so groß wie Eure Frauen, mit dunklen, schräg stehenden Augen, einer starken Nase und einem kühnen Mund. Eine wunderschöne Frau. Ihr würdet Euch an sie erinnern, wenn Ihr sie gesehen habt. Habt Ihr?« Er nahm die Axt zurück und richtete sich auf.

Der Shaido starrte ihn einen Moment lang an, dann hob er den Kopf und fing wieder an zu singen, ohne den Blick von Perrin zu wenden. Es war ein fröhliches Lied, mit der mitreißenden Melodie eines Tanzes:

»Ich traf mal einen Mann, der war weit weg von zu Hause.
Seine Augen waren gelb und sein Verstand aus Stein.
Er bat mich, Rauch mit der Hand festzuhalten,
und versprach mir, ein Land voll Wasser zu zeigen.
Er steckte seinen Kopf in den Boden und seine Füße in die Luft,
und sagte, er könne tanzen wie eine Frau.
Er sagte, er würde stillstehen, bis er sich zu Stein verwandelte.
Als ich blinzelte, war er verschwunden.«

Der Shaido ließ den Kopf zurückfallen und kicherte. Er hätte genauso gut auf einem Federbett liegen können.

»Wenn … wenn Ihr das nicht tun könnt«, sagte Aram verzweifelt, »dann tretet beiseite. Ich mache es.«

Was getan werden musste. Perrin betrachtete die Gesichter um sich herum. Arganda mit seiner hasserfüllten Miene, die ihm jetzt genauso galt wie den Shaido. Masema, der nach Wahnsinn stank und mit verächtlichem Hass erfüllt war. Man muss bereit und fähig sein, einen Stein zu verletzen. Edarra, deren Gesicht so unleserlich wie das einer Aes Sedai war und die die Arme seelenruhig unter der Brust verschränkt hatte. Selbst Shaido wissen, wie man den Schmerz zu umarmen hat. Es wird Tage brauchen. Sulin, deren Narbe auf der Wange sich noch immer blass von ihrer ledergegerbten Haut abzeichnete; ihr Blick war ruhig und ihr Duft unversöhnlich. Sie werden nur langsam nachgeben und so wenig wie möglich preisgeben. Berelain, die wie eine Herrscherin roch, die Männer zum Tode verurteilt und deswegen keine Nacht Schlaf verloren hatte. Was getan werden musste. Bereit und fähig sein, einen Stein zu verletzen. Den Schmerz zu umarmen. Oh, beim Licht, Faile.

Die Axt war so leicht wie eine Feder, als sie sich in seiner Hand hob, und sie sauste nach unten wie ein Hammer auf einen Amboss, und die schwere Klinge durchschnitt das linke Handgelenk des Shaido.

Der Mann keuchte vor Schmerz, dann bäumte er sich mit einem Knurren auf und spritzte das Blut, das aus dem Stumpf schoss, mit voller Absicht in Perrins Gesicht.

»Heilt ihn«, sagte Perrin zu den Aes Sedai und trat zurück. Er versuchte nicht, sich das Gesicht abzuwischen. Das Blut rann in seinen Bart. Er fühlte sich leer. Er hätte die Axt nicht noch einmal heben können, und wenn es um sein Leben gegangen wäre.

»Seid Ihr von Sinnen?«, wollte Masuri wütend wissen. »Wir können dem Mann nicht seine Hand zurückgeben!«

»Ich sagte, heilt ihn!«, knurrte er.

Seonid hob ihre Röcke, um über den Boden zu gleiten und neben dem Kopf des Mannes niederzuknien. Er biss auf das Handgelenk und bemühte sich vergeblich, durch den Druck seiner Zähne den Blutfluss aufzuhalten. Aber in seinen Augen lag keine Furcht. Oder in seinem Geruch. Nicht die geringste.

Seonid ergriff den Kopf des Shaido, und plötzlich verkrampfte er sich und schlug wild mit dem Arm um sich. Der hervorschießende Blutstrom nahm ab und versiegte, bevor er sich mit grauem Gesicht auf dem Boden ausstreckte. Mit unsicheren Bewegungen hob er den linken Armstumpf und betrachtete die glatte Haut, die jetzt das Ende bedeckte. Falls da eine Narbe war, konnte Perrin sie nicht sehen. Der Mann fletschte die Zähne in seine Richtung. Auch Seonid sackte zusammen, als hätte sie sich völlig verausgabt. Alharra und Wynter traten einen Schritt vor, und sie winkte sie zurück und mühte sich mit einem tiefen Seufzer auf die Beine.

»Man hat mir gesagt, dass Ihr tagelang durchhalten könnt und so gut wie nichts preisgeben werdet«, sagte Perrin. Seine Stimme klang zu laut in seinen Ohren. »Ich habe nicht die Zeit, dass Ihr mir zeigt, wie hart Ihr seid, oder wie mutig. Ich weiß, dass Ihr hart und mutig seid. Aber meine Frau ist zu lange eine Gefangene. Man wird Euch trennen und nach einigen Frauen befragen. Ob Ihr sie gesehen habt und wo. Das ist alles, was ich wissen will. Es wird keine glühenden Kohlen und auch sonst nichts geben; nur Fragen. Aber wenn sich jemand weigert, sie zu beantworten, oder Eure Antworten sich zu sehr voneinander unterscheiden, dann verliert jeder etwas.« Es überraschte ihn, dass er die Axt doch heben konnte. Die Klinge war blutverschmiert.

»Zwei Hände und zwei Füße«, sagte er kalt. Beim Licht, er klang wie Eis. Er hatte das Gefühl, seine Knochen bestünden aus Eis. »Das bedeutet, Ihr habt vier Gelegenheiten, die gleiche Antwort zu geben. Und wenn Ihr alle durchhaltet, werde ich Euch trotzdem nicht töten. Ich werde ein Dorf finden, in dem man Euch zurücklassen kann, irgendeinen Ort, an dem man Euch betteln lässt, wo die Kinder dem wilden Aielmann ohne Hände und Füße eine Münze zuwerfen werden. Denkt darüber nach und entscheidet, ob es das wert ist, mir meine Frau vorzuenthalten.«

Selbst Masema starrte ihn an, als hätte er den Mann mit der Axt, der dort stand, noch nie zuvor gesehen. Als er sich zum Gehen wandte, machten ihm Masemas Männer und die Ghealdaner eine breite Gasse frei, als wollten sie eine Horde Trollocs durchlassen.

Vor ihm tauchten die angespitzten Pfähle auf, etwa hundert Schritte dahinter war der Wald, aber er änderte seine Richtung nicht. Mit der Axt in der Hand ging er weiter, bis die riesigen Bäume ihn umgaben und der Geruch des Lagers hinter ihm zurückblieb. Den Geruch von Blut trug er mit sich, er war scharf und metallisch. Davor konnte er nicht fortlaufen.

Er hätte nicht zu sagen vermocht, wie lange er durch den Schnee ging. Er nahm kaum die immer schräger einfallenden Lichtbahnen wahr, die die Schatten unter dem Blätterdach durchstießen. Das Blut auf seinem Gesicht und in seinem Bart war dick und begann zu trocknen. Wie oft hatte er gesagt, dass er alles tun würde, um Faile zurückzubekommen? Ein Mann tat, was er tun musste. Für Faile, alles.

Abrupt hob er die Axt mit beiden Händen hinter den Kopf und schleuderte sie so hart, wie er nur konnte. Sie flog wirbelnd durch die Luft und grub sich mit einem dumpfen Aufprall in den dicken Stamm einer Eiche.

Er stieß die Luft aus, die in seinen Lungen eingesperrt gewesen zu sein schien, sank auf einen Felsbrocken, der so hoch und breit wie eine Bank aus dem Boden ragte, und stützte die Ellbogen auf die Knie. »Du kannst dich jetzt zeigen, Elyas«, sagte er erschöpft. »Ich kann dich riechen.«

Der alte Mann trat leichtfüßig aus den Schatten, seine gelben Augen glühten leicht unter der breiten Krempe seines Hutes. Verglichen mit ihm waren die Aiel laut. Er schob sein langes Messer zurecht und nahm neben Perrin auf dem Felsen Platz, kämmte sich dann aber einige Zeit lang mit den Fingern den grau gesprenkelten Kamm, der seine Brust bedeckte. Er wies mit dem Kopf auf die Axt, die in der Eiche steckte. »Ich habe dir einmal gesagt, du sollst sie behalten, bis es dir zu sehr gefällt, sie zu benutzen. Gefällt es dir, sie zu benutzen? Hat es dir da hinten gefallen?«

Perrin schüttelte energisch den Kopf. »Nein! Das nicht! Aber …«

»Aber was, Junge? Ich glaube, du hast sogar Masema Angst eingejagt. Aber auch du hast ängstlich gerochen.«

»Wird auch Zeit, dass er sich vor etwas fürchtet«, murmelte Perrin und zuckte unbehaglich mit den Schultern. Manche Dinge waren schwer in Worte zu fassen. Aber vielleicht war der Augenblick gekommen. »Die Axt … Ich habe es gar nicht bemerkt, jedenfalls zuerst nicht, nur im Rückblick. Da war die Nacht, in der ich Gaul kennen lernte und die Weißmäntel uns töten wollten. Später, beim Kampf gegen die Trollocs bei den Zwei Flüssen, war ich mir nicht sicher. Aber dann, bei den Quellen von Dumai, da war ich es dann. Ich habe Angst in einem Kampf, Elyas, ich habe Angst und bin traurig, denn vielleicht werde ich Faile nie wiedersehen.« Sein Herz verkrampfte sich, bis seine Brust schmerzte. Faile. »Nur … Ich habe Grady und Neald über die Eine Macht sprechen hören. Sie sagen, sie fühlen sich lebendiger, wenn sie sie halten. Ich habe in einem Kampf zu viel Angst, um spucken zu können, aber ich fühle mich lebendiger als irgendwann sonst, ausgenommen, wenn ich Faile halte. Ich glaube nicht, dass ich es ertragen könnte, wenn ich bei so etwas, wie ich es gerade getan habe, dieses Gefühl hätte. Ich glaube nicht, dass Faile mich zurückhaben wollte, wenn ich so werde.«

Elyas schnaubte. »Du hast das bestimmt nicht in dir, Junge. Hör zu, Gefahr beeinflusst verschiedene Männer auf verschiedene Weise. Manche sind so kalt wie ein Uhrwerk, aber du bist mir nie wie einer von der kalten Sorte vorgekommen. Wenn dein Herz schlägt, erwärmt es dein Blut. Es ist doch nur logisch, dass es auch deine Sinne schärft, dir alles bewusst macht. Vielleicht stirbst du in ein paar Minuten, vielleicht beim nächsten Herzschlag, aber du bist nicht tot, und das weißt du genau, von deinen Zähnen bis zu deinen Zehennägeln. So sind die Dinge nun mal. Das bedeutet nicht, dass es dir gefällt.«

»Das würde ich gern glauben«, sagte Perrin schlicht.

»Werde so alt wie ich«, erwiderte Elyas trocken, »und du wirst es glauben. Bis dahin gib dich einfach damit zufrieden, dass ich älter als du bin, und ich bin schon vor dir an diesem Punkt gewesen.«

Die beiden saßen da und betrachteten die Axt. Perrin wollte es glauben. Das Blut auf der Axt sah jetzt schwarz aus. Blut hatte noch nie zuvor so schwarz ausgesehen. Wie lange war es her? Nach dem Winkel des einfallenden Lichts zu urteilen, ging die Sonne unter.

Perrins Ohren nahmen das Knirschen von Hufen im Schnee wahr, die langsam näher kamen. Minuten später erschienen Neald und Aram. Der ehemalige Kesselflicker zeigte auf die Spuren im Schnee, und der Asha'man schüttelte ungeduldig den Kopf. Es war eine deutliche Fährte, aber Perrin hätte nicht darauf gewettet, dass Neald fähig gewesen wäre, ihr zu folgen. Er war ein Stadtmensch.

»Arganda fand, wir sollten warten, bis sich Euer Blut wieder abgekühlt hat«, sagte Neald, stützte sich auf seinen Sattel und musterte Perrin. »Ich glaube kaum, dass es noch kühler werden kann.« Er nickte, einen Hauch von Zufriedenheit um den Mund. Er war es gewöhnt, dass die Leute Angst vor ihm hatten, wegen seines schwarzen Mantels und dem, was er repräsentierte.

»Sie haben geredet«, sagte Aram, »und sie haben alle die gleichen Antworten gegeben.« Seine düstere Miene verriet, dass ihm die Antworten nicht gefielen. »Ich glaube, die Drohung, sie als Bettler zurückzulassen, hat ihnen noch mehr Angst eingejagt als Eure Axt. Aber sie behaupten, die Lady Faile noch nie gesehen zu haben. Oder eine der anderen Frauen. Wir könnten es noch einmal mit den Kohlen versuchen. Vielleicht fällt es ihnen ja dann wieder ein.« Lag da Eifer in seiner Stimme? Um Faile zu finden oder die Kohlen zu benutzen?

Elyas verzog das Gesicht. »Sie würden dir jetzt nur die Antworten zurückgeben, die ihr ihnen mittlerweile bereits erzählt habt. Sie würden euch sagen, was ihr hören wollt. Es bestand sowieso nur eine geringe Chance. Da sind Tausende Shaido und Tausende Gefangene. Ein Mann könnte sein ganzes Leben unter so vielen Leuten verbringen und würde doch nie mehr als ein paar hundert kennen lernen.«

»Dann müssen wir sie töten«, sagte Aram grimmig. »Sulin hat gesagt, die Töchter hätten darauf geachtet, sie gefangen zu nehmen, als sie unbewaffnet waren, damit sie befragt werden konnten. Sie werden sich nicht als *Gai'schain* fügen. Wenn auch nur einer entkommt, kann er die Shaido wissen lassen, dass wir hier sind. Dann werden sie uns angreifen.«

Perrins Gelenke fühlten sich eingerostet an, sie schmerzten, als er aufstand. Er konnte die Shaido nicht einfach gehen lassen. »Man kann sie bewachen, Aram.« Ungeduld und Hast hatten dazu geführt, dass er Faile beinahe verloren hätte, und er war wieder zu ungeduldig gewesen. Ungeduld. Solch ein harmloses Wort dafür, einem Mann die Hand abzuschlagen. Und völlig sinnlos. Er hatte sich immer bemüht, sorgfältig nachzudenken und mit Bedacht zu handeln. Er musste jetzt nachdenken, aber jeder Gedanke schmerzte. Faile war in einem Meer aus weiß gekleideten Gefangenen versunken. »Vielleicht wissen andere *Gai'schain*, wo sie ist«, murmelte er und setzte sich in Richtung Lager in Bewegung. Aber wie sollte er zu einem *Gai'schain* der Shaido kommen? Sie durften das Lager nicht verlassen, es sei denn, unter Bewachung.

»Was ist damit, Junge?«, fragte Elyas.

Perrin wusste, was er meinte, ohne hinsehen zu müssen. Die Axt. »Lass sie da; wer sie findet, soll sie behalten.« Sein Tonfall wurde grob. »Vielleicht wird ja irgendein idiotischer Märchenerzähler daraus eine Geschichte machen.« Er ging zum Lager, ohne einen Blick zurückzuwerfen. Mit der leeren Schlaufe war der Gürtel um seine Taille zu leicht. Alles war sinnlos.

Drei Tage später kehrten die Karren schwer beladen aus So Habor zurück, und Balwer betrat Perrins Zelt mit einem hoch gewachsenen, unrasierten Mann, der einen schmutzigen Wollmantel und ein Schwert trug, das gepflegter aussah. Zuerst erkannte Perrin ihn nicht wegen des Barts, der einen Monat ungehindert gewuchert war. Dann nahm er den Geruch des Mannes wahr.

»Ich hätte nie gedacht, Euch je wiederzusehen«, sagte er. Balwer blinzelte, was bei jedem anderen ein überraschtes Keuchen gewesen wäre. Zweifellos hatte der vogelähnliche kleine Mann sich darauf gefreut, mit einer Überraschung aufzuwarten.

»Ich habe nach … Maighdin gesucht«, sagte Tallanvor rau, »aber die Shaido waren schneller als ich. Meister Balwer hat gesagt, Ihr wüsstet, wo sie ist.«

Balwer warf dem jüngeren Mann einen scharfen Blick zu, aber seine Stimme blieb so trocken und emotionslos wie sein Geruch. »Meister Tallanvor erreichte So Habor in dem Moment, als ich es verlassen wollte, mein Lord. Es war reiner Zufall, dass ich ihm begegnet bin. Vielleicht ein glücklicher Zufall. Unter Umständen hat er ein paar Verbündete für Euch. Ich werde es ihn erzählen lassen.«

Tallanvor schaute stirnrunzelnd auf seine Stiefel und sagte nichts.

»Verbündete?«, hakte Perrin nach. »Nur ein Heer wäre von Nutzen, aber ich nehme jede Hilfe, die Ihr bringen könnt.«

Tallanvor sah Balwer an, der mit einer halben Verbeugung und einem unverbindlichen, aufmunternden Lächeln reagierte. Der unrasierte Mann holte tief Luft. »Fünfzehntausend Seanchaner. Die meisten sind eigentlich Taraboner, aber sie reiten unter dem Banner der Seanchaner. Und … sie haben mindestens ein Dutzend *Damane* dabei.« Er sprach schneller, drängender, er musste zum Ende kommen, bevor Perrin ihm das Wort abschnitt. »Ich weiß, es wäre, als würde man Hilfe vom Dunklen König selbst annehmen, aber auch sie jagen die Shaido, und ich würde die Hilfe des Dunklen Königs annehmen, um Maighdin zu befreien.«

Perrin starrte die beiden Männer einen Augenblick lang an. Tallanvor fummelte nervös an seinem Schwertgriff herum, Balwer war wie ein Spatz, der darauf wartete, in welche Richtung ein Grashüpfer springen würde. Seanchaner. Und *Damane*. Ja, das *würde* so sein, als nähme man die Hilfe des dunklen Königs in Anspruch. »Setzt Euch und erzählt mir alles über diese Seanchaner«, sagte er.

KAPITEL 14

Ein Strauß Rosen

Von dem Tag ihrer Abreise aus Ebou Dar war die Fahrt mit Valan Lucas Großem Wanderzirkus und Prächtiger Zurschaustellung von Mysterien und Wundern genauso furchtbar, wie es sich Mat in seinen schlimmsten Albträumen vorgestellt hatte. Zum einen regnete es fast jeden Tag ein paar Stunden und einmal sogar drei Tage lang ununterbrochen, in denen ein eiskalter, fast schon aus Schnee bestehender Nieselregen niederging, der langsam jeden Mantel durchnässte und einen frieren ließ, bevor es einem bewusst war. Wasser lief von der festgetretenen Straße, als wäre sie mit Steinen gepflastert, was schlimmstenfalls eine dünne Schlammschicht verursachte, aber der lange Zug aus Wagen und Pferden und Menschen legte auch im Sonnenschein keine großen Strecken zurück. Am Anfang hatten es die Artisten kaum erwarten können, die Stadt zu verlassen, in der Blitze in der Nacht Schiffe versenkten und seltsame Morde jedermann über die Schulter blicken ließ, um von einem eifersüchtigen seanchanischen Adligen fortzukommen, der seine Frau wutentbrannt verfolgen würde und seinen Zorn möglicherweise an jedem ausließ, der daran beteiligt war, sie aus seinen Klauen zu befreien. In den ersten Stunden reisten sie, so schnell die Pferde die Wagen ziehen konnten und trieben die Tiere hart an für eine weitere Meile. Aber jede zurückgelegte Meile schien in ihnen das Gefühl entstehen zu lassen, dass sie sich weiter von der

Gefahr entfernt hatten, dass sie viel sicherer waren, und am ersten Nachmittag …

»Man muss auf die Pferde Rücksicht nehmen«, erklärte Luca und sah zu, wie das Gespann von seinem lächerlich bemalten Wagen abgeschirrt wurde und durch den Nieselregen zu den Halteseilen gebracht wurde. Die Sonne musste noch mehr als den halben Weg zum Horizont zurücklegen, aber es stiegen bereits graue Rauchschwaden aus den Abzugslöchern von Zelten und den eisernen Schornsteinen der kastenähnlichen Wohnwagen. »Niemand verfolgt uns, und bis nach Lugard ist es ein langer Weg. Man kommt nur schwer an gute Pferde, und sie sind teuer.« Luca runzelte mürrisch die Stirn und schüttelte den Kopf. Die Erwähnung von Ausgaben ließ ihn immer mürrisch werden. Er war geizig, außer wenn es um seine Frau ging. »Zwischen hier und dort gibt es nur wenige Orte, an denen es sich lohnt, länger als einen Tag zu verweilen. Die meisten Dörfer werden nicht für ein volles Haus sorgen, selbst wenn die ganze Einwohnerschaft kommt, und man kann nie wissen, wie es in einer Stadt sein wird, bevor man aufgebaut hat. Aber Ihr bezahlt mir nicht genug, um auf diese Einkünfte verzichten zu können.« Er zog seinen verzierten Umhang enger, um besser vor der Feuchtigkeit geschützt zu sein, und sah über die Schulter zu seinem Wagen. Der Geruch von etwas Bitterem drang durch den leichten Regen heran. Mat war nicht davon überzeugt, jemals etwas essen zu wollen, was Lucas Frau kochte. »Ihr seid sicher, dass uns keiner verfolgt, Cauthon, richtig?«

Mat zog gereizt seine Wollmütze tiefer, begab sich in das Gewirr aus grellbunten Zelten und Wagen und knirschte mit den Zähnen. Er zahlte nicht genug? Für das, was er Luca angeboten hatte, hätte der Zirkusdirektor bereit sein müssen, seine Tiere den ganzen Weg bis nach Lugard *galoppieren* zu lassen. Nun, vielleicht nicht gerade galoppieren – schließlich wollte er die Pferde nicht umbringen –, aber dieser aufgeblasene Buntspecht hätte bereit sein sollen, sie wenigstens anzutreiben.

Nicht weit von Lucas Wagen entfernt saß Chel Vanin auf einem dreibeinigen Hocker, über den seine Massen hinausragten, und rührte über dem Feuer in einem kleinen Topf in irgendeinem dunklen Eintopf herum. Von seiner weit ausladenden Hutkrempe tropfte Wasser hinein, aber der fette Mann schien es entweder nicht zu bemerken oder es war ihm egal. Gorderan und Fergin, zwei der Rotwaffen, murmelten Flüche, als sie Pflöcke für die Haltesseile des schmutzigbraunen Segeltuchzelts in den matschigen Boden einschlugen, das sie sich mit Harnan und Metwyn teilten. Und mit Vanin, aber dieser verfügte über Fertigkeiten, die ihn seiner Meinung nach davon freistellten, beim Zeltaufbau zu helfen, und die Rotwaffen waren damit nach nur kurzem Zögern einverstanden gewesen. Vanin war ein erfahrener Hufschmied, aber was noch wichtiger war, er war der beste Fährtenleser und Pferdedieb des ganzen Landes, so unwahrscheinlich einem das auch vorkam, wenn man ihn das erste Mal sah.

Fergin erblickte Mat und verbiss sich einen Fluch, als sein Hammer den Pflock verfehlte und stattdessen seinen Daumen traf. Er ließ den Hammer fallen, schob sich den Daumen in den Mund, hockte sich auf die Fersen und beklagte sich schrill. »Wir müssen die ganze Nacht diese Frauen bewachen, bei diesem Wetter, mein Lord. Könnt Ihr nicht ein paar der Pferdeknechte dazu anheuern, damit wir wenigstens trocken bleiben können, bis wir wieder nass werden müssen?«

Gorderan stieß Fergin mit einem dicken Finger gegen die Schulter. Er war so breit, wie Fergin dürr war, und trotz seiner grauen Augen ein Tairener. »Pferdeknechte stehlen alles, was nicht niet- und nagelfest ist, Fergin.«

Ein weiterer Fingerstoß. »Willst du, dass einer dieser Flinkfinger mit meiner Armbrust davonläuft, oder meinem Sattel? Das ist ein guter Sattel.« Ein dritter Stoß ließ Fergin beinahe umkippen. »Wenn wir dieses Zelt nicht aufgestellt kriegen, lässt uns Harnan die ganze Nacht Wache schieben.«

Fergin schaute finster drein und maulte leise, aber er ergriff den Hammer und wischte sich den Schlamm vom Mantel. Er war ein brauchbarer Soldat, aber nicht besonders klug.

Vanin spuckte durch seine Zahnlücke und verfehlte den Topf gerade eben. Sein Inhalt roch wunderbar, vor allem nach dem, was Latelle kochte, aber Mat entschied sich, auch hier nicht zu essen. Der Fette klopfte seinen Holzlöffel gegen den Topfrand, um ihn zu säubern, und schaute mit seinen mit dicken Lidern versehenen Augen zu Mat hoch. Sein rundes Gesicht wirkte oft so, als wäre er fast am Schlafen, aber nur ein Narr hätte das auch geglaubt. »Bei diesem Tempo kommen wir gegen Ende des Sommers in Lugard an. Wenn wir überhaupt dort ankommen.«

»Das werden wir, Vanin«, sagte Mat mit mehr Zuversicht, als er im Augenblick verspürte. Der raue Wollmantel, den er vor ein paar Stunden trocken angezogen hatte, wies den Regen nur an einigen Stellen ab, und Wasser tropfte ihm den Rücken hinunter. Es fiel schwer, zuversichtlich zu sein, wenn einem eiskalter Regen das Rückgrat hinunterlief. »Der Winter ist fast vorbei. Wir werden schneller vorankommen, sobald es Frühling ist. Du wirst es erleben. Zur Frühlingsmitte sind wir in Lugard.«

Er war ebenfalls nicht so recht davon überzeugt. Am ersten Tag hatten sie nicht mehr als acht Meilen zurückgelegt, und danach bedeuteten zehn einen guten Tag. Nur wenige Ortschaften entlang der Großen Nordstraße – ein Name, der sich sehr schnell zu verändern begann, als der Zirkus nach Norden kroch – verdienten den Namen Stadt. Die Menschen nannten sie die »Ebou Dar-Straße« oder »die Fährstraße«, manchmal auch einfach nur »die Straße«, so als würde es nur die eine geben. Aber Luca hielt bei jeder Stadt an, ob es nun eine richtige war oder auch nicht, ob sie von einer Mauer umgeben wurde oder nicht. Und auch bei jedem Dorf mit sechs Straßen und einem Dorfplatz, ganz egal, wie erbärmlich er auch war. Es brauchte fast einen halben Tag, um den Zirkus und die ihn umgebende Segeltuchwand mit dem gewaltigen blauen Spruchband und den roten Buchstaben, das über dem Einging hing, aufzubauen. Valan Lucas Großer Wanderzirkus. Es war Luca einfach unmöglich, sich die Gelegenheit entgehen zu lassen, eine Besuchermenge anzuziehen. Oder die Münzen in ihren Geldbeuteln. Oder die Gelegenheit, einen seiner hellroten Umhänge anzulegen und sich in ihrer Bewunderung zu sonnen. Luca gefiel das fast so sehr wie die Münzen. Fast.

Die Exotik der Darsteller und der in Käfigen gehaltenen Tiere aus weit entfernten Ländern reichte aus, um Leute anzuziehen. Was das anging, reichten sogar schon Tiere, die nicht so selten waren; nur wenige Menschen waren so weit gereist, um einen leibhaftigen Bären oder gar einen Löwen gesehen zu haben. Allein schwere Regenschauer hielten die Menge ab, und wenn der Regen zu schlimm wurde, weigerten sich die Jongleure und Akrobaten sowieso, ohne eine Überdachung aufzutreten. Was Luca mürrisch herumlaufen und aufgeregt davon plappern ließ, genug Segeltuch finden zu müssen, um jeden Akt zu überdachen, oder ein Zelt machen zu lassen, das groß genug war, den ganzen Zirkus aufzunehmen. Ein Zelt! Der Mann war in seinen Ambitionen nicht zu überbieten. Warum nicht gleich auch noch einen Palast auf Rädern, wenn er schon mal dabei war?

Wären Luca und das langsame Fortkommen des Zirkus das Einzige gewesen, worum sich Mat hätte sorgen müssen, wäre er ein glücklicher Mann gewesen. Manchmal wurden sie von zwei oder drei langsam fahrenden, früh aufgebrochenen Wagenzügen aus seanchanischen Siedlern mit ihren seltsam geformten, spitz zulaufenden Wagen und dem merkwürdigen Vieh überholt, bevor sich der erste Zirkuswagen in Bewegung setzte. Manchmal wurden sie von Reihen seanchanischer Soldaten überholt, die in langsamem Tempo marschierten, Reihen aus Männern mit Helmen, die an Insektenköpfe erinnerten und die schneidig ausschritten, und Reihen von Reitern, deren Rüstungen aus sich überlappenden Platten mit Streifen bemalt waren. Einmal saßen die Reiter auf *Torms*, Kreaturen mit bronzenen Schuppen, die an Katzen in der Größe von Pferden erinnerten. Solange man davon absah, dass sie drei Augen hatten. Zwanzig oder mehr schlängelten sich in einem geschmeidigen Kriechgang vorwärts, und zwar schneller, als ein Pferd traben konnte. Weder Reiter noch ihre Tiere widmeten dem Wanderzirkus einen zweiten Blick, aber die Pferde drehten durch, als die *Torms* vorbeizogen, sie wieherten schrill und bäumten sich in ihren Geschirren auf. Die Löwen und Leoparden und Bären brüllten in ihren Käfigen, und das Rotwild warf sich blindlings gegen die Gitterstäbe. Es dauerte Stunden, um alle Tiere wieder so weit zu beruhigen, dass die Wagen weiterziehen konnten, und Luca bestand darauf, sich zuerst um die Abschürfungen der Käfigtiere zu kümmern. Seine Tiere waren eine große Investition. Zweimal entschieden sich Offiziere mit Helmen mit dünnen Helmbüschen, die Erlaubnisurkunde für Lucas Pferde zu kontrollieren, und Mat schwitzte kalte Schweißtropfen von Traubengröße, bis sie zufrieden weiterzogen. Als der Wanderzirkus nach Norden kroch, nahm die Zahl der Seanchaner auf der Straße ab, aber er schwitzte jedes Mal erneut, wenn er die nächste Gruppe sah, ob es nun Soldaten oder Siedler waren. Vielleicht hielt Suroth das Verschwinden Tuons wirklich geheim, aber die Seanchaner würden nach ihr suchen. Es brauchte nur einen übereifrigen Offizier, der die Zahl auf der Urkunde tatsächlich mit den vorhandenen Pferden verglich. Danach würde er die Wagen mit Sicherheit durchsuchen. Nur eine übertrieben diensteifrige *Sul'dam* genügte, die der Meinung war, unter den Jongleuren und Verrenkungskünstlern könnte eine Frau sein, die die Macht lenken konnte. Er schwitze Pflaumen! Unglücklicherweise war nicht jeder ausreichend um die eigene Haut besorgt.

Außerhalb eines Dorfes namens Weesin, das kaum größer als Fliegendreck war, einer kleinen Ansammlung von strohbedeckten Häusern, bei denen nicht einmal Luca glaubte, dass dort mehr als zwei Kupferstücke zu holen waren, stand Mat in einen schweren Wollumhang gehüllt im strömenden Regen und beobachtete, wie sich die drei Aes Sedai bei Sonnenuntergang zurück in den Wanderzirkus schlichen. In der Ferne donnerte es. Sie waren in dunkle Umhänge gehüllt und hatten die Kapuzen über den Kopf gezogen, aber er hatte nicht den geringsten Zweifel an ihrer Identität. Sie gingen im niederprasselnden Regen keine zehn Schritte an ihm vorbei, ohne ihn zu sehen, aber das silberne Medaillon auf Mats Brust legte sich kalt auf seine Haut. Mindestens eine von ihnen lenkte gerade die Macht oder hielt sie zumindest umklammert. Sollte er doch zu Asche verbrennen, sie waren alle drei verrückt wie die Märzhasen.

Die Aes Sedai waren gerade zwischen den Wagen und Zelten verschwunden, als drei weitere in Umhänge gehüllte Gestalten auftauchten und ihnen nacheilten. Eine dieser Frauen hatte einen schärferen Blick und hob eine Hand, um in seine Richtung zu zeigen, aber die anderen hielten nur kurz inne, dann eilten sie den Aes Sedai hinterher. Er wollte fluchen, ließ es dann aber sein. Darüber war er hinaus. Wenn er die Leute auf eine Liste gesetzt hätte, die er umherwandern sehen wollte, wo sie einer seanchanischen Patrouille begegnen konnten, wären die Aes Sedai und die *Sul'dam* etwa mit Tuon und Selucia gleichgezogen.

»Ich frage mich, was sie vorhaben«, sagte Noal hinter ihm, und Mat schreckte so zusammen, dass eine Regenböe ihren Weg in seine Kapuze fand und ihm den Nacken hinunterlief. Er wünschte sich, der knorrige alte Mann würde aufhören, sich an ihn anzuschleichen.

»Das werde ich herausfinden«, murrte er und riss den Umhang zurecht. Eigentlich wusste er überhaupt nicht, warum er sich die Mühe machte. Sein Mantel war nur etwas feucht, aber sein Leinenhemd war bereits mit Wasser voll gesogen.

Seltsamerweise war Noal nicht länger an seiner Seite, als er den Wagen mit dem verblassenden weißen Anstrich erreichte, in dem die Aes Sedai und die *Sul'dam* schliefen. Der Mann steckte seine Nase gern in alles hinein. Vielleicht war er ja zu dem Schluss gekommen, dass er nass genug war. Blaeric und Fen lagen bereits in ihre Decken gehüllt unter dem Wagen und schienen sich weder am Schlamm noch am Regen zu stören, aber er hätte nicht darauf gewettet, dass sie wirklich schliefen. Und tatsächlich setzte sich einer auf, als er zu dem Wagen emporklomm. Wer es auch war, er sagte kein Wort, aber Mat konnte seine Blicke spüren. Doch er zögerte nicht und hielt sich auch nicht mit Anklopfen auf.

Im Inneren war es eng, da alle sechs Frauen auf den Beinen waren, die tropfenden Umhänge noch in den Händen. Zwei an den Wänden angebrachte Lampen spendeten reichlich Licht, in gewisser Weise war es besser, als für ihn gut war. Sechs Gesichter wandten sich ihm zu, und zwar mit jenen starren Blicken, wie sie

Frauen immer einem Mann widmeten, wenn er einen Fuß dahin setzte, wo es ihnen nicht passte. Die Luft im Wagen roch nach nasser Wolle und wirkte, als wäre gerade der Blitz eingeschlagen oder würde es jeden Augenblick tun. Regen trommelte aufs Dach, aber das Fuchskopf-Medaillon fühlte sich nicht kühler an als jedes andere Stück Silber. Vielleicht hatten Blaeric und Fen ihn in dem Glauben eintreten lassen, dass man ihm ohnehin den Kopf abreißen würde. Vielleicht wollten sie sich auch nur aus der Sache heraushalten. Andererseits war ein Behüter zu sterben bereit, wenn seine Aes Sedai es für notwendig hielt. Aber nicht Mat Cauthon. Er versetzte der Tür einen Stoß mit der Hüfte. Sie schmerzte kaum noch. Oder zumindest nur selten.

Als er die Frauen darauf ansprach, antwortete Edesina ihm mit wildem Tonfall und schüttelte das schwarze Haar aus, das ihr auf den Rücken fiel. »Meister Cauthon, ich bin Euch dankbar, dass Ihr mich vor den Seanchanern gerettet habt, und ich werde Euch meine Dankbarkeit auch zeigen, aber es gibt Grenzen. Ich bin nicht Eure Dienerin, die Ihr herumschubsen könnt. Im Dorf waren keine Seanchaner, und wir haben unsere Gesichter verhüllt. Es war nicht notwendig, uns Eure … Wachhunde … hinterherzuschicken.« Der Blick, den sie den drei Seanchanerinnen zuwarf, hätte Eier braten können. Edesina war darüber hinaus, bei jedem mit einem seanchanischen Akzent nervös zu reagieren. Sie wollte wieder so wie früher sein, und die *Sul'dam* waren bei der Hand. Mat verließ sich darauf, dass die berühmte Aes Sedai-Gelassenheit die Dinge nicht bis zur Gewalt eskalieren ließ. Er hoffte, dass sie nicht bereits zu angespannt waren. In seinen alten Erinnerungen kamen Aes Sedai vor, die wie die Feuerwerkskörper der Illuminatoren in die Luft gingen.

Bethamins dunkles Gesicht zeigte kein Zeichen von Besorgnis. Sie hatte ihren Umhang ausgeschüttelt und hängte ihn auf einen Haken, während Edesina sprach, dann glättete sie das Kleid über den Hüften. Heute Abend trug sie verblichene grüne Unterröcke. Sie beklagte sich darüber, dass die Tracht aus Ebou Dar nicht schicklich war, und Mat vermutete, dass er jetzt, da sie von der Küste weg waren, etwas anderes für sie finden musste, aber sie füllte den tiefen Ausschnitt sehr hübsch aus. Doch sie klang für seinen Geschmack zu mütterlich. »Sie hielten ihre Gesichter verborgen, mein Lord«, sagte sie mit ihrem langsamen, ausgeprägten Akzent, »und sie sind zusammengeblieben. Keine hat versucht, sich fortzuschleichen. Alles in allem haben sie sich gut benommen.« Eine Mutter, die ihre Kinder lobte. Oder vielleicht ein Hundezüchter, der seine Tiere lobte. Die blonde Seta nickte anerkennend. Nein, definitiv ein Hundezüchter.

»Wenn mein Lord wünscht, dass sie in ihrer Bewegungsfreiheit eingeschränkt sind«, sagte Renna schnippisch, »können wir immer noch das *A'dam* nehmen. Man sollte sie wirklich nicht so frei herumlaufen lassen.« Sie widmete ihm sogar eine Verbeugung, auf die seanchanische Weise, indem sie in der Hüfte umknickte und sich scharf nach vorn beugte. Ihre großen braunen Augen blickten hoffnungsvoll. Teslyn keuchte auf und krallte den nassen Umhang an die Brust. Sie hatte ihre Furcht vor den *Sul'dam* noch immer nicht überwunden, auch wenn sie aussah, als könnte sie Nägel verspeisen. Jolene, so hochmütig wie immer, richtete sich mit blitzenden Augen zu ihrer vollen Größe auf. Ob man die Gelassenheit der Aes Sedai nun in Betracht zog oder nicht, wenn Jolenes Augen zu blitzen anfingen, dann konnte gleich der Blitz einschlagen. Das war bei hübschen Frauen oft so.

»Nein«, sagte Mat hastig, »das wird nicht nötig sein. Ihr gebt mir diese Dinger, und ich werde sie los.« Beim Licht, warum hatte er sich jemals diese Frauen aufgehalst? Was im Moment die beste Idee sein konnte, erschien hinterher oft wie pure Idiotie. »Ihr alle müsst aufpassen. Wir sind noch keine dreißig Meilen von Ebou Dar entfernt. Auf den Straßen wimmelt es von verdammten Seanchanern.« Er warf den seanchanischen Frauen einen entschuldigenden Blick zu. Schließlich *waren* sie auf seiner Seite. In gewisser Weise. Sie konnten nirgendwo hin, wenn man von Egeanin absah, und sie hatten erkannt, wer hier das Geld hatte. Bethamin riss überrascht die Brauen nach oben. Seanchanische Adlige entschuldigten sich nicht, nicht mal mit einem Blick.

»Gestern sind seanchanische Soldaten durchs Dorf gezogen«, sagte Teslyn, und ihr illianischer Akzent kam besonders stark durch. Jolines blitzende Augen wandten sich nun ihr zu, aber sie beachtete es nicht und drehte sich um, um ihren Umhang aufzuhängen. »Sie haben sich nach Fremden auf der Straße erkundigt. Und einige haben sich darüber beklagt, dass man sie nach Norden schickt.« Teslyn warf den *Sul'dam* einen Blick über die Schulter zu, dann riss sie sich von ihnen los und holte tief Luft. »Es hat den Anschein, als würde die Wiederkehr jetzt nach Osten zielen. Die Soldaten glauben, die Immer Siegreiche Armee wird Illian ihrer Kaiserin noch vor dem Ende des Frühlings zum Geschenk machen – die Stadt selbst und alles andere auch.« Angeblich ließen Aes Sedai ihre Geburtsländer hinter sich, wenn sie in der Weißen Burg aufgenommen wurden, aber für jeden Illianer war die Stadt Illian »die Stadt«, und man konnte das deutlich heraushören.

»Das ist gut«, sagte Mat halb zu sich selbst und dachte nach. Soldaten redeten immer, auch wenn sie es nicht sollten; das war einer der Gründe, warum man den Männern seine Pläne erst in allerletzter Sekunde erläuterte. Teslyns dünne Brauen hoben sich, und er fügte hinzu: »Es bedeutet, dass die Straße nach Lugard den größten Teil des Weges frei sein wird.« Teslyns Nicken war knapp und nicht sehr erfreut. Was Aes Sedai tun sollten und dann taten, unterschied sich oft sehr voneinander.

»Wir haben mit niemandem gesprochen, mein Lord, sondern nur die Mädchen beobachtet«, sagte Bethamin noch langsamer als sonst, und Seanchaner sprachen für gewöhnlich wie Honig, den man während eines Schneesturms einschenkte. Sie war offensichtlich die Anführerin der *Sul'dam*, aber sie sah die beiden anderen an, bevor sie fortfuhr. »In Ebou Dar drehten sich die Gespräche in den *Sul'dam*-Quartieren nur um Illian. Ein fettes Land und eine fette Stadt, wo sich viele einen neuen Namen verdienen werden. Und Reichtum erlangen.« Sie warf das ein, als würde Reichtum neben einem neuen Namen nicht weiter zählen. »Wir hätten erkennen müssen, dass Ihr über solche Dinge Bescheid wissen wollt.« Ein weiterer tiefer Atemzug ließ sie fast aus dem Kleid herausplatzen. »Wenn Ihr irgendwelche Fragen habt, mein Lord, wir werden Euch sagen, was wir wissen.«

Renna machte eine weitere Verbeugung, und Seta sagte: »Wir könnten in den Dörfern und Städten, in denen wir anhalten, die Ohren aufsperren, mein Lord. Die Mädchen können verschlagen sein, aber uns könnt Ihr vertrauen.«

Wenn eine Frau einem Hilfe anbot, warum fing sie stets damit an, einem das Gesicht in einen Topf mit heißem Wasser zu drücken und dann das Feuer anzuheizen? Jolines Gesicht verwandelte sich in eine verächtliche Maske aus Eis. Die Seanchanerinnen waren ihrer Beachtung nicht wert; das machte sie mit einem Blick klar. Es war der verfluchte Mat Cauthon, für den ihre eisige Miene bestimmt war. Edesinas Lippen wurden schmal, und sie versuchte, in ihn und die *Sul'dam* Löcher hineinzustarren. Sogar Teslyn brachte Indigniertheit zustande. Auch sie war dankbar für ihre Rettung, aber sie war Aes Sedai. Und sie richtete ihr Stirnrunzeln auf ihn. Vermutlich, dachte Mat, würde sie wie ein erschreckter Frosch zur Seite springen, wenn eine der *Sul'dam* in die Hände geklatscht hätte.

»Was ich möchte«, erklärte er geduldig, »ist Folgendes: Ihr sollt alle bei den Wagen bleiben.« Mit Frauen musste man geduldig sein, und das schloss Aes Sedai mit ein. Das lernte er verdammt noch mal gerade. »Ein geflüstertes Wort, dass es in diesem Wanderzirkus eine Aes Sedai gibt, und wir werden uns der Seanchaner nicht erwehren können, die sie jagen. Gerüchte über Seanchaner, die mit dem Zirkus reisen, sind auch nicht hilfreicher. In beiden Fällen wird es früher oder später jemanden geben, der die Wahrheit herausfinden will, und dann stecken wir alle in der Patsche. Zeigt euch nicht. Ihr müsst im Verborgenen bleiben, bis wir näher bei Lugard sind. Das ist doch nicht zu viel verlangt, oder?« Blitze tauchten die Wagenfenster in blaues, gleißendes Licht, Donner krachte über ihren Köpfen, und zwar in solcher Nähe, dass der Wagen schwankte.

Offensichtlich war es zu viel verlangt, wie sich im Verlauf der kommenden Tage zeigte. Oh, die Aes Sedai hielten die Kapuzen hochgeschlagen, wenn sie hinausgingen – der Regen bot dafür einen guten Vorwand; der Regen und die Kälte –, aber meistens saß eine von ihnen vorn auf dem Kutschbock, und sie machten keine ernsthaften Anstrengungen, sich in Gegenwart der Zirkusleute wie Dienstpersonal zu benehmen. Natürlich verkündeten sie nicht, wer sie tatsächlich waren oder kommandierten jemanden herum oder sprachen viel mit anderen, aber welche Dienerin erwartete denn allen Ernstes, dass ihr die Leute den Weg frei machten? Sie besuchten die Dörfer und manchmal auch die Städte, wenn sie sich sicher waren, dass keine Seanchaner in der Nähe waren. Wenn eine Aes Sedai von etwas überzeugt war, dann musste es auch so sein. Zweimal kamen sie zurückgeeilt, als sie eine Stadt zur Hälfte voller Siedler auf dem Weg nach Norden fanden. Sie berichteten ihm, was sie bei ihren Besuchen erfuhren. Er glaubte es zumindest. Teslyn schien ihm dankbar zu sein, auf Aes Sedai-Weise. Edesina auch. Irgendwie zumindest.

Trotz ihrer Unterschiede blieben Joline, Teslyn und Edesina zusammen wie eine gehütete Schar Gänse. Sah man eine, sah man sie alle. Vermutlich lag das daran, dass sie beim Spaziergang ordentlich die Kapuzen hochschlugen und vermummt waren und eine Minute später Bethamin und Renna und Seta ihnen hinterher schlichen. So richtig unauffällig, aber die »Mädchen« nie auch nur eine Sekunde aus den Augen lassend. Die Gänseherde. Ein Blinder hätte gesehen, dass es zwischen den beiden Gruppen Spannungen gab. Ein Blinder hätte gesehen, dass sie alle keine Dienerinnen waren. Die *Sul'dam* hatten respektierte Positionen eingenommen, Positionen mit Autorität, und sie bewegten sich fast so arrogant wie die Aes Sedai. Aber Mat konnte die Geschichte nun einmal nicht mehr ändern.

Bethamin und die beiden anderen hielten fast so argwöhnisch nach anderen Seanchanern Ausschau wie die Aes Sedai, aber sie folgten den Frauen, wenn sie in ein Dorf oder eine Stadt gingen, und Bethamin berichtete stets, was sie dabei durch Lauschen aufgeschnappt hatten; Renna zeigte ein gewinnendes Lächeln, und Seta warf ein, dass die »Mädchen« dieses oder jenes überhört hatten oder behaupteten, nicht gehört zu haben; da konnte man sich nie sicher sein bei jemandem, der die Frechheit hatte, sich als Aes Sedai zu bezeichnen. Vielleicht sollte er noch einmal darüber nachdenken, sie an die Leine zu legen, nur so lange, bis alle in Sicherheit waren.

Im Großen und Ganzen unterschieden sich ihre Geschichten nicht so sehr von denen der Schwestern.

Städter sprachen darüber, was sie von durchreisenden Seanchanern gehört hatten. Viele Siedler waren nervös, ihre Köpfe waren voller Geschichten über wilde Aiel, die Altara verwüsteten, auch wenn die Städter behaupteten, dass das irgendwo hoch im Norden war. Aber anscheinend hatte jemand an höherer Stelle das Gleiche gedacht, denn viele Siedler waren nach Osten umgeleitet worden, nach Illian. Man hatte mit einem mächtigen Herrscher eine Allianz geschmiedet, von der man erwartete, dass sie der Hochlady Suroth Zugang zu einer großen Menge Land verschaffte. Die Frauen weigerten sich, sich davon überzeugen zu lassen, nichts auf Gerüchte zu geben. Irgendwie kamen sie auch nie dazu, die *A'dam* zu übergeben. Tatsächlich waren diese silbrigen Leinen und die drei *Sul'dam* der einzige richtige Hebel, den Mat bei den Aes Sedai ansetzen konnte. Dankbarkeit. Von einer Aes Sedai! Ha! Nicht, dass er ernsthaft darüber nachdachte, den Schwestern wieder die Kragen anlegen zu lassen. Jedenfalls nicht oft. Er saß fest. Und zwar richtig.

Er brauchte das, was die *Sul'dam* und die Aes Sedai erfuhren, wirklich nicht. Er hatte bessere Quellen, Leute, denen er vertraute. Nun, er vertraute Thom, wenn man den weißhaarigen Gaukler davon losreißen konnte, mit Olver Schlangen und Füchse zu spielen oder über einem oft gelesenen Brief zu träumen, den er in der Manteltasche trug. Thom konnte eine Gaststube betreten, eine Geschichte erzählen, vielleicht etwas jonglieren, und ihn dann wieder verlassen, und er wusste genau, was jeden Mann dort beschäftigte. Mat vertraute auch Juilin – er war darin fast so gut wie Thom, auch ohne zu jonglieren oder Geschichten zu erzählen –, aber Juilin bestand immer darauf, Thera mitzunehmen, die sich geziert an seinem Arm festklammerte, wenn sie eine Stadt betraten. Damit sie sich wieder an ihre Freiheit gewöhnte, sagte er. Sie lächelte zu Juilin hinauf, ihre großen Augen leuchteten dunkel, und der volle kleine Mund bettelte darum, geküsst zu werden. Vielleicht war sie die Panarchin von Tarabon gewesen, so wie Juilin und Thom behaupteten, aber Mat fing an, daran zu zweifeln. Er hatte ein paar der Verrenkungskünstler darüber Witze reißen hören, wie die tarabonische Dienerin den tairenischen Diebefänger auslaugte, bis er kaum noch gehen konnte. Ob Thera aber nun Panarchin oder Dienerin war, sie fing noch immer an, sofort auf die Knie zu gehen, sobald sie einen lang gezogenen Akzent hörte. Mat ging davon aus, dass jeder Seanchaner, der ihr eine Frage stellte, ihr ganzes Wissen mitgeteilt bekommen würde, angefangen mit Juilin Sandar bis zu dem Wagen, in dem die Aes Sedai wohnten, und sie würde alle Antworten auf den Knien heraussprudeln. Seiner Meinung nach war Thera eine größere Gefahr als die Aes Sedai und *Sul'dam* zusammen. Aber Juilin sträubte sich bei der kleinsten Andeutung, seine Frau könnte unzuverlässig sein, und ließ den Bambusstab herumwirbeln, als wollte er Mat damit den Schädel einschlagen. Es gab keine Lösung, aber Mat fand einen Notbehelf, eine Methode, eine kleine Vorwarnung zu bekommen, falls das Schlimmste geschah.

»Natürlich kann ich ihnen folgen«, sagte Noal mit einem zahnlückigen Grinsen, das besagte, dass er es für ein Kinderspiel hielt. Er legte einen knotigen Finger an die schiefe Nase und schob die andere knubbelige Hand unter den Mantel, wo er seine Messer aufbewahrte. »Seid Ihr sicher, dass es nicht besser wäre, einfach dafür zu sorgen, dass sie mit keinem reden kann? Nur ein Vorschlag, mein Junge. Wenn Ihr Nein sagt, dann nicht.« Mat sagte ganz entschieden Nein. Er hatte in seinem Leben eine Frau getötet und eine andere zurückgelassen, damit man sie abschlachten konnte. Er würde keinen dritten Mord auf sein Gewissen laden.

»Es hat den Anschein, als hätte Suroth eine Allianz mit irgendeinem König geschlossen«, berichtete Juilin mit einem Lächeln bei einem Becher Wein. Immerhin schien Thera ihn öfter lächeln zu lassen. Sie hockte in dem engen Zelt neben Juilins Hocker, den Kopf auf seinen Schoß gelegt, und er streichelte ihr mit der freien Hand sanft über den Kopf. »Zumindest wird viel über einen mächtigen neuen Verbündeten gesprochen. Und diese Siedler haben alle schreckliche Angst vor den Aiel.«

»Die meisten Siedler scheinen nach Osten geschickt worden zu sein«, sagte Thom und schaute traurig in seinen Becher. Wo Juilin jeden Tag einen glücklicheren Eindruck machte, schien er trauriger zu werden. Noal war unterwegs und beschattete Juilin und Thera, und Lopin und Nerim saßen mit untergeschlagenen Beinen im hinteren Teil des Zeltes, aber die beiden Cairhiener hatten ihre Nähkörbe geholt und sahen Mats gute Mäntel aus Ebou Dar nach möglicherweise nötigen Ausbesserungen durch, sodass das kleine Zelt wieder überfüllt wirkte. »Und auch viele Soldaten«, fuhr Thom fort. »Alle sagen, sie werden wie ein Hammer auf Illian niedersausen.«

Nun, wenigstens wusste Mat, dass er die ungeschönte Wahrheit hörte, wenn sie von den beiden kam. Keine Aes Sedai, die die Worte auf den Kopf stellten, oder *Sul'dam*, die versuchten, sich bei ihm einzuschmeicheln. Bethamin und Seta hatten sogar gelernt, wie man einen Knicks machte. Irgendwie fühlte er sich wohler, wenn Renna sich bei ihrer Verbeugung fast doppelt schlug. Es erschien ehrlich. Seltsam, aber ehrlich.

Er selbst sah sich in den Dörfern und Städten nur rasch um, mit hochgeschlagenem Kragen und in die Stirn gezogener Mütze, bevor er zurück zum Zirkus eilte. Er trug nur selten einen Umhang. Ein Umhang konnte ihn daran hindern, die Messer einzusetzen, die er am Leib trug. Nicht, dass er erwartete, sie benutzen zu müssen. Es war nur eine angebrachte Vorsichtsmaßnahme. Es wurde weder getrunken noch getanzt und auch nicht gespielt. Vor allem nicht gespielt. Der Klang rollender Würfel auf einem Tisch im Gemeinschaftsraum eines Dorfgasthofs zog ihn an, aber seine Art von Glück bei den Würfeln würde unweigerlich Aufmerksamkeit auf sich ziehen, selbst wenn es nicht dazu führte, dass jemand ein Messer zog, und in diesem Teil von Altara trugen sowohl Männer wie auch Frauen Messer im Gürtel und waren bereit, sie auch zu benutzen. Er wollte unbemerkt bleiben, also ging er an den Würfelspielen vorbei, nickte den Schankmädchen, die ihn anlächelten, kühl zu und trank nie mehr als einen Becher Wein und für gewöhnlich nicht einmal den. Schließlich wartete beim Zirkus Arbeit auf ihn. Jedenfalls eine gewisse Art von Arbeit. Er hatte am ersten Abend nach dem Aufbruch von Ebou Dar damit begonnen, und es war eine harte Arbeit.

»Ihr müsst mich begleiten, ich brauche Euch«, hatte er gesagt und den Schrank geöffnet, der unter seinem Bett in die Wagenseite eingearbeitet war. Dort bewahrte er die Truhe mit seinem Gold auf, das er auf ehrliche Weise beim Glücksspiel verdient hatte. Jedenfalls so ehrlich, wie es möglich gewesen war. Der größte Teil stammte aus einem Pferderennen, und sein Glück war nicht besser als das eines jeden Mannes, wenn es um Pferde ging. Was den Rest betraf … Wenn ein Mann die Würfel werfen oder Karten spielen oder Münzen schnippen wollte, dann musste er bereit sein zu verlieren. Domon, der auf dem gegenüberliegenden Bett saß und sich mit der Hand über die Haarstoppeln auf seinem rasierten Schädel rieb, hatte diese Lektion gelernt. Der Bursche hätte bereit sein müssen, wie ein guter *So'jhin* auf dem Boden zu schlafen, aber am Anfang hatte er darauf bestanden, jeden Abend um das zweite

Bett eine Münze zu werfen. Egeanin bekam natürlich das erste. Münzen zu werfen war genauso einfach wie zu würfeln. Solange die Münze nicht auf der Kante landete, was ihm gelegentlich passierte. Aber Domon hatte den Vorschlag gemacht, nicht er. Bis Mat viermal hintereinander gewonnen hatte, und am fünften Abend landete die Münze auf der Kante, dreimal hintereinander. Mittlerweile wechselten sie sich ab. Aber in dieser Nacht war Domon mit dem Boden dran.

Mat fand den kleinen Beutel aus Waschleder, stopfte ihn sich in die Manteltasche, stand auf und drückte den Schrank mit dem Fuß zu. »Irgendwann müsst Ihr Tuon gegenübertreten«, sagte er. »Und ich brauche Euch, um die Dinge zu glätten.« Er brauchte jemanden, der Tuons Zorn auf sich lenken konnte, jemanden, der ihn vergleichsweise akzeptabel aussehen ließ, aber das konnte er wohl kaum sagen, oder? »Ihr seid eine seanchanische Adlige, und Ihr könnt mich daran hindern, dummes Zeug zu reden.«

»Warum müsst Ihr die Dinge glätten?« Egeanins Akzent war so hart wie eine Säge. Sie stand mit in die Hüften gestemmten Fäusten in der Wagentür, die blauen Augen unter der langen schwarzen Perücke funkelten wild. »Warum müsst *Ihr* sie sehen? Habt Ihr nicht schon genug angerichtet?«

»Sagt mir nicht, Ihr habt Angst vor ihr«, spottete Mat und wich der Frage aus. Welche Antwort sollte er auch geben, die nicht völlig verrückt klang? »Ihr könntet sie Euch genauso leicht unter den Arm klemmen wie ich. Aber ich verspreche, ich werde nicht zulassen, dass sie Euch den Kopf abschlagen oder Euch prügeln lässt.«

»Egeanin keine Angst haben vor gar nichts«, knurrte Domon beschützend. »Wenn sie nicht gehen will, dann zieht Ihr allein los, um das Mädchen zu umwerben. Bleibt über Nacht, wenn Ihr wollt.«

Egeanin starrte Mat weiter an. Oder vielmehr durch ihn hindurch. Dann schaute sie Domon an, ihre Schultern sackten ein Stück nach unten, und sie riss den Umhang von seinem Haken an der Wand. »Bewegt Euch, Cauthon«, knurrte sie. »Wenn es getan werden muss, dann bringen wir es besser hinter uns.« Sie hatte den Wagen blitzartig verlassen, und Mat musste sich beeilen, um sie einzuholen. Man hätte beinahe denken können, sie wollte nicht mit Domon allein sein, so wenig Sinn das auch ergab.

Vor dem fensterlosen purpurnen Wagen, der in der Nacht schwarz war, wich ein Schatten in tiefere Schatten zurück. Die Mondsichel glitt lange genug hinter den Wolken hervor, dass Mat Harnans quadratischen Kiefer erkennen konnte.

»Alles ruhig, mein Lord«, sagte Harnan.

Mat nickte und holte tief Luft, dann tastete er nach dem Beutel in seiner Tasche. Die Luft war sauber und vom Regen gewaschen, und der Wagen stand ein Stück weit weg von den Pferdeseilen. Tuon musste erleichtert sein, von dem Gestank des Pferdemists und dem scharfen Geruch der Tierkäfige weg zu sein. Die Artistenwagen zu seiner Linken waren so dunkel wie die mit Segeltuchplanen bedeckten Frachtwagen zu seiner Rechten. Sinnlos, noch länger zu warten. Er stieß Egeanin die Wagenstufen vor sich hoch.

Drinnen waren mehr Leute, als er erwartet hatte. Setalle saß auf einem der Betten und arbeitete wieder an ihrem Stickrahmen, und Selucia stand am anderen Ende und runzelte unter dem Kopftuch die Stirn, aber Noal saß auf dem anderen Bett, scheinbar gedankenversunken, und Tuon saß mit untergeschlagenen Beinen auf dem Boden und spielte mit Olver Schlangen und Füchse.

Als Mat eintrat, drehte sich der Junge mit einem breiten Grinsen um, das beinahe sein Gesicht zu spalten drohte. »Noal hat uns von Co'dansin erzählt, Mat«, rief er aus. »Das ist ein anderer Name für Shara. Wusstest du, dass sich die Ayyad das Gesicht tätowieren? So nennen sie in Shara Frauen, die die Macht lenken können.«

»Nein, das wusste ich nicht«, sagte Mat und schaute Noal grimmig an. Es war schlimm genug, dass Vanin und die Rotwaffen dem Jungen schlechte Angewohnheiten beibrachten, ganz zu schweigen von dem, was er von Juilin und Thom aufschnappte, da musste Noal ihm nicht auch noch den Kopf mit irgendwelchem Unsinn füllen.

Plötzlich schlug sich Noal auf die Schenkel und setzte sich kerzengerade auf. »Es ist mir wieder eingefallen«, sagte er, und dann fing der Narr an zu rezitieren.

»Das Glück reitet wie die Sonne ganz oben
mit dem Fuchs, der den Raben fliegen lässt.
Glück ist seine Seele, der Blitz sein Auge,
Er reißt die Monde vom Himmel herunter.«

Der alte Mann mit der gebrochenen Nase schaute sich um, als wäre ihm gerade erst eingefallen, dass noch mehr Leute anwesend waren. »Ich habe lange versucht, mich wieder daran zu erinnern. Es stammt aus den Prophezeiungen des Drachen.«

»Sehr interessant, Noal«, murmelte Mat. Die Farben wirbelten wieder durch seinen Kopf wie an dem Morgen, als die Aes Sedai in Panik geraten waren. Diesmal blitzten sie vorüber, ohne sich zu einem Bild zusammenzusetzen, aber er fühlte sich kalt, als hätte er nackt unter einem Busch geschlafen. Das Letzte, was er gebrauchen konnte, war, dass ihn jemand mit den Prophezeiungen in Verbindung brachte. »Vielleicht könnt Ihr uns einmal die ganze Geschichte vortragen. Aber nicht heute Nacht, ja?«

Tuon schaute durch die Wimpern zu ihm hoch, eine schwarze Porzellanpuppe in einem Kleid, das ihr zu groß war. Beim Licht, hatte sie lange Wimpern. Sie ignorierte Egeanin, als würde die andere Frau nicht existieren, und tatsächlich bemühte sich Egeanin nach besten Kräften, zu einem Teil der in der Wand eingebauten Kommode zu werden. So viel zu der Hoffnung mit dem Ablenkungsmanöver.

»Das Spielzeug will nicht unhöflich sein«, murmelte Tuon mit ihrem langsamen, honigsüßen Akzent. »Man hat ihm nur nie Manieren beigebracht. Aber es ist spät, Meister Charin; Zeit, dass Olver ins Bett kommt. Bringt Ihr ihn zu seinem Zelt? Wir spielen ein anderes Mal weiter, Olver. Würde es dir gefallen, wenn ich dir beibringe, wie man Steine spielt?«

Und ob das Olver gefiel. Er hüpfte beinahe im Sitzen auf und ab, als er das sagte. Dem Jungen gefiel alles, das ihm Gelegenheit bot, eine Frau anzulächeln, ganz zu schweigen davon, Dinge zu sagen, die ihm eigentlich so viele Ohrfeigen hätten einbringen sollen, dass seine Ohren zur doppelten Größe anschwollen. Falls Mat je herausfand, welcher seiner »Onkel« ihm das beibrachte … Aber der Junge sammelte die Spielsteine ein und rollte das mit Linien bemalte Tuch zusammen, ohne ein zweites Mal darum gebeten zu werden. Er machte sogar eine artige Verbeugung und bedankte sich bei der Hochlady, bevor er sich von Noal aus dem Wagen führen ließ. Mat nickte anerkennend. Er hatte dem Jungen beigebracht, wie man eine Verbeugung machte, aber für gewöhnlich fügte der Junge bei einer hübschen Frau noch ein anzügliches Grinsen hinzu. Falls er je herausfand, wer …

»Gibt es einen Grund, warum Ihr mich stört, Spielzeug?«, fragte Tuon kühl. »Es *ist* spät, und ich wollte mich eigentlich schlafen legen.«

Er machte eine Verbeugung und schenkte ihr sein gewinnendstes Lächeln. Er konnte höflich sein, auch wenn sie es nicht war. »Ich wollte mich nur vergewissern, dass es Euch gut geht. Diese Wagen sind unbequem, und ich weiß, dass Ihr nicht glücklich über die Kleider seid, die ich Euch besorgen konnte. Ich dachte, dass Ihr Euch hiermit vielleicht besser fühlt.« Er fischte den Lederbeutel aus der Tasche und präsentierte ihn schwungvoll. Für gewöhnlich gefiel Frauen das Schwungvolle.

Selucia spannte den ganzen Körper an, sie kniff die blauen Augen zusammen, aber Tuon wackelte mit den schlanken Fingern, und die vollbusige Zofe beruhigte sich wieder. Jedenfalls etwas. Im Großen und Ganzen mochte Mat lebhafte Frauen, aber wenn sie das hier ruinierte, würde er ihr den Hintern versohlen. Er hielt mühsam das Lächeln aufrecht und schaffte es sogar, es noch stärker strahlen zu lassen.

Tuon drehte den Beutel mehrere Male in ihren Händen, bevor sie die Schnur löste und den Inhalt in ihren Schoß schüttete, eine schwere Kette aus Gold und geschnitztem Bernstein. Ein teures Stück, und dann auch noch eine seanchanische Handarbeit. Er war stolz, diese Kette gefunden zu haben. Sie hatte einer der Akrobatinnen gehört, die sie von einem seanchanischen Offizier bekommen hatte, aber da ihr Verehrer nun zurückgeblieben war, war sie bereit gewesen, sie zu verkaufen. Sie passte nicht zu ihrer Haut, was auch immer das zu bedeuten hatte. Er lächelte und wartete. Schmuck erweichte immer das Herz von Frauen.

Aber keine zeigte die erwartete Reaktion. Tuon hob die Kette mit beiden Händen hoch und studierte sie, als hätte sie so etwas noch nie zuvor gesehen. Selucias Lippen verzogen sich zu einem höhnischen Grinsen. Setalle ließ ihre Stickarbeit auf die Knie sinken und sah ihn an; die großen goldenen Ohrringe schaukelten, als sie den Kopf schüttelte.

Plötzlich hielt Tuon die Kette über die Schulter Selucia entgegen. »Sie passt nicht zu mir«, sagte sie.

»Würde sie dir gefallen, Selucia?« Mats Lächeln verrutschte etwas.

Die Frau mit der hellen Haut nahm die Kette zwischen Daumen und Zeigefinger, so als würde sie eine tote Ratte am Schwanz halten. »Ein Schmuckstück für eine Shea-Tänzerin, das sie zu ihrem Schleier tragen könnte«, meinte sie trocken. Sie ließ das Handgelenk vorschnellen und warf die Kette Egeanin zu. »Legt sie an«, fauchte sie. Egeanin fing das Schmuckstück gerade noch rechtzeitig auf, bevor es sie mitten ins Gesicht traf. Mats Lächeln verblasste endgültig.

Er rechnete mit dem Schlimmsten, aber Egeanin fummelte sofort den Verschluss auf und schob die schwere schwarze Perücke zurück, um sie im Nacken zu verschließen. Ihr Gesicht hätte genauso gut aus Schnee modelliert sein können, so ausdruckslos war es.

»Dreht Euch«, befahl Selucia, und es war ein Befehl, ohne jeden Zweifel. »Lasst mich sehen.«

Egeanin drehte sich. So steif wie ein Zaunpfosten, aber sie drehte sich.

Setalle sah sie intensiv und mit einem verblüfften Kopfschütteln an, dann bedachte sie Mat mit einem anderen Kopfschütteln, bevor sie sich wieder ihrer Stickarbeit widmete. Frauen konnten den Kopf auf so viele Arten schütteln, wie sie Mienen parat hatten. Die hier besagte, dass er ein Narr war, und wenn er die feineren Nuancen nicht mitbekam, war das gut so. Er glaubte kaum, dass sie ihm gefallen hätten. Sollte man ihn doch zu Asche verbrennen, da kaufte er Tuon eine Kette, die sie vor seinen Augen Selucia gab, und jetzt gehörte sie *Egeanin*?

»Sie kam für einen neuen Namen«, sagte Tuon nachdenklich. »Wie nennt sie sich?«

»Leilwin«, erwiderte Selucia. »Ein passender Name für eine Shea-Tänzerin. Wie wäre es mit Leilwin Schiffslos?«

Tuon nickte. »Leilwin Schiffslos.«

Egeanin zuckte zusammen, als wäre jedes Wort ein Schlag. »Darf ich mich zurückziehen?«, fragte sie steif und brachte eine knappe Verbeugung zustande.

»Wenn Ihr gehen wollt, dann geht«, knurrte Mat. Sie überhaupt erst mitzunehmen war nicht die beste Idee gewesen, die er je gehabt hatte, aber vielleicht konnte er ja ohne sie wieder etwas an Boden wettmachen.

Den Blick auf die Füße gerichtet, sank Egeanin auf die Knie. »Bitte, darf ich mich zurückziehen?«

Tuon saß gerade aufgerichtet auf dem Boden und starrte durch die größere Frau hindurch; offensichtlich nahm sie sie gar nicht wahr. Selucia musterte Egeanin von oben bis unten und schürzte dann die Lippen. Setalle stieß ihre Nadel durch das Stück Stoff in den Stickrahmen. Niemand warf auch nur einen Blick in Mats Richtung.

Egeanin ließ sich aufs Gesicht fallen, und Mat verkniff sich einen verblüfften Fluch, als sie die Holzplanken küsste. »Bitte«, sagte sie heiser, »ich bitte darum, mich zurückziehen zu dürfen.«

»Ihr werdet gehen, Leilwin«, sagte Selucia so kalt wie eine Königin zu einem Hühnerdieb, »und Ihr werdet mir Euer Gesicht nicht mehr zeigen, bis es vom Schleier einer Shea-Tänzerin verhüllt ist.«

Egeanin kroch rücklings auf Händen und Knien zur Tür und stolperte so schnell aus dem Wagen, dass Mat ihr nur verblüfft hinterherstarren konnte.

Mühsam setzte er sein Lächeln wieder auf. Es schien wenig Sinn zu haben, noch länger hier zu bleiben, aber ein Mann konnte sich immerhin einen guten Abgang verschaffen. »Nun, ich schätze …«

Tuon wackelte wieder mit dem Finger, sah ihn dabei aber immer noch nicht an, und Selucia schnitt ihm das Wort ab. »Die Hochlady ist müde, Spielzeug. Ihr habt ihre Erlaubnis zu gehen.«

»Seht, mein Name ist Mat«, sagte er. »Ein einfacher Name. Ein leichter Name. Mat.« Tuon hätte auch in Wirklichkeit eine Porzellanpuppe sein können, wenn man sah, wie wenig sie reagierte.

Aber Setalle setzte ihre Stickerei ab und stand auf, die eine Hand leicht auf dem Griff des Krummdolchs ruhend, der in ihrem Gürtel steckte. »Junger Mann, wenn Ihr glaubt, hier herumlungern zu können, um uns dabei zuzusehen, wie wir uns zum Schlafengehen bereitmachen, dann irrt Ihr Euch aber gewaltig.« Sie lächelte, aber sie hatte die Hand am Dolch, und sie hatte genug von einer Ebou Dari, um aus einer Laune heraus zuzustechen. Tuon blieb wie eine reglose Puppe sitzen, eine Königin auf ihrem Thron, die aus Versehen ein schlecht sitzendes Kleid angezogen hatte. Mat ging.

Egeanin stützte sich mit einer Hand an der Wand des Wagens ab und ließ den Kopf hängen. Mit der anderen Hand hielt sie die Kette an ihrem Hals umklammert. Ein kleines Stück in der Dunkelheit entfernt bewegte sich Harnan, nur um zu zeigen, dass er noch da war. Er war ein kluger Mann, da er sich im Augenblick von Egeanin fern hielt. Mat war zu verärgert, um klug zu sein.

»Was hatte das denn zu bedeuten?«, wollte er wissen. »Ihr müsst nicht mehr vor Tuon auf die Knie gehen. Und Selucia? Sie ist eine verdammte Zofe! Ich kenne keinen, der vor seiner Königin so gesprungen wäre wie Ihr vor ihr.«

Egeanins hartes Gesicht lag im Schatten, aber ihre Stimme war verstört. »Die Hochlady ist … wer sie ist. Selucia ist ihre *So'jhin*. Keiner vom niederen Blut würde es wagen, den Blick ihrer *So'jhin* zu erwidern, und vielleicht auch keiner vom hohen Blut.« Der Verschluss zerbrach mit einem metallischen Knirschen, als sie die Kette losriss. »Aber ich gehöre jetzt nicht mehr dem Blut an.« Sie holte aus und schleuderte die Kette so weit in die Nacht hinein, wie sie nur konnte.

Mat öffnete den Mund. Für das, was er für das Ding bezahlt hatte, hätte er ein Dutzend erstklassige Pferde kaufen können und noch Wechselgeld übrig behalten. Er schloss ihn wieder, ohne ein Wort gesagt zu haben. Er mochte nicht immer klug sein, aber er war schlau genug, um zu wissen, wann eine Frau wirklich versuchen würde, ihm ein Messer in den Leib zu jagen. Und er wusste auch etwas anderes. Wenn sich Egeanin derart in Tuons und Selucias Nähe aufführte, dann sorgte er besser dafür, dass die *Sul'dam* sich ihnen fern hielten. Das Licht allein wusste, was sie tun würden, wenn Tuon anfing, mit den Fingern zu wackeln.

Da kam reichlich Arbeit auf ihn zu. Nun, er hasste Arbeit, aber diese alten Erinnerungen hatten seinen Kopf mit Schlachten voll gestopft. Er hasste auch Schlachten – dabei konnte man leicht den Tod finden! –, aber sie waren besser als Arbeit. Strategie und Taktik. Lerne den Boden kennen, lerne deinen Feind kennen, und wenn du nicht auf die eine Weise gewinnen kannst, dann findest du eben eine andere.

Am nächsten Abend kehrte er zu dem purpurnen Wagen zurück, diesmal allein, und sobald Olver seine Lektion in Steine von Tuon erhalten hatte, drängte sich Mat in ein Spiel hinein. Als er das erste Mal der schwarzen kleinen Frau vor dem Spielfeld auf dem Boden gegenübersaß, war er sich nicht sicher, ob er gewinnen oder verlieren sollte. Manche Frauen gewannen gern jedes Mal, aber der Mann durfte es ihr nicht zu leicht machen. Manche ließen den Mann gern gewinnen, oder zumindest öfters, als er verlor. Für ihn machte nichts davon Sinn – er gewann gern, und je leichter, desto besser –, aber so war es nun einmal. Während er zauderte, nahm Tuon die Sache selbst in die Hände. In der Mitte des Spiels erkannte er, dass sie ihn in eine Falle gelockt hatte, aus der er nicht herauskommen konnte. Ihre weißen Steine schnitten seinen schwarzen überall den Weg ab. Es war ein sauberer und nachhaltiger Sieg für sie.

»Ihr spielt nicht sehr gut, Spielzeug«, sagte sie spöttisch. Trotz des Tonfalls betrachteten ihre großen, feuchten Augen ihn kühl, wogen ab und nahmen Maß. In solchen Augen konnte ein Mann ertrinken.

Er lächelte und verabschiedete sich, bevor der Gedanke aufkam, ihn hinauszuschmeißen. Strategie. An die Zukunft denken. Am nächsten Abend brachte er eine kleine rote Papierblume mit, die eine der Zirkusnäherinnen gemacht hatte. Und präsentierte sie einer überraschten Selucia. Setalle hob die Brauen, und sogar Tuon schien verblüfft. Taktik. Bring deinen Gegner aus dem Gleichgewicht. Wenn man so darüber nachdachte, bestand zwischen Frauen und Schlachten kein großer Unterschied. Beide vernebelten einem Mann die Sicht und konnten ihn umbringen, ohne sich groß anstrengen zu müssen. Wenn er unvorsichtig war.

Er besuchte den Wagen jeden Abend unter Setalles und Selucias wachsamen Blicken für eine Partie Stein, und er konzentrierte sich auf das mit kreuzenden Linien durchzogene Spielfeld. Tuon war sehr gut, und es geschah viel zu oft, dass er ihr zusah, wie sie ihre Steine setzte und dabei ihre Finger auf seltsam anmutige Weise nach hinten bog. Sie war daran gewöhnt, außerordentlich lange Nägel zu haben und darauf zu achten, sie nicht zu zerbrechen. Ihre Augen waren auch eine Gefahr. Bei einer Partie Steine brauchte man genau wie in der Schlacht einen klaren Kopf, und ihr Blick schien tief in seinen Verstand einzudringen. Aber er richtete seine Aufmerksamkeit auf das Spiel und schaffte es, von den nächsten sieben vier zu gewinnen. Tuon war zufrieden, wenn sie gewann, und entschlossen, wenn sie verlor, aber es gab keinen der Wutanfälle, die er befürchtet hatte, und auch keine bissigen Bemerkungen, wenn man davon absah, dass sie auch weiterhin darauf bestand, ihn Spielzeug zu nennen. Es gab auch nicht viel von dieser eiskalten, majestätischen Hochmut, jedenfalls nicht, solange sie spielten. Sie genoss einfach das Spiel, lachte triumphierend, wenn sie ihn in eine Falle gelockt hatte, und lachte entzückt, wenn er mit einem klugen Zug entkam. Sie schien eine ganz andere Frau zu sein, sobald sie sich im Spiel verlor.

Der Papierblüte folgte eine aus blauen Leinen genähte Blume, und zwei Tage später eine rosafarbene Seidenblume von der Größe einer Frauenhand. Beide wurden Selucia übergeben. Ihre blauen Augen verengten sich einen Augenblick lang misstrauisch, als sie auf ihm ruhten, aber Tuon meinte nur, sie könnte die Blumen behalten, und sie verstaute sie sorgfältig, eingeschlagen in ein Leinentuch. Er ließ drei Tage vergehen, ohne ein Geschenk mitzubringen, dann brachte er einen kleinen Strauß roter Rosen aus Seide, komplett mit kurzen Stängeln und glänzenden Blättern, die so real wie die Natur selbst aussahen, nur eben noch perfekter. An dem Tag, an dem er die erste Papierblume gekauft hatte, hatte er die Näherin gebeten, sie anzufertigen.

Selucia machte einen Schritt auf ihn zu und streckte die Hände aus, um die Rosen mit spöttisch verzogener Unterlippe entgegenzunehmen, aber er setzte sich und legte die Blumen neben das Spielbrett, in Tuons Nähe. Er sagte nichts, ließ sie einfach dort liegen. Sie schenkte ihnen nicht mal einen Blick. Er griff in die kleinen Lederbeutel, in denen die Steine aufbewahrt wurden, nahm je einen heraus und mischte sie in den Händen, bis selbst er nicht mehr genau wusste, welche sich wo befanden, dann streckte er ihr die geschlossenen Fäuste entgegen. Tuon zögerte kurz, studierte ausdruckslos sein Gesicht, dann tippte sie auf seine linke Hand. Er öffnete sie und enthüllte den funkelnden weißen Stein.

»Ich habe meine Meinung geändert, Spielzeug«, murmelte sie und platzierte den Stein sorgfältig auf den

Schnittpunkt zweier Linien in der Nähe des Zentrums des Spielbretts. »Ihr spielt sehr gut.«

Mat blinzelte. Konnte sie wissen, was er plante? Selucia stand hinter Tuon, scheinbar völlig in den Anblick des fast leeren Bretts versunken. Setalle blätterte eine Seite in ihrem Buch um und rutschte etwas herum, um besseres Licht zu bekommen. Natürlich nicht. Sie sprach von den Partien Steinen. Hätte sie einen Verdacht gehabt, was sein wahres Spiel war, hätte sie ihn rausgeschmissen. Das hätte jede Frau. Es mussten die Steine sein.

Das war der Abend, an dem sie bis zum Unentschieden spielten und ein jeder von ihnen die Hälfte des Bretts mit unregelmäßigen Feldern kontrollierte. In Wahrheit hatte sie einen Sieg errungen.

»Ich habe mein Wort gehalten, Spielzeug«, sagte sie, als er die Steine zurück in den Beutel packte. »Keine Fluchtversuche, keinen Verrat. Das ist bedrückend.« Sie deutete auf das Wageninnere. »Ich möchte Spaziergänge machen. Nach Einbruch der Dunkelheit reicht aus. Ihr dürft mich begleiten.« Ihr Blick fiel auf die Rosen, dann schaute sie ihm ins Gesicht. »Damit Ihr dafür sorgen könnt, dass ich nicht weglaufe.«

Setalle markierte die Stelle, an der sie war, mit einem Finger und sah ihn an. Selucia stand hinter Tuon und sah ihn an. Die Frau *hatte* ihr Wort gehalten, so verrückt das auch erschien. Spaziergänge nach Einbruch der Dunkelheit, wenn die meisten Zirkusleute bereits in den Betten lagen, würden keinen Schaden anrichten, nicht, wenn er dabei war. Warum hatte er dann das Gefühl, die Kontrolle über die Situation zu verlieren?

Tuon willigte ein, einen Umhang mit hochgeschlagener Kapuze zu tragen, was eine gewisse Erleichterung darstellte. Das schwarze Haar wuchs wieder auf ihrem rasierten Kopf, aber bis jetzt war es kaum mehr als ein dichter Flaum, und im Gegensatz zu Selucia, die vermutlich mit ihrem Kopftuch schlief, hatte Tuon keine Anstalten gemacht, ihr Haupt zu bedecken. Eine kindgroße Frau, die ihr Haar kürzer als jeder Mann trug, der nicht gerade eine Glatze bekam, wäre selbst in der Nacht aufgefallen. Setalle und Selucia folgten immer ein kleines Stück hinter ihnen in der Dunkelheit, die Zofe der Lady, um ihre Herrin beschützend im Auge zu halten, und Setalle, um die Zofe im Auge zu behalten. Zumindest glaubte Mat, dass es sich so verhielt. Für Wächterin und Gefangene waren die beiden schrecklich freundlich zueinander. Er hatte gehört, wie Setalle Selucia davor gewarnt hatte, er sei bei Frauen ein richtiger Schurke, was aus ihrem Mund unerhört war! Und Selucia hatte seelenruhig erwidert, dass ihre Lady ihm beide Arme brechen würde, wenn er auch nur die geringste Respektlosigkeit zeigte, so als wären sie gar keine Gefangenen.

Er glaubte, diese Spaziergänge dazu nutzen zu können, etwas mehr über Tuon zu erfahren – sie sprach nicht viel, wenn sie über das Steine-Spielbrett gebeugt saß –, aber sie hatte so ihre Art, seine Fragen zu ignorieren oder das Thema zu ändern, für gewöhnlich kam sie auf ihn.

»Das Gebiet der Zwei Flüsse besteht hauptsächlich aus Wäldern und Bauernhöfen«, sagte er, als sie die Hauptstraße des Wanderzirkus entlangschlenderten. Wolken verbargen den Mond, die bunten Wagen stellten dunkle Umrisse dar, die man nicht voneinander unterscheiden konnte, und die Plattformen der Artisten, die die Straße säumten, waren bloße Schatten. »Jeder baut Tabak an und züchtet Schafe. Mein Vater züchtet auch Rinder und handelt mit Pferden, aber hauptsächlich sind es Tabak und Schafe, von einem Ende zum anderen.«

»Euer Vater ist Pferdehändler«, murmelte Tuon. »Und was tut Ihr, Spielzeug?«

Er warf einen Blick über die Schulter zu den beiden Frauen, die zehn Schritte hinter ihnen wie Geister daherglitten. Setalle war vermutlich nicht nahe genug, um etwas zu verstehen, wenn er seine Stimme gesenkt hielt, aber er entschied sich, ehrlich zu sein. Davon abgesehen war der Zirkus in der Dunkelheit totenstill. Sie hörte es vielleicht doch, und sie wusste, was er in Ebou Dar gemacht hatte. »Ich bin ein Spieler«, sagte er.

»Mein Vater bezeichnete sich selbst als einen Spieler«, sagte Tuon leise. »Er starb wegen einer schlechten Wette.«

Und wie sollte man bitte schön herausfinden, was das wieder zu bedeuten hatte?

In einer anderen Nacht, in der sie an einer Reihe von Tierkäfigen vorbeigingen, sagte er: »Was macht Ihr, um Euch zu vergnügen, Tuon? Einfach nur, weil Ihr Spaß daran habt. Mal abgesehen von einer Partie Steine.« Er konnte förmlich fühlen, wie sich Selucia dreißig Schritte entfernt aufregte, weil er sie beim Namen nannte, aber Tuon schien es nicht zu stören. Das glaubte er zumindest.

»Ich richte Pferde und *Damane* ab«, sagte sie und schaute in einen Käfig, in dem ein schlafender Löwe lag. Das Tier war nur ein großer Schatten, der hinter dicken Gitterstäben im Stroh lag. »Hat er wirklich eine schwarze Mähne? In Seanchan gibt es keine Löwen mit schwarzen Mähnen.«

Sie richtete *Damane* ab? Zum Vergnügen? Beim Licht! »Pferde? Was für Pferde?« Vermutlich waren es Streitrösser, wenn sie verfluchte *Damane* abrichtete. Zum Vergnügen.

»Frau Anan sagte mir, Ihr seid ein Schurke, Spielzeug.« Ihr Tonfall war kühl, nicht kalt. Beherrscht. Sie wandte sich ihm zu, das Gesicht in den Schatten ihrer Kapuze verborgen. »Wie viele Frauen habt Ihr geküsst?« Der Löwe erwachte und röchelte, ein tiefer

Laut, bei dem sich garantiert bei jedermann die Haare sträubten. Tuon zuckte nicht einmal zusammen.

»Sieht aus, als würde es bald wieder regnen«, erwiderte er schwach. »Selucia wird mir die Haut abziehen, wenn ich Euch durchnässt zurückbringe.« Er hörte, wie sie leise lachte. Was hatte er denn bloß so Komisches gesagt?

Natürlich musste ein Preis entrichtet werden. Vielleicht liefen die Dinge ja so, wie er wollte, vielleicht auch nicht, aber wenn man glaubte, dass sie es taten, war da immer ein Preisschild dran.

»Ein Haufen schnatternder Elstern«, beschwerte er sich bei Egeanin. Die nachmittägliche Sonne stand am Horizont, eine rotgoldene, halb von den Wolken verborgene Scheibe, die den Wanderzirkus in lange Schatten tauchte. Ausnahmsweise regnete es einmal nicht, und trotz der Kälte saßen sie zusammengekauert unter dem grünen Wagen, den sie sich teilten, und spielten eine Partie Steine, und jeder, der vorbeiging, konnte sie sehen. Und das taten viele, Männer, die noch eine Arbeit in letzter Minute zu erledigen hatten, Kinder, die vor Einbruch der Dunkelheit die letzte Gelegenheit ergriffen, Reifen durch die matschigen Pfützen zu rollen und Bälle zu werden. Frauen, die ihre Röcke schürzten, warfen dem Wagen im Vorbeigehen einen Blick zu, und selbst wenn sie die Kapuzen hochgeschlagen hatten, wusste Mat ganz genau, was ihre Mienen ausdrückten. Kaum eine Frau des Zirkus würde mit Mat Cauthon sprechen. Gereizt ließ er die schwarzen Steine scheppern, die er in der linken Hand hielt. »Sie bekommen ihr Gold, wenn wir Lugard erreichen. Das ist alles, was sie zu interessieren hat. Sie sollten ihre Nase nicht in meine Angelegenheiten stecken.«

»Das könnt Ihr ihnen kaum verübeln«, meinte Egeanin und betrachtete das Spielbrett. »Wir beide sind angeblich ein Liebespaar auf der Flucht, aber Ihr verbringt mehr Zeit mit … ihr … als mit mir.« Es fiel ihr immer noch schwer, Tuon nicht als Hochlady zu bezeichnen. »Ihr benehmt Euch wie ein Mann, der einer Frau den Hof macht.« Sie wollte ihren Stein platzieren, dann hielt sie mitten über dem Brett inne. »Ihr könnt doch nicht glauben, dass sie die Zeremonie vollenden wird, oder? Ihr könnt unmöglich ein so großer Narr sein.«

»Welche Zeremonie? Wovon sprecht Ihr da?«

»Ihr habt sie in dieser Nacht in Ebou Dar dreimal als Eure Ehefrau bezeichnet«, sagte sie bedächtig. »Wisst Ihr das wirklich nicht? Eine Frau verkündet dreimal, dass ein Mann ihr Gemahl ist, und er verkündet dreimal, dass sie seine Gemahlin ist, und sie sind verheiratet. Für gewöhnlich gibt es da noch einen Segen, aber es ist die Verkündung vor Zeugen, die es zu einer Hochzeit macht. Ihr wisst das *wirklich* nicht?«

Mat lachte und zuckte mit den Schultern, spürte das Messer, das hinter seinem Hals hing. Ein gutes Messer gab einem ein beruhigendes Gefühl. Aber sein Lachen war heiser. »Aber sie hat nichts gesagt.« Er war in diesem Moment damit beschäftigt gewesen, ihr einen verdammten Knebel in den Mund zu stopfen! »Was ich also auch immer gesagt habe, es bedeutet gar nichts.« Aber er wusste, was Egeanin sagen würde. Er wusste es, so sicher Wasser nass war. Man hatte ihm gesagt, wen er heiraten würde.

»Beim Blut ist das etwas anders. Manchmal heiratet ein Adliger vom einen Ende des Reiches eine Adlige am anderen. Eine arrangierte Hochzeit. Die Kaiserfamilie hat nie etwas anderes gekannt. Manchmal wollen sie nicht warten, bis sie zusammen sein können, also bezeugt jemand die Ehe an dem Ort, wo er sich aufhält, und ein anderer an dem Ort, an dem sie ist. Solange es beide vor Zeugen verkünden, innerhalb eines Jahres und eines Tages, ist die Ehe geschlossen. Ihr habt das *wirklich* nicht gewusst?«

Die Steine regneten aus seiner Hand auf das Brett und sprangen überall hin. Das verfluchte *Mädchen* wusste Bescheid. Vielleicht hielt sie das alles für ein Abenteuer oder ein Spiel. Vielleicht fand sie eine Entführung genauso unterhaltsam wie das Abrichten von Pferden oder verdammten *Damane*! Aber er wusste, dass er ein Karpfen war, der darauf wartete, dass sie mit dem Angelhaken kam.

Er hielt sich zwei Tage von dem purpurfarbenen Wagen fern. Flucht war sinnlos – er hatte den verdammten Haken bereits im Mund hängen, und er hatte ihn selbst dort befestigt – aber er musste das verfluchte Ding nicht auch noch hinunterschlucken. Dabei wusste er, dass es nur noch darum ging, wann sie sich entschied, die Schnur einzuholen.

So langsam der Wanderzirkus auch reiste, kamen sie doch irgendwann zu der Fähre über den Eldar, die von Alkindar am Westufer nach Coramen am Ostufer verkehrte, ordentliche kleine, von Mauern umgebene Städte aus Steinhäusern mit Schieferdächern, die beide über ein halbes Dutzend steinerner Docks verfügten. Die Sonne stieg in die Höhe, kaum eine Wolke zog über den Himmel, und die, die zu sehen waren, waren so weiß wie frisch gewaschene Wolle. Vielleicht würde es an diesem Tag nicht regnen. Es war ein wichtiger Übergang, an einigen der Docks lagen Handelsschiffe von flussaufwärts vertäut sowie große, barkenähnliche Fähren, die mit langen Rudern von einer Stadt zur nächsten krochen. Die Seanchaner waren anscheinend ebenfalls dieser Meinung. Sie hatten Militärlager außerhalb beider Städte, und den Mauern, die um beide Stützpunkte in die Höhe wuchsen, und den entstehenden Gebäuden nach zu urteilen, hatten sie nicht vor, bald wieder abzuziehen.

Mat fuhr mit den ersten Wagen auf die andere Seite; er ritt Pips. Der braune Wallach sah für das ungeübte

Auge völlig gewöhnlich aus; es würde normal erscheinen, dass er von einem Burschen in einem groben Wollmantel geritten wurde, der sich wegen der Kälte eine Wollmütze über die Ohren gezogen hatte. Mat zog es nicht in Betracht, im vollen Galopp in das bewaldete Hügelland jenseits von Coramen zu fliehen. Er dachte daran, aber er zog es nicht wirklich in Betracht. Sie würde am Haken ziehen, ob er nun davonlief oder nicht. Also lenkte er Pips ans Ende einer der steinernen Anlegestellen und sah zu, wie der Zirkus übersetzte und langsam durch die Stadt rollte. An den Anlegestellen waren Seanchaner, eine Abteilung stämmiger Männer in Segmentrüstungen, die blau und mattgolden bemalt waren, angeführt von einem schlanken jungen Offizier mit einer dünnen blauen Feder auf seinem seltsam aussehenden Helm. Sie schienen bloß da zu sein, um die Ordnung aufrechtzuerhalten, aber der Offizier überprüfte Lucas Pferdeurkunde, und Luca erkundigte sich, ob dem edlen Lord wohl ein vernünftiger Platz außerhalb der Stadt bekannt war, auf dem sein Zirkus eine Vorstellung geben konnte. Mat hätte heulen können. Er konnte Soldaten in gestreiften Rüstungen in der Straße hinter ihm sehen, die Läden und Wirtshäuser aufsuchten. Aus dem Himmel schoss ein Raken auf langen Schwingen und landete im Lager auf der anderen Flussseite. Drei oder vier der Kreaturen mit dem Schlangenhals waren bereits auf dem Boden. In den Lagern mussten Hunderte von Soldaten sein. Vielleicht waren es sogar tausend. Und Luca würde eine Vorstellung geben.

Dann stieß eine der Fähren gegen die mit Tauwerk abgepolsterte Kaimauer, und die Rampe senkte sich, um den fensterlosen purpurfarbenen Wagen auf die Anlegestelle rollen zu lassen. Setalle fuhr. Selucia saß neben ihr und schaute aus der Kapuze eines verblichenen roten Umhangs. Auf der anderen Seite saß Tuon, die in einen schwarzen Umhang gehüllt war, der sie völlig unkenntlich machte.

Mat glaubte, ihm würden die Augen aus dem Kopf fallen. Falls ihm sein Herz nicht vorher aus der Brust sprang. In seinem Kopf erklangen wieder die Würfel; die klappernden Laute von Würfeln, die über einen Tisch rollten. Diesmal würden sie die Augenzahl des Dunklen Königs ergeben; er wusste es einfach.

Aber er konnte nichts anderes tun, als neben dem purpurfarbenen Wagen entlangzureiten, so zu reiten, als wäre das Leben einfach wunderbar, einfach die breite Hauptstraße entlangzureiten, vorbei an den Ausrufern der Läden und den Straßenhändlern, die auf Tabletts ihre Waren verkauften. Und vorbei an den seanchanischen Soldaten. Sie marschierten jetzt nicht in Formation, und sie betrachteten die hell bemalten Wagen aufmerksam. Einfach nebenher zu reiten und darauf zu warten, dass Tuon losbrüllte. Sie hatte ihr Wort gegeben, aber ein Gefangener würde alles sagen, damit man seine Fesseln lockerte. Sie brauchte bloß die Stimme zu heben, und tausend seanchanische Soldaten würden zu ihrer Rettung herbeieilen. Die Würfel rollten durch Mats Kopf. Nebenher zu reiten und auf die Augenzahl des Dunklen Königs zu warten.

Tuon sagte kein Wort. Sie schielte neugierig am Saum ihrer tiefen Kapuze vorbei, neugierig und vorsichtig, aber sie hielt ihr Gesicht und auch die Hände unter dem schwarzen Umhang verborgen, schmiegte sich sogar wie ein Kind, das in einer ungewohnten Umgebung den Schutz seiner Mutter suchte, an Setalle. Kein Wort, bis sie die Tore von Coramen passiert hatten und auf den Fuß des Hügels zurollten, der sich hinter der Stadt erhob und wo Luca bereits die Wagen des Wanderzirkus versammelte. Das war der Augenblick, in dem Mat wusste, dass es für ihn wirklich kein Entkommen gab. Sie würde an dem Haken ziehen. Sie wartete bloß den Zeitpunkt ab, der ihr gefiel.

Er sorgte dafür, dass an diesem Abend alle Seanchaner in ihren Wagen blieben, und die Aes Sedai auch. Soweit Mat wusste, hatte niemand *Sul'dam* oder *Damane* gesehen, aber dieses eine Mal debattierten die Aes Sedai nicht. Tuon auch nicht. Sie stellte eine Forderung, die Setalles Brauen fast bis zum Haaransatz emporschnellen ließen. In gewisser Weise war es als Bitte formuliert, die Erinnerung an ein Versprechen, das er gegeben hatte, aber er erkannte eine Forderung, wenn eine Frau sie aussprach. Nun, ein Mann musste der Frau vertrauen, die er heiraten würde. Er sagte ihr, er würde darüber nachdenken, nur damit sie nicht auf die Idee kam, sie könnte alles von ihm bekommen, was ihr in den Sinn kam. Er dachte den ganzen Tag darüber nach, während Luca seine Vorstellung gab, dachte darüber nach und schwitzte, während einige Seanchaner kamen, um die Artisten anzustarren. Er dachte darüber nach, während die Wagen in östlicher Richtung durch die Hügel rollten und langsamer fuhren als je zuvor, aber er wusste, welche Antwort er ihr geben musste.

Am dritten Tag nach der Überfahrt erreichten sie die Salzstadt Jurador, und er sagte Tuon, dass er es tun würde. Sie lächelte ihn an, und die Würfel in seinem Kopf verstummten wie abgeschnitten. Das würde er nie mehr vergessen. Sie lächelte, und *dann* verstummten die Würfel. Das reichte aus, um einen Mann in Tränen ausbrechen zu lassen!

KAPITEL 15

Etwas flackert auf

Das sein Wahnsinn«, knurrte Domon von seinem Platz aus, wo er mit verschränkten Armen stand, als wollte er den Weg aus dem Wagen blockieren. Vielleicht tat er es ja tatsächlich. Sein Kinn war stur nach vorn geschoben und präsentierte einen Bart, der zwar gestutzt, aber noch immer länger als das Haar auf seinem Kopf war, und seine Hände waren in ständiger Bewegung wie bei einem Mann, der daran dachte, sie zu Fäusten zu ballen oder mit etwas zu ringen. Domon war ein breiter Mann und gar nicht so fett, wie es auf den ersten Blick aussah. Mat wollte Faustschläge oder einen Ringkampf vermeiden, wenn es ging.

Er band das schwarze Seidentuch um seinen Hals zu Ende, verbarg die Narbe und schob die langen Enden unter seinen Mantel. Die Wahrscheinlichkeit, dass es in Jurador jemanden gab, der über einen Mann aus Ebou Dar mit einem schwarzen Tuch Bescheid wusste … Nun, die Chancen schienen gut zu stehen, selbst wenn man sein Glück abzog. Natürlich musste man immer in Betracht ziehen, dass er *ta'veren* war, aber wenn er Suroth oder einer Gruppe von Dienern aus dem Tarasin-Palast begegnen würde, hätte er auch mit einem um den Kopf gewickelten Handtuch im Bett liegen bleiben können, und es würde trotzdem geschehen. Manchmal musste man einfach auf sein Glück vertrauen. Das Problem war nur, dass an diesem Morgen beim Aufwachen wieder die Würfel in seinem Kopf rollten. Sie prallten noch immer gegen die Innenseiten seines Schädels.

»Ich habe es versprochen«, sagte er. Es war gut, wieder vernünftige Kleidung zu tragen. Der Mantel bestand aus feinem grünem Tuch, wies einen erstklassigen Schnitt auf und hing bis fast zu seinen Knien und den umgeschlagenen Stiefelstulpen. Es gab keine Stickereien – vielleicht hätten ein paar nicht geschadet –, aber an den Ärmeln war ein Hauch von Spitze. Und er trug ein gutes Seidenhemd. Er wünschte sich, er hätte einen Spiegel gehabt. An einem solchen Tag musste sich ein Mann von seiner besten Seite präsentieren. Er hob den Umhang vom Bett auf und schwang ihn sich über die Schultern. Nicht so ein grelles Ding, wie Luca sie immer trug. Dunkelgrau, fast so dunkel wie die Nacht. Nur das Futter war rot. Die Umhangnadel bestand aus einfachen Silberknoten, die nicht größer als seine Daumen waren.

»Sie hat ihr Wort gegeben, Bayle«, sagte Egeanin. »Ihr *Wort*. Das wird sie nicht brechen, niemals.« Egeanin klang völlig überzeugt. Jedenfalls überzeugter, als Mat es war. Aber manchmal musste ein Mann ein Risiko eingehen. Selbst wenn es sein Hals war, den er riskierte. Er *hatte* es versprochen. Und er hatte sein Glück.

»Es sein trotzdem Wahnsinn«, murrte Domon. Aber er trat mürrisch von der Tür weg, als Mat seinen breitkrempigen schwarzen Hut aufsetzte. Nun ja, jedenfalls, als Egeanin ihn mit einem schnellen Ruck ihres Kopfes dazu aufforderte. Seinen finsteren Blick behielt er aber bei.

Sie folgte Mat aus dem Wagen, schaute finster drein und fummelte an der langen schwarzen Perücke herum. Vielleicht fühlte sie sich damit noch immer unbehaglich, vielleicht saß sie jetzt auch anders, nachdem Egeanins Haar seit einem Monat darunter gewachsen war. Aber noch nicht genug, um ohne Perücke gehen zu können. Nicht, bevor mindestens weitere hundert Meilen zwischen ihnen und Ebou Dar lagen. Vielleicht würde es nicht sicher sein, bevor sie die Damonaberge nach Murandy hinein überquert hatten.

Der Himmel war wolkenlos, die Sonne erklomm gerade den Horizont und stand noch hinter der Segeltuchmauer des Wanderzirkus, und der Morgen war nur warm im Vergleich mit einem Schneesturm. Es war nicht die Kühle eines Spätwintermorgens bei den Zwei Flüssen, sondern eine Kälte, die tief in einen hinkroch und den Atem in kaum sichtbare Wölkchen verwandelte. Die Zirkusleute eilten umher wie Ameisen in einem Ameisenhaufen, dem man einen Tritt versetzt hatte, und erfüllten die Luft mit lautstarken Rufen, wer die Jonglierreifen weggeräumt oder sich ein Paar rot gestreifter Hosen geliehen oder die Auftrittplattform verrückt hatte. Es sah aus und klang wie der Anfang eines Aufruhrs, aber in keiner der Stimmen lag echte Wut. Sie brüllten ständig herum und fuchtelten mit den Armen, aber vor einer Vorstellung kam es nie zu Handgreiflichkeiten, und irgendwie würde jeder Artist an seinem Platz sein, bevor man die ersten Zuschauer einließ. Sie waren ja vielleicht langsam wie die Schnecken, wenn es darum ging, sich reisefertig zu machen, aber eine Vorstellung bedeutete Geld, und dafür konnten sie sich flink bewegen.

»Ihr glaubt ernsthaft, Ihr könntet sie heiraten«, murmelte Egeanin, die an seiner Seite ging und dabei gegen ihre abgetragenen braunen Wollröcke trat. An Egeanin war nichts Zierliches. Sie hatte einen großen Schritt, und sie hielt mühelos mit. Ob Kleid oder nicht, sie schien ein Schwert an der Hüfte zu brauchen. »Es gibt keine andere Erklärung. Bayle hat Recht. Ihr *seid* wahnsinnig!«

Mat grinste. »Die Frage ist doch, will sie *mich* heiraten? Manchmal heiraten die seltsamsten Leute.« Wenn man wusste, dass man hängen würde, konnte man nur noch eines machen: die Henkersschlinge angrinsen. Also grinste er und ließ sie mit einem Stirnrunzeln auf dem harten Gesicht dort stehen. Er glaubte sie leise fluchen zu hören, auch wenn er es nicht verstand. Sie war schließlich nicht diejenige, die die letzte Person auf der Welt heiraten musste, die sie wollte. Eine Adlige, die nur aus kühler Reserviertheit bestand und die Nase hoch in der Luft trug, wo er Tavernenmädchen mit schmachtendem Lächeln und willigen Blicken mochte. Eine Thronerbin, aber nicht irgendein Thron, vielmehr der Kristallthron, der Kaiserliche Thron von Seanchan. Eine Frau, die seinen Kopf wie ein Rad kreiseln und ihn sich fragen ließ, ob er sie gefangen hielt oder sie ihn. Wenn einen das Schicksal an der Kehle packte, blieb einem nichts anderes übrig, als zu grinsen.

Er schritt fröhlich aus, bis er in Sichtweite des fensterlosen purpurnen Wagens war, und dann blieb er abrupt stehen. Eine Gruppe Akrobaten, vier schlanke Männer, die sich die Chavana-Brüder nannten, obwohl es offensichtlich war, dass sie nicht nur vier verschiedene Mütter hatten, sondern aus verschiedenen Ländern stammten, kamen aus einem grünen Wagen geschossen, brüllten einander an und gestikulierten wild. Sie warfen dem purpurnen Wagen und Mat einen Blick zu, aber für mehr waren sie zu sehr in ihren Streit vertieft und hatten es zu eilig. Gorderan lehnte an einem der purpurnen Räder, kratzte sich am Kopf und betrachtete stirnrunzelnd die beiden Frauen, die am Fuß der hölzernen Treppe des Wagens standen. Zwei Frauen, beide in dunkle Umhänge gekleidet, mit verhüllten Gesichtern, und doch war das geblümte Kopftuch, das aus der Kapuze der größeren Frau hervorlugte, unverkennbar. Nun ja. Er hätte wissen müssen, dass Tuon ihre Zofe dabei haben wollte. Adlige machten keinen Schritt ohne ihre Zofen. Ob der Einsatz nun einen Pfennig oder eine Krone war, am Ende kam es nur darauf an, wie die Würfel fielen. Sie hatten ihre Chance gehabt, ihn zu verraten. Trotzdem setzte er jetzt das zweite Mal auf eine Frau. Auf zwei Frauen. Welcher Narr würde das tun, zweimal auf dieselbe Marke? Aber er musste die Würfel werfen. Eigentlich rollten sie schon.

Er begegnete Selucias kaltem Blick mit einem Lächeln und riss den Hut herunter, um vor Tuon einen eleganten Kratzfuß zu machen. Nichts Übertriebenes, nur mit einem kleinen Herumwirbeln des Umhangs. »Seid Ihr zum Einkaufen bereit?« Beinahe hätte er sie meine Lady genannt, aber solange sie nicht bereit war, seinen Namen …

»Ich bin schon seit einer Stunde bereit, Spielzeug«, erwiderte Tuon kühl. Sie ergriff seinen Umhang an einer Ecke, hob sie hoch und betrachtete das rote Futter und seinen Mantel, bevor sie den Umhang wieder losließ. »Spitze steht Euch. Vielleicht lasse ich Eure Gewänder mit Spitze schmücken, wenn ich Euch zu einem Pokalträger mache.«

Einen Augenblick lang ließ ihn sein Lächeln im Stich. Konnte sie ihn auch dann noch zu einem *Da'covale* machen, wenn sie ihn heiratete? Er würde Egeanin danach fragen müssen. Beim Licht, warum konnten es Frauen einem niemals leicht machen?

»Soll ich Euch begleiten, mein Lord?«, fragte Gorderan langsam, der sich jetzt bemühte, die Frauen nicht direkt anzuschauen. Er schob die Daumen hinter den Gürtel und bemühte sich, auch Mat nicht direkt anzusehen. »Zum Tragen vielleicht?«

Tuon sagte kein Wort. Sie stand einfach da und schaute zu Mat hoch, abwartend, mit ihren großen Augen, deren Blick mit jeder Sekunde kühler wurde. Die Würfel rollten und klapperten in seinem Kopf. Nun, er zögerte nur einen Herzschlag lang, bevor er die Rotwaffe mit einer Kopfbewegung fortschickte. Vielleicht waren es auch zwei Herzschläge. Er musste seinem Glück vertrauen. Ihrem Wort vertrauen. *Vertrauen ist das Geräusch des Todes*. Er trat hart auf diesen Gedanken. Das hier war kein Lied, und keine alte Erinnerung konnte ihn führen. Die Würfel in seinem Kopf rollten weiter.

Mit einer leichten Verbeugung bot er ihr den Arm, den Tuon betrachtete, als hätte sie noch nie zuvor einen Arm gesehen; sie schürzte die vollen Lippen. Dann ergriff sie ihren Umhang und ging mit Selucia im Schlepptau los, sodass er hinter ihr hereilen musste. Nein, Frauen machten es einem nie leicht.

Trotz der frühen Stunde bewachten bereits zwei stämmige Burschen mit Keulen den Eingang, ein dritter hielt einen Glaskrug für die Münzen, die dann durch den Schlitz der mit Eisen beschlagenen Truhe am Boden geworfen wurden. Sie sahen alle zu ungeschickt aus, um ein Kupferstück zu stehlen, ohne dabei aufs Gesicht zu fallen, aber Luca ging kein Risiko ein. Es warteten bereits zwanzig oder dreißig Leute innerhalb der schweren Taue, die zum Eingang führten, und unglücklicherweise war auch Latelle da; ihr Kleid war mit blutrotem Flitter verziert, ihr Umhang mit blauem. Lucas Frau dressierte Bären. Mat glaubte, dass die Bären ihre Kunststücke vorführten, weil sie Angst hatten, von ihr gebissen zu werden.

»Ich habe alles im Griff«, sagte er zu ihr. »Glaubt mir, es gibt keinen Grund zur Sorge.« Er hätte sich seinen Atem genauso gut sparen können.

Latelle ignorierte ihn und warf Tuon und Selucia besorgte Blicke zu. Sie und ihr Mann waren die Einzigen vom Wanderzirkus, die wussten, wer sie wirklich waren. Es hatte keinen Grund gegeben, sie von dem morgendlichen Ausflug in Kenntnis zu setzen. Luca wäre ausgerastet. Der Blick, den Latelle für Mat übrig hatte, war nicht besorgt, sondern nur so hart wie ein Stein. »Vergesst nicht«, sagte sie leise, »wenn Ihr uns zum Galgen schickt, dann geht Ihr mit.« Dann schnaubte sie und musterte wieder die Leute, die auf den Einlass warteten. Latelle war sogar noch besser als Luca darin, das Gewicht eines Geldbeutels zu schätzen, bevor die Schnüre geöffnet wurden. Außerdem war sie zehnmal so hart wie ihr Mann. Die Würfel rollten weiter. Was auch immer sie in Bewegung gesetzt hatte, Mat hatte noch nicht den schicksalhaften Augenblick erreicht. Den entscheidenden Augenblick.

»Sie ist eine gute Frau für Meister Luca«, murmelte Tuon, als sie sich ein Stück weit entfernt hatten.

Mat sah sie von der Seite an und rückte den Hut auf seinem Kopf zurecht. In ihrem Tonfall hatte kein Spott gelegen. Hasste sie Luca denn *so* sehr? Oder verkündete sie, welche Art von Ehefrau sie sein würde? Oder … Sollte man ihn doch zu Asche verbrennen, wenn er versuchte, diese Frau zu enträtseln, würde er noch genauso verrückt werden, wie Domon ihn schon hielt. Sie musste der Grund für die Würfel in seinem Kopf sein. Was würde sie tun?

Es war ein kurzer Weg im Licht der aufgehenden Sonne bis zur Stadt, auf einer ungepflasterten Straße, die über baumlose Hügel führte, aber auf ihr wimmelte es von Leuten, so wie es auf den Hügeln von Windmühlen und Salzteichen wimmelte. Sie starrten stur geradeaus und bewegten sich so zielgerichtet, dass sie niemanden vor sich wahrzunehmen schienen. Mat ging um einen Mann mit einem Mondgesicht herum, der beinahe in ihn hineingelaufen wäre, was wiederum dazu führte, dass er einem weißhaarigen alten Burschen aus dem Weg springen musste, der auf dürren Beinen ein beachtliches Tempo vorlegte. Das brachte ihn direkt vor ein fettes Mädchen, das mit ihm zusammengestoßen wäre, wäre er nicht erneut zur Seite gesprungen.

»Übt Ihr einen Tanz, Spielzeug?«, sagte Tuon und schaute über eine schlanke Schulter zu ihm hoch. Ihr Atem gefror vor der Kapuze zu einem unscheinbaren weißen Wölkchen. »Er ist nicht sehr anmutig.«

Er öffnete den Mund, um sie darauf hinzuweisen, wie belebt die Straße war, und plötzlich wurde ihm bewusst, dass da nur noch sie und Selucia waren. Die Leute, die gerade noch dort gegangen waren, waren verschwunden, die vor ihnen liegende Straße lag bis zur nächsten Biegung verlassen da. Langsam drehte er den Kopf. Zwischen ihm und dem Wanderzirkus war auch keiner, nur die Leute, die in der Schlange warteten, und die sah auch nicht länger als zuvor aus. Jenseits des Zirkus schlängelte sich die Straße in die Hügel und führte in Richtung eines in der Ferne liegenden Waldes, und sie war leer. Es war nicht eine Menschenseele in Sicht. Er drückte die Finger gegen die Brust und tastete durch den Mantel nach dem Fuchskopf-Medaillon. Bloß ein Stück Silber an einer Lederschnur. Er wünschte sich, es wäre so kalt wie Eis gewesen. Tuon hob eine Braue. Selucias starrer Blick schalt ihn als einen Narren.

»Wenn wir hier herumstehen, kann ich Euch kein Kleid kaufen«, sagte er. Das war der Sinn dieser Expedition, sein Versprechen, für Tuon etwas Besseres zu finden als Kleider, die unförmig an ihr herunterhingen und sie wie ein Kind in einem Erwachsenenkleid aussehen ließen. Jedenfalls war er sich ziemlich sicher, dass er etwas dergleichen versprochen hatte, und sie war fest davon überzeugt. Die Nadelkunst der Zirkusnäherin fand Tuons Zustimmung, aber nicht der zur Verfügung stehende Stoff. Artistenkostüme glitzerten mit Flitter und Perlen und hellen Farben, aber der Stoff war für gewöhnlich der billigste, den sie finden konnten. Die Leute, die Besseren hatten, verwahrten ihn und benutzten ihn, bis er verschlissen war. Jurador machte sein Geld mit Salz, und mit Salz ließ sich viel Geld verdienen. Die Geschäfte der Stadt sollten jeden Stoff führen, den sich eine Frau nur wünschen konnte.

Diesmal gab es kein Fingergewackel. Tuon wechselte einen Blick mit Selucia. Die größere Frau schüttelte den Kopf und verzog kurz und bedauernd den Mund. Tuon schüttelte ihren Kopf. Und sie hoben die Umhänge ein Stück an und gingen auf die eisenbeschlagenen Stadttore zu. Frauen! Er beeilte sich, zu ihnen aufzuschließen. Immerhin waren sie seine Gefangenen. Das waren sie, jawohl. Sie warfen lange Schatten voraus. Hatten diese anderen Leute Schatten geworfen, bevor sie verschwunden waren? Mat konnte sich auch nicht daran erinnern, dass einer von ihnen Nebelwölkchen ausgestoßen hatte. Es schien keine Rolle zu spielen. Sie waren verschwunden, und er würde nicht darüber nachdenken, wo sie hergekommen oder wohin sie verschwunden waren. Vermutlich hatte es damit zu tun, dass er ein *Ta'veren* war. Er würde einfach nicht mehr daran denken. Genau, das würde er tun. Die polternden Würfel ließen wenig Platz für anderes.

Die Torwächter schienen sich für Fremde nicht sonderlich zu interessieren, oder zumindest nicht für einen Mann und zwei Frauen, die zu Fuß gingen. Es waren hartgesichtige Burschen mit weißlackierten Brustpanzern und konischen Helmen, die Rosshaare als Busch hatten; sie betrachteten die vermummten Frauen unbeteiligt, aber aus irgendeinem Grund hefteten sich ihre Blicke einen Augenblick lang misstrauisch auf Mat, bevor sie sich wieder auf ihre Hellebarden stützten und gelangweilt auf die Straße starrten. Aller Wahrscheinlichkeit nach handelte es sich um Einheimische, auf jeden Fall waren es keine Seanchaner. Die Salzhändler und die örtliche Lady, Aethelaine, die anscheinend das sagte, was die Salzhändler ihr befahlen, hatten ohne zu zögern den Schwur der Wiederkehr geleistet und angeboten, eine Salzsteuer zu entrichten, noch bevor man sie überhaupt danach fragte. Zweifellos würden die Seanchaner hier irgendwann einen Repräsentanten einsetzen, nur um alles im Auge zu behalten, aber im Moment hatten sie Wichtigeres für ihre Soldaten zu tun. Bevor sich Mat mit diesem Ausflug einverstanden erklärt hatte, hatte er Thom und Juilin vorausgeschickt, um absolut sicherzugehen, dass sich in Jurador keine Seanchaner aufhielten. Ein Dummkopf konnte über sein eigenes Glück stolpern, wenn er nicht aufpasste.

Jurador war eine geschäftige Stadt mit gepflasterten Straßen, von denen die meisten breit waren und von mit roten Schindeln gedeckten Steinhäusern gesäumt wurden. Häuser und Gasthöfe standen Schulter an Schulter mit Ställen und Tavernen, hier lärmte der Hammer eines Schmieds auf seinem Amboss, und dort ratterte der Webstuhl eines Teppichwebers, und überall – so hatte es zumindest den Anschein – hämmerten Küfer Eisenringe auf Fässer, die für den Salztransport bestimmt waren. Straßenhändler priesen lautstark Nadeln und Schleifen an. Auf jeder Straße bewachten Männer und Frauen die auf schmalen Tischen vor ihren Läden ausgestellten Waren und brüllten Listen der Dinge heraus, die drinnen angeboten wurden.

Die Häuser der Salzhändler waren leicht zu erkennen, sie wiesen drei Stockwerke statt nur zwei auf, belegten achtmal so viel Platz wie alle anderen, und jedes von ihnen hatte zur Straße hin einen Säulengang und wurde von weißen Gusseisengittern zwischen den Säulen abgeschirmt. An den meisten Häusern wiesen auch die unteren Fenster solche Gitter auf, auch wenn sie nicht immer lackiert waren. Das erinnerte an Ebou Dar, aber abgesehen von der olivfarbenen Haut der Menschen war das auch schon so gut wie alles. Hier gab es keine tiefen Ausschnitte und auch keine hochgenähten Röcke, die farbige Unterröcke enthüllten. Die Frauen trugen bestickte Kleider mit hohen Kragen bis fast unters Kinn; für die normalen Leute gab es schlichtere Stickereien, für die reicheren wesentlich aufwändigere; deren Umhänge waren von oben bis unten bestickt, und ihre Gesichter wurden von durchsichtigen Schleiern verhüllt, die an goldenen oder aus Elfenbein geschnitzten Kämmen hingen, die in dunklen, aufgerollten Zöpfen steckten. Die kurzen Mäntel der Männer waren fast genauso reich verziert, die Farben waren fast ebenso hell, und ob arm oder reich, die meisten Männer trugen lange Gürtelmesser, deren Klingen nur unwesentlich weniger gekrümmt waren als jene in Ebou Dar. Ob reich oder arm, die Burschen hatten die Angewohnheit, ihre Messergriffe zu tätscheln, als würden sie ständig mit einem Angriff rechnen, also war es vielleicht doch das Gleiche wie in Ebou Dar.

Der Palast der Lady Aethelaine schien sich von außen nicht von den stattlichen Häusern der Salzhändler zu unterscheiden, aber er befand sich am Hauptplatz der Stadt, einer großen Fläche aus polierten Steinfliesen, auf der ein breiter runder Marmorspringbrunnen Wasser in die Luft spritzte. Allerdings füllten Leute an den Ecken des Platzes Eimer aus Steintrögen. Der Springbrunnen verbreitete einen Geruch von Salzlauge. Sie war ein Symbol von Juradors Reichtum, und sie wurde aus derselben Quelle wie die Salzteiche in den umgebenden Hügeln abgepumpt. Mat bekam eine Menge von der Stadt zu sehen, bevor die Sonne den halben Weg zum Zenit erklommen hatte.

Jedes Mal, wenn Tuon und Selucia einen Laden erspähten, der Seide ausstellte, blieben sie an dem langen schmalen Tisch stehen, um Tuchrollen zu betasten und mit zusammengesteckten Köpfen zu flüstern, wobei sie die Bemühungen der aufmerksamen Verkäufer abwehrten. Die waren sehr aufmerksam, bis sie bemerkten, dass Mat zu den beiden Frauen gehörte.

Mit ihrer schlecht sitzenden, abgetragenen Wollkleidung sahen sie nicht wie Kunden aus, die sich Seide leisten konnten. Mat aber schon, der eine Seite seines Umhangs zurückgeschlagen hatte, um das Futter sehen zu lassen. Aber wann auch immer er Interesse zu zeigen versuchte – Frauen behaupteten stets, sie wollten, dass man Interesse zeigte! –, wann auch immer er nahe genug herankam, um zu hören, was sie sagten, verstummten die Frauen und blickten ihn aus den Tiefen ihrer Kapuzen mit kühlen schwarzen und kühlen blauen Augen an, bis er ein paar Schritte zurückwich. Dann beugte Selucia wieder den Kopf zu Tuon herunter, und sie fingen erneut an zu murmeln und die Seide zu betasten, rote Seide, blaue Seide, grüne Seide, glatt schimmernde Seide und verzierte Seide. Jurador war eine sehr reiche Stadt. Glücklicherweise hatte Mat einen fetten Geldbeutel voller Gold eingesteckt. Aber nichts schien passend zu sein. Tuon schüttelte unweigerlich den Kopf, und die beiden rauschten wieder in die Menge hinein, während Mat sich beeilte, mit ihnen bis zum nächsten Seidengeschäft mitzuhalten. Die Würfel prallten von der Innenseite seines Kopfes ab.

Sie waren nicht die Einzigen vom Zirkus, die in die Stadt gekommen waren. Er entdeckte Aludra, deren Gesicht von ihren perlengeschmückten Zöpfen umrahmt wurde und die an der Seite eines grauhaarigen Mannes durch die Menge ging, der dem Ausmaß der hellen Stickereien auf dem Seidenmantel nach zu urteilen ein Salzhändler sein musste. Was konnte eine Illuminatorin von einem Salzhändler wollen? Was auch immer sie zu ihm sagte, sein erfreutes Lächeln fügte seinem Gesicht noch ein paar zusätzliche Falten hinzu, und er nickte.

Tuon schüttelte den Kopf, und die beiden Frauen gingen zum nächsten Laden und ignorierten die tiefen Verbeugungen des Händlers. Nun ja, die meisten waren für Mat gedacht. Vielleicht glaubte der dürre Narr ja, er wollte die Seide für sich kaufen. Nicht, dass er einen oder auch mehrere Seidenmäntel ausgeschlagen hätte, aber wer konnte schon über Mäntel nachdenken, wenn er darauf wartete, dass diese verfluchten Würfel verstummten? Nur ein paar dezente Stickereien, auf den Ärmeln und an den Schultern.

Thom ging an ihm vorbei, den bronzefarbenen Umhang fest um den Körper geschlungen; er gähnte, als hätte er die Nacht nicht geschlafen. Vielleicht hatte er es auch nicht. Der Gaukler hatte nicht wieder angefangen zu trinken, aber Lopin und Nerim beschwerten sich darüber, dass er bis in die frühen Morgenstunden wach blieb und eine Lampe brennen ließ, damit er immer wieder seinen kostbaren Brief lesen konnte. Was konnte an einem Brief von einer toten Frau so faszinierend sein? Eine Tote. Beim Licht, vielleicht waren all die Leute auf der Straße …! Nein, er würde einfach nicht darüber nachdenken.

Tuon zog eine Bahn Seide in die Höhe und ließ sie wieder fallen, dann drehte sie sich um, ohne sich eine andere anzusehen. Selucia warf der Verkäuferin einen solch hochnäsigen Blick zu, dass die Frau ihn verärgert erwiderte. Mat schenkte ihr ein Lächeln. Verärgerte Ladenbesitzer konnten dazu führen, dass Stadtwächter anfingen Fragen zu stellen, und wer vermochte schon zu sagen, wo das schließlich enden mochte? Er wusste, dass sein Lächeln die meisten Frauen beruhigen konnte. Die rundgesichtige Frau schnaubte und beugte sich vor, um die Seide so zärtlich zu glätten, als würde sie ein Kind zu Bett bringen. Die meisten Frauen, dachte er säuerlich.

Ein Stück weit die Straße hinunter ließ eine Frau mit einem schlichten Umhang die Kapuze zurückfallen, und Mat stockte der Atem. Edesina setzte die Kapuze wieder auf, aber sie beeilte sich nicht, und der Schaden war ohnehin schon angerichtet, das zur Schau gestellte alterslose Gesicht einer Aes Sedai, das jeder erkennen würde, der wusste, worauf er zu achten hatte. Niemand auf der Straße ließ erkennen, dass er etwas bemerkt hatte, aber Mat konnte nicht jedes Gesicht sehen. Dachte gerade jemand an eine Belohnung? Im Augenblick hielt sich zwar kein Seanchaner in Jurador auf, aber sie kamen ständig vorbei.

Edesina rauschte um eine Ecke, und zwei Gestalten mit dunklen Umhängen folgten ihr. Hatten die *Sul'dam* nur eine von ihnen im Lager zurückgelassen, um die beiden Aes Sedai im Auge zu behalten? Aber vielleicht waren Joline und Teslyn ja ganz in der Nähe, und er hatte sie nur übersehen. Er verdrehte den Hals und suchte in der Menschenmenge nach einem weiteren schmucklosen Umhang, aber jeder, den er sah, wies zumindest kleine Stickereien auf.

Da traf es ihn wie ein Stein zwischen den Augen. Jeder Umhang, den er sehen konnte, wies zumindest kleine Stickereien auf. Wo steckte die verdammte Tuon und die verdammte Selucia? Rollten die Würfel nicht schneller?

Schwer atmend stellte er sich auf die Zehenspitzen, aber die Straße war ein Meer aus verzierten Umhängen, verzierten Mänteln und Kleidern. Das musste nicht bedeuten, dass sie zu fliehen versuchten. Tuon *hatte* ihr Wort gegeben; sie hatte eine perfekte Gelegenheit zum Verrat ungenutzt verstreichen lassen. Aber beide Frauen mussten bloß drei Worte sagen, und jeder, der sie hörte, würde vermutlich den seanchanischen Akzent erkennen. Das würde möglicherweise ausreichen, um die Jagdhunde auf seine Spur zu setzen. Voraus befanden sich zwei Geschäfte, die offenbar Stoffe anboten, jeweils auf einer Straßenseite. Und vor keinem Geschäft standen zwei Frauen mit schwarzen Umhängen. Sie hätten mühelos um eine Ecke gehen können, aber er musste seinem Glück vertrauen. Sein Glück war vor allem dann verlässlich, wenn es um reine Glücksspiele ging. Die verfluchten Frauen hielten es vermutlich für ein verfluchtes Spiel. Sollte man ihn zu Asche verbrennen, er vertraute auf sein Glück.

Er schloss die Augen, drehte sich mitten auf der Straße im Kreis und machte dann einen Schritt vorwärts. Völlig willkürlich. Er prallte gegen jemanden, hart genug, dass sie beide aufstöhnten. Ein stämmiger Bursche mit einem kleinen Mund und grobem Stickwerk auf den Schultern seines einfachen Mantels starrte ihn finster an, als er die Augen wieder öffnete, und strich über den Griff seines Krummdolchs. Mat war das egal. Er schaute direkt auf einen der beiden Läden. Er setzte den Hut fester auf und rannte los. Die Würfel *rollten* schneller.

Mit Tuchballen voll gestopfte Regale säumten die Wände des Ladens vom Boden bis zur Decke; noch mehr Ware stapelte sich auf langen Tischen. Die Ladenbesitzerin war eine dürre Frau mit einer großen Warze auf dem Kinn, ihre Helferin war schlank und hübsch und schaute wütend drein. Mat kam gerade rechtzeitig in den Verkaufsraum geschossen, um zu hören, wie die Besitzerin sagte: »Zum letzten Mal, wenn ihr mir nicht sagt, was ihr hier wollt, lasse ich Nelsa die Stadtwächter holen.« Tuon und Selucia gingen mit noch immer hochgeschlagenen Kapuzen langsam eine Wand voller Stoffballen ab und blieben stehen, um ein Gewebe anzufassen, aber keine von ihnen schenkte der Besitzerin irgendwelche Beachtung.

»Sie gehören zu mir«, stieß Mat atemlos hervor. Er zupfte den Geldbeutel aus der Tasche und warf ihn auf den nächsten freien Tisch. Das Klirren, das er bei seiner Landung machte, zauberte ein breites Lächeln auf das schmale Gesicht der Besitzerin. »Gebt ihnen, was immer sie wollen«, sagte er. Dann wandte er sich Tuon zu und fügte fest hinzu: »Wenn Ihr etwas kaufen wollt, dann hier. Ich hatte heute Morgen mehr Bewegung, als ich wollte.«

Falls möglich, hätte er die Worte in dem Moment, in dem sie seinen Mund verließen, wieder zurückgenommen. Sprach man so zu einer Frau, dann sprang sie einem ins Gesicht wie die Flamme von einem von Aludras Feuerstöcken, jedes Mal. Aber Tuons große Augen schauten aus dem Schutz der Kapuze zu ihm hoch. Und ihre vollen Lippen wölbten sich zu einem leichten Lächeln. Es war ein persönliches Lächeln, allein für sie selbst bestimmt, nicht für ihn. Das Licht allein wusste, was es bedeuten sollte. Er hasste es, wenn Frauen das taten. Wenigstens hatten die Würfel nicht angehalten. Das musste doch ein gutes Zeichen sein, oder?

Tuon brauchte keine Worte, um ihre Auswahl zu treffen, stumm deutete sie auf einen Ballen nach dem anderen und zeigte mit ihren kleinen dunklen Händen, wie viel die Besitzerin mit ihrer Schere abschneiden sollte. Die Frau machte die Arbeit selbst, statt sie an ihre Helferin zu delegieren, und unter diesen Umständen war das auch sicher angebracht. Rote Seide in vielen verschiedenen Farbtönen wurde von der langen, scharfen Schere abgeschnitten, und grüne Seide in ein paar Schattierungen und mehr Arten blauer Seide, als Mat sie für möglich gehalten hätte. Tuon wählte feines Leinen in verschiedenen Stärken und Bahnen heller Wolle – darüber besprach sie sich mit Selucia in gedämpftem Flüsterton –, aber in der Hauptsache nahm sie Seide. Mat bekam wesentlich weniger von seinem Geldbeutel zurück als erwartet.

Nachdem der ganze Stoff zusammengefaltet und ordentlich verschnürt war, um dann in eine große Bahn aus grobem Leinen gepackt zu werden – die kostete nichts, vielen herzlichen Dank –, war er ein Bündel so dick wie das Gepäck eines Hausierers. Es überraschte Mat nicht im Mindesten, dass man von ihm erwartete, das Bündel auf den Schultern zu tragen, während er in der einen Hand noch seinen Hut halten musste. Da zog man seine besten Sachen an, kaufte einer Frau Seide, und sie fand trotzdem eine Möglichkeit, einen schuften zu lassen! Vielleicht ließ sie ihn auf diese Weise für seine harschen Worte bezahlen.

Er zog viele Blicke starrender Narren auf sich, als er die Stadt im Schlepptau der beiden Frauen verließ. Sie rauschten so zufrieden daher wie Katzen, die an der Sahne genascht hatten. Selbst in ihre Umhänge gehüllt, sagte ihre Haltung alles. Die Sonne stand immer noch nicht im Zenit, aber die Schlange der Leute, die in die Vorstellung wollten, reichte bis fast zur Stadt. Die meisten zeigten auf ihn, als wäre er ein geschminkter Spaßmacher. Einer der großen Pferdeknechte, die die Münzenkiste bewachten, zeigte ein zahnlückiges Grinsen und öffnete den Mund, aber Mat warf ihm einen strengen Blick zu, und der Bursche entschied sich, seine Aufmerksamkeit wieder auf die Münzen zu richten, die von den Städtern in den Glaskrug wanderten. Mat glaubte, noch nie so erleichtert gewesen zu sein, wieder in Lucas Zirkus zu sein.

Mat und die beiden Frauen standen noch keine drei Schritte im Eingang, als Juilin angelaufen kam, wunderbarerweise einmal ohne Thera oder seine rote Mütze. Das Gesicht des Diebefängers hätte aus uralter Eiche geschnitzt sein können. Er musterte die Leute, die an ihnen vorbei zu den Vorstellungen strömten, und hielt die Stimme leise. Leise und drängend. »Ich wollte dich suchen kommen. Es ist Egeanin. Sie wurde … verletzt. Kommt schnell.«

Der Tonfall des Mannes verriet genug, aber was noch schlimmer war, die Würfel in Mats Kopf hämmerten jetzt wie auf einer Trommel. Er warf den Pferdeknechten den Stoff zu mit dem Befehl, ihn genauso scharf zu bewachen wie die Münzenkiste, oder er würde die Frauen auf ihn hetzen, aber er wartete nicht ab, um zu sehen, ob sie ihn ernst nahmen. Juilin bewältigte den Rückweg im Laufschritt, und Mat rannte auf der breiten Hauptstraße des Zirkusgeländes hinter ihm her, wo die lärmende Menge den vier mit nackter Brust auftretenden Chavana-Brüdern dabei zusah, wie sie auf den Schultern des jeweils anderen standen. Verrenkungskünstler in hauchdünnen Hosen und glitzernden Westen saßen auf den Köpfen, und eine Seiltänzerin in mit Sternen verzierten blauen Hosen erklomm eine lange Holzleiter, um mit ihrer Darstellung zu beginnen. Kurz vor der Seiltänzerin duckte sich Juilin in eine der schmalen Gassen, in denen Wäsche auf Leinen zwischen den Zelten und Wagen hing, Artisten auf Hockern und Wagentreppen saßen und darauf warteten, mit ihren Darstellungen weiterzumachen, und die Zirkuskinder herumliefen und mit Bällen und Reifen spielten. Mat wusste mittlerweile, was ihr Ziel war, aber der Diebefänger lief zu schnell, um überholt zu werden.

Voraus sah er den grünen Wagen: Latelle schaute darunter, und Luca in einem seiner hellroten Umhänge bedeutete zwei Jongleuren, einfach weiterzugehen. Die beiden Frauen, die bauschige Hosen trugen und die Gesichter weiß wie die Hofnarren von Adligen geschminkt hatten, warfen einen ausgiebigen Blick unter den Wagen, bevor sie weitergingen. Als Mat näher kam, konnte er sehen, was sie angestarrt hatten. Domon saß ohne Mantel unter dem Rand des Wagens auf dem Boden und wiegte eine reglose Egeanin in den Armen. Ihre Augen waren geschlossen, aus einem Mundwinkel rann Blut. Ihre Perücke hing schief. Aus irgendeinem Grund stach dieses Detail hervor. Sie gab sich immer so viel Mühe, diese Perücke vernünftig aufzusetzen. Die Würfel dröhnten wie Donnerhall.

»Das könnte eine Katastrophe sein«, knurrte Luca und teilte seinen finsteren Blick zwischen Juilin und Mat auf. Aber es war ein wütender Blick, kein ängstlicher. »Vielleicht habt Ihr mich in den Ruin getrieben!« Er verscheuchte ein paar Kinder mit weit aufgerissenen Augen und fauchte eine dicke Frau an, deren Röcke mit silbernen Flittern funkelten. Miyora ließ Leoparden Kunststücke vorführen, die sich Latelle nicht getraut hätte, aber sie warf lediglich den Kopf zurück, bevor sie weiterrauschte. Niemand nahm Luca so ernst wie er sich selbst.

Er schrak zusammen, als Tuon und Selucia herbeieilten, und schien kurz davor zu stehen, auch ihnen den Befehl zum Weitergehen zu geben, bevor er sich besann. Tatsächlich fing er an, nachdenklich die Stirn zu runzeln. Und besorgt. Anscheinend hatte ihm seine Frau nicht erzählt, dass Mat und die Frauen das Zirkusgelände verließen, und es war offensichtlich, dass sie in der Stadt gewesen waren. Die blauäugige Frau trug ein gewaltiges Stoffbündel auf dem Rücken, aber sie stand gerade aufgerichtet. Man hätte denken sollen, dass die Zofe einer Lady daran gewöhnt war, Dinge zu tragen, aber ihr Gesicht bot ein Bild empörter Gereiztheit. Latelle musterte sie von oben bis unten, dann schaute sie Mat höhnisch an, als wäre er der Grund, dass die Frau ihren bemerkenswerten Busen rausstreckte. Lucas Frau war sehr gut mit höhnischen Blicken, aber Tuons strenge Miene ließ Latelle beinahe gütig erscheinen. Hier schaute ein Richter aus der Kapuze, ein Richter, der bereit war, das Urteil zu sprechen.

Im Augenblick war es Mat egal, was die Frauen dachten. Diese *verdammten* Würfel. Er warf den Umhang zurück, ließ sich auf ein Knie hinab und führte die Finger an Egeanins Hals. Ihr Puls schlug schwach, dünn und flatternd.

»Was ist passiert?«, fragte er. »Habt ihr nach einer der Schwestern geschickt?« Egeanin zu bewegen würde sie vielleicht umbringen, aber vielleicht war noch genug Zeit zum Heilen da, falls sich die Aes Sedai beeilten. Aber er würde die Namen nicht laut aussprechen, nicht, wo so viele Leute hier vorbeigingen und neugierig stehen blieben, bis Luca oder Latelle sie fortschickten. Bei ihr bewegte sich jeder viel schneller als bei ihm. Latelle war eigentlich die Einzige, die wirklich für Luca sprang.

»Renna!« Domon spuckte den Namen aus. Trotz des kurzen Haarschopfs und dem Illianerbart, der seine Oberlippe frei ließ, sah er jetzt nicht im Mindesten lächerlich aus. Er sah ängstlich und mörderisch aus, eine gefährliche Kombination. »Ich gesehen haben, wie sie Egeanin in den Rücken stach und floh. Hätte ich sie erreichen können, hätte ich ihr das Genick gebrochen, aber meine Hand sein alles, das Egeanins Blut festhält. Wo bleiben die verfluchten Aes Sedai?« So viel zu Mats Bemühungen um eine vorsichtige Ausdrucksweise.

»Ich bin genau hier, Bayle Domon«, verkündete Teslyn kalt und kam mit Thera herbeigeeilt, die einen entsetzten Blick auf Tuon und Selucia warf und sich mit einem spitzen Schrei an Juilins Arm klammerte, die Augen zu Boden geschlagen. So wie sie anfing zu zittern, würde sie in einer Minute vermutlich selbst dort liegen.

Als die Aes Sedai sah, was dort vor ihr lag oder vielleicht auch wo es lag, machte sie ein Gesicht, als hätte sie eine Hand voll Dornen im Mund. Aber sie kroch schnell unter den Wagen an Domons Seite und umklammerte Egeanins Kopf mit knochigen Händen. »Joline ist darin besser als ich«, murmelte sie, »aber vielleicht schaffe ich …«

Der silberne Fuchskopf auf Mats Brust wurde kalt, und Egeanin bäumte sich so wild auf, dass ihr die Perücke vom Kopf fiel und sie sich fast aus Domons Griff befreite, während sie die Augen weit aufriss. Der Krampf dauerte nur lange genug, dass sie sich mit einem erstickten Keuchen zur Hälfte aufsetzte, dann sackte sie wieder gegen Domons Brust, und das Medaillon wurde erneut zu einem Stück bearbeiteten Silber. Daran war Mat fast schon gewöhnt. Er hasste es, dass er daran gewöhnt war.

Auch Teslyn sackte zusammen; beinahe wäre sie umgekippt, hätte Domon nicht den Griff gewechselt und die Aes Sedai mit einer Hand gestützt. »Danke«, sagte Teslyn nach einem Moment, das Wort klang, als hätte man es ihr abgerungen. »Aber ich brauche keine Hilfe.« Doch sie stützte sich am Wagen ab, um sich aufzurichten, und ihr kalter Aes Sedai-Blick forderte jeden heraus, eine entsprechende Bemerkung zu machen. »Die Klinge ist von einer Rippe abgeglitten und hat darum ihr Herz verfehlt. Sie braucht jetzt nur noch Ruhe und Nahrung.«

Mat wurde klar, dass sie keine Zeit verschwendet hatte, sich einen Umhang zu schnappen. Auf der einen Seite der Gasse stand eine Gruppe Frauen in glitzernden Umhängen vor einem grünen Zelt und schaute ihnen neugierig zu. Auf der anderen Seite warfen ein halbes Dutzend Männer und Frauen in weiß gestreiften Mänteln und engen Hosen, allesamt Pferdeartisten, Teslyn schnelle Blicke zu und steckten flüsternd die Köpfe zusammen. Zu spät, um sich darum zu sorgen, dass jemand das Gesicht einer Aes Sedai erkennen würde. Zu spät, um sich darum zu sorgen, dass einer von ihnen eine Heilung erkannte, wenn er sie sah. Die Würfel prallten gegen die Innenseiten von Mats Kopf. Sie waren nicht verstummt; das Spiel war noch nicht gelaufen.

»Wer sucht nach ihr, Juilin?«, fragte er. »Juilin?«

Der Diebefänger hörte auf, Tuon und Selucia anzustarren und Thera etwas zuzumurmeln, allerdings streichelte er die zitternde Frau auch weiterhin. »Vanin und die Rotwaffen, Lopin und Nerim. Olver auch. Er war weg, bevor ich ihn aufhalten konnte. Aber bei dem hier ...« Er hörte lange genug auf, Thera zu beruhigen, um auf die Hauptstraße zu zeigen. Selbst auf diese Entfernung war das Stimmengewirr deutlich hörbar. »Sie braucht sich nur einen dieser verzierten Umhänge zu besorgen, und sie kann mit den ersten Besuchern, welche die Vorführung verlassen, herausschlüpfen. Wenn wir versuchen, jede Frau mit hochgeschlagener Kapuze aufzuhalten, selbst wenn wir nur versuchen sollten, in sie hineinzuschauen, dann bekommen wir es mit einem Aufruhr zu tun. Diese Leute sind empfindlich.«

»Eine Katastrophe«, stöhnte Luca und zog den Umhang eng um seine Gestalt. Latelle legte einen Arm um ihn. Das musste so sein, als würde man von einer Leopardin getröstet; auf jeden Fall sah Luca nicht besonders getröstet aus.

»Soll man mich doch zu Asche verbrennen, warum?«, knurrte Mat. »Renna war immer bereit, mir das verdammte Handgelenk zu lecken! Ich dachte immer, wenn eine die Nerven verliert ...!« Er sah nicht einmal in Theras Richtung, aber Juilin warf ihm trotzdem einen bösen Blick zu.

Domon war mit Egeanin in den Armen aufgestanden. Zuerst kämpfte sie schwach dagegen an – Egeanin war nicht die Frau, die sich wie eine Puppe herumtragen ließ –, aber schließlich schien sie zu begreifen, dass sie, wenn sie sich auf die Füße stellte, umkippen würde. Sie ließ sich mit einem empörten Blick gegen die Brust des Illianers sacken. Domon würde es noch lernen; selbst wenn eine Frau Hilfe brauchte, wenn sie sie nicht wollte, würde sie einen später dafür bezahlen lassen, dass man sie ihr gewährt hatte. »Ich bin die Einzige, die ihr Geheimnis kennt«, sagte sie mit schwacher Stimme. »Jedenfalls die Einzige, die es hätte weitererzählen können. Vielleicht hat sie geglaubt, sie könnte unbeschadet nach Hause gehen, wenn ich tot bin.«

»Was für ein Geheimnis?«, fragte Mat.

Die Frau zögerte aus irgendeinem Grund und starrte auf Domons Brust. Schließlich seufzte sie. »Renna ist einmal an die Leine gelegt worden. Bethamin und Seta auch. Sie können die Macht lenken. Oder es vielleicht lernen, ich weiß es nicht. Aber bei diesen dreien hat das *A'dam* funktioniert. Vielleicht funktioniert es bei jeder *Sul'dam*.« Mat pfiff durch die Zähne. Nun, das wäre für jeden Seanchaner ein Schlag gegen den Kopf.

Luca und seine Frau sahen sich verwirrt an und verstanden offensichtlich kein Wort. Teslyn stand der Mund offen, die sprichwörtliche Aes Sedai-Gelassenheit vom Schock fortgespült. Aber Selucia gab einen erbosten Laut von sich, ihre blauen Augen blitzten, und sie ließ den Stoff vom Rücken fallen und machte einen Schritt auf Domon zu. Ein schnelles Aufblitzen von Tuons Fingern ließ sie ruckartig anhalten, aber es war dennoch zögernd. Tuons Gesicht war eine dunkle, unleserliche Maske. Aber es gefiel ihr nicht, was sie da gehört hatte. Richtig, sie hatte gesagt, *sie* würde *Damane* abrichten. Oh, sollte man ihn doch zu Asche verbrennen, würde er etwa zu allem Überfluss auch noch eine Frau heiraten, die die Macht lenken konnte?

Das Geräusch von Hufen verkündete die Ankunft von Harnan und den anderen drei Rotwaffen, die im schnellen Trab die Gasse zwischen den Zelten und Wagen herangeritten kamen. Unter den Umhängen hatten sie die Schwerter umgeschnallt; Metwyn trug zusätzlich noch einen Dolch, der fast so lang wie sein Kurzschwert war, und Gorderan hatte seine schwere Armbrust gespannt am Sattel hängen. Der Spanner an seinem Gürtel würde eine volle Minute brauchen, um die dicke Sehne zurückzuziehen, aber auf diese Weise brauchte er nur noch einen Bolzen einlegen. Harnan trug einen Reiterbogen und einen vollen Köcher an der Hüfte. Fergin führte Pips mit sich.

Harnan machte sich nicht die Mühe abzusteigen. Er musterte Tuon und Selucia misstrauisch und Luca und Latelle mit fast genauso großen Zweifeln, dann beugte er sich im Sattel vor. »Renna hat ein Pferd gestohlen, mein Lord«, sagte er leise. »Sie hat einen der Pferdeknechte am Eingang niedergeritten. Vanin folgt ihr. Er sagte, sie könnte es bis zum Abend nach Coramen schaffen. Das ist die Richtung, die sie eingeschlagen hat. Sie ist viel schneller als die Wagen. Aber sie reitet ohne Sattel; mit etwas Glück können wir sie einholen.« Er klang fast so, als wäre dieses Glück eine feststehende Tatsache. Die Männer der Bande vertrauten mehr auf Mat Cauthons Glück als er selbst.

Aber es schien keine andere Wahl zu geben. Die Würfel donnerten noch immer durch seinen Kopf. Noch bestand die Chance, dass sie zu seinen Gunsten fielen. Eine kleine Chance. Mat Cauthons Glück. »Schafft Eure Leute so schnell auf die Straße, wie sie zusammenpacken können, Luca«, sagte er und schwang sich in Pips Sattel. »Lasst die Segeltuchwand und alles andere, das ihr nicht schnell auf die Wagen laden könnt, einfach zurück. Reist einfach nur ab.«

»Seid Ihr verrückt?«, krächzte Luca. »Wenn ich versuche, die Besucher zu verjagen, dann *wird* es einen Aufstand geben! Und sie werden ihr Geld zurückhaben wollen!« Beim Licht, der Mann würde noch an sein Geld denken, wenn sein Hals schon längst auf dem Richtblock lag.

»Denkt an das, was Euch passieren wird, wenn Euch morgen hier tausend Seanchaner finden.« Mats Stimme war so kalt, wie er sie hinbekam. Wenn er versagte, würden die Seanchaner Lucas Wanderzirkus in kürzester Zeit gestellt haben, ganz egal, wie sehr er seine Pferde antrieb. Nach dem Verziehen seines Mundes zu urteilen, als hätte er in eine saure Pflaume gebissen, wusste Luca das auch. Mat zwang sich, den Mann zu ignorieren. Die Würfel rollten hart, aber sie blieben noch nicht stehen. »Juilin, gib Luca das ganze Gold, bis auf einen dicken Beutel.« Vielleicht konnte sich der Mann seinen Weg freikaufen, sobald die Seanchaner sahen, dass er ihre Tochter der verdammten Neun Monde nicht bei sich hatte. »Hol alle zusammen und reitet los, so schnell ihr könnt. Sobald du außer Sichtweite der Stadt bist, geh in die Wälder. Ich finde euch.«

»Alle?« Juilin schirmte Thera mit seinem Körper ab und wies mit dem Kopf auf Tuon und Selucia. »Lass die beiden in Jurador zurück, vielleicht hören die Seanchaner dann auf, wenn sie sie zurückbekommen. Zumindest könnte es sie aufhalten. Du sagst doch dauernd, dass du sie früher oder später freilassen willst.«

Mat erwiderte Tuons Blick. Große dunkle feuchte Augen in einem glatten, ausdruckslosen Gesicht. Sie hatte die Kapuze ein Stück zurückgeschoben, sodass er ihr Gesicht deutlich erkennen konnte. Wenn er sie zurückließ, konnte sie die Worte nicht sagen, oder falls sie es doch tat, würde er zu weit weg sein, als dass sie eine Rolle gespielt hätten. Wenn er sie zurückließ, würde er nie erfahren, warum sie immer so geheimnisvoll lächelte oder was hinter dem Geheimnis steckte. Beim Licht, er *war* ein Narr! Pips machte ein paar ungeduldige Schritte.

»Alle«, sagte er. Nickte Tuon kaum merklich, wie für sich selbst bestimmt? Warum sollte sie nicken? »Lass uns reiten«, sagte er zu Harnan.

Sie mussten ihre Pferde im Schritttempo durch die Menschenmenge lenken, um aus dem Zirkus herauszukommen, aber sobald sie die Straße erreichten, ließ Mat

Pips losgaloppieren, und sein Umhang flatterte hinter ihm her, und er hielt den Kopf unten, damit ihm der Hut nicht heruntergerissen wurde. Es war kein Tempo, das man einem Pferd lange Zeit zumuten konnte. Die Straße wand sich um Hügel und überquerte Anhöhen, gelegentlich führte sie auch über die Hügel, wenn die Steigung nicht zu groß war. Sie spritzten durch knöcheltiefe Bäche und donnerten über niedrige Holzbrücken, die tiefere Gewässer überspannten. Auf den Hügeln erschienen wieder Bäume, Kiefern und Zwerglorbeer zeigten unter den winterkahlen Ästen das einzige Grün. An einige Hügel schmiegten sich Bauernhöfe, niedrige Steinhäuser mit Schindeldächern und höhere Scheunen, und gelegentlich eine Ansiedlung aus acht oder zehn Häusern.

Ein paar Meilen von dem Zirkus entfernt entdeckte Mat einen breiten Mann, der wie ein Sack Hafer im Sattel hockte. Das Pferd war ein langbeiniger Brauner, der sich in einem gleichmäßigen Trab vorwärts bewegte. Es war nur natürlich, dass ein Pferdedieb ein Auge für ein gutes Tier hatte. Vanin hörte ihren Hufschlag und drehte sich um, ließ sein Pferd aber nur im Schritttempo weitergehen. Das war ein schlechtes Zeichen.

Als Mat Pips neben dem Braunen zügelte, spuckte Vanin aus. »Die beste Chance haben wir, wenn wir ihr Pferd zu Tode geritten finden, sodass ich ihre Fußspuren weiterverfolge«, murmelte er. »Sie treibt es schneller an, als ich gedacht hätte, selbst ohne Sattel. Wenn wir ein schnelles Tempo vorlegen, können wir sie vielleicht gegen Sonnenuntergang erwischen. Falls ihr Pferd nicht zusammenbricht oder stirbt, ist das in etwa der Zeitpunkt, zu dem sie Coramen erreicht.«

Mat schob den Hut zurück, um die Sonne zu betrachten, die fast genau über ihnen stand. Es war ein langer Weg, um ihn in weniger als einem halben Tag zurückzulegen. Wenn er kehrtmachte, konnte er bei

Sonnenuntergang ein gutes Stück von Jurador weg sein, zusammen mit Thom, Juilin und den anderen. Zusammen mit Tuon. Die Seanchaner wussten dann, dass sie Mat Cauthon jagen mussten. Der Mann, der die Tochter der Neun Monde entführt hatte, würde nicht genug Glück haben, um bloß zum *Da'covale* gemacht zu werden. Und irgendwann am morgigen oder übernächsten Tag würden sie Luca pfählen. Luca und Latelle, Petra und Clarine und den ganzen Rest. Ein Dickicht aus Pfählen. Die Würfel rollten und polterten in seinem Kopf.

»Wir können es schaffen«, sagte er. Sie hatten keine andere Wahl.

Vanin spuckte aus.

Es gab nur eine Möglichkeit, auf einem Pferd eine große Distanz schnell zurückzulegen, wenn man am Ende noch auf einem lebenden Pferd sitzen wollte. Sie ließen die Tiere eine halbe Meile gehen, dann eine halbe Meile traben. Ein leichter Galopp, dann ein Sprint, danach ging es wieder im Schritt weiter. Die Sonne senkte sich, und die Würfel rollten. Sie ritten um spärlich bewaldete Hügel herum und über von Bäumen bewachsene Kämmen hinweg. Flüsse, die mit drei Schritten überquert werden konnten, ließen die Hufe der Pferde kaum feucht werden, und dreißig Schritte breite Ströme hatten flache Brücken aus Holz oder auch aus Stein. Die Sonne sank immer tiefer, und die Würfel rollten schneller. Sie hatten fast den Elbar erreicht, und kein Zeichen von Renna außer Kratzern im harten Staub der Straße, auf die Vanin zeigte, als wären es aufgemalte Hinweisschilder.

»Wir kommen näher«, murmelte der fette Mann. Aber er klang nicht glücklich.

Dann umrundeten sie einen Hügel, und vor ihnen lag eine weitere niedrige Brücke. Jenseits davon bog die Straße nach Norden ab, um den nächsten Hügelkamm durch einen Sattel hindurch zu überqueren. Die Sonne, die genau oben auf dem Kamm saß, blendete sie. Coramen lag auf der anderen Seite des Kamms. Mat zog den Hut tiefer, um die Augen zu beschatten, und hielt auf der Straße nach der Frau Ausschau, nach irgendjemandem, ob zu Fuß oder beritten, und sein Mut sank.

Vanin fluchte und streckte den Arm aus.

Ein schweißbedeckter Brauner kämpfte sich auf der anderen Flussseite die Steigung hinauf, eine Frau trat ihm hektisch in die Flanken, trieb ihn an, die Höhe zu überwinden. Renna war zu verzweifelt gewesen, die Seanchaner zu erreichen, um auf der Straße zu bleiben. Sie war vielleicht zweihundert Schritte von ihnen entfernt, und es hätten genauso gut Meilen sein können. Ihr Tier stand kurz vor dem Zusammenbruch, aber bevor sie sie erreicht hatten, konnte sie abspringen und in Sichtweite der Garnison laufen. Dazu musste sie nur die Hügelkuppe erreichen, weitere fünfzig Schritte.

»Mein Lord?«, sagte Harnan. Er hatte einen Pfeil eingespannt und den Bogen halb erhoben. Gorderan hielt die schwere Armbrust an die Schulter, ein dicker, spitzer Bolzen war eingelegt.

In seinem Inneren fühlte Mat, wie etwas aufflackerte und dann starb. Er wusste nicht, was es war. Irgendetwas. Die Würfel hallten so laut wie Donnerhall. »Schießt«, sagte er.

Er wollte die Augen schließen. Die Armbrust schnappte; der Bolzen sauste als schwarzer Schemen durch die Luft. Renna taumelte nach vorn, als er sie in den Rücken traf. Sie hatte es fast geschafft, sich vom Hals des Braunen hochzustemmen, als Harnans Pfeil sie erwischte.

Langsam sackte sie vom Pferd, rutschte den Abhang hinunter, kam ins Rollen, prallte von Schösslingen ab, rollte immer schneller und schneller, bis sie mit einem Klatschen im Fluss landete. Einen Augenblick lang trieb sie mit dem Gesicht nach unten gegen das Ufer, dann erfasste sie die Strömung und zog sie mit sich, im Wasser bauschten sich ihre Röcke auf. Langsam trieb sie der Mündung entgegen. Vielleicht würde sie irgendwann das Meer erreichen. Und damit waren es drei. *Nie wieder*, dachte Mat, als Renna hinter eine Biegung trieb und aus der Sicht verschwand. *Und wenn ich deswegen sterben muss, nie wieder.*

Auf dem Ritt zurück nach Osten trieben sie die Pferde nicht an. Dafür gab es keinen Grund, und Mat fühlte sich zu Tode erschöpft. Aber sie legten auch keine Pausen ein, es sei denn, um die Pferde zu tränken und sie verschnaufen zu lassen. Niemand wollte reden.

Nach Mitternacht erreichten sie Jurador, die Stadt war eine dunkle Masse mit fest verschlossenen Toren. Wolken verhüllten den Mond. Überraschenderweise war die Segeltuchwand um Lucas Wanderzirkus direkt hinter der Stadt noch immer da. Zwei in Decken gehüllte, stämmige Männer schnarchten unter dem großen Spruchband, während sie den Eingang bewachten. Selbst von der Straße aus und in der Dunkelheit war es eindeutig, dass die Fläche hinter der Wand von Wagen und Zelten gefüllt wurde.

»Wenigstens kann ich Luca sagen, dass er doch nicht fliehen muss«, meinte Mat müde und lenkte Pips auf das Spruchband zu. »Vielleicht gibt er uns ja einen Platz, an dem wir ein paar Stunden schlafen können.« Bei dem ganzen Gold, das er zurückgelassen hatte, hätte Luca ihnen seinen eigenen Wagen geben müssen, aber da Mat den Mann kannte, hoffte er, irgendwo wenigstens sauberes Stroh zu bekommen. Morgen würde er aufbrechen, um Thom und die anderen zu finden. Und Tuon. Morgen, wenn er ausgeruht war.

In Lucas großem Wagen erwartete ihn eine Überraschung. Er war wirklich geräumig, jedenfalls für einen Wagen, mit einem schmalen Tisch in der Mitte und genug Platz, dass man um ihn herumgehen konnte. Tisch, Schränke und Regalbretter waren alle poliert, bis sie glänzten. Tuon saß auf einem vergoldeten Stuhl – Luca musste natürlich einen Stuhl haben und selbstverständlich einen vergoldeten, wo jeder andere mit einem Hocker auskommen musste! –, und Selucia stand hinter ihr. Ein strahlender Luca sah zu, wie Latelle Tuon einen Teller voll dampfender kleiner Kuchen anbot, die die schwarze kleine Frau studierte, als würde sie tatsächlich etwas essen wollen, das Lucas Frau gebacken hatte.

Tuon zeigte nicht die geringste Verblüffung, als Mat den Wagen betrat. »Ist sie gefangen oder tot?«, sagte sie und nahm einen Kuchen, wobei sie die Finger auf diese seltsam anmutige Weise gebogen hielt.

»Tot«, erwiderte er tonlos. »Luca, was beim Licht …?«

»Ich verbiete es, Spielzeug!«, fauchte Tuon und stach mit dem Finger nach ihm. »Ich verbiete Euch, um eine Verräterin zu trauern!« Ihre Stimme wurde etwas weicher, blieb aber energisch. »Sie hat den Tod verdient, weil sie das Reich verraten hat, und sie hätte Euch genauso verraten. Sie wollte Euch verraten. Was Ihr getan habt, war Gerechtigkeit; ich verkünde, dass es das ist.« Ihr Ton verriet, dass, wenn sie etwas verkündete, es dann auch so war.

Mat kniff einen Moment lang die Augen zusammen. »Sind alle anderen auch noch hier?«, wollte er wissen.

»Natürlich«, sagte Luca, der noch immer wie ein Dorftrottel lächelte. »Die Lady … die Hochlady; verzeiht mir, Hochlady.« Er machte eine tiefe Verbeugung. »Sie hat mit Merrilin und Sandar gesprochen, und … Nun, Ihr seht es ja. Eine sehr überzeugende Frau, die Lady. Die Hochlady. Cauthon, was mein Gold angeht … Ihr habt gesagt, sie sollten es mir geben, aber Merrilin sagte, er würde mir eher die Kehle durchschneiden, und Sandar hat gedroht, mir den Schädel einzuschlagen, und …« Mats Blick ließ ihn verstummen, dann strahlte er plötzlich wieder. »Seht, was die Lady mir gegeben hat!« Er riss einen der Schränke auf und holte ein gefaltetes Stück Papier hervor, das er andächtig in beiden Händen hielt. Es war dickes Papier, so weiß wie Schnee; teuer. »Eine Vollmacht. Natürlich nicht versiegelt, aber unterzeichnet. Valan Lucas Großer Wanderzirkus und Prächtige Zurschaustellung von Mysterien und Wundern steht jetzt unter dem persönlichen Schutz der Hochlady Tuon Athaem Kore Paendrag. Natürlich wird jeder wissen, wer das ist. Ich könnte nach Seanchan reisen. Ich könnte vor der Kaiserin auftreten! Möge sie ewig leben«, fügte er hastig hinzu und verbeugte sich ein weiteres Mal vor Tuon.

Für nichts, dachte Mat düster. Er sank auf eines der Betten und stützte die Ellbogen auf die Knie, was ihm einen scharfen Blick von Latelle einbrachte. Vermutlich hielt allein Tuons Anwesenheit sie davon ab, ihm eine Kopfnuss zu verpassen!

Tuon hob entschieden die Hand, eine schwarze Porzellanpuppe, aber trotz des schäbigen und zu groß geratenen Kleids jeden Fingerbreit eine Königin. »Ihr werdet das nicht benutzen, außer in großer Not, Meister Luca. *Großer* Not!«

»Natürlich, Hochlady; natürlich.« Luca verbeugte sich so oft, dass es den Anschein hatte, als würde er gleich den Boden küssen.

Alles verdammt noch mal für nichts!

»Ich habe genau aufgeführt, wer nicht unter meinem Schutz steht, Spielzeug.« Tuon biss in einen Kuchen und strich sich mit einem Finger ganz langsam einen Krümel von der Lippe. »Könnt Ihr erraten, wessen Name die Liste anführt?« Sie lächelte. Es war kein bösartiges Lächeln. Sondern wieder eines jener Lächeln, die für sie selbst bestimmt waren, Amüsement oder Entzücken wegen etwas, das er nicht erkennen konnte.

Plötzlich bemerkte er etwas. Der kleine Strauß Seidenrosen, den er ihr gegeben hatte, war an ihrer Schulter festgesteckt.

Mat fing an zu lachen; er konnte einfach nicht anders. Er warf den Hut auf den Boden und lachte. Trotz allem, trotz all seiner Bemühungen, kannte er diese Frau nicht im Mindesten! Nicht einmal annähernd! Er lachte, bis ihm die Rippen wehtaten.

KAPITEL 16

Was der Eidstab leisten kann

Die Sonne stand am Horizont und machte den Turm der Weißen Burg in der Ferne zu einer perfekten Silhouette, aber die Kälte der vergangenen Nacht schien stärker zu werden, und die dunkelgrauen Wolken am Himmel kündeten von Neuschnee. Der Winter zog sich zurück, aber er klammerte sich noch zu einer Zeit fest, in der der Frühling längst hätte Einzug halten müssen, und er löste seinen Griff launenhaft. Der morgendliche Lärm drang in Egwenes Zelt, so isoliert von allem es auch stand. Das Lager schien zu vibrieren. Arbeiter würden Wasser von den Quellen bringen, dazu auf Karren Feuerholz und Holzkohle. Dienerinnen würden das Frühstück der Schwestern holen, und Novizinnen des zweiten Ranges zu dem ihren eilen, die des ersten und dritten aber zum Unterricht. Es war ein Tag von entscheidender Bedeutung, auch wenn das keiner von ihnen wusste. Vermutlich würde der heutige Tag das Ende der vorgetäuschten Verhandlungen bringen, die in Darein stattfanden, an einem Tisch unter einem Pavillon am Fuß der Brücke nach Tar Valon. Vorgetäuscht von beiden Seiten. Elaidas Kommandotrupps schlugen weiterhin frech auf beiden Seiten des Flusses zu. Auf jeden Fall würde das heutige Treffen das letzte für absehbare Zeit sein.

Egwene schaute auf ihr Frühstück nieder, seufzte und fischte einen kleinen schwarzen Flecken aus dem dampfenden Haferbrei, den sie ohne genau hinzusehen, ob es nun ein Kornkäfer war, an einer Leinenserviette abwischte. Wenn man nicht sicher sein konnte, dann machte man sich weniger Sorgen darüber, was noch in der Schüssel war. Sie schob einen Löffel voll in den Mund und versuchte sich auf die süßen Aprikosenstücke zu konzentrieren, die Chesa hineingetan hatte. Zersprang da etwas unter ihren Zähnen?

»Alles füttert den Magen, pflegte meine Mutter zu sagen, also achtet nicht darauf«, murmelte Chesa, als würde sie mit sich selbst sprechen. Auf diese Weise gab sie Egwene Ratschläge, ohne die Grenze zwischen Herrin und Dienerin zu überschreiten. Jedenfalls gab sie Ratschläge, wenn Halima nicht da war, und die andere Frau war an diesem Morgen in aller Frühe gegangen. Chesa saß auf einer Kleiderkiste, nur für den Fall, dass Egwene etwas haben wollte oder ein Botengang erledigt werden musste, aber gelegentlich wanderte ihr Blick zu dem Kleiderstapel, der heute zu den Waschfrauen gebracht werden sollte. Sie hatte keine Probleme damit, vor Egwenes Augen zu stopfen und zu flicken, aber nach ihren Regeln hätte das Sortieren der Wäsche die Grenze überschritten.

Egwene zwang die Grimasse von ihrem Gesicht und wollte der Frau sagen, sie solle frühstücken gehen – Chesa betrachtete es ebenfalls als Grenzüberschreitung, zu essen, bevor Egwene fertig war –, aber bevor sie den Mund öffnen konnte, drängte sich Nisao ins Zelt, vom Schein *Saidars* umgeben. Als die Eingangsplane zurückfiel, erhaschte Egwene einen Blick auf Sarin, Nisaos kahlen, schwarzbärtigen Klotz von Behüter, der draußen wartete. Die Kapuze der Schwester lag zurückgeschlagen auf ihren Schultern, sorgfältig so arrangiert, dass das gelbe Samtfutter zu sehen war, aber sie hielt den Umhang umklammert, als würde sie schwer unter der Kälte leiden. Sie sagte kein Wort, sondern warf Chesa nur einen scharfen Blick zu. Chesa wartete Egwenes Nicken ab, dann nahm sie ihren Umhang und eilte hinaus. Sie konnte das Licht der Macht zwar nicht wahrnehmen, aber sie wusste, wann Egwene allein sein wollte.

»Kairen Stang ist tot«, sagte Nisao ohne Vorwarnung. Ihr Antlitz war glatt, ihre Stimme beherrscht und kühl. Klein genug, dass sich Egwene groß vorkam, schien sie dazustehen, als wollte sie einen zusätzlichen Fingerbreit dazugewinnen. Für gewöhnlich tat Nisao das nicht. »Sieben Schwestern hatten sie bereits auf den Rückstand untersucht, bevor ich da war. Es besteht kein Zweifel, dass sie mit *Saidin* getötet wurde. Ihr Genick ist gebrochen. Zerschmettert. Als hätte man ihren Kopf einmal ganz herumgedreht. Wenigstens ist es schnell gegangen.« Nisao holte tief und unsicher Luft, dann erkannte sie, was sie da getan hatte, und stellte sich noch aufrechter hin. »Ihr Behüter ist zu einem Mord bereit. Jemand hat ihm einen Kräutertrank gegeben, um ihn in Schlaf zu versetzen, aber sobald er aufwacht, wird man ihn nur mühsam kontrollieren können.« Sie verzichtete auf die übliche abschätzige Art, die Gelbe so an sich hatten, wenn Kräuter erwähnt wurden, ein Zeichen dafür, wie aufgebracht sie war, wie reglos ihr Gesicht auch aussehen mochte.

Egwene legte den Löffel auf den kleinen Tisch und lehnte sich zurück. Plötzlich war ihr Stuhl nicht länger bequem. Die Nächstbeste nach Leane war jetzt Bode Cauthon. Eine Novizin. Sie versuchte nicht daran zu denken, was Bode sonst noch war. Nach den zusätzlichen Übungsstunden konnte Bode die Arbeit fast so gut wie Kairen erledigen. Fast. Aber das erwähnte sie nicht. Nisao kannte einige der Geheimnisse, aber nicht alle. »Anaiya, jetzt Kairen. Beide Blaue Ajah. Kennt Ihr eine weitere Verbindung zwischen ihnen?«

Nisao schüttelte den Kopf. »Anaiya war fünfzig oder sechzig Jahre lang Aes Sedai, als Kairen in die Burg kam, wenn ich mich recht entsinne. Vielleicht hatten sie gemeinsame Bekannte. Ich weiß es einfach nicht, Mutter.« Jetzt klang sie müde, ihre Schultern sackten leicht nach vorn. Ihre verstohlene Untersuchung von Anaiyas Tod hatte nirgendwo hingeführt, und sie musste wissen, dass Egwene Kairen mit auf die Liste setzen würde.

»Findet es heraus«, befahl Egwene. »Diskret.« Dieser zweite Mord würde für genug Unruhe sorgen, da musste sie sie nicht noch zusätzlich schüren. Einen Augenblick lang studierte sie die Schwester. Nisao mochte hinterher Entschuldigungen vorbringen, wenn etwas zur Tatsache geworden war, oder behaupten, dass sie ja von Anfang an gegen etwas gewesen war, aber bis dahin war sie immer das perfekte Vorbild für das Selbstbewusstsein und die absolute Sicherheit einer Gelben Ajah. Doch im Moment war das anders. »Gehen viele Schwestern umher und halten *Saidar* umarmt?«

»Ich habe einige bemerkt, Mutter«, sagte Nisao steif. Ihr Kinn hob sich mit einem Bruchteil Trotz. Aber einen Augenblick später erlosch der Glanz um sie. Sie zog den Umhang enger, als wäre ihr auf einmal kalt. »Ich bezweifle, dass es Kairen etwas genutzt hätte. Ihr Tod kam zu plötzlich. Aber es lässt einen sich … sicherer fühlen.«

Nachdem die kleine Frau gegangen war, saß Egwene da und rührte ihren Haferbrei mit dem Löffel um. Sie entdeckte keine weiteren schwarzen Flecken mehr, aber der Appetit war ihr vergangen. Schließlich stand sie auf, legte die siebenfarbige Stola um den Hals und warf sich den Umhang um. Heute würde sie nicht in Verzweiflung hier sitzen. gerade am heutigen Tag musste sie ihrer Routine ganz genau folgen.

Draußen rollten Karren mit hohen Rädern durch die gefrorenen Rillen der Lagerstraßen, beladen mit großen Wasserfässern oder Bündeln aus Feuerholz und Säcken voller Holzkohle, und die Kutscher und Reiter, die hinterher ritten, hüllten sich wegen der Kälte in ihre Umhänge. Wie gewöhnlich eilten Novizinnenfamilien die hölzernen Gehsteige entlang und schafften es meistens, den vorbeigehenden Aes Sedai den nötigen Respekt zu erweisen, ohne langsamer zu werden. Einer Schwester nicht den nötigen Respekt zu erweisen konnte einem Prügel einbringen, aber das konnte Unpünktlichkeit auch, und die Lehrerinnen waren für gewöhnlich weniger nachsichtig als vorbeigehende Aes Sedai, die immerhin in Betracht ziehen konnten, warum eine Novizin an ihnen vorbeieilte.

Die weiß gekleideten Frauen sprangen beim Anblick der gestreiften Stola, die aus Egwenes Kapuze hing, natürlich noch immer aus dem Weg, aber sie weigerte sich, sich von auf der Straße knicksenden Novizinnen, die auf dem vereisten Boden herumrutschten und manchmal beinahe sogar aufs Gesicht fielen, bevor ihre Nichten sie packen konnten, die Laune verderben zu lassen, jedenfalls mehr, als das ohnehin schon geschehen war. »Nichten«, so nannten die Mitglieder derselben Familie einander, und irgendwie schien sie das enger zusammenzuschweißen, als wären sie wirklich miteinander verwandt. Was Egwenes Laune allerdings trübte waren die paar Aes Sedai, die sie sah und die durch ein wogendes Meer aus Knicksen die Gehsteige entlangrauschten. Es waren kaum mehr als ein Dutzend zwischen ihrem Zelt und dem Studierzimmer der Amyrlin, aber drei von vieren waren nicht nur in ihre Umhänge gehüllt, sondern auch in das Licht der Macht. Sie gingen öfters zu zweit als allein, gefolgt von allen Behütern, die sie hatten. Sie erschienen auch wachsam, ob sie nun von Saidar eingehüllt wurden oder nicht, und die Kapuzen waren in ständiger Bewegung, als sie jeden in Sichtweite musterten.

Es erinnerte Egwene an die Zeit, als Emondsfelde vom Fleckfieber heimgesucht worden war und jeder mit in Branntwein getauchten, vor die Nase gedrückten Tüchern herumlief – Doral Barran, die damalige Seherin, hatte behauptet, das würde schützen –, mit umklammerten Tüchern und misstrauischen Blicken, um zu sehen, wer als nächstens Flecken bekam und umkippte. Elf Menschen starben, ehe das Fieber verschwand, aber es dauerte noch einen weiteren Monat, bevor alle bereit waren, diese Tücher wegzustecken. Noch lange Zeit danach hatte sie beim Geruch von Branntwein Furcht verspürt. Zwei Schwestern waren in ihrer Mitte ermordet worden, von einem Mann, der die Macht lenken konnte und der anscheinend dazu fähig war, nach Belieben ungesehen zu kommen und wieder zu verschwinden. Furcht erfasste die Aes Sedai schneller, als es das Fleckfieber jemals geschafft hätte.

Das Zelt, das ihr als Studierzimmer diente, war bei ihrem Eintreffen bereits warm, die Kohlenpfanne verbreitete den Duft von Rosen. Alle Lampen waren entzündet. Ihr Tagesablauf war allgemein bekannt. Sie hängte den Umhang auf den Ständer in der Ecke, nahm ihren Platz hinter dem Schreibtisch ein und packte mechanisch das wackelige Stuhlbein, das stets zusammenklappen wollte. Alles, was sie tun musste, war, sich an ihre Routine zu halten. Morgen konnte sie dann verkünden, was getan worden war.

Ihre erste Besucherin war eine echte Überraschung, vermutlich die letzte Frau, von der sie erwartet hatte, dass sie ihr Zelt betrat. Theodrin war eine schlanke Braune mit apfelroten Wangen, eine kupferfarbene Domani mit einem störrischen Zug um den Mund. Einst hatte sie immer zum Lächeln bereit ausgesehen. Sie rauschte über die abgetretenen Teppiche und kam nahe genug, dass die Fransen ihrer Stola den Schreibtisch berührten. Nachdem sie einen sehr formellen Knicks gemacht hatte, streckte Egwene die linke Hand aus, damit die Frau den Großen Schlangenring küssen konnte. Förmlichkeit musste mit Förmlichkeit begegnet werden.

»Romanda möchte wissen, ob sie Euch heute sprechen kann, Mutter«, sagte die schlanke Braune. Mit leiser Stimme, aber in ihrem Tonfall lag Sturheit verborgen.

»Wann immer sie möchte, Tochter«, erwiderte Egwene vorsichtig. Theodrin machte wieder einen Knicks, ohne eine Miene zu verziehen.

Die Braune war im Begriff zu gehen, als eine der Aufgenommenen ins Zelt hereinplatzte und die mit einem Streifen versehene Kapuze zurückschlug. Emara war eine dünne Frau und genauso klein wie Nisao. Sie sah aus, als könnte ein starker Windstoß sie wegblasen, aber sie hatte die ihr unterstellten Novizinnen fest im Griff, fester als so manche andere Schwester. Aber sie war auch hart zu sich selbst, und das Leben einer Novizin sollte hart sein. Emaras Blick huschte zu den Fransen an Theodrins Stola, und ihr Mund verzog sich zu einem verächtlichen Grinsen, bevor sie ihre Züge straffte und ihre schneeweißen, mit einem Streifen versehenen Röcke zu einem Knicks ausbreitete. Auf Theodrins Wangen kamen blutrote Flecken zum Vorschein.

Egwene schlug hart genug mit der flachen Hand auf den Tisch, dass das Tintenfässchen und die Streubüchse in die Höhe sprangen. »Habt Ihr vergessen, wie man einer Aes Sedai höflich gegenübertritt, Kind?«, fragte sie scharf.

Emara wurde totenblass – schließlich hatte die Amyrlin einen gewissen Ruf –, und machte hastig einen noch tieferen Knicks für Theodrin, die ihn mit einem hölzernen Nicken zur Kenntnis nahm, bevor sie wesentlich schneller aus dem Zelt rauschte, als sie es betreten hatte.

Was Emara dann mit breitem illianischem Akzent, der durch ihre Nervosität noch verstärkt wurde, hervorstammelte, war eine Bitte Lelaines, sich mit der Amyrlin treffen zu können. Romanda und Lelaine waren früher wesentlich weniger förmlich gewesen, sie waren unangekündigt gekommen, wann immer sie wollten, aber die Kriegserklärung an Elaida hatte vieles verändert. Nicht alles, aber genug. Egwene gab Lelaine die gleiche Antwort wie zuvor Romanda, wenn auch in deutlich kühlerem Ton, und Emara fiel beinahe über die eigenen Füße, als sie ihren Knicks machte und dann regelrecht aus dem Zelt hinausstürmte. Noch ein Nagel, der die Legende von Egwene al'Vere festschlug, die Amyrlin, die Sereille Bagand wie ein Federkissen aussehen ließ.

Sobald die Aufgenommene verschwunden war, hob Egwene die Hand und sah das, was sie verdeckt hatte, stirnrunzelnd an. Das zusammengefaltete Stück Papier, das Theodrin auf dem Tisch platziert hatte, während sie ihren Ring geküsst hatte. Ihr Stirnrunzeln vertiefte sich, als sie es auseinander faltete. Die Schrift, die das kleine Blatt bedeckte, war flüssig und präzise, doch an einer Ecke war ein Tintenfleck. Theodrin war sehr ordentlich. Vielleicht wollte sie die allgemeine Ansicht über die Braunen bestätigen.

Romanda hat zwei Schwestern nach Cairhien Reisen lassen, um eine Geschichte zu untersuchen, die die Sitzenden der Gelben in Aufregung versetzt hat. Ich kenne das Gerücht nicht, Mutter, aber ich werde es herausfinden. Ich habe gehört, dass eine von ihnen Nynaeve erwähnt hat, aber nicht so, als wäre sie in Cairhien, sondern dass das Gerücht mit ihr zu tun hat.

Die dämliche Frau hatte sogar mit ihrem Namen unterschrieben!

»Was ist das, Mutter?«

Egwene zuckte überrascht zusammen und erwischte gerade noch das Stuhlbein, bevor sie auf dem Boden landete. Sie richtete ihre finstere Miene auf Siuan, die mit ihrer blaugefransten Stola im Zelteingang stand und ihre Ledermappe an die Brust gedrückt hielt. Egwenes Überraschung ließ sie leicht die Brauen heben.

»Hier«, sagte Egwene gereizt und hielt ihr das Blatt hin. Das war nicht der Augenblick, um in irgendeiner Weise nervös zu reagieren! »Ihr habt von Kairen gehört?« Natürlich musste sie das, aber Egwene sagte trotzdem: »Habt Ihr die nötigen Veränderungen getroffen?« Nötige Veränderungen. Beim Licht, sie klang so aufgeblasen wie Romanda. Sie *war* nervös. Erst im letzten Augenblick dachte sie daran, *Saidar* zu umarmen und einen Abwehrschild gegen Lauscher zu weben; erst nachdem der Schild an Ort und Stelle war, fiel ihr ein, dass der heutige Tag nicht unbedingt den besten Zeitpunkt darstellte, jemanden auf die Idee kommen zu lassen, dass sie mit Siuan private Dinge zu besprechen hatte.

Siuan war nicht nervös. Sie hatte Stürme überstanden. Und sich vom Ertrinken erholt, würde so mancher sagen. Für sie war es heute nur ein bisschen windig. »Je weniger Zeit Bode hat, darüber nachzudenken, desto geringer die Möglichkeit, dass sie in Panik gerät.« So ruhig wie ein Teich. Nicht einmal zwei ermordete Schwestern konnten Siuan aus dem Gleichgewicht bringen. Oder eine von ihnen durch eine Frau zu ersetzen, die erst wenige Monate Novizin war.

Aber ihre Stirn legte sich in Falten, als sie die Mitteilung las. »Zuerst taucht Faolain unter«, knurrte sie das Blatt an, »und jetzt bringt Theodrin das Euch statt mir. Das dumme Mädchen hat weniger Verstand als ein Fischervogel! Man könnte meinen, sie will, dass jemand herausfindet, dass sie Romanda für Euch im Auge behält.« Im Auge behalten. Eine höfliche Umschreibung für Spionin. Sie beide waren in Euphemismen geübt. Für eine Aes Sedai war das selbstverständlich. Heute fand Egwene Euphemismen unerträglich.

»Vielleicht will sie ja entdeckt werden. Vielleicht hat sie es satt, dass Romanda ihr vorschreibt, was sie tun soll, was sie sagen soll, was sie denken soll. Ich hatte eine Aufgenommene hier, die Theodrins Stola spöttisch angesehen hat, Siuan.«

Siuan winkte ab. »Romanda versucht jedem vorzuschreiben, was er tun soll. Und denken soll. Was den Rest angeht, die Dinge werden sich ändern, sobald Theodrin und Faolain auf den Eidstab schwören können. Ich kann mir nicht vorstellen, dass im Augenblick jemand ernsthaft darauf bestehen wird, dass sie für die Stola getestet werden. Bis dahin müssen sie eben ertragen, was auf sie zukommt.«

»Das ist nicht gut genug, Siuan.« Egwene schaffte es, ihren Ton neutral zu halten, aber es kostete sie eine große Anstrengung. Sie hatte zumindest geahnt, was sie den beiden zumutete, als sie ihnen befahl, Romanda und Lelaine auszuspionieren. Sie hatte wissen müssen, was die Sitzenden planten, und sie musste es noch immer wissen, aber sie hatte ihnen gegenüber auch eine Pflicht zu erfüllen. Sie waren die Ersten gewesen, die ihr die Treue geschworen hatten, und das aus freiem Willen. Außerdem … »Vieles, was man über Theodrin und Faolain sagt, kann man auch über mich sagen. Wenn *Aufgenommene* sie respektlos behandeln können …« Nun, davor hatte sie keine Angst. Die Schwestern waren eine andere Sache. Vor allem die Sitzenden. »Siuan, es wird mir niemals gelingen, die Burg wieder zu vereinen, wenn die Aes Sedai an mir zweifeln.«

Siuan schnaubte laut. »Mutter, mittlerweile wissen selbst Lelaine und Romanda, dass Ihr und Ihr allein der Amyrlin-Sitz seid, ob sie es nun zugeben wollen oder nicht. Mit Deane Aryman wären sie nicht auf die gleiche Linie eingeschwenkt. Ich glaube, sie fangen an, Euch als zweite Edarna Noregovna zu sehen.«

»Das mag ja alles sein«, sagte Egwene sachlich. Deane wurde nach Bonwhins Desaster mit Artur Falkenflügel als Retterin der Burg betrachtet. Edarna hielt man für die beste Regentin, die je Stab und Stola gehalten hatte. Beide waren sehr starke Amyrlin gewesen. »Aber wie Ihr mich erinnert habt, muss ich aufpassen, dass ich nicht wie Shein Chunla ende.« Shein hatte als starke Amyrlin angefangen und die Burg und den Saal fest im Griff gehabt, und sie hatte als Marionette geendet, die das tat, was man ihr sagte.

Siuan nickte zustimmend. Sie brachte Egwene die Geschichte der Burg bei, und sie erwähnte oft Amyrlin, die auf fatale Weise einen Fehltritt gemacht hatten. Sie selbst eingeschlossen. »Aber das hier ist eine andere Sache«, murmelte sie und tippte auf das Papier. »Wenn ich Theodrin in die Finger bekomme, wird sie sich wünschen, eine Novizin zu sein. Und Faolain! Wenn sie glauben, sie könnten sich jetzt aus dem Staub machen, dann schwöre ich, dass ich die beiden aufschlitze wie Schweine auf dem Dock!«

»Wen wollt Ihr aufschlitzen?«, fragte Sheriam, als sie in einem kalten Luftschwall durch das Gewebe trat.

Egwenes Stuhl wäre beinahe zusammengebrochen. Sie musste sich einen Stuhl besorgen, der nicht bei jeder Bewegung zusammenklappen wollte. Sie wäre jede Wette eingegangen, dass Edarra niemals zusammengezuckt war, als hätte ihr jemand Juckpulver ins Kleid getan.

»Niemanden, der Euch betrifft«, sagte Siuan ruhig und hielt das Papier an eine Flamme der Tischlampe. Es verbrannte schnell, bis zu ihren Fingerspitzen, dann zerrieb sie es zwischen den Händen und klopfte die Asche ab. Nur Egwene, Siuan und Leane kannten die Wahrheit über Theodrin und Faolain. Und die beiden

Schwestern natürlich. Obwohl es eine ganze Menge gab, das keine von ihnen wusste.

Sheriam akzeptierte die Zurückweisung mit Gleichmut. Die Frau mit den feuerroten Haaren schien sich von ihrem Zusammenbruch im Saal völlig erholt zu haben. Zumindest hatte sie ihre äußere Würde zurückerlangt, jedenfalls größtenteils. Als sie zusah, wie Siuan das Blatt verbrannte, hatten sich ihre schräg stehenden grünen Augen vielleicht etwas zusammengezogen, und sie berührte die schmale blaue Stola, die von ihren Schultern herabhing, wie um sich zu versichern, dass sie da war. Sie musste Siuans Befehle nicht hinnehmen – am Ende war es Egwene unangemessen erschienen, ihre Behüterin in diese Position zu bringen –, aber Sheriam wusste nur zu gut, dass auch Siuan ihre Anweisungen nicht befolgen musste, was sie gewiss ärgerte, jetzt, da Siuan in der Macht so weit unter ihr stand. Das Wissen, dass es Geheimnisse gab, zu denen sie keinen Zugang hatte, musste sie ebenfalls ärgern. Aber sie würde damit leben müssen.

Auch sie brachte ein Papier, das sie vor Egwene auf den Tisch legte. »Ich bin unterwegs Tiana begegnet, Mutter, und habe ihr gesagt, dass ich Euch das geben werde.«

»Das« war der Tagesbericht über die Ausreißer, obwohl der nicht mehr täglich eingereicht wurde, nicht mal mehr wöchentlich, seit man die Novizinnen zu Familien zusammengefasst hatte. Die Nichten stützten einander durch Enttäuschungen und Tränen, und schafften es, einander die schlimmsten Fehler auszureden, so wie fortzulaufen. Auf der Seite stand nur ein Name. Nicola Treehill.

Egwene seufzte und legte das Blatt ab. Sie hätte gedacht, dass Nicolas Gier nach Wissen ihre Füße stillgehalten hätte, ganz egal, wie sehr ihre Unzufriedenheit auch wuchs. Trotzdem konnte sie nicht behaupten, dass es ihr Leid tat, ihr Ende zu sehen. Nicola war verschlagen und skrupellos, dazu bereit, es mit Erpressung oder womit auch immer zu versuchen, wenn sie glaubte, dass es sie weiterbringen würde. Aller Wahrscheinlichkeit nach hatte sie Hilfe gehabt. Areina hätte sich nicht gesträubt, Pferde für eine Flucht zu stehlen.

Plötzlich fiel ihr das Datum neben dem Namen auf. Eigentlich waren es zwei Daten, die als Fragezeichen markiert waren. Monate wurden selten benannt, Tage wurden noch weniger gezählt, außer in offiziellen Dokumenten und Verträgen. Unterzeichnet, besiegelt und bezeugt in der Stadt Illian am zwölften Tag des Saven, in diesem Jahr … Und für Berichte dieser Natur, und wenn man den Namen einer Frau in das Novizinnenbuch aufnahm. Für den allgemeinen Gebrauch reichte es, wenn man schrieb, soundso viele Tage vor diesem Festtag oder jenem. Ausgeschrieben sah ein Datum für sie immer etwas seltsam aus. Sie musste es an den Fingern abzählen, um sich sicher zu sein, was sie da las.

»Nicola ist vor drei oder vier Tagen weggelaufen, Sheriam, und Tiana meldet es erst jetzt? Sie ist sich nicht einmal sicher, ob es vor drei oder vier Tagen war?«

»Nicolas Nichten haben sie gedeckt, Mutter.« Sheriam schüttelte kleinlaut den Kopf. Seltsamerweise erschien ihr kleines Lächeln aber amüsiert. Oder sogar bewundernd. »Nicht aus Zuneigung; anscheinend waren sie froh, das Kind gehen zu sehen und hatten Angst, dass man sie zurückbringt. Sie war ziemlich unerträglich, was ihr Talent im Vorhersehen anging. Tiana ist sehr erbost über sie. Ich fürchte, heute wird keine von ihnen sorglos in ihrer Klasse sitzen können, oder in den kommenden Tagen. Tiana sagt, sie will ihnen jeden Tag den Riemen statt Frühstück geben, bis Nicola aufgegriffen wurde. Obwohl ich glaube, dass sie schließlich einlenken wird. Da Nicola einen so großen Vorsprung hat, kann es einige Zeit dauern, bis man sie einholt.«

Egwene zuckte innerlich zusammen. Sie konnte sich an ihre eigenen Besuche im Studierzimmer der Oberin der Novizinnen erinnern, in dem sie damals jene Frau erwartete, die da vor ihr stand. Sheriam hatte einen starken Arm. Eine tägliche Dosis davon würde hart sein. Aber eine Ausreißerin zu schützen war ernster, als sich nach Einbruch der Nacht hinauszuschleichen oder einen Streich zu spielen. Sie schob den Bericht zur Seite.

»Tiana wird das machen, wie sie es für richtig hält«, sagte sie. »Sheriam, hat sich etwas wegen meines Traums ergeben? Was sagen die Schwestern?« Sie hatte den Traum über einen Angriff der Seanchaner am Morgen danach enthüllt, und die Frauen, denen sie davon berichtete, hatten sie apathisch angestarrt, vermutlich weil Anaiyas kurz zuvor ermordet worden war. Das hatte jedermann durcheinander gebracht.

Statt zu antworten, räusperte sich Sheriam und glättete ihre blaugeschlitzten Röcke. »Euch ist das vielleicht nicht bekannt, Mutter, aber eine von Nicolas Nichten ist Larine Ayellin. Aus Emondsfelde«, fügte sie hinzu, als wüsste Egwene das nicht. »Keiner würde denken, dass Ihr sie bevorzugt, wenn Ihr ihrer ganzen Familie vergebt. Ob Tiana nun nachgibt oder nicht, in der Zwischenzeit will sie mit ihnen sehr streng umgehen. Sie werden leiden.«

Egwene lehnte sich auf dem Stuhl zurück, vorsichtig wegen des wackligen Beins, und schaute die andere Frau stirnrunzelnd an. Larine war fast im gleichen Alter wie sie, und sie waren in ihrer Kindheit enge Freundinnen gewesen. Sie hatten Stunden miteinander verbracht, hatten sich unterhalten und geübt, ihr Haar zu Zöpfen zu flechten für den Tag, an dem der Frauenkreis bestimmte, dass sie dafür alt genug waren. Trotzdem war Larine eine der wenigen Frauen aus Emondsfelde gewesen, die anscheinend akzeptiert hatten, dass Egwene wirklich der Amyrlin-Sitz war, obwohl sie es hauptsächlich dadurch zeigte, dass sie Abstand hielt. Aber glaubte Sheriam, sie würde jemanden *bevorzugen*? Sogar Siuan sah entsetzt aus. »Sheriam, Ihr solltet besser als jede andere wissen, dass die Disziplin der Novizinnen das Reich der Oberin ist. Es sei denn, ein Mädchen würde misshandelt, und davon habt Ihr nichts angedeutet. Davon abgesehen, wenn Larine glaubt, sie könnte damit durchkommen, heute einer Ausreißerin zu helfen – einer Ausreißerin zu helfen, Sheriam! –, was wird sie sich morgen herausnehmen? Sie kann die Stola erringen, wenn sie den Mumm hat, dafür zu kämpfen. Ich werde sie nicht auf einen Pfad führen, an dessen Ende man sie wegen Verfehlungen fortschickt. Nun gut. Was sagen sie über meinen Traum?«

Sheriam blinzelte, sie sah Siuan an. Beim Licht, glaubte die Frau denn allen Ernstes, sie würde unnachgiebig sein, weil Siuan anwesend war? Weil Siuan etwas herumerzählen würde? Sie hätte es besser wissen sollen; sie *war* die Oberin der Novizinnen gewesen. »Die Meinung der Schwestern, Mutter«, sagte Sheriam schließlich, »besteht darin, dass die Seanchaner noch immer tausend Meilen weit weg sind, sie kennen das Schnelle Reisen nicht, und wenn sie auf Tar Valon marschieren, dann werden wir es erfahren, bevor sie zweihundert Meilen heran sind.«

Siuan murmelte etwas, das unflätig klang, aber nicht überrascht. Egwene wollte auch fluchen. Sorgen wegen Anaiyas Ermordung hatten nichts mit der Apathie der Schwestern zu tun gehabt. Sie glaubten einfach nicht, dass Egwene eine Träumerin war. Anaiya hatte das getan, aber sie war tot. Siuan und Leane glaubten es, aber keine von ihnen hatte einen ausreichend hohen Rang, als dass man ihnen mit mehr als ungeduldiger

Höflichkeit zugehört hätte, wenn überhaupt. Und es war ziemlich offensichtlich, dass Sheriam es nicht glaubte. Sie gehorchte ihrem Treueid so pedantisch, wie es sich Egwene nur hätte wünschen können, aber man konnte niemandem befehlen, etwas zu glauben. Sie plapperten nur nach, was man ihnen sagte, und nichts änderte sich.

Als Sheriam gegangen war, fragte sich Egwene, was die Frau eigentlich zu ihr geführt hatte. Konnte es sich nur darum gehandelt haben, ihr zu sagen, dass man Larine bestrafen würde? Sicherlich nicht. Aber sie hatte nichts anderes gesagt, wenn man davon absah, dass sie Egwenes Fragen beantwortet hatte.

Wenig später traf Myrelle ein, kurz danach Morvrin. Egwene konnte fühlen, wie beide die Quelle losließen, bevor sie das Zelt betraten, und sie ließen ihre Behüter draußen warten. Selbst in den kurzen Augenblicken, in denen sich die Eingangsplanen bewegten, konnte man sehen, dass die Männer misstrauisch aussahen, selbst für Behüter.

Myrelles große dunkle Augen blitzten beim Anblick Siuans auf, ihre Nasenflügel bebten. Morvrins rundes Gesicht blieb so reglos wie ein polierter Stein, aber sie fuhr mit beiden Händen über ihre dunkelbraunen Röcke, als wollte sie etwas abwischen. Vielleicht geschah das unbewusst. Im Gegensatz zu Sheriam mussten sie Siuans Befehle befolgen, und das gefiel keiner von ihnen. Es war nicht so, dass Egwene es ihnen unter die Nase reiben wollte, aber sie vertraute Siuan, und den beiden vertraute sie weit weniger, ob sie nun einen Eid geschworen hatten oder nicht. Davon abgesehen gab es Momente, in denen es für sie schwierig wenn nicht unmöglich war, den ihr eidverpflichteten Schwestern mitzuteilen, was sie erledigt haben wollte. Siuan konnte Aufträge übermitteln, und auf diese Weise konnte Egwene davon ausgehen, dass sie auch erledigt wurden.

Sie fragte sofort nach den Meinungen über ihre Träume, aber es überraschte sie nicht, dass die beiden das Gleiche wie Sheriam erzählten. Die Seanchaner waren weit weg. Es würde eine lange Vorwarnzeit geben. Seit anderthalb Wochen hatte sich die Geschichte nicht verändert. Und was noch schlimmer war …

»Vielleicht wäre es anders, wenn Anaiya noch leben würde«, sagte Morvrin und balancierte auf einem der wackligen Hocker, die vor dem Schreibtisch standen. Trotz ihrer Massen machte sie das mühelos und anmutig. »Anaiya stand im Ruf, über arkanes Wissen zu verfügen. Ich persönlich war immer der Ansicht, sie hätte Braun wählen sollen. Hätte sie gesagt, dass Ihr eine Träumerin seid …« Ein scharfer Blick von Egwene ließ sie verstummen. Myrelle fand es plötzlich viel interessanter, sich die Hände über einer Kohlenpfanne zu wärmen.

Sie glaubten auch nicht daran. Außer Siuan und Leane glaubte keiner im Lager, dass Egwene einen echten Traum erlebt hatte. Varilin hatte die Verhandlungen in Darein übernommen und drängte Beonin in eine unbedeutendere Position hinein, und sie kam ständig mit neuen Entschuldigungen an, warum sie gerade in diesem Augenblick keine Warnung weitergeben konnte. Vielleicht in ein paar Tagen, wenn die Gespräche besser liefen. Als würden sie jemals etwas anderes darstellen als Schwestern, die sich im Kreis bewegten, ohne auch nur ein Wort zu sagen, das die andere Seite beleidigt davonziehen lassen würde. Niemand außer Siuan und Leane. Egwene war der Ansicht, dass sie ihr glaubten.

Myrelle wandte sich von der Kohlenpfanne ab, als würde sie sich geistig darauf vorbereiten, eine Hand in die Glut zu legen. »Mutter, ich habe über den Tag nachgedacht, an dem Shadar Logoth zerstört wurde …« Sie brach ab und wandte sich wieder der Kohlenpfanne zu, als eine Frau mit langem Gesicht das Zelt betrat; sie trug einen dreibeinigen, mit hellen Spiralen bemalten Hocker.

Maigan war eine Schönheit mit großen Augen und vollen Lippen, aber irgendwie erschien sie in die Länge gezogen. Dabei war sie nicht besonders groß, aber selbst ihre Hände erschienen lang. Sie widmete Morvrin ein kühles Nicken und ignorierte Myrelle. »Ich habe heute meinen Hocker mitgebracht, Mutter«, sagte sie und machte einen Knicks, so gut das mit dem Hocker in der Hand ging. »Eure sind ziemlich unsicher, wenn ich das sagen darf.«

Es war keine Überraschung gewesen, dass die Blaue Ajah nach Anaiyas Tod jemand anderen für Egwenes »Rat« bestimmen würde, aber sie hatte auf das Beste gehofft, als sie erfahren hatte, wer es sein würde. Maigan war eine von Siuans Verbündeten gewesen, als Siuan die Amyrlin war.

»Habt Ihr etwas dagegen, wenn ich Siuan nach Tee schicke, Mutter?«, fragte Maigan, als sie sich auf ihren Hocker setzte. »Ihr solltet wirklich eine Novizin oder eine Aufgenommene haben, die Euch zur Hand gehen kann, aber Siuan reicht auch.«

»Die Novizinnen haben Unterricht, Tochter«, erwiderte Egwene, »und selbst mit der Einteilung in Familien haben die Aufgenommenen kaum genügend Zeit, sich um ihre eigenen Studien zu kümmern.« Davon abgesehen müsste sie jedes Mal, wenn sie mit jemandem unter vier Augen sprechen wollte, eine Novizin oder Aufgenommene hinaus in die Kälte schicken. Das war hart für jemanden, der noch nicht gelernt hatte, wie man Hitze oder Kälte ignorierte, außerdem wäre es wie eine auf dem Zelt gehisste Flagge gewesen, die allen verkündete, dass es möglicherweise etwas Interessantes zu belauschen gab. »Siuan, würdet Ihr uns bitte Tee bringen? Ich bin sicher, wir könnten alle eine heiße Tasse vertragen.«

Maigan hob eine langfingrige Hand, als Siuan zum Eingang ging. »Ich habe in meinem Zelt einen Krug geminzten Honig«, sagte sie in majestätischem Tonfall. »Holt ihn. Und bedient Euch nicht selbst. Ich weiß noch, wie gern Ihr genascht habt. Beeilt Euch jetzt.« Maigan war eine Verbündete gewesen. Jetzt war sie eine der vielen Schwestern, die Siuan für die Spaltung der Weißen Burg verantwortlich machten.

»Wie Ihr befehlt, Maigan«, erwiderte Siuan in demütigem Tonfall und beugte sogar leicht die Knie, bevor sie hinauseilte. Und sie beeilte sich tatsächlich. Maigan hatte den gleichen hohen Rang wie Myrelle oder Morvrin, und es gab keine Befehle oder Treueide, um sie hier zu beschützen. Die Frau mit dem langen Gesicht nickte knapp und zufrieden. Siuan hatte betteln müssen, um wieder in die Blaue Ajah aufgenommen zu werden, und Gerüchten zufolge hatte Maigan am hartnäckigsten auf dem Betteln bestanden.

Morvrin entschuldigte sich und ging, vielleicht wollte sie Siuan aus irgendeinem Grund einholen, aber Myrelle nahm sich einen Hocker und fing mit Maigan einen Wettstreit an: Wer konnte die andere überzeugender ignorieren? Egwene konnte ihre gegenseitige Abneigung nicht begreifen. Manchmal konnten Menschen einander eben nicht ausstehen. Auf jeden Fall kam hier keine Unterhaltung zustande. Egwene nutzte die Gelegenheit, um die Berichte in Siuans Mappe durchzublättern, aber sie konnte sich nicht auf die Gerüchte aus Illian und die Andeutungen aus Cairhien konzentrieren. Es schien nichts auf die Geschichte hinzudeuten, die laut Theodrin die Gelben Sitzenden in helle Aufregung versetzt hatte. Hätte Siuan etwas gewusst, hätte sie es gesagt.

Maigan und Myrelle starrten sie an, als gäbe es auf der Welt nichts Interessanteres, als dabei zuzusehen, wie sie die Seiten umblätterte. Sie hätte beide fortgeschickt, aber sie wollte wissen, was Myrelle über den Tag gedacht hatte, an dem Shadar Logoth vom Erdboden verschwunden war. Und sie konnte nicht eine wegschicken und die andere dabehalten. Sie sollten beide verflucht sein!

Als Siuan mit einem Holztablett zurückkehrte, auf dem eine silberne Teekanne und Porzellantassen standen – und Maigans weißer Honigtopf –, folgte ihr ein Soldat in Rüstung ins Zeltinnere, ein junger Schienarer, der sein Haar bis auf einen Schopf abrasiert hatte. Jung und doch nicht jung. Ragans dunkle Wange wies eine wulstige weiße Narbe von einem Pfeilschuss auf, und sein Gesicht war auf die Weise hart, wie es nur das Gesicht eines Mannes sein konnte, der jede Stunde mit dem Tod lebte. Während Siuan die Teetassen verteilte, verbeugte er sich; mit der einen Hand hielt er einen mit einem Mondemblem versehenen Helm gegen die Hüfte gestemmt, die andere lag auf dem Schwertgriff.

»Es ist meine Ehre zu dienen, Mutter«, sagte er förmlich. »Lord Bryne schickt mich. Er lässt Euch ausrichten, dass es den Anschein hat, dass die Stoßtrupps in der Nacht auf diese Flussseite übergesetzt haben. Mit Aes Sedai. Lord Bryne verdoppelt die Patrouillen. Er rät, dass die Schwestern in der Nähe des Lagers bleiben. Um Zwischenfälle zu vermeiden.«

»Darf ich mich entschuldigen, Mutter?«, fragte Siuan mit dem leicht verlegenen Tonfall einer Frau, die plötzlich das dringende Bedürfnis verspürte, sich auf den Abort zu begeben.

»Ja, ja«, sagte Egwene so ungeduldig, wie sie es zustande brachte, und wartete kaum, bis Siuan aus dem Zelt gestürmt war, bevor sie weitersprach. »Sagt Lord Bryne, dass Aes Sedai gehen, wohin sie wollen und wann sie wollen.« Sie ließ den Mund zuschnappen, bevor sie »Ragan« sagen konnte, aber das ließ sie nur ernster aussehen. Zumindest hoffte sie das.

»Ich werde es ihm ausrichten, Mutter«, erwiderte er und machte erneut eine Verbeugung. »Herz und Seele dienen Euch.«

Maigan lächelte schmal, als er ging. Sie verabscheute Soldaten – ihrer Ansicht nach waren Behüter gut und notwendig, Soldaten machten aber aus allem einen Schlamassel, den andere wieder in Ordnung bringen mussten –, und sie unterstützte alles, das auf Meinungsverschiedenheiten zwischen Egwene und Gareth Bryne hindeutete. Aber vielleicht war es besser, wenn man sagte, was Lelaine unterstützte. In dieser Hinsicht war Myrelle von Kopf bis Fuß Lelaines Frau. Myrelle sah lediglich verblüfft aus. Sie wusste, dass Egwene gut mit Lord Gareth zurechtkam.

Egwene stand auf und goss sich eine Tasse Tee ein. Und nahm eine Kleinigkeit von Maigans Honig. Ihre Hände waren ziemlich ruhig. Die Boote standen bereit. In wenigen Stunden würde Leane Bode holen und mit ihr das Lager verlassen, bevor sie erklärte, was sie tun mussten. Larine musste die Bestrafung erdulden, die sie sich verdient hatte, und Bode musste tun, was getan werden musste. Egwene war jünger als Bode gewesen, als man sie auf die Jagd nach den Schwarzen Ajah geschickt hatte. Schienarer dienten mit Herz und Seele ihrem Krieg gegen den Schatten in der Fäulnis. Aes Sedai und jene, die Aes Sedai wurden, dienten der Burg. Eine stärkere Waffe gegen den Schatten als jedes Schwert, und genauso scharf.

Als Romanda eintraf – zusammen mit Theodrin, die ihr die Eingangsplane aufhielt –, machte die grauhaarige Gelbe einen akuraten Knicks, keinen Funken zu tief oder zu flach, als es der Anstand von einer Sitzenden der Amyrlin gegenüber verlangte. Sie befanden sich jetzt nicht im Saal. Mochte die Amyrlin dort nur die Erste unter Gleichen sein, war sie in ihrem Studierzimmer etwas mehr, selbst für jemanden wie Romanda.

Allerdings machte sie keine Anstalten, Egwenes Ring zu küssen. Es gab Grenzen. Sie musterte Myrelle und Maigan, als würde sie darüber nachdenken, beide zu bitten, das Zelt zu verlassen. Oder es ihnen zu befehlen. Es war eine heikle Sache. Sitzende erwarteten Gehorsam, aber keine von ihnen gehörte ihrer Ajah an. Und das hier war das Studierzimmer der Amyrlin.

Am Ende tat sie keines von beidem, sondern erlaubte Theodrin lediglich, ihr den Umhang abzunehmen, der mit gelben Blumen bestickt war, und eine Tasse Tee einzuschenken. Theodrin musste nicht darum gebeten werden, und sie zog sich mit mürrischem Gesichtsausdruck und ständigem Herumgefummel an ihrer Stola in eine Ecke zurück, während Romanda den freien Hocker nahm. Trotz der unregelmäßigen Beine des Hockers schaffte es Romanda, ihn wie einen Sitz im Saal der Burg erscheinen zu lassen oder vielleicht einen Thron, während sie die mit gelben Fransen versehene Stola richtete, die sie unter dem Umhang getragen hatte.

»Die Verhandlungen verlaufen schlecht«, sagte sie mit ihrer hohen, melodischen Stimme. Trotzdem ließ sie es wie eine Proklamation klingen. »Varilin kaut missmutig auf ihrer Lippe herum. Auch Magla ist frustriert, was das angeht, sogar Saroiya ist es. Wenn Saroiya anfängt, mit den Zähnen zu knirschen, wären die meisten Schwestern bereits am Schreien.« Mit Ausnahme von Janya hatte sich jede Sitzende, die vor der Spaltung der Burg einen Sitz innegehabt hatte, in die Verhandlungen hineingemogelt. Schließlich sprachen sie mit Frauen, denen sie seinerzeit im Saal gegenübergesessen hatten. Beonin war fast zu einem Laufburschen degradiert worden.

Romanda führte den Tee an die Lippen, dann hielt sie die Tasse wortlos auf der Untertasse zur Seite. Theodrin schoss aus der Ecke herbei, um die Tasse zum Tablett zu tragen und Honig hinzuzufügen, bevor sie sie wieder der Sitzenden brachte und sich in ihre Ecke zurückzog. Romanda probierte den Tee erneut und nickte zustimmend. Theodrins Gesicht rötete sich.

»Die Gespräche werden verlaufen, wie sie verlaufen werden«, sagte Egwene unbestimmt. Romanda hatte sich gegen jede Art von Verhandlungen ausgesprochen, ob sie nun vorgetäuscht waren oder nicht. Und sie wusste, was in der Nacht geschehen würde. Den Saal darüber im Unklaren zu lassen war als unnötiger Schlag ins Gesicht erschienen.

Der straffe Haarknoten in Romandas Nacken wippte, als sie nickte. »Eines haben sie uns bereits deutlich gezeigt. Elaida wird den Sitzenden, die in ihrem Namen sprechen, nicht erlauben, auch nur einen Fingerbreit nachzugeben. Sie hat sich in die Burg gekrallt wie eine Ratte in eine Wand. Die einzige Möglichkeit, sie da herauszubekommen, besteht darin, ihr Frettchen hinterherzuschicken.« Myrelle gab einen Laut von sich, was ihr einen überraschten Blick von Maigan einbrachte. Romandas Augen blieben unbewegt auf Egwene gerichtet.

»Elaida wird auf die eine oder andere Weise entfernt«, sagte Egwene beherrscht und stellte die Teetasse auf der Untertasse ab. Ihre Hand zitterte nicht. Was hatte die Frau erfahren? Und wie?

Romanda verzog das Gesicht, als sie trank, als würde dem Tee doch Honig fehlen. Vielleicht auch aus Enttäuschung, weil Egwene nicht mehr gesagt hatte. Die Frau setzte sich auf ihrem Hocker zurecht wie eine Schwertkämpferin, die sich auf ihren nächsten Angriff vorbereitete und die Klinge hob. »Ihr habt Dinge über die Kusinen gesagt, Mutter. Dass es nicht nur ein paar Dutzend, sondern über tausend sind. Dass einige von ihnen fünfhundert oder sechshundert Jahre alt sind.« Diese Unmöglichkeit ließ sie den Kopf schütteln. »Wie könnten so viele der Burg entkommen sein?« Das war keine Frage, sondern eine Herausforderung.

»Wir haben erst kürzlich in Erfahrung gebracht, wie viele Wilde es beim Meervolk gibt«, erwiderte Egwene ruhig. »Und wir sind uns noch immer nicht sicher, wie viele es genau sind.« Romanda verzog jetzt angewidert das Gesicht. Es waren Gelbe gewesen, die bestätigt hatten, dass es allein in Illian Hunderte von Wilden aus dem Meervolk gab. Der erste Treffer ging an Egwene.

Aber ein Treffer reichte nicht, um Romanda zu erledigen. Oder sie auch nur schwer zu verletzen. »Wir werden sie jagen und gefangen nehmen müssen, sobald unsere Arbeit hier getan ist«, sagte sie grimmig. »Ein paar Dutzend in Ebou Dar und Tar Valon unbehelligt zu lassen, damit wir Ausreißerinnen besser aufspüren können, war eine Sache, aber wir können unmöglich tausend Wilden erlauben, sich zu ... organisieren.« In das letzte Wort, die Vorstellung, dass sich Wilde organisierten, legte sie weit mehr Verachtung als in den Rest. Myrelle und Maigan beobachteten alles genau und spitzten die Ohren. Maigan beugte sich sogar gespannt vorwärts. Keine wusste mehr als die Geschichten, die Egwene verbreitet hatte und von denen jedermann annahm, dass sie von Siuans Augen-und-Ohren stammten.

»Nun, es sind weit mehr als tausend«, korrigierte Egwene sie, »und nicht eine davon ist eine Wilde. Sie alle sind Frauen, die von der Burg fortgeschickt wurden, abgesehen von ein paar hundert Ausreißerinnen, die der Gefangenschaft entgangen sind.« Sie hob ihre Stimme nicht, aber sie brachte jedes Argument energisch vor und erwiderte Romandas Blick. »Wie dem auch sei, wie wollen wir sie Eurer Ansicht nach aufspüren? Es gibt sie in jedem Land, sie üben alle möglichen Berufe aus. Ebou Dar war der einzige Ort, in dem sie je bewusst zusammengekommen sind, und sie sind alle geflohen, als die Seanchaner einfielen. Seit den Trolloc-Kriegen haben die Kusinen die Burg nur das wissen lassen, was sie sie wissen lassen wollten. Zweitausend Jahre, die sie sich unter der Nase der Burg verborgen haben. Ihre Zahl ist angewachsen, während die der Burg abgenommen hat. Was schlagt Ihr vor, wie sollen wir sie jetzt finden unter all den Wilden da draußen, die die Burg immer ignoriert hat, weil sie ›zu alt‹ waren, um Novizinnen zu werden? Die Kusinen ragen in keiner Weise aus der Masse heraus, Romanda. Sie benutzen die Macht fast so oft wie die Aes Sedai, aber ihnen ist ihr Alter wie jedem anderen auch anzusehen, wenn auch nur langsamer. Wenn sie sich versteckt halten wollen, dann werden wir sie niemals finden.« Und das waren mehrere Treffer für Egwene, und sie hatte keinen einstecken müssen. Romandas Stirn glänzte vor Schweiß, bei einer Aes Sedai ein sicheres Anzeichen für Verzweiflung. Myrelle saß ganz still da, aber Maigan schien kurz davor zu stehen, von ihrem Hocker zu fallen, ganz egal, wie standfest er auch war.

Romanda befeuchtete sich die Lippen. »Wenn sie die Macht lenken, dann müssten sie auch das dazugehörige Aussehen haben. Wenn sie altern, können sie die Macht nicht sehr oft ergreifen. Und auf keinen Fall können sie fünfhundert oder gar sechshundert Jahre alt werden!« Anscheinend gab es keinen Raum mehr für Heimlichkeiten.

»Es gibt nur einen gravierenden Unterschied zwischen Aes Sedai und Kusinen«, sagte Egwene leise. Die Worte erschienen dennoch laut. Sogar Romanda schien die Luft anzuhalten. »Sie haben die Weiße Burg verlassen, bevor sie auf den Eidstab schwören konnten.« Da! Endlich war es ausgesprochen!

Romanda zuckte zusammen, als hätte sie einen tödlichen Schlag erhalten. »Ihr habt die Eide noch nicht abgelegt«, sagte sie heiser. »Wollt Ihr darauf verzichten?

Wollt Ihr die Schwestern bitten, darauf zu verzichten?« Myrelle oder Maigan keuchte auf. Vielleicht auch alle beide.

»Nein!«, erwiderte Egwene scharf. »Die Drei Eide machen uns erst zu Aes Sedai, und ich werde auf den Eidstab schwören, sobald er uns gehört!« Sie holte tief Luft und milderte ihren Tonfall. Aber sie beugte sich der anderen Frau entgegen und versuchte sie mit einzuschließen. Sie zu überzeugen. Beinahe hätte sie die Hand ausgestreckt. »Im Moment ziehen sich Schwestern zurück, um ihre letzten Jahre in Frieden zu verbringen, Romanda. Wäre es nicht besser, wenn es *nicht* ihre letzten Jahre wären? Wenn die Schwestern sich bei den Kusinen zur Ruhe setzen würden, dann könnten sie die Kusinen an die Burg binden. Dann wäre auch eine sinnlose Jagd nicht nötig.« Sie war schon so weit gegangen, dann konnte sie auch genauso gut den letzten Schritt machen. »Der Eidstab kann binden, aber auch entbinden.«

Maigan landete mit einem dumpfen Knall auf den Knien und kämpfte sich vom Teppich hoch, dabei strich sie indigniert über die Röcke, als hätte man sie gestoßen. Myrelles dunkles Gesicht sah etwas blass aus.

Mit langsamen Bewegungen stellte Romanda ihre Tasse auf dem Rand des Schreibtischs ab, sie stand auf und richtete die Stola. Ausdruckslos schaute sie auf Egwene herunter, während Theodrin den gelbverzierten Umhang auf ihre Schultern legte, die goldene Spange schloss und die Falten so sorgfältig drapierte, wie es jede Zofe getan hätte. Erst dann ergriff Romanda wieder das Wort, und ihre Stimme klang wie Stein. »Als ich ein kleines Mädchen war, habe ich davon geträumt, Aes Sedai zu werden. Von dem Tag an, an dem ich die Weiße Burg betrat, habe ich versucht, wie eine Aes Sedai zu leben. Ich habe als Aes Sedai gelebt, und ich werde als Aes Sedai sterben. Das darf man nicht zulassen!«

Sie drehte sich anmutig um, stieß aber den Hocker um, auf dem sie gesessen hatte, anscheinend ohne es zu bemerken. Theodrin eilte ihr hinterher. Seltsamerweise mit besorgter Miene.

»Mutter?« Myrelle holte tief Luft, während sie an den grünen Röcken zupfte. »Mutter, schlagt Ihr allen Ernstes vor …« Sie verstummte, anscheinend unfähig, es auszusprechen. Maigan saß auf ihrem Hocker, als würde sie sich zwingen, sich nicht nach vorn zu beugen.

»Ich habe die Fakten genannt«, sagte Egwene ruhig. »Eine Entscheidung muss der Saal treffen. Sagt mir, Tochter: Würdet Ihr den Tod wählen, wenn Ihr leben und weiterhin der Burg dienen könntet?«

Die Grüne Schwester und die Blaue tauschten Blicke aus, dann wurde ihnen bewusst, was sie getan hatten, und ignorierten einander ruckartig. Keine von ihnen antwortete, aber Egwene vermochte förmlich die Gedanken zu lesen, die sich hinter ihrer Stirn jagten. Nach ein paar Augenblicken stand sie auf und stellte den Hocker wieder richtig hin. Selbst das entlockte ihnen kaum mehr als gemurmelte Entschuldigungen, dass Egwene gezwungen gewesen war, es selbst zu tun. Dann versanken sie in stumme Nachdenklichkeit.

Egwene versuchte sich wieder auf die Berichte in Siuans Mappe zu konzentrieren – das Patt im Stein von Tear zog sich hin, und keiner hatte auch nur die leiseste Ahnung, wie es weitergehen sollte –, aber nicht lange nach Romandas Abgang traf Lelaine ein.

Im Gegensatz zu Romanda kam die schlanke Blaue Sitzende allein, und sie schenkte sich auch selbst Tee ein. Sie nahm auf dem freien Hocker Platz und warf sich den pelzgefütterten Umhang, der von einer silbernen Umhangspange mit großen Saphiren zusammengehalten wurde, zurück über die Schultern. Auch sie trug ihre Stola; das taten Sitzende für gewöhnlich. Lelaine war direkter als Romanda. Zumindest hatte es den Anschein. In ihren Augen lag ein scharfes Funkeln.

»Kairens Tod hat die Aussicht, mit der Schwarzen Burg zu irgendeiner Art von Einigung zu kommen, weiter zurückgeworfen«, murmelte sie über ihrer Teetasse und inhalierte den Dampf. »Und da ist der arme Llyw, um den man sich kümmern muss. Vielleicht wird Myrelle ihn ja nehmen. Zwei ihrer drei Behüter gehörten erst anderen Schwestern. Sonst hat noch nie jemand zwei Behüter gerettet, deren Aes Sedai gestorben sind.«

Egwene war nicht die Einzige, die einen feinen Unterton heraushörte. Myrelles Gesicht war definitiv blass geworden. Sie hatte zwei Geheimnisse, die sie verbergen musste, und eines davon war, dass sie vier Behüter hatte. Die Weitergabe von Lan Mandragorans Bund von Moiraine an sie war etwas gewesen, das seit hundert Jahren nicht mehr geschehen war. Heutzutage betrachtete man so etwas, als hätte man einem Mann den Bund gegen seinen Willen aufgezwungen. Etwas, das seit Hunderten von Jahren nicht mehr vorgekommen war. »Drei reichen mir, Mutter«, sagte sie atemlos. »Mutter, wenn Ihr mich entschuldigt?«

Maigan lachte leise, als Myrelle mit schnellen Schritten das Zelt verließ. Nicht schnell genug, dass sie *Saidar* nicht umarmte, bevor die Eingangsplane hinter ihr zufiel.

»Natürlich«, sagte Lelaine und wechselte einen amüsierten Blick mit der anderen Blauen, »es heißt, sie würde ihre Behüter heiraten. Sie alle. Vielleicht eignet sich der arme Llyw nicht als Ehemann.«

»Er ist so breit wie ein Pferd«, meinte Maigan. Trotz ihrer Heiterkeit wegen Myrelles Flucht lag keine Bosheit in ihrer Stimme. Sie stellte lediglich eine Tatsache fest. Llyw war ein ausgesprochen großer Mann. »Ich glaube, ich kenne eine junge Blaue, die ihn nehmen könnte. Sie ist nicht auf diese Art an Männern interessiert.«

Lelaine nickte auf eine Weise, die besagte, dass die junge Blaue ihren Behüter gefunden hatte. »Grüne können sehr merkwürdig sein. Nehmt zum Beispiel Elayne Trakand. Ich hätte nie damit gerechnet, dass Elayne Grün wählen würde. Ich hatte sie als Blaue eingeschätzt. Das Mädchen hat ein gutes Gespür für politische Strömungen. Auch wenn sie ebenfalls die Neigung hat, in tieferen Gewässern zu wandern, als gut für sie ist. Würdet Ihr das nicht auch sagen, Mutter?« Lächelnd trank sie ihren Tee.

Das war ganz und gar nicht wie Romandas behutsames Vortasten. Hier folgte ein Schlag auf den nächsten, und die Klinge kam aus dem Nichts. Wusste Lelaine über Myrelle und Lan Bescheid? Hatte sie jemanden nach Caemlyn geschickt, und wenn ja, was hatte sie erfahren? Egwene fragte sich, ob sich Romanda auch so schwindlig gefühlt hatte.

»Glaubt Ihr, der Mord an Kairen reicht aus, um eine Vereinbarung zu verhindern?«, fragte sie. »Schließlich könnte es Logain gewesen sein, der für irgendeine verrückte Rache zurückgekehrt ist.« Warum beim Licht hatte sie das gesagt? Sie musste ihre Zunge zügeln und ihren Verstand benutzen. »Oder, was eher wahrscheinlich ist, irgendein armer Narr von einem der umliegenden Bauernhöfe oder aus einer der Brückenstädte.« Lelaines Lächeln wurde breiter, und es war spöttisch, nicht amüsiert. Beim Licht, die Frau hatte schon seit Monaten nicht mehr so viel Respektlosigkeit gezeigt.

»Wenn Logain sich rächen wollte, Mutter, dann wäre er wohl in der Weißen Burg und würde versuchen, Rote umzubringen.« Trotz des Lächelns war ihre Stimme glatt und unbeteiligt. Ein beunruhigender Kontrast. Womöglich war das ihre Absicht. »Vielleicht ist es schade, dass er das nicht tut. Er könnte Elaida beseitigen. Aber das wäre einfacher, als sie es verdient hat. Nein, Kairens Tod wird eine Vereinbarung genauso wenig aufhalten wie der von Anaiya, aber die Schwestern werden sich noch mehr Sorgen um Sicherheiten und scharfe Kritik machen. Wir mögen diese Männer brauchen, aber wir *müssen* sicher sein, dass *wir* die Kontrolle haben. Die absolute Kontrolle.«

Egwene nickte. Ein kleines Nicken. Sie stimmte zu, aber … »Es könnte schwierig sein, sie dazu zu bringen, das zu akzeptieren«, sagte sie. Schwierig sein? Heute zeigte sie definitiv ein Talent für Untertreibung.

»Der Behüterbund könnte leicht verändert werden«, sagte Maigan. »Man kann jetzt schon einen Mann dazu bringen, das zu tun, was man will, wenn man ihn etwas zwickt. Aber die Notwendigkeit zum Zwicken könnte man durchaus entfernen.«

»Das klingt zu sehr nach Zwang«, sagte Egwene energisch. Sie hatte dieses Gewebe von Moghedien gelernt, aber nur, damit sie sich dessen erwehren konnte. Das Gewebe war übler Dreck, der Diebstahl freien Willens, des ganzen Ichs. Jemand, dem der Zwang auferlegt worden war, tat alles, was man ihm befahl. Alles. Und glaubte, es sei seine eigene Idee gewesen. Allein schon der Gedanke daran ließ sie sich schmutzig fühlen.

Aber Maigan erwiderte ihren Blick fast so offen wie Lelaine, und ihre Stimme war so glatt wie ihr Gesicht. Sie fand es nicht schmutzig. »In Cairhien wurde Schwestern der Zwang auferlegt. Das scheint mittlerweile festzustehen. Aber ich sprach vom Behüterbund, einer ganz anderen Sache.«

»Ihr glaubt, man könnte die Asha'man dazu überreden, den Bund einzugehen?« Egwene konnte ihre Ungläubigkeit nicht verbergen. »Davon abgesehen, wer sollte diesen Bund eingehen? Selbst wenn jede Schwester, die behüterlos ist, einen Asha'man übernimmt und jede Grüne zwei oder drei nehmen sollte, gibt es dazu nicht genug Schwestern. Immer unter der Voraussetzung, dass man jemanden findet, dem es gleichgültig ist, mit einem Mann verbunden zu sein, der den Verstand verlieren wird.«

Maigan nickte bei jedem Punkt, als würde sie ihn akzeptieren, und richtete ihre Röcke dabei, als würde sie nicht richtig zuhören. »Wenn der Bund in einer bestimmten Weise verändert werden kann«, sagte sie, sobald Egwene geendet hatte, »dann sollte es möglich sein, ihn auch anderweitig zu ändern. Möglicherweise kann man dafür sorgen, dass man die Gefühle des anderen nicht länger wahrnimmt, dass sich beide einander nicht mehr bewusst sind. Dann würde der Wahnsinn vielleicht kein Problem mehr darstellen. Es wäre eine andere Art von Bund, nicht so wie der Behüterbund. Ich bin sicher, jedermann würde zustimmen, dass es gar nicht so wäre, als hätte man einen Behüter. Jede Schwester könnte mit so vielen Asha'man wie nötig den Bund eingehen.«

Plötzlich wurde sich Egwene bewusst, was hier gerade geschah. Lelaine saß scheinbar unbeteiligt da und schaute in ihre Teetasse, aber sie studierte Egwene durch die Wimpern. Und benutzte Maigan als Köder. Egwene unterdrückte ihren Zorn und musste ihre Stimme nicht kalt klingen lassen. Sie war zu Eis erstarrt.

»Das klingt *exakt* wie der Zwang, Lelaine. Es ist Zwang, und keine Wortklauberei wird es zu etwas anderem machen. Das werde ich *jedem* klarmachen, der das vorschlägt. Und ich werde für jeden, der mehr tut, als es nur vorzuschlagen, die Prügelstrafe anordnen. Der Zwang ist verboten, und er wird auch verboten bleiben.«

»Wie Ihr befiehlt«, erwiderte Lelaine, was alles bedeuten konnte. Was nun folgte, war da schon genauer. »Gelegentlich macht die Weiße Burg Fehler. Man kann nicht leben, ohne Fehler zu machen. Aber wir leben, und wir machen weiter. Und wenn wir unsere Fehler auch manchmal verbergen müssen, wenn möglich korrigieren wir sie. Selbst wenn es schmerzhaft ist.« Sie stellte ihre Tasse zurück aufs Tablett und ging zusammen mit Maigan. Maigan umarmte die Quelle, bevor sie das Zelt verließ. Lelaine tat es nicht.

Eine Zeit lang konzentrierte sich Egwene darauf, ihre Atmung ruhig zu halten. Sie führte den von den Ufern gehaltenen Fluss durch. Lelaine hatte nicht direkt gesagt, dass Egwene al'Vere als Amyrlin ein Fehler war, der korrigiert werden musste, aber sie war nahe dran gewesen.

Mittags brachte Chesa Egwenes Essen auf einem weiteren Tablett, warmes knuspriges Brot mit nur einem oder zwei verdächtigen dunklen Flecken und Eintopf aus zähen Streckrüben und hölzernen Möhren mit Stücken von etwas, das möglicherweise Ziege war. Egwene bekam nur einen Löffel davon herunter. Es lag nicht daran, dass Lelaine ihr Sorgen machte. Lelaine hatte sie schon zuvor bedroht, wenn auch nicht mehr, seit sie klargemacht hatte, dass sie die Amyrlin war und keine Marionette. Statt zu essen, starrte sie Tianas Bericht an, der auf dem Tisch lag. Möglicherweise hätte Nicola die Stola trotz ihres Potenzials nicht errungen, aber die Burg hatte eine lange Erfahrung darin, sture, fehlerbehaftete Frauen in selbstbewusste Aes Sedai zu verwandeln. Larine hatte eine glänzende Zukunft vor sich, aber sie musste lernen, die Regeln zu befolgen, bevor sie dann lernen konnte, welche davon gebrochen werden konnten und unter welchen Umständen. Die Weiße Burg war gut darin, beides zu lehren, aber zuerst kam immer der Gehorsam. Bodes Zukunft war viel versprechend. Ihr Potenzial reichte beinahe an das von Egwene heran. Aber ob Aes Sedai, Aufgenommene oder Novizin, die Burg verlangte von einem, das zu tun, was für die Burg wichtig war. Aes Sedai, Aufgenommene, Novizin oder Amyrlin.

Chesa zeigte sich sichtlich enttäuscht, als sie zurückkehrte und den Eintopf so gut wie unberührt vorfand, vor allem, da sie ein fast unberührtes Frühstück vorgefunden hatte. Egwene zog in Betracht, Magenschmerzen vorzugeben, verwarf es dann aber. Nachdem Chesas Tee ihr bei den Kopfschmerzen geholfen hatte – zumindest ein paar Tage lang, bis sie schlimmer als je zuvor zurückgekehrt waren und das jede Nacht –, hatte sich herausgestellt, dass die pummelige Frau eine Sammlung von Heilkräutern für jegliche Beschwerden hatte, die sie jedem Marketender mit geschicktem Mundwerk abkaufte und von denen jede widerlicher schmeckte als die vorherige. Sie hatte so eine Art, so betrübt auszusehen, wenn man die furchtbaren Mixturen nicht trank, dass man sie doch tatsächlich schluckte, nur damit sie sich keine Sorgen machte. Manchmal halfen sie sogar überraschenderweise, aber sie waren niemals etwas, das Egwene herunterschlucken wollte. Sie schickte Chesa mit dem Tablett fort und versprach, später etwas zu essen. Zweifellos würde Chesa ein Abendessen auftischen, das groß genug war, um damit eine Gans zu mästen.

Der Gedanke wollte sie eigentlich lächeln lassen – Chesa würde hinter ihr stehen und die Hände ringen, bis sie jeden Bissen aufaß –, aber ihr Blick fiel wieder auf Tianas Bericht. Nicola, Larine und Bode. Die Weiße Burg war eine strenge Lehrmeisterin. Solange sich die Weiße Burg nicht durch die Mehrheitsentscheidung des Saals im Krieg befand, sollte die Amyrlin nicht … Aber die Burg befand sich im Krieg.

Sie vermochte nicht zu sagen, wie lange sie da saß und das Papier mit dem einen Namen anstarrte, aber als Siuan zurückkehrte, hatte sie eine Entscheidung getroffen. Eine strenge Lehrmeisterin, die niemals jemanden bevorzugte.

»Sind Leane und Bode aufgebrochen?«, fragte sie.

»Vor mindestens zwei Stunden, Mutter. Leane muss Bode abliefern und dann flussabwärts reiten.«

Egwene nickte. »Bitte lasst Daishar satteln …« Nein. Mittlerweile erkannten einige Leute das Pferd der Amyrlin. Zu viele. Es war keine Zeit dafür da, Argumente auszutauschen und Erklärungen abzugeben. Keine Zeit, ihre Autorität zu beweisen. »Sattelt Bela und wartet an der Ecke zwei Straßen weiter nördlich auf mich.« Auch Bela kannte fast jeder. Siuans Pferd kannte jeder.

»Was wollt Ihr tun, Mutter?«, fragte Siuan besorgt.

»Ich will ausreiten. Und Siuan, sagt es keinem.« Sie begegnete dem Blick der anderen Frau und hielt ihn fest. Siuan war Amyrlin gewesen und hatte einen Stein niederstarren können. Jetzt war Egwene die Amyrlin. »Niemandem, Siuan. Und jetzt geht. Geht. Und beeilt Euch.« Siuan hastete mit noch immer gerunzelter Stirn hinaus.

Sobald Egwene allein war, nahm sie die Stola vom Hals, faltete sie sorgfältig zusammen und verstaute sie in ihrer Gürteltasche. Ihr Umhang war aus guter Wolle, aber unauffällig. Ohne die aus der Kapuze baumelnde Stola hätte sie irgendeine Schwester sein können.

Der Gehsteig vor ihrem Zelt war natürlich leer, aber sobald sie die vereiste Straße überquerte, bahnte sie sich einen Weg durch den üblichen weißen Fluss von Novizinnen, der mit Aufgenommenen und gelegentlich einer Aes Sedai gesprenkelt war. Die Novizinnen beugten vor ihr die Knie, ohne langsamer zu werden, die Aufgenommenen machten Knickse, sobald sie sahen, dass die Röcke unter ihrem Umhang keinen weißen Streifen aufwiesen, und die Aes Sedai rauschten mit von Kapuzen verhüllten Gesichtern vorbei. Falls jemandem auffiel, dass ihr kein Behüter folgte, nun, einige Schwestern hatten keinen Behüter. Und nicht jede wurde vom glühenden Schein *Saidars* eingehüllt. Nur die meisten.

Zwei Straßen von ihrem Zelt entfernt blieb sie am Rand des Gehsteigs stehen und wandte sich vom Strom der vorbeieilenden Frauen ab. Sie versuchte sich keine Sorgen zu machen. Die Sonne stand auf dem halben Weg zum Horizont im Westen, eine goldene Scheibe, die vom zerklüfteten Gipfel des Drachenbergs aufgespießt wurde. Der Schatten des Berges fiel bereits über das Lager und hüllte die Zelte in abendliches Dämmerlicht.

Endlich kam Siuan auf Bela angeritten. Die zottelige kleine Stute ging sicher auf der glatten Straße, aber Siuan klammerte sich an Zügeln und Sattel fest, als hätte sie Angst herunterzufallen. Vielleicht war es ja tatsächlich so. Siuan war eine der schlechtesten Reiterinnen, die Egwene jemals gesehen hatte. Als sie mit wehenden Röcken und gemurmelten Flüchen aus dem Sattel rutschte, erschien sie so erleichtert, als wäre sie gerade mit dem Leben davongekommen. Bela wieherte, als sie Egwene erkannte. Siuan richtete ihre verrutschte Kapuze und öffnete den Mund, aber Egwene hielt eine warnende Hand hoch, bevor sie sprechen konnte. Sie konnte sehen, wie Siuans Lippen das Wort »Mutter« formten. Und vermutlich wäre es laut genug gewesen, um auch noch in fünfzig Schritten Entfernung gehört zu werden.

»Sagt keinem etwas«, flüsterte Egwene. »Und auch keine Notizen oder Andeutungen.« Das sollte alles abdecken. »Leistet Chesa Gesellschaft, bis ich zurückkehre. Ich will nicht, dass sie sich Sorgen macht.«

Siuan nicke zögernd. Ihre Miene erschien beinahe mürrisch. Egwene vermutete, dass es klug gewesen war, »Notizen« und »Andeutungen« hinzuzufügen. Sie ließ die ehemalige Amyrlin wie ein mürrisches Mädchen dreinschauen und schwang sich anmutig in Belas Sattel.

Aufgrund der gefrorenen Rillen in den Lagerstraßen musste sie die Stute erst im Schritt gehen lassen. Und weil sich jeder wundern würde, wenn er Siuan schneller als im Schritttempo auf Bela reiten sah. Sie versuchte wie Siuan zu reiten, schwankte unsicher hin und her, klammerte sich mit einer Hand am hohen Sattelknauf fest und manchmal auch mit beiden. Es gab ihr das Gefühl, als würde auch sie gleich herunterfallen. Bela verdrehte den Kopf, um sie anzusehen. Sie wusste, wer auf ihrem Rücken saß, und sie wusste, dass Egwene besser reiten konnte. Egwene ahmte weiterhin Siuan nach und versuchte nicht an den Sonnenstand zu denken. Den ganzen Weg aus dem Lager hinaus, an den Wagen vorbei, bis die ersten Bäume sie vor den Zelten und Wagen verbargen.

Dann beugte sie sich über den Sattelknauf, um ihr Gesicht in Belas Mähne zu drücken. »Du hast mich von den Zwei Flüssen fortgetragen«, flüsterte sie. »Kannst du jetzt genauso schnell laufen?« Sie richtete sich wieder auf und stieß die Fersen in Belas Flanken.

Bela konnte nicht so galoppieren wie Daishar, aber ihre kräftigen Beine stapften durch den Schnee. Sie war einst ein Zugpferd gewesen, kein Rennpferd oder Streitross, aber sie gab alles, was sie hatte, und streckte den Hals genauso mutig wie Daishar nach vorn. Bela rannte, und die Sonne glitt am Himmel in die Tiefe, als wäre sie plötzlich eingeschmiert worden. Egwene duckte sich tief in den Sattel und feuerte das Pferd an. Ein Rennen mit der Sonne, von dem Egwene wusste, dass sie es nicht gewinnen konnte. Aber selbst wenn sie die Sonne nicht schlagen konnte, war trotzdem noch genug Zeit. Sie stieß im Rhythmus mit Belas Hufen mit den Fersen, und Bela lief.

Bevor Egwene das Wasser des Erinin funkeln sah, rollte das Zwielicht über sie hinweg, gefolgt von der Dunkelheit und dem aufgehenden Mond. Noch war Zeit. Es handelte sich annähernd um die Stelle, an der sie auf Daishar neben Gareth gestanden und zugesehen hatte, wie die Flussschiffe sich auf Tar Valon zubewegten. Sie zügelte Bela und lauschte.

Stille. Und dann ein unterdrückter Fluch. Das leise Grunzen von Männern, die eine schwere Last über den Schnee zerrten und dabei leise zu sein versuchten. Sie lenkte Bela an den Bäumen vorbei auf die Laute zu. Schatten bewegten sich, und sie hörte das leise Flüstern von Stahl, der aus Scheiden glitt.

Dann murmelte ein Mann nicht leise genug: »Ich kenne das Pony. Es ist eine der Schwestern. Die, die angeblich mal Amyrlin gewesen sein soll. Ich finde, sie sieht nicht so aus. Ist nicht älter als die andere, die jetzt die Amyrlin sein soll.«

»Bela ist kein Pony«, sagte Egwene kurz angebunden. »Bringt mich zu Bode Cauthon.«

Ein Dutzend Männer glitten aus den nächtlichen Schatten zwischen den Bäumen und umstellten sie und Bela. Sie alle schienen sie für Siuan zu halten, aber das war Egwene durchaus recht. Für diese Männer war eine Aes Sedai wie die andere, und sie führten sie zu der Stelle, an der Bode auf einem Pferd saß, das kaum größer als Bela war, und einen dunklen Umhang festhielt. Auch ihr Kleid war dunkel. In der Nacht wäre Weiß aufgefallen.

Auch Bode erkannte Bela und streckte die Hand aus, um das Ohr der Stute zu streicheln, als Egwene an ihre Seite geritten kam.

»Ihr bleibt an Land«, sagte Egwene leise. »Ihr könnt mit mir zurückreiten, wenn alles erledigt ist.«

Beim Klang von Egwenes Stimme riss Bode die Hand zurück, als hätte sie sich verbrannt. »Warum?«, fragte sie, und es klang nicht ganz wie eine Forderung. Zumindest das hatte sie gelernt. »Ich schaffe das. Leane Sedai hat es mir erklärt, und ich kann das schaffen.«

»Das weiß ich. Aber nicht so gut, wie ich es kann. Noch nicht.« Das erschien zu sehr als Tadel, den die andere Frau nicht verdient hatte. »Bode, ich bin der Amyrlin-Sitz. Es gibt Entscheidungen, die nur ich treffen kann. Und einige Dinge sollte ich nicht von einer Novizin verlangen, wenn ich sie besser erledigen kann.« Vielleicht war das nicht viel freundlicher, aber sie konnte das mit Larine und Nicola nicht erklären, oder den Preis, den die Weiße Burg allen ihren Töchtern abverlangte. Das eine konnte die Amyrlin einer Novizin nicht erklären, und eine Novizin war noch nicht reif, von dem anderen zu erfahren.

Selbst in der Nacht verriet die Haltung von Bodes Schultern, dass sie nicht verstand, aber sie hatte auch gelernt, nicht mit Aes Sedai zu diskutieren. So wie sie gelernt hatte, dass Egwene Aes Sedai war. Den Rest würde sie auch noch lernen. Die Burg konnte sich die Zeit nehmen, die sie brauchte, um ihr alles beizubringen.

Egwene stieg aus dem Sattel, übergab einem der Soldaten Belas Zügel und hob die Röcke, um durch den Schnee auf die angestrengten, schleifenden Laute zuzugehen. Es handelte sich um ein großes Ruderboot, das wie ein Schlitten durch den Schnee geschoben wurde. Ein sperriger Schlitten, der zwischen den Bäumen hindurchmanövriert werden musste, wenn auch mit weniger Flüchen, nachdem den Männern, die ihn zogen und schoben, klar geworden war, dass sie ihnen dichtauf folgte. Die meisten Männer hielten in Anwesenheit von Aes Sedai ihre Zunge im Zaum, und obwohl sie wegen der Dunkelheit und der Kapuze ihr Gesicht nicht erkennen konnten, wer sonst sollte runter zum Fluss gekommen sein? Und falls sie wussten, dass es nicht dieselbe Frau war, die sie eigentlich hätte begleiten sollen, wer stellte schon die Handlungen einer Aes Sedai in Frage?

Sie schoben das Boot vorsichtig in den Fluss und achteten darauf, es nicht laut spritzen zu lassen, dann kletterten sechs Mann an Bord und legten Ruder in die mit Lumpen gepolsterten Ruderdollen. Die Männer waren barfuß, um den Lärm zu vermeiden, den auf den Rumpfplanken entlangschabende Stiefel verursachten. Auf dem Erinin fuhren auch kleinere Boote, aber heute Nacht mussten sie die Strömungen meistern. Einer der Männer am Ufer reichte ihr die Hand, damit sie beim Einsteigen nicht das Gleichgewicht verlor, und sie setzte sich auf eine Ruderbank im Bug und hielt den Umhang fest um den Körper. Das Boot glitt vom Ufer weg, abgesehen vom kaum hörbaren Schlag der Ruder im Wasser völlig lautlos.

Egwene schaute voraus, nach Süden in Richtung Tar Valon. Die weißen Mauern glänzten im Licht eines fetten, abnehmenden Mondes, und die von Lampen erhellten Fenster verliehen der Stadt ein gedämpftes Glühen; es war fast so, als würde die Insel *Saidar* umarmen. Selbst in der Dunkelheit ragte die Weiße Burg hervor, die Fenster des Turms leuchteten hell, und seine gewaltige Masse funkelte im Mondlicht. Etwas huschte über den Mond, und Egwene stockte der Atem. Einen Augenblick lang hielt sie es für einen Draghkar, ein böser Anblick gerade in dieser Nacht. Aber dann kam sie zu dem Schluss, dass es doch nur eine Fledermaus gewesen war. Der Frühling war nahe genug, dass sich die Fledermäuse nach draußen wagten. Sie zog den Umhang enger und schaute der näher kommenden Stadt entgegen.

Als die gewaltige Mauer des Nordhafens vor dem Boot in die Höhe ragte, bremsten die Ruderer, sodass der Bug gerade eben an der Mauer neben der Hafeneinfahrt vorbeiglitt. Egwene hätte beinahe eine Hand ausgestreckt, um sich gegen den hellen Stein zu stemmen, bevor das Boot gegen die Mauer prallen konnte. Der dumpfe Aufprall wäre mit Sicherheit von den wachhabenden Soldaten gehört worden. Aber die Ruder machten nur leise gurgelnde Geräusche, als sie rückwärts durchgezogen wurden, das Boot hielt an einer Stelle an, wo sie die massive Eisenkette hätte berühren können, die den Hafen versperrte und deren riesige Glieder durch die dicke Schicht an Schmiere glänzten.

Aber es war nicht nötig, sie anzufassen. Genauso wenig wie es nötig war, zu warten. Sie umarmte *Saidar* und war sich kaum des reißenden Stroms des Lebens bewusst, der sie erfüllte, bevor sie die Gewebe fertig gestellt hatte. Erde, Feuer und Luft umgaben die Kette; Erde und Feuer berührten sie. Das schwarze Eisen blitzte entlang der ganzen Hafeneinfahrt weiß auf.

Egwene blieb gerade noch genug Zeit, um zu bemerken, dass nicht weit von ihr jemand die Quelle umarmt hatte, über ihr auf der Mauer, dann traf auch schon etwas das Boot, traf sie, und sie spürte nur noch, wie das kalte Wasser sie umfasste und ihre Nase und ihren Mund füllte. Dunkelheit.

Egwene fühlte etwas Hartes unter ihrem Körper. Sie hörte Frauenstimmen. Aufgeregte Stimmen.

»Wisst ihr, wer das ist?«

»Schau an, schau an. Da haben wir heute Nacht aber etwas Besseres bekommen, als wir ausgehandelt hatten.«

Etwas wurde ihr gegen den Mund gepresst, Wärme tröpfelte hinein, die leicht nach Minze schmeckte. Sie schluckte krampfhaft, sich plötzlich bewusst, wie kalt ihr war und dass sie am ganzen Leib zitterte. Ihre Augen öffneten sich blinzelnd. Und richteten sich auf das Gesicht der Frau, die ihren Kopf und den Becher hielt. Von Soldaten erhobene Laternen sorgten für genug Licht, dass sie das Gesicht deutlich sehen konnte. Ein altersloses Gesicht. Sie war im Nordhafen.

»So ist es recht, Mädchen«, sagte die Aes Sedai aufmunternd. »Trink alles. Es ist eine starke Dosis.«

Egwene wollte den Becher fortstoßen, wollte *Saidar* umarmen, aber sie fühlte nur, wie sie tiefer in der Dunkelheit versank. Sie hatten auf sie gewartet. Sie war verraten worden. Aber von wem?

EPILOG

Eine Antwort

Rand starrte aus dem Fenster auf den Regen, der stetig aus dem grauen Himmel fiel. Ein weiterer Sturm, der vom Rückgrat der Welt kam. Der Drachenmauer. Der Frühling musste bald kommen. Irgendwann kam der Frühling immer. Hier in Tear früher als zu Hause, jedenfalls normalerweise, obwohl davon wenig zu bemerken war. Blitze gabelten sich silberblau am Himmel, und lange Augenblicke vergingen, bevor der Donner kam. Blitze in der Ferne. Die Wunden in seiner Seite schmerzten. Beim Licht, die Reiher, die in seine Handflächen eingebrannt waren, schmerzten, und das nach dieser langen Zeit.

Manchmal ist Schmerz das Einzige, das einen wissen lässt, dass man noch lebt, flüsterte Lews Therin, aber Rand ignorierte die Stimme in seinem Kopf.

Hinter ihm öffnete sich quietschend die Tür, und er sah über die Schulter zu dem Mann, der das Wohnzimmer betrat. Bashere trug einen kurzen, grauen Seidenmantel, einen prächtig glänzenden Mantel, und er trug den Stab des Generalmarschalls von Saldaea, ein Stab aus Elfenbein mit einem goldenen Wolfsschädel, der neben seinem in einer Scheide steckenden Schwert aus dem Gürtel ragte. Die Stiefel mit den heruntergeschlagenen Schäften waren geputzt worden, bis sie glänzten. Rand bemühte sich, seine Erleichterung nicht zu zeigen. Sie waren lange genug weg gewesen.

»Und?«, sagte er.

»Die Seanchaner sind nicht abgeneigt«, erwiderte Bashere. »Verrückt wie die Märzhasen, aber nicht abgeneigt. Aber sie verlangen ein Treffen mit Euch persönlich. Der Generalmarschall von Saldaea ist nicht der Wiedergeborene Drache.«

»Mit dieser Lady Suroth?«

Bashere schüttelte den Kopf. »Anscheinend ist ein Mitglied der Kaiserlichen Familie eingetroffen. Suroth will, dass Ihr jemanden mit dem Titel Tochter der Neun Monde trefft.«

Und wieder rollte der Donner ferner Blitze über das Land.

Wir ritten auf den Winden des tobenden Sturms,
Wir liefen im Hall des Donners.
Wir tanzten im Blitzschlag,
und rissen die Welt entzwei.

Anonymes Gedichtfragment, das angeblich gegen Ende des vorangegangenen Zeitalters geschrieben wurde, das von manchen als das Dritte Zeitalter bezeichnet wird. Gelegentlich wird es dem Wiedergeborenen Drachen zugeschrieben.

GLOSSAR

VORBEMERKUNGEN ZUR DATIERUNG

Der Tomanische Kalender (von Toma dur Ahmid entworfen) wurde ungefähr zwei Jahrhunderte nach dem Tod des letzten männlichen Aes Sedai eingeführt. Er zählte die Jahre nach der Zerstörung der Welt (NZ). Da aber in den Jahren der Zerstörung und in den darauf folgenden Jahren fast totales Chaos herrschte und dieser Kalender erst gut hundert Jahre nach dem Ende der Zerstörung eingeführt wurde, hat man seinen Beginn völlig willkürlich gewählt. Am Ende der Trolloc-Kriege waren so viele Aufzeichnungen vernichtet worden, dass man sich stritt, in welchem Jahr der alten Zeitrechnung man sich überhaupt befand. Tiam von Gazar schlug die Einführung eines neuen Kalenders vor, der am Ende dieser Kriege einsetzte und die (scheinbare) Erlösung der Welt von der Bedrohung durch Trollocs feierte. In diesem zweiten Kalender erschien jedes Jahr als so genanntes Freies Jahr (FJ). Innerhalb der zwanzig auf das Kriegsende folgenden Jahre fand der Gazareische Kalender weitgehend Anerkennung. Artur Falkenflügel bemühte sich, einen neuen Kalender durchzusetzen, der auf seiner Reichsgründung basierte (VG = Von der Gründung an), aber dieser Versuch ist heute nur noch den Historikern bekannt. Nach weitreichender Zerstörung, Tod und Aufruhr während des Hundertjährigen Krieges entstand ein vierter Kalender durch Uren din Jubai Fliegende Möwe, einem Gelehrten der Meerleute, und wurde von dem Panarchen Farede von Tarabon weiterverbreitet. Dieser Farede-Kalender zählt die Jahre der Neuen Ära (NÄ) von dem willkürlich angenommenen Ende des Hundertjährigen Krieges an und ist während der geschilderten Ereignisse in Gebrauch.

A'dam: Ein Gerät, mit dessen Hilfe man Frauen kontrollieren kann, die die Macht lenken, und das nur von Frauen benützt werden kann, die entweder selbst die Fähigkeit besitzen, mit der Macht umzugehen, oder die das zumindest erlernen können. Er verknüpft die beiden Frauen. Der von den Seanchanern verwendete Typus besteht aus einem Halsband und einem Armreif, die durch eine Leine miteinander verbunden sind; sämtliche Teile sind aus einem silbrigen Metall gefertigt. Falls ein Mann, der die Macht lenken kann, mit Hilfe eines *A'dam* mit einer Frau verknüpft wird, führt das wahrscheinlich zu beider Tod. Selbst die bloße Berührung eines *A'dam* durch einen Mann mit dieser Fähigkeit verursacht ihm große Schmerzen, falls dieser *A'dam* von einer Frau mit Zugang zur Wahren Quelle getragen wird (*siehe auch: Damane, Sul'dam*).

Aes Sedai: Träger der Einen Macht. Seit der Zeit des Wahnsinns sind alle überlebenden Aes Sedai Frauen. Von vielen respektiert und verehrt, misstraut man ihnen und fürchtet, ja, hasst sie weitgehend. Viele geben ihnen die Schuld an der Zerstörung der Welt, und allgemein glaubt man, sie würden sich in die Angelegenheiten ganzer Staaten einmischen. Gleichzeitig aber findet man nur wenige Herrscher ohne Aes Sedai-Berater, selbst in Ländern, wo schon die Existenz einer solchen Verbindung geheim gehalten werden muss. Nach einigen Jahren, in denen sie die Macht gebrauchen, beginnen die Aes Sedai alterslos zu wirken, sodass auch eine Aes Sedai, die bereits Großmutter sein könnte, keine Alterserscheinungen zeigt, außer vielleicht ein paar grauen Haaren.

Arad Doman: Eine Nation am Aryth-Meer, die zurzeit vom Bürgerkrieg und den Kämpfen gegen die Anhänger des Wiedergeborenen Drachen zerrissen wird. Die Hauptstadt ist Bandar Eban. In Arad Doman wird der Herrscher (ein König oder eine Königin) von einem Rat der Kaufleute erwählt, der sich aus den Vorsitzenden der Kaufmannsgilden – in der Hauptsache nur Frauen – zusammensetzt. Der Herrscher muss von adligem Blut und darf kein Kaufmann sein, er wird auf Lebenszeit gewählt. Der König oder die Königin verfügt über die absolute Autorität, kann aber durch eine Abstimmung des Rates abgesetzt werden; dazu ist eine Dreiviertel-Mehrheit erforderlich. Der derzeitige Herrscher ist König Alsalam Saeed Almadar, Lord von Almadar, der Hohe Herrscher von Haus Almadar. Sein derzeitiger Aufenthaltsort ist unbekannt und geheimnisumwittert.

Asha'man: (1) In der Alten Sprache »Wächter«, immer ein Wächter von Gerechtigkeit und Wahrheit. (2) Die Bezeichnung der Männer – sowohl allgemein als auch im Sinne eines Ranges –, die zur Schwarzen Burg in der Nähe von Caemlyn in Andor gezogen sind, um dort den Gebrauch der Einen Macht zu erlernen. Ihre Ausbildung konzentriert sich auf die Möglichkeiten, die Eine Macht als Waffe zu benutzen. Sobald sie gelernt haben, *Saidin*, die männliche Hälfte der Macht, zu ergreifen, wird von ihnen verlangt – eine weitere Abweichung von den Gepflogenheiten der Weißen Burg –, alle mühevollen Arbeiten mit Hilfe der Macht zu erledigen. Ein neu aufgenommener Rekrut wird Soldat genannt; er trägt einen schlichten schwarzen Mantel mit einem hohen Kragen nach der andoranischen Mode. Mit der Beförderung zum Geweihten erhält er das Recht, eine als Schwert bezeichnete silberne Anstecknadel am Mantelkragen zu tragen. Die Beförderung zum Asha'man beinhaltet das Recht, auf der dem Schwert gegenüberliegenden Kragenseite die aus Gold und rotem Emaille bestehende Anstecknadel in Form eines Drachen zu tragen. Obwohl viele Frauen – einschließlich der Ehefrauen – die Flucht ergreifen, wenn sie erfahren, dass ihr Mann die Macht lenken kann, sind eine stattliche Anzahl der Männer aus der Schwarzen Burg verheiratet, und sie benutzen eine Abart des Behüterbundes, um eine Verbindung zu ihren Frauen herzustellen. Dieser Bund wurde kürzlich so modifiziert, dass er Gehorsam erzwingt, und dazu benutzt, gefangene Aes Sedai gefügig zu machen.

Balwer, Sebban: Ehemals Pedron Nialls (der Kommandierende Lordhauptmann der Kinder des Lichts) offizieller Sekretär und insgeheim sein Meister der Spione. Nach Nialls Tod half er aus ureigenen Beweggründen in Amador Morgase (die ehemalige Königin von Andor) bei ihrer Flucht vor den Seanchanern und ist jetzt der Sekretär von Perrin t'Bashere Aybara und Faile ni Bashere t'Aybara. Perrin beschleicht langsam der Verdacht, dass mehr hinter Balwer steckt, als es den Anschein hat.

Bande der Roten Hand: *siehe: Shen an Calhar.*

Blut, das: Bezeichnung der Seanchaner für ihren Adel. Es gibt verschiedene Adelsränge. Das Hohe Blut rasiert sich die Seiten des Schädels und bemalt mehrere Fingernägel – je höher der Rang, desto mehr Nägel sind bemalt –, aber die Angehörigen des Niederen Bluts bemalen größtenteils nur die Nägel der kleinen Finger. Man wird ins Blut hineingeboren, kann aber auch zu diesem Rang erhoben werden. Das ist eine häufige Belohnung für außergewöhnliche Leistungen oder Verdienste für das Kaiserreich.

Cha Faile: (1) In der Alten Sprache die »Krallen des Falken«. (2) Von jungen Cairhienern und Tairenern angenommener Name, die versuchen, dem *Ji'e'toh* zu folgen. Sie haben Faile ni Bashere t'Aybara den Treueid geschworen und handeln im Geheimen als ihre persönlichen Späher und Spione.

Corenne: In der Alten Sprache »Die Wiederkehr«. Die Seanchaner bezeichnen damit sowohl die Flotte aus Tausenden von Schiffen wie auch die Hunderttausende von Soldaten, Handwerkern und anderen Menschen, die Schiffe transportieren und den Vorläufern folgen, um das Land zu beanspruchen, das Artur Falkenflügels Nachfahren gestohlen wurde (*siehe auch: Hailene*).

Cuendillar: Eine unzerstörbare Substanz, die während des Zeitalters der Legenden erschaffen wurde. Jede bekannte Kraft, die dazu benutzt wird, *Cuendillar* zu zerstören, wird davon absorbiert und macht sie stärker. Die Kunst der Herstellung galt als verloren, aber Gerüchten zufolge wurden wieder neue Gegenstände daraus hergestellt. Auch als Herzstein bekannt.

Da'covale: (1) In der Alten Sprache bezeichnet man damit eine Person, die einer anderen gehört oder ihr »Besitz« ist. (2) Bei den Seanchanern wird dieser Begriff häufig für Besitztümer und Sklaven verwendet. In Seanchan hat die Sklaverei eine lange und ungewöhnliche Geschichte, da Sklaven die Möglichkeit haben, zu Positionen mit großer Macht und öffentlicher Autorität aufzusteigen, darunter auch solche, in denen sie über freie Bürger bestimmen (*siehe auch*: *So'jhin*).

Damane: In der Alten Sprache: ›die Gefesselten‹. Frauen, die die eine Macht lenken können, werden mit Hilfe eines *A'dam* unter Kontrolle gehalten und dienen den Seanchanern zu verschiedenen Zwecken, vor allem als Wunderwaffen im Krieg. Im ganzen Reich von Seanchan werden jedes Jahr junge Frauen geprüft, bis hin zu dem Alter, in dem sich die Gabe, die Macht gebrauchen zu können, in jedem Fall bereits gezeigt hätte. Genauso wie die jungen Männer mit diesem Talent (die hingerichtet werden), werden die Damane aus den Familienbüchern und allen Bürgerlisten des Reichs gestrichen. Sie hören auf, als eigenständige Menschen zu existieren. Frauen, die dieses Talent besitzen, aber noch nicht zu Damane gemacht wurden, nennt man *Marath'damane*, ›die gefesselt werden müssen‹ (*siehe auch: Sul'dam*).

Depositorium: Eine Abteilung der Burgbibliothek. Es gibt zwölf allgemein bekannte Depositorien, in denen Bücher und Aufzeichnungen über bestimmte Sachgebiete und artverwandte Themen aufbewahrt werden. Ein dreizehntes Depositorium, das allein für Aes Sedai zugänglich ist, enthält geheime Dokumente, Aufzeichnungen und historische Unterlagen, die nur vom Amyrlin-Sitz, der Behüterin der Chroniken und den Sitzenden vom Saal der Burg eingesehen werden dürfen. Und natürlich von der Hand voll Bibliothekare, die das Depositorium leiten.

Der'morat: (1) In der Alten Sprache »Meisterbezwinger«. (2) Bezeichnung der Seanchaner für einen Tierbändiger und Ausbilder von Exoten beziehungsweise für jeden Ausbilder, wobei das Suffix einen langjährigen und fähigen Meister bezeichnet, so wie beispielsweise in *Der'morat'raken. Der'morat* können eine ziemlich hohe soziale Stellung erreichen; der höchste ist der *Der'sul'dam,* die Ausbilder der *Sul'dam,* die mit hohen Armeeoffizieren gleichzusetzen sind (*siehe auch: Morat*).

Erith: Tochter von Iva Tochter von Alar. Eine attraktive junge Ogierfrau, die Loial heiraten will, auch wenn er im Augenblick vor ihr auf der Flucht ist.

Erste Denkerin: Titel der Anführerin der Weißen Ajah. Diese Position wird in der Weißen Burg zurzeit von Ferane Neheran bekleidet. Ferane Sedai ist eine von derzeit nur zwei Ajah-Anführerinnen, die gleichzeitig im Saal der Burg das Amt einer Sitzenden innehalten.

Erste Schreiberin: Titel der Anführerin der Grauen Ajah. Diese Position wird in der Weißen Burg zurzeit von Serancha Colvine bekleidet, einer Frau von tadellosem Ruf.

Erste Weberin: Titel der Anführerin der Gelben Ajah. Diese Position wird in der Weißen Burg zurzeit von Suana Dragand bekleidet. Suana Sedai ist eine von derzeit nur zwei Ajah-Anführerinnen, die gleichzeitig im Saal der Burg das Amt einer Sitzenden innehalten.

Fain, Padan: Ehemaliger Schattenfreund, der mittlerweile etwas viel Schlimmeres als ein Schattenfreund ist. Er ist genauso sehr ein Feind der Verlorenen wie Rand al'Thors, den er leidenschaftlich hasst. Zuletzt wurde er zusammen mit Toram Riatin in Far Madding gesehen.

Fäuste des Himmels: Leicht bewaffnete und gepanzerte seanchanische Infanterie, die auf den Rücken der geflügelten Kreaturen namens *To'raken* in die Schlacht ziehen. Es handelt sich ausschließlich um kleinwüchsige Männer und Frauen, was größtenteils an dem geringen Gewicht liegt, das ein *To'raken* tragen kann. Sie gelten allgemein als die zähesten verfügbaren Soldaten und werden hauptsächlich für Sturmangriffe eingesetzt, zum Beispiel auf die Nachhut des Feindes, sowie in solchen Fällen, in denen es darauf ankommt, Soldaten in kürzester Zeit an ihre Positionen zu bringen.

Feuerwerker, Gilde der: Eine Gemeinschaft, die das Geheimnis zur Herstellung von Feuerwerk bewahrt. Sie hütet dieses Geheimnis sehr gewissenhaft, bis hin zum Mord. Die Gilde leitet ihren Namen von ihren großartigen Feuerwerken ab, die man auch als Illuminationen bezeichnet – man nennt sie auch die Gilde der Illuminatoren –, und die sie für Herrscher und gelegentlich für einflussreiche Lords veranstaltet. Einfaches Feuerwerk wurde auch im freien Handel verkauft, aber stets mit strengen Warnungen vor den schlimmen Folgen, die aus dem Versuch resultieren könnten, etwas über das Innere der Feuerwerkskörper in Erfahrung zu bringen. Einst hatte die Gilde in Cairhien und Tanchico Stiftungshäuser, aber sie sind nun zerstört. Die Gildenangehörigen in Tanchico haben sich gegen die Invasion der Seanchaner zur Wehr gesetzt; die Überlebenden wurden zu *Da'covale* gemacht, die Gilde als solche existiert nicht länger. Allerdings konnten einzelne Illuminatoren den Seanchanern entkommen, und vielleicht wird man in nicht allzu ferner Zukunft wieder großartige Feuerwerke sehen.

Gefährten: Die Militärelite von Illian, die derzeit von dem Ersten Hauptmann Demetre Marcolin befehligt wird.

Die Gefährten stellen die Leibwache für den König von Illian und bewachen Schlüsselstellungen des Landes. Darüber hinaus hat man die Gefährten in der Schlacht traditionellerweise dazu eingesetzt, die stärkste Position des Feindes anzugreifen, seine Schwäche auszunutzen und, falls nötig, den Rückzug des Königs zu decken. Im Gegensatz zu den meisten vergleichbaren Eliteeinheiten sind Ausländer nicht nur willkommen (mit Ausnahme von Tairenern, Altaranern und Murandianern), sie können sogar – genau wie normale Untertanen – in die höchsten Positionen aufsteigen, was ebenfalls sehr ungewöhnlich ist. Die Uniform der Gefährten besteht aus einem grünen Mantel, einem Brustharnisch, auf dem die Neun Bienen von Illian eingraviert sind, sowie einem konischen Helm mit einem Stangenvisier. Der Erste Hauptmann trägt an den Manschetten vier aufgestickte goldene Ringe und drei schmale goldene Federn auf dem Helm. Der Zweite Hauptmann trägt an den Manschetten drei aufgestickte goldene Ringe und am Helm drei goldene Federn mit grünen Spitzen. Leutnants tragen an den Manschetten zwei gelbe Ringe und zwei grüne Federn auf dem Helm, Unterleutnants einen gelben Ring und eine grüne Feder. Bannerträger tragen zwei unterbrochene gelbe Ringe an der Manschette und eine gelbe Feder, Fußsoldaten einen einzigen unterbrochenen gelben Ring.

Generalhauptmann: (1) Der militärische Rang des Befehlshabers der Königlichen Garde von Andor. Diese Position wird zurzeit von Lady Birgitte Trahelion eingenommen. (2) Der Titel der Anführerin der Grünen Ajah, die allerdings allein den Mitgliedern der Grünen namentlich bekannt ist. In der Weißen Burg wird diese Position zurzeit von Adelorna Bastine ausgefüllt, bei den von Egwene al'Vere angeführten Aes Sedai-Rebellen hält sie Myrelle Berengari inne.

Geflügelten Wachen, die: Die Leibwache der Ersten von Mayene und gleichzeitig die Eliteeinheit des Mayenischen Militärs. Soldaten der Geflügelten Wache tragen rotlackierte Brustharnische und rote Topfhelme mit Nackenschutz, ihre Bewaffnung besteht aus mit Wimpeln versehenen Lanzen. An den Helmen der Offiziere sind an den Seiten Flügel aus dem Eisen gehämmert, der Rang wird durch dünne Federn angezeigt.

Gewichtseinheiten: 10 Unzen = 1 Pfund, 10 Pfund = 1 Stein, 10 Steine = 1 Zentner, 10 Zentner = 1 Tonne.

Gregorin: Gregorin Panar de Lushenos. Mitglied vom Konzil der Neun in Illian, der zurzeit dem Wiedergeborenen Drachen als Verwalter von Illian dient.

Hailene: In der Alten Sprache »Vorläufer« oder »Jene, die vorher kommen«. Bezeichnung der Seanchaner für die gewaltige Expeditionsstreitmacht, die über das Aryth-Meer geschickt wurde, um die Länder auszuspionieren, die einst von Artur Falkenflügel beherrscht wurden. Seitdem sie unter dem Befehl der Hochlady Suroth steht und ihre Größe durch in den eroberten Ländern eingezogene Rekruten stark angeschwollen ist, hat die Hailene ihre ursprünglichen Ziele weit hinter sich gelassen und ist von der Wiederkehr übertrumpft worden.

Hanlon, David: Schattenfreund und ehemaliger Befehlshaber der Weißen Löwen, der in den Diensten des Verlorenen Rahvin stand, während dieser als Lord Gaebril Caemlyn beherrschte. Später führte Hanlon befehlsgemäß die Weißen Löwen nach Cairhien, um dort die Rebellion gegen den Wiedergeborenen Drachen voranzutreiben. Die Weißen Löwen wurden von einer »Blase des Bösen« vernichtet und Hanlon nach Caemlyn zurückbeordert, wo er sich unter dem Namen Doilin Mellar bei der Tochter-Erbin Elayne eingeschmeichelt hat. Gerüchten zufolge hat er beträchtlich mehr, als sich nur eingeschmeichelt.

Herz: Basiseinheit in der Organisation der Schwarzen Ajah. Im Grunde genommen eine Zelle. Ein Herz besteht aus drei Schwestern, die einander kennen; jede Angehörige eines Herzens kennt wiederum eine weitere Schwarze Schwester.

Hierarchie des Meervolks: Die Atha'an Miere, das Meervolk, werden von der Herrin der Schiffe der Atha'an Miere beherrscht. Ihr zur Seite steht die Windsucherin der Herrin der Schiffe sowie der Meister der Klingen. Den nächsten untergeordneten Rang bekleiden die Herrinnen der Wogen der einzelnen Clans, von denen jede ebenfalls über eine Windsucherin und einen Schwertmeister verfügen. Die Herrin der Wogen eines Clans herrscht über die Herrinnen der Segel (die Schiffskapitäne), die den Befehl über die Schiffe haben und von ihren eigenen Windsucherinnen und Zahlmeistern unterstützt werden. Die Windsucherin der Herrin der Schiffe hat die Autorität über alle Windsucherinnen des Meervolks, aber natürlich hat die jeweilige Herrin der Wogen zugleich die Autorität über alle Windsucherinnen ihres Clans. Das Gleiche gilt für den Meister der Klingen, der die Autorität über alle Schwertmeister hat, denen wiederum die Zahlmeister ihres Clans unterstehen. Beim Meervolk ist Rang nicht erblich. Die Herrin der Schiffe wird auf Lebenszeit von den Ersten Zwölf der Atha'an Miere gewählt, den zwölf ältesten Herrinnen der Wogen. Die Herrin der Wogen eines Clans wird wiederum von den zwölf ältesten Herrinnen der Segel ihres Clans gewählt, die man schlicht die Ersten Zwölf nennt – ein Begriff, der ebenfalls dazu benutzt wird, um die älteste Herrin der Segel vor Ort zu benennen. Sie kann von denselben Ersten Zwölf durch eine Abstimmung wieder abgesetzt werden. In der Tat kann bis auf die Herrin der Schiffe jeder wegen Gesetzesübertretungen, Feigheit oder anderen Verbrechen bis hinunter zum einfachen Deckmatrosen degradiert werden. Beim Tod einer Herrin der Wogen oder der Herrin der Schiffe muss ihre Windsucherin notwendigerweise einer Frau mit niederem Rang dienen, und ihr eigener Rang verringert sich deswegen ebenfalls.

Ishara: Die erste Königin von Andor (zirka 994–1020 FJ). Nach dem Tod Artur Falkenflügels überzeugte Ishara ihren Gemahl, einen von Falkenflügels wichtigsten Generälen, die Belagerung von Tar Valon abzubrechen und sie mit so vielen Soldaten, wie er von dem Heer auf seine Seite ziehen konnte, nach Caemlyn zu begleiten. Wo viele andere versuchten, Falkenflügels ganzes Reich für sich zu erobern und scheiterten, nahm Ishara erfolgreich von einem kleinen Teil Besitz. Heutzutage weist fast jedes Adelshaus Andors etwas von Isharas Blut auf und der rechtmäßige Anspruch auf den Löwenthron hängt sowohl von der direkten Abstammung von ihr als auch von der nachgewiesenen Anzahl an Verbindungen zu ihr ab.

Jünglinge, die: Die ersten Jünglinge waren junge Männer, die in der Weißen Burg von Behütern ausgebildet wurden. Sie stellten sich gegen ihre Lehrer, die Siuan Sanche befreien wollten, nachdem man sie mit Gewalt vom Amyrlin-Sitz entfernt hatte. Angeführt von Gawyn Trakand blieben die Jünglinge der Weißen Burg gegenüber loyal und kämpften in Scharmützeln gegen die Weißmäntel unter Eamon Valda. Sie stellten den Begleitschutz für Elaidas Botschafter bei ihrem Besuch beim Wiedergeborenen Drachen in Cairhien und kämpften bei den Quellen von Dumai gegen Aiel und Asha'man. Bei der Rückkehr nach Tar Valon erfuhren sie, dass man sie aus der Stadt ausgesperrt hatte.
Die Jünglinge tragen grüne Umhänge mit Gawyns Weißem Eber; diejenigen von ihnen, die in Tar Valon gegen ihre Lehrmeister gekämpft haben, tragen einen kleinen silbernen Turm am Kragen. Sie nehmen überall Rekruten auf, aber keine Veteranen oder alte Männer. Eine der Grundvoraussetzungen besteht darin, dass der Rekrut zugunsten der Jünglinge sämtlichen früheren Bindungen entsagen muss. Die älteren Mitglieder lehren die Rekruten Behütertechniken und geben ihr Wissen auf diese Weise weiter; mehrere haben das Angebot von Aes Sedai abgelehnt, einen Bund einzugehen. Die Jünglinge schei-

nen in vielerlei Hinsicht nur noch wenig mit der Weißen Burg oder den Aes Sedai zu tun zu haben. Das liegt zum Teil in ihrem Verdacht begründet, dass sie die Expedition nach Cairhien nicht überleben sollten.

Kaensada: Ein Gebiet in Seanchan, das von unzivilisierten Bergstämmen bevölkert wird. Diese Stämme kämpfen oft untereinander, das Gleiche gilt für einzelne Familien innerhalb der Stämme. Jeder Stamm hat seine eigenen Bräuche und Vorschriften, die für Außenstehende oft wenig Sinn machen. Die meisten Stammesleute meiden die zivilisierten Bewohner Seanchans.

Kalender: Die Woche hat zehn Tage, der Monat 28, und es gibt 13 Monate im Jahr. Mehrere Festtage gehören keinem bestimmten Monat an: der Sonntag oder Sonnentag (der längste Tag des Jahres), das Erntedankfest (einmal alle vier Jahre zur Frühlingssonnenwende) und das Fest der Rettung aller Seelen, auch Allerseelen genannt (einmal alle zehn Jahre zur Herbstsonnenwende). Obwohl die Monate Namen haben – Taisham, Jumara, Saban, Aine, Adar, Saven, Amadaine, Tammaz, Maigdhal, Choren, Shaldine, Nesan und Danu – benutzt man sie nur selten und dann auch nur in offiziellen Dokumenten. Den einfachen Leuten reicht die Jahreszeit.

Katar: Eine Stadt in Arad Doman, die für ihre Minen und Schmieden bekannt ist. Katar ist so wohlhabend, dass seine Lords gelegentlich daran erinnert werden müssen, dass sie ein Teil von Arad Doman sind.

Kinder des Lichts: Eine Gemeinschaft von Asketen, die sich den Sieg über den dunklen König und die Vernichtung aller Schattenfreunde zum Ziel gesetzt hat. Die Gemeinschaft wurde während des Hundertjährigen Krieges von Lothair Mantelar gegründet, um als Prediger gegen die ansteigende Zahl der Schattenfreunde anzugehen. Während des Krieges entwickelte sich daraus eine militärische Organisation, streng ideologisch ausgerichtet und fest im Glauben, allein sie würden der absoluten Wahrheit und dem Recht dienen. Sie hassen die Aes Sedai und halten sie sowie alle, die sie unterstützen oder sich mit ihnen befreunden, für Schattenfreunde. Sie werden geringschätzig Weißmäntel genannt. Ihr Hauptquartier befand sich in Amador in Amadicia, aber sie wurden vertrieben, als die Seanchaner die Stadt eroberten. Im Wappen führen sie eine goldene Sonne mit Strahlen auf weißem Feld (*siehe auch:* Zweifler).

Königliche Garde: Eliteeinheit des Militärs von Andor. In Friedenszeiten vollstreckt die Garde die Gesetze der Königin und hält den Frieden aufrecht. Die Uniform der Königlichen Garde setzt sich aus rotem Mantel, funkelndem Harnisch, einem roten Umhang und einem konischen Helm mit Gittervisier zusammen. Hochrangige Offiziere tragen auf den Schultern Knoten als Rangabzeichen, sie dürfen auch Sporen mit goldenen Löwenköpfen benutzen. Kürzlich ist die Königliche Garde um die persönliche Leibwache der Tochter-Erbin erweitert worden, die abgesehen von ihrem Hauptmann Doilin Mellar nur aus Frauen besteht.

Kusinen: Selbst während der Trolloc-Kriege vor mehr als zweitausend Jahren (zirka 1000–1350 NZ) hielt die Weiße Burg ihren Standard aufrecht und schickte Frauen fort, die nicht die nötigen Voraussetzungen erfüllten. Eine Gruppe solcher Frauen, die sich davor fürchteten, während der Kriege nach Hause zurückzukehren, floh nach Barashta (in der Nähe des heutigen Ebou Dar), so weit von den Kämpfen entfernt, wie es nur möglich war. Sie bezeichneten sich als Kusinen, blieben im Untergrund und boten einen sicheren Hafen für all jene, die aus der Burg fortgeschickt wurden. Im Laufe der Zeit führte die Verbindung mit Frauen, denen man befohlen hatte, die Burg zu verlassen, zu Kontakten mit Ausreißerinnen, und obwohl man die wahren Gründe vermutlich nie erfahren wird, fingen die Kusinen an, auch Ausreißerinnen bei sich aufzunehmen. Sie unternahmen große Anstrengungen, dass diese Mädchen nichts über die Kusinen erfuhren, bis sie sicher sein konnten, dass die Aes Sedai sich nicht auf sie stürzen und sie zurückholen würden. Schließlich war allgemein bekannt, dass Ausreißerinnen früher oder später immer eingefangen wurden, und die Kusinen wussten ganz genau, dass man auch sie streng bestrafen würde, falls sie ihre Existenz nicht geheim hielten.

Allerdings wussten die Aes Sedai der Weißen Burg fast von Anfang an über sie Bescheid, doch die Kriege ließen keine Zeit übrig, sich um sie zu kümmern. Nach Beendigung der Kriege kam die Burg zu der Einsicht, dass es möglicherweise nicht in ihrem besten Interesse lag, die Kusinen zu vernichten. Im Gegensatz zu den Verlautbarungen der Burg war vielen Ausreißerinnen die Flucht gelungen, aber sobald die Kusinen ihnen halfen, wusste die Burg genau, in welche Richtung sie flohen, und nun holte sie neun von zehn zurück. Da die Kusinen in dem Bemühen, ihre Existenz und ihre Anzahl zu verbergen, Barashta (und später Ebou Dar) immer wieder verließen, um später wieder dorthin zurückzukehren, und nie länger als zehn Jahre an einem Ort blieben, damit niemand bemerkte, dass sie nicht wie andere Menschen alterten, kam die Burg zu dem Glauben, dass es nur wenige von ihnen gab, die niemals großes Aufsehen erregten. Um die Kusinen als Falle für Ausreißerinnen zu benutzen, entschied sich die Burg, sie im Gegensatz zu jeder ähnlichen Verbindung im Verlauf der Geschichte in Ruhe zu lassen. Tatsächlich ist sogar die Existenz der Kusinen ein Geheimnis, das allein den anerkannten Aes Sedai bekannt ist.

Die Kusinen haben keine Gesetze, sondern nur Regeln, die teilweise auf dem Regelwerk der Weißen Burg für Novizinnen und Aufgenommene basieren und teilweise auf der Notwendigkeit zur Geheimhaltung. Wie bei der Entstehungsgeschichte der Kusinen vielleicht zu erwarten ist, werden die Regeln bei allen Mitgliedern sehr streng eingehalten.

Kürzlich erfolgte offene Kontakte zwischen Aes Sedai und Kusinen sind zwar nur einer Hand voll Schwestern bekannt, haben jedoch zu schockierenden Erkenntnissen geführt, einschließlich der Tatsache, dass es doppelt so viele Kusinen wie Aes Sedai gibt. Darüber hinaus sind einige von ihnen mehr als hundert Jahre älter, als jede Aes Sedai seit Beginn der Trolloc-Kriege und auch schon zuvor geworden ist. Die Auswirkungen dieser Enthüllungen sowohl auf die Kusinen wie auf die Aes Sedai sind jedoch noch eine Sache der Spekulation (*siehe auch*: Töchter des Schweigens; Nähkränzchen).

Lady der Schatten: Ein seanchanischer Begriff für den Tod.

Längenmaße: 10 Finger = 1 Fuß, 3 Fuß = 1 Schritt, 2 Schritte = 1 Spanne, 1000 Spannen = 1 Meile.

Lanzenhauptmann: In den meisten Ländern führen Adelsfrauen ihre Waffenmänner nicht persönlich in den Kampf. Stattdessen nehmen sie professionelle Soldaten in Dienst, meistens einen Mann von niederer Geburt, der für die Ausbildung und das Kommando über die Waffenmänner verantwortlich ist. Je nach Land nennt man diesen Mann Lanzenhauptmann, Schwerthauptmann, Meister der Pferde oder Meister der Lanzen. Unweigerlich entstehen oft Gerüchte über eine engere Beziehung als zwischen Lady und Diener. Manchmal entsprechen sie sogar der Wahrheit.

Legion des Drachen: Eine große Militärformation, die nur aus Infanterie besteht und dem Wiedergeborenen Drachen die Treue geschworen hat. Ihre Ausbildung liegt in den Händen von Davram Bashere, und zwar nach Vorschriften, die er selbst zusammen mit Mat Cauthon erarbeitet hat und die sich rigoros vom üblichen Einsatz der Fußsoldaten unterscheiden. Viele Männer melden sich als Freiwillige, aber ein großer Teil der Legion wird von Rekrutierungskommandos der Schwarzen Burg herangeschafft, die zuerst alle Männer, die bereit sind, dem

Wiedergeborenen Drachen zu folgen, an einer Sammelstelle zusammenholen, und auch das erst, nachdem sie sie durch Wegetore in die Nähe von Caemlyn schaffen, um diejenigen herauszusieben, die man im Gebrauch der Einen Macht unterweisen kann. Der Rest – bei weitem der größere Teil – wird in Basheres Ausbildungslager geschickt.

Marath'damane: In der Alten Sprache »jene, die an die Leine gelegt werden müssen« und »eine, die man anleinen muss«. So bezeichnen die Seanchaner jede Frau, die die Macht lenken kann und nicht den Kragen einer *Damane* trägt.

Meister der Lanzen: *siehe auch:* Lanzenhauptmann

Meister der Pferde: *siehe auch:* Lanzenhauptmann

Mera'din: In der Alten Sprache »die Bruderlosen«. Der Name wurde von jenen Aiel angenommen, die Clan und Septime verließen und sich den Shaido anschlossen, weil sie Rand al'Thor, einen Feuchtländer, nicht als den *Car'a'carn* akzeptieren konnten oder sich weigerten, seine Enthüllungen über die Geschichte der Aiel zu glauben. Clan und Septime zu verlassen – aus welchem Grund auch immer – ist unter den Aiel eine unvorstellbare Tat, weswegen die Kriegergemeinschaften der Shaido sie nicht aufnehmen wollten. Darum gründeten sie ihre eigene Gemeinschaft, die Bruderlosen.

Morat-: In der Alten Sprache »Tierbändiger«. Die Seanchaner bezeichnen damit die Männer und Frauen, die die Exoten abrichten; es gibt *Morat'raken*, *Raken*bändiger oder Reiter, die zwanglos auch Flieger genannt werden (*siehe auch*: *Der'morat*).

Nähkränzchen: Die Anführerinnen der Kusinen. Da keine Angehörige der Kusinen jemals erfahren hat, wie die Hierarchie der Aes Sedai funktioniert – das Wissen darüber wird erst dann weitergegeben, wenn eine Aufgenommene die Prüfung für die Stola bestanden hat –, legten sie keinen Wert auf die Stärke in der Macht, sondern maßen dem Alter ein größeres Gewicht zu; so nimmt die ältere Frau immer einen höheren Rang als die jüngere ein. Das Nähkränzchen (die Bezeichnung wurde gewählt, weil sie – wie der Begriff Kusine – unverfänglich ist) setzt sich daher aus den dreizehn ältesten in Ebou Dar wohnenden Kusinen zusammen und die Frau mit dem höchsten Alter und damit die Vorsitzende trägt den Titel Älteste. Nach den Regeln müssen alle zurücktreten, wenn die Zeit zum Weiterziehen gekommen ist, aber so lange sie in Ebou Dar beheimatet sind, haben sie die absolute Autorität über die Kusinen, und zwar in einem Maß, um das sie jeder Amyrlin-Sitz beneiden würde (*siehe auch:* Kusinen).

Prophet: Die formelle Bezeichnung lautet Prophet des Lord Drachen. Einst war Masema Dagar ein schienarischer Soldat, der eine Offenbarung erlebte und entschied, dass er dazu auserwählt wurde, die Worte des Wiedergeborenen Drachen auf der Welt zu verbreiten. Er glaubt, dass es nichts Wichtigeres gibt, als die Tatsache anzuerkennen, dass der Wiedergeborene Drache das Gestalt gewordene Licht ist und man Willens ist, seinem irgendwann erschallenden Ruf zu folgen. Er und seine Anhänger sind zu jeder Gewalttat bereit, um andere zu zwingen, die glorreichen Taten des Wiedergeborenen Drachen zu preisen. Er hat seinem Namen entsagt, lässt sich nur noch als »der Prophet« ansprechen und hat große Teile von Ghealdan und Amadicia, die nun unter seiner Herrschaft stehen, ins Chaos gestürzt. Er hat sich Perrin Aybara angeschlossen, der ausgesandt wurde, ihn zu Rand zu bringen; aus unbekannten Gründen ist er bei ihm geblieben, obwohl das sein Zusammentreffen mit dem Wiedergeborenen Drachen verzögert.

Rotwaffen: Soldaten der Bande der Roten Hand, die zum zeitweiligen Polizeidienst ausgesucht wurden und dafür sorgen, dass die anderen Mitglieder der Bande in Städten oder Dörfern keinen Ärger machen oder Schaden anrichten. Der Name geht auf die breiten roten Armbänder zurück, die sie im Dienst tragen und die fast den ganzen Ärmel bedecken. Für gewöhnlich werden sie aus den erfahrensten und verlässlichsten Männern ausgewählt. Da mögliche Schäden von den Männern bezahlt werden müssen, die als Rotwaffen dienen, arbeiten sie mit dem vollen Einsatz ihrer Kräfte, um dafür zu sorgen, dass alles ruhig und friedlich bleibt. Eine Hand voll ehemaliger Rotwaffen wurden auserwählt, um Mat Cauthon nach Ebou Dar zu begleiten (*siehe auch: Shen an Calhar*).

Schattenhunde: Aus vom Dunklen König verdorbenen Hunden erschaffenes Schattengezücht. Sie ähneln grundsätzlich Wölfen, sind aber schwärzer als die Nacht, haben die Größe von Ponys und wiegen mehrere hundert Pfund. Für gewöhnlich bilden sie Rudel von zehn oder zwölf Tieren, allerdings hat man schon die Spuren von größeren Rudeln gesichtet. Auf weichem Boden hinterlassen sie keine Spuren, doch finden sich ihre Abdrücke auf Stein, die häufig von dem Geruch nach verbranntem Schwefel begleitet werden. Sie gehen nur ungern im Regen hinaus, aber sobald sie einmal unterwegs sind, kann auch der Regen sie nicht aufhalten. Sobald sie die Witterung aufgenommen haben, muss man sich ihnen stellen und sie besiegen, oder der Tod des Opfers ist nicht zu verhindern. Es sei denn, es gelingt ihm, das andere Ufer eines Flusses zu erreichen, da Schattenhunde kein fließendes Wasser überqueren können. Jedenfalls wird das behauptet. Ihr Blut und ihr Geifer sind giftig; kommt die Haut des Opfers damit in Berührung, wird es langsam und qualvoll sterben (*siehe auch:* Die Wilde Jagd).

Seandar: Die Kaiserliche Hauptstadt von Seanchan, die sich im Nordosten des seanchanischen Kontinents befindet. Seandar ist gleichzeitig die größte Stadt im Kaiserreich.

sei'mosiev: In der Alten Sprache »gesenkter Blick«. Ist bei den Seanchanern die Rede davon, dass jemand *sei'mosiev* wurde, bedeutet das, dass er das »Gesicht verloren« hat (*siehe auch: sei'taer*).

sei'taer: In der Alten Sprache »offener Blick«. Die Seanchaner bezeichnen damit Ehre oder »Gesicht«, die Fähigkeit, jemandem ohne Scham in die Augen sehen zu können. Es ist möglich, *sei'taer* »zu haben«, was so viel bedeutet, dass man eine ehrenhafte Person ist, die einem anderen offen ins Gesicht sehen kann, so wie es möglich ist, *sei'taer* zu »gewinnen« oder zu »verlieren« (*siehe auch: sei'mosiev*).

Shara: Ein geheimnisvolles Land östlich der Aiel-Wüste. Das Land wird von natürlichen Barrieren und von Menschen erbauten Mauern beschützt. Über Shara ist nur wenig bekannt, da die Bewohner ihre Kultur anscheinend geheim halten wollen. Die Sharaner bestreiten, von den Trolloc-Kriegen in Mitleidenschaft gezogen worden zu sein, obwohl die Aiel das Gegenteil behaupten. Sie stellen auch Artur Falkenflügels Invasionsversuche in Abrede, obwohl es darüber Augenzeugenberichte vom Meervolk gibt. Den wenigen Informationen nach zu urteilen, die durchgesickert sind, werden die Sharaner von unumschränkten Monarchen beherrscht: der Sh'boan, wenn es eine Frau ist, und dem Sh'botay, wenn es ein Mann ist. Dieser Monarch herrscht genau sieben Jahre lang und stirbt dann. Die Herrschaft geht auf den jeweiligen Gemahl über, der sieben Jahre lang herrscht und stirbt. Dieses Muster wiederholt sich seit der Zerstörung der Welt. Die Sharaner glauben, diese Todesfälle seien der »Wille des Musters«.
Es gibt in Shara Machtlenker, die dort als Ayyad bekannt sind; sie erhalten bei ihrer Geburt Gesichtstätowierungen. Die Frauen unter den Ayyad vollstrecken strikt die Gesetze, die sie betreffen. Auf eine sexuelle Beziehung zwischen einem Ayyad und einem Nicht-Ayyad steht die Todesstrafe für den Nicht-Ayyad, der Ayyad wird

ebenfalls hingerichtet, wenn ihm nachgewiesen werden kann, dass er dabei die Macht benutzt hat. Ein Kind aus solch einer Verbindung wird ausgesetzt und stirbt. Männliche Ayyad werden wie Zuchtvieh benutzt. Erreichen sie ihr einundzwanzigstes Lebensjahr oder fangen an, die Macht zu lenken – was auch immer zuerst eintrifft –, werden sie von den Ayyad-Frauen hingerichtet, und die Leiche wird eingeäschert. Angeblich lenken die Ayyad die Macht nur auf direkten Befehl der Sh'boan oder des Sh'botay, die ständig von Ayyad-Frauen umgeben sind.
Selbst der Name des Landes ist umstritten. Von den Bewohnern ist bekannt, dass sie viele verschiedene Namen verwenden, einschließlich Shamara, Co'dansin, Tomaka, Kigali und Shibouya.

Shen an Calhar: In der Alten Sprache »die Bande der Roten Hand«. (1) Eine legendäre Gruppe von Helden, die viele Abenteuer bestand und schließlich bei der Verteidigung von Manetheren starb, als das Land während der Trolloc-Kriege vernichtet wurde. (2) Eine Truppenformation, die eher zufällig von Mat Cauthon begründet wurde; sie ist ähnlich den Streitkräften organisiert, die es auf dem Höhepunkt der militärischen Kunst gab, den Tagen von Artur Falkenflügel und den unmittelbar darauf folgenden Jahrhunderten.

Sisnera, Darlin: Ein Hochlord in Tear, der eine Rebellion gegen den Wiedergeborenen Drachen anführte, nun aber in seinem Namen das Amt des Verwalters von Tear ausübt.

So'jhin: Die treffendste Übersetzung aus der Alten Sprache dürfte die Umschreibung »Erhabenheit unter Niederen« sein, obwohl es einige auch als »sowohl Himmel wie auch Tal« übersetzen. Mit *So'jhin* bezeichnen Seanchaner die Höheren Diener, deren Rang erblich ist. Sie sind *Da'covale*, Besitz, bekleiden jedoch Positionen von beträchtlicher Autorität und Macht. Selbst Angehörige des

Blutes behandeln die *So'jhin* der Kaiserfamilie mit Vorsicht und sprechen die persönlichen *So'jhin* der Kaiserin als Gleichgestellte an (*siehe auch*: Blut, *Da'covale*).

Sul'dam: wörtlich: ›Trägerin der Leine‹. Bezeichnung der Seanchaner für eine Frau mit der Fähigkeit, *Damane* – Frauen, die die Eine Macht lenken können – zu beherrschen und mit Hilfe eines *A'dam* unter Kontrolle zu halten. Junge Frauen werden von den Seanchanern im gleichen Alter und zur gleichen Zeit auf diese Fähigkeit hin überprüft wie die *Damane* selbst. Eine relativ ehrenvolle Position in der seanchanischen Gesellschaft. Nur wenigen ist die Tatsache bekannt, dass *Sul'dam* Frauen sind, die den Gebrauch der Macht selbst erlernen können (*siehe auch: A'dam, Damane*).

Stumpf: Ein öffentlicher Versammlungsort der Ogier. Die Versammlung kann in oder auch unter den *Stedding* abgehalten werden. Sie wird vom Rat der Älteren eines *Stedding* geleitet, aber jeder erwachsene Ogier hat das Recht zu sprechen oder darf einen Fürsprecher erwählen, der für ihn spricht. Ein Stumpf wird oft beim größten Baumstumpf eines *Stedding* abgehalten und kann mehrere Jahre dauern. Bedarf eine Angelegenheit der Klärung, die alle Ogier betrifft, wird ein Großer Stumpf abgehalten, und Ogier aller *Stedding* versammeln sich, um die Frage zu besprechen. Die verschiedenen *Stedding* wechseln sich darin ab, einen Großen Stumpf auszurichten.

Sucher, die: Auch als die Sucher der Wahrheit bekannt. Hierbei handelt es sich um eine Polizei- und Spitzelorganisation des Kaiserlichen Throns von Seanchan. Obwohl es sich bei den meisten Suchern um *Da'covale* und somit Besitz der Kaiserfamilie handelt, verfügen sie über weitreichende Befugnisse. Jedes Mitglied des Blutes kann verhaftet werden, wenn es die Frage eines Suchers nicht beantwortet oder die vollständige Kooperation verweigert, wobei Letzteres allein von der Definition des Suchers abhängt; nur die Kaiserin kann entscheiden, ob der Sucher richtig gehandelt hat. Die Sucher, die *Da'covale* sind, tragen auf einer Schulter eine Tätowierung mit Rabe und Turm. Im Gegensatz zu den Totenwächtern sind Sucher nur selten bereit, ihre Raben zu zeigen, weil sie dadurch ihre Identität enthüllen würden.

Taborwin, Breane: Eine gelangweilte Adlige in Cairhien, die Reichtum und Status verlor und jetzt nur noch Dienerin ist, aber eine romantische Beziehung mit einem Mann eingegangen ist, den sie einst verachtet hätte.

Taborwin, Dobraine: Ein Lord in Cairhien. Zurzeit dient er als Verwalter des Wiedergeborenen Drachen in Cairhien.

Tarabon: Eine Nation am Aryth-Meer. Einst eine große Handelsnation, die für ihre Teppiche, Farben und die Gilde der Feuerwerker berühmt war. Nun sind in Tarabon schwere Zeiten angebrochen. Von Anarchie und Bürgerkrieg geplagt, die zusätzlich von Kriegen gegen Arad Doman und die Drachenverschworenen erschwert wurden, war das Land der Invasion der Seanchaner hilflos ausgesetzt. Es steht nun unter der Kontrolle der Seanchaner; das Stiftungshaus der Gilde der Feuerwerker wurde zerstört und die meisten Feuerwerker zu *Da'covale* gemacht. Die meisten Taraboner scheinen dankbar zu sein, dass die Seanchaner die Ordnung wiederhergestellt haben, und da ihnen die Besatzer erlauben, ihr Leben wie gewohnt fortzuführen, verspüren sie nicht den geringsten Wunsch, weiteren Krieg ins Land zu holen, um die Seanchaner wieder zu vertreiben. Allerdings gibt es einige Lords und Soldaten, die sich außerhalb der seanchanischen Einflusssphäre befinden und hoffen, ihr Land zurückerobern zu können.

Tiefenschau: (1) Die Fähigkeit, mit Hilfe der Einen Macht Krankheiten zu diagnostizieren. (2) Die Fähigkeit, mit Hilfe der Einen Macht Erzvorkommen aufzuspüren. Dies ist eine seit langem in Vergessenheit geratene Fähigkeit der Aes Sedai, was womöglich auch der Grund dafür ist, dass der Name heute eine andere Fähigkeit bezeichnet.

Töchter des Schweigens: Während der dreitausend Jahre umfassenden Geschichte der Weißen Burg wurden immer wieder Frauen fortgeschickt, die sich nicht mit ihrem Schicksal abfinden wollten und den Versuch unternahmen, sich zu einer Gruppe zusammenzuschließen. Solche Gruppen wurden stets von der Weißen Burg aufgelöst, sobald sie bekannt wurden, und ihre Mitglieder in aller Öffentlichkeit streng bestraft, um sicherzugehen, dass auch jeder die Botschaft verstand. Die letzte aufgelöste Gruppe nannte sich selbst Töchter des Schweigens (794–798 NÄ). Die Töchter bestanden aus zwei Aufgenommenen, die man aus der Burg fortgeschickt hatte, und dreiundzwanzig Frauen, die sie aufgespürt und ausgebildet hatten. Sie wurden nach Tar Valon geschafft und bestraft, die dreiundzwanzig wurden in das Novizinnenbuch aufgenommen. Nur eine davon errang die Stola (*siehe auch:* Kusinen).

Totenwache: Eliteeinheit des seanchanischen Kaiserreichs, in der sowohl Menschen wie auch Ogier dienen. Die menschlichen Mitglieder der Totenwache sind alle *Da'covale,* die als Sklaven geboren und in frühester Jugend ausgewählt wurden, um der Kaiserin, zu deren Besitz sie zählen, zu dienen. Bis zum Fanatismus loyal und von wildem Stolz erfüllt, haben sie oftmals Raben auf die Schultern tätowiert, das Zeichen eines *Da'covale* der Kaiserin. Die Ogier in der Wache sind auch als die Gärtner bekannt, und sie sind keine *Da'covale.* Die Gärtner sind genauso fanatisch ergeben wie die menschlichen Totenwächter und werden noch mehr gefürchtet. Ob Mensch oder Ogier, die Totenwächter sind nicht nur bereit, für die Kaiserin und das Kaiserhaus zu sterben, sondern vertreten die Überzeugung, dass ihr Leben der Kaiserin gehört und sie damit nach Belieben verfahren kann. Helme und Rüstung sind dunkelgrün und blutrot lackiert, die Schilde sind schwarz lackiert, und Speere und Schwerter haben schwarze Quasten (*siehe auch: Da'covale*).

Vereinigung: Als die von Artur Falkenflügel ausgesandten Heere unter dem Kommando seines Sohnes Luthair in Seanchan landeten, entdeckten sie einen sich in ständiger Veränderung befindlichen Flickenteppich aus Nationen, die permanent miteinander Krieg führten und die häufig von Aes Sedai beherrscht wurden. Ohne ein Gegenstück zur Weißen Burg kämpften die Aes Sedai mit Hilfe der Einen Macht um die Vergrößerung ihrer persönlichen Reiche. Sie bildeten kleine Gruppen und intrigierten ständig gegeneinander. Diese Intrigen drehten sich größtenteils um den Gewinn persönlicher Vorteile. Die daraus entstandenen Kriege unter den zahllosen Nationen ermöglichten den aus dem Osten über das Aryth-Meer eingedrungenen Heeren überhaupt erst, mit der Eroberung eines ganzen Kontinents zu beginnen, die später von ihren Nachkommen vollendet wurde. Diese Eroberung, in deren Verlauf die Nachkommen der ursprünglichen Soldaten nicht nur ihre Herrschaft auf ganz Seanchan ausdehnten, sondern zu Seanchanern wurden, dauerte länger als neunhundert Jahre und wird als die Vereinigung bezeichnet.

Verlorene: Name von dreizehn mächtigen Aes Sedai, sowohl Männer als auch Frauen, die während des Zeitalters der Legenden zum Schatten überliefen und in der Versiegelung des Stollens zum Gefängnis des Dunklen Königs gefangen wurden. Obwohl lange Zeit angenommen wurde, dass während des Schattenkrieges allein sie das Licht aufgaben, gab es in Wahrheit noch andere; diese dreizehn nahmen lediglich die höchsten Ränge ein. Die Verlorenen (die sich selbst die Auserwählten nennen) sind seit ihrem Erwachen in der neuen Zeit dezimiert worden. Die bekannten Überlebenden sind Demandred, Semirhage, Graendal, Mesaana, Moghedien sowie zwei andere, die in neuen Körpern wiedergeboren wurden und die neuen Namen Osan'gar und Aran'gar erhielten.

Kürzlich erschien ein Mann, der sich Moridin nennt und bei dem es sich möglicherweise um einen weiteren toten Verlorenen handelt, der vom Dunklen König von jenseits des Grabes zurückgeholt wurde. Das Gleiche trifft vielleicht auf die Frau namens Cyndane zu, aber da Aran'gar ein Mann war, der als Frau zurückgebracht wurde, könnten sich die Spekulationen über Moridin und Cyndane als sinnlos erweisen, bevor man mehr erfahren hat.

Verteidiger des Steins: Militärische Eliteeinheit von Tear. Der derzeitige Hauptmann des Steins (und Befehlshaber der Verteidiger) ist Rodrivar Tihera. Nur Tairener werden als Verteidiger akzeptiert und die Offiziere sind für gewöhnlich von adliger Geburt, obwohl sie oftmals unbedeutenden Häusern oder niederen Seitenzweigen mächtiger Häuser entstammen. Die Aufgabe der Verteidiger besteht darin, die gewaltige Festung namens Stein von Tear in der Stadt Tear zu beschützen und die Stadt zu verteidigen. Außerdem übernehmen sie die Aufgaben einer Stadtwache. Außer in Kriegszeiten führen sie ihre Pflichten nur selten weit von der Stadt fort. Dann bilden sie allerdings genau wie vergleichbare Eliteeinheiten den Kern der aufzustellenden Armee. Die Uniform der Verteidiger besteht aus einem schwarzen Mantel mit wattierten Ärmeln, die mit schwarzen und goldenen Streifen versehen sind, sowie einem polierten Brustharnisch und einem Helm mit Stahlkrempe und Stangenvisier. Der Hauptmann der Verteidiger trägt drei kurze weiße Federn auf dem Helm und auf den Manschetten seines Mantels drei ineinander verschlungene goldene Tressen auf einem weißen Band. Die anderen Hauptmänner tragen zwei weiße Federn und eine goldene Tresse auf den weißen Manschetten, Leutnants eine weiße Feder und eine schwarze Tresse auf der weißen Manschette und Unterleutnants eine kurze schwarze Feder und eine unbestickte Manschette. Bannerträger tragen goldfarbene Manschetten an ihren Mänteln und einfache Soldaten haben schwarz- und goldgestreifte Manschetten.

Vorläufer: *siehe auch: Hailene*

Währung: Nach vielen Jahrhunderten des Handels gelten in jedem Land die gleichen Standards für Münzen: Kronen (die größte Münze), Mark und Pfennige. Krone und Mark können aus Gold oder Silber geprägt sein, während Pfennige aus Silber oder Kupfer sind. Letztere werden auch als Kupferstücke bezeichnet. In verschiedenen Ländern können diese Münzen jedoch von verschiedener Größe und Gewicht sein. Selbst in einer Nation haben verschiedene Herrscher Münzen von verschiedener Größe und Gewicht prägen lassen. Darum benutzen Bankiers, Geldverleiher und Kaufleute grundsätzlich Waagen, um den Metallwert zu bestimmen. Aus diesem Grund werden selbst große Summen gewogen. Papiergeld existiert lediglich in der Form von Kreditbriefen, die von Bankiers ausgestellt werden. Für sie bekommt man eine bestimmte Menge Gold oder Silber ausgezahlt. Aufgrund der großen Entfernungen zwischen den Städten, der benötigten Reisezeit und der Schwierigkeiten, die derartige Transaktionen mit sich bringen, kann es vorkommen, dass man für Kreditbriefe in Städten, die sich in der Nähe der Bank befinden, den vollen Wert erhält, während man sich in weiter entfernten Städten mit einem geringeren Wert zufrieden geben muss. Im Allgemeinen wird sich eine bedeutende Persönlichkeit, die sich auf eine lange Reise begibt, mit einem oder mehreren Kreditbriefen ausrüsten, um zu Bargeld zu kommen. Für gewöhnlich werden Kreditbriefe nur von Bankiers oder Kaufleuten akzeptiert.

Waffenmänner: Soldaten, die einem bestimmten Lord oder einer Lady die Lehnstreue schulden.

Weise Frau: Bei den Aiel wählen die Weisen Frauen unter allen Frauen diejenigen aus, die zu dieser Tätigkeit berufen sind. Sie erlernen die Heilkunst, Kräuterkunde und anderes, ähnlich wie die Seherinnen. Sie besitzen große Autorität und Verantwortung sowie großen Einfluss auf die Septimen und die Clanhäuptlinge, obwohl diese Männer sie oft beschuldigen, dass sie sich ständig einmischen. Eine beträchtliche Anzahl von Weisen Frauen können – in unterschiedlicher Stärke – die Eine Macht lenken; sie spüren jede Aielfrau auf, die mit dem Funken geboren wurde oder lernen kann, die Macht zu benutzen. Allerdings herrscht unter den Aiel der Brauch, nicht über dieses Thema zu sprechen. So wie es ebenfalls Brauch ist, dass Weise Frauen jeden Kontakt mit Aes Sedai meiden, und zwar wesentlich konsequenter als die anderen Aiel. Weise Frauen stehen über allen Fehden und kriegerischen Auseinandersetzungen und dürfen dem *Ji'e'toh* zufolge weder verletzt noch auf sonstige Weise behindert werden. Würde eine Weise Frau an einem Kampf teilnehmen, wäre das ein grober Verstoß gegen jegliche Sitten und Traditionen. Drei zurzeit lebende Weise Frauen sind Traumgängerinnen und verfügen über die Fähigkeit, *Tel'aran'rhiod* zu betreten und mit anderen Menschen in ihren Träumen zu reden.

Wilde Jagd, die: Viele Menschen glauben, dass der Dunkle König (oft auch der alte Grimme genannt, wie in Tear, Illian, Murandy, Altara und Ghealdan) in der Nacht mit seinen Schattenhunden ausreitet, um Jagd auf Seelen zu machen. Das ist die Wilde Jagd. Viele glauben, dass allein schon der Anblick der vorbeihetzenden Jagd den sofortigen Tod bringt, entweder für den Betrachter oder für jemandem, der ihm nahe steht. Besonders gefährlich ist es, wenn einem die Wilde Jagd an einem Kreuzweg begegnet, kurz vor Sonnenaufgang oder unmittelbar nach Sonnenuntergang (*siehe auch:* Schattenhunde).

Zweifler, die: ein Orden innerhalb der Gemeinschaft der Kinder des Lichts. Sie bezeichnen sich als die Hand des Lichts und sehen ihre Aufgabe darin, die Wahrheit im Wortstreit zu erkennen und Schattenfreunde zu entlarven. Ihre Suche nach der Wahrheit und dem Licht erfolgt in der Regel durch Folter; sie sind der Auffassung, dass sie die Wahrheit bereits kennen und ihre Opfer nur dazu bringen müssen, sie zu gestehen. Gelegentlich verhalten sie sich, als würden sie völlig unabhängig von den Kindern und dem Rat der Gesalbten agieren, der die Kinder befehligt. Das Oberhaupt der Zweifler ist der Hochinquisitor, zurzeit Rhadam Asunawa, der dem Rat der Gesalbten angehört. Ihr Wappen ist ein blutroter Hirtenstab.

Von Robert Jordans »Das Rad der Zeit« liegen bei Piper vor:

1. Roman: Drohende Schatten
2. Roman: Das Auge der Welt
3. Roman: Die Große Jagd
4. Roman: Das Horn von Valere
5. Roman: Der Wiedergeborene Drache
6. Roman: Die Straße des Speers
7. Roman: Schattensaat
8. Roman: Die Heimkehr
9. Roman: Der Sturm bricht los
10. Roman: Zwielicht
11. Roman: Scheinangriff
12. Roman: Der Drache schlägt zurück
13. Roman: Die Fühler des Chaos
14. Roman: Stadt des Verderbens
15. Roman: Die Amyrlin
16. Roman: Die Hexenschlacht
17. Roman: Die zerbrochene Krone
18. Roman: Wolken über Ebou Dar
19. Roman: Der Dolchstoß
20. Roman: Die Schale der Winde
21. Roman: Der Pfad der Dolche
22. Roman: Neue Bündnisse
23. Roman: Kriegswirren
24. Roman: Das Herz des Winters
25. Roman: Die Herrschaft der Seanchaner
26. Roman: Flucht der Sklaven
27. Roman: Pfade ins Zwielicht
28. Roman: Die Weiße Burg
29. Roman: Der neue Frühling
30. Roman: Die Klinge der Träume
31. Roman: Der Untergang der Shaido

Das Rad der Zeit 1. Das Original. Die Suche nach dem Auge der Welt
Das Rad der Zeit 2. Das Original. Die Jagd beginnt
Das Rad der Zeit 3. Das Original. Die Rückkehr des Drachen
Das Rad der Zeit 4. Das Original. Der Schatten erhebt sich

Robert Jordans Rad der Zeit. Das illustrierte Handbuch

Robert Jordan

Die Klinge der Träume

Das Rad der Zeit 30. Aus dem Amerikanischen von Andreas Decker. 576 Seiten. Serie Piper

Die Toten wandeln, Männer sterben unmögliche Tode, und es scheint, als sei die Realität in der Welt des Rades instabil geworden: die düsteren Vorzeichen der bevorstehenden Letzten Schlacht gegen den Dunklen König. Rand al'Thor, der legendäre Wiedergeborene Drache, wagt nicht, in die Schlacht zu ziehen, ehe er die Seanchaner auf seine Seite gebracht hat. Doch bei den Verhandlungen gerät Rand mitten in einen tödlichen Verrat …
Millionen Leser weltweit fiebern jedem weiteren Band vom »Rad der Zeit« entgegen. Robert Jordans Zyklus ist unbestritten das größte Fantasy-Ereignis unserer Zeit.

»Ein Buch, das einen atemlos zurücklässt.«
New York Times

05/2198/01/L

Robert Jordan

Der Untergang der Shaido

Das Rad der Zeit 31. Aus dem Amerikanischen von Andreas Decker. 576 Seiten. Serie Piper

Der Dunkle König holt zum entscheidenden Schlag gegen die guten Mächte aus. Perrin unternimmt alles, um den Sieg über die Shaido zu erringen. Und Rand al'Thors politische Allianzen sind gefährdeter denn je. Auf einem Landgut versucht er weiterhin, einen Waffenstillstand mit den Seanchanern zu erreichen. Doch die Diener des Dunklen Königs, die Trollocs, stöbern ihn auf und beginnen einen übermächtigen Überraschungsangriff …
Millionen Leser weltweit fiebern jedem weiteren Band vom »Rad der Zeit« entgegen. Robert Jordans Zyklus ist unbestritten das größte Fantasy-Ereignis unserer Zeit.

»Die Letzte Schlacht beginnt – mit einem Feuerwerk!«
Publishers Weekly

05/2199/01/R